教育部人文社科规划项目(15YJA752012)资助
中央民族大学一流大学和一流学科建设经费资助

英国文学框架下的苏格兰文学汉译问题研究

A Study of Chinese Translation Problems of Scottish Literature in the Framework of English Literature

宋 达 著
Song Da

首都师范大学出版社
CAPITAL NORMAL UNIVERSITY PRESS

图书在版编目(CIP)数据

英国文学框架下的苏格兰文学汉译问题研究/宋达著. 一北京：首都师范大学出版社,2017.6

ISBN 978-7-5656-3495-6

Ⅰ.①英… Ⅱ.①宋… Ⅲ.①英国文学一文学翻译一研究 Ⅳ.①I561.06

中国版本图书馆 CIP 数据核字(2017)第 107756 号

YINGGUO WENXUE KUANGJIA XIA DE SUGELAN WENXUE HANYI WENTI YANJIU

英国文学框架下的苏格兰文学汉译问题研究

宋 达 著

责任编辑 李佳艺

首都师范大学出版社出版发行

地 址 北京西三环北路 105 号

邮 编 100048

电 话 68418523(总编室) 68982468(发行部)

网 址 www.cnupn.com.cn

印 刷 北京九州迅驰传媒文化有限公司

经 销 全国新华书店

版 次 2017 年 6 月第 1 版

印 次 2017 年 6 月第 1 次印刷

开 本 787mm×1092mm 1/16

印 张 20.75

字 数 316 千

定 价 45.00 元

摘　要

近现代中国的发展与翻译关系紧密。英国文学汉译总量巨大，不仅在现代中国审美观念形成中扮演了突出角色，更重要的是建构了“统一英国”的知识，即大不列颠及(北)爱尔兰联合王国完整的英国文学概念。然而，1707年合并为大不列颠一部分的苏格兰，其文学始终保持着苏格兰民族诉求，却被英格兰所建构的统一英国文学压抑着，罗伯特·彭斯、司各特、拜伦等重要文学家，其苏格兰性皆被消解、限制，还有更多的苏格兰文学家则被排除在英国文学经典之外。

中国根据英国主流文学史观理解和译介英国文学经典，由此汉译英国百年历史呈现的苏格兰文学，或折损苏格兰作家的苏格兰身份，或不关注没有纳入英国文学史的苏格兰重要作家。

本研究选取汉译最多的三位苏格兰作家，探讨汉译英国文学中苏格兰文学未被呈现的问题，具体包括：重新考察百余年来在大英帝国或联合王国框架下的英国文学汉译史，揭示苏格兰文学流失的情况，汉译“英国文学”中苏格兰文学隐形的历程、近20年微显的情况，对比英国的“英国文学”处理“苏格兰文学”问题，说明苏格兰文学匿迹于汉译英国文学的诸多后果；分别查考彭斯汉译史，还原他被销蚀了苏格兰性的情况，对比英国主流学术界和苏格兰学术界塑造的不同彭斯形象，说明汉译彭斯损失苏格兰性的客观原因，为未来汉译彭斯的苏格兰性提供思路；重新梳理司各特和拜伦作品汉译史、对比英国主流学术界和苏格兰学术界所建构的不同司各特和拜伦形象、解决未来司各特和拜伦苏格兰性再现的难题。

本研究旨在面对未来苏格兰文学的汉译问题，包括重译英国文学经典中的苏格兰作家作品、译介“英国文学”遮蔽忽视的苏格兰经典文学以及还原英国文学中的苏格兰因素。

ABSTRACT

Translation played an indispensable role in the development of modern China, and translation of English literature into China, the most and the earliest of foreign literature at that time, shaped the concept of a whole British literature to the Chinese readers. As a matter of fact, Scottish literature, even since the union of 1707 with England, has always been sticking to its Scottish appeal with distinctive national and features from England's tradition of literature. Their Scottish identities of Robert Burns, Sir Walter Scott, and Lord George Gordon Byron—the world-famous and most translated Scottish literary figures in China, as well as the Scottishness in their works have been neglected or covered in consequence of the suppression of integrated British literature. What's worse is that many important Scottish writers have been excluded to English literary canon according to the standards of major English literary circles.

The fact that China introduc and translated British literary works and constructed translation history of English literature in accordance with English standards has inevitably resulted in the obscurity and losses of Scottishness in Scottish writers and their works or ignorance of the existence of Scottish literature.

This book is aimed to explore the reasons of invisibility of Scottish literature in Chinese translation by reexamination of Chinese translation history of Scottish literature in the framework of English literature since the beginning of last century with the intention to find out why and how Chinese translators, influenced by the concept of a unified English literature constructed by the English literary scholars and critics, failed to reproduce Scottishness in the works of the three eminent writers Robert Burns, Sir Walter Scott and Lord George Gordon Byron, the most translated Scottish writers in modern China as well. This book reviews both Scottish literary history and Chinese translation history of English literature since the turn of the 20th century, in combination of socio-historical and linguistic factors with literary theories of national identity and literary criticism by a comparative study between their original texts and the Chinese versions.

The book is going to point out that a comprehensive understanding of Scottish writers lies in the restoration of the Scottishness in their works or their Scottish identities, and a need for many eminent Scottish literary figures and their works to be introduced and translated into China is helpful for Chinese readers to get a full comprehension of English literature.

目　　录

导　言

“无论是过去为英国文学添彩增色的，还是现在为英国文学提高声誉的，其主要作者多在苏格兰出生和受教育，如哈奇森为英国的哲学和文学播下了多产的种子，结出了丰硕且营养丰富的果实。”

——意大利都灵大学教授德尼纳(Carlo Denina)(1731—1813)《话语中的文学史》

(《苏格兰人杂志》第26期，1764)

《友谊天长地久》(*Auld Lang Syne*)是世界各地广为流传的英文经典歌曲。原是苏格兰古老民谣，由著名诗人彭斯(Robert Burns，1759—1796)根据民间口头传唱用苏格兰语记录下来，1788年被改编成优美诗歌，由作曲家谱曲后展现了长久的艺术魅力，成为世界音乐史上的灿烂明珠。不过，大部分人虽能随口哼出整首歌曲旋律，却只能唱出小段歌词。更为遗憾的是，正如没有关注这首诗歌的苏格兰渊源，中国汉译外国文学百年历程中，也未留意英国文学史上作家作品的苏格兰因素，王佐良《苏格兰诗选》(1986)之前，中国更是没有“苏格兰文学”概念。

可是，苏格兰之于英国独特而又重要。2014年9月18日，苏格兰独立公投，选择留在联合王国的选民比选择脱离英国的选民仅多5%。9月19日，卡梅伦首相就公投及其结果发表演讲，“证据显示，只有四百万选民参加独立公投(referendum)，但六千三百万英国人都深受影响”(当日BBC滚动新闻)。“大不列颠及北爱尔兰联合王国”问题，除了北爱尔兰和大不列颠冲突外，还有大不列颠内部的苏格兰和英格兰矛盾，而且远比看到的激烈和长久。

若深入推究，就会发现苏格兰和北爱尔兰一样，都是久未充分融入英国的王国。苏格兰在公元843年已是独立的王国，而且1603年苏格兰王詹姆士六世成为英格兰王詹姆士一世(James Ⅵ and Ⅰ，1566—1625)，两个王国尊苏格兰国王为共同君主；1707年，苏格兰和英格兰签署《联合法案》，合并为“大不列颠王国”(Kingdom of Great Britain)，苏格兰成为大不列颠北部地区，斯图亚特王朝(The House of Stuart)即大不列颠第一个王朝。1800 年 8 月，大不列颠和爱尔兰签署《1800 年联合法案》(Act of Union 1800)，第二年元旦始，包括英格兰、苏格兰和威尔士的大不列颠王国，兼并爱尔兰王国，英国易名为“大不列颠及爱尔兰联合王国”(The United Kingdom of Great Britain and Ireland)。1922 年，爱尔兰自由邦脱离联合王国；1927 年联合王国更名为“大不列颠及北爱尔兰联合王国”(The United Kingdom of Great Britain and Northern Ireland)。整个过程中，苏格兰法理上是联合王国中和英格兰平等的成员，但国家认同层面上，却因历史恩怨和联合后诸多问题，英苏隔阂依然存在，深刻影响了苏格兰完全融入英国。联合王国转为大英帝国后，一方面大量苏格兰人背井离乡，如 1911 年苏格兰人口近 476.1 万人，1913 年有 3.6 万苏格兰人移民海外(多流寓到加拿大)，当今散居世界各地的苏格兰人超出苏格兰本土的苏格兰人，公投之前英国人口统计，英格兰有 80 万、爱尔兰和威尔士有 40 万；另一方面苏格兰人大量失业，1929 年失业率达 12.1%，1932 年跃到 27.7%，1934 年达到 23.1%，1936 年维持在 18.7%，1938—1939 年继续在 13.6%的高位徘徊[①]。对此，苏格兰人要求自治或独立的呼声始终不绝，1885 年英国政府被迫成立苏格兰事务办公室、设“苏格兰部长”，专责苏格兰的卫生、教育、法制、农业、渔业等问题；1900 年苏格兰劳工党(the Scottish Labour Party)成立。可是，退居为世界第二大经济体的英国，二战后经济持续高速增长，苏格兰人赖以生存的纺织、制造等却遭受重创，再度激发苏格兰的独立要求。1979 年苏格兰就是否成立自治议会举行公投，1989 年苏格兰宪法大会成立并拟定包括直选苏格兰议会、赋予其更多立法功能等的建议书。正因如此，“国际社会主义集团”(the International Socialist Group)党魁班贝瑞(Chris Bambery)的《苏格兰民族问题》(1995)和《苏格兰国民史》(2014)，爱丁堡大学历史学教授林奇(Michael Lynch，1946—)的《牛津苏格兰历史指南》(2001)，苏格兰历史学家哈维(Christopher Harvie，1944—)的《苏格兰与民族主义：1707 年至今的苏格兰社会和政治》(1977 年第 1 版，2004 年第 4 版)、《通往自治之路：苏格兰民族主义形象》(2000)等多认为，统一独立的苏格兰王国在 1296 年被英格兰占领后，1328 年重获独立，只因 17 世纪 90 年代苏格兰征服巴拿马达林计划破产，英格兰王国以经济援助为

① David Ross. *Scotland: History of a Nation*. Glasgow: Lomond, 2014, p. 343, pp. 345-346.

由，迫使苏格兰签署《联合法案》，但成为大英帝国征服世界重要力量的苏格兰，深感不平等，不断寻求苏格兰民族独立，直至 2007 年地方大选，以争取苏格兰独立为宗旨的苏格兰民族党(Scottish National Party, SNP)，战胜执掌苏格兰大权 50 年之久的工党。

其间苏格兰文学艺术发展和研究成为推动苏格兰诉求的重要力量，苏格兰地区各大学设立专门的苏格兰研究机构，如英国最古老十所大学有四所在苏格兰，其中始建于 1413 年的苏格兰第一所大学、英语世界中仅次于牛津、剑桥大学的第三古老大学圣安德鲁斯大学，历史学院设有"苏格兰历史研究"(Scottish Historical Studies)专业；建于 1451 年的全球最古老十所大学之一的格拉斯哥大学，1971 年批评研究学院创办的"苏格兰文学系"(Scottish Literature)，与"英语系"和"英国文学系"并列；创建于 1583 年的英国六所最古老大学之一的爱丁堡大学，其语言文化学院设有"英国文学系"和"凯尔特与苏格兰研究系"(Celtic and Scottish Studies)，和"亚洲研究系"、"欧洲语言文化研究系"等并列。格拉斯哥大学教授吉福德(Douglas Gifford)在《苏格兰文学：英语和苏格兰语》(2002)称，"随着苏格兰议会的再度合法，许多学校和大学开设了和苏格兰文学相关的新课程，更重视苏格兰文化"①。与之相应，这些大学的出版社，以及全球顶尖学术出版社之一的布莱克威尔出版社(Blackwell Publishing)，出版了大量关于苏格兰问题研究之作。始于 1947 年的爱丁堡国际艺术节，从 1950 年开始成为彰显苏格兰艺术魅力的场域，独具民族特色的苏格兰军乐团表演，呈现出苏格兰古战场的历史悲壮等，以现场感形式呈现苏格兰民族自豪感。因此，有 86%的国民参加、约 45%的选民支持的苏格兰独立公投，不是苏格兰议会领袖萨蒙德(Alexander Salmond, 1954—)政治运作的成果，也不只是学界的主张，而有着相当的民意基础、历史根据和美学根基。

同样重要的是，英格兰在文化上也并未认同苏格兰。1803 年，诗人华兹华斯(William Wordsworth, 1770—1850)和妹妹多萝西(Dorothy Wordsworth, 1771—1855)、诗人柯勒律治(Samuel Taylor Coleridge, 1772—1834)同游苏格兰高地六周，分别留下了关于苏格兰的文字。华兹华斯的诗篇《孤独的割麦女》(*The Solitary Reaper*, 1805)以好奇的目光描

① Douglas Gifford, Sarah Dunnigan and Alan MacGillivray. *How to Use This Book*: *Scottish Literature*: *A Study Guide*. Edinburgh: Edinburgh University Press, 2001, p. viii.

写了苏格兰高地姑娘用盖尔语唱歌的情形，“没人告诉我她唱的是什么/哀怨的曲调里也许在流传/古老，不幸，悠久的事情，/还有久远的征战；/或者她唱的并不特殊，/只是今日的家常事故？/那些天然的丧忧、哀痛，/有过的，以后还会有的种种？”(卞之琳译，稍有改动)[①]。诗中，作者把苏格兰盖尔语当作外语，其语义也传达着陌生感。多萝西的《苏格兰旅游回忆》，在她去世20年后，由苏格兰批评家夏尔普(John Shairp，1819—1885)整理出版。叙述了工业化对仿佛异国他乡的苏格兰的冲击，农村人口减少、破败惨状。她热衷于把“和英格兰不一样”的苏格兰自然景观视为异域，虽然对苏格兰高地的地理知识有所欠缺[②]，但无碍这本书成为著名游记。同行的柯勒律治也写下苏格兰不同于英格兰的文字，后人发现“他意识到苏格兰作为地方、风景、想象空间，或是旅游地，与他心目中的苏格兰作为国家，区别甚大”，“在他笔下，苏格兰是英国的伟大诗歌主人公……烦恼的是彭斯一类的苏格兰人极少”[③]。1818年6月，著名诗人济慈(John Keats，1795—1821)和兄弟及友人造访苏格兰，行前虽读过苏格兰指南之类图书，但旅途仍给他留下了苏格兰是另一个国家的印象，致兄弟信中说：“我第一次置身于这个国家。这里有些人讲的外语是急促而含混的盖尔语，另一些人则讲英语”[④]。1763年，塞缪尔·约翰逊博士(Samuel Johnson，1709—1784)同友人漫游苏格兰83天，12年后刊行著名游记《苏格兰西部群岛游记》(1775)，称苏格兰“是我们的邻居”，有着不同于英格兰的粗犷山川、奇异的生活和风俗、陌生的语言，虽然主张“我们不应太匆忙地蔑视”，但仍把它视为另一国度的贫穷邻居，并以文明人眼光审视之[⑤]。更有直接排斥苏格兰知识分子的案例，如苏格兰启蒙运动以及西方哲学历史中最重要的人物之一、爱丁堡大学教授大卫·休谟(David Hume，1711—1776)临终前写到，其《人性论》(1739—1740)在伦敦“未诞生便在出版社夭折了”(fell dead-born from the press)；另一位苏格兰哲学家特恩布尔(George Turnbull，1698—1748)之作《道德

① Thomas Rae ed. *William Wordsworth in Scotland: A Selection from the Poems Inspired by His Visit to Scotland in* 1803. Greenock: The Signet Press, 1957.

② 多萝西·华兹华斯著、倪庆饩译：《苏格兰旅游回忆》，昆明：云南人民出版社，2011年，第13页。

③ Seamus Perry "Coleridge's Scotland", *Coleridge Bulletin*, New Series 17, 2001, pp. 58-75.

④ Hyder E. Rollins ed. *The Letters of John Keats* 1814-1821. Cambridge, Mass.: Harvard University Press, 1958, Vol. 2, p. 89.

⑤ Samuel Johnson. *A Journey to the Western Islands of Scotland*. London: J. Pope, 1775.

与基督教哲学原理》(1740)，在伦敦出版时也遭遇类似命运[①]。尤其是，国歌《天佑女王》(“God Save the Queen”)有敌视苏格兰人的语句“反叛的苏格兰人必遭镇压”(rebellious Scots to crush)[②]。

中国译介外国文学的高潮，尽管始于对英国文学作品的译介，数目品种最多，但基本上不存在“苏格兰文学”概念，因其淹没在英国文学盛名之下。1909 年苏曼殊(1884—1918)翻译了彭斯诗篇《颎颎赤墙靡》(即《一朵红红的玫瑰》)，1926 年 9 月刊行于《学衡》杂志(第 57 期)的 12 首彭斯诗篇，到 1944 年 3 月《中原》杂志刊载袁水拍翻译的彭斯诗 10 首，虽然都提到彭斯是苏格兰人，却基本上限于他是英国农民诗人的范畴，未深究其创作魅力在于感性地呈现苏格兰性。同样，自 1907 年林纾和魏易合译《十字军英雄记》和《剑底鸳鸯》以来，司各特就一直为中国所熟悉的最重要的英国浪漫主义小说家，但其苏格兰身份复杂性直到近年来才具体探究。至于拜伦作品，百余年来译介数量种类繁多，“苏曼殊翻译的《拜伦诗选》，特别是名篇《哀希腊》，古雅铿锵，传诵一时”[③]，但却没关心拜伦在苏格兰第三大城市阿伯丁长大和母亲是苏格兰人的事实，及拜伦不满大英帝国政治的内在根源。诸如此类意味着，汉译英国文学中是否存在苏格兰文学，不是问题；至于 2004 年联合国教科文组织授予苏格兰首府爱丁堡为世界“文学之都”，在中国就更没有成为话题。

在英国文学框架下，中国对苏格兰文学关注甚少，却不能认为苏格兰和中国没有关联，或苏格兰对于世界的作用微不足道。事实上，苏格兰和中国文化渊源深厚。

第一，汉学家理雅各(James Legge，1815—1897)，出生于苏格兰阿伯丁郡，在当地学校接受基础教育，1831—1835 年就学于阿伯丁王室学院。他受苏格兰传教士米怜(William Milne，1785—1822)影响，走上传教士之路。因苏格兰基督教(浸信会和长老会)神学开放性，理雅各对中国文化经典产生强烈兴趣，秉持尊敬态度，后以伦敦布道会传教士身份，

① Richard B. Sher. *Scottish Authors & Their Publishers in Eighteenth-Century Britain, Ireland and America*. Chicago & London: The University of Chicago Press, 2006, p. 47.

② 1745 年，英王乔治二世平定了詹姆斯二世党人查理王子(Bonnie Prince Charlie)试图谋求英国王位的事件。对此，出现《天佑英王》的颂歌(若国王是男性，歌名为 God Save the King；国王是女性，改为 God Save the Queen)。因支持查理的詹姆斯党人，多是苏格兰人，因此《天佑英王》最后一段针对英格兰平叛苏格兰。

③ 王建开：《五四以来我国英美文学作品译介史：1919—1949》，上海：上海外语教育出版社，2003 年，第 17 页。

任香港英华书院校长。不同于信仰英格兰国教的其他汉学家成为欧洲首位系统研究、翻译中国古代经典的汉学家。

第二，晚清民初声名赫赫、20世纪80年代末以来愈发受国人尊敬的文化保守主义者辜鸿铭(1857—1928)，其保守主义思想和苏格兰哲学息息相关，反映在英文著述上颇具维多利亚风格，更有苏格兰思想家托马斯·卡莱尔(Thomas Carlyle，1795—1881)风范。辜鸿铭义父母布朗夫妇为苏格兰人，辜鸿铭13岁时随他们到爱丁堡，开始系统接受苏格兰教育，1873—1874年入爱丁堡大学文学院攻读西方文学。义父和文化保守主义领袖、苏格兰评论家、时任爱丁堡大学校长卡莱尔为故交，多有来往；入学后辜鸿铭经常得卡莱尔当面指教，“对辜鸿铭一生产生最大影响的，就数卡莱尔”，由此辜鸿铭也同样厌恶英国工业革命所致的社会弊病①。

第三，清末民初盛行外国文学译介，英国侦探小说和冒险小说尤甚，柯南·道尔(Arthur Conan Doyle，1859—1930)福尔摩斯系列小说的译作近百种，“1896年《时务报》上首先刊登了张坤德译的英国小说家柯南·道尔的四篇侦探小说，题为《歇洛克·呵尔唔斯笔记》，呵尔唔斯，即福尔摩斯。”②1912年开始任《小说月报》主编的商务印书馆编辑恽铁樵(1878—1935)，热衷于出版福尔摩斯探案集，称“吾国新小说之破天荒，为《茶花女轶事》、《迦因小传》。若其寝昌寝炽之时代，则本馆所译《福尔摩斯侦探案》。”③1919—1949年间，在中国“从译介的数量上看，译介最多的作家是柯南·道尔……”④实际上，柯南·道尔出生于爱丁堡，就读于爱丁堡大学医学系(1876—1881)，父母为爱尔兰族裔，但若论影响力的深刻，远不及和苏格兰同宗同源的凯尔特民族记忆，福尔摩斯这位睿智侦探，其智慧中闪烁着苏格兰启蒙哲学。但在中国读者心目中，福尔摩斯始终

---

① 辜鸿铭及布朗夫妇抵达爱丁堡不久，义父就教辜鸿铭阅读“苏格兰最有才华的思想家”卡莱尔深刻反思激进主义革命的著作《法国革命史》。该作也成为他最爱读的经典。1869年以优异成绩考入爱丁堡大学后，义父亲自带着他拜见1865年始任校长的卡莱尔教授，此后卡莱尔常教育他，“世界已走向一条错误之路”；“现在是资本主义时代，大腹便便的资本家控制着世界”；“你是中国人，立足于古老的东方，要知道，人类的一线光明，就是中国的民主思想。可叹，民主思想，在中国从未实现，传到法国后引发法国大革命”；“你要领会美，领会崇高的世界，不要被粗鄙的东西所诱惑”(据严光辉《辜鸿铭传》，海南出版社，1996年，第20—25页)。

② 郭延礼：《中国近代翻译文学概论》，武汉：湖北教育出版社，2001年，第29页。

③ 铁樵：《作者七人序》，载《小说月报》1915年第6卷第7期。

④ 王建开：《五四以来我国英美文学作品译介史：1919—1949》，上海：上海外语教育出版社，2003年，第16页。

只是英国侦探小说中的著名侦探而已，鲜有人研究他是苏格兰裔，更少有人查考这位侦探身上所隐含的爱丁堡痕迹、苏格兰哲学智慧。

类似还有，在中国有多达18个译本的间谍悬疑小说《三十九级台阶》，很多惊心动魄的情节发生在苏格兰。作者系英国保守党议员、第十五任加拿大总督巴肯(John Buchan，1875—1940)，出生于苏格兰珀斯(Perth)，毕业于格拉斯哥大学，因《尼尔森的战争史》当选苏格兰历史学会主席，以《瓦尔特·司各特爵士》获文学声望。

第四，《金枝》对中国民族学、人类学和文学发展产生巨大影响，出现过5个汉译本，译介者有费孝通、吴文藻、刘魁立等杰出学者。至今仍有新译本问世，如汪培基等人的译本(商务印书馆，2012)。作者弗雷泽(James G. Frazer，1854—1941)出生于格拉斯哥，曾在格拉斯哥大学深造。《金枝》关于巫术—宗教—科学之进化的思想，皆因受苏格兰哲学影响，成为最具影响力的人类学之作。

第五，生活中不可或缺的电话、电视机、青霉素等，皆由苏格兰人发明；力推市场经济，又严肃倡导市场伦理原则的亚当·斯密(Adam Smith，1723—1790)，出生于苏格兰法弗郡(County Fife)，就学和工作于格拉斯哥大学。在资本主义大潮开始浩浩荡荡发展之际问世的《道德情操论》(1759)，以及提出创造性概念"看不见的手/无形之手"(invisible hand)之作《国富论》(1776)，都是重要的苏格兰哲学力作，很早就由严复(1854—1921)汉译。苏格兰人关于现代人类普遍问题之探索，给大英帝国走向辉煌提供了理论依据。但中国很少思考苏格兰产生巨大科学创造力的原因。

由此产生的困惑，稍加梳理，就能发现苏格兰在中国的知识虽星星点点，却丰厚悠久，但中国何以未能确立了解苏格兰知识体系的观念？这与百余年汉译英国文学未给苏格兰文学留下应得席位有何关系？屏蔽苏格兰文学的英国文学史结构，为何在中国学界理所当然？如何通过翻译理论和实践，还原苏格兰文学作品的原貌，揭示出异于英格兰文学的苏格兰文学之美学魅力？值得深入探讨。

一、英国文学框架下的苏格兰文学：汉译史和学术史

清末大量译介的英国文学中，今天看来有不少苏格兰名家名作。林纾与魏易(1880—1930)、王寿昌(1864—1926)等合作翻译的司各特《撒克

逊劫后英雄略》(1905)、《十字军英雄记》(1907)、《剑底鸳鸯》(1907)等等，皆因情节扣人心弦、故事惊心动魄、人物形象性格分明，畅销一时。其内容多与苏格兰和英格兰争执有关，细节处处显露出苏格兰的地名、历史典故、风土人情等，不研究苏格兰和英格兰的历史恩怨，则无法领略这些作品的魅力；不深入辨析司各特叙述事关英国历史定位等重大问题的视角、立场，要读懂司各特几乎不可能。周瘦鹃所译《欧美名家短篇小说丛刊》(中华书局，1917)上卷，把柯南·道尔的《缠绵》《黑别墅之主人》和《病诡》等作品，自然归于"英吉利之部"，后也未有人论述柯南·道尔作品的苏格兰性，如欠缺苏格兰启蒙哲学知识，则难以切实理解福尔摩斯的侦探智慧。自梁启超(1873—1929)《新中国未来记》(1902)引用拜伦《哀希腊》两节、苏曼殊出版英译汉诗集《文学姻缘》和《拜伦诗作》(1908)等，每个时代皆有文豪和文学名流涉足拜伦诗篇翻译。1924年拜伦逝世百年，中国出现纪念高潮，《小说月报》第15卷4号(是年4月)推出"拜伦专辑"，但少有探讨拜伦的苏格兰血缘和阿伯丁经历之于他创作的意义，不关注他屡屡挑战大英帝国官方话语、正统价值观，与表达苏格兰诉求的关联。笼统将这些名家译介归于英国文学，原作的苏格兰性、苏格兰因素或苏格兰诉求，自然销蚀于庞大的英国文学汪洋中，造成译作影响力再大，也对促进中国了解苏格兰文学微不足道。汉译再多的司各特历史小说、彭斯的诗篇、拜伦作品等，都无法明了作家的独特性，更无法理解英国文学的复杂性，从而无助于探究大英帝国内部的紧张关系，如胡适之《文学改良刍议》(1917)引述，"吾十年前尝有读《十字军英雄记》一诗云，'岂有酖人羊叔子，焉知微服赵主父？十字军真儿戏耳，独此两人可千古。'以两典包尽全书，当时颇沾沾自喜，其实此种诗，尽可不作也"①。

显而易见，汉语读者对苏格兰文学茫然不知，并非中国译介者有意为之，而源于英国人所构建的"英国文学"自然屏蔽苏格兰性、凸显统一的英国文学。

众所周知，英国文学经典的确立，代表英格兰王室的西敏寺所设置的"诗人角"起了不可低估的定位作用。苏格兰作家能进入西敏寺的甚少，唯有司各特和彭斯等，理由如桑德斯(Andrew Sanders)《牛津简明英国文学史》(1994)所说，因西敏寺扩大入选范围，"说到英国文人，人们应该

① 胡适：《胡适文集2·胡适文存》，北京：北京大学出版社，1998年，第12页。

记得，维多利亚时期对所选范围的要求只是增加瓦尔特·司各特爵士和罗伯特·彭斯的半身像，纪念美国的朗费罗和澳大利亚诗人亚当·林赛·戈登”，“把文学视为不列颠民族的标志性成就，以及民族的统一性和国家制度连续性的体现”。19世纪50年代督察新议会大厅的装饰图案也选择了司各特作品的题材，“承认苏格兰在此统一体中的地位，且很明显，没有找到爱尔兰的代表性人物”①。英格兰王室通过宗教干预文学的行为，为建构以英格兰文学为主体的统一的英国文学奠定了坚实的基础，正如威尔士、苏格兰和(北)爱尔兰只是英国的地理区域一样，苏格兰文学、威尔士文学、(北)爱尔兰文学自然是以英格兰文学为主体的英国文学之元素，在表述上不再有主体性价值，在审美上不表示有独特的文化属性和文学传统。这种英国文学建构观念，也得到文学界和大学的呼应。

西敏寺所确定的文学经典，很快得到文学家认可，自觉沿袭经典化传统。华兹华斯称，“当我开始献身于诗人生涯时，我有一个坚定的信念，我必须以乔叟、莎士比亚、斯宾塞和弥尔顿四位诗人为榜样”②。后来的现代主义作家，则把进入诗人角的前辈作为超越对象。

19世纪30年代，伦敦大学和国王学院开设的英格兰文学和历史课程中，更强调英格兰经典作家的英语书写，如学士学位考试题就包括一篇关于英格兰语言、文学和历史的论文，题目多出自经典作家作品。司提波奈学院(Stepney College)院长约瑟夫·安格斯(Joseph Angus，1816—1902)，在《英格兰文学手册》(1865)中强调，关于英格兰及其文化的宏大帝国理念已逐渐涵盖大不列颠各方面，坚信“英格兰文学乃英格兰民族生活的反映，展示了我们赖以得到自由进步的原则，以愿意倾听的人们讲述其经历”，“没有一个民族能发明这种原则，除非如英格兰那样；任何民族只要接受这些原则，欢迎它，就会在其生活中按我们的形象重塑自己”③。无独有偶，1862年任都柏林市纽曼天主教大学英格兰文学教授的小托马斯·阿诺德在其《英国文学指南》(1862年出版，1868年增写重印，更名为《乔叟到华兹华斯：从最早期至今的英国文学简史》)中批评浪漫主义文学受法国影响及其危险，认为未来英国文学研究将大有可为，“一个

① [英]安德鲁·桑德斯著，谷启楠等译：《牛津简明英国文学史》(上)，北京：人民文学出版社，2000年，第4、7页。

② [英]安德鲁·桑德斯著，谷启楠等译：《牛津简明英国文学史》(上)，北京：人民文学出版社，2000年，第5页。

③ [英]安德鲁·桑德斯著，谷启楠等译：《牛津简明英国文学史》(上)，北京：人民文学出版社，2000年，第11页。

世纪后，英国人不会相信(scarcely believe)英格兰最古老又重要的大学(牛津)在1868年之前没有设立系统研究民族文学的教席”[①]。这种情形，随着大英帝国的强势有增无减，20世纪初已势不可挡，后来成为英国著名思想家的利维斯(Frank R. Leavis，1895—1978)，任剑桥大学讲师时给英语系学生开书目，要求学生精读莎士比亚、乔叟和亨利森、斯宾塞、马洛、多恩、培根、弥尔顿、德莱顿、蒲柏、约翰逊、伯克、柯勒律治、华兹华斯、济慈、拜伦、雪莱、狄更斯、布朗宁、卡莱尔等伟大作家之作，但不顾及拜伦和卡莱尔的苏格兰因素，回避卡莱尔《法国革命史》(1837)和《论英雄、英雄崇拜和历史上的英雄事迹》(1841)等所包含的苏格兰诉求。1932—1953年间，他连续21年任《细读》评论季刊主要创办人、编辑，借机传播英国文学观，其《英诗新方向》(1932)虽批评推崇弥尔顿的文风，却未触及苏格兰文学被销蚀的英国文学史结构。

源自西敏寺的英国文学史观，随着英国影响力扩大，成为国际上的普遍认知。1929年，莱格易斯(Emile Legouis)和卡扎米安(Louis Cazamian)合编的《英国文学史》与法国索邦大学的英国文学教科书《英国文学简史》(1934)，同样坚持这样的英国文学史观。自1962年以来，诺顿出版公司共出版八版格林布拉特(S. Greenblatt，1943—　)和艾布拉姆斯(M. H. Abrams，1912—2015)主编的《诺顿英国文学选：重要作家作品》，前后八版促成英国文学经典在全球的确立。主编格林布拉特和艾布拉姆斯，剑桥大学毕业，前者1934—1935年受瑞恰兹指导，迷恋英国浪漫主义文学批评，后者1966—1968年访学剑桥彭布罗克学院，痴迷于对莎士比亚进行历史主义批评。该文选，完全遵循西敏寺原则、服膺于主流英国学术界的正统文学史观，将苏格兰文学完全销蚀于英国文学框架之下，成为近半个多世纪以来全球译介和研究英国文学、建构英国文学史的基本依据。以上足以显示现代人文学术制度在英国建立以来，重视英国文学史建构、教学，随英国影响力而遍及世界，把西敏寺的英国文学史观变成畅行的英国文学史观[②]。中国的英语学科(文学方向、翻译方向)建设、发展，依托的正是此文学史观。

在以英格兰为主体的英国文学史观中，彰显苏格兰性的苏格兰文学

① [英]安德鲁·桑德斯著，谷启楠等译：《牛津简明英国文学史》(上)，北京：人民文学出版社，2000年，第12页。

② 参见程巍：《文学的政治底稿：英美文学史论集》，上海：复旦大学出版社，2014年；程巍：《泰坦尼克号上的中国佬：种族主义的想象力》，桂林：漓江出版社，2013年。

自然不断遭到销蚀。苏格兰本有特定的诗人术语“马卡”(Makar)，类似于古希腊“诗人”(ποιητῆs /*poiētēs*)概念，即强调用自己的语言创作风格庄严的诗歌，诗歌要和苏格兰人的历史、身份相关，罗伯特·亨利森(Robert Henryson，1440—1506)、邓巴(William Dunbar，1456—1520)、道格拉斯(Gavin Douglas，约1474—1522)等苏格兰著名诗人，皆体现了这种诗歌特点[①]。但影响巨大的阿尔伯特的《英国文学史》(1923年初版，1979年第5版、2000年第6版)却认为，乔叟(Geoffrey Chaucer，1343—1400)时代英语已经成为英伦各大学的标准语言，英语标准化(standardizing of English)使得包括苏格兰语言在内的各方言，都在加速从文学中离开，如亨利森的叙事长诗《克莉塞德的遗言》(1460—1500)、邓巴的《金色圆盾》(1502)和《菊花和玫瑰》(1503)等挽歌，道格拉斯的《荣誉的位置》(1501)等，“在把乔叟诗歌的高雅和粗俗的相混合过程中，加上了自己冷峻犀利的修辞”，甚至道格拉斯把维吉尔《埃涅阿斯纪》译成苏格兰语时也有这个特点，所以他们通常被视为乔叟的继承人、苏格兰“乔叟派”代表(the chief of the Scottish Chaucerian poets)[②]。这种情形，随着“英国文学”知识的稳定、普及，已成为各权威文学史版本的普遍认知。对此，王佐良(1916—1995)在《苏格兰诗选》(1986)中批评说，“中古时期苏格兰诗人无心，也无需模仿这位伦敦诗人，因为一来他们可以依靠苏格兰本土的凯尔特文学传统，二来他们可以直接去取用乔叟曾用过的欧洲大陆上的某些材料源流；历史上苏格兰同法国的关系密切，超过英国同法国。”[③]王佐良的观点有历史根据：1314年班诺克本之战后，英格兰在事实上就承认苏格兰是独立王国(十四年后签署《爱丁堡—北安普顿协议》，宣布结束1296年战争状态，在法律上承认苏格兰的独立国家地位)，苏格兰和欧洲关系之密切程度远胜于和英格兰的关系。当然，英苏文学关系复杂，按英国文化史学家、苏格兰文学史家、苏格兰文学批评家戴启斯(David Daiches，1912—2005)《英国文学批评史》(1960)所述，中世纪苏格兰语和苏格兰文学传统是独立存在的，因《苏格兰哀怨》(1549)所列举的许多民间故事、罗曼司和流行民歌等大多失传了，使苏格兰盖尔语文学在盖尔

---

① John Corbett. *Written in the Language of the Scottish Nation: A History of Literary Translation into Scots Topics in Translation*. Clevedon etc: Multilingual Matters Ltd., 1998, p. 64.

② Edward Albert. *The History of English Literature*. Oxford University Press, 1979, p. 32, pp. 50-58.

③ 王佐良：《苏格兰诗选》，长沙：湖南人民出版社，1986年，第1页。

语世界中变得无足轻重，“但在地理和语言的关系上，南部低地苏格兰和北英格兰关系，甚至比英格兰的南部和北部更为紧密，苏格兰作为统一的民族在发展上相对要落后得多。这些因素导致对 1603 年之前苏格兰文学之身份的定义，或描述此后用英语书写并为英语读者创作的作家，如写有《蓝登传》(1748)的斯摩莱特(Tobias Smollet，1721—1771)是英国文学家还是苏格兰小说家，时常是很困难的”[①]。实际上，对于这样的复杂现象，桑德斯《牛津简明英国文学史》(1994)却为“英国文学”合法性找到了根据：以英格兰为主体的英国(English)文学，把盎格鲁-爱尔兰文学家、盎格鲁-苏格兰文学家、盎格鲁-威尔士文学家纳入其中，“并非出于帝国的傲慢，也不是因为无知，而是因无法轻易地把某些爱尔兰作家、苏格兰作家、威尔士作家从英格兰传统或广义的英格兰文学中分离出来，因英格兰文学曾包括大不列颠诸岛的区域性的、地方性的和其他民族性的传统。把叶芝视为盎格鲁-爱尔兰诗人固然恰当，但我们在多大程度上能把萧伯纳仅视为盎格鲁-爱尔兰剧作家呢？乔伊斯和贝克特确实故意把英格兰说成是爱尔兰的流放地，但我们怎能轻易地把伯克、戈尔德·斯密思、王尔德、乔治·穆尔、布拉姆斯托克或路易斯·麦克尼斯等作家，与他们自己选择的英格兰背景分开呢？写 18 世纪英格兰文学怎能不提斯威夫特？论述亨利森和邓巴时抛弃‘苏格兰的乔叟式的’修饰语是对的，承认他们应被视为是在苏格兰在松散的乔叟传统进行创作的苏格兰诗人，这样做是恰当的，但能在多大程度上接受詹姆斯·汤姆逊是恰好在英格兰按松散的弥尔顿传统进行创作的苏格兰诗人这样的观点呢？承认狄兰·托马斯的威尔士特性固然重要，但要承认亨利·沃斯的威尔士特性就很困难”[②]。对于如此严密的论述，把彰显苏格兰性的苏格兰文学纳入英国文学框架，已成为英格兰主流社会共识，如 1841 年成立的“王室督察新议会大厦装饰方案委员会”，决定室内壁画题材取自不列颠历史和斯宾塞、莎士比亚、弥尔顿三位英格兰诗人的作品，后又增添了乔叟、德莱顿、蒲柏、拜伦和司各特等的作品，在这些文学家的故乡，大多设有文学博物馆。在诗人角占据最为重要位置的莎士比亚，其家乡斯特拉特福镇则成为英国最著名的文学圣地。在英格兰读者看来，这一切似乎无

---

① David Daiches. *A Critical History of English Literature*. Vol. 1, New York: The Ronald Press Company, 1969, p. 504.

② [英] 安德鲁·桑德斯著，谷启楠等译：《牛津简明英国文学史》，北京：人民文学出版社，2000 年，第 20—21 页。

可厚非。

而中国译介苏格兰文学，百余年历程，或从英国已建构的经典序列中选择，或依据当下主流英国批评家正热烈讨论的意见，即只能在英国文学框架下译介：

无论是林纾、马君武、柳无忌、梁遇春等在清末民初所翻译的诸多畅销书中的英国文学作品，还是朱生豪、梁实秋、方平等著名翻译家和文学家所翻译的英国文学经典，皆依据既有的英国文学经典标准。不仅如此，中国著述的"英国文学史"，依据的也是英国文学史家判断，如王靖的《英国文学史》(上海泰东图书局，1920年初版、1927年再版)、欧阳兰编译的《英国文学史》(京师大学文库出版部，1927年)、曾虚白(1895—1994)的《英国文学ABC》(上海世界书局，1928年)、章太炎先生弟子金震(字东雷，1905—1991)的《英国文学史纲》(上海商务印书馆，1937年)、李祁的《英国文学》(上海华夏图书公司，1948年)等，无一不是英格兰的英国文学史观的翻版和移植。此后的中国，除了遵循苏联标准的那段时间外，更多的时候，理所当然地依从以上的英国文学经典标准，翻译了从乔叟到当代作家的重要作品，包括莎士比亚、弥尔顿(John Milton，1608—1674)、华兹华斯、拜伦、雪莱、狄更斯、哈代、伍尔夫(Adeline Virginia Woolf，1882—1941)等英国文学经典作家的力作，悉数变成英国文学经典汉语版。如是译介英国文学，彰显出英国文学的英格兰主体性，使得绝大多数和苏格兰性相关的文学都销蚀于这种文学经典建构之中，由此塑造了中国读者统一的英国文学的意识。即便对汉译英国文学反思，也须在以英格兰为主体的英国文学框架下进行，至今未有根本变化。例如，上海外国语大学博士吴赟的《翻译·构建·影响——英国浪漫主义诗歌在中国》中称，彭斯"拉开了英国浪漫主义诗歌的序幕"，在感伤主义文学盛行之际，"努力从丰富的民间文学中汲取乐观、明朗的养料和古代民歌形式，熟练运用苏格兰鲜活、醇厚的方言和民歌题材去写劳动人民朝气蓬勃的生活和斗争，也继承了斯威夫特和菲尔丁的现实主义优秀传统……为当时英国陈腐诗风添上了鲜亮活泼的色彩"，虽然彭斯诗歌，无论是苏格兰语创作的，还是英语书写的，皆未唤起伦敦的英格兰批评家热忱。谈及拜伦即"英国浪漫主义中最具独特气质的诗人"，"在浪漫主义时期的诗坛上，真正具有影响力的主流诗人"，"19世纪上半期最为著名的浪漫主义诗人"，"对统治阶级的憎恨和下层人民的同情，引发他对自由的渴望和追求"，不涉拜伦的苏格兰性——与其相依为命的母亲为苏格兰人、拜伦本人在苏格兰长大、与英国政府对抗的深层原因；更不会论及华兹华斯和济慈等人对苏格兰文化的复杂情感[①]。

然而，的确存在着诉诸苏格兰心声的"苏格兰文学"(Scottish Literature)。1903 年米勒(John Hepburn Millar，1864—1929)的《苏格兰文学史》，查考了 18 世纪苏格兰诗歌、之后英语和苏格兰语书写的苏格兰文学，以及彭斯代表苏格兰人情怀的文学经典。稍后，牛津大学和格拉斯哥大学教授狄克森(William Macneile Dixon，1866—1946)的《〈爱丁堡苏格兰诗歌书目〉导论》(1910)论述了"何谓苏格兰诗歌"，提出"苏格兰诗歌仅仅是英国诗歌的另一个名称，由出生于苏格兰和有苏格兰血统的人所创作，否则，如何与桂冠诗人德莱登(John Dryden，1631—1700)或济慈区分开来？或苏格兰诗歌乃古代格子呢王国北部地区诗人所创作的，较之于欧洲其他民族的诗歌，其主题和情感之差别，如同使用不同语言差别之巨"，"苏格兰文学，会因忽视那些不容易被撒克逊民族的名字所同化的伟大人物，而变得枯萎"，"苏格兰诗歌意味着是苏格兰人创作的作品，无论是用英语或苏格兰语书写。若是本地语的诗更具典型性、具有原创特征，那么苏格兰创作的英语诗歌也就会告诉我们某些苏格兰的事情。若是罗伯特·弗格森(Robert Fergusson，1750—1774)和彭斯是真正的苏格兰人，那么追忆苏格兰诗人德拉蒙德(William Drummond，1585—1649)的意大利痕迹，或记住用苏格兰乐器吹奏军旅之歌所产生的激情，就不是索然寡味或毫无教益"，"苏格兰还有另外的文学，既不是英语创作的，也不是苏格兰语书写的，而完全是另一种语言——盖尔语言说的。它或许是真正的民族文学，千余年来，没有受到外界影响"[②]。这种深入辨析苏格兰诗歌构成的主张，极富有学术观察力。接着，1918 年，布莱克(G. R. Blake)在《苏格兰人的苏格兰》(1919)中结合具体案例，讨论了苏格兰文学的存在，认为出生于苏格兰东海岸且用苏格兰语创作的默里(Charles Murray，1864—1941)是苏格兰诗歌发展中新生代的代表之一，并论述了诗人《一把蓟花》(1893)等诗篇的特征[③]。这种通过文学事实而建构苏格兰文学的做法，很有见地。第二年，著名文学批评家史密斯

① 吴赟：《翻译·构建·影响：英国浪漫主义诗歌在中国》，北京：北京大学出版社，2012 年，第 10—14 页。

② William Macneile Dixon. Introduction, in *The Edinburgh Book of Scottish Verse*. London: Meiklejohn & Holden, 1910, pp. vii-xv.

③ G. R. Blake. *Scotland of the Scots*. London: Sir Isaac Pitman & Sons Ltd., 1919, p. 99.

(George Gregory Smith，1865—1932)在《苏格兰文学：特征与影响》(1919)中称，“我们确实要考虑文学风格的亲近关系(intimacy)。任何最好的作品中所创见的，也确实是艺术方法上最为重要的原则，苏格兰文学却不当作垄断一切的方法，苏格兰保有持久不变的文学创新热情，包含热衷于各种细节描写，而不追求通过暗示，以取得显著效果。苏格兰文学质疑比文学批评更为保守的习惯，拥有从一种模式向另一种模式自由转化的某些独特力量。”[①]这种有自己特征的苏格兰文学，如果否定其存在，显然不可能。更重要的是，同年著名诗人和文学批评家艾略特(T. S. Eliot，1888—1965)发表书评《是否存在苏格兰文学》，认为“我们假设存在英国文学，史密斯教授假定存有苏格兰文学。当我们假定一种文学存在，就是假定一种伟大理念，假定存在五、六种伟大的有机形式。我们没有假定可能存在泰米尔历史，但对我们而言，欧洲历史乃历史一部分。”习惯上认为，英国文学乃欧洲文学一部分，而不是苏格兰文学乃欧洲文学一部分，按史密斯教授所说，苏格兰文学发展经历七个阶段，但并非相对于英格兰文学而言的，苏格兰文学以受惠于英格兰文学的方式，又不同于英格兰文学受惠于欧洲其他文学方式而存在，苏格兰文学在最后阶段流失于“英格兰文学”(English Literature)之中[②]。艾略特承认苏格兰文学曾经存在，但毁于苏格兰和英格兰联合之后的观点，对苏格兰知识界而言，极具震撼力。甚而，1962年爱丁堡举行世界作家大会，笔名为麦克迪尔米德(Hugh MacDiarmid)的著名苏格兰现代主义诗人格雷夫(Christopher Murray Grieve，1892—1978)，在会上否定英国文学研究界对于“是否存在苏格兰民族文学”的质疑。因他看来，1928年他创建的苏格兰国民党(National Party of Scotland)迅速壮大，意味着苏格兰民族意识未为英国所销蚀，他本人用英语低地苏格兰语(Lallans)创作现代主义诗篇，极大地推动了他本人发起的“苏格兰文艺复兴运动”。置身于历史进程之中的文学家提出的意见，具有文学召唤和学术探索的双重意义。15年后，出生于格拉斯哥的著名学者、诗人林赛(Maurice Lindsay，1918—2009)的《苏格兰文学史》(1977)问世，开启重建“苏格兰文学史”之路。他认为苏格兰存在着以苏格兰语、盖尔语、凯尔特语、低地语言、英语写作的文学史传统，如15世纪盖尔语苏格兰文学就已成熟，以及

① G. Gregory Smith. *Scottish Literature: Character and Influence*. London: Macmillan & Co., 1919, p. 3.

② T. S. Eliot, “Was There a Scottish Literature?”, *Athenaeum*, August 1919, p. 680.

1560 年长老会在苏格兰的兴盛，促成苏格兰盖尔语文学和爱尔兰盖尔语文学分离；南部低地苏格兰语，和相邻的英格兰北部方言类似，虽被英国学界视为低地英语方言，但它是一种苏格兰语，有自己的代表作，如悼念国王亚历山大三世的十四行诗、阿伯丁郡副主教约翰·巴伯的诗作《罗伯特·布鲁斯(1274—1329)传》、苏格兰国王詹姆斯一世(James I of Scotland，1394—1437)的讽喻诗歌《国王书》(*The Kingis Quair*，1423)等，而罗伯特·亨利森为乔叟《特罗勒斯与克丽西德》创作的续篇、吟游诗人亨利(盲作家哈里)关于威廉·华莱士爵士(Sir William Wallace，1270—1305)被处死的诗篇、“北方乔叟”邓巴等皆用苏格兰语创作，只是因 1603 年苏格兰詹姆士六世成为英格兰詹姆士一世，将宫廷迁往伦敦，才导致低地苏格兰语诗歌的衰退。的确，即便联合之后苏格兰文学史传统也未完全中断，如出生于苏格兰拉纳克郡、在爱丁堡接受诗歌创作教育的苏格兰著名诗人、剧作家和出版家拉姆赛(Allan Ramsay，1686—1758)，以苏格兰语创作和编辑了大量诗歌，其中《深绿色/长青》(1724—1727)汇集了公元 1600 年之前的苏格兰著名诗歌，恢复了苏格兰人对低地语言文学的记忆。

就因一代代苏格兰知识分子致力于复兴苏格兰语言文学的历史记忆，使得苏格兰并入大不列颠之后的现代苏格兰文学发展，仍有着不同于英格兰的历史资源，又有以大卫·休谟及其《人类理解论》(《人性论》)、亚当·斯密及其《道德情操论》(1759)和《国富论》(1776)、亚当·弗格森(Adam Ferguson，1723—1816)及其《文明社会史论》等为代表的 18 世纪苏格兰启蒙运动为苏格兰文学家提供思想动力，即用苏格兰意识考虑人类普遍问题，如人性、人与金钱关系、自由经济行为中的伦理原则等，不断激活苏格兰文学发展的生命力。

苏格兰启蒙哲学发达起来之际，苏格兰启蒙文学也随之盛行。称为“北方的爱迪生”(Addison of the North)的麦肯齐(Henry Mackenzie，1745—1831)，出生于爱丁堡，毕业于爱丁堡大学，先后出版感伤主义小说《情形中人》(1771)、《这个世界的人》(1773)、书信体小说《茱莉亚·德鲁比纳》(1779)、剧作《突尼斯王子》(1773)等力作，成为 18 世纪后期苏格兰知识界意识觉醒的代表人物。他还发现了彭斯的诗歌才华。

彭斯是苏格兰语言文学进程中最著名的诗人，也是被尊为“苏格兰英雄”的伟大诗人。处女作《主要以苏格兰方言而写的诗》(1786)轰动一时，之后佳作不断。鉴于其诗歌魅力，维多利亚时代已得到西敏寺认可，

20—21 世纪各种版本的剑桥或牛津《英国文学史》皆给予其重要文学史位置。

英国浪漫主义著名小说家瓦尔特·司各特(Sir Walter Scott，1771—1832)爵士，实际上成名于三卷本的《苏格兰边陲地区民谣集》(1802—1803)，因长篇叙事诗《最末一个吟游诗人之歌》(1805)、长诗《玛米恩》(1808)(以 1513 年英格兰和苏格兰进行的弗洛登战役为背景，塑造英格兰贵族玛米恩的形象)、《湖女士/湖夫人》(1810)等而成为苏格兰著名诗人，王室授予他"桂冠诗人"(1813)，他拒绝之，后来创作《威弗利》(1814)、《清教徒》(1816)、《罗布·罗伊》(1817)、《米德洛西恩的监狱》(1818)、《艾凡赫》(1819)等 27 部历史小说，在西敏寺诗人角占有重要位置。

欧洲历史进入 18—19 世纪之交，此前启蒙运动已激发各民族，包括被殖民族裔的觉醒，拿破仑征服欧洲的行为刺激了所征服地区的民族意识，浪漫主义运动在东欧、法国和德国兴起，同样影响了大不列颠所抑制的苏格兰和威尔士知识分子。在阿伯丁长大的拜伦，因其独特的苏格兰生活经验，激励着他反对英格兰及其主导的大不列颠政府，创作了有苏格兰情怀的诗篇《唐璜》等中，塑造了以苏格兰高地为背景的拜伦式英雄形象，身体力行支持欧洲小国脱离奥斯曼帝国的民族解放运动。19 世纪 30 年代浪漫主义在苏格兰广泛存在，孕育出大批著名文学家：出生于苏格兰西南部边区埃特里克(Ettrick)的霍格(James Hogg，1770—1835)，其《女王醒来》(1813)、《詹姆斯二世党人歌集》(1819)、《一位男士的三个故事》(1822)、《一位女士的三个故事》(1823)和《一位正直罪人的心底记忆和忏悔》(1824)等小说，别开生面地表达苏格兰人的情感，把苏格兰历史感性化，赢得了苏格兰读者的敬意，因崇高的文学声望，其塑像有幸进入"苏格兰国家肖像画廊"(Scottish National Portrait Gallery)；出生于苏格兰艾尔郡的高尔特(John Galt，1779—1839)，身为企业家和政治家，深谙工业革命对苏格兰的冲击，创作了《美人鱼》(1814)、《地震》(1820)、《艾尔郡的诸多遗产继承人》(1821)、《学士太太》(1824)、《最后一批苏格兰地主》(1826)和《拜伦爵士传》(1830)等作品，是第一位书写英国工业革命的苏格兰小说家。此外，女作家布朗(Mary Brown，1778—1818)等也创作了许多重要作品。

19 世纪 30 年代以降，联合王国迅速扩张为大英帝国，苏格兰受英国工业革命冲击，文学进一步成为文化产业，地方性文化传统不断遭遇市场的侵袭。习惯于苏格兰历史文化资源、共同凯尔特语言记忆的苏格兰知识分子，对此无所适从，但也从反面促使苏格兰文学家思考历史潮流下的苏格兰问题。文学活动虽多是在伦敦展开的罗伯特·路易斯·斯蒂文森(Robert Louis Stevenson，1850—1894)，在爱丁堡出生并接受完整教育，有深刻的家园情怀和乡土记忆，其《巴伦特雷的少爷》和《绑架》等重要小说书写苏格兰的生活和历史，渗透着不满英格兰主导的破坏自然环境、人与自然环境关系的工业革命意识。这种书写，和狄更斯(Charles John Huffam Dickens，1812—1870)等人批评英国资本主义的现实主义小说一样，意义非凡。正是由于罗伯特·路易斯·斯蒂文森巨大的文学成绩，使他被《牛津英国文学史》和《剑桥英国文学史》所尊重。

19、20世纪之交，尤其是第一次世界大战后，启动了世界范围内的去殖民主义浪潮，也波及大英帝国内部，苏格兰要求自治的呼声高涨。苏格兰文学家在风起云涌的现代主义运动中，表达苏格兰民族认同，出现了"苏格兰文艺复兴"(Scottish Renaissance)，按麦克迪尔米德《编辑随笔》(1922)的说法，"文学的苏格兰，如同比利时，是多民族的混合国家。我们存在的不是弗莱芒语和法语，而是低地苏格兰语(Braid Scots)、盖尔语和英语。现在这三种语言的苏格兰文学联合起来"①，出现类似于1890—1910年代比利时文艺复兴那样的苏格兰文艺复兴。两年后，出生和终老于法国、人生大部分时间在伦敦度过的索拉特(Denis Saurat，1890—1958)教授，作为著名的弥尔顿研究专家，却发表了《"苏格兰文艺复兴"时期的文学社团》(1924)，论述期间苏格兰文学的繁荣。在这种情形下，出现了主张以苏格兰方言写作的文学组织"菜园派"(Kailyard)，擅长以幽默和温情的笔调描述苏格兰农村的风土人情。而杰出诗人麦克迪尔米德作为苏格兰民族主义和反对英国资本主义的社会主义者，不满英格兰权力对苏格兰的投射，在诗歌创作中使用苏格兰方言，以对抗英语。复兴苏格兰方言持续产生效应，即便20世纪60年代苏格兰文学使用英语书写已是大势所趋，但仍出现著名的苏格兰语作家。以创作彼得·潘形象而闻名的巴里爵士(Sir James Matthew Barrie，1860—1937)，其小说属于菜园派，用苏格兰语描绘苏格兰人的生活。而毕业于爱丁堡大学的著名编辑和苏格兰诗人汤姆·司各特(Tom Scott，1918—1995)的《船和其他诗》(1962)，20世纪苏格兰文艺复兴的领军人物之一、爱丁堡大学史密

① Hugh MacDiarmid. *Scottish Chapboo*. 1922, p. 28.

斯(Sydney Goodsir Smith，1915—1975)的《诗集》(1975)，苏格兰小说家、画家戴维(Elspeth Davie，1918—1995)的《吵闹》(1971)等，都是苏格兰语文学创作方面的杰出作家和作品。

当然，20世纪以来英语写作成为苏格兰文学主流，至今亦然。在苏格兰境内的作家，如奥克尼语(Orcadian)文学家和英语文学翻译家、苏格兰诗人爱德温·缪尔(Edwin Muir，1887—1959)，其《司各特和苏格兰》(1936)主张，苏格兰人只能通过英语写作而创造苏格兰文学，和麦克迪尔米德低地苏格兰语运动的主张相冲突，爱德温·缪尔的文学创作成绩则证实其主张的可行性。毕业于牛津大学的圣安德鲁斯大学英语教授罗伯特·克劳福德(Robert Crawford，1959—)，在苏格兰生活、工作，创作了《苏格兰议会》(1990)、《有声电影》(1992)、《男性化》(1996)、《精神机器》(1999)、《话在嘴边》(2003)等著名诗集，书写了苏格兰人移民到英格兰而遭受的心理冲击。毕业于爱丁堡大学哲学系的女诗人凯瑟琳·杰米(Kathleen Jamie，1962—)，生活在爱丁堡，主要用英语创作，偶尔用低地苏格兰语写作，她通过《你心中的火焰》(1986)、《我们的生活之路》(1987)、《发现》(2005)等作品在书写苏格兰自然风景、历史古迹和视觉艺术等过程中，思考苏格兰女性和在英国的境遇问题，尤其是《苏格兰先生和夫人死了》描写了名叫苏格兰的老人故去，象征作为国家的苏格兰消失了，苏格兰文化遗产的延续问题。毕业于剑桥大学的伯恩赛德(John Burnside，1955—)，是邓迪大学驻校作家和圣安德鲁斯大学教授，《走出放逐》把他在英格兰的生活时光称之为"放逐"。在英国苏格兰以外生活的苏格兰作家，大多是用英语书写苏格兰人的乡愁，如儿时就随父母移居英格兰的作家卡洛尔·达菲(Carol Ann Duffy，1955—)，其《原籍》描写了国内移民在语言上的麻烦。流寓到加拿大、新西兰、欧洲大陆的苏格兰裔作家，用英文写作也是主流。这些表明，尽管用英语创作是苏格兰文学的主流，却是不同于英格兰人的英语文学，因为表达的是苏格兰人在20世纪以来的审美诉求。

对于这些文学发展事实，英国很多严肃的文学史家并不回避。1903年，上文提及的米勒在《苏格兰文学史》中已尝试把苏格兰文学当作一种主体的文学现象来建构；1912年，又刊行《十七或十八世纪的苏格兰小说/散文：1912年格拉斯哥大学所确定的课程》，以图通过文学教育，向公众还原苏格兰文学。即使冷战时代，共同抵抗共产主义的意识形态升华为英国普遍认知，统一的英国无疑被视为体现自由、民主的化身，也未能阻止苏格兰意识，就有学者有意识探察苏格兰文学发展真相或遇到的问题：金斯利(James Kinsley)主编《苏格兰诗歌：批评查考》(1955)，该作品在英国文学史框架之外，还原苏格兰诗歌风貌；戴启斯谙熟英国文学，是《诺顿英国文学》(1962)编辑、主编《企鹅大不列颠和英联邦文学指南》(1971)，1979—1984年任苏格兰文学研究学会会长，对苏格兰文学研究精深，著述有《诗歌中意义的地位》(1935)、《罗伯特·彭斯》(1950)、《斯蒂文森和小说艺术》(1951)和两卷本《英国文学批评史》(1960)等，继而推出《苏格兰文化的矛盾》(1964)，探寻苏格兰文化在联合王国框架内所存在的矛盾。即便如此，汤姆·司各特在南加州大学英文系创办《苏格兰文学研究》(*Studies in Scottish Literature*)，创刊号首篇《苏格兰研究评述》(1963)中直率批评，“苏格兰尚未有此类定期出版物，大学也没有专门系科从事苏格兰研究或苏格兰文学研究。格拉斯哥大学亚历山大·司各特主持的苏格兰文学阅读小组，属于苏格兰历史系。总体而言，苏格兰这方面情况很糟糕，苏格兰文学属于过去，而不是现在和未来。加拿大研究苏格兰文学的教授罗伊(Roy)值得尊敬，令苏格兰各大学汗颜”，表面上爱丁堡有一所苏格兰研究学院，但只是研究苏格兰民俗，而不涉及文学和语言，财政上也举步维艰[①]。正因为如此睿智批评，到19世纪七八十年代，苏格兰文学研究在苏格兰地区复兴起来，哈特(Francis Russell Hart，1868—1938)的《苏格兰小说：从斯摩莱特到斯帕克》(1978)重建19世纪苏格兰小说的历史发展景观[②]；著名学者林赛(Maurice Lindsay，1918—2009)的《苏格兰文学史》(1977)把苏格兰文学从英国文学中剥离出来，还原苏格兰文学的原貌。冷战后期，苏格兰文学研究在苏格兰开始兴盛，出现了BBC评论员、著名军事史学家、苏格兰兵团史系列书籍作者罗伊尔(Trevor Royle)的《麦克米兰苏格兰文学指南》(1983)、《法兰德斯战场上：一战中的苏格兰诗歌和散文》(1990)，苏格兰诗人、编辑沃森(Roderick Watson，1943—　)的《苏格兰文学》(1984)，爱丁堡大学宗教学教授莱特(David F. Wright，1937—2008)的《苏格兰生活和文学中的圣经》(1988)，格拉斯哥大学教授吉福德主编的四卷本《苏格兰文学史》(1988)、麦奎因(John MacQueen)的《启蒙运动和苏格兰文

① Tom Scott, Observations on Scottish Studies, in *Studies in Scottish Literature*, Vol. 1 Issue 1 (1963), p. 5.

② Francis Russell Hart. *The Scottish Novel: From Smollett to Spark*. Cambridge: Harvard University Press, 1978.

学：进步与诗歌》(1982)和《启蒙运动和苏格兰文学：历史小说的兴起》(1989)等力作，从不同方面揭示出苏格兰文学具有不同于英格兰文学的历程、特征，是大不列颠框架难以容纳的。

令人钦佩的是，查良铮1976年修订完稿《拜伦诗选》，在第一首诗歌《洛钦伊珈》(*Lachin y Gair*，1807)[①]中，就注意到了其中的苏格兰元素，整首短诗有五个注释，四个关于苏格兰，例如注释一介绍盖尔语"Lachin y Gair"是位于苏格兰北部的不列颠最高山峰洛钦伊珈，拜伦幼年居住的地方，还原了地名中的苏格兰所指，凸显了拜伦的苏格兰情怀。而留学英国，多次赴英访问的王佐良，冷战时期就发现了独立的苏格兰文学。1982年，访学苏格兰时，发现苏格兰文学发展中，"中古时期的苏格兰诗人无心也无需模仿这位伦敦诗人，因为一来他们可以依靠苏格兰本土的凯尔特文学传统，二来他们可以直接去取用乔叟曾利用过的欧洲大陆上的某些材料源流；历史上苏格兰同法国的关系密切，超过英国同法国。这两个因素——凯尔特文学的深远传统和法国文化的灿烂榜样——都使得苏格兰文学大异于英格兰文学，使得苏格兰诗歌既挺拔深刻，又开朗多智。相对地讲，这是一种真正'文明'的诗歌。"[②]回国后，王佐良编成中国第一部《苏格兰诗选》(1986)，使汉语读者接触到苏格兰诗歌概貌。

冷战结束后，共同抵抗共产主义的压力消失，英国内部的重新整合问题立即凸显出来，苏格兰人在新形势中迫使国会通过《1998年苏格兰法案》(Scotland Act 1998)，国会同意恢复组建消失近300年的苏格兰议会(Scottish Parliament)，在此基础上成立苏格兰政府。其中，文学扮演了重要角色，也因文学的作用，苏格兰民族主体性意识进一步觉醒，后殖民批评迅速兴盛起来，并作为文学认知方法在苏格兰得到广泛实践，促成苏格兰知识界和文学界重视苏格兰文学的主体性地位、重建苏格兰文学史的潮流。具体包括：

首先，出现了许多从苏格兰视角探索苏格兰文学发展的力作。代表性的有：格拉斯哥大学苏格兰文学教授怀特(Christopher Whyte，1952—　)主编的《把民族性别化：现代苏格兰文学研究》(1995)，毕业于牛津大学的爱丁堡大学教授佩妮·菲尔丁(Penny Fielding)的《书写和口头传播：民族文化、文化和19世纪苏格兰小说》(1996)，阿伯丁大学教授

① 拜伦、济慈著，查良铮译：《穆旦(查良铮)译文集3·拜伦诗选　济慈诗选》，北京：人民文学出版社，2005年，第11—12页。

② 王佐良译：《苏格兰诗选》，长沙：湖南人民出版社，1986年，第4页。

克雷格(Cairns Craig)的《现代苏格兰小说：叙述和国家想象》(1999)，斯特灵大学教授沃森的《现代苏格兰文学的认同和文化》(2006)，格拉斯哥大学苏格兰、爱尔兰文学教授麦克格尼高尔(James McGonigal)和斯特林(Kirsten Stirling)的《族裔言说：现代苏格兰书写中的一种声音与若干价值》(2006)和《苏格兰的影子：浪漫主义爱丁堡的小说》(2007)，格拉斯哥苏格兰文学教授麦克卡洛赫(Margery Palmer McCulloch)的《苏格兰现代主义及其语境，1918—1959：文学、民族身份、文化交流》(2009)，都柏林圣三一学院爱尔兰-苏格兰及比较研究中心教授格里本(Crawford Gribben)和马伦(David George Mullan)的《文学和苏格兰改革》(2009)等，从不同方面论述了苏格兰文学和苏格兰社会发展、民族认同等的关联性，为深入认识苏格兰文学提供了苏格兰的历史、语言和民族身份的根基，从而区别于剑桥或牛津《英国文学史》在英国文学框架下的苏格兰作家作品。

其次，建构不同类型的苏格兰文学史。代表性的有：苏格兰文学编辑华莱士(Gavin Wallace，1959—2013)和爱丁堡大学教授斯蒂文森(Randall Stevenson)主编的《十七世纪以来的苏格兰小说：新愿景、旧戏剧》(1993)，安德森(Carol Anderson)和爱丁堡大学教授克里斯蒂安森(Aileen Christianson)的《1920—1960 年代的苏格兰女性小说：存在之旅》(2000)、克里斯蒂安森的《当代苏格兰女性作家》(2000)，尤其是阿伯丁大学出版社推出的杰克(R. D. S. Jack)、胡克(A. Hook)、吉福德、克雷格(C. Craig)等合作主编的四卷本《苏格兰文学史》，以及爱丁堡大学出版社推出的爱丁堡大学教授伊恩·布朗(Ian Brown)主编的《爱丁堡苏格兰文学史》(2007—2008)等。所提供的苏格兰小说史、女性小说史、文学史及其观点，是英国文学史框架并未容纳的。

再次，对苏格兰经典作家研究兴盛。代表作有：伊恩·布朗与格拉斯哥大学凯尔特研究教授科兰斯(Thomas Owen Clancy)主编的《爱丁堡苏格兰文学指南》系列，包括对彭斯、司各特、史蒂文森、麦克迪尔米德等的综合研究；特威克南圣玛丽大学教授罗伯特森(Fiona Robertson)主编的《爱丁堡瓦尔特·司各特爵士指南》(2012)等，提供了关于苏格兰经典文学的稳定知识。对苏格兰经典作家的资料整理，如格拉斯哥大学教授皮托克(Murray Pittock)主编的《瓦尔特·司各特爵士在欧洲的接受》(2006)、《罗伯特·彭斯在欧洲的接受》(2014)等，有很高学术价值。

另外，古代和当代苏格兰文学研究特别兴盛，因为联合之后苏格兰民族诉求的基础之一是1707年之前的苏格兰文学。利物浦大学教授包卡特(Priscilla Bawcutt)和威廉姆斯(Janet Hadley Williams)主编的《中世纪苏格兰诗歌指南》(2006),爱丁堡大学邓尼根(Sarah Dunnigan)和吉尔伯特(Suzanne Gilbert)教授主编的《爱丁堡苏格兰传统文学指南》(2013),牛津大学苏格兰中世纪文学博士、伯明翰大学教师温菲尔德(Emily Wingfield)的《中世纪苏格兰文学中的特洛伊传奇》(2014)等,重建了古苏格兰文学情景。此其一。其二,爱丁堡大学、格拉斯哥大学、圣安德鲁斯大学等的一大批学者参与当代文学创作,把正在发展的苏格兰文学带入大学课堂、学界。《爱丁堡评论》《苏格兰文学研究》《苏格兰研究》等时常刊发当代苏格兰文学之作,伊恩·布朗和格拉斯哥大学苏格兰文学教授里奇(Alan Riach,1957—)的《爱丁堡21世纪苏格兰文学》(2009),澳大利亚西悉尼大学爱尔兰、苏格兰文学研究者麦奎尔博士(Matt McGuire)和爱丁堡大学现当代苏格兰诗歌教授尼克尔森(Colin Nicholson)的《当代苏格兰文学》(2008)、《爱丁堡当代苏格兰诗歌指南》(2009),爱丁堡大学教授盖恩(Louisa Gairn)的《生态学与现代苏格兰文学》(2008)等显示出未融入英格兰的苏格兰文学在当代世界有着英国文学史框架所难以容纳的特殊景观。

正因苏格兰文学的存在性,"苏格兰文学"也就成了合法的学术研究对象。1970年,马修·麦克迪尔米德(Matthew McDiarmid,1914—1996)等人在阿伯丁大学创建"苏格兰文学研究学会"(The Association for Scottish Literary Studies),出版杂志《苏格兰文学批评》(*Scottish Literary Review*)、《苏格兰语言》(*Scottish Language*)、《苏格兰文学国际杂志》(*The International Journal of Scottish Literature*)等。

与此相一致,苏格兰文学成了苏格兰各大学最受欢迎的课程之一[①]。

不可否认,"英国文学并不清楚自身。无论其自我疑惑有多么严重,总还是缺乏自我认知。对辉煌时期的大不列颠和大英帝国之效忠,决定了英格兰的文学制度性研究中存在着盛气凌人、虚假的民族主义轨迹。英国文学并不知道其学科界线'英国'(English)合适或不合适"[②],但苏格兰学界的努力及其成果,在一定程度上还是触动了英国学界,他们必须

① Alan MacGillivray ed. *Teaching Scottish Literature: Curriculum and Classroom Applications*. Edinburgh: Edinburgh University Press, 1997.

② Clarie Westall, Michael Gardiner ed. *Literature of An Independent England*. New York: Macmillan Palgrave, 2013, p. 218.

正视苏格兰文学的存在：

桑德斯在《牛津简明英国文学史》(1994)中不情愿正面论述苏格兰文学及其主体性，声称15—16世纪苏格兰英语文学生机盎然，苏格兰诗人知道其作品和英格兰文学存在诸多相似处，归功于乔叟为他们树立的榜样。但相较于之前的牛津版或剑桥版《英国文学史》，桑德斯在论述中正视苏格兰文学诉求，认为苏格兰王国为摆脱南部帝国的图谋，在文化和政治上也获得了独立性，联合之前，“苏格兰王国总体上一直与法国保持文化和政治上的紧密联系，以反对英格兰的干涉，并且乔叟之后的岁月，苏格兰诗人借鉴法国文学的程度，和同时期的英格兰作家相差无几。”[①]这样的论述，在主流英国的文学史研究中，可谓寥若晨星。

斯特林格(Jenny Stringer)和萨瑟兰(Jenny Sutherland)《牛津二十世纪英国文学指南》(1994)收录不少苏格兰作家，如“瓦尔特·司各特爵士”条目，“司各特作为小说家的影响是无可估量的，他确定了历史小说这种形式”。在19世纪其作品得到广泛阅读和效仿，其历史小说《安斯沃斯》、《布尔沃》影响了盖尔凯斯夫人、乔治·艾略特、勃朗特姐妹等作家。1930年代卢卡契等马克思主义者发现了他的普遍意义，戴启斯在《十九世纪小说丛书》(1951)中赞赏司各特的小说成就[②]。

诺丁汉大学现代英国文学教授海德(Dominic Head)在《剑桥现代英国小说导论(1950—2000年)》(2002)中，按欧洲普遍的文学范式论述期间英国小说问题，却注意到“期间五花八门的苏格兰文学中的民族身份重建问题”，承认注重苏格兰民族诉求的苏格兰小说，成为1998年苏格兰议会得以重启的重要力量[③]，此观点较为深刻。

与之相当的还有，在宾夕法尼亚大学教授理查蒂(John Richetti)的《剑桥英国文学史(1660—1780)》(2005)中，关于苏格兰文学的篇幅增加不少，邓巴等人的创作成就得到彰显；利物浦大学教授科克伦(Neil Corcoran)主编的《剑桥二十世纪英国诗歌指南》(2007)，在20世纪英国诗歌框架下论述苏格兰文艺复兴运动(New Scottish Renaissance)及著名诗人摩根(Edwin Morgan，1920—2010)、邓恩(Douglas Dunn，1942—　)、洛

---

① Andrew Sanders. *The Short Oxford History of English Literature*. Oxford: Clarendon Press, 1994, p. 70.

② Jenny Stringer, John Sutherland. *The Oxford Companion to Twentieth-Century Literature in English*. Oxford and New York: Oxford University Press Inc., 1996, pp. 910-911.

③ Dominic Head. *The Cambridge Introduction to Modern British Fiction*, 1950-2000. Cambridge: Cambridge University Press, 2002, p. 147.

海德(Liz Lochhead，1947—)、罗伯特·克劳福德、帕特森(Don Paterson，1963—)、凯瑟琳·杰米等人的诗歌创作活动，高度肯定了他们的成绩[①]。而斯坦福大学教授特里哈恩(Elaine Treharne)和沃克尔(Greg Walker)的《牛津英国中世纪文学指南》(2010)提出文学生产和消费、文学批评和法律、文学事实和文学所表达的复杂认同等概念，主体部分是英格兰作家作品、事件，但仍触及"苏格兰书写"(Scottish Writing)[②]。尤其值得称道的是，"剑桥指南系列"收录了格拉斯哥大学苏格兰文学研究专家卡拉瑟斯教授(Gerard Carruthers)和苏格兰学者、作家麦克文尼(Liam Mcllvanney)编撰的《剑桥苏格兰文学指南》(2012)，给予苏格兰文学以主体性地位，描述联合法案之前的苏格兰文学，对彭斯、司各特、斯蒂文森、柯南·道尔、麦克迪尔米德等经典作家进行详细论述，还涉及盖尔语、苏格兰语书写的苏格兰文学，以及苏格兰流散文学。

可见，苏格兰学界关于苏格兰文学及其相关问题的研究，一定程度上触动了英国主流学术界，与此同时在国际上产生了广泛的影响力。在苏格兰人流散集中地新西兰、澳大利亚、加拿大等国家多所著名大学有专门的苏格兰文学研究机构，美国南加州大学英文系在冷战时期就创办了《苏格兰文学研究》(Studies in Scottish Literature)，该出版物"对于苏格兰研究而言，是极受欢迎和必要的"，在当时的苏格兰尚未有这样的定期出版物，为全世界的苏格兰文学研究专家提供了讨论和研究园地[③]，至今亦然。巴西圣保罗大学(University of Sao Paulo)英文系开设"苏格兰文学导论"课程；意大利维罗纳大学外国语言文学系也开设有"苏格兰文学史"课程，致力于苏格兰文学研究的萨西(Carla Sassi)教授在著述《苏格兰文学为何重要》(2005)中，描述该课程的盛况，"过去十五年有几百名学生选修该课程"，他们的热烈反应使作者确信"苏格兰文学的确很重要，不仅仅是对苏格兰而言"[④]。

但这样的苏格兰文学研究，按王佐良的意见，没有及时进入中国学

① Neil Corcoran ed. *The Cambridge Companion to Twentieth-Century English Literature*. Cambridge, New York, etc.: Cambridge University Press, 2007, pp. 230-244.

② Elaine Treharne & Greg Walker ed. *The Oxford Handbook of Medieval Literature in English*. Oxford: Oxford University Press, 2010, pp. 574-590.

③ Tom Scott. Observations on Scottish Studies, in *Studies in Scottish Literature*, Vol. 1 Issue. 1, 1963, p. 5.

④ Carla Sassi. *Why Scottish Literature Matters*? Edinburgh: The Saltire Society, 2005, p. ii.

术界，“苏格兰文学个性鲜明，不仅突出于英国文学内部，就在世界文坛上也有它的独特地位。中国读者对它却所知无几……要等到五十年代，中国的研究界才逐渐注意起二十世纪苏格兰文学来。1956 年，麦克迪尔米德同格雷厄姆·格林、玛格丽特·莱恩一起应中国作协之邀访华，在几个集会上朗诵他刚刚出版的长诗《悼念乔伊斯》片段，第一次把当代苏格兰诗的雄迈声音传到了中国。又过了二三十年，到七十年代之末和八十年代，因中国对世界文学敞开大门，才在《世界文学》杂志上出现了麦克迪尔米德和麦克林的诗作的译文和评论。1984 年 11 月，《外国文学》杂志出版了一个苏格兰文学专号，不仅有一个古今并包的《苏格兰诗选》专栏，其中有穆尔作品，还第一次译载了吉本(Lewis Grassic Gibbon，1901—1935)三部曲长篇小说《苏格兰人之书》的片段和 7：84 剧团领导人马格拉思的剧本《羊、鹿和黑黑的油》，连杂志的封面彩图也用了当代苏格兰画家莫法特以《诗人酒店》为题的七个当代诗人群像。1986 年，湖南人民出版社出版了《苏格兰诗选》，共选十个诗人，二十世纪占了三人，即穆尔、麦克迪尔米德和麦克林。最近(1988)，上海译文出版社出版了《英国诗选》(“外国文学名著丛书”之一)，也包括了上述三人，诗篇数目增加了，包括了穆尔的《马》、麦克迪尔米德的《二颂列宁》、麦克林的《叶芝墓前》等重要作品，都是新译。虽有这些活动，介绍仍很有限，范围也很窄，诗译略多于其他文学形式，但也都是篇幅较短之作。苏格兰文学研究也只刚起步；至今为止，国内似尚无懂盖尔语的学者，苏格兰语也缺乏系统知识，可做的事情还很多。单从普通读者观点来看，也需更多方面的译本，因为苏格兰文学，特别是二十世纪苏格兰文学，是大有读头的。”[①]正因有如此观察、认知，他本人身体力行翻译苏格兰诗歌，1993 年出版的《英国诗史》、1994 年与周珏良主编的《英国二十世纪文学史》(2006 年再版)等都专门论及“苏格兰文学”。2001 年张剑翻译出版《现代苏格兰诗歌》，让汉语读者知晓了苏格兰文学概貌，意识到苏格兰文学是不能用英格兰文学替代的。在此基础上，近年来出现探讨苏格兰文学的博士学位论文，如南开大学石梅芳的《婚姻与联盟：浪漫主义时期的苏格兰小说研究》(2011)、北京大学张耀平的《瓦尔特·司各特苏格兰小说叙事研究》(2012)等，显示出中国认识苏格兰文学的显著进步。

① 王佐良、周珏良主编：《英国二十世纪文学史》，北京：外语教学与研究出版社，1994 年，第 539 页。

然而，在中国翻译总量巨大、影响力不可低估的英国文学中，即使王佐良在20世纪80年代就率先提出"苏格兰文学"概念，若干学者在苏格兰文学译介上做出不小贡献，但并未改变20世纪30年代以来总结英国文学译介问题时，不论及苏格兰文学汉译问题的状况。甚至最近二十多年来出现若干资料翔实、内容丰富的翻译史研究力作，如郭延礼的《中国近代翻译文学概论》(1998)用大量史料论述柯南·道尔的侦探小说汉译问题，也提及他出生于爱丁堡附近，但不讨论苏格兰因素对其侦探小说之作用问题[①]，和此前的孙致礼之作《1949—1966：我国英美文学翻译概论》(1996)相当，此后的王建开的《五四以来我国英美文学作品译介史(1919—1949)》(2003)、谢天振和查明建主编的《中国现代翻译文学史(1898—1949)》(2004)、靳明全主编的《重庆抗战文学与外国文化》(2006)、查明建和谢天振的《中国20世纪外国文学翻译史》(2007)、孟昭毅教授的《翻译文学史》(2011)等等，同样因遵从英格兰学界的"英国文学史"概念，皆鲜有论及英国文学汉译中的苏格兰文学问题[②]。

既然作为事实的有主体性地位的苏格兰文学已被揭示出来，且得到英国主流学界回应、国际学术界呼应，就意味着百余年来在英国文学框架下汉译苏格兰文学有可能存在严重问题，如会遮蔽英国文学内部的紧张关系、忽视英格兰主导下的英国文学史观不足以承载苏格兰文学等。为此，我们需重新认识苏格兰文学和英国文学关系，为重新认识英国文学框架下译介苏格兰文学问题提供理论和史料。

二、认识苏格兰文学：汉译及其问题

独立公投第二天，卡梅伦首相就公投结果发表演讲称：这次演讲不只是针对苏格兰选民，而是包括苏格兰、英格兰、威尔士和北爱尔兰这些国家(Within these countries)的联合王国。把苏格兰等称之为"国家"的说法，有重大政治导向的意义，即承认苏格兰的法理地位，更有历史根据。1034年，"苏格兰"(Scotland)的名称就在英格兰北部和苏格兰广泛使

---

① 郭延礼：《中国近代翻译文学概论》，武汉：湖北教育出版社，1998年，第141—156页。

② 靳明全在《重庆抗战文学和外国文化》"重庆抗战诗歌与英国文化"中，论及彭斯，完全看不出彭斯的苏格兰诉求。张和龙、李翼的《中国司各特研究的百年流变》(《外语研究》2014年第1期)注意到近年来若干青年学者研究司各特历史小说的苏格兰身份问题，却认为这是属于文化研究视角。这种判断，实际上降低了司各特在中国认知转变的巨大意义。

用。苏格兰有自己的国歌《苏格兰之花》或《勇敢的苏格兰人》，有自己的国庆日(11月30日)。每年这天到来前后，苏格兰人举行庆典——大街小巷高挂"圣安德鲁十字"国旗，举行节庆集会，跳苏格兰凯利舞(Ceilidh)。移居到世界各地的苏格兰人把这天视为"苏格兰日"，穿上苏格兰裙子，吹奏苏格兰风笛。换言之，远在后殖民批评理论之前，有足够悠久历史的苏格兰民族认同就一直存在，并延续至今。由此，苏格兰学者尝试建构"苏格兰文学"概念，即表达苏格兰诉求的苏格兰文学，体现着不同于英格兰文学的苏格兰性有现实基础；并且，这种努力取得了相当成功，影响到国际学界，进而表明"苏格兰文学研究"是合法的学术领域。在后殖民批评理论得到广泛运用之后，"苏格兰文学"已是正常概念，在苏格兰各著名学府发展成重要学科。在后冷战时代问世的修订版剑桥或牛津《英国文学史》《哥伦比亚英国诗歌史》等，也不同程度上正视了苏格兰文学及其所表达的苏格兰民族认同问题。进而，探究百余年来在英国文学框架下译介苏格兰文学，是具有重大现实意义的国际学术前沿问题。

百余年中国译介英国文学历程中，1707年英苏联合及其对于英国文学发展的意义从未显露，苏格兰文学消失于统一的英国文学框架下，成为理所当然的常识。实际上，三百年来苏格兰文学却未充分大不列颠化，始终保持着不融于英格兰的苏格兰性。原因是，现代苏格兰文学是伴随英苏联合之后即产生且日趋复杂的"苏格兰问题"(Scottish question)而来的。爱丁堡大学苏格兰政治学教授米切尔(James Mitchell)在《苏格兰问题》(2014)中认为，所谓苏格兰问题，既与包含民族主义、基督教派、宪法的爱尔兰问题相近，又有奥斯曼帝国解体后土耳其民族身份建构之类问题，终究是苏格兰民族身份再建问题，包括苏格兰的宪法和政府之地位、政党政治运作、公共政策制定和实施等，它们作为超越时代、持续变化的老问题，是由伦敦一届届政府无意间在苏格兰人意识中孕育出的，在20世纪初已显而易见，当时有一部分苏格兰政治的边缘人物辩论苏格兰议会问题，"知晓大不列颠宪法和苏格兰地位不是一个简单问题"，如苏格兰边界及其意义、苏格兰内部治理、苏格兰和其他王国的关联性等问题，始终悬而未决，"导致苏格兰问题从来就不是单一的"①。这种论述极为深刻，首先有充分的历史根据：联合之前，苏格兰是在和英格兰争斗中发展着的，亨利森、邓巴、道格拉斯、林赛等苏格兰文学家，经常

① James Mitchell. *The Scottish Question*. Oxford: Oxford University Press, 2014, pp. 3-4.

诉诸英苏之间绵延不断的战争及其所带来的难以抚平的创伤，表达对战争中民族英雄的敬意；联合之后，大不列颠加大推行资本主义市场经济力度，使得原本工商业基础薄弱的苏格兰饱受冲击，引发苏格兰人支持1714年、1745年詹姆斯党人复辟的起义，大不列颠政府残酷镇压政治对手，殃及苏格兰，英格兰富翁和富裕起来的英格兰化了的苏格兰人在苏格兰展开圈地运动，大量的苏格兰人被迫离开家园，仅“1760—1775年间，有1.5万—2万高地苏格兰人被迫远赴美洲”[①]。大不列颠政府并未就此缓和苏格兰的资本主义进程，1811—1820年之后，那些不会英语又没掌握现代技术的高地人，大规模流离失所。正是以牺牲苏格兰为代价的大不列颠资本主义，使苏格兰的诗人、小说家、剧作家和文学批评家等的心目中孕育出了强烈的苏格兰民族认同，他们用文学表达苏格兰的民族诉求，而不是诉诸大不列颠认同，这成为苏格兰文学区别于其他文学的关键所在。

这意味着，研究汉译英国文学中的苏格兰文学问题，首先需重新梳理苏格兰文学与苏格兰历史的关系。戴启斯在重版多次的《罗伯特·彭斯》中称，“要回答这类简单问题，如彭斯诗歌为何多是用苏格兰方言写的，把他列入英国文学史是否合适呢？这就要理解苏格兰文学史。历史不会告诉我们彭斯诗歌为什么是出色的，但会帮助我们去考虑这些诗歌的品质、查考其真相——它们更是苏格兰文学传统的小阳春，而不是在英国诗歌花园里娱乐”，因此追溯彭斯的苏格兰背景就十分必要[②]。这启示我们深刻理解苏格兰文学的关键在于追溯苏格兰背景，也是苏格兰性得以呈现的基础。

英国日常生活中，苏格兰性是无法抹去的。“Tartanry”即“格子呢文化”，既是苏格兰人独特的服饰标志，也是其自我认同的生活方式。自浪漫主义运动以降，这种本然的生活情境，进入彭斯、司各特、卡莱尔等著名文学家的表述中，注入了代表苏格兰文化独立存在寓意的符号意义[③]。战后爱丁堡艺术节，有意识地采用苏格兰文化元素，淡化东西方的意识形态对抗，吸引了冷战时期西方艺术家的广泛参与。20世纪70年代

① Tomas Runmhar. *Killing the Celt*. Lincoln: Lincoln University Press, 2005, p. 63.

② David Daiches. *Robert Burns*. Glasgow: Humming Earth, 1981, pp. 11-12.

③ Marco Sievers. *The Highland Myth as an Invented Tradition of 18th and 19th Century and Its Significance for the Image of Scotland*. Munich: GRIN Verlag, 2007.

美国电影把"格子呢文化"作为文化工业元素融入苏格兰题材电影之中①。冷战结束后，爱丁堡艺术节扩大到全球，进一步凸显苏格兰文化魅力，赋予"格子呢"更多文化意义，成为苏格兰尚未充分大不列颠化的日常审美表达，影响了苏格兰文学艺术发展。出现了以爱丁堡大学和格拉斯哥大学毕业的安德森(Lin Anderson)和布莱克(Tony Black)等为代表的"格子呢作家群"(Tartan Noir writers)，左右着对苏格兰文学艺术的认知。对此，著名学者麦奎尔(Matt McGuire)认为，"格子呢神话由来已久，近来彭斯研究显示，苏格兰人不再仅仅是追寻这类神话，而是要把诗人从这样的文化传承下解放出来，把其作品置于包括基督教神学、浪漫主义起源、18世纪音乐学和文化记忆研究等不同场域中，进行重新查考。自20世纪70年代以来，苏格兰文化合理性问题已为苏格兰文学所解决，尤其是格拉斯哥的诸多学者和作家的贡献更为显著，我们不能同意最近的彭斯复兴是因受益于该文化政治之风潮。一旦出现文学及文学批评干预社会，意味着不再是'选择'高雅艺术或大众文化，而是包容。"②麦奎尔的论述很深刻，得到当代苏格兰作家的验证：生于苏格兰，在爱丁堡大学攻读苏格兰文学博士学位的当代最优秀的侦探小说家之一，被誉为"苏格兰黑色之王"的伊恩·兰金(Ian Rankin，1960—)，1997年凭借《黑与蓝》获得英国推理小说最高奖——金匕首奖(Golden Dagger Award)，2004年凭借《重新做人》获得美国推理小说最高奖——埃德加·爱伦·坡奖(Adgar Allan Poe Awards)，2005年又获得英国推理小说终身成就奖——卡地亚钻石匕首奖(Cartier Diamond Dagger Award)，成为有史以来最年轻的获奖者。其系列作品的故事均是发生在苏格兰爱丁堡，融合20世纪后期苏格兰政治和文化独特性的侦探小说，塑造了苏格兰人形象，黑色"格子呢"隐含着众多的伟大文化沉淀，包括从加尔文派的自我憎恨到苏格兰教会(Clydeside)的巫师传奇、从工人阶级的存在主义到合理犯罪者的哥特式遗产等苏格兰意象，从而畅销于有大量流散苏格兰人的北美、澳洲和英国。本质上是以柯南·道尔为代表的苏格兰犯罪小说(Scot-

① R. Celeste Ray. *Highland Heritage: Scottish Americans in the American South*. Chapel Hill: UNC Press Books, 2001, p. 41.

② Matt McGuire. 'Tartan Noir and the Scottish Literary Canon', in *Studies in Scottish Literature* Vol. 40, 2014, p. 29.

tish crime fiction)传统的延续，即便是大众文学，也无法脱离苏格兰性①。这意味着，无论苏格兰作家置身于何处，选择英语或苏格兰语或盖尔语书写，其作品所呈现的苏格兰性在英格兰文学中都无法做到。

体现苏格兰性的"格子呢"符号意义越来越大，非苏格兰人一厢情愿，更重要的是英国作为一个国家形成的结果。前英国皇家史学会主席狄金森在"英国史前沿译丛"(2000)序言中说，"享受英伦群岛的天热优势方面，英格兰人比苏格兰、爱尔兰和威尔士的凯尔特人和其他族群受益更多……他们的人口也逐渐多于比邻而居的凯尔特人，这种数量优势在几百年间变得越来越大。在英伦群岛，甚至在整个欧洲，英格兰人建立了第一个拥有明确边界的统一民族国家。因此，英国史在很大程度上是英格兰人与英伦群岛上其他族群互动的故事，是英格兰人侵略近邻苏格兰、爱尔兰和威尔士，以及这些近邻武装反抗英格兰的故事。这也是通过王朝联盟、谈判订约及和平方式所建立兼君共主政体、统一的行政机构和立法机构、共同市场，从而创造一个人口构成复杂的强大国家的故事。导致了英格兰对英伦群岛的文化和语言霸权，促进了文化融合，也造成英伦群岛上非英语居民的某种反感。因此，英伦群岛史也是一个有限空间中更强势族群，与数量更多的族群之矛盾冲突的历史；是一个讲述常常武装对立的不同族群，变成新的统一民族国家是多么困难甚至是否可能的历史。英国许多近现代史学家皆思考，是否有一个大不列颠民族？英格兰人、苏格兰人、爱尔兰人和威尔士人之间的文化差异是否已经消除？英国近现代史学家也很关注中心(以伦敦为基地的王室、行政机构和立法机构)与边缘(非英格兰的地区)之间的政治关系。多数英国近现代史学家很明白，旧有的英国史实际上仅是英格兰史，但他们也发现，撰写英伦群岛史时，公正对待中心和边缘，并非易事。"②如此深刻认识英国问题，为辨识苏格兰文学未能充分融入英国文学，以及不同程度呈现苏格兰性，提供了重要历史背景。

也就是说，日常生活中的苏格兰印记，300 年来不因加入大不列颠而

---

① See Gill Plain, "Concepts of Corruption: Crime Fiction and the Scottish 'State'", in Berthold Schoene (ed.), *The Edinburgh Companion to Contemporary Scottish Literature*. Edinburgh: Edinburgh University Press, 2007, pp. 132—140; Matthew McGuire, "James Hogg's *Confessions of a Justified Sinner* and the Romantic Roots of Crime Fiction", in *Clues* 30.1 (2012), pp. 8-18.

② [英]J. C. D. 克拉克著，姜德福译：《1660—1832 年的英国社会》，北京：商务印书馆，2014 年，第 ii—iii 页。

消失，反而逐渐演化为苏格兰民族认同的标志，并成为苏格兰文学艺术的资源，是因为英国框架下的社会政治进程，不断激发苏格兰人的自觉意识，造成苏格兰文学区别于英格兰文学的苏格兰性始终存在。按爱尔兰裔美国政治学家本尼迪克特·安德森(Benedict Anderson，1936—2015)在《想象的共同体》(1973)中所论，罗马教会塑造的基督教共同体、教皇任命的皇帝及管理的王朝，在宗教改革后迅速崩溃，有共同语言和地域的基督徒，随即变成不同于其他区域操持另一种语言的基督徒的独特民族，随着历史进程发展成国族(nation)。这种情况，在英格兰、苏格兰极具典型性。本来，公元 843 年，苏格兰王国基本上统一了现在的苏格兰地区，成为独立国家，尽管常受到英格兰王国的侵扰，英格兰王国或入侵苏格兰，或扶植亲英格兰的苏格兰王室；1314 年班诺克本战役后，苏格兰重获独立，因英格兰伊丽莎白一世未婚、殁后无嗣，才使得 1603 年苏格兰王室和英格兰王室缔结成"王冠联盟"；1653 年克伦威尔试图统一两个王国而未果，但苏格兰王室主体迁往伦敦，部分苏格兰贵族开始英格兰化，还是导致苏格兰在经济、贸易和外交上日趋依附英格兰，苏格兰史学界普遍批评这是"一场不完美的联合"①；苏格兰议会在苏格兰面临危机之际，于 1707 年签署《联合法案》，并非是苏格兰居民的自愿选择，因而联合后很快产生了上文所论述的苏格兰问题。随着时代变化，苏格兰问题比王室统一的后遗症复杂得多。对此，格拉斯哥大学政治学教授凯勒斯(James G. Kellas)在《苏格兰政治体系》(1973)中认为，"1707 年苏格兰和英格兰合并成一个政治联合体，乃两个国家的议会通过《至尊法案》的结果。此后，独立的苏格兰议会和英格兰议会都终止，代之以大不列颠联合王国议会。1603 年苏格兰和英格兰王室统一，但未使两个王国枢密院合并成联合枢密院，也没使国家统一，甚至未形成一个联合议会。两个国家保留着各自的体系，本质上仍是'双重的君主政体'，事实上联合王国未强化苏格兰的'正式地位'(*locus standi*)，苏格兰缺少威尔士和爱尔兰那样的自主性"。1707 年法案是英苏讨价还价的结果，保证了苏格兰的某些制度和权力，"在心理上对苏格兰人而言至关重要，他们从未认为是被英格兰吞并的，那些议员签署放弃本来能保留权力的法案，即使

---

① Alistair Moffat. *Scotland: A History from Earliest Times*. Edinburgh: Birlinn, 2015, pp. 230-269.

有人认为法案签署是要了诡计的(tricked)"[①]。由此，苏格兰有信心和毅力争取独立的议会权力、组织政党，苏格兰议会和政府有信心独立负责苏格兰内部事务、形成完善的行政决策过程。此书很有召唤力，在苏格兰意识被压抑的冷战时期，也能再版四次，其诸多论述，在后冷战时代变成现实，如苏格兰首席部长权力扩大到能和主权国家签订经济、文化、教育之类条约。由此，爱丁堡大学教授戴维森(Neil Davidson)在《苏格兰民族的若干起源》(2000)中解释到，联合法案反而促成苏格兰的独立民族意识、对苏格兰共同体的憧憬，原本苏格兰南(低地)北(高地)分野，演变成苏格兰高地和英格兰低地冲突，以不列颠北部地区的身份进入大英帝国的苏格兰，为英国殖民扩展和思想创造做出了卓越贡献，但苏格兰民族认同未销蚀于不列颠—联合王国，反而不断增长[②]。这是联合后苏格兰文学发展的背景，决定了苏格兰文学不可能被英格兰文学所替代。

这样认识苏格兰文学的背景，有助于揭示出英国内部的后殖民主义现象。在大英帝国的框架下，苏格兰、威尔士、爱尔兰与英格兰的关系实为"不同的边缘"与"一个核心"之间的臣属关系。英国管理海外殖民地的方法是延伸英格兰治理苏格兰、威尔士和爱尔兰的策略，以便对其区域进行政治上控制、经济上掠夺，导致即便大英帝国强盛，苏格兰等区域的发展仍落后于英格兰，和英格兰发展的差距没有缩小。英格兰殖民入侵到凯尔特人土地，提出了另一种方式的文化问题，即在凯尔特人的土地拥有者中，因英格兰有意识激励他们安立甘宗化(Anglicanism)，诱惑凯尔特民族不再使用外省语言，事实上成为英格兰人，甚至名字也英格兰化，但大多数居民仍无意识地保留着的凯尔特文化传统，造成传统上贫穷落后的高地，其凯尔特文化在19世纪变成用来反对英格兰政治动员的武器。对于这种现象，现任亚利桑那州立大学政治学教授的赫克托(Michael Hechter)在《内部殖民主义：大不列颠国家发展中的凯尔特语危机(1536—1966)》(1975)一书中，尝试梳理英国历史，认为联合王国形成之前，威尔士、苏格兰、爱尔兰，和英格兰一样，各有自己的王国及其疆域、制度，但联合之后，随着工业化进程，经济各有飞速发展，并伴随英格兰化(Anglicization)趋势，苏格兰的英格兰化不同于爱尔兰或威尔士，一开始是被遮蔽的，如低地苏格兰人在语言上不知不觉被英语化，

---

① James G. Kellas. *The Scottish Political System*. Cambridge: Cambridge University Press, 1989, p. 20.

② Neil Davidson. *Origins of Scottish Nationhood*. London: Pluto Press, 2000, pp. 22—25.

导致高地和低地的苏格兰人内部的紧张。赫克托主张“研究英格兰和苏格兰，应意识到不同族群之间的文化差别”[①]。大英帝国并非民族融合之国，而是内部殖民的产物，苏格兰、爱尔兰、威尔士是英国的边陲，而英格兰是英国的中心，由此导致文学家的普遍反对。小说家笛福(Daniel Defoe，1660—1731)发表讽刺诗《出身纯正的英格兰人》(1701)，批评英格兰出台排斥外族人的政策，“这群令人作呕的家伙就直接进入其中(This nauseous brood directly did contain)/出色地提取了英格兰血统”。但随着大英帝国的扩张，英格兰中心论下的帝国意识更是有增无减，伊安·黑伊在《被压抑的英格兰人》(1917)中表达了英格兰人对帝国的自豪感，“当苏格兰人说到苏格兰时，指的就只是苏格兰。当爱尔兰人论及爱尔兰时，指得只是爱尔兰。当英格兰人说到 England 时，可能是指苏格兰、爱尔兰、加拿大。这种想当然地把英格兰当成整个帝国，把整个帝国视为英格兰的习惯，并不总是有利于帝国诸邦的手足之情，尽管绝大多数情况下，根本无意冒犯任何人。”[②]毫无疑问，这种认知客观上与西敏寺试图建构统一的英国文学构想如出一辙，加剧了苏格兰、威尔士、爱尔兰同英格兰之间的冲突。

由于苏格兰历史进程的原因，尤其是 1707 年《联合法案》的有关规定及其后果，使英格兰中心论下的帝国意识，遭到苏格兰以不断强化自我民族认同之形式的抵抗。苏格兰成为大不列颠一部分后，有关历史，诸如 1297—1298 年华莱士领导苏格兰军队在斯特林桥战役(Battle of Stirling Bridge)、福尔柯克战役(Battle of Falkirk)中抵抗英格兰军队入侵，不幸被捕，被英格兰国王爱德华一世吊死，以及 1314 年在班诺克本战役(Battle of Bannockburn)中布鲁斯以不足七千名训练不佳的苏格兰人，战胜爱德华二世率领的两万多英格兰军人，皆成为敏感话题。但司各特、彭斯、波特(Jane Porter，1776—1850)等苏格兰文学家，大胆书写颂扬华莱士或布鲁斯的诗篇、小说。后经其他苏格兰文学家或学者加工，如米勒(John Hepburn Millar，1864—1929)的《根据苏格兰法律的惯例的手册》(1893)、马歇尔(H. E. Marshall，1867—1941)的《苏格兰故事：为儿童写的苏格兰史》(1906)等，重建苏格兰知识。除了文字书写以外，1839 年苏格兰七大城市之一的斯特林(Stirling)的居民，自愿捐赠建立了

① Michael Hechter. *Internal Colonialism: the Celtic Fringe in British National Development*, 1536—1966. Berkeley & Los Angles: University of California Press, 1975, pp. 73-77.

② 程巍：《隐匿的整体：程巍自选集》，郑州：河南大学出版社，2009 年，第 3 页。

国族英雄华莱士纪念塔，塔内设有国族英雄墙(the Wall of Hero)，除了战胜英格兰人(Englishmen)的华莱士以外，还包括哲学家大卫·休谟、亚当·斯密和文学家彭斯、司各特、斯蒂文森等，彰显了苏格兰民族的伟大。1832年司各特去世不久，开始建造立于爱丁堡王子大街的司各特纪念塔(Scott Monument)，塔身采用苏格兰西洛锡安开掘的砂岩，材质因含有沥青而泛着黑褐色，显得既有苏格兰特色又富于历史厚重感，而外墙饰有司各特小说中的68位主人公，由50余位苏格兰知名雕刻师完成，同时雕有16位苏格兰诗人、作家的头像，包括罗伯特·弗格森、彭斯、拜伦、拉姆赛等，塔中央的司各特全身座像则由苏格兰著名雕像师斯蒂尔(Sir John Robert Steell，1804—1891)设计。就连附近的爱丁堡火车站站名威弗利，也取自司各特小说《威弗利》。高耸61.11米的司各特纪念塔是世界上最高的作家纪念碑，是爱丁堡的地标建筑，苏格兰以此方式昭告世人苏格兰文学的辉煌成就，唤起苏格兰人的民族自豪感和民族身份认同意识。正因为有这样的国族认同记忆，第一次世界大战之后，大英帝国遭遇世界去殖民化浪潮冲击，苏格兰民族主义运动再度兴起，不仅要求中央政府下放更多权力、实行高度自治，甚而要求独立于英国。1928年苏格兰国民党建立，开始推动苏格兰民族运动，1934年苏格兰国民党易名为苏格兰民族党。著名女性小说家和史学家麦肯齐(Agnes Mure Mackenzie，1891—1955)在《苏格兰的基础》(1938)中更强调苏格兰的历史记忆，认为843—1034年苏格兰就已建立统一的联合国家(United Kingdoms)。

因此，许多苏格兰文学家直接书写对英格兰的不满。著名小说家和旅行作家斯蒂文森(Robert Louis Stevenson，1850—1894)致函苏格兰小说家克罗克特(Samuel Crockett，1859—1914)，“不要在您的信中说‘北部的大不列颠’(North Britain)，而直接写苏格兰。我土生土长的家园名字不是北大不列颠，不管怎么样，那可能是你的家园之名”[①]。对以彭斯为代表的苏格兰文学被英格兰权力话语吞噬的现象，麦克迪尔米德的《醉汉看蓟草》(*A Drunk Man Looks at the Thistle*，1926)书写了苏格兰知识分子的痛心疾首：“苏格兰的辉煌已经逝去/森林里的花朵全已凋谢”，“载入史册的人物对大多数人/不过是他们自己思想的化身/若死者能重回到

① Bradford A. Booth, Ernest Mehew ed. *The Letters of Robert Louis Stevenson*. Vol. 6. New Haven & London: Yale University Press, 1995, p. 156.

今天，他们/将承认这些与事实相反/更伟大的耶稣和彭斯可能出现”，希望重建苏格兰文学传统。而他这首诗，和其他诗歌一样，关键词多选用苏格兰语，希冀推动苏格兰语成为英国的文学语言之一、现代苏格兰“民族语言”，促成苏格兰文学复兴，把苏格兰、爱尔兰、威尔士和英格兰康沃尔郡连接起来，建构有别于盎格鲁-撒克逊文明的“凯尔特文化带”(Celtic ring)。正因为这样的信念、努力，使其能写下诗句，“全世界的玫瑰我都不要/对于我来说，我只要/苏格兰的白色小玫瑰/它散发出浓郁而甜美的芳香”，成为苏格兰广为流传的名句。麦克迪尔米德的诗篇《伦敦即将毁灭，1940 年 6 月》，写下诗句，描写二战期间伦敦遭受纳粹德国闪电战的情景，“目前伦敦正面临/来自空中的毁灭/我似乎无所谓/这个想法让我恐惧”。另一位苏格兰诗人、曾任苏格兰民族党领袖的道格拉斯·扬(Douglas Young，1913—1973)，在二战期间拒绝参加英国军队，理由是 1707 年英苏两国的“合并条约”第 18 条给予苏格兰公民“民事权利”(private right)，他因此两次坐牢。当代苏格兰诗人罗伯特·克劳福德的诗篇《索尔特克兹结构主义者》(1996)，生动地描绘了苏格兰工程师在殖民地(埃及)修建铁路过程中付出了很多，回到苏格兰后，看到的却是苏格兰比殖民地还落后的凄凉景象。因缺乏对联合王国的认同感，又备受压抑，促使许多苏格兰精英流寓他乡，在加拿大、澳大利亚、新西兰、美国等国家，分别用文学或社团活动复兴苏格兰民族认同[①]。

实际上，英国文学框架下汉译苏格兰文学，呈现苏格兰性的另一严重问题，也更直接的难题是用什么语言书写。本尼迪克特·安德森在《想象的共同体》(1973)中认为，“民族的印刷语言，具有无比的意识形态和政治的重要性”[②]。而 18 世纪苏格兰出版业就极为发达，爱丁堡成为英国印刷出版中心之一，《大不列颠百科全书》源自爱丁堡，但多用英文书写。可是，王佐良、周珏良主编的《英国二十世纪文学史》(1994)说，“历史给予了苏格兰三种语言：盖尔语、苏格兰语、英语，这三种语言代表了三个历史时期。……到了今天，盖尔语只在边远地区有少数人讲了，苏格兰语沦为几种方言，英语则普遍流行。然而一种语言不是可以轻易代替的。讲盖尔语的人虽然不多，却十分珍惜它的独立性和长远文化，当今

① Tanja Bueltmann, Andrew Hinson, Graeme Morton eds. *The Scottish Diaspora*. Edinburgh: Edinburgh University Press, 2013.

② [美]本尼迪克特·安德森著，吴叡人译：《想象的共同体：民族主义的起源与散布》，上海：上海人民出版社，2003 年，第 81 页。

还有用盖尔语写作的人如绍莱。以苏格兰语为母语的人也就是苏格兰的大多数人虽然早已能够熟练地使用英语了，却不肯放弃本民族语言；不少作家感到只有用苏格兰语才能写出他们最深切、最隐秘的思想感情。历史上诗人彭斯的例子便很能说明问题。他写信用英文，写一些冠冕堂皇的社交应酬诗也用英文，然而等他真正投入自己来写他喜欢的抒情诗、讽刺诗、叙事诗的时候，他却用了苏格兰语。"①论断很深刻，说明苏格兰语言构成的复杂性，原本存有语言多样化并逐渐形成统一的苏格兰语态势，却因苏格兰宗教改革，1603年英格兰、苏格兰王室合并，"苏格兰标准语"幸存的机会大大降低，"南部英语"(Southern English)不断传入，用作书面语交流，苏格兰语在书面用语中的使用率越来越低，最终造成苏格兰历史更加悠久的苏格兰语让位于"南部英语"，但南部英语和苏格兰口音结合，又产生了所谓的"苏格兰英语"(Scots English)或"苏格兰标准英语"(Scottish Standard English)。《联合法案》运行近一个世纪后，苏格兰标准语和各种方言进一步边缘化为大不列颠的方言，彭斯同时代人柯里(James Currie，1756—1805)在《罗伯特·彭斯作品集》(1800)中称，苏格兰语的方言是每位苏格兰人或多或少都使用的语言，他们的优雅和热望，也随着他们的语言和写作一道在不断消失，如彭斯离开拉姆赛和罗伯特·弗格森的圈子后，就与他常常所希望的英语诗歌大师联系②。在主流英国文学史的论述中，苏格兰语的变化，使得苏格兰文学没有用苏格兰语书写的文学经典。牛津大学教授凯默(Thomas Keymer)和米(Jon Mee)主编《剑桥英国文学指南：1740—1830年》(2004)，把现代传记文学的开创者、苏格兰著名传记作家鲍斯韦尔(James Boswell，1740—1795)和塞缪尔·约翰逊一同列为英语写作者、和苏格兰文学无关的英国作家，认为"他们情同父子，都是不喜欢现代苏格兰的英格兰人和苏格兰人，彼此都不满苏格兰长老会和苏格兰人的偏狭"，详细叙述约翰逊在和鲍斯韦尔游历苏格兰西海岸时的观感。约翰逊认为，"联合之前，苏格兰几乎没有贸易、钱财、高雅"，联合后苏格兰仍是野蛮民族(barbarous nation)，很多人拒绝加入苏格兰基督教长老会，从而使之不同于16—17世纪苏格兰—欧洲拉丁民族的作家和思想家，苏格兰之行留下"过去的消亡就是一

① 王佐良、周珏良主编：《英国二十世纪文学史》，北京：外语教学与研究出版社，1994年，第481—482页。

② Donald Low ed. *Robert Burns: The Critical Heritage*. London: Routledge & Kegan Paul, 1974, p. 135.

个民族的死亡”的印象①。实际上，鲍斯韦尔出生于苏格兰爱丁堡，毕业于爱丁堡大学、格拉斯哥大学法律系，曾是亚当·斯密的学生，在苏格兰从事律师工作，有强烈的苏格兰意识，1765—1766年游学欧洲，对小国国民在大国之下讨生活感同身受，发表《科西嘉岛记行》《大不列颠人对勇敢的科西嘉人之赞许》(1768)等作品，身体力行支持科西嘉岛居民摆脱法兰西控制的解放运动，描写真挚，他的作品很快译成德、法、意、荷等语言。因崇拜塞缪尔·约翰逊博士，1773年他和父亲一行，陪约翰逊同游苏格兰西部诸岛，对家乡的观感不同于约翰逊，事后希望编纂《苏格兰词典》以拯救被破坏的苏格兰语，出版赞誉苏格兰风景的名作《游赫布里底诸岛日记》(1785)，因其充溢着强烈的苏格兰认同，而和约翰逊的《苏格兰西部群岛游记》迥异。即使是《约翰逊传》，也是以苏格兰人视野塑造的英国文学家形象。1927年鲍斯韦尔的书信、日记等大量手迹被发现，后人编纂为18卷本《詹姆斯·鲍斯韦尔遗稿》，作为研究当时英国人文历史的珍贵资料，即使不是用苏格兰语书写的，英文表述同样难以掩饰其苏格兰文学家情怀。

苏格兰语对于苏格兰人而言变得复杂，因为联合之后，英语普及化、苏格兰语方言化，对苏格兰文化传承的负面影响严重，可是对于英国文学史中添加用英语/苏格兰语/盖尔语创作的苏格兰作家，在主流英国文学史家的著述中，却不予关注，苏格兰作家被边缘化、地区化。华威大学加德纳教授(Michael Gardiner，1970—)和麦克唐纳博士(Graeme Macdonald，1969—)在《苏格兰文学与后殖民文学：比较文本和批评视角》(2011)中认为，公元5—6世纪称为盎格鲁人、撒克逊人、朱特人的日耳曼民族，入侵罗马帝国在不列颠的殖民地，驱赶不列颠岛上信仰基督教的凯尔特居民，后者逃入威尔士和苏格兰高地，把当年罗马人的观念和秩序带入了威尔士和苏格兰，而英格兰地区则逐渐习惯了日耳曼人的语言、基督教观念传统。完全不同的历史路径，以及1707年两个王国联合前长期兵戎相见的历史创伤，没有因苏格兰成为大不列颠一部分而淡化，相反，随着时代变迁，苏格兰人常常感到被殖民的压抑②。历史还

① Thomas Keymer, Jon Mee ed. *The Cambridge Companion to English Literature, 1740—1830*. Cambridge: Cambridge University Press, 2004, p. 164.

② Michael Gardiner, Graeme Macdonald, Niall O'Gallagher ed. *Scottish Literature and Postcolonial Literature: Comparative Texts and Critical Perspectives*. Edinburgh: Edinburgh University Press, 2011.

原中，戴启斯在《英国文学批评史》(1969)中认为，“能否恰当说古苏格兰文学和英国文学史相关，是有争论的问题”，因为1603年之前苏格兰就是独立王国，自有其生机勃勃的文化，其文化在很多方面和欧洲大陆(尤其是法国)的关系，远比和英格兰关系密切，流行的不是英语书写，而是有苏格兰民族传统和欧洲视角的苏格兰语，但因《苏格兰哀怨》(1549)所列举的民间故事、罗曼司和流行民歌等多已失传，使得苏格兰盖尔语文学在后来的盖尔语世界中变得无足轻重[①]。用英语创作苏格兰文学成为无可避免的趋势，苏格兰语、盖尔语、凯尔特语创作的苏格兰文学，则无法成为主流。

问题是：苏格兰作家用英语创作的苏格兰文学，是否能表达苏格兰认同、呈现苏格兰性？格拉斯哥大学语言学家科比特(John Corbett)教授在《用苏格兰民族语言写作：翻译成苏格兰语的文学史》(1999)中称，“要考察英语进入苏格兰文学的历史，就需要探察特定的苏格兰文学和语言历史，以及它们和苏格兰政治、历史和认同的关系。选择苏格兰语作为翻译媒介，其意识形态所暗含的争论，要比选择英语作为翻译媒介更有争议。”[②]接着，其在《标准语与苏格兰身份》(2000)中提出，即便苏格兰作家用英语写作，但表达的依然是苏格兰诉求，因为英语不属于某个特殊的共同体语言，甚至产生了苏格兰英语，但苏格兰语对于苏格兰人则是共同的精神财富，用苏格兰英语表达苏格兰诉求，已有超过二百余年历史。此其一。其二，苏格兰当代著名盖尔语诗人、阿伯丁大学凯尔特语教授唐纳德·麦考利(Donald MacAulay，1930—2017)《凯尔特语言》(1993)批评，1709年大不列颠政府成立的“苏格兰基督教知识传播协会”，强行操控苏格兰的学校教育，推行英语教育、禁止使用凯尔特语等，这种野蛮行为破坏了苏格兰高地的文化，导致古老的苏格兰语言和生活方式被迫英格兰化，以达到强化认同大英帝国之目的。麦考利教授的批评很有道理，联合不足百年，被尊为苏格兰国族诗人的彭斯，其成名作《主要用苏格兰方言创作的诗歌》(*Poems, Chiefly in the Scottish Dialect*, 1786)，自觉把苏格兰语诗歌降格为“苏格兰方言诗歌”，即使该诗集享誉苏格兰、震动伦敦，诗人不断丰富、补充为两卷本(1794)，再版时仍不

---

① David Daiches. *A Critical History of English Literature*. New York: The Ronald Press Company, 1969, pp. 504-506.

② John Corbett. *Written in the Language of the Scottish Nation: A History of Literary Translation into Scots*. Clevedon etc: Multilingual Matters Ltd., 1998, p. 1.

敢称苏格兰语，继续称为“苏格兰方言”。而且，用苏格兰语写作的彭斯，其声望多集中于苏格兰，为引起伦敦批评家注意，他被迫改用英文创作。然而，英格兰英语在1707年之后成为大不列颠以及此后联合王国的国语，英国主流学术界建构的英语史，如斯特朗(B. M. Strang)《英语史》(1970)、伯恩利(J. D. Burnley)《英国语言史》(1992)、巴伯(C. Barber)《英语史导论》(1993)、诺尔斯(G. Knowles)《英国语言文化史》(1997)、辛格(Ishtla Singh)《英语史》(2005)等，大多遮蔽英格兰借助政治优势、强行推广英格兰英语等语言政治学的事实，从语言学范畴论述英语发展成最具魅力的英国英语。遮蔽英语史、把英语普遍化的做法，已深入到全球英语研究和教学之中，荷兰学者柯纳德(Ans van Kemenade)和洛斯(Bettelou Los)主编的《英语史手册》(2006)，按欧洲语言学基本范式，讨论成为全球通用语的英语及各种变体问题，第五部分讨论“前—后殖民”时期英语，却不涉及英国语言内部紧张、苏格兰语和盖尔语被压制等问题①。这种语言导向，使苏格兰语文学发展遭遇严重的语言危机。

正因为如此，英苏联合之后近二百年，英年早逝的苏格兰作家吉本切身感受到，“苏格兰语的特殊环境造成了苏格兰人的矛盾心情。表现在语言方面是，英语不能不用，但用了又不甘心，于是掺用苏格兰语，或借用英语词汇来表达苏格兰思想。即使是常用英文的作家，写出来的英文也总是有点别扭，他们的散文或韵文，完全正确，词汇丰富、恰当，英文严谨、平稳……但不幸的那不是英文。真懂英文的人，会摆脱不掉一种感觉，似乎在那胜任的技巧表面下有外族的因素在迟疑、徘徊，就像作者不是表达自己，而是翻译自己……几乎每个在过去用正规英文写作的苏格兰人，不仅是不可救药的二流作家，而且是不可救药地落后于时代的人。”②身为文学家的吉本确实提出用英语创作的苏格兰文学如何传达苏格兰性的问题，所幸戴启斯在《方言与抒情诗》(1936)中提到，“现代苏格兰作家创作的苏格兰语诗歌和英语诗歌的区别，已不再是兰瑟姆、罗伯特·弗格森或彭斯所写的苏格兰语诗歌和英语诗歌那样的差别。早期诗人，在儿童时代就在阅读甚至研究政治话语中，获得丰富的方言知

---

① Ans van Kemenade, Bettelou Los ed. *The Handbook of the History of English*. Hoboken: Wiley-Blackwell Publishing, 2006.

② Lewis Grassic Gibbon. *A Scots Hairst: Essays and Short Stories*. London: Hutchinson, 1967, pp. 144-145.

识：18 世纪诗歌媒介，既丰富，又舒畅，和我们今天的状况相反。”[①]然而，诗人麦克迪尔米德在《长蛇盘绕》中看法相反，“诅咒我的两重生活！两种语言！/——好端端的苏格兰语全让英语蹂躏。/用英语的词说苏格兰的事，/就像让吱吱的鸟来唱贝多芬的曲子”，认为苏格兰文学中不该有“英格兰优势”，纠正之策在于重新用苏格兰语写作。因此，苏格兰作家和诗人在语言选择上，即使用英语书写的苏格兰文学，也是有自己的文学传统的，如斯皮尔斯(John Speirs)在《苏格兰文学传统》(1962)中所说，由于历史原因，苏格兰作家用英语书写的文学，和盖尔语、苏格兰语文学作品一样，都已成为苏格兰文学的一部分[②]。凯尔特语言和苏格兰民族意识融合，造成被视为最能体现英国文学伟大性的现代主义，在苏格兰地区的发展，按苏格兰文学学者、格拉斯哥大学麦卡洛赫博士(Margery Palmer McCulloch)在《苏格兰现代主义及其语境(1918—1959)：文学、民族身份和文化交流》(2009)中的说法，不同语言的苏格兰文学，表达的仍然是苏格兰人抵抗英国工业革命以来唯物主义美学，渴望苏格兰本土的现代审美诉求[③]。

必须要提到的是，导致苏格兰性复杂化的另一个方面是和英格兰圣公会分庭抗礼的苏格兰教会。西敏寺对英国文学经典的确立扮演了重要角色，到 18 世纪中叶西敏寺俨然变成了英格兰民族的先贤祠，不再仅仅是王室专用教堂。而苏格兰教会参与苏格兰民族认同建立贡献甚多，对苏格兰文学影响甚深，又因其本身的复杂性，导致和苏格兰教会关系纠缠不清的苏格兰文学的发展，也就不会简单明了。1533 年，亨利八世禁止英格兰教会向罗马教廷纳贡，并促使国会迅速通过《至尊法案》(Supremacy Act)，规定英格兰教会即英格兰王国的国教、英格兰国王同时是英格兰王国基督教会最高领袖。历经玛丽一世和伊丽莎白一世等几度较量，“安立甘宗”(Anglicanism)得以在英格兰确立，成为英格兰人认同英格兰的重要精神力量，且试图上升为大不列颠联合王国的精神根据，如 19 世纪中期以来在中国传教的英国诸多传教士，不少是伦敦长老会派遣的苏格兰牧师。而英格兰教会改革，无法在教会制度上覆盖苏格兰王国的苏格兰基督教会：1560 年苏格兰国会宣布基督教改革，规定苏格兰圣

① David Daiches. “Dialect and Lyric Poet”, *Outlook* 1: 2, May 1936, pp. 76-83.

② John Speirs. *The Scots Literary Tradition*. London: Faber & Faber, 1962.

③ Margery Palmer McCulloch. *Scottish Modernism and Its Contexts 1918-1959: Literature, National Identity and Cultural Exchange*. Edinburgh: Edinburgh University Press, 2009.

公会(The Scottish Episcopal Church)为苏格兰国教，不再受罗马教廷管辖，重建教会与政府关系(属灵事务，教会高于政府；属世事务，政府高于教会)，但它不同于安立甘宗，采用主教制(Episcopal)。这些改革并非因为英格兰的影响，而是直接受益于日内瓦加尔文宗的影响。有意思的是，詹姆钦定版《圣经》的钦定者，即苏格兰国王詹姆斯六世，因玛丽女王无子嗣，而成为英格兰国王詹姆斯一世，他本人有英格兰化趋向，却没能影响苏格兰教会的安立甘宗化。因苏格兰基督教会改革，促进了苏格兰人对苏格兰王国的认同，也由此在1707年苏格兰和英格兰合并为大不列颠之后，反而加剧了苏格兰意识。因为《联合法案》规定，苏格兰教会仍保留三种制度，即已经确立的苏格兰教会及其长老会制、加尔文教派，维持这种地方化的基督教与继续保留苏格兰法律和法定职业制度(遵从罗马法，而非英格兰的习惯法)、教育制度(即1696年苏格兰议会通过法案规定，每个教区应设有自己的学校)。出现了18世纪苏格兰启蒙运动，哈奇森的道德哲学、大卫·休谟的理性哲学、亚当·斯密的经济学、雷德的常识伦理学等蔚为壮观，激励了当时苏格兰的浪漫主义文学艺术。但是，1843年，因为苏格兰人关于苏格兰是在大不列颠框架之内还是之外，产生了激烈争论，导致苏格兰共同体内部分裂，苏格兰教会参与其中，苏格兰教会也随之出现分裂，这比苏格兰教会中的多数族裔和以外国人为主的少数族裔之间的矛盾更甚。这次事件影响了苏格兰民族，分裂导致国教更注意保存在大不列颠国框架内苏格兰的制度性联合问题。“这是超越纯粹宗教的问题，而苏格兰教会总议会(the General Assembly of the Kirk)相当于神学界的议会，为社会提供教育、解决穷人生计和其他社会服务。苏格兰长老教会分裂成苏格兰教会(the Church of Scotland)、对立的自由教会(the rival Free Church)、单独的联合长老会(the separate United Presbyterians)等，使得苏格兰教会(the Kirk)的权威性减弱，苏格兰统一的生活方式发生变化”①。教会分裂，连同苏格兰启蒙运动，共同加剧了苏格兰民族意识的多元化，给后来苏格兰文学家呈现苏格兰性的多样化，奠定了宗教和哲学基础。

可见，苏格兰文学家在理解苏格兰问题的认知上存在差别，他们创造的苏格兰文学，皆难以为“英国文学”(English Literature)框架所充分涵

① David Powell. *Nationhood and Identity: The British State Since 1800*. London & New York: I. B. Tauris Publishers, 2002, pp. 61-62.

盖，因为：(1)苏格兰作家敏感于苏格兰所遭遇到的英格兰中心论的挤压，鲜有人积极推动苏格兰的英格兰化，多谨慎对待英格兰主导的工业化进程；(2)无论是否信仰苏格兰教会，英格兰圣公会对苏格兰教会的侵袭很弱，并因苏格兰教会有加尔文教色彩，使苏格兰文学家更有道德自律、使命感；(3)相当部分作家坚持用苏格兰语或凯尔特语等进行创作，即便苏格兰文学主流是用英语写作，但叙述的内容及方式仍不同于英格兰作家，在思想上和苏格兰启蒙哲学有关；(4)苏格兰的自然景观、神话传说、人文遗产和历史等，成为苏格兰文学家的丰富素材，苏格兰哲学则成为苏格兰文学的重要思想根据，即用有相当高度的哲学观照苏格兰的人及其生活、现实、命运等，构成了苏格兰文学最显著特征。以上四方面，正是决定苏格兰文学特质的民族性，即苏格兰性(Scottishness)所在。岁月变迁，当代苏格兰诗人仍然“都非常关注苏格兰本身，描写他粗犷豪放的地域，描写他坚硬的顽岩，茂盛的石楠、蓟草和蕨草，描写它的岛屿、湖泊、丛林和那里的居民。他们这样做不是想突出苏格兰的地方性，而是抒发一种民族自豪感，一种渴望把这个地方视为英国单一的民族实体的愿望。自此(20世纪初)苏格兰开始有一种本位诗歌，不需要附属于其他文化传统的、自身独立的诗歌。苏格兰诗歌开始有了自己的定位、定义。苏格兰诗人开始立足于苏格兰本土，思考他们与外界，特别是与英国诗歌的关系”①。也就是说，苏格兰文学艺术诉诸的是苏格兰情怀，而非与苏格兰无关的大不列颠认同，更不是超越苏格兰的英国诉求，苏格兰性乃苏格兰的诗人、小说家、剧作家和文学批评家等成为共同体的标志所在，导致苏格兰文学无法与英格兰文学合流，并得到威尔士、北爱尔兰知识分子的同情性理解。不只是苏格兰地区大部分苏格兰人拥有苏格兰诉求，居于英国其他地区以及流散在新西兰、澳大利亚、美国和加拿大的苏格兰人也有共同的民族情愫。

苏格兰文学及其所传达的苏格兰性，部分地被亲临苏格兰的王佐良感受到。在《世界文化名人罗伯特·彭斯诞生二百周年纪念》(1959)一文中王佐良说，“彭斯时代用苏格兰方言写诗，意味着从形式到内容都走民间文学之路。苏格兰方言文学有十分深远的光荣传统，但等到1707年苏格兰和英格兰完全合并以后，受过高等教育的上层人士却背弃了它，改用原来对他们而言实际上是外文的英语来写作。但苏格兰方言文学传统

① 张剑编译：《现代苏格兰诗歌》，北京：外语教学与研究出版社，2002年，第viii页。

并未从此消亡，只是更深入人民之中，在人民的格言、歌谣、传说和故事中保存下来"，而18世纪英文诗坛不景气，"苏格兰人学习英格兰的英语诗歌，自然没有价值，彭斯打破僵局，转用活的方言去写劳动人民生活的诗歌之路"[①]。也就是说，王佐良特别关心呈现苏格兰性的苏格兰语言问题，在《苏格兰诗歌的发现》中进一步说，"中古时期的苏格兰诗人无心，也无须模仿伦敦诗人乔叟，因为一来他们可以依靠苏格兰本土的凯尔特文学传统，二来他们可以直接去取用乔叟用过的欧洲大陆上的某些材料源流；历史上苏格兰同法国的关系密切，超过英国同法国。这两个因素——凯尔特文学的深远传统和法国文化的灿烂榜样——都使得苏格兰文学大异于英格兰文学，使得苏格兰诗歌既挺拔深刻，又开朗多智。相对地讲，这是一种真正'文明'的诗歌"[②]。他1984年所翻译的《苏格兰诗歌选》，包括彭斯及其之前的诗人，也有其后的诗人，还有战后著名的盖尔语诗人绍莱·麦克林（Sorley Maclean，盖尔语名字Somhairle MacGill-Eain，1911—1996）的十首诗，认为诗人用盖尔语创作，和麦克迪尔米德一样，把苏格兰民间文学和英国现代性有机融合，汉译其作品"填充了我们这个文学图景的最后一个空白"[③]。

有趣的是，早在20世纪初的中国，就隐隐约约知晓了苏格兰之于英国的复杂性。光绪二十九年（1903），上海商务印书馆刊行美国学者那顿撰述的《苏格兰独立史》，提到苏格兰没有充分融入大英帝国的诸多历史现象；光绪三十四年（1908）有铅印本林汝耀等留学生著述的《苏格兰游学指南》，有意识向中国士大夫或其父母推介苏格兰，"比数年来，邦人笃学之士，考察苏境学界，不亚于英伦。于是声应气求，公费私费诸生，来者赓续。爱丁堡前年中国学生不过三四人，今则而为十有一人；格拉斯哥大学前年中国学生仅一人，今则骤增而为十六人。阿伯丁大学亦有中国学生数人"[④]，指出苏格兰大学和英格兰大学的不同，详细介绍爱丁堡大学、格拉斯哥大学和阿伯丁大学，包括不同科系的考试内容、不同

① 王佐良：《彭斯的成就：世界文化名人罗伯特·彭斯诞生二百周年纪念》（没有标注出版社），1959年，第13—14页。

② 王佐良：《带一门学问回中国：英国文学的信使王佐良卷》，天津：天津人民出版社，2009年，第81页。

③ 王佐良：《带一门学问回中国：英国文学的信使王佐良卷》，天津：天津人民出版社，2009年，第84页。

④ （清）容闳、（清）祁兆熙、（清）张德彝、（清）林汝耀等著，钟叔河主编：《西学东渐记·游美洲日记·随使法国记·苏格兰游学指南》，长沙：岳麓书社，1985年，第606页。

大学的学期、开设科目等。1926 年，上海商务印书馆出版时任商务印书馆编辑顾仲彝(1903—1965)翻译的密顿(G. E. Mitton)的《苏格兰小史》(1926 年)。作者描写苏格兰历史和地理，生动叙述了基督教进入苏格兰的情形，称苏格兰为独立国家，名称来自一个岛屿斯科细亚(Scotia)；接着介绍苏格兰历史，尤其是 1314 年布鲁斯和爱德华二世班诺克本战役、玛丽女王、1707 年“英苏合并”。可惜的是，未能惠及英国文学翻译和研究，如欧阳兰《英国文学史》(北京大学出版部，1927 年)开篇说，“英国古代的居民可分为四种，即凯尔特人(译为塞尔特人)、罗马人、盎格鲁-撒克逊人、丹麦人。凯尔特人原是一种粗暴野蛮的民族”，“缺乏政治组织能力，为此之故，所以结果终而二次灭亡——初次为罗马的属国，后成为条顿民族的属国”[①]。殊不知，主要由凯尔特人组成的威尔士王国比英格兰王国历史更悠久，他们有自己的语言、文学艺术，而且没有屈服于罗马、日耳曼统治，相反，还策动了据守这里的外籍官兵哗变。因为把“英格兰”译成“英国”，带来理解上的诸多困难，而整部书就立足于关键词理解有误的基础上，论述自然不会顾及英格兰合并威尔士、联合苏格兰、吞并爱尔兰等史实，漏洞百出。如认为 12 世纪问世的《盎格鲁-撒克逊编年史》(*Anglo-Saxon Chronicle*)“是一部英国史”，而不是英格兰民族的史书；把罗马人征服英格兰之后的文学也称之为“英国文学”；赞誉乔叟为英国的第一位歌者、“英国诗歌鼻祖，第一等英文作家”；给予莎士比亚相当篇幅，却不探讨《麦克白》等所隐含的英格兰和苏格兰历史冲突[②]。类似表述是当时中国表述英国文学史的普遍模式，无论是曾虚白的《英国文学 ABC》，还是金东雷的《英国文学史纲》等，都不考虑英格兰合并、吞并其他王国对英国文学发展结构性变化的影响问题。幸而，1993 年杰出学者林毓生(1934—　)《从苏格兰启蒙运动谈起》(《读书》第 1 期)一文，介绍了 20 世纪 70 年代末欧美开始重视苏格兰启蒙哲学，描述其与法国启蒙哲学的差别、对哈耶克等 20 世纪思想家所产生的巨大影响，让中国读者得以接触苏格兰哲学及其魅力；前后若干年，王佐良的《英国浪漫主义诗歌史》(1991)和《英国诗史》(1993)、刘意青的《英国 18 世纪文学史》(2006)等相继问世，使汉语读者直接了解到苏格兰文学概貌。尤其是，近年来苏格兰哲学问题在中国日趋得到重视，如三联书店推出“英文

① 欧阳兰编：《英国文学史》，北京：北京大学出版部，1927 年，第 1—2 页。

② 欧阳兰编：《英国文学史》，北京：北京大学出版部，1927 年，第 30 页。

版剑桥哲学研究指针”，包括苏格兰哲学史家、格拉斯哥大学教授布罗迪(Alexander Broadie，1942—)主编的《苏格兰启蒙运动》(2006)，收录介绍大卫·休谟、亚当·斯密、雷德(Thomas Reid，1710—1796)、亚当·弗格森、哈奇森(Francis Hutcheson，1694—1746)和汉密尔顿(William Hamilton，1788—1856)等重要苏格兰启蒙思想家；2010年浙江大学出版社推出“启蒙运动经典译丛：苏格兰系列”。

然而，英国文学框架下的苏格兰文学汉译问题，更为复杂。1984年前中国尚未有“苏格兰文学”概念，在英美文学研究上卓有成就的凌昌言在其《司各特逝世百年祭》(1932)中盛赞司各特乃“全世界最伟大的历史小说家”，认为中国读者对其认识和估价“竟超过莎士比亚而上之。我们可以看到艾凡赫和蕊贝卡的情史而眉飞色舞，对于更伟大的莎士比亚作品，却只能自安于《吟边燕语》的转述。因此我们可说，司各特是我们认识西洋文学的第一步。而他的介绍进来，对于近世文化的意义，是绝不下于《天演论》和《原富》的……司各特给予我们新的刺激，直接或间接地催促我们走向文学革命的路上去；司各特是直接或间接地奠定王国欧化文学的基础了”[①]。作者并非有意贬低莎士比亚，而是当时中国人对莎士比亚整体上生疏，即使林纾在晚清就用文言翻译了《凯彻铁事》(*Julitus Caesar*)、《雷差得纪》(*Richard* 2)、《亨利第四纪》(*Henry* 4)、《亨利第六纪》(*Henry* 6)，以及把兰姆姐弟改编的《莎士比亚故事集》(*Tales from Shakespeare*)翻译成英国索士比亚著《澥外奇谭》(上海达文社，1903)、《英国诗人吟边燕语》(商务印书馆，1904)等，实际上缺乏莎士比亚的背景知识，如把兰姆姐弟改编的《莎士比亚故事集》视为莎士比亚本人“纪事也”，声称“莎氏之诗，直抗吾国之杜甫，乃立义遗词，往往托像于神怪”[②]。莎士比亚被误解的情形，直到1947年世界书局推出朱生豪《莎士比亚全集》，才得到真正改观。也就是说，司各特是影响中国现代文学进程的重要人物，并非虚言。而这样的苏格兰作家很多，如柯南·道尔创作的福尔摩斯探案集的汉译，使中国在1910年代后产生了侦探小说。

面对苏格兰如此复杂情形，作为苏格兰认同表达方式的苏格兰文学，不断被苏格兰学术界揭示出来，逐渐得到国际学术界关注。在后殖民批评理论进入中国之前，汉译英国文学历程对苏格兰文学感知不足，苏格

① 《现代》，1932年第2卷第2期，第276页。

② 谢天振、查明建主编：《中国现代翻译文学史(1898—1949)》，上海：上海外语教育出版社，2004年，第271页。

兰文学家却是中国现代文学成长过程中的重要因素，那么按赛义德(Edward Said，1935—)、斯皮瓦克(Gayatri C. Spivak，1942—)和霍米·巴巴(Homi K. Bhabha，1949—)等人的后殖民批评理论，以及玛丽亚·铁木志科(Maria Tymoczko)、特贾斯维莉·尼兰贾纳(Tejaswini Niranjana，1958—)、道格拉斯·罗宾逊(Douglas Robinson，1954—)等人的后殖民翻译理论，我们就无法回避真实的苏格兰文学及其汉译的情况。因此，重新讨论英国文学汉译史，查考百年来作为英国文学一部分的苏格兰文学所传达的苏格兰性，在中国译介中是否得到呈现，以及被呈现和被中国人所认知的程度，成为本书第一大问题。具体论述中，讨论两个问题：(1)苏格兰文学被统一的英国文学所掩盖的具体情形，通过苏格兰学术界对苏格兰文学研究的还原，揭示大英帝国文学史观所隐含的英格兰中心论；(2)中国直接采用大英帝国文学史观筛选文学经典、译介苏格兰文学，其审美特质和民族特性能否得到充分再现、准确传达的问题。

对以上两个问题的讨论，衍生出的具体内容为：

(1)以苏格兰文学为中心，重新梳理英国文学在中国的百年译介史，探讨统一的英国文学概念，如何影响苏格兰文学及其负载的苏格兰性的缺损问题。

(2)认真查考汉译最多的英国文学经典作家彭斯、司各特、拜伦等在中国的百年译介史，梳理英国和苏格兰对他们的认知，从而有效地揭示出中国译介他们的特点、所遇到的难题，即他们的苏格兰性在中国的呈现程度和方式。

(3)依据对英国文学及三位经典作家在中国译介历程的分析，探索中国今后译介苏格兰文学的思路和方向。

而一旦要澄清以上内容的任何一个层面，都会遇到各种困难，其中最大的难题是英国人所建构的英国知识体系。涉及苏格兰、威尔士、爱尔兰等因素时，英国主流学术界经常出现逻辑和史实冲突的现象，这种冲突遍及人文学科，如英国著名哲学家罗素(Bertrand Arthur William Russell，1872—1970)的《西方哲学史：及其与从最初到当下的政治和社会环境之关系》(1945 年美国初版、1953 年英国再版)中，虽然大卫·休谟是重点论述的哲学家(比马克思的篇幅还多)，也涉及大卫·休谟那部试图说明苏格兰人并不比英格兰人差的《英格兰史》，但完全回避大卫·休谟是苏格兰重要启蒙哲学家的事实，只是泛泛而论《人性论》的论述理智、情感和道德以及怀疑论等问题[①]。英国在任何领域都有意无意地弱化、掩盖苏格兰民族因素。然而，中国关于英国的历史、语言、哲学和文学等全部知识，全部直接来自英国主流学术界。罗素《西方哲学史》对中国影响甚巨，因而大卫·休谟在中国变成和苏格兰无关的思想家。苏格兰文学汉译的情形也与此相同。按斯皮尔斯《苏格兰文学传统》所说，苏格兰文学有着不同于英格兰的文化传统，融入统一的"大不列颠"后，也未完全英格兰化。汉译的苏格兰文学，是作为英国文学经典进入中国的，按英格兰主导的英国文学观念在中国"旅行"，苏格兰性由此而遭到双重损失，即英国文学史家有意识遮蔽其苏格兰民族性，同时，因为中国的苏格兰知识和苏格兰意识不足，苏格兰文学的民族性在汉译中二次折损。例如，鲍斯韦尔的《约翰逊传》(1791)、《伦敦日志》(1762—1763)、《游赫布里底诸岛日记》(1785)等力作由国际文化出版公司(2005、2011)、中国人民大学出版社(2009)出版，仅仅作为英国文学经典而已。类似于斯蒂文森等经典作家，其苏格兰身份因为置于英国文学史框架下，基本上消失殆尽。

问题严重的是，对比爱丁堡大学出版社推出布朗(Ian Brown)主编的三卷本《爱丁堡苏格兰文学史》(2007—2011)与苏格兰文学汉译史，大量苏格兰文学经典，从未汉译，或者仅仅浅尝辄止，其中的民族性未曾深入关注。

对于这些现象，需要结合后殖民批评理论及翻译研究，把美国密西西比大学英文系教授罗宾逊(Douglas Robinson，1954—)《翻译与帝国：后殖民方法的理解》(1997)、《翻译与影响问题》(2011)，以及加德纳等人《苏格兰文学和后殖民文学：比较文本和批评视角》(2011)，运用于英国内部殖民进程中的苏格兰文学及其汉译问题，论述在英国文学框架之下的苏格兰文学，实际上与英格兰之间存在着诸多话语权力不平等关系，方能有效解决英国文学框架下的苏格兰文学译介过程中所遇到的复杂问题。

经过前述梳理，确定了如下的研究思路：

(1)以苏格兰文学为中心，重新梳理汉译英国文学的历史，还原英国文学框架下苏格兰文学在汉语环境下的基本面貌，把"爱丁堡苏格兰文学

---

① [英]罗素著，马元德译：《西方哲学史》(下)，北京：商务印书馆，1982年，第196—212页。

指南"系列和两套《苏格兰文学史》等苏格兰学术界的力作，与剑桥或牛津版《英国文学史》《诺顿英国文学》等，进行比较，查找汉译英国文学过程中的苏格兰文学之缺失的状况，从而为今后以中国主体性意识去译介苏格兰文学，提供学术视野。

(2)围绕作家的苏格兰身份，重新梳理彭斯、司各特、拜伦等人在中国的译介史。对比英国主流学界和苏格兰学界进入主流英国文学史著作的文学经典，具体查考他们在中国获得巨大声望的译介过程中苏格兰性的再现问题。

(3)由于英国文学之于中国，是现代文明发达国家文学之于现代文明落后之国的文学，因而百年来采用英国人建构的英国文学史观译介所谓的经典力作。然而英国文学内部充满着紧张关系，苏格兰文学被主流的英国文学所压抑，这样的情形也一并进入中国。对此，需要运用后殖民翻译理论，分析英国人建构的"英国文学"概念，以及这种概念在中国译介英国文学尤其是苏格兰作家作品中的影响，探讨苏格兰作家或与苏格兰相关作家的苏格兰性之缺失或不足的英国原因。

(4)因为中国百年来对英国文学的译介，在不同时代的译介实践上没有完全遵从英国人的表述，而是受中国局势所左右。由此，对经典作家的译介，要切实研究苏格兰作家作品具体译介过程中所出现的汉译表达问题，分析其"苏格兰性"呈现的程度或未被呈现的具体情形，以便建构中国的苏格兰文学概念，使重译有主体性的苏格兰文学有理论根据。

应该说，本研究有以下意义：

(1)揭示出在英国文学框架下译介苏格兰文学，虽然涉及若干苏格兰作家作品，但基本上都是失去苏格兰民族性或苏格兰民族性不足的英国文学。这就意味着，百年来没有通过苏格兰文学看到英国文学内部问题，反而借助这种苏格兰文学强化了所谓统一的英国文学认知。

(2)促使警觉主流英国文学史观所存在的英格兰中心论趋向，以及以英格兰中心论所建构的英国文学史，对苏格兰文学挤压的情形，尤其是苏格兰作家作品的苏格兰性被压抑的状态。

(3)汉语读者由此认真面对苏格兰文学的真相，即苏格兰人所建构的苏格兰文学史的内容和结构，和主流英国文学史中的苏格兰文学的差别，为重新思考苏格兰文学和英国文学的关系、反思苏格兰文学汉译史，提供基础。

(4)激发读者重新认识苏格兰对世界的贡献力。苏格兰成为大不列颠北部之后，英国很快壮大为世界殖民大帝国，苏格兰知识分子随着英国殖民的脚步，足迹遍布世界各地，在不同区域或国家，以及不同领域，做出不同贡献。出生于苏格兰东洛锡安的牧师威瑟斯布(John Witherspoon，1723—1794)成为普林斯顿大学的新泽西学院院长、美国《独立宣言》和《十三州联邦宪法》签名者之一；圣安德鲁斯出生的威尔逊(James Wilson，1742—1798)是美利坚共和国的奠基者之一、美国大法官；格拉斯哥大学毕业的艾里森(Francis Alison，1705—1779)是费城学院创始人、费城长老联合会会长；美利坚共和国的国父杰斐逊(Thomas Jefferson，1743—1826)，深受其来自阿伯丁的两位老师——斯莫尔牧师(William Small，1734—1775)及妻子玛丽的影响，使得美国宪法践行了苏格兰启蒙哲学，把个人自由置于至高无上的位置。而苏格兰启蒙主义哲学是和苏格兰文学息息相关的[①]。对此类现象，美国史学家赫尔曼在《苏格兰发明现代世界》(2003)中认为，苏格兰常识学派哲学观念(the Scottish School of Common Sense)深刻影响了美国独立宣言和美国宪法，因为"高瞻远瞩的苏格兰人，致力于改变文化和物质上落后的国家。改变国家的同时，他们也改变了世界。18世纪结束之前，苏格兰就已锻造出标志现代社会阶段特点的制度、观念、态度、思维习惯(模式)。苏格兰人在世界各地开疆辟地，既具有实际的价值，也有比喻的意义，即在人类历史上开辟了一个崭新的时代。事实上，'人类历史'这个概念本身，很大部分包含苏格兰的发明。苏格兰人提出了'进步'这一关键概念。苏格兰人坚信，社会和个体一样，随着时间变化而成长和改进。"[②]有着主体性价值的苏格兰文学被汉译得很少，这已是汉语读者的损失，由此激发去译者补足缺失，去发现苏格兰对世界的更大贡献。

(5)专事研究汉译苏格兰文学问题，呼应了苏格兰问题在当今世界上变得越来越重要的趋势，国际学界加大对苏格兰文学、哲学和历史及其伴随的苏格兰性问题的研究力度，中国近年来也开始重视苏格兰问题研究。

---

① 关于苏格兰文学和哲学影响美国的更多信息，请见 Alexander Broadie ed. *The Cambridge Companion to the Scottish Enlightenment*. Cambridge: Cambridge University press, 2003, pp. 316-338.

② Arthur Herman. *How the Scots Invented the Modern World: The True Story of How Western Europe's Poorest Nation Created Our World & Everything in It*. New York: Three Rivers Press, 2002, pp. 263-264, p. 254.

第一章　英国文学百年汉译史：苏格兰文学何在

（苏格兰文学历史悠久）早在15世纪，大不列颠岛上的诗歌活动的中心就移到了苏格兰。在那里出现了以低地地区方言为基础的英语诗和至少两个大诗人，即亨利生和邓巴。

——王佐良（《英国诗史》）

近现代中国的形成和发展，和翻译关联紧密，从社会制度的设计，到各领域的新概念、日常生活的新用语，乃至传统的经史子集分类被代之以现代学科，无不借助“翻译”完成。翻译“带来新中国”的过程中，英国文学因其汉译总量巨大，发挥了很重要作用。据日本学者樽本照雄等考证，清末民初翻译小说达2504种，查明国籍的1748种翻译小说中，英美1071种，占总量61%，远胜于法、俄、德、日等翻译量①；同样，谢天振《译介学》(1998)看来，“从国别上看，近代小说翻译中，最多的是英国小说，近300种，远远高出其他国家。尽管林纾不通西文，但所选的英国文学作品却达到了相当的品位”，而1911—1949年，中国翻译出版的英国文学作品则达739种，数量上仅次于俄苏文学的1051种，就国别文学汉译而言，位列第二②。意味着，译介英国文学对现代中国审美观念的形成，客观上扮演了不可替代的角色，包括确立了一批不可企及的汉译英国文学经典作家作品，及其体现的审美概念，特别是建立了“统一的英国文学”——不同于其他英语书写的大不列颠文学。

然而，因为“联合王国”的疆域和结构不断变动，和“英国”概念息息相关的“英国文学”(English Literature)理论上应有相应变化，外延也会改

① 转引自王宏志：《翻译与创作：中国近代翻译小说论》，北京：北京大学出版社，2000年，第163页。

② 谢天振：《译介学》，上海：上海外语教育出版社，1998年，第72页。

变：1535年之前的英国文学，应命名为“英格兰文学”，因为还有独立的威尔士文学，直到1536年《联合法案》(Act of Union)，英格兰王国和威尔士王国合并，英格兰文学才包括了威尔士文学，无论是盖尔语书写，还是英语创作的；1603年英格兰和苏格兰王室统一，但仍然是两个王国，直到1707年英格兰与苏格兰联合成“大不列颠王国”，才有了英格兰文学和苏格兰文学合体的大不列颠文学；1801年又与爱尔兰合并成“大不列颠及爱尔兰联合王国”，英国文学中增加了爱尔兰文学。到1914年，大英帝国殖民地比本土大111倍，这些地区的文学不属于英国文学，但第一版《剑桥英国文学史》第14卷(1917)却纳入了英国—爱尔兰文学、英国—印度文学、英国—加拿大文学、澳大利亚和新西兰文学、南非诗歌等①；1922年爱尔兰共和国独立，爱尔兰北部仍留在联合王国内，英国易名为“大不列颠及北爱尔兰联合王国”，爱尔兰文学是否属于英国文学范畴，而不仅仅是北爱尔兰文学是否成为英国文学一部分，是有争议的问题。更重要的是，即便并入大不列颠之后，威尔士、苏格兰、(北)爱尔兰仍然坚守各自的民族文学，无论用英语书写，还是用盖尔语或苏格兰语或爱尔兰语或凯尔特语书写。简言之，就英国文学的构成而言，英格兰文学(Literature of England)不能替代英国文学(English Literature)，1707年之前存在着独立的苏格兰文学，此后的苏格兰文学也未充分大不列颠化。

由于大不列颠以英格兰为主体，“联合王国”的历史进程未能有效融合英伦三岛各民族，但大英帝国以来关于英国的认知始终由英格兰主导，出现了伊安·黑伊《被压抑的英格兰人》(1917)所言，“当一个苏格兰人说到苏格兰时，指的就只是苏格兰。当一个爱尔兰人论及爱尔兰时，指的只是爱尔兰。当一个英格兰人说到England时，可能是指苏格兰、爱尔兰、加拿大。这种想当然地把英格兰当成整个帝国，把整个帝国视为英格兰的习惯，并不总是有利于帝国诸邦的手足之情，尽管绝大多数的情况下，此说根本无意冒犯任何人。”②面对这样的情形，1707年以后苏格兰文学虽然在书写方式上有英格兰化的趋势，但苏格兰文学家和爱尔兰作家一样，仍不断抵抗英格兰的同化，甚至和英格兰融合得最好的威尔士，即使已习惯于用英文写作，但在日常生活的言说和文字上仍延续用盖尔

① A. W. Ward, A. R. Waller. *The Cambridge History of English Literature*. Vol. XIV. Cambridge: Cambridge University Press, 1917, pp. 333-424.

② 程巍：《隐匿的整体：程巍自选集》，郑州：河南大学出版社，2009年，第3页。

语或威尔士语书写的传统。

英国文学百年汉译就在这样的矛盾中进行。一方面译介者面临的是分属于英格兰、苏格兰、爱尔兰、威尔士的作家作品，即无法超越事实上分裂的英国文学；另一方面对具体作家作品的定位，又必须仰赖于剑桥或牛津《英国文学史》或《诺顿英国文学选读》等主流英国文学史书籍，而在主流的英国文学史家论述中，英国文学无疑是完整统一的联合王国文学。事实上，早在19世纪末有外交官译介英国文学时，就知晓彭斯是不属于英格兰的苏格兰诗人；从林纾对司各特历史小说的译述中，读者能感受到英格兰和苏格兰的历史恩怨，从导言提及的林汝耀的《苏格兰游学》(1908)可以了解爱丁堡大学、格拉斯哥大学等大学考试情形，如1897年指定考试内容包括托马斯·卡莱尔的注释本《论英雄和英雄崇拜》，1898年考试指定书目包括莎士比亚的注释本《麦克白》、司各特注释本《昆丁·杜沃德》《郎曼地理系列Ⅱ》，爱丁堡大学文学专业考试范围包括盖尔语文学，法科涵盖苏格兰法等[①]；20世纪初中国翻译出版了那顿的《苏格兰独立史》，五四新文化运动之后上海商务印书馆出版了顾德隆(即顾仲彝)翻译的美国学者密顿的《苏格兰小史》。事实上，无论汉语读者多么用心阅读彭斯、司各特、拜伦、柯南·道尔等人的作品，皆难以把他们和英格兰文学家区分开来，而自然而然地认为彭斯表达了英国北方农村人的审美，把司各特历史小说叙述的英格兰和苏格兰冲突视为英国内部矛盾，将拜伦对抗大不列颠政府的行为视为浪漫主义诗人追求自由所致，福尔摩斯是伦敦侦探，不关乎苏格兰哲学对作者创作的影响。也就是说，中国实际上触及了不同于英格兰文学的苏格兰文学，但完整的“英国”和“统一的英国文学”概念，又使汉语读者无法真正了解苏格兰文学。

由此产生了以下问题：纷繁复杂的英国文学史进程是在分裂的结构中进行的，西敏寺曾长时间操控确定英国文学经典的权力，英格兰各大学对英国文学的研究，有意识回避文学家身份或民族认同的分属，以凸显大不列颠或联合王国认同。那么，汉译英国文学是如何复制这一套主流英国文学史观、忽视苏格兰文学未能充分融入英国文学的实际？进而，汉译英国文学怎样在翻译实践上处理英国文学内部的结构性紧张，以及苏格兰文学所表达的苏格兰认同、所体现的苏格兰性是否得到再现？而

---

① (清)容闳、(清)祁兆熙、(清)张德彝、(清)林汝耀等著，钟叔河主编：《西学东渐记·游美洲日记·随使法国记·苏格兰游学指南》，长沙：岳麓书社，1985年，第614、621页。

这些显而易见的问题，为何未曾探讨？

第一节　“英国文学”汉译：苏格兰文学从隐形到微显

近代外国文学进入中国的大势中，英国文学译介最早，早期传教士率先在中国引入英国文学[①]，继而中国人主导翻译，规模越来越大，英国文学成为翻译总量最大的外国文学之一。未料到，其中相当部分作品来自苏格兰：光绪二十二年（1896），《时务报》刊行张坤德所译苏格兰人柯南·道尔四篇侦探小说，总题为《歇洛克·呵尔唔斯笔记》，即《英包探勘盗密约》《记伛者复仇事》《继父诳女破案》《呵尔唔斯辑案被戕》等，在科举制废除前后的一段时期，中国文人很快酝酿出热衷阅读福尔摩斯探案小说的“福尔摩斯热”，几乎与英国同步，之后长盛不衰。“莎士比亚热”更不在话下，1954 年 4 月《戏剧报》刊署名“本报资料室”的《莎士比亚戏剧在中国》，十年后戈宝权发文《莎士比亚作品在中国》（《世界文学》，1964 年第 4 期）等，又有著作《莎士比亚在中国》（1987）和《莎士比亚在中国舞台上》（1994）、两部英文版著作《莎士比亚在中国》，至于《莎士比亚在中国》论文则多达三十余篇。

而英国文学在中国的译介情形，契合中国的两种现实：包括英国在内的所谓发达国家，皆急于向中国输送代表其现代文明水平的文学力作；现代文明之途落后的中国，也迫切希望认识世界，大量译介外国文学作品，如梁启超在《清议报》（1899）中呼吁，“甲午之前，我国士大夫言西法者，以为西人之长不过在船坚炮利，机器精奇，故学知者亦不过炮械船舰而已。此实我国致败之由也。乙未（1895）和议成，士大夫渐知泰西之强由于学术”[②]。而强调翻译包括英国在内的泰西人文学术的重要性，以便了解包括英国在内的欧美社会的主张，与其另一重要文章《论译书》（1897）之论“处今日天下，则必以译书为强国第一义”[③]相呼应，短短三年就改变了梁启超《时务报》撰文《西学书目表序列》（1896）所说的状况，“已译诸书，中国官局所译者，兵政类为最多。盖昔人之论，以为中国一切

① 关于晚清英国文学汉译起源问题，参见牛津大学哲学博士、香港中文大学助理教授黎子鹏著：《经典的转生：晚清〈天路历程〉汉译研究》，香港基督教中国文化研究社，2012 年，第二章。

② 梁启超：《戊戌政变记》，载《饮冰室合集·专集》第 1 册，北京：中华书局，1936 年，第 55 页。

③ 梁启超：载《变法通义》，《饮冰室合集》（1），北京：中华书局，1989 年影印本，第 66 页。

皆胜西人，所不如者，兵而已。西人教会所译者，医学类为多，由教士多业医也。制造局首重工艺，而工艺必本格致，故格致诸书，虽非大备，而崖略可见。惟西政各籍，译者寥寥”[①]，即所辑录的1855年以来西学汉译名录(多为传教士所译)中，关于政治、思想、哲学的作品不多，但很快在19、20世纪之交得到根本性改观。

整个过程中，1877—1879年就学于皇家海军学院(Royal Naval College)的严复，面对中国士大夫和政界茫然不解世界的现状，翻译亚当·斯密的《原富》(1902)、穆勒(John S. Mill，1773—1836)的《群己权界论》(1903)和《穆勒名学》(1905)等，对改观译介欧美先进文明大势，功莫大焉。其意义不限于此，因为稍事认真阅读，便可注意到，“严译八大名著”中，三部出自苏格兰作者之手，占据无可替代的位置。严复是把它们作为英国的，还是作为苏格兰的思想经典引入中国的？就译作当时和后来所产生的普遍影响力而言，问题似乎无关紧要，但联系上海商务印书馆刊行美国学者那顿的汉译本《苏格兰独立史》，以及21世纪以来越来越清楚地意识到苏格兰思想(多指苏格兰启蒙哲学)具有不同于英格兰哲学、法国哲学的价值，那么严复翻译三部苏格兰哲学著作及其动机和影响等问题，就需重新考虑了。

加速引进思想启蒙类著作过程中，因甲午海战失败，中国局势更加危急，维新运动风起云涌，有海外经历的士大夫发现泰西诸国发达，与其文学昌盛关系密切，所以翻译外国文学呼声随之而起，即严复和夏曾佑(1863—1924)在《本馆附印说部缘起》(1897)中所说，“且闻欧、美、东瀛，其开化时，往往得小说之助”，故要“不惮辛勤，广为采辑，或译诸大瀛之外，或扶其孤本之微”[②]。梁启超在《译印政治小说序》(1898)中倡言，“特采外国名儒撰述，而有关切于中国时局者，次第译之”[③]。于是，翻译文学迅速发展，蔚为壮观：甲午战败到1906年的十余年间，汉译小说达516种(部)[④]，一扫此前士大夫自视中国文学远胜于泰西文学之迂腐风气。广交英国人的王韬(1828—1897)，1867—1870年游历西欧，居留英国两年，在1868—1870年旅居苏格兰克拉克曼南郡的杜拉村，协助理雅各。而西敏寺早已确定莎士比亚、亨利·菲尔丁(Henry Fielding,

---

① 转引自郭延礼：《中国近代翻译文学概论》，武汉：湖北教育出版社，1998年，第22页。

② 阿英编：《晚清文学丛钞：小说戏曲研究卷》，上海：中华书局，1960年，第12页。

③ 阿英编：《晚清文学丛钞：小说戏曲研究卷》，上海：中华书局，1960年，第14页。

④ 郭延礼：《中国近代翻译文学概论》，武汉：湖北教育出版社，1998年，第29页。

1707—1754)的诗人角位置，英国社会关于拜伦和雪莱的争论正酣，狄更斯彼时更是声名赫赫的小说家。但王韬在《漫游随录》(上海点石斋书局，光绪十六年，即1890年)中提到，“英国以天文、地理、电学、火学(热学)、气学、光学、化学、重学(力学)为实学，弗尚诗赋词章”①，他的确没有在译介英国文学方面做出贡献。相随而至英国的首任大清帝国驻英公使郭嵩焘，面对狄更斯已进入诗人角的大事，在其《使西纪程》(光绪三年，即1877年)中说，“此间富强之基与其政教精实严密，斐然可观；文章礼乐不及中华远甚”②。如此景观，是当时的普遍认知，“西洋之(小说)所长一，中国之(小说)所长三……吾祖国之文学，在五洲万国中，真可以自豪也”③。外国文学汉译即将形成翻译高潮之时，仍有人无视泰西文学，如南社重要成员冯平(1887—1950，字心侠，号复苏)知道英法文学，仍主张，“概自欧风东移以来，文人学士，咸从事于左行文字，心醉白伦(拜伦)之诗、莎士比亚之歌、福禄泰尔(伏尔泰)之词曲，以谓吾祖国莫有比伦者。呜呼，陋矣！以言乎科学，诚相形见拙；若以文学论，未必不足以称伯五洲，彼白伦、莎士比亚、福禄泰尔之辈，固不及我少陵、太白、稼轩、白石诸先哲远甚也。”④当然，类似论述，很快在英国文学汉译浪潮中销声匿迹，随后出现“福尔摩斯热”。

侦探小说在中国文人看来属于闻所未闻的新奇文类，士大夫能接受，预示着英国其他文体可能也会通行中国。果然，英国历险小说家哈葛德(Henry Rider Haggard，1856—1925)的作品《她》(1887)，由跟随清代著名外交家、曾国藩长子曾纪泽(1839—1890)赴英多年，通英、法、日、德及满文的驻英使署参赞曾广铨(1871—1940)译为《长生术》(1897)。该作对主人公非洲的历险过程，描写得栩栩如生，使中国士大夫爱不释手。自此，英国小说汉译在中国势不可挡。仅林纾(1852—1924)就翻译哈葛德的《迦因小传》和《鬼山狼侠传》等20种，柯南·道尔的《歇洛克奇案开场》等7种、狄更斯的《贼史》等5种、莎士比亚的《凯撒遗事》等4种、司各特的《撒克逊劫后英雄略》《十字军英雄记》《剑底鸳鸯》3种、笛福的《鲁滨孙漂流记》、亨利·菲尔丁的《洞冥记》、斯威夫特(Jonathan Swift，

① 王韬：《漫游随录》，长沙：岳麓书社，1983年，第122—123页。

② 郭嵩焘：《伦敦与巴黎日记》，长沙：岳麓书社，1984年，第119页。

③ 阿英编：《晚晴文学丛钞：小说戏曲研究卷》，上海：中华书局，1960年，第329—330页。

④ 冯平：《梦罗浮馆词集序》，载柳亚子编，《南社丛刻》第二十一集，扬州：江苏广陵古籍刻印社，1996年，第5392页。

1667—1745)的《海外轩渠录》、斯蒂文森的《新天方夜谭》等 53 部英国小说、故事；同一部柯南·道尔作品，就有周桂笙(1873—1936)、林纾和魏易(1880—1930)、陈家麟(1905—1932)、包天笑(1876—1973)等著名人士翻译，《小说林》、《月月小说》、商务印书馆等大量刊行福尔摩斯作品汉译本。

当然，英国文学汉译兴盛，有着比其他文学汉译更为深厚的基础。1840 年鸦片战争之后，大批传教士来华，不少人翻译班扬(John Bunyan，1628—1688)的名作(*The Pilgrim's Progress*，1678)。仅 1851—1919 年译本至少有 10 种，如伦敦会传教士慕威廉(William Muirhead，1822—1900)译成《行客经历传》(1851)，尤其是苏格兰福音传教士宾威廉(William Chalmers Burns，1815—1868)，在上海与中国士大夫合作翻译，译为《天路历程》(1853)，译出基督教文学寓意，颇得中国基督徒信赖。该译本大受欢迎(1865 年重译)，再版序云，"凡阅是书，务于案头治新旧约，以备两相印证。依次而行，则《圣经》之义，自能融洽于胸中"①。译书过程中，林乐知(Young John Allen，1836—1907)、李提摩太(Timothy Richard，1845—1919)、艾约瑟(Joseph Edkins，1823—1905)等在《万国公报》《西国近事》中刊介英国文学，推崇"忒业生"(丁尼生，Alfred Tennyson，1809—1892)、"蒲老宁"(勃朗宁，Robert Browning，1812—1889)、"衰恩"(彭斯，Robert Burns，1759—1796)等，为后来中国人迅速亲近英国文学奠定了基础②。稍后，时任商务印书馆编辑的清末秀才孙毓修(1871—1922)的《欧美小说丛谈》，在上海《小说月报》第 4 卷 1—8 期(1913 年 1—8 月)、第 5 卷 9—12 期(1914 年 9—12 月)连载，1916 年 12 月商务印书馆结集出版单行本《文艺丛刻甲集》(中国第一部系统评价欧美小说和戏曲之作)，包括《司各德迭更斯二家之批评》，称"欧美小说，浩如烟海。即就古今名作，昭然在人耳目卒业一过，已非易事。用述此篇，钩玄提要，加以评断，要之皆有本原，非凭臆说。"③将司各特作为英国文学经典作家介绍，意味着，至少当时司各特在中国广为传播，同英国相一致。

---

① 黎子鹏：《经典的转生：晚清〈天路历程〉汉译研究》，香港：基督教中国文化研究社，2012 年，第 57—85 页。

② 刘树森：《西方传教士与中国近代之英国文学翻译》，载汪义群编，《英美文学研究论丛》第二辑，上海：上海外语教育出版社，2001 年。

③ 《小说月报》第 4 卷第 1 期，1913 年 1 月，第 2 页。

也就是说，影响力巨大的晚清英国文学汉译，事实上含多位苏格兰作家。郭沫若(1892—1978)在《我的童年》中称，“林琴南译的小说，在当时是很流行的，那也是我所嗜好的一种读物……他在文学史上的地位是不能抹杀的。他在文学上的功劳，就如梁任公在文化批评上一样……林译小说对我后来的文学倾向有决定性影响的，Scott 的 *Ivanhoe*，他译成《撒克逊劫后英雄传》。这本书后来我读过英文，他的误译和省略处虽很不少，但那种浪漫主义的精神，他是具象地解释给我了。我受 Scott 的影响很深，这差不多是我的一个秘密。我的朋友似乎没有注意到这一点。”[①] 尤其是，钱锺书(1910—1998)在《林纾的翻译》(1984)中也说，“接触了林译，我才知道西洋小说会那么迷人。我把林译里哈葛德、欧文、司各特、迭更司的作品津津不厌地阅览”[②]。不过，对于畅销多时的林译小说，没人关心司各特描写 1707 年之前的英格兰历史和英格兰—法兰西关系的缘由；同样，苏曼殊、马君武、胡适等都翻译过拜伦的《哀希腊》，知道它出自长篇叙事诗《唐璜》，却没有思索《唐璜》叙事主人公成长于苏格兰阿伯丁市，感情上更倾向于欧洲，而不是英格兰。也就是说，早期汉译英国文学涉及了苏格兰作家，但通常据英国文学史观泛泛而论，未关乎他们的民族身份，对中国文人从士大夫向知识分子转型过程中其审美观之变，无意中发挥了重要作用，深刻影响了后来译介者，如鲁迅关注被压迫民族文学，苏格兰文学却不在其中；都知道拜伦是英国浪漫主义诗人，却不关心这位英格兰贵族反对英国的原因。

从五四新文化运动到 1949 年末，英国文学译介过程几经变化，抗战前中国同时翻译从乔叟、莎士比亚，到浪漫主义、现实主义、唯美主义和意识流等各方面经典，抗战之后更注重现实主义文学。不同时期各重要文学杂志和综合性报刊皆有英国文学汉译，《文学》《现代》《文艺月刊》《译文》《世界文学》《新中华》《宇宙风》等杂志，在中国现代文学进程中声名赫赫，与其刊载许多英国文学作品不无关系；同样，现代出版史上，著名出版社皆热衷编辑外国文学名著丛书，英国文学占有重要比重。商务印书馆编辑出版“世界文学名著丛书”(1928 年 4 月—1950 年 2 月)，共出版图书 154 种，其中英国文学名著 28 种，比重最大；启明书局编辑出版“世界文学名著丛书”(1931 年 8 月—1949 年 5 月)计 78 种图书，其中英

---

① 冯奇编著：《林纾评传·作品选》，北京：中国文史出版社，1998 年，第 23 页。

② 中国翻译工作者协会《翻译通讯》编辑部编：《翻译研究论文集(1949—1983)》，北京：外语教学与研究出版社，1984 年，第 269 页。

国文学名著22种；湖风书局编辑出版“世界文学名著译丛”(1931年9月—1936年7月)，其中不少是英国文学著作。1949年之后，东西方对抗大环境也未能阻挡中国对英国文学的兴趣，如20世纪50年代袁可嘉和王佐良翻译彭斯诗歌，20世纪70年代末超越冷战格局，英国文学译介高潮迭起。

英国文学汉译过程中，译介者基本上是以英格兰为主体的大不列颠替代整个联合王国，在这样的英国文学史观下译介和理解英国文学经典，莎士比亚成为绝对重要的文学家。且不论林则徐辑译《四洲志》(1839)提及“沙士比阿”和弥尔顿等人“工诗文、富著述”、驻英公使郭嵩焘(1818—1891)在日记(光绪四年十二月二十六日，即1878年)中提及欣赏舌克斯毕尔(即莎士比亚)戏剧的情形、严复在《天演论》(1894)卷下《论五天刑》中概述《哈姆莱特》内容、梁启超在《饮冰室诗话》(《新民丛报》1902年5月号)中确定了“莎士比亚”通译名及相关论述、上海达文社翻译出版兰姆(Charles Lamb，1775—1834)姐弟改写的《莎士比亚故事集》文言译本(1903)、林纾译述故事集《吟边燕语》(1903)和《雷差德纪》(《查理二世》)等五部、包天笑翻译《女律师》(即《威尼斯商人》)、朱东润(1896—1988)的长文《沙氏乐府谈》(1917—1918)等，1902年上海圣约翰大学外语系毕业生用英文演出的《威尼斯商人》、1913年上海城东女子学校演出包天笑据《威尼斯商人》所编译的《女律师》、1922　1937年田汉(1898—1968)翻译的《罗密欧与朱丽叶》(初由《少年中国》杂志连载，后中华书局反复重版)，就已经显示莎士比亚是中国钟情的重要剧作家；郑振铎(1898—1958)在《文学大纲》(《小说月报》1924年连载)中关于“欧洲文艺复兴时代的文学”论及莎士比亚，梁实秋的《莎士比亚传略》(《新月》第1卷第11号，1929年1月)，茅盾以“方璧”发表的《西洋文学通论》(上海世界书局，1930)和以“味茗”发表的《莎士比亚与现实主义》(《文史》，1934)，尤其是1935年莎剧翻译高潮年(周庄萍翻译《哈姆莱特》和《麦克白》等)、20世纪30年代中华教育文化基金会由胡适组织闻一多和徐志摩等人，组成莎士比亚全集委员会(梁实秋翻译的《莎士比亚全集》是其最终结果之一)、1935年爱丁堡大学文学硕士毕业的袁昌英(1894—1973)的《莎士比亚的幽默》(《文哲季刊》)等等，更是把莎士比亚视为世界上伟大的文学家，或深刻论述，或精湛翻译。如梁实秋在译作《莎士比亚论金钱》(《学文》，第1卷第2期，1934年6月)中引用马克思论《雅典的泰门》关于金钱的观点，茅盾的《莎士比亚与现实主义》涉及“莎士比亚化”，阿垅(即陈守梅，

1907—1967)的《作家的性格和人物的创造》(上海新文艺出版社，1953)论及《威尼斯商人》《夏洛克》《哈姆雷特》中的犹太人问题，也遵从战前主流英国文学史观，认为犹太人把金钱当作祖国、人格，犹太人成了资产阶级替罪羊。

汉译英国文学百年历程中，1949年之前就有20多人翻译莎剧，如朱生豪翻译31种、曹未风(1911—1963)翻译12种、梁实秋翻译8种，各种莎剧单行本达50种之多[①]；1950年以来译介趋势，除特殊年代外，从未中断。但盛况中，没人思考莎士比亚是被英格兰和英格兰王室推崇为伟大作家这一敏感却至关重要的问题，而理所当然地视其为世界上最伟大的剧作家，知识上不断强化和莎士比亚相关的英国文学史认知，培养汉语读者对莎士比亚的崇敬。朱生豪"每译一段，必先自拟为读者，察阅译文中有无暧昧不明之处；又必自拟为舞台上之演员，审辨语调是否顺口，音节是否调和。一字一句之未惬，往往苦思累日"[②]，以一人之力虔诚之心翻译莎剧全集。更重要的是，这样"翻译莎士比亚有两层好处：一因它是诗，一因它是戏剧……中国新诗的成功，新戏剧的成功，新文学的成功，大可拿莎士比亚做一个起点"[③]，即中国文学发展需以英国人所确立的文学经典为标准。也就是，伴随英国文学汉译历程的，是相应强化莎士比亚的伟大性，使其获得其他作家难以比肩的地位，则忽视莎士比亚和苏格兰关系的明确问题。实际上，四大悲剧之一《麦克白》(*Macbeth*，1606)事关苏格兰历史，题材来源(主人公篡夺苏格兰王位后的种种暴行)、剧作结局(英格兰军队惩处了这位引发苏格兰人民怨沸腾的暴君)、所传达的寓意(英格兰和苏格兰关系问题)等，无不需要特别考察[④]。至于《麦克白》进入苏格兰的背景，如莎士比亚时代的苏格兰诗人德拉蒙德(William Drummond，1585—1649)，曾把四开本(quartos)莎士比亚作品赠予爱丁堡大学，以及一代代苏格兰读者对待这部剧作的观点，2011年12月苏格兰国家图书馆(National Library of Scotland)和爱丁堡大学举办"在《麦克白》之外"(Beyond Macbeth)的展览(提供大量实物史料)，艺术和人文学科研究理事会提供经费支持，给观众看到苏格兰对莎士比亚的

---

① 陆祖耀：《莎士比亚作品的中译本》，《文汇报》，1984年4月24日。

② [英] 莎士比亚著，朱生豪译：《莎士比亚全集》第1卷，北京：人民文学出版社，1978年，第3页。

③ 余上沅：《翻译莎士比亚》，载《新月》第3卷第5—6期合刊，1931年6月。

④ K. D. Farrow. "The Historiographical Evolution of the Macbeth Narrative", *Scottish Literary Journal*, Vol. 21, 1994, pp. 5-23.

复杂态度，包括第一个对开本（Folio）、他去世后七年其演员朋友出版36部剧作汇集等等需要关注的专门话题[①]。不止《麦克白》和苏格兰有关，《亨利五世》更涉及苏格兰历史。但有关深入理解莎士比亚剧作的重要话题和文献，在莎士比亚译介的一百余年历史中，都未显现。

绝非莎士比亚汉译唯此，仅次于莎士比亚，被讨论和汉译得最多的狄更斯，情况亦然。1907—1909年林纾和魏易合作译《滑稽外史》（《尼古拉斯·尼克尔贝》）、《孝女耐儿传》（《老古玩店》）、《块肉余生述》（《大卫·科波菲尔》）、《贼史》（《奥立弗·退斯特》）、《冰雪姻缘》（《董贝父子》）等长篇小说。1910年上海商务印书馆推出薛一谔和陈家麟（1905—1932）合作翻译的《亚媚女士别传》（《小杜丽》），并且在当时和此后得到不同程度的再版。就在再版的1917年，陈独秀在《文学革命论》中列举中国知识分子心目中的欧洲文学代表，其中狄更斯占有重要位置。自此，《旅行笑史》（《匹克威克外传》，1918）、《鬼史》（《圣诞故事集》，1919）、《穷苦世界》（《艰难时世》，1926）、《双城故事》（《双城记》，1928）等刊世，多次再版。到20世纪40年代，狄更斯作品汉译出版更为兴盛，出现吴朗西和巴金主编的《迭更司选集》（文化生活出版社，1945年，收录许天虹译的《双城记》、《大卫·高柏菲尔自述》，莫洛亚的《迭更司评传》），韬奋主编的《迭更司选集》（骆驼书店，1947年，收录蒋天佐译的《匹克威克外传》、《奥列佛尔》，罗稷南译的《双城记》和董秋斯译的《大卫·科波菲尔》）；狄更斯中短篇小说也有介绍，如邹绿芷译的《黄昏的故事》（自强出版社，1944）和《炉边蟋蟀》（通惠印书馆，1947）、方敬译作《圣诞欢歌》（文化生活出版社，1945）和陈原译作《人生的战斗》（国际文化服务社，1945）。不可否认，民国时代对狄更斯的译介和讨论不及托尔斯泰、屠格涅夫等强调知识分子使命感的作家，但狄更斯因具体呈现英国资本主义社会治理问题，中国对其翻译则近乎从未中断。狄更斯也是汉译英国文学中讨论得最多的作家之一，如郑振铎的《文学大纲》（1927）、王靖的《英国文学史》、金东雷的《英国文学史》等皆给予狄更斯不少篇幅，他们各有深刻见解；1937年，中国局势危急，但《译文》杂志（第3卷第1期）仍刊发“迭更司（狄更斯）特辑”，刊译亚尼克尼斯德的《迭更司论》、臬洛亚的《迭更司与小说艺术》等3篇，《译文》又连载许天虹（原名许郁勋，1907—1958）所

① R. L. C. Lorimer. *Macbeth: Shakespeare's Macbeth Translated into Scots*. Edinburgh: Canongate, 1992.

译的莫洛亚(André Maurois，1885—1967)的《狄更斯评传》(译为《迭更司的生平及其作品》)；1941年，热衷于现代派的《现代文艺》(第3卷第1期)推出“迭更司特辑”(包括许天虹译的莫洛亚《迭更司的哲学》、狄更斯的《城里的人》等)。新中国一度流行社会主义现实主义及其一整套文学认知话语，使狄更斯成为这段时期汉译最多的英国文学家，1950—1963年有16个中译本，如50年代上海作家米星如等译的《圣诞之梦》(1950)、安徽翻译家吴钧陶(1927—)译的《圣诞欢歌》(1955)、汪然译的《圣诞欢歌》(1955)等。20世纪70年代末开启改革开放大潮，相应的，狄更斯译介也持续深入、多元化，出现了赵炎秋的著作《狄更斯长篇小说研究》(1996)和《狄更斯学术史研究》(2014)等重要著述。

可以说，在百年来英国文学译介中，狄更斯成为译介作品最多的英国文学家之一，通过他，中国人认识了资本主义社会现实问题，也知道了现实主义小说的魅力，“狄更斯的仁心与柔和性格，使人感动。平常人所不注意的细节，他也捉入小说中，写得异常可爱。他的风格，是真切而朴素；全篇的结构，看来无序，却能有一种力量把读者捉住，使他不得不一直看到末尾。他还有力量，使你把种种感情，都显露出来，在看第一页时笑，第二页则情不自禁要流泪，再看几页，却又咬牙切齿的痛恨起来……”①然而，狄更斯和苏格兰的关系这一重大问题，则从未被挖掘：1836年狄更斯和爱丁堡姑娘凯瑟琳(Catherine Thomson Hogarth，1815—1879)订婚、结婚，生育了10个孩子。凯瑟琳是他文学事业的支持者，因精神出了意外状况，和狄更斯分居，但仍关心丈夫的文学事业(她和狄更斯的信件现仍保存在大英博物馆)；1842年狄更斯夫妇美国之旅时，她妹妹乔治娜(Georgina Hogarth，1827—1917)开始成为他们的管家，逐渐成为狄更斯小说的第一位读者、批评家，狄更斯去世后，她编辑出版两卷本《狄更斯书信选》；狄更斯的岳父贺加斯(George Hogarth，1783—1870)，出生于苏格兰边区，爱丁堡大学法律系毕业，是苏格兰著名报人和音乐批评家，在关于英国社会见解方面，对狄更斯帮助良多；1841年狄更斯去苏格兰旅行所留下的印象，和稍后美国旅行及其成果《美国札记》相比，从思想到内容都大相径庭。可见，不考察狄更斯和苏格兰的关系，及其本人对苏格兰问题的思考，是不宜深入认识他在大英帝国鼎盛时期关于英国社会治理的叙述的。

---

① 郑振铎：《文学大纲》，北京：商务印书馆，1927年，第87—89页。

实际上，远不止莎士比亚和狄更斯创作中的苏格兰因素被忽视，经典作家弥尔顿、亨利·菲尔丁、笛福、斯特恩(Laurencc Sterne，1713—1768)、拜伦、华兹华斯、济慈、叶芝、萧伯纳(George Bernard Shaw，1856—1950)、D. H. 劳伦斯(David Herbert Lawrence，1885—1930)、伍尔夫等作家的译介情形亦然。因为他们的文学史地位，皆由主流英国文学史观所确定，中国据此理所当然把他们视为英国的伟大文学家。1950年之前《鲁滨孙漂流记》有17种译本，其中，1934年6月杨锦森(1889—1916)的英汉对照本，再版达35次之多；20世纪50年代后笛福虽被中国批判，但《鲁滨孙漂流记》仍然再版，徐霞村(1907—1986，原名徐元度，曾用笔名方原)译本从1935年首版到1997年再版六次，但作者笛福是促成1707年苏格兰和英格兰签署《联合法案》的重要人物，对此重大问题及其意义等，中国似乎知之甚少。

不考虑英国文学内部的结构性紧张，而笼统在英国文学框架下汉译英国作家的作品、再度强化英国人所确定的文学经典性，是中国各大学英文系、中文系外国文学教育之常态。1919年北京大学废门设15个系的改革中，包括英文系，其英国文学史课程就是这样讲授。1922年，哈佛大学英国文学博士张歆海(1898—1972)，受聘任系主任并讲“英国文学史略”、“伊丽莎白时代文学”课程；而1924年从剑桥大学留学(国王学院经济系旁听生)归来的徐志摩，受聘讲授“17、18世纪英国文学”、“浪漫派文学”和“维多利亚时代文学”，他们又和伦敦大学博士陈源(即陈西滢，1896—1970)，共同开设“英国现代文学”，各自沿袭英美大学关于英国文学概念，向中国学生传授没有英格兰、爱尔兰、苏格兰和威尔士区分的统一英国文学史理念。这样的英国文学教育，在中央大学文学院外国语言文学系的英国文学史课程和专题课程、20世纪30年代规模庞大的南开大学英文系(黄佐临任系主任)、方重(1902—1991)曾加盟的武汉大学外文系、英国文学专家荟萃的西南联大等，得到普遍延续，即使当时中央大学文学院提出“要研究各国文学及民族思想之表现，以激发独立进展之精神，并培养中国民族宣达意志之人才”[①]，南开大学尝试开设“爱尔兰文学”，但仍沿袭既有的英国文学史结构。

与英国文学教育和文学史课程相同的是，许多著名学者和翻译家编纂或翻译《英国文学史》。王靖所著的《英国文学史》，笼统论述14—19世

① 转引自付克：《中国外语教育史》，上海：上海外语教育出版社，1986年，第147页。

纪文学，完全没有英格兰、苏格兰、爱尔兰之区分，不分时代统称英国文学。看似和吴宓(1894—1978)之论相矛盾，后者认为，“文学史之于文学，犹地图之于地理也，必先知山川之大势，疆域之区画，然后一城一镇之关系可得而言。必先读文学史，而后一作者、一书、一诗、一文之旨意及其优劣可得而言。故吾人研究西洋文学，当以读欧洲各国文学史为入手第一步”①，却因为主流英国文学史皆回避1707年之前英格兰和苏格兰、爱尔兰、威尔士分裂的历史，笼统用“英国”代之，导致遵从既有英国文学史观的王靖之作，实际上和当时的文学史写作之讨论，并不矛盾。著名出版人张静庐(1898—1969)为其撰序言一，就批评道：“一国文学，多为一国民性质表征。吾观英人恒觉其虽介然特立，孤而无邻”；“文人学士能发扬其纯良之国民性，而锡其同类也，吾国学者骛高远而舍实际，欺伪相尚，华而无实。故其人皆虚有彬彬之纹质，而无创造之能力”②。然而，1927年该作再版，足见当时中国对英国文学认知上的茫然。

此绝非特例，20世纪20年代与友人在北平组织蔷薇社的欧阳兰出版《英国文学史》(1927)，近乎是编译豪斯(Abby Willis Howes)的《英国文学初阶》(1903，1908、1909、1924)，章节完全同1924年版，欧阳兰盛赞“英国文学是世界文学花园里近乎最灿烂的一朵花，自莎士比亚、弥尔顿诸大家产生之后，英国文学在文学上的地位，便从此固定了”，但这里的英国实际上指“英格兰”，用英格兰替代为英国，因为回避1707年英苏联合法案，自然也就把各时代英格兰文学统称为英国文学，如诺曼征服后的英格兰文学、乔叟所在的14世纪英格兰文学、莎士比亚所在的文艺复兴英格兰文学、斯宾塞所在的伊丽莎白时代英格兰文学，皆为“英国文学”；本来，欧洲浪漫主义思潮本质上乃欧洲各国文化精英表达自己民族存在的合法性、正统性，如彭斯和司各特诉诸的是苏格兰认同，但在欧阳兰看来，英国浪漫主义是法国革命引起的，最能显示浪漫主义精神和革命思想之关系的是彭斯、华兹华斯、柯勒律治、骚塞、司各特等，而说彭斯乃“漂亮聪慧的苏格兰人”，农村生活影响了《佃农的星期六之夜》(误译《小屋的礼拜六晚上》)的创作，把司各特的长篇叙事诗创作动力归因于翻译德国民歌，更不论述司各特历史小说所传达的苏格兰民族诉求问题③，对拜伦的评述更是不得要领。

① 吴宓：《希腊文学史——第一章：荷马之史诗，附识》，载《学衡》第13期，1923年。

② 王靖：《英国文学史》，上海：泰东图书局，1927年，序一。

③ 欧阳兰编：《英国文学史》，北京：北京大学出版部，1927年，第135—136页。

同样，1928年曾虚白的《英国文学ABC》上下册（世界书局），也如此撰述英国文学史，更了解英国文学史的梁实秋以"陈淑"笔名的同名书评而批评，认为它参考哈勒克（Reuben Post Halleck，1859—1936）《英国文学史》的地方很多，"有些地方简直是字字句句的直译"，而原作并非"好的本子"，完全沿袭文学史的通常划分，即古代（在此是初创期）、文艺复兴初期（乔叟之死到1558年）、文艺复兴时代，"作者序言说，'中国没有一部像样的英国文学史，这大概大家可以承认吧？可是据我个人学识之所及，就是英国自己用20世纪新眼光做成的文学史，我还没有见过。'根据这两句话，至少希望曾虚白先生的《英国文学ABC》第一要像样些，第二要用着20世纪新眼光，但我们觉得曾虚白先生正好有这两个短处，太不像样，没有新眼光。"[①]但1935年《英国文学ABC》仍被世界书局《西洋文学讲座》收入，茅盾的《西洋文学通论》（1930）和郑振铎的《文学大纲》（1933）还推崇过该作。

1930年，北新书局出版林语堂审校的林惠元（1907—1933）的译作——英籍德尔默（F. Softon Delmer，1904—1979）的《英国文学史》（1919）。这是中国引进的第一部英国人著述的文学史，按正统英国文学史观，把"英国文学可分为古代英文或盎格鲁撒克逊时期，中古英文时期，现代时期"，称乔叟生活在"英国国语产生的时代"（标准英语的形成远非乔叟时代，要更晚得多），主张"乔叟影响苏格兰文学是很明显的。苏格兰沿岸北至阿伯丁都说一种Scots（北方英语northern English）的英国方言。在那里文学发达得迟。"[②]不过，提到彭斯、司各特时，指出他们的诗歌题材涉及苏格兰历史和生活，肯定他们对苏格兰民歌民谣的整理出版，却未涉及他们文学创作的苏格兰诉求，甚至认为司各特的创作主要是由德国民歌民谣和柯勒律治等非苏格兰因素所促成；谈到拜伦攻击英国君主政体时，也并未深究包括他苏格兰经历在内的复杂原因。20世纪二三十年代，中国译介和讨论英国文学之风兴盛，却没能改善德尔默书中的矛盾；相反，更强化统一的英国文学。如韦丛芜（1905—1978）翻译英国诗人和批评家格斯（Edmund Goss，1849—1928）之作《英国文学的拜伦时代》（1930），并没还原浪漫主义时代英格兰文学和苏格兰文学的地方诉求，而是一般性地描述了浪漫主义文学思潮在英国的发展过程。原中

① 《新月》第1卷第10号，1928年12月10日。

② ［英］德尔默著，林惠元译，林语堂校：《英国文学史》，上海：北新书局，1930年，第33页。

山大学教授周其勋译耶鲁大学教授克罗斯(Wilbur Lucius Cross，1862—1948)的《英国小说发展史》(原作1925年出版。译作由南京国立编译馆于1936年出版)，因不存在苏格兰小说概念，自然也没有体现苏格兰小说的发展脉络。金东雷的《英国文学史纲》篇幅达500多页，论述彭斯和司各特等苏格兰作家的文字却没有增加，继续用英格兰替代英国，排除了联合王国之前的苏格兰、威尔士、爱尔兰文学，用英格兰的盎格鲁-撒克逊时代、盎格鲁-诺曼时代、乔叟时代、“文艺复兴”时期、古典主义时代、约翰逊时代等来定义期间英伦文学的发展，直到论述浪漫主义时代诗歌时才说，“诗人不再是千篇一律描写贵族化英雄化绅士化的动作、思想和生活。狂热地抱了不平的感觉向民间去”，写各种农村动物、植物和生活，“苏格兰、爱尔兰、英格兰本国的乡村状况才充分地显出不平、热情和浪漫的风调”，但也未赋予这些地方以更多民族身份的意义；论及彭斯时说，他是“乡村诗人里最伟大的，名声不及莎士比亚，但伟大和莎士比亚不相上下”，认为他用苏格兰语写的《奥桑特》是一部极有价值的叙事诗，但说他“成名后在爱丁堡周旋于贵妇人的踏歌、快乐和得意”；论及《约翰·爱迪生；约翰，我爱》等诗篇，也不分析诗篇表达的苏格兰民族认同[①]。类似情形同样存在于概要论述司各特叙事长诗《末代吟游诗人之歌》(译成《古歌人咏》)、《玛米恩》、《湖夫人》(译成《湖上夫人》)，但不谈苏格兰情愫在其中的表现。后来李儒勉(1900—1956)所译的英国著名小说家和批评家普利斯特里(J. B. Priestley，1894—1984)的《英国小说概论》(重庆商务印书馆，1948)，依然包含苏格兰作家，但没有考虑其苏格兰诉求。

在以英格兰替代联合王国的文学史观下，胡愈之(1896—1986)的《近代英国文学概观》(《东方杂志》第18卷2号，1921年1月25日)、化鲁(胡愈之笔名之一)的《最近之英国文学》(《东方杂志》第19卷2号，1922年10月25日)、韦丛芜的《近三十年来英国文学》(《现代文学》第1卷5期，1930年11月)、梁遇春(1906—1932)的《谈英国诗歌》(《现代文学》创刊号，1930)、刘大杰(1904—1977)的《现代英国文艺思潮概观》(《现代学生》第1卷1期，1930年10月)、费鉴照的《现代英国诗人》(上海新月书店，1933年)、于佑虞的《现代英国文学之趋势》(《文艺月报》1卷3期，1934年元旦)、高昌南的《英国文学思潮》(《读书顾问》创刊号，1934年4

① 金东雷：《英国文学史纲》，上海：商务印书馆，1937年，第221—225页。

月）、海燕的《现代英国诗歌鸟瞰》（《益世报》1934年8月15日）、留学牛津大学的职业学者李祁（1902—1989）（专习英国文学，俞大絪（1905—1966）、钱锺书是其牛津学弟）为《现代文库》第一辑编纂的《英国文学》（1948）等，均是按主流英国文学史观论述不同时期英格兰的诗歌、文学思潮，代之以英国诗歌、文学思潮，其中均不存在苏格兰文学概念。

百年译介英国文学历程中，中国出现了一大批卓有成就的翻译家和研究者，如莎士比亚作品的翻译家朱生豪、梁实秋、方平（1921—2008，原名陆吉平）等，以及翻译英国散文的名家梁遇春。其中，梁遇春的《英国小品文选》（1929）、《小品文选》（1930）、《小品文续选》（1932），以及翻译斯梯尔（斯蒂尔，Sir Richard Steele，1672—1729）、阿狄生（艾迪生，Joseph Addison，1672—1719）、威廉·赫兹利特（William Hazlitt，1778—1830）等著名作家的散文精品，使不同时期中国读者受惠良多，然而，诸多英国文学翻译家和研究家中，没有专事苏格兰文学的翻译者和研究者。

这样译介英国文学，给中国社会变化带来了难以估量的影响：

（1）得益于大量英国文学和欧美其他国家文学汉译的铺垫中国文人完成了从士大夫向知识分子的转化，中国人熟悉了现代的小说、散文、自由体诗歌等文体，培养了相应的审美观。中华民国建立之初，现代文学的观念和叙述已深入人心，五四新文化运动后尽管时局变动，但“英国文学”概念也未曾改变。

（2）奠定了一大批伟大的英国文学经典在中国的地位。受惠于朱生豪、梁实秋、方平等人呕心沥血的翻译，再辅以《英国文学史》的引入，伟大的莎士比亚形象日趋稳固于汉语读者心中。同样，翻译家及时推出汉译英国文学名家，如伍光建（1867—1943）、李霁野（1904—1997）、梁实秋翻译《简·爱》、《呼啸山庄》后，勃朗特姐妹在中国开始成为重要的英国小说家；因梁实秋和施瑛（1912—1986）翻译了乔治·艾略特（George Eliot，1819—1880）的作品，其在中国的文学地位也由此显赫。从晚清到20世纪30年代，中国虽历尽战乱，积极呼唤社会变革的文学成为知识分子热衷的读物，而急速壮大的市民阶层，却对大众文学爱不释手，如柯南·道尔的福尔摩斯系列最为兴盛，翻译出版了七种司各特的小说。

（3）催生了多种新文类，激励新文体在中国生长。侦探小说的发展完全得力于柯南·道尔作品的翻译，而梁遇春和其他英国文学翻译家又成就了现代散文在中国的形成。1904年林纾和魏易合译《吟边燕语》（商务印书馆），是为中国汉译英国散文之先河。该作是兰姆姐弟据莎士比亚剧本改写的。1923—1924年周作人在《语丝》上译介斯威夫特的《婢仆须知》和葛里斯的《随想录》。其间，克士(周建人，1888—1984)、荒野、梁遇春等在《奔流》上翻译怀特、史密斯、卢卡斯等人的散文，使得“英国散文的影响，在我们知识阶级中间，是再过十年二十年也绝不会消灭的一种根深蒂固的潜势力”①。此后有增无减，英国著名散文家培根(Francis Bacon，1561—1626)成为英国文学汉译的重要人物，王韬、郭嵩焘、钟天纬(1840—1900)等对其各着笔墨，严复的《原强》《救亡论》《天演论》也提到，吴寿彭译的《培根文集》(1935)内含55篇散文，张荫桐据哈佛文库(1909)13篇随笔及伏尔泰(Voltaire，1694—1778)的《论培根》编译《培根道德哲学论文集》(1944)，1945年由日后知名的莎学专家和翻译学家水天同(1909—1988)译作《培根论说文集》、李霁野译吉辛(George Gissing，1857—1903)的《四季随笔》。它们对中国影响甚巨，如胡适《建设的文学革命论》(《新青年》第4卷第5期，1918)提出“散文”概念并列举培根随笔，1921年周作人《美文》(《晨报副刊》6月8日)介绍和提倡散文(essay)写作，使中国新文学增加了现代散文这一门类，深得汉语读者喜爱。冷战时期，水天同译作《培根论说文集》再版(1951、1958)，王佐良《培根随笔三则》(《世界文学》1961年第1期)、《英美活页文选》(1962)成为脍炙人口的名篇，20世纪50年代徐燕谋(1906—1986)主编的《英语教程》也选择了培根的名篇。

可是，以散文笔触书写哲学、文学评论、历史著作的苏格兰思想家卡莱尔，在英国文学的译介中却未能扮演重要角色，虽然据方重《英国诗文研究集》(1939)说，“英国小品文的演进大致可分为四个时期，蒙旦、培根、卡莱尔可谓尝试期，哥尔兹蜜思、兰姆可谓全盛期”②。“早期苏格兰知识分子就已经承认是‘一位天才’(man of genius)”的卡莱尔，用苏格兰启蒙哲学思维，诗性地论述一些重大问题，其《法国革命史》(1837)和《论英雄、英雄崇拜和历史上英雄事迹》(1841)等著名散文篇章，“讨论的社会问题是民族危机，即‘英格兰地位’(the condition of England)问题。他常把英国人/英格兰人(English)类比为《旧约》先知传统的犹太民族，他还借用赫尔德(Johann Gottfried Herder，1744—1803)、席勒(Johann Christoph Friedrich von Schiller，1759—1805)等史学家和民族志学者所

① 郁达夫编选：《中国新文学大系：第七集散文二集》导言，赵家璧主编．上海：上海文艺出版社，2003年，第11—12页。

② 方重：《英国诗文研究集》，长沙：商务印书馆，1939年，第130页。

提出的概念，认为每种文化总有自己的连贯性和时效性，文化生产的研究能确保我们理解其基本信仰和价值"，正因有如此深刻论述，"在苏格兰和在整个英语世界一样，卡莱尔之作得到了广泛阅读、承认。即使他被限定为苏格兰人，有的批评家强调他的书写不同于其同胞(countrymen)"[①]。中国很晚才翻译他的作品，且译得极少：曾虚白翻译了《英雄与英雄崇拜》(1982)，而大陆认识卡莱尔更晚，张峰和吕霞翻译了《英雄和英雄崇拜：卡莱尔讲演集》(1988)，但海峡两岸皆视其为不关乎苏格兰的英国作家，更不考虑其散文所涉及的苏格兰问题。

其实，鲁迅在《奔流》创刊号的"编校后记"中呼吁要特别注意苏格兰独立的文化。1920年，茅盾发表《近代文学的反流——爱尔兰的新文学》(《东方杂志》第17卷第6—7号)说，"大家都问将来如何，都趋向世界化，不限于局部的讨论和表现，他们却偏偏注意自己的历史的民族特色。所以在近代文学中，爱尔兰文学自成一派"，并介绍叶芝(William Butler Yeats，1865—1939)、格雷戈里夫人(Lady Augusta Gregory，1852—1932)、辛格(John Millington Synge，1871—1909)等人的作品，认为"爱尔兰新文学是爱尔兰民族的特色。为欲处处显出爱尔兰自己的精神，不愿为英吉利的文明盖倒，成为英吉利化"。可惜，直接沿袭英国的文学知识体系，无法让英国文学译介者去关心苏格兰文学及其相关的"苏格兰问题"。

此情形并未在新中国得到好转，相反，英国文学的译介、接受、研究和教学等方面的苏格兰文学问题产生了变异。1955年教育部委托复旦大学编纂《英国文学史教学大纲》，后者征求了北大等院校的意见，"主要根据莫斯科大学外国文学史教学大纲中的英国文学部分，并参考列宁格勒师范学院英文系英国文学史教学大纲"，称英国文学史(包括美国文学)研究要依据"马列主义关于文学与社会的观点，英美文学反映了英美历史发展中的阶级矛盾和斗争。按列宁关于一个民族两种文化斗争的指示，英国文学史存在着现实主义传统和现代英美文学有社会主义现实主义"，因而第一章虽提及"英国和苏格兰的民歌"，但强调的是民间创作对于文学的意义，罗宾汉的形象为"被剥削人的保护者、封建主和教皇的敌人"，未凸显苏格兰民族认同及其在文学中的表现问题，论及彭斯(译成"朋斯")也提了一句"苏格兰主题"，但整个论述围绕的主题，仍为"代表着反

① Ian Brown ed. *The Edinburgh History of Scottish Literature* Vol. Ⅱ. Edinburgh: Edinburgh University Press, 2007, p. 246.

映被压迫的人民情绪的前浪漫主义。抒情诗的人民性以及民间传说的基础。对英国资产阶级的批评、对劳动农民的赞誉”，而关于拜伦则说他早期反对反动浪漫主义，整体上是积极浪漫主义且现实主义成分在加强，分析《唐璜》也不关乎苏格兰；论及司各特却说他“相信封建主义必然崩溃，同时在保守立场上批评资产阶级的社会制度”①。原本已经失衡的英国文学框架，现在越发变形，却成为中国的英国文学教育的指导性文献，又得到苏联英国文学史家阿尼克斯特的《英国文学史纲》的具体化：承认统一的英国文学史框架下，把英国文学史纳入苏联意识形态轨道，如认为司各特“较之所有其他浪漫主义作家，更接近现实主义”，并用“阶级分析方法”说明司各特揭示了苏格兰宗法社会传统与新兴的资本主义社会之间的矛盾。但这仅是事情的一个方面而已，为应对冷战，苏联强调民族解放运动在“第三世界”的意义，同时也注意凸显资本主义国家内部的民族压迫、主体民族和少数民族之间的矛盾，强调浪漫主义诗人托马斯·莫尔(Thomas Moore，1779—1852)的爱尔兰身份及其表达的爱尔兰主题，认为彭斯是最伟大的苏格兰诗人，却称彭斯的创作得益于其熟读所有苏格兰诗人和许多英国作家的作品，又把司各特定位为苏格兰人的伟大儿子，他的创作得益于对苏格兰民间诗歌的兴趣②，但缺乏分析。

20世纪70年代末以来，改革开放大潮给予中国的英国文学译介和研究以无限的能量，包括再版晚清和民国时期的英国文学译作，重译经典化了的英国文学作品，既有莎士比亚、拜伦和狄更斯等的不可动摇的经典作品，也有劳伦斯和伍尔夫等的现代主义经典作品，司各特的历史小说也得到大量翻译出版。与之伴随的是重建英国文学史，包括刘炳善(1927—2010)的《英国文学简史》(1981)、范存忠(1903—1987)的《英国文学提纲》(1983)、蔡文显(1911—1984)译的艾弗·埃文斯《英国文学简史》(1984)、陈嘉(1907—1986)的英文版四卷本《英国文学史》(1981—1986)和三卷本《英国文学选读》(1986)等，在论述具体作家作品方面各有进步，但文学史结构仍遵循主流英国文学史观，不彰显联合王国内部的文学分化问题，如现代主义文学得到相当的重视，却不辨析伍尔夫或劳伦斯作品中的帝国意识形态，当然更不会谈到苏格兰文学及其主体性地

① 中华人民共和国高教部审订：《英国文学史教学大纲：草案》，北京：高等教育出版社，1956年，第1—4、17—22页。

② [苏]阿尼克斯特著，戴镏龄等译：《英国文学史纲》，北京：人民文学出版社，1959年，第347、363—364页。

位。1983—1986 年，人民文学出版社推出苏联科学院高尔基世界文学研究所编纂的《英国文学史》（上卷 1789—1870 年，下卷 1870—1955 年）的汉译本，特别值得称道。这部长达 1700 页的文学史著作，整体上是按苏联的文学史模式著述英国文学史，如认为维多利亚时代的现实主义文学，"关心人民疾苦和愿望的作家亦然捍卫英国民主文化的光荣和声誉。萨克雷创作出有重大意义的历史和社会生活题材的小说。19 世纪 50 至 19 世纪 60 年代狄更斯英勇地举起现实主义艺术旗帜。他创作带有时代烙印，但绝不赞美资本主义英国'和平的'繁荣，他敌视资产阶级御用的和唯美观点的文学……"未涉及现实主义文学家如何回避大英帝国殖民世界的问题，也没有明确意识到大英帝国本土内部殖民问题；因苏联反对西方殖民主义、支持民族解放运动，该作又突出英国文学内部的矛盾，认为"司各特是英国文学史上历史小说的创始者。其小说重要性在于反映了工业革命、资产阶级革命和民族解放斗争时期英国和全欧洲各族人民生活的深刻变化"，他生于苏格兰，对古苏格兰祖先有着骑士般的眷恋，1707 年同盟条约后苏格兰并入大不列颠联合王国版图，独立的苏格兰国家彻底消亡，但爱丁堡保留了大量苏格兰历史记忆，司各特的《苏格兰边陲地区之歌》（1802—1803）是"真正的苏格兰民歌集，在序言和注释中司各特指出，其任务是向读者介绍文明史中不知名的那些野蛮氏族被人遗忘的封建纷争"，为作者后来创作长篇叙事诗和历史小说提供了丰富的历史和民间创作素材①。可惜的是，该作这些有见地的观点，在中国未能产生实际影响力。

所幸，1984 年年底开始，王佐良和周珏良主持国家社科基金重点项目"五卷本英国文学史"。最初阶段性成果《英国浪漫主义诗歌史》（1991）的序言曰："由中国人写给中国读者看的，因此不同于英美同类著作。它要努力做到的是下列几点：……诗史不是若干诗人的专题研究的简单串联，它对所讨论的诗歌整体应有一个概观，找出它发展的轨迹……把诗歌放在社会环境中来看……根据当时当地情况，实事求是地阐述与评价作品。"②从王佐良的《英国诗史》（1993）、《英国散文的流变》（1994），到《英国文学史》（商务印书馆，1996），苏格兰诗人和作家越来越得到重视，并发现英国学者所未见识过的苏格兰文学奥秘，认为"苏格兰农民之子彭

---

① 苏联科学院高尔基世界文学研究所编，赵文显等译，《英国文学史（1832—1870）》，北京：人民文学出版社，1986 年，第 38—39、187—240 页。

② 王佐良：《英国浪漫主义诗歌史》，北京：人民文学出版社，1991 年，第 1—2 页。

斯身处苏格兰偏僻乡村，却是英国浪漫主义诗歌的真正前驱。这也正是浪漫主义诗歌之幸。它不是庙堂、学院和客厅的产物，而是法国大革命风云激荡的历史时刻，由几种从不同方面要求解放人性的思想趋势形成的，彭斯在其中提供了土地气息，提供了古苏格兰民间文学的深根，使这个新的诗歌运动不至于过分理智化、抽象化，不至于轻飘飘，而有坚实性，坚韧性，又朴素、生动、持久的美"[①]。在他的最终成果中，苏格兰文学得到了更大程度的彰显，如第三卷即刘意青《英国18世纪文学史》第17章"18世纪奇特的苏格兰现象"称，"苏格兰在英国18世纪出现了文化、科学、思想和文学方面有史以来头一次，也可以说是空前绝后的一次繁荣兴盛的局面，这应该是18世纪的一个奇特现象"，介绍了苏格兰的居民构成、内部纷争、和英格兰的历史恩怨等情形，尤其是介绍了苏格兰文学复兴，注意到这次复兴是欧洲的关系，即被称为"北方的雅典"的爱丁堡所起的巨大作用。爱丁堡大学培养了普遍热爱文学的氛围，如医生阿肯西德(Mark Akenside，1721—1770)、阿姆斯特朗(John Armstrong，1709—1779)、牧师布莱尔(Robert Blair，1699—1746)，19世纪的卡莱尔，虽不及贝克特(Samuel B. Beckett，1906—1989)、叶芝(William Yeats，1865—1939)、乔伊斯(James Joyce，1882—1941)等[②]。这一卷论述的内容很丰富。第四卷钱青主编的《英国19世纪文学史》(2006)特别强调彭斯未离开过苏格兰，却能敏锐感受到外面世界风云变幻，加上民族主义情绪，使他写出的诗歌不都是政治题材的，不少是歌唱爱情的，涉及从精神到肉体、从初恋到养儿育女、农村习俗等。

而王佐良之所以在英国文学史著述中特别强调苏格兰文学的贡献力，得益于牛津大学的学术训练，更有对苏格兰文学的体验。其《苏格兰诗选》(1986)收录了邓巴(William Dunbar，1460—1520)的《冬日沉思》和《一位贵妇》，拉姆赛(Allan Ramsay，1686—1758)的《两本书》，罗伯特·弗格森的《绒面呢》，彭斯的《苏格兰人》《这一撮民族败类》《我的心呀在高原》和《往昔的时光》等共28首诗，虽只是苏格兰诗歌中很少一部分，但给汉语读者提供了系统体会苏格兰诗歌的可能。他主编的《英国文学史》注意到英国文学构成的复杂性，如发现了"爱尔兰文艺复兴"，认为爱尔兰文学有着悠久的传统，"包含着凯尔特文学和英—爱文学两个部分。凯

① 王佐良：《英国文学史》，北京：商务印书馆，1996年，第148—156页。

② 刘意青主编：《英国18世纪文学史》，北京：外语教学与研究出版社，2006年，第261—276页。

尔特文学可以追溯到一千多年以前，而英—爱文学也有三百年历史”；还注意到和凯尔特文学相关的苏格兰文学，认为富有想象力的凯尔特英雄传奇、民间传说、诗歌和歌谣有经久不衰的生命力，为后世所瞩目。凯尔特文艺复兴最初起源于威尔士和苏格兰。苏格兰诗人詹姆斯·麦克菲森(James Macpherson，1736—1796)“翻译”的古盖尔语诗及古代武士故事，开创了18世纪60年代崇尚古凯尔特文化的新时期。他的《莪相作品集》(1765)把民间传统和历史融为一体，继承并发扬了凯尔特文学传统，促进了爱尔兰民族和地方文学的发展①。

王佐良关于苏格兰文学在英国文学史构成中之重要性的论述，对后世产生了影响。张剑沿着王佐良点亮的苏格兰文学微火前行，21世纪初，翻译出版包括26位诗人、150多首诗的《现代苏格兰诗选》(2001)，让汉语读者知道了爱德温·缪尔及其《迷宫》等、麦克迪尔米德(Hugh MacDiarmid，1892—1978)及其《被遗忘的可爱的孩子》、麦凯戈(Norman MacCaig，1910—1996)《夏季农场》、麦克林《出卖灵魂》等现当代苏格兰诗人及其诗作。尽管没有提到许多重要诗人，但终究使汉语读者看到了现代苏格兰诗歌概貌，尤其是英汉并置的格式，更让汉语读者知道了苏格兰诗人的创作实况。

王佐良关于苏格兰文学的译介，对后来的英国文学史研究也有些影响。刘文荣的《19世纪英国小说史》(2002)就论及苏格兰小说家“菜园派(the Kailyard School)”，认为名称来自麦克林的一部小说题辞“‘我们的菜园里长着一批茁壮带刺的灌木丛’，这里的菜园指苏格兰环境，茁壮带刺的灌木丛指奔放不羁的幻想”②。可惜的是，他未能就菜园派是苏格兰文学家而坚持苏格兰认同，从而为英格兰人不愿意接受问题的荆棘，展开深入论述。

总之，百余年英国文学汉译历程，使汉语读者接触了英国的许多作家作品，对中国新文学发展、中国人的审美观念和价值观等皆产生了很大的积极影响；更重要的是，建构了有机统一的英国文学框架，由此强化了“统一的大不列颠”、“完整的英国”概念。进而，苏格兰文学无法作为独立的文学单位而被彰显，虽大量译介和讨论彭斯和司各特，但其作品中的苏格兰性，则未得到充分重视。后殖民批评惠及中国，21世纪，

① 王佐良、周珏良主编：《英国二十世纪文学史》，北京：外语教学与研究出版社，1994年，第91—94页。

② 刘文荣：《19世纪英国小说史》，北京：中国社会科学出版社，2002年，第326页。

中国越来越重视彭斯、司各特和现代苏格兰诗歌等，但仍留下太多疑惑，如对彭斯、司各特、拜伦等作家的认知，苏格兰人和英格兰人有怎样的差别及其形成的原因何在？为何阿伯丁长大的拜伦、出生于苏格兰的柯南·道尔和斯蒂文森等的文学被解释得似乎和苏格兰毫无关联？

第二节　英国的苏格兰文学研究："英国文学史"与苏格兰学界

实际上，译介苏格兰文学所出现的困境，是译介者和研究者面临不同的"苏格兰文学"概念所致。英格兰人非常清楚文学对于联合王国无可替代的作用，如西敏寺设立诗人角的惯例，随着大英帝国发展到维多利亚时代的鼎盛时期，选择范围扩大，即不再局限于英格兰文学家。相应的，更多的英格兰裔以外的英国作家越来越得到重视，但纳入联合王国文学框架的结果是，都对这些作家进行了去民族身份的阐释。桑德斯称，在英格兰受教育、适逢爱尔兰议会从大不列颠议会获得单独立法权的爱尔兰女性小说家艾奇沃斯(Maria Edgeworth，1767—1849)，其《致文学女士们的信》(1795)、《父母的助手》(1796—1800)、《拉克伦特城堡》(1800)、《奥蒙德》(1817)等爱尔兰小说，积极叙述爱尔兰与大不列颠联合，认为小说家把英格兰视为现代文明，坚守古爱尔兰，就是用传统对抗现代进步，她"不遗余力地使英格兰人了解邻居爱尔兰人的快乐、善良性格。她做的事情，对完善两国联合之作用，胜于联合后颁布的一切法令"，而司各特在促成苏格兰人认同大不列颠方面的作用，更胜于艾奇沃斯[①]。实际上，艾奇沃斯对两个王国合并，并非充分赞同；司各特对苏英联合的文学表达，充满着更多矛盾。

然而，中国逾百年的英国文学译介，首先依据的是主流批评家所热衷讨论的当代重要作品，或者说，每个时代主流文学批评家关于英国文学的意见，引领着中国对英国文学的关注、评价和译介。20世纪20年代初，中国就已译介英国剧作家高尔斯华绥(John Galsworthy，1867—1933)的作品，但其翻译高潮是20世纪30年代，因1932年他获诺贝尔文学奖前后，许多批评家在《泰晤士报》文学副刊等媒介上热烈讨论其作品；

---

① [英]安德鲁·桑德斯著，谷启楠等译：《牛津简明英国文学史》(上)，北京：人民文学出版社，2000年，第383—384页。

1948年才获诺贝尔文学奖的艾略特(Thomas Stearns Eliot，1888—1965)，其作品在20世纪30年代就被大量译介，原因是燕卜逊等人在中国推广新批评派；1984年以来威廉·戈尔丁(William Golding，1911—1993)在中国持续得到重视，与英国文学批评家不断激活其获诺贝尔文学奖的深邃大义不无关系。更重要的是，主流英国文学史家关于英国文学经典的论述，主导着中国译介者，因为20世纪10年代以来涉足英国文学的，多是专业人士，或留学过英国、直接受过英国文学史训练，或在国内受到有关英国文学史的教育，有过大学英国文学课程的滋养。

包括文学研究在内的现代人文学术制度，很大程度上源于英国，目的是要培养人文素养。1904年，牛津大学英文系终于有了第一位英国文学教授，即曾出任大英帝国印度英东学院英国文学教授的沃尔特·雷利爵士(Walter Raleigh，1861—1922)[①]。他在印度教授英国文学，让印度人通过英国文学经典，去感受、进而崇尚英国人的高素养、智慧、伟大，自然不会区分苏格兰或英格兰或威尔士或爱尔兰的文学。正因为有这样的伟大使命，剑桥大学彼得豪斯学院教授沃德(A. W. Ward)和沃勒(A. R. Waller)主编的第一部《剑桥英国文学史》(1903年开始，历时13年，第14卷1916年出版，第15卷—索引卷1927年出版)，一定会巧妙建构有机统一的英国文学史。

的确，这套巨著确立了将"英格兰文学"(England's literature)叙述为"英国文学"(English literature)的文学史观，包括苏格兰在内的非英格兰文学家的文学史地位，或微乎其微，或去民族性，采取英格兰化手段。第一卷(1907)涉及古英语、拉丁文、法语和德语等书写各种文本(不限于文学作品)的古"英国文学"；第四卷(1909)关于诺斯爵士(Sir Thomas North，1535—1604)和德雷顿(Michael Drayton，1563—1631)时代的文学，论述他们及其同时代英格兰作家对伊丽莎白时代(the Elizabethan era)的英格兰文艺复兴之贡献，字里行间透露出英格兰中心论，但视之为英国的文艺复兴；第五卷(1910)论述1640年之前的戏剧，把英格兰戏剧视为英国戏剧，尤其是英格兰剧作家莎士比亚自然成为论述的主体，叙述他以其杰出的剧作和十四行诗成为英国的伟大文学家，也是人类最重要的文学家；第六卷(1910)继续讨论1642年之前的戏剧，以本·琼生(Ben Johnson，1573—1637)、海伍德(Thomas Heywood，约1570—

① 转引自程巍：《隐匿的整体：程巍自选集》，郑州：河南大学出版社，2009年，第1页。

1641)和马辛杰(Philip Massinger，1583—1640)为主体，论述这些英格兰剧作家对英国文学的伟大贡献；第七卷(1911)关于骑士(Cavalier)文学和清教(puritan)文学、英格兰圣公会即安立甘宗成为国教对英国文学的贡献，参与英格兰王室事务的弥尔顿创作，以及英格兰革命期间历史和政治书写，成为论述的重点；第八卷(1912)关于“德莱顿时代”即以王政复辟为标志的17世纪文学，论述包括德莱顿(John Dryden，1631—1700)、讽刺作家巴特勒(Samuel Butler，1612—1680)等人创作，以及王政复辟时代的戏剧、回忆录等。在以上六卷著述中，苏格兰文学基本上不见踪影。实际上，苏格兰文学自有其起源，应该也是英国文学的源流之一；苏格兰教会改革之于苏格兰的变化、英苏关系复杂化的加剧，以及苏格兰文学的影响等，意义深远；18—19世纪包括苏格兰知识分子在内的许多知识分子对“联合”及其给英国社会带来的效应，有大量深入讨论；16—17世纪苏格兰戏剧具有和英格兰戏剧不同的特征，尤其是自1603年苏格兰国王詹姆斯六世同时担任英格兰国王詹姆斯一世开始，王室事务主要在伦敦展开，影响了英格兰和苏格兰的各自发展，也使得英格兰文学和苏格兰文学对同一王室及其历史、人物、事件等的叙述立场大相径庭。

然而，苏格兰作为独立王国的历史不比英格兰晚，且相比英格兰，苏格兰王国和欧洲关系更为密切(如1295年苏格兰和法国联盟)，苏格兰文学存在的事实，英国知识界必须面对。尤其是，苏格兰民族意识在20世纪初加速觉醒，迫使英国议会建立苏格兰重大事务委员会(1907)。对此，《剑桥英国文学史》不同程度论及苏格兰诗人、作家、哲学家，但星散的论述不能勾勒出苏格兰文学史：第二卷“中世纪末文学”不回避“苏格兰语言”，但尽力和英格兰关联起来，认为“在十三世纪，苏格兰王国疆域向南推进并获得成功，就开始认同扩大了的苏格兰，苏格兰人(Scots)这个词汇就不再是对统治者的语言诉求。任何感觉上，兼并过程就是英格兰化(anglicisation)，促成一代代苏格兰国王越来越倾向于向已是祖产的苏格兰东部边区推行日耳曼文化。因此，更大的苏格兰政治理念形塑之际，我们发现苏格兰法庭，和洛锡安(Lothian)、法夫(Fife)的居民所讲的是Ynglis(苏格兰英语)，苏格兰语是北部和西部地区的语言”；第五章论述“早期苏格兰文学”，就包括牧师罗斯(Aleander Ross，1590—1654)及其诗篇《艾莉诺，或幸运的牧羊女》、长达一万四千行的诗篇《特洛伊被毁灭的历史传说》，以及第一位用苏格兰语创作的巴伯尔牧师(John Barbour，1320—1395)及其著名长篇叙事诗《布鲁斯》(*The Brus*，

1372—1376)，吟游诗人盲哈里(Blind Harry，1470—1492)的《华莱士》(*The Wallace*，1477)等，内容丰富。但是，这些诗只描述了苏格兰王国的文学现象，并非本体论意义上的苏格兰文学，认为"独立之前的苏格兰文学，是没有踪迹的"，尤其是把苏格兰文学英格兰化，后来学界固化下来的概念"苏格兰乔叟派"(Scottish Chaucerians)在此得到详尽阐释，"十五世纪苏格兰批评传统是非常值得称道的，当时是文学的伟大时代，类似于'苏格兰诗歌的黄金时代'。说这时期诗人是乔叟最好的追随者，已是老生常谈。"那个时代一些最重要的诗人，因乔叟的强大影响力，表现出与 14 世纪苏格兰文学实践的断裂性关系，如认为詹姆斯一世的《国王书》代表着乔叟派的第一个阶段，罗伯特·亨利森、毕业于圣安德鲁斯大学的诗人邓巴和道格拉斯等人代表乔叟派发展的第二个阶段，强调个人的、大自然的情感抒发过程，彰显乔叟影响力。该章结尾处总结，"综合回溯乔叟派，很容易看到苏格兰人真诚的模仿不是盲目的。若苏格兰诗人模仿得很好，还经常引起幸福感，那是因为他们不是痛苦的信徒。在乔叟面前，他们显示出比南部的乔叟追随者持更加欣赏的姿态"①。整个论述过程，多是从诗歌技术上讨论所谓苏格兰乔叟派的诗歌特点，屏蔽这些苏格兰诗人和苏格兰的关系，表述上时有矛盾，既认为苏格兰诗歌创作属于乔叟派，詹姆斯一世等人是代表，却又说在詹姆斯一世更多的作品中很难辨识出乔叟影响痕迹；既把邓巴这位最伟大的苏格兰诗人归之于乔叟派，又说他受乔叟影响远不及亨利森和詹姆斯一世，而分析他们的诗歌作品时，难以举出乔叟的实际影响力，并在第十一章"中世纪苏格兰文学：无名氏之作和早期叙事类作品"中还补充说，"乔叟强有力影响了十五和十六世纪苏格兰诗人，但苏格兰叙事类作品的本土习惯绝没有被压抑或被改造"②。更重要的是，涉及英格兰(人)时，尽量不使用 England(er)，而有意使用 English(English 在 19 世纪初已指称"英国的""英国人")，如说巴伯尔《布鲁斯》中抵抗英格兰人的苏格兰民族英雄，就用易混淆的 English，"他反对英国人(he fights against the English)，英国人的处境非常糟糕(the English have much the worst of it)"③。这样的

① A. W. Ward, A. R. Waller. *The Cambridge History of English Literature*. Vol. Ⅱ. Cambridge: Cambridge University Press, 1912, pp. 239-253, p. 266.

② A. W. Ward, A. R. Waller. *The Cambridge History of English Literature*. Vol. Ⅱ. Cambridge: Cambridge University Press, 1912, p. 267.

③ A. W. Ward, A. R. Waller. *The Cambridge History of English Literature*. Vol. Ⅱ. Cambridge: Cambridge University Press, 1912, p. 105.

表述，变成了苏格兰人反对英国，与联合之前苏格兰人经常为民族独立而奋争的史实背道而驰。但此后八卷表述皆然。

更重要的是，英格兰化苏格兰作家和诗人，若实在无法回避某些诗人的苏格兰诉求，则有意无意贬损。《剑桥英国文学史》第三卷(1909)“文艺复兴和改革时期文学”主要论述都铎王朝时代和伊丽莎白时代的英格兰文学，也论及促成苏格兰文艺复兴的著名诗人林赛爵士(Sir David Lyndsay，1490—1555)的诗歌创作，但认为林赛作为苏格兰民族诗人“马卡”(Makar)，是“乔叟传统在苏格兰最后一位继承人”，“在诗歌精神上与过去的民族诗人有明显区别”[①]。在这种定位下，去分析他的创作，即是视其为英格兰诗人。又按这样的思路论述苏格兰在宗教改革和文艺复兴时期的文学，虽然提及代表苏格兰文艺复兴开端的1528年，出现了汉密尔顿(Patrick Hamilton)宗教改革、林赛爵士发表长诗等重要事件，但称“从詹姆斯一世和加文·道格拉斯开始，苏格兰文学就已在精神、范式和主题等方面，模仿、借用乔叟和其他的资源。这种文学的目的就是快乐和消遣”，概要讨论诺克斯(John Knox，1505—1572)在苏格兰推动教会改革的若干事件，显示不出苏格兰教会改革给英苏关系带来的深刻影响。对苏格兰人特别推崇的国族诗人马卡(Makar)，持不敬态度，如说到彭斯之前苏格兰诗人时则是，“除了林赛之外，老马卡诗人的声誉仅局限于王室圈子或博学阶层”，而林赛诗歌是在伦敦印刷刊行，在宗教改革之前也仅仅是在私人圈子中流行[②]。

《剑桥英国文学史》第九卷(1912)论及从斯蒂尔、艾迪生到蒲柏(Alexander Pope，1688—1744)和斯威夫特的文学，但回避笛福在促成苏格兰和英格兰联合上的著述。探讨彭斯之前的苏格兰流行诗歌，认为“英格兰和苏格兰流行的音乐和民歌，某种程度上一致，苏格兰南部和英格兰北部有着更为特殊的联系，边境线上的两边居民同宗和同语(早期英语方言)”，故把罗伯特·弗格森等人叙事类作品泛化为英格兰文学。尤其是有意识地贬低苏格兰文学，认为到17世纪苏格兰世俗化诗歌仍然不振，主要文学作品局限于基督教题材和民歌，类似于英格兰民谣那样的圣诗很发达，如拉姆赛及其《温顺的牧羊人》；批评罗伯特·弗格森表达苏格

① A. W. Ward, A. R. Waller. *The Cambridge History of English Literature*. Vol. Ⅱ. Cambridge: Cambridge University Press, 1912, p. 115.

② A. W. Ward, A. R. Waller. *The Cambridge History of English Literature*. Vol. Ⅲ. Cambridge: Cambridge University Press, 1912, p. 359.

兰民族感情的诗篇，认为诗篇短小，“感情表达不足，奇特的错误和误判(lapses)无处不在”①。

第十一卷(1914)“法国大革命时期的英国文学”，主体描述伯克，以及考帕(William Cowper，1731—1800)、华兹华斯、骚塞(Robert Southey，1774—1843)、布莱克(William Blake，1757—1827)等人的诗歌，也论述彭斯，字里行间却否定彭斯在英国诗歌史中的地位，并有意识把他和苏格兰剥离开来，使用“English”修饰词来定义其身份②。这样的字眼，背离了彭斯受益于苏格兰吟游诗人和民歌民谣的事实。实际上，彭斯创作的成功根源于他在苏格兰民族文学传统中找到的资源，以及用苏格兰诗学深切表达苏格兰认同，而这在19世纪初以来的苏格兰学界就已经形成共识③。

第十二卷(1915)“十九世纪”，着力构筑19世纪最初30年文学创作的繁荣景观，雪莱、济慈、简·奥斯丁、勃朗特姐妹、吉辛(George Gissing，1857—1903)等人的作品得到充分讨论，虽然也触及司各特，但论述基调基本上回避他何以被视为苏格兰民族英雄，认为“如彭斯一样，就其方式而言，司各特是英国文学中的另类(an anomaly in English literature)。无论是作为诗人还是小说家，他讨厌任何的别出心裁。作为诗人，他最先向世界诉求的，以及他的诗学倾向，不是由现代英国韵文所直接激发的。内容和形式方面，若不是韵律本身，那么他的诗歌和过去的英国诗歌有直接关联，和彭斯一样。但他和古代诗歌关系的亲近程度，远胜于和现代诗歌关系，作为吟游诗人不同于彭斯；但又像彭斯，特殊性就在于他并不是特别而充分的苏格兰人。他对苏格兰过去的强烈兴趣表现于反对先辈对教会的痴迷。随着宗教改革的深入，苏格兰对失传已久的世俗历史的强烈兴趣，甚至对班诺克本战役和强烈追求民族独立历史的追忆，也因新教和英格兰联盟而变得晦暗不明”，“作为小说家，他最大特色在于仰赖对历史和过时事件的热诚。他和文学前辈的直接关系，是非常密切的”，正因为如此，作者总结，“毫无疑问，司各特的影响力，在苏格兰远比其他地方要强烈得多。对他那些诗歌罗曼司和小说之出版

① A. W. Ward, A. R. Waller. *The Cambridge History of English Literature*. Vol. Ⅸ. Cambridge: Cambridge University Press, 1912, p. 361, 380.

② A. W. Ward, A. R. Waller. *The Cambridge History of English Literature*. Vol. Ⅺ. Cambridge: Cambridge University Press, 1914, pp. 203-220.

③ See Donald A. Low ed. *Robert Burns: The Critical Heritage*. London: Routledge & Kegan Paul, 1974.

而引发的强大兴致，我们现在很难理解。"[1]这样的论述，很难把司各特当作正面的伟大经典作家来尊敬。至于拜伦，虽然提及他是在苏格兰阿伯丁度过最初的儿童岁月，但具体分析其文学活动和作品时，完全未和苏格兰因素关联起来。

正因为如此，第十卷(1913)关于约翰逊博士时代的文学，就把理查森、亨利·菲尔丁、斯摩莱特、斯特恩、约翰逊、鲍斯韦尔等的作品当作英国启蒙主义文学予以专门阐述，并把这种启蒙主义认知，延及到对大卫·休谟和亚当·斯密的分析上来。表面上，作者非常尊重他们，认为"在当时用英文写作的作家中，对公众产生影响力的，无人能出其右"，但具体分析时基本上看不出《人类理解论》《国富论》《道德情操论》等力作的苏格兰启蒙哲学特征。第十三卷(1916)论述 19 世纪中期的文学，政治和社会小说、勃朗特姐妹、狄更斯等写实主义文学是论述主体，也专门论及卡莱尔，但他成了和苏格兰完全无关的散文家。第十四卷(1917)关于十九世纪(Ⅲ)后期的文学，也论及詹姆斯·穆勒(James Mill，1773—1836)和约翰·穆勒(John Stuart Mill，1806—1873)父子的《逻辑原理》《功利主义》《论自由》《政治经济学》等苏格兰哲学名著，但在论述过程中，它们和当时的政治历史写作、新闻和报纸杂志一样，与苏格兰无甚关联；即使论述 1700—1900 年的旅行文学(literature of travel)，也没有提到华兹华斯等文学家关于苏格兰旅行的游记，苏格兰对于英格兰作家而言，仍然是他者。更重要的是，在撰写《剑桥英国文学史》时代，"福尔摩斯"系列一直是英国重要的畅销书，它显示出苏格兰哲学的智慧，却不符合英格兰国人文主义传统，因而在这部文学史中没有收录。英国—爱尔兰文学、英国—加拿大文学、英国—印度文学、澳大利亚和新西兰及南非的殖民地英文写作，因在大英帝国框架下，被视为英国文学的组成部分，开辟专章对此分别论述。

可以说，这套巨著，以英格兰中心论下的大英帝国文学史观为指导，巧妙地消除其他民族文学的主体性地位，当然也就消除了苏格兰文学，还回避了苏格兰文学的民族诉求。因为剑桥大学在英国的至高无上地位，以及作者群在学界的崇高声望，《剑桥英国文学史》当时成为英国本土和殖民地大学英国文学教学的主要教材，在学界迅速产生影响力。德尔默

[1] A. W. Ward, A. R. Waller. *The Cambridge History of English Literature*. Vol. XII. Cambridge: Cambridge University Press, 1915, pp. 1-2.

的《英国文学史》就是按英格兰中心论的英国文学史观描述英国文学，在表述上有意识地掩饰苏格兰和英格兰之间的冲突，论述过程充满着矛盾，一方面说"到14世纪，苏格兰文学显然有强烈的国家观念的倾向。这倾向起源于爱德华一世和二世。当时正值苏格兰人抵抗英格兰人的企图侵略时。自他们第一个诗人巴伯尔写了爱国史诗《布鲁斯》歌颂苏格兰为自由而战，一直到彭斯止，抵制英文的情绪，在苏格兰诗歌中处处可见"；另一方面却说，乔叟在苏格兰有许多信徒，最显著的是詹姆斯一世，他在被囚禁的19年中大量接触了乔叟的作品，用乔叟诗体写诗，"邓巴是彭斯之前苏格兰最伟大诗豪，又是詹姆斯最信任的律师，其诗歌和彭斯一样粗鄙的滑稽、村野的图景、奇异的幻想。"他写有赞颂诗、谐谑诗、讽刺诗、思忆诗(悼念乔叟)，更重要的是，"苏格兰诗人中没有谁像乔叟那样雅秀大度。他们诗文中最特色之处就是他们粗糙活泼的幽默，以及他们新奇美丽纯出天真的自然描写——而这些都是受迦勒特族的影响(Celtic)"[①]。这种影响力贯穿至今，诺丁汉大学教授卡特(Ronald Carter)和麦卡雷(John Mcrae)的《劳特利奇英国文学史：大不列颠和爱尔兰》(1997)，描绘英语起源(600—1485)时，直接搬用"苏格兰乔叟派"概念[②]。也就是说，苏格兰文学虽然无可回避，但之于整个英国文学而言，不是用来表达苏格兰民族审美诉求的，而是英格兰文学影响下的产物。

问题是，直到20世纪30年代前后，英国仍然是世界上最具影响力的大国，英国对世界的建构、对自我的判断，基本上就是全球的普遍认知，《剑桥英国文学史》顺理成章确定为无可置疑的英国文学史观。而美国在学术制度、文学史观、文学史探索等方面，完全沿袭英国，甚至参与英国的文学研究，如第一版《剑桥英国文学史》第二卷第一章作者芝加哥大学英语文学教授曼利(John Matthews Manly，1865—1940)，第九卷(1912)第一章论述笛福的新闻工作和小说创作的作者则是特伦特(W. P. Trent)。韦勒克在《美国文学研究》和《哲学与战后美国文学批评》(1963)中称，19世纪美国文学研究长期低水平重复，文学批评只是书评家的低级日常活动，20世纪以来批评家们就不满这种鉴赏式的批评，或新闻报道式的表述，1927　1928年普林斯顿大学最优秀的学者对各种文学批评

① ［英］德尔默著，林惠元译，林语堂校：《英国文学史》，上海：北新书局，1930年，第66—68页。

② Ronald Carter, John Mcrae. *The Routledge History of Literature in English: Britain and Irland*. New York: Routledge, 1997, pp. 44-46.

也知之甚少，直到20世纪30年代才对来自英国的新批评抱以强烈兴趣，要求文学研究者应通晓文学理论、研究批评方式，文学教育包括文学批评方法，文学知识不限于中古欧洲文学①，这种状况才逐渐改变。稍后，20世纪美国著名社会文化批评家与文学家、“纽约知识分子”群体的重要成员、哥伦比亚大学教授特里林(Lionel Triling，1905—1975)在《论文学教育中的文学批评之位置》(1970)中提出，“现代美国文学批评曾起源于英格兰，尤其是瑞查兹和艾略特的课程，他们是美国学术界肥沃土壤上的播种人。近来这个国家的大学教师中出现了一些重要批评家，他们已撰写了文学导论之作，它首先是面对他们的学生们……”②二战前后，英美学界合作趋势开始有增无减，20世纪美国关于英国文学史研究的重要学者格林布拉特和艾布拉姆斯皆由剑桥大学培养出来，把剑桥的英国文学史体系、对英国文学史理解的新批评方法，完整地移到了美国。1962年，艾布拉姆斯联合唐纳森(E. Donaldson)、史密斯(H. Smith)、亚当斯(R. M. Adams)、蒙克(S. Holt Monk)、福特(G. H. Ford)、戴启斯等开始选编《诺顿英国文学选：重要作家作品》。编者在“序言”中称，《文选》目的在于“给课程提供文本和材料，课程与所在时代的经典文学传统语境下伟大作家所展示的重要而普遍价值相关联。包括不是部分而是全部伟大作家的最优秀和最具个性的创作”，除中世纪之外，“每个时代要选择一个或更多的文学、文学批评、思想史话题”③。而这样的指导思想只是落实到英格兰作家身上，没有牵涉英国构成之变所带来的国家认同复杂化、文学结构变化问题，如论述中世纪文学只有乔叟作品片段，16世纪文学只有斯宾塞的书信和十四行诗、莎士比亚剧作片段和十四行诗，17世纪有邓恩(John Donne，1572—1631)、本·琼生、弥尔顿(John Milton，1608—1674)、培根等。也就是说，1603年王室合并对于英国文学史的意义，以及1707年之前的苏格兰文学，在《文选》中是看不出来的。相应的，“王政复辟时期和十八世纪”(1660—1798)中，把英格兰王国的政治事件视为18世纪文学开端，改变了英国存在状态的英苏合并也消失得

---

① Rene Wellek. “Philosophy and Postwar American Criticism”, in A. Owen Aldridge ed., *Comparative Literature: Matter and Method*. Urbana, Chicago & London: University of Illinois Press, 1963, pp. 9-24.

② Lionel Triling ed. *Literary Criticism: An Introductory Reader*. New York etc.: Holt, Rinehart & Winston, Inc., 1970, pp. v-xi.

③ M. H. Abrams ed. *The Norton Anthology of English Literature: The Major Authors*. New York & London: W. W. Norton & Company, 1962, pp. xxiv, xxvi.

无影无踪，辑录的是德莱顿给友人著作所写前言和书信及歌词、约翰逊的文章和给他人著作所写的序言、鲍斯韦尔的论文、蒲柏的《论批评》(1711)等、斯威夫特的《诗歌之进步》(1719—1720)等，以及班扬(John Buyan，1628—1688)、康格里夫(William Congreve，1670—1729)、笛福等经典作家的作品；“浪漫主义时代”(1798—1832)则收录布莱克(William Blake，1757—1827)的诗歌和论文、华兹华斯的《抒情歌谣集》(1798)和十四行诗、柯勒律治《库巴拉罕》(1816)等抒情诗、拜伦的抒情诗和长篇叙事诗片断、济慈的《睡眠与诗歌》等抒情诗、雪莱的《1819 年英格兰》(1819)和《西风颂》(1819)等，没有彭斯和司各特的位置；“维多利亚时代”(1832—1901)收录了苏格兰思想家卡莱尔作品，但和丁尼生的《尤利西斯》(1833)等、勃朗宁(Robert Browning，1812—1889)的《我最后的丹麦》(1842)、马修·阿诺德(1822—1888)的《致朋友》等一样，没有身份归属。也就是说，1707 年没有成为英国文学发展的分界线，整个文选没有苏格兰文学概念，苏格兰文学家在英国文学史进程中消失得无影无踪，即便是收录了约翰·穆勒《论柯勒律治》(1840)、《论自由》(1859)、《自传》(1873)等经典篇目的片段，但显示出来的是他和苏格兰完全无关，如他在伦敦受家庭教育，阅读古希腊和拉丁文作品，先后在东印度公司和议会任职①。

由于冷战时代西方更加有意识凸显人文主义教育，这套文选符合冷战要求，深得美国和英国大学的英文系师生欢迎，1979 年修订达四版，继续坚持最初编纂原则——收入深入研究的每个时代之主要文学样式和传统的英国文学家作品②，篇幅扩展不少，整体编纂思路维持不变：每个时代文学都和苏格兰文学无关，中世纪文学(1485 年之前)辑录了 11 首民歌民谣(ballads)，无一首来自苏格兰民歌民谣集，16 世纪文学仍旧没有收录苏格兰作家，17 世纪(1603—1660)文学虽然是从苏格兰王室和英格兰王室合并那年开始的，但辑录的是多恩、本·琼生、赫里克(Robert Herrick，1591—1674)、弥尔顿等人的作品，没有苏格兰诗人或剧作家之作。也就是说，选择 1603 年并非因为考虑苏格兰因素，此后也没把 1707 年作为文学史分界线。关于“王政复辟时期和十八世纪”(1660—1798)的

---

① M. H. Abrams ed. *The Norton Anthology of English Literature*: *The Major Authors*. New York & London: W. W. Norton & Company, 1962, p. 1714.

② M. H. Abrams general ed. *The Norton Anthology of English Literature*: *The Major Authors*. New York & London: W. W. Norton & Company, 1979, p. xxx.

文学，完全遵从第一版，把英格兰王国的政治事件视为 18 世纪文学开端，改变了英国存在状态的英苏合并仍消失得无影无踪。2000 年第六版单行本，把“十七世纪”改为“十七世纪初期”(1603—1660)；浪漫主义时期(1785—1830)扩展了篇幅，但苏格兰作家未能添列其中；“二十世纪”除了收录哈代、伍尔夫、劳伦斯，还有出生于波兰的康拉德(Joseph Conrad，1857—1924)、生于新西兰的曼斯菲尔德(Katherine Manthfield，1888—1923)、英裔美国籍的奥登(Wystan Hugh Auden，1907—1973)，甚至把叶芝(William Butler Yeats，1865—1939)和出生于都柏林的萧伯纳(George Bernard Shaw，1856—1950)、乔伊斯(James Joyce，1882—1941)和贝克特(Samuel Beckett，1906—1989)等爱尔兰作家都列为英国文学家，迪兰·托马斯(Dylan Thomas，1914—1953)出生于斯旺西并在当地学校毕业，但文选未明确突出其威尔士身份。

这种情形，在 2001 年、2006 年第七、八版中继续保留着，首先考虑的仍是学生阅读、教师授课，是编者、教师和学生之间的互动：英国文学经典在美国的地位，由此变得不可更改。而英国文学在美国英语系的重要性，与包括英国在内的英联邦国家相差无几，是欧洲大陆、俄国和中国等高校英文系、相关学术机构所无法企及的。为了应对冷战对手强调文学的意识形态，美国在研究包括英国文学在内的西方文学及理论时，有意识地淡化民族身份问题，建立了普遍的文学批评方式，经过美国而进一步稳定了英国文学经典的全球化趋势，沿袭《剑桥英国文学史》思想的《诺顿文选》，使得英国文学经典标准变得不可更改。后冷战时代亦然，如桑德斯《牛津简明英国文学史》附录的编年史，1707 年的重要事件是“英苏联合法案”，文学作品则是法夸尔的《求爱方略》/《花花公子的策略》；最近一次修订版《剑桥英国文学史》，及斯坎伦(Larry Scanlon)主编的《剑桥中世纪英国文学史指南(1100—1500 年)》(2009)，回避 1314 年班诺克本战役及其对苏格兰和英格兰文学发展的影响，虽写了罗伯特·亨利森及其力作《寓言》(1570)、《俄耳甫斯和欧律狄刻》(1508)，但看不出其是苏格兰作家；同样，兹维克(Steven I. Zwicker)主编的《剑桥英国文学指南(1650—1740 年)》(1998 年、1999 年、2004 年再版)，不认为“1707 年联合法案”是重要事件，把 1642 年开始的英格兰内战和这年伦敦剧院倒闭、1644 年弥尔顿出版《论言论自由》、1658 年护国公克伦威尔去世、1665 年第二次英格兰—丹麦之战和伦敦大火灾、1725 年蒲柏编纂《莎士比亚作品》、理查森出版《克拉丽莎》(1747)、亨利·菲尔丁出版《汤姆·

琼斯》、约翰逊出版《英语词典》(1755)等当作重大事件，涉及苏格兰的只有休谟的《人类理解论》(1758)，论及1707年只是说"英格兰联合苏格兰"。同样，凯默(Thomas Keymer)和米(Jon Mee)主编的《剑桥英国文学指南(1740—1830年)》(2004)完全不论1740年之后英国文学的结构性变化，苏格兰文学家所占篇幅甚微。以英格兰为中心的英国文学史观，自然不会有独立的苏格兰文学概念，更不会触及苏格兰文学之于英国文学的意义。

诸如此类的历史进程足以见出，自我反省不足的主流英国文学界，"因对大不列颠和大英帝国的辉煌时期的效忠，决定了其文学的制度性研究，会有持续困惑、盛气凌人、虚假的民族轨迹。英国文学并不知道其学科界线'英国'(English)标签"，在语言、人口、地域等方面，对英格兰的合适度问题[①]。不过，充满着大英帝国情怀所撰写的剑桥牛津版《英国文学史》、《诺顿英国文学》，给世界建构了大英帝国意识形态下的英国文学史观，却未能有效屏蔽苏格兰文学的存在，出现了著名文学史家米勒(John Hepburn Millar，1864—1929)的《苏格兰文学史》(1903)，尝试建构有主体性地位的苏格兰文学。并且，米勒还大胆于19世纪末在格拉斯哥大学开设苏格兰文学课程(编订有《十七或十八世纪的苏格兰小说/散文：1912年格拉斯哥大学所确定的课程》)。而米勒教授之举，有强大的历史基础：1603年王室合并、1707年1月16日苏格兰议会批准《联合法案》之类形成新大不列颠国家(a new British state)的重大事件，给苏格兰发展带来了许多问题，"联合"只是形成了法律上的大不列颠，促成两个王国在政治、疆域、文化疆界上的结盟，但导致苏格兰和英格兰在长达三个世纪民族国家认同范式上的纠结，因为它组成了一个包含各有自己政治制度而非共同传统的多国族的大不列颠，被苏格兰知识精英视为是英格兰主导的一个时代错误(anachronistically)，需要创造新的大不列颠认同[②]。而在英格兰和苏格兰仍保持着各自民族认同的过程中，文学家成为推动认同的重要力量，从而使英国文学的结构性变化，未必是朝着促成大不列颠有机一体化方向发展。这样一来，"联合"对英国社会发展，尤其是苏格兰变化，就成为学界重要话题。罗伯斯顿(John Roberston)在

① Clarie Westall, Michael Gardiner ed. *Literature of an Independent England*. New York: Macmillan Palgrave, 2013, p. 218.

② Linda Colley. *Britons: Forging the Nation* 1707—1837. New Haven: Yale University Press, 1992.

《帝国联盟：政治思想和1707年不列颠联合》(1995)中，探讨两个议会联合之于大英帝国的意义问题，斯皮勒(M. Spiller)在《王室联合之后的诗歌(1603—1660)》(1988)中描述了期间苏格兰和英格兰诗人创作的不同路径，戴维斯(Leith Davis)在《联合法案：苏格兰和大不列颠及北爱尔兰国家的文学谈判》(1998)中论述联合法案在文学界的效应，如笛福就写有《英格兰和苏格兰联合史》(1709)，贝黑文勋爵(Lord Belhaven)、小说家亨利·菲尔丁和斯摩莱特等对"联合"各有论述。

既然历史进程如此，伴随19世纪末以后民族解放运动波及大英帝国本土，苏格兰精英的民族意识觉醒，如1911年成立了以维护苏格兰传统和身份的保守党、苏格兰议题在议会中不断被提出，以及苏格兰社会不断发展(1911年苏格兰人口达476万之众[①])，而且第一次世界大战之后，大英帝国的地位开始下降，而苏格兰文学复兴运动出现，促使一个多世纪以来苏格兰人文学界多番探讨苏格兰文学及与苏格兰性相关的各种重要问题，散布北美和澳洲的苏格兰裔学者也积极参与其中：

一、苏格兰语言问题

1603年王室统一，苏格兰被迫和宿敌英格兰发生王室联系，尤其是1707年议会联合，苏格兰成为大不列颠北部地区，而不再是主权独立国家，此后英格兰又未能充分融合苏格兰，因此，用来交流的通用语如何确定、原来苏格兰语如何发展和定位成为最棘手的现实问题。主流英国语言学家，很自然地把苏格兰语视为方言。但随着时间推移，苏格兰语的复杂性并未随着大不列颠进程而消失，相反，在18、19世纪之交因为彭斯的创作，苏格兰语显示出巨大生命力。彭斯本人成名作《苏格兰方言书写的重要诗歌》(1786)就直接张扬苏格兰语的生命力。刊行后，一时洛阳纸贵，又扩充到两卷本，由爱丁堡推出。这部轰动当时苏格兰并波及伦敦的诗集，就因显示出用苏格兰语表述的韵律、情愫，具有英格兰英语所不及的优长。因此，苏格兰语成为有悠久历史的圣安德鲁斯大学、爱丁堡大学、格拉斯哥大学、阿伯丁大学等长期讨论的重要话题。

早在1929年，格兰特(W. Grant)和莫瑞森(D. Murison)主编的《苏格兰国族词典》(*The Scottish National Dictionary*)就刊行了，从基础词

① David Ross, *Scotland History of A Nation*. Glasgow: Lemond, 2014, p. 343.

汇证实苏格兰语如何不同于英格兰英语，以显示讲这种语言的人在英国的独特性。稍后（从1931年开始），著名词典学家柯雷吉（Sir William Alexander Craigie，1867—1957）和出生于爱丁堡的苏格兰语词典学家艾特金（Adam Jack Aitken，1921—1998）就开始主编12卷本《苏格兰语言史》，这部严谨描述1700年之前苏格兰语言构成和发展历程的皇皇巨著，耗时70年才完成，其中包括《古苏格兰语词典》。期间，自1973年开始，苏格兰文学研究协会专门组织讨论苏格兰语言及其在文学中显示的问题，莱尔（R. J. Lyall）和罗迪（F. Riddy）主编的《第三届苏格兰语和文学国际会议论文集》（1981）便是其中的成果之一。在译介苏格兰语过程中，若干著名苏格兰语言学家出版了大量扎实成果，如上文论及的《苏格兰国族词典》辑录1700年以来苏格兰地区的历史和文化用语，相当程度上抵消了英格兰著名语言学家钱伯斯（Ephraim Chambers，1680—1740）的《苏格兰方言词典》把苏格兰语当作英语方言的影响力；接着，艾特金推出《低地苏格兰语》（1973）、《古苏格兰语如何发音》（1977）、《用苏格兰语言说：特别涉及苏格兰标准英语的历史观》（1979）、《苏格兰的若干种语言》（1979）、《古老的苏格兰诗歌语言》（1983）、《苏格兰若干口音和多种方言》（1984）、《早期苏格兰语言文学的进步》（1991）等力作；格拉斯哥大学毕业的迈克菲（C. Macafee）博士论文是《现代苏格兰语》（1988），又出版《更古老的苏格兰之起源和发展》（1989）、《现代世界的传统方言：格拉斯哥方言案例分析》（1994）等，与麦克卢尔（J. D. McClure）主编的《苏格兰和低地语言》（1983）、苏格兰诗人和斯特林大学教授沃森《1380—1980年间盖尔语、苏格兰语与英语的苏格兰诗歌》（1995）等一道，为苏格兰语存在的合法性，提供了语言学基础。

正是在这些扎实的研究基础上，格拉斯哥大学教授科比特（John Corbett）在《语言和苏格兰文学》（1997）中清晰地描述了苏格兰语历史：传统上古苏格兰语起源于1100—1700年，历经六个世纪发展成低地苏格兰语，从诺曼征服之后直至议会联盟而创建大不列颠，苏格兰语一直在发展，其缘起既有古英语，也有诺斯语（Old Norse，古挪威语）。人数相对较少的苏格兰人说盎格鲁-诺斯语，虽然在维京影响强的一些地方，如北部岛屿，直到19世纪设得兰群岛居民还说着一种诺恩语（Norn，设得兰郡和苏格兰北部部分地区所讲的挪威语）。然而，800—1066年苏格兰主要语言之一乃盖尔语，有时称为“埃尔斯语”[Ersch(e)，爱尔兰语]，它由公元6世纪从爱尔兰入侵苏格兰的一个部族带来，是英格兰国王征服者威廉(William Ⅰ the Conqueror，1027—1087)时期的苏格兰法庭用语。而诺曼征服对于苏格兰语发展具有决定性作用，因为被废黜的英格兰国王玛格丽特公主(1046—1093)来到苏格兰避难，最终嫁给了苏格兰国王马尔科姆三世(Malcolm Ⅲ，1031—1093)。许多英格兰人追随她，促成苏格兰南部有许多操英格兰北部语言的官兵，与南部新政权建立了密切关系。马尔科姆的继任者大卫一世，曾在英格兰亨利一世的王宫中接受教育，大卫回到苏格兰后，给苏格兰带来了英格兰制度、习俗和语言，随之，讲英格兰北部英语的人大量涌入苏格兰南部地区①。

从语言学层面解释清楚了苏格兰语文学和苏格兰英语文学之亲缘关系。此前，格劳赛尔(B. Glauser)在《苏格兰语—英语的边界》(1974)中讨论了，苏格兰语原本是混合语言(a hybrid language)，结合古英语、古挪威语和法语，又稍借用盖尔语、苏格兰语等，并因北部英格兰和苏格兰的政治边界接壤，这些语言和北部英语在不断交锋中保留着生命力，如在不少词汇、发音和语法规则等方面，苏格兰语和英语相同，苏格兰语的语音系统和英语区别甚微，导致苏格兰语和英语与其说截然不同、各成体系，不如说它们有时分叉，有时有共通之处。而这样的苏格兰语知识，常被运用于苏格兰文学的解读实践中，莱特里(E. Letley)的《从高尔特到道格拉斯·布朗：19世纪小说和苏格兰语》(1988)和《19世纪苏格兰小说和语言》(1988)、奥卡特(A. Agutter)的《作为标准语的中世纪苏格兰语》(1988)，具体研究苏格兰民族诗人马卡的语言特点，认为邓巴时代的苏格兰语和英语之差别并非巨大。到了16世纪以后，苏格兰"英语"，越来越成为苏格兰知识精英的兴趣所在，随着欧洲基督教改革触及诺克斯发动的苏格兰教会改革，有意识使用盎格鲁化的苏格兰语，以使英语读者易于接受②。其实，道格拉斯·扬的《可塑的苏格兰语和苏格兰文学传统》(1946)，以及20世纪末琼斯(C. Jones)的《被抑制的语言：18世纪苏格兰语发音》(1995)，皆阐述了英格兰学者所谓"苏格兰乔叟派"，语言上难以让人信服。这些研究证明，苏格兰文学中的苏格兰性，在语言上未必一定需通过苏格兰语文本显露出来，英语也能显露苏格兰性。

当然，弥尔顿(C. Milton)的《麦克迪尔米德之前的苏格兰语诗》

---

① John Corbett. *Language & Scottish Literature: Scottish Language and Literature*. Edinburgh: Edinburgh University Press, 1997, pp. 3-4.

② R. D. S. Jack ed. *The History of Scottish Literature*. Vol. I, Aberdeen: Aberdeen University Press, 1988.

(1987)、帕维斯(D. Purves)的《麦克迪尔米德使用的苏格兰语：人造的或本然的》(1997)、戈特利布(Evan Gottlieb)的《触摸大不列颠：苏格兰和英语书写，1707—1832》(2007)等，语料多为苏格兰文学，既展示苏格兰语的生命力，又为恢复苏格兰文学合法性，凸显苏格兰文学生命力，揭示苏格兰语文学和英语文学的差距，提供语言学根据。

二、和苏格兰文学发展紧密相关的苏格兰教会问题研究

苏格兰教会和英格兰圣公会互不隶属，在各自王国的建构过程中发挥了巨大作用，苏格兰文学无法融入英格兰文学，便是后果之一。英苏联合之后，两个教会虽有合作，但仍属于各自的王国。1543年苏格兰把用苏格兰语翻译圣经合法化，紧接着出版了汉密尔顿(Hamilton)的《教义问答》(*Catechism*，1551)。苏格兰教会改革不是受英格兰国教改革影响，而是直接受北欧加尔文教启示，宗教改变了苏格兰人的生活，麦克雷恩(Allan MacLaine)在《苏格兰教会传统：苏格兰民间节日诗歌》(1996)中指出了这方面情况。另外，劳(T. G. Law)编辑出版的《苏格兰语新约》(1901—1905)、洛里默(W. L. Lorimer)翻译的《苏格兰语新约》(1983)、斯图亚特(Jamie Stuart)的《格拉斯哥圣经》(1997)等，显示出苏格兰语《圣经》不同于英格兰教会《圣经》的具体方面。对此，莱特(D. F. Wright)在《苏格兰生活和文学中的圣经》(1988)中，专事讨论《圣经》对苏格兰文学和苏格兰人的重要性，彭斯和司各特等皆受益于苏格兰《圣经》；图洛赫(G. Tulloch)的《苏格兰圣经史》(1989)则还原了《圣经》在苏格兰翻译、传播和影响的历程；厚文(Luuk Houwen)的《中世纪晚期和现代初期苏格兰的文学与宗教》(2012)，论述期间苏格兰文学发展和苏格兰教会关系。尤其是，格里本(Crawford Gribben)和马伦(David George Mullan)主编的《文学和苏格兰改革》(2009)，讨论苏格兰教会改革给苏格兰语言和文学观念所带来的积极变化，论述苏格兰教会改革时期著名诗人林赛讽刺诗篇中的寓言和苏格兰诗学变革、教会改革家约翰·诺克斯的诸多神学之作的美学表达、詹姆斯一世时期马卡诗人蒙哥马利(Alexander Montgomerie，1550—1598)诗篇的加尔文教色彩、默多克·尼斯比特(Murdoch

Nisbet，？—1559)的《圣经》所作为早期苏格兰语《圣经》体现的新教精神[①]。这些研究，为认识苏格兰性之文学表达问题，提供了宗教学基础。

三、苏格兰民族认同问题研究

20世纪初，苏格兰知识界就开始关注苏格兰民族身份建构问题。安德森(Alan Anderson)的《来自英格兰编年史家的苏格兰编年史》(1908)梳理了英格兰曲解苏格兰的历史。即便在冷战时代，联合王国无可怀疑地被视为体现着英国的自由、统一，也未能阻止苏格兰精英研究苏格兰民族意识问题，如金斯利(James Kinsley)主编的《苏格兰诗歌：批评考察》(1955)就发掘苏格兰诗歌背后的苏格兰身份表达问题；克雷格(David Crag)在其博士学位论文(剑桥大学)的基础上出版的《苏格兰文学与苏格兰人(1680—1830)》(1961)，当时被视为利用跨学科的方法，揭示期间苏格兰文学发展与苏格兰社会变化之关系；夏尔(Helena M. Shire)的《詹姆斯六世时期苏格兰王室的歌曲、舞蹈、诗歌》(1969)论述期间苏格兰王室艺术的民族特质。并且，在这些研究为苏格兰民族认同提供历史的基础上，20世纪70年代以来出现了直接诉诸苏格兰民族身份及其焦虑的诸多力作，包括孟席斯(G. Menzies)的《苏格兰人何许人也》(1971)、麦克阿瑟(C. McArthur)的《毁坏灵异现象：作为文化之抗争的苏格兰神话》(1981)、艾伦(Norman Allan)的《苏格兰：破碎的肖像》(1983)、格尔拉奇(M. Gorlach)主编的《聚焦苏格兰》(1985)、贝弗里奇(C. Beveridge)和特恩布尔(R. Turnbull)的《苏格兰文化的黯然失色：自卑与知识分子》(1989)等，各自论述英苏联合并非民族融合的结果，而是为了避免彼此对抗的进一步消耗，但联合之后，苏格兰文化日益遭到强大的英格兰及其以大不列颠国家身份的挤压，在制度层面和日常生活上，越来越不敌以英语为依托的英格兰文化之大势，知识分子群体本身也受到冲击，引发苏格兰人的忧虑。

既然联合之后苏格兰进程整体上受到大不列颠框架的挤压，如何看待苏格兰历史，成为苏格兰学界热衷的话题。苏格兰史学家斯莫特(Thomas Smout，1933—)在《1560—1830年苏格兰民族史》(1969)中论

---

① Crawford Gribben, David George Mullan. *Literature and the Scottish Reformation*. Burlington, VT : Ashgate Pub. Ltd., 2009.

述期间苏格兰民族发展历程问题，凸显王室合并、议会联合在其中的作用；雷曼(B. Lenman)的《整合、启蒙运动和工业化：1746—1832年的苏格兰》(1981)，论述期间苏格兰在英格兰主导下的工业化发展历程，以及苏格兰启蒙运动既是融入大不列颠的成果，也是反思融入大不列颠的产物；唐纳基(I. Donnachie)和怀特里(C. Whately)的《建构苏格兰历史》(1992)，涉及苏格兰历史进程的复杂性，包括英格兰因素的渗透，加剧高地和低地的分裂；戈德斯坦(R. J. Goldstein)的《苏格兰事件：中世纪苏格兰的历史叙述》(1994)，建构原本独立的中世纪苏格兰之历史，在正视苏格兰历史的进程中，为直接讨论苏格兰民族认同问题提供了可能。皮托克的《发现苏格兰：斯图亚特神话和苏格兰认同，从1638年到当下》(1991)、林奇(M. Lynch)的《爱尔兰和苏格兰的民族认同，1500—1640》(1994)、麦克隆(D. McCrone)等人合作的《苏格兰商标：建构苏格兰遗产》(1995)，各自论述了苏格兰认同的不同层面的问题。

更重要的是，这个过程伴随着热衷于从苏格兰文学中发掘苏格兰民族认同资源的潮流。维蒂希(K. Wittig)的《文学中的苏格兰传统》(1958)，论述苏格兰文学家如何延续了苏格兰民族身份的传统；莱尔(R. J. Lyall)的《十五、十六世纪苏格兰的政治和诗歌》(1976)，论述苏格兰诗歌发展的政治基础；克雷格(Cairns Craig)的《现代苏格兰小说：叙述和国家想象》(1999)、沃森的《现代苏格兰文学的认同和文化》(2006)等，论述苏格兰文学家在文学叙述背后所表达的苏格兰国家认同情怀；佩妮·菲尔丁(Penny Fielding)的《书写和口头传播：民族文化、文化和19世纪苏格兰小说》(1996)，论述苏格兰小说在表达苏格兰民族认同方面的方式及其作用问题；麦克尼格尔(James McGonigal)和斯特林(Kirsten Stirling)的《族裔言说：现代苏格兰书写中的一种声音与若干价值》(2006)，论述苏格兰语书写之于苏格兰民族认同的意义；戴维斯父子(Duncan and Sorensen Davis)的《苏格兰和浪漫主义疆域》(2004)、本德(Adrianne Bender)的《绘制苏格兰认同图谱：司各特、斯蒂文森、奥利芬特、芒洛》(2001)、琼斯(Catherine Jones)的《文学记忆：司各特威弗利小说以及叙述心理》(2003)和《苏格兰、爱尔兰与浪漫美学》(2007)等，直接论述浪漫主义时代文学所呈现的苏格兰民族诉求问题，建构了苏格兰浪漫主义文学对苏格兰民族建构的作用；麦卡洛赫(Margery McCulloch)的《苏格兰现代主义及其语境(1918—1959)：文学、民族身份和文化交流》(2009)，改变了现代主义文学都市化的判断，呈现出苏格兰现代主义文学的苏格兰性。此外，怀特(Christopher Whyte，1952—)1982年开始翻译盖尔语诗歌，其《把民族性别化：现代苏格兰文学研究》(1995)，把性别理论运用于解读苏格兰文学，发现了更多的苏格兰文学成就、特点，很有意义。

四、关于苏格兰文学研究

(1)整理早期的苏格兰文学遗产。1933年，麦肯齐(Agnes Mure Mackenzie)的《1714年之前的苏格兰文学历史纵览》还原联合之前的苏格兰文学概貌。随着认识古苏格兰文学的深入，汤姆·司各特的《邓巴诗歌批评阐释》(1966)、艾特金(A. J. Aitken)和麦克迪尔米德(M. P. McDiarmid)等的《吟游诗人和苏格兰国家诗人》(1977)、卡彭特(S. Carpenter)的《早期苏格兰戏剧》(1988)、索林(A. Meurmin-Solin)的《早期苏格兰叙事文的变种与变化》(1993)等，对古苏格兰文学史的具体问题，进行了深入研究。杰克(R. D. S. Jack)作为古苏格兰文学专家，其编纂的《苏格兰散文(1550—1700)》(1971)、《苏格兰韵文精选(1560—1660)》(1978)、和罗森达尔(P. A. T. Rozendaal)合编的《早期苏格兰文学选(1375—1707)》(1997)，连同包卡特(Priscilla Bawcutt)和威廉姆斯(Janet Williams)主编的《中世纪苏格兰诗歌指南》(2006)、温菲尔德(Emily Wingfield)的《中世纪苏格兰文学中的特洛伊传奇》(2014)等，让读者真切体会到古苏格兰文学的丰富多彩。

(2)勾勒苏格兰现代文学景观。联合之后，尤其是一战之后苏格兰文学进展情况，是苏格兰学界非常关注的，哈钦森(D. Hutchinson)的《现代苏格兰戏剧》(1977)、斯蒂文森(R. Stevenson)和华莱士(Gavin Wallace)主编的《1970年代以来的苏格兰戏剧》(1996)等论述现当代苏格兰戏剧发展的基本情形；哈特(Francis Russell Hart)的《苏格兰小说：从斯摩莱特到斯帕克》(1978)、邓肯(Ian Duncan)的《苏格兰阴影：浪漫主义爱丁堡的小说》(2007)、安德森(Carol Anderson)和克里斯蒂安森(Aileen Christianson)的《1920—1960年代苏格兰女性小说：存在之旅》(2000)等，建构不同时期和种类的苏格兰小说史；哈伯德(T. Hubbard)的《重新整合苏格兰语：后麦克迪尔米德的马卡》(1987)、怀特(Christopher Whyte)的《现代苏格兰诗歌》(2004)等，则建构了现代苏格兰诗歌景观。这些为后面提及的苏格兰文学史建构提供了基础。

(3)建构苏格兰文学史，是20世纪80年代以来苏格兰人文学术的重要景观。在导言中提到，建构苏格兰文学史，在苏格兰是有传统的。到1977年，林赛在伦敦出版《苏格兰文学史》，把苏格兰文学从英国文学中剥离出来，试图还原苏格兰文学的原貌。十年后(1987—1988)，阿伯丁大学出版社推出四位著名学者合作主编的四卷本《苏格兰文学史》，第一卷由杰克主编，论述从起源到1660年的苏格兰文学；第二卷由胡克(A. Hook)主持，论述1660—1800年的苏格兰文学，1703年成为重要的分界线；第三、四卷分别由吉福德(D. Gifford)、克雷格(C. Craig)主持，论述19世纪至20世纪的苏格兰文学。这四卷本文学史，还原了苏格兰文学发展历程，涉及大量文学史人物，而这样的历程和文学家贡献，是主流《英国文学史》框架所难以容纳的。

以此为基础，2007—2008年爱丁堡大学出版社推出布朗(Ian Brown)主编的三卷本《爱丁堡苏格兰文学史》：第一卷关于1707年之前，即并入大不列颠之前的苏格兰文学(2007)，凸显1314年班诺克本战役的意义，论述1314年前苏格兰地区宫廷颂诗、奥克尼群岛文人创作的文学、中世纪的苏格兰宗教诗篇(尤其是圣徒行传)、抒情诗等。第二卷论述1314年之后的文学，在描述统一的苏格兰之地理疆域、民族构成、各种语言、苏格兰和拉丁文化传统并存等基础上，论述盖尔语的苏格兰文学及其代表作《院长的书》、基督教神学文学、律法书写的文学性、苏格兰宗教改革及其带来的苏格兰各地戏剧变化、地方民间文学等，尤其是亨利森、邓巴等的作品。第二卷“启蒙运动、大不列颠和帝国，1707—1918”，称之为后苏格兰文学，涉及苏格兰哲学和文学的关系，苏格兰和爱尔兰关系，苏格兰文学和大英帝国的关系，彭斯、司各特、斯摩莱特、拜伦等作家，工业化对苏格兰文学的影响，盖尔语文学，旅行类文本，菜园派以及苏格兰流散文学等问题。第三卷是“现代转型：新认同，1918年以后的文学”。这三卷本文学史更凸显苏格兰性在苏格兰文学中的表达问题。

此外，还有一些断代或专题文学史，如唐纳森(W. Donaldson)的《维多利亚时代苏格兰的流行文学》(1986)、沃森的《20世纪苏格兰文学》和《苏格兰文学，从中世纪到19世纪》，以及著名的《爱丁堡21世纪苏格兰文学》(2009)等，呈现相应的苏格兰文学情景，分析苏格兰文学的苏格兰认同之表达问题。

(4)按苏格兰文学批评标准，重建苏格兰文学知识体系。《剑桥英国文学史》是按主流英国审美范式建构的，作为稳定的传统，得到了顽强延续，如特里哈恩(Elaine Treharne)和沃克尔(Greg Walker)的《牛津英国中世纪文学指南》(2010)就按文学生产和消费、文学批评和法律、文学事实和文学所表达的复杂认同等普遍概念，论述期间英国出现的个人价值观和英国性(Englishness)问题，虽然有“苏格兰书写”(Scottish Writing)，但苏格兰文学意义更多的是地方性的。而苏格兰有建构知识的能力，如“导言”所论《大不列颠百科全书》肇始于苏格兰知识界，戴(Gary Day)和林奇的《大不列颠文学百科全书(1660—1789年)》(2015)收录很多苏格兰文学家。基于此，苏格兰学界重建了不同于主流英国文学的苏格兰文学知识体系：

“导言”中提到享誉世界的布朗与欧文主编的“爱丁堡苏格兰文学指南”系列，给读者提供了彭斯、司各特、史蒂文森、麦克迪尔米德等系统化的苏格兰文学经典知识。其实，此前罗伊(Trevor Royle)的《麦克米兰苏格兰文学指南》(1983)已尝试这方面工作。建构苏格兰文学知识体系，是苏格兰学者乐此不疲的兴趣所在，涌现出一系列重要成果，如拉姆斯登(Alison Lumsden)和安斯利·麦金托什(Ainsley McIntosh)合编的《当代苏格兰女性作家》(2000)、《爱丁堡苏格兰女性写作指南》(2013)；麦奎尔(Matt McGuire)和尼克尔森(Colin Nicholson)的《爱丁堡当代苏格兰诗歌指南》(2009)、邓尼根(Sarah Dunnigan)和吉尔伯特(Suzanne Gilbert)主编的《爱丁堡苏格兰传统文学指南》(2013)等，彰显了苏格兰文学知识的独特性。

并且，苏格兰学界除提供苏格兰文学史基础知识以外，还依据苏格兰文学经验探索文学批评方法，代表性力作有麦奎因(John MacQueen)的《启蒙运动和苏格兰文学：历史小说的兴起》(1989)、杰克的《批评导论：苏格兰文学现在位于何处?》(1997)、萨西(Carla Sassi)的《何为苏格兰文学事件》(2005)等。其中，麦奎因指出，“18世纪苏格兰诗歌的成就相当大，影响力大大超出英伦三岛。但19世纪到来前，这种成就已结束。某种程度上，启蒙运动的主要文学成就不属于诗歌，而是小说。早在司各特的《威弗利》(1814)问世之前，这种文学样式就已存在，但立意新颖、扩大知识和想象范围，使司各特成了新文类创建者”，如理查逊的《克拉丽莎》(1847)，或斯摩莱特的《罗德里克·兰登历险记》(1748)，亨利·菲尔丁的《弃儿汤姆·琼斯传记》(1749)等问世多时，此前和当时“并未有批评家在理论上捍卫‘小说’这一文类”[①]，睿智地指出苏格兰文学之于英国文学的开拓意义。

五、最为称道的是，建构苏格兰文学发展的国际关系

1707年之前，苏英之间战争纷扰，苏格兰和欧洲大陆之间则贸易往来、文化交流频繁；联合大半个世纪之后发生法国大革命，大不列颠政府害怕殃及自身，收紧边界，而有地方自治权的苏格兰却继续对法国开放，直面欧洲大陆的启蒙思想、浪漫主义精神，就如桑德斯《牛津英国文学史》所说，“清晰而独特的苏格兰性以及苏格兰王国为摆脱南部帝国的图谋后，在文化和政治上获得的独立性……苏格兰王国总体上一直与法国保持文化和政治上的紧密联系，以反对英格兰的干涉，并且乔叟之后的岁月，苏格兰诗人借鉴法国文学的程度，和同时期的英格兰作家相差无几。”[②]在这个过程中，爱丁堡作为苏格兰乃至整个英国与欧洲大陆沟通之中介的地位尤其重要，“当时的爱丁堡是作为北方的雅典，而非北方的伦敦来重建的。”[③]对这样的情景，1934年，史密斯(J. Smith)在《中世纪苏格兰文学的法兰西背景》中，描述苏格兰文学发展与法国的关系，发掘苏格兰文学发展的域外资源。这个论题在半个世纪中持续发酵，洛赫海德(L. Lochhead)的《〈伪君子〉：莫里哀原作的苏格兰语翻译》(1985)、杰克的《和法兰西之关系：文艺复兴时期苏格兰和法兰西文学》(1989)、皮科克(N. A. Peacock)的《莫里哀在苏格兰(1945—1990)》(1993)等，持续讨论苏格兰文学和法国文学之关系，以及莫里哀在苏格兰被接受的状况，凸显苏格兰文学在欧洲文坛上的主体性价值。而杰克的《意大利对苏格兰文学之影响》(1972)，发掘了意大利文化对苏格兰文学发展的具体影响；胡克(A. Hook)的《苏格兰与浪漫主义：国际情景》(1987)，揭示出苏格兰浪漫主义文学不同于英格兰浪漫主义文学的内在根源之一，即苏格兰直接受欧洲大陆影响。与这种关系相呼应的是，苏格兰知识精英经常翻译欧洲文学经典，如法朗仕(P. France)和格伦(D. Glen)的《苏格兰的欧

---

① John MacQueen. *The Enlightenment and Scottish Literature: The Rise of the Historical Novel*. Edinburgh: Scottish Academic Press, 1989, pp. 1-3.

② Andrew Sanders. *The Short Oxford History of English Literature*. Oxford: Clarendon Press, 1994, p. 70.

③ Andrew Sanders. *The Short Oxford History of English Literature*. Oxford: Clarendon Press, 1994, p. 8.

洲诗歌：翻译文选》(1989)，辑录苏格兰语和苏格兰英语所翻译的欧洲诗歌名篇；科比特(J. Corbett)的《用苏格兰国族语言书写：苏格兰语的文学翻译史》(1999)，以苏格兰视野讨论翻译问题，以及苏格兰语翻译经典的译介学问题。更有甚者，克拉兹曼(G. Kratzmann)的《英苏文学关系(1430—1550年)》(1980)，把1703年之前苏英文学关系，视为国际性关联。

苏格兰学界以苏格兰语研究为基础，以建构苏格兰民族认同为研究目标的苏格兰文学研究，产生了巨大影响力。2014年9月公投得以举行，相当程度上是政治精英借助人文学界的上述诸多成果，激活苏格兰民族认同的结果，即恢复苏格兰的主体性身份，而此前已经改变了英国当局对苏格兰的政策，也曾促使主流英国文学研究界逐渐正视苏格兰文学的存在。不断再版的《剑桥英国文学史》中，苏格兰文学篇幅相应扩大，以古苏格兰语写的文学越来越得到认可。在沃勒教授的《剑桥中世纪英国文学史》(1996)中，明确列出大不列颠群岛文学，包括威尔士、爱尔兰、苏格兰、英格兰分别创作的作品，认为13世纪苏格兰语已适用于整个现代苏格兰大部分区域，随着苏格兰王国向南扩张，苏格兰语也相应地延伸；到15世纪，苏格兰语不仅仅是主流语言，还是使用者身份之认同的交流媒介，对苏格兰的西部和北部讲盖尔语的人来说，苏格兰语也通行起来，认为"整个中世纪苏格兰保持着具有国际地位的独立王国状态"①。稍后，《剑桥现代英国小说导论(1950—2000)》(2002)试图按普遍的文学范式论述期间英国小说问题，但注意到文学家的民族身份问题，"在苏格兰文学中出现了五花八门的民族身份重建问题"，认为20世纪末苏格兰议会开幕式之于苏格兰性，以及据此而来的苏格兰文学，具有重大意义②。而理查蒂(John Richetti)的《剑桥英国文学史(1660—1780)》(2005)不回避苏格兰文学。同样，沿袭英国的美国人文学界，对英国文学史构建，也有所改观：哥伦比亚大学教授伍德林(Card Woodring)和副教授沙皮罗(James Shapiro)主编的《哥伦比亚英国诗歌史》(1994)，承认苏格兰诗歌，赞赏"彭斯已成为如此重要的苏格兰民族神话，虽然其成就的真实状态在情感的迷雾中常模糊不清"，认为他诗歌的伟大成就，得益于和苏格兰民歌民

---

① David Wallace ed. *The Cambridge History of Medieval English Literature*. Cambridge: Cambridge University Press, 1996, pp. 229-254.

② Dominic Head. *The Cambridge Introduction to Modern British Fiction*, 1950-2000. Cambridge: Cambridge University Press, 2002, p. 147.

谣难舍难分，无论是用英语书写还是苏格兰语创作的，皆有强烈的苏格兰性[①]。尤其值得称道的是，“剑桥指南系列”收录了格拉斯哥大学苏格兰文学研究专家卡拉瑟斯教授(Gerard Carruthers)和苏格兰学者、作家麦克文尼(Liam McIlvanney)编撰的《剑桥苏格兰文学指南》(2012)，给予苏格兰文学主体性地位，“了解开始讨论苏格兰文学的时间，以及苏格兰文学的边界，以上两点在过去几十年间越发显得无法确定。‘苏格兰文学’作为学术探究的一门学科，诞生于对脱离其姊妹学科‘英国文学’，只是最近几年开始遭遇因其演进过程所产生的两个重要盲点，第一，并非此章节的首要关注点，……无论我们这里在文选或是文学史中是否考虑到苏格兰文学，但是通常认为苏格兰文学始于巴伯(John Barbour，1320—1395)和他同时代作家。因为现今保存最古老的古苏格兰语作品是他们创作的大量作品，因此也视他们的作品为现代苏格兰的英格兰化文学的先祖，就是那些用苏格兰语和英语书写作品的前辈。”即便休·麦克迪尔米德也坚持这个观点，认为短小的挽歌《我们的国王亚历山大去世》(*When Alexander our King was Dead*)是“现存的最早苏格兰诗歌片段。……但可以肯定的是苏格兰文学不像英格兰文学(English literature)。尽管学术惯例(despite academic habits)不同，但术语‘苏格兰文学’(Scottish Literature)并不能隶属于由一种语言决定的文学传统。英语文学(English literature)史，如果作者愿意的话，可以涵盖所有英语以及其下属方言(subsidiary dialects)写作的文学作品，甚至扩展到北美、澳大利亚、印度、非洲和更远。又或者，英语文学只集中于英格兰的文学——十八世纪以来，英格兰政治上和地理上的稳定性存在争议，自十八世纪基本上以一个主要的文学语言为主。另一方面，苏格兰文学一定是，地理和政治上的单位，苏格兰的文学。如此的话，苏格兰文学，至少继承了三种语言的文学(盖尔语、苏格兰语和英语)，以及更多几种，如果时间坐标延伸到1350年之前的阶段。”[②]“因此苏格兰文学研究必须研究现在地理和政治意义上的苏格兰，包含苏格兰的所有语言以及年代，尽管时间跨度大，文化和政治原因造成领地的变化。因为我们发现，采取这个视角意义非凡。

---

① Carl Woodring, James Shapiro ed. *The Columbia History of British Poetry*. New York: Columbia University Press, 1994. pp. 104-108.

② Gerard Carruthers, Liam McIlvanney ed. *The Cambridge Companion to Scottish Literature*. Cambridge: Cambridge University Press, 2012. pp. 13-14.

其中最重要的是苏格兰所有地区的文学自由。”①

不过，苏格兰学者探讨苏格兰文学，有很强的目的性，即通过强化苏格兰作品所显示出的苏格兰性，强力建构苏格兰民族认同。从而，引发英格兰学者的警惕，导致这些研究只是局部触动了英格兰学术界，未能改变苏格兰文学在英国文学史中的位置，更遑论改革英国文学史结构。流传甚广的罗杰斯(Pat Rogers)主编的《牛津插图本英国文学史》(1987)，继续把英格兰文学等同于联合王国文学，论述古英语文学(700—1485)、都铎王朝文学(1485—1603)时，古苏格兰文学无足轻重；对17世纪文学(1603—1674)、18世纪文学(1660—1780)、浪漫主义文学(1780—1830)之论述，仍不论王室合并、议会联合及其对英国文学史结构性变化的意义，讨论的只是莎士比亚、弥尔顿、蒲柏等英格兰作家，回避苏格兰因素对浪漫主义的巨大贡献力，说英国浪漫主义关注的法国大革命问题，即使提及约翰逊博士和鲍斯维尔同游赫布里斯岛而出版《苏格兰西岛之旅》(1775)，还是回避触及作者的英格兰中心论，认为约翰逊在探究人的社会制度、对落后地区在工业化进程中所发生的迅速变化之思考，“在科学探索和情感卷入之间进行了出色的平衡”②。同样，桑德斯的《简明牛津英国文学史》(1994)附录的20页编年史(包括重大事件、时间、所产生的文学作品)，未将1707年联合法案和《爱丁堡评论》问世等重大事件列入其中，足见苏格兰文学在此的微不足道③。卡特(Ronald Carter)和麦卡雷(John Mcrae)的《劳特利奇英国文学史：大不列颠和爱尔兰》(1997)，言及英语起源(600—1485)时仍使用“苏格兰乔叟派”概念，论述浪漫主义没有提彭斯，提到的拜伦则和苏格兰无甚关联。更令人疑惑的是，《牛津英国文学指南》(2000)有意识曲解联合不久后苏格兰发生的两次反对英格兰的起义及其失败，认为“苏格兰平定了詹姆斯二世拥护者的叛乱，其后与英格兰携手向英国殖民地开辟贸易，变得繁荣起来。伴随而来的是对苏格兰性的重新界定，和复兴苏格兰方言与传统的浓厚兴致”，对绝大部分作家则不明确其出生地，很容易把作家抽象归结为英国文学创造者，如论及“拜伦”时提及他在阿伯丁的经历，却回避这段经历对其文学创作产生

---

① Gerard Carruthers, Liam McIlvanney ed. *The Cambridge Companion to Scottish Literature*. Cambridge: Cambridge University Press, 2012. pp. 14-15.

② Pat Rogers ed. *The Oxford Illustrated History of English Literature*. Oxford & New York: Oxford University Press, 1987, p. 267.

③ Andrew Sanders. *The Short Oxford History of English Literature*. Oxford: Clarendon Press, 1994, pp. 641-661.

的影响，而津津乐道于他离开英格兰去欧洲的情形[①]。

总之，汉译苏格兰文学历程，和英美学界重建英国文学史框架，在一定程度上保持着些微的一致性关系，但隔膜于苏格兰学界关于苏格兰文学的认知，绝大部分英国文学翻译家皆少有“苏格兰文学”概念。王佐良等人的苏格兰文学汉译和研究，相较于中国整体的英国文学译介和研究，近乎杯水车薪。简言之，汉语读者虽可读到《苏格兰诗选》和《现代苏格兰诗选》，但仍无法明确苏格兰文学的疆界，不能系统或完整地了解苏格兰文学发展历程，彭斯、司各特属于汉译最多的作家之列，但不是作为明确的苏格兰文学家而备受推崇，由此少有人关注英国文学汉译历程中的苏格兰文学问题。

第三节　英国文学汉译的疑惑：缺失苏格兰文学概念

相较于20世纪以来苏格兰文学家不断表达苏格兰身份认同，尤其是苏格兰人文学界对这种诉求及其意义的发掘、张扬，并且影响到英格兰主导的英国文学史研究界，我们必须承认汉译英国文学百余年历程，基本上与苏格兰学术界及其影响力相去甚远。然而，缺乏对苏格兰文学自觉意识的汉译历程，在20世纪以来的中国社会产生了巨大影响：通过汉译狄更斯的作品，体会到资本主义在英国都市扩张过程中所出现的各种惊心动魄的情景，包括劳工阶层生存境遇恶化、传统价值观遭遇工业化冲击等；通过汉译哈代的作品，认识到英国“资本主义市场经济”从城市向乡村扩展过程中的“进步”及其代价；通过汉译《傲慢与偏见》《汤姆·琼斯》《理智与情感》等，知道了现代爱情对于婚姻的魅力。诸如此类，不一而足。

在这样的汉译英国文学历程中，彭斯、司各特、拜伦、柯南·道尔等占据重要位置，但远离对苏格兰文学界的认知。概而言之，彭斯是汉译最早的英国诗人，也始终视之为英国北部一个叫苏格兰地方的诗人；司各特是汉译最多的英国文学家之一，也是被汉译最早的英国文学家之一(1906年林纾就翻译了《艾凡赫》，译名为《撒克逊劫后英雄略》)，却被视为英国通俗历史小说家；拜伦是被彰显得最为重要的英国浪漫主义诗

① Margaret Drabble ed. *The Oxford Companion to English Literature*. Oxford: Oxford University Press, 2000, pp. 157-158.

人之一，从未和苏格兰发生关联；柯南·道尔是给20世纪初中国带来侦探小说文类的著名英国文学家，但福尔摩斯形象背后的苏格兰哲学根据，从未被触及。

英国文学框架下描绘苏格兰文学家的历程，是在没有“苏格兰文学”概念情形下进行的。较之于上述声势浩大的“苏格兰文学”大潮，以及主流《英国文学史》的某些变化，不得不反思缺乏“苏格兰文学”概念的英国文学汉译历程及其后果：

(1)英国文学框架下译介苏格兰文学作品，无法使中国人认识到苏格兰文学的真相。

不可否认，百余年来在英国文学框架下，译介了彭斯、司各特、拜伦、卡莱尔、柯南·道尔、斯蒂文森等人的作品，但他们不是作为苏格兰文学家被引入中国的。换言之，不能通过他们作品的汉译，知晓苏格兰文学发展的关键点，因为他们不是以苏格兰文学经典作家，而是以英国文学经典作家的身份进入中国的，无法在中国留下苏格兰文学的印迹，进而汉语读者无法建立完整的苏格兰文学印象。

这当然是英国主流文学史观所致。以英格兰为中心的大英帝国文学史观自19世纪末确立以来，尤其是第一版《剑桥英国文学史》出版以后，日趋深入人心，无论英国国际地位如何变化，剑桥/牛津《英国文学史》和《诺顿英国文学选读》对全球的英国文学史观所产生的影响力，至今不绝。著名小说家德拉保(Margaret Drabble)主编的第六版《牛津英国文学指南》(2000)中，继续保留条目“苏格兰的乔叟派”(Scottish Chaucerians/Chaucerians, Scottish)，指出15—16世纪五花八门的苏格兰文学社团及其作家，各受乔叟的影响，尽管其影响在后人看来微不足道(negligible)或非常间接(indirect)[①]，并且在“(英格兰国王)詹姆斯一世”条目中又做补充说明。新泽西州立大学斯凯思(Larry Scase)主编的《中世纪英格兰文学，1100—1500》(2009)，给读者带来困惑：按英国史进程，这部书应该译成“中世纪英格兰文学”(Medieval English Literature)，书中内容却译成“中世纪英国文学”，因为它继续以英格兰文学为中心，如“仿乔叟”传统(“Chaucerian” tradition)包括苏格兰乔叟派，尤其专辟章节论述当时苏格兰王国王室诗人罗伯特·弗格森，但论述过程不关乎他的诗歌与他被尊

① Margaret Drabble ed. *The Oxford Companion to English Literature*. Oxford: Oxford University Press, 2000, p. 193.

为苏格兰民族英雄之间的关系这一核心问题，认为其诗歌源于对苏格兰、英格兰和欧洲之影响的创造性融合，举例说其诗篇和寓言《公鸡与狐狸》是对乔叟《坎特伯雷故事集》的反应[①]。而平科比(Mike Pincombe)和施林克(Cathy Shrank)主编的《牛津都铎王朝(1485—1603)文学手册》(2009)的第35章"战争艺术"战争诗篇，不含期间描写班诺克本战役的诸多苏格兰文学力作。

遵从主流英国文学史观，汉语读者无从知晓苏格兰王国是比英格兰王国更为古老的独立国家、1296—1328年间持续反抗英格兰的独立战争；不清楚1603年王室合并、1707年议会统一，但苏格兰仍保留有自己的国旗、国歌、制度、法律、货币、教会、习俗等，决定了苏格兰文学发展路径不同于英格兰：

1637年约翰斯通(Arthur Johnston)编辑出版拉丁文《苏格兰诗歌》，显示出苏格兰诗歌在欧洲的主体性地位。这部诗集，在德国和法国很有影响力。

1802年康斯坦堡出版公司和辉格党人联合创办《爱丁堡评论》。

1804年毕业于爱丁堡大学的苏格兰传记作家欧文(David Irving，1778—1860)出版两卷本的《苏格兰诗人的生活》(Lives of the Scottish Poets)，之前还有两卷本的《罗伯特·弗格森生平》(1799)，之后是关于苏格兰历史学家的《乔治·布坎南生平》(1805)。

1814年司各特的《威弗利》(*Waverley*)出版。爱丁堡火车站后以此命名。

1817年布莱克伍德出版公司创办《布莱克伍德爱丁堡杂志》(Blackwood's Edinburgh Magazine)，这份杂志深刻影响了英国浪漫主义文学发展。

1866年马修·阿诺德(Matthew Arnold，1822—1888)发表系列《凯尔特文学讲座》(Lectures on Celtic Literature)。

1882年"苏格兰文本学会"(Scottish Text Society)创建。

1890—1915年苏格兰人类学家弗雷泽代表作《金枝》(*The Golden Bough*)出版。

1913年格拉斯哥大学开始设立苏格兰历史和文学教席。

---

① Larry Scase ed. *The Cambridge Companion to Medieval English Literature* 1100—1500. Cambridge & New York etc.: Cambridge University Press 2009, p. 71, p. 243.

1919年格雷戈里(Versailles G. Gregory)的《苏格兰文学：特征和影响》问世。

1925年苏格兰国家图书馆竣工。

1926年穆尔(Edwin Muir)的《司各特和苏格兰》出版。

1947年爱丁堡国际艺术节(Edinburgh International Festival)创设。

1951年爱丁堡大学创办苏格兰研究院。

1958年维廷(Kurt Witting)的《文学中的苏格兰传统》问世。

1963年《苏格兰文学研究》在南卡罗来纳州大学创立。

1970年"苏格兰文学研究学会"创办。

1971年格拉斯哥大学创立苏格兰文学系。

1974年"苏格兰文学研究学会"创办《苏格兰文学杂志》。

1987—1988年阿伯丁大学出版社推出四卷本《苏格兰文学史》。

2006年苏格兰国家剧院创建。

2007年爱丁堡大学出版社推出三卷本《苏格兰文学史》。

2007年苏格兰议会内形成苏格兰国民党(Scottish National Party)。

2009年《苏格兰研究评论》并入《苏格兰文学杂志》。

……

以上研究成果和努力常使欧洲视苏格兰为独立国家，如18世纪末至19世纪上半叶，爱丁堡、格拉斯哥等是英国和欧洲文化沟通的重要中介，不仅成为苏格兰思想文化中心，也影响了英国[①]。有能力冲破主流英国文学史家屏蔽的苏格兰文学，不同时期仍保留着自己的生命力，可惜的是，英国文学汉译史上，汉语读者基本没有机会观其真相。

(2)百余年来并未建立起苏格兰文学史观。

直到1986年，王佐良编译出版中国第一部《苏格兰诗选》。他如是陈述事情原委："一种偶然的机缘才使我读了彭斯的一些作品。一读又暴露出我的无知；我原以为彭斯主要是一个民歌手，一个抒情诗人，却不料他还写了那样多出色的讽刺诗、诗札、叙事诗、即兴诗，有那样大的活力和戏剧性。这可以说是发现的开始。我不免要问：彭斯以外，还有什么苏格兰诗人？一些外国文学史上，也简略地提到过'苏格兰的乔叟派诗人'，像是乔叟在苏格兰有许多弟子似的。事实并不如此。中古时期的苏

① [英]玛里琳·巴特勒著，黄梅、陆建德译：《浪漫派、叛逆者及反动派》，沈阳：辽宁教育出版社、牛津大学出版社，1998年，第268页。

格兰诗人无心，也无须模仿这位伦敦诗人，因为一来他们可以依靠苏格兰本土的凯尔特文学传统，二来他们可以直接去取用乔叟曾用过的欧洲大陆上的某些材料源流；历史上苏格兰同法国的关系密切，超过英国同法国。这两个因素——凯尔特文学的深远传统和法国文化的灿烂榜样——都使得苏格兰文学大异于英格兰文学，使得苏格兰诗歌既挺拔深刻，又开朗多智。相对地讲，这是一种真正'文明'的诗歌。这样，我陆续多读了一些苏格兰作品。一个发现接着一个，若干细节被充实起来，终于我似乎看得见苏格兰诗史的大致轮廓了。我于是想把这样一个轮廓介绍给我们中国的读者。他们关心世界文学上的每一成就，而苏格兰诗歌却是至今介绍不多的。努力的结果，就是编成了《苏格兰诗选》这个集子。"[①]鉴于中国对苏格兰诗歌的陌生，他还辑录了威廉·邓巴、拉姆赛、罗伯特·弗格森、彭斯、司各特、拜伦、埃德温·穆尔(1887—1959)、麦克迪尔米德、绍莱·麦克林9人的63首苏格兰诗篇。张剑的《现代苏格兰诗选》(2001)，辑录了26位20世纪苏格兰诗人的150多首苏格兰诗歌(同样收录穆尔和麦克迪尔米德诗篇)，让汉语读者切实触摸到苏格兰诗歌某些面相。然而，相较于上文提及的若干苏格兰诗选，尤其是罗伯特·克劳福德的《新企鹅苏格兰诗歌汇集》(2000)精选百余位苏格兰重要诗人的500来首[②]，汉语读者接触到的苏格兰诗歌有限，没有译介者梳理著述《苏格兰诗歌史》，因而没有形成不同于英格兰诗歌的"苏格兰诗歌"概念。

特别是20世纪80年代以来，越来越多的中国的英国文学研究者有过苏格兰生活体验，却没人补缺汉译《苏格兰小说选》、汉译《苏格兰戏剧选》，更遑论著述《苏格兰小说史》等，无法形成相对完整的"苏格兰小说"、"苏格兰戏剧"概念。若是相较于上述四卷本《苏格兰文学史》(1987—1988)、三卷本《苏格兰文学史》(2006)等，可以说，只是在英国文学框架下汉译若干苏格兰作家作品，更无法形成有主体性地位的"苏格兰文学"概念。

既然除了王佐良等个别译介者才有苏格兰文学的概念，那么在绝大多数苏格兰文学作品的译介中，再现苏格兰性，就成为需要讨论的重要问题。对苏格兰文学中英格兰文学不可替代之处，也需要重新发现。英

① 王佐良：《带一门学问回中国：英国文学的信使王佐良卷》，天津：天津人民出版社，2009年，第81—82页。

② Robert Crwaford, Mick Imlah ed. *The New Penguin Book of Scottish Verse*. Lond: Allen Lane the Penguin Press, 2000.

国主流学界司空见惯的“生态文学”话题，在盖恩(Louisa Gairn)的《生态学与现代苏格兰文学》(2008)中，是另一番景象：不同时代苏格兰文学家皆热衷书写大自然景观，对于苏格兰风景的描写具有帮助理解苏格兰问题的价值，维多利亚时代苏格兰人对苏格兰高地和低地的感觉，不同于英格兰文学家，显示出苏格兰文学一直在抵抗英格兰肇始的工业革命。

因欠缺“苏格兰文学”概念，在国家社科基金重大项目成果——《新中国60年外国文学研究》(2015)中，无论是关于“外国诗歌翻译”(第一卷)，还是关于“外国文学译介研究”(第五卷)，抑或关于“外国文学流派研究”(第二卷)，都不涉及“苏格兰诗歌”，尽管彭斯是被汉译最多的英国诗人之一、麦克迪尔米德作为影响英国现代主义进程的苏格兰著名诗人深得译介者重视。这种情况，在汉译作品总量仅次于狄更斯的司各特认知上，几乎同样演绎了一番：按英国文学史观整理60年来英国文学研究和翻译，没给司各特以相应的位置。

(3)汉译英国文学历程中，缺乏明确的苏格兰文学概念，对英国文学史建构，甚至对英国文学经典的认知，带来了许多困惑。

英国有许多杰出的英国文学批评家所留下的遗产，都深刻触及英国文学内部结构问题，注意到苏格兰文学的存在，英格兰文学无法替代整个英国文学。戴启斯的《诗歌中的意义之位置》(1935)、《新文学价值：现代文学研究》(1936)、《文学与社会》(1938)、《诗歌与现代世界：1900—1939年间英格兰诗歌研究》(1940)、《弗吉尼亚·伍尔夫》(1942)、《文学的批评方法》(1956)、《1920年以来的大不列颠文学》(1958)、《文学与西方文明》(1972—1976)等，已探讨英国文学内部的分化，英格兰文学只是英国文学的一部分，所谓英国文学经典有着许多仅靠文学术语所难以解释的意义，理解英国文学构成复杂性需要回到英国语境，而不仅仅是文学本身；更重要的是，《罗伯特·路易斯·斯蒂文森》(1947、1959)、《斯蒂文森与小说艺术》(1951)、《罗伯特·路易斯·斯蒂文森及其世界》(1973)，以及《罗伯特·彭斯》(1950)和《罗伯特·彭斯及其世界》(1972)，尤其是两卷本《英国文学批评史》(1960)、《苏格兰文化之悖论：18世纪经验》(1964)、《企鹅大不列颠及英联邦文学指南》(1971)、《瓦尔特·司各特爵士及其世界》(1971)、《苏格兰和联盟》(1977)、《苏格兰文化指南》(1981)、《苏格兰的文学与教养》(1982)等作品，直接为认识苏格兰文学及其经典作家，提供了很有价值的理论根据——苏格兰文学家对历史或现实的任何叙述及其诗学方式，和英格兰文学家都有区别，因其作品蕴含有复杂的苏格兰性。

这样认识英国文学，实际上是告诉译介者，以大不列颠视角翻译英国文学、理解其中的苏格兰文学，会掩饰英国文学内部的紧张。对英国文学史观之形成，产生重要作用的约翰逊(Samuel Johnson，1709—1784)博士1763年同苏格兰律师和作家鲍斯维尔(James Boswell，1740—1795)漫游苏格兰83天，著述《苏格兰西部群岛游记》(1775)，表达对苏格兰山川和海域风景的惊奇，但在英国第一部《英语词典》(1755)中却藐视苏格兰，如"燕麦(Oats)"词条解释为，"一种谷物，在英格兰通常用来喂马，而在苏格兰则供人食用"(in England is generally given to horses, but in Scotland supports the people)，引证莎士比亚台词("燕麦已经喂马了")、斯威夫特作品语句("他的马定量供应的是燕麦和豆类")佐证[①]。而对苏格兰有如此偏见的人，他关于英国文学之基础的英语认知，以及他的《〈莎士比亚剧作集〉序言》，却成为后来建构英国文学史的重要根据。以上绝非个案，华兹华斯等人对彭斯的认知、伍尔夫关于司各特的评价，无不有贬抑之嫌，却成为文学史家的重要依据。可见，英国文学内部充满着紧张，而非和谐，苏格兰文学是否充分融入大不列颠文学，就如爱尔兰文学是否成为英国文学一部分那样，对英格兰人而言，是需要认真讨论的话题。

汉译英国文学百年历程中，直接采纳了既有的剑桥/牛津《英国文学史》结论，不会顾及这类敏感却很重要的意见。由此，对主流英国文学史观生成了诸多显而易见矛盾，如拜伦只是英国浪漫主义诗人，他母亲有苏格兰血统，他跟随母亲在苏格兰长大，继承了伯父的爵位和遗产而成为"拜伦勋爵"，却屡屡挑战英国正统价值观，而其具挑战性的诗篇却被英国和欧洲广泛热议。对如此难题，拜伦译介史上，从未讨论过。实际上，拜伦是对中国社会产生实际影响的伟大文学家，其有很强自传性和苏格兰印记的《唐璜》被译介者和读者所熟知，该作提及母亲用加尔文教(Calvinism)即禁欲主义教育他，如不允许他阅读古希腊、古罗马神话中的情欲故事。对诸如此类的问题，英格兰和苏格兰人近乎做出相反的解释。进入主流英国文学史的，正是英格兰人的论述。因此，需要通晓苏格兰学术界，建构丰富多彩的苏格兰文学景观，有助于汉译时重新认识

① Samuel Johnson. *A Dictionary of the English Language*. Dublin: Thomas Ewing, 1775, p. 1382.

主流英国文学史的内在矛盾。

(4)汉译最多的苏格兰文学家也是使苏格兰性变得模糊的文学遗产。

本来，德尔默在《英国文学史》中已明确指出，“在苏格兰与英格兰的詹姆斯党人，只承认斯图亚特王(误译成皇室)才是大不列颠的真正的王。对失败的斯图亚特王朝之同情，激发了许多苏格兰人写了歌颂詹姆斯党人的歌谣，激励了司各特书写歌颂詹姆斯党人的小说和诗歌，展布到英格兰萨克雷的小说 Esmond 到 Swinburne 和 Browing 侠客歌(Cavaliror Ballads)以及斯蒂文森的传奇。”[①]而在英国文学框架下，司各特成为汉译作品最多的英国文学家之一，其 27 部长篇小说被汉译了 17 部，《艾凡赫》译本多达 14 种，林纾和魏易合译的《撒克逊劫后英雄略》(1914)更是长盛不衰(即便后来遵从英语原作而译成《艾凡赫》，20 世纪 30 年代谢煌、施蛰存、陈原重译该作仍分别取近似林纾的译名)，1932 年值司各特去世百年，中国出现译介高潮，1949 年年末以来中国翻译出版司各特十多部历史小说和四首长篇叙事诗。但中国译介者多为主流英国文学史观所囿，外加历史原因而未去辨析主流英国文学史观的微妙变化，即一战之后苏格兰自觉意识高涨、二战后英国主流学界为向世界显示英国的民主和自由，在某些局部承认苏格兰文学、爱尔兰文学、威尔士文学(如乔治·桑普森在《简明剑桥英国文学史》中讨论苏格兰文学时，认为司各特的“贡献在于使苏格兰过去的传奇故事，为英国人所知晓；更重要的是，使苏格兰传奇故事，为苏格兰人所知晓”，“《威弗利》系列小说的崭新成就在于——背景新、情节新、人物新、历史题材新，还有容易被忽略的新，一位大手笔权威性笔触”[②])，译介者错失考察了司各特建构的苏格兰概念的机会，进而，司各特汉译在中国产生了另外问题，如他在英国文学史地位和在苏格兰地位的冲突，二百年来苏格兰人如何认识司各特，爱丁堡人何以如此热爱他，他对中国发生的影响为何显现不出他的苏格兰性等。

译介司各特如此，译介拜伦也是如此，除强化其用英国浪漫主义反对英国资本主义制度之外，他这么做的原因，以及他的文学活动是否真的就是如此，英国主流学术界和苏格兰学术界对认识这些问题的观点，

① [英]德尔默著，林惠元译，林语堂校：《英国文学史》，上海：北新书局，1930 年，第 275 页。

② [英]乔治·桑普森著，刘玉麟译：《简明剑桥英国文学史》，上海：上海外语教育出版社，1987 年，第 2、7 页。

茫然不知所措，即便是受中国尊敬的著名现代派诗人 T. S. 艾略特称拜伦为“苏格兰诗人”。

同样令人茫然的是，彭斯是汉译最早的诗人之一，除了知道他是苏格兰农民诗人之外，他在英国文学史的地位、在苏格兰历史地位、苏格兰人二百年来是如何认识这位诗人的，也不得而知。自 20 世纪初以来一直为中国人所津津乐道的福尔摩斯出自苏格兰作家之手，他和苏格兰文学和历史的关系，更是被淹没在汉译英国文学框架之下。诸如此类，不一而足。

(5)汉译英国文学百余年历程中，因为缺失学科意义的“苏格兰文学”，导致对在英国文学框架下的苏格兰文学内部复杂性，中国学者缺乏相应的感知。

1707 年《联合法案》是远比 1603 年王室统一要复杂得多的问题。就现实及其结果层面而言，成为大不列颠北部地区之后，苏格兰很快就得益于统一的中央政府，富裕起来的苏格兰人，更重视教育，促使苏格兰人理解他们与大不列颠之互动关系，而这样的教育水平之提高，又反过来促成经济进一步发展[①]。和平和富裕的环境，孕育了苏格兰文化的繁荣，爱丁堡和格拉斯哥成为知识精英汇集地，尤其是爱丁堡大学逐渐成为学术中心，出现了大卫·休谟、亚当·斯密、哈奇森等组成的“爱丁堡学派”，就经济、伦理、美学、道德、政治等问题展开哲学讨论，在讨论中促使人们相信道德和宗教的基础是为了文化的自由开放和兼容并蓄，从而缓和了苏格兰的强硬保守主义者，导致苏格兰启蒙运动比法国启蒙运动更富活力和原创性。

延续到 19 世纪中叶，苏格兰伴随大英帝国崛起而不断进步，苏格兰人的观念也持续变化。卡莱尔任爱丁堡大学校长后，辜鸿铭感受到苏格兰讨论英国和世界普遍问题的热烈氛围，而卡莱尔本人体现了苏格兰人在认识苏格兰及文学方面的积极变化，“卡莱尔的苏格兰不是一个民族而是一个地方，是艺术阶层的苏格兰。他想象移居伦敦之后返回苏格兰的情形，这是苏格兰，不是他长期热望的大城市爱丁堡(cosmopolitan Edinburgh)。在大不列颠作为一个民族国家已经越来越得到确证之时，他自视为英国人(English)。他承认曾关注苏格兰先驱彭斯和司各特的苏格兰

---

① Arthur Herman. *How the Scots Invented the Modern World: The True Story of How Western Europe's Poorest Nation Created Our World & Everything in It*. New York: Three Rivers Press, 2002, pp. 63-70.

身份，尽管如此，仍把他们描写成英国人(English)，如他离开苏格兰之前所写的《彭斯》(1828)，心悦诚服地认为彭斯之作已经使得了苏格兰'国族性(nationality)有显著的增加'，把彭斯说成'一位真正的大不列颠诗人'(a true British poet)。十年后卡莱尔在发表的《瓦尔特·司各特爵士》(1838)中断言，'他那个时代没有哪个苏格兰人(No Scotchman)比司各特的更是地道的苏格兰人(entirely Scotch)'，但又把他视为'大不列颠最有男子气概的人(sound[est] piece of British manhood)'。尽管他偶尔也会眷恋苏格兰(nostalgia for Scotland)，把诺克斯和瓦特视为苏格兰英雄，但没有像彭斯和司各特那样建构苏格兰语言及其历史主体性。相反，他曾用家乡方言自称是英国人(Englishman)。比自觉意识到苏格兰传统更甚的是，他先知般的话语和独特风格，是与苏格兰性(Scotticisms)和旧词新意(neologisms)混杂在一起的，把自己置于苏格兰之中，又置身于苏格兰之外。他有一部分日耳曼血统，就使他作为苏格兰人与英格兰文化维系在一起有了合法性。"[①]可惜的是，中国人很晚才认真译介卡莱尔，至今未关注到苏格兰文学的深刻变化。

然而，在苏格兰人看来，苏格兰成为联合王国一部分后，是获得了和平发展机会，大不列颠在经济发展、文艺创作、哲学探索、教育普及等方面进入稳定发展期，但为此苏格兰付出了巨大代价，乃至苏格兰未能建立起强烈的大不列颠认同。《联合法案》签署半个世纪以后，休谟致信友人说，"在我们已经失去了我们的国王、议会、独立政府，甚至我们大贵族的风度之际，用我们的口音和语音说话，用我们自己制造的非常低级的方言言说，我们不高兴，这是一点儿也不奇怪的。不奇怪，我说，在这样的环境中，在欧洲文学中，我们应该是真正最为杰出的民族，这难道奇怪吗?"[②]而且，不能认为休谟的抱怨是个人意气用事，因为联合后的近七十年，声望赫赫的约翰逊博士的《苏格兰西部群岛游记》(1775)显示出英格兰人在心底里并未平等对待邻居，而英苏之间的互不认同无所不在：约翰逊的第一站抵达藏书丰富的圣安德鲁斯大学，但该校一位苏格兰裔的基督教神学博士试图征服"我这位英格兰人的虚荣心，这样对我说，'在英格兰没有这样大的图书馆'"；第二站是阿伯布拉斯(Aberbrothic)，他批评苏格兰人不种植树，并解释说"在'联合'之前，苏格兰很少有

① Ian Brown ed. *Edinburgh History of Scottish Literature*, Vol. Ⅱ. Edinburgh: Edinburgh University Press, 2007, p. 247.

② David Daiches. *Robert Burns*. Glasgow: Humming Earth, 1981, p. 12.

贸易，贫穷得很”，这不能成为不种树的理由（实际上这里气候不适宜种树，草场丰茂，畜牧业发达）；第七站是埃尔金(Elgin)，他根据此地餐厅之糟糕的经验而批评说，“我能找到种种理由去抱怨苏格兰食物如此令人失望，我想，不论任何地方都很少会碰到”，甚至居然对这里不像英格兰那样破坏教堂这样感慨：“我们处于故意破坏教堂的危机中，而苏格兰没有这样做，是因为他们处在不确定不完善的制度中”；在尼斯湖这一站，简直是把苏格兰当作外国，完全不相信本地人对尼斯湖神奇的说法，看不起这里的人不会英语，鄙视当地人的主食燕麦，因为“燕麦片是总是很贱的”；在阿诺赫(Anoch)，就借用这里的低地苏格兰人贬低高地苏格兰人，一位会英语的博学牧师就说，迁往低地的高地苏格兰人是最野蛮的族群，又补充，这里很有教养的苏格兰美女，把英格兰人来苏格兰考察当作荣耀的事情；来到高地，认为高地苏格兰人骁勇好战，觉得周围到处是敌人，随时准备打击入侵者，“修昔底德说过，希腊人在自己未开化的土地上总是喜欢武装自己，同希腊人一样，高地人在走亲访友或上教堂时，随身要携带武器”，高地人给人的印象是保持自己受歧视民族的心态①。陪同约翰逊同游苏格兰西部诸岛的鲍斯韦尔，在其《游赫布里底诸岛日记》(1785)中虽然辩说，他特别反对苏格兰的偏见，但实际上说明了他对苏格兰的偏见，因为他认为，联合之后的“苏格兰人的成功早已超出了他们理应得到的那部分真正价值”，评价他确实是生硬的“纯正的英国人”。

(6)英国文学框架下译介苏格兰文学，没有形成清晰的苏格兰文学概念，导致对苏格兰的历史、哲学的探索，脱节严重。

1903年，那顿的《苏格兰独立史》清楚地表明了苏格兰和英格兰的冲突、和大不列颠的复杂关系。1926年，上海商务印书馆出版密顿的《苏格兰小史》，梳理基督教进入苏格兰的过程和苏格兰的历史变迁，说明苏格兰不同于英格兰；论及布鲁斯在斯特林组织的班诺克本大捷，“他认为这场战事事关重大，很仔细地测定地位，十分精准地准备等待厮杀。他掘了许多沟壑，上面轻轻地盖上一层树枝”；论及苏格兰詹姆斯六世变成英格兰詹姆斯一世、玛丽女王及英格兰和苏格兰的恩怨、“英苏王室合并”等情况；第十章“苏格兰氏族概况”描述了苏格兰人的自尊心，“若见到一

① Samuel Johnson. *A Journey to the Western Islands of Scotland*. London: J. Pope, 1775, p. 8, p. 14, p. 25, p. 32, p. 38.

位苏格兰高地酋长，一定要说他是欧洲衣服穿得最壮美的一个人，因为他的服饰很雄壮很威严，比皇袍还好看”；最后一章论及“圣约党”即1638年苏格兰长老会反对英格兰国教的誓约“国民誓约”(National Covenant)，两个王国合并的法律条文“神圣联合与条约”即“庄严盟约”(Solemn League and Covenant)[①]。这些事关苏格兰历史进程的论述极有学术价值，却未对译介苏格兰文学产生任何实际影响力，一直按统一的联合王国概念来认识英国，把苏格兰问题归之于英国内部问题，即使《彭斯和民谣——罗伯特·彭斯诞生二百周年纪念》(《文学评论》1959年第2期)论及苏格兰民谣概况时提到苏格兰独立问题，但苏格兰民族认同的真相却被其阶级斗争观点所掩盖。直到1986年，王佐良《苏格兰诗选》问世，中国才有了苏格兰诗歌的概念。

其实，更为可惜的是，严复翻译亚当·斯密的《原富》(《国富论》)，介绍斯密，“斯密亚丹者，斯密其氏，亚丹其名，苏格兰之噶谷邸人也”，“斯密为格拉斯哥国学祭酒(大学校长)，年六十四，逾期、三年死”，葬于爱丁堡某墓园，“其《德性论》(今译《道德情操论》)言风俗之所以成。其与同时哲学家异者，诸家言群道起于自营，《德性论》谓起于人心之相感”“其论四民之爱国也，则首农而黜商贾。顾死未三十年，大通商政，行之者不独一英国也。而死守稼律，联田主以旅距执政，乃农而非商业，事之未形，其变之不可知如此，虽在圣智，有时面萤”[②]。若当时有精英留意到严复论述的重要性，把苏格兰哲学和思想与英格兰区分开来，就会进一步思考，18世纪法国、德国、苏格兰分别发生思想启蒙运动，各自完成了欧洲思想转型，即法国启蒙运动在实践上颠覆了封建制和天主教会对治理社会的合法性，德国启蒙运动开创了理性思考常识概念的风气，而苏格兰启蒙运动则有效探求实现公共利益及其政治正当性的问题。苏格兰启蒙运动是直接受益于当时的欧洲思想界，是对英国君主立宪制下苏格兰问题的反思，包括对英格兰通过致力于追求私人利益最大化的市场经济，成为最富有王国，而爱尔兰继续天主教观念和传统治理方式继续贫穷。对此，亚当·斯密就考虑英格兰资本主义精神相较于封建庄园经济制度而言是进步的，对苏格兰而言是否亦然，并且如何可能维持道德伦理和社会秩序问题，进行深入思考。

---

① [英]密顿(Mitton)著，顾德隆译：《苏格兰小史》，上海：商务印书馆，1926年，第29、83页。

② 王栻编：《严复集》第一册，北京：中华书局，1986年，第102—104页。

可惜的是，如此睿智之论，消失于汗牛充栋的哲学译介大潮中，1933年商务印书馆出版了钱端升用近乎白话文翻译的英国著名史学家屈勒味林(George Macaulay Trevelyan，1876—1962)的《英国史》(1926)，该作是大英帝国意识形态在英国史学界的产物，近乎完全否定苏格兰主体性地位，“凡有价值之事物皆须有重大的代价，苏格兰取得独立亦是这样。自从班诺克本后之两世纪半内，苏格兰仍充满了封建的无政府状态；暗杀、私战及变叛无年不有，和英吉利的边战亦始终不断。教社既十分腐败，而较大的城市，真正的国会，以及其他值得宝爱的，或可以有日后的发展的制度亦一无所有。班诺克本之胜虽为苏格兰取到了独立，但苏格兰的贫苦蛮野一如往昔，或且不及往昔。英国本可给苏格兰以财富文化，然而苏格兰因富于平民精神之故偏要独立。平民精神虽可保障它的独立，但不能助它为政治上的进化，助它抑止封建贵族的跋扈，更不能助它创造一种代议的制度以充民意的机关。它和法兰西的同盟虽在军事上可以助它抵制英吉利，但在文化上为极不自然的结合；且失之于英苏联合者亦不能收之于法苏同盟。那么，苏格兰究何所获于独立呢？除了精神上的安慰以及精神在日后所能取得的事物外，一些也没有。”[①]由于钱端升是著名的政治学家和法学家，该作被当时国民政府指定为大学的历史教材，直到一个甲子之后，王觉非在哈里·迪金森主编的《牛津英国通史》(1993)汉译本译者序中才批评说，这部作为教材的英国史“基本内容很多都已不足为据”，并且导言称，“仅仅写英格兰民族”是不足以说明英国民族性格的，不把爱尔兰、威尔士和苏格兰的传统包括进来，“问题就几乎不可能解决”。也就是说，20世纪初中国有人把苏格兰问题当作独立话题对待，严复已注意到苏格兰哲学，20世纪30年代史学界已感受到英格兰中心论，但百余年这些学术累积，皆未惠及苏格兰文学的译介，从而严重影响了苏格兰文学译介的质量。

(7)在英国文学框架下汉译苏格兰文学，长时期未能建立“苏格兰文学”概念，没有分享历史学、政治学科所提供的“苏格兰”知识，因而导致对England(英格兰)、English(英语、英格兰人、英格兰人的)、Britain(大不列颠)，以及相关历史知识的汉译和理解障碍。

1745年詹姆斯党人(Jacobite)发动反对大不列颠、推动各种改革的暴动，最终被大不列颠政府镇压。苏格兰被卷入很深。试图脱离英格兰控

① [英]屈勒味林著，钱端升译：《英国史》，北京：中国社会科学出版社，2008年，第249页。

制的激进行为之失败，促使18世纪苏格兰知识分子重新认识苏格兰问题和英国问题，成就了苏格兰哲学，也影响了司各特小说创作。但严复《斯密·亚丹传》论及詹姆斯党人时，却说“英前王雅各党人”[①]。

彭斯作为最能体现浪漫主义乃民族诉求之地方表达合法化的诗人，成为汉译最多的诗人之一。1905年林纾用五言诗翻译其《一朵红红的玫瑰》，不同时期总有翻译家涉足翻译其诗篇，其中“*My Heart's in the Highlands*”(1795—1796)被译成《我的心呀，在高原》。实际上，Highlands特指苏格兰地理，是指与英格兰化了的苏格兰低地相区分的北部苏格兰。诗人试图表达真正的苏格兰人认同。即唯有将其译成“高地”，才能理解诗中只是诉说苏格兰自然风景及苏格兰情怀：

My heart's in the Highlands, my heart is not here,
我的心呀在高地，我的心呀不在这里，
My heart's in the Highlands a-chasing the deer.
我的心呀在高地，追逐着鹿麋，
A-chasing the wild deer, and following the roe;
追逐着野鹿，跟踪着獐儿，
My heart's in the Highlands, wherever I go.
我的心呀在高原，不管我上哪里。

也就是说，这首诗中的“高原”或“高地”，表面上是翻译中的汉语词汇选择问题，实际上是对“苏格兰”知识的掌握、对诗人苏格兰认同的深切感受。

同样，彭斯另一首诗歌《这一撮民族败类》涉及“England”，许多版本译成“英国人”，而不是英格兰：

But pith and power, till my last hour,
现在我也要用最后一口气，
I'll mak' this declaration;
大声告诉儿辈：
We're bought and sold for English gold—
拿英国钱把我们做了交易，
Such a parcel of rogues in a nation.
民族中竟有这一撮败类！

---

① 王栻编：《严复集》第一册，北京：中华书局，1986年，第102页。

实际上，诗人要表达的是对英格兰人主导《联合法案》获得苏格兰议员认可的不满。

这种情形，在汉译司各特作品中亦然，如项星耀的《昆丁·杜沃德》涉及约克家族和兰卡斯特家族的“红白玫瑰战争”，认为“红白玫瑰战争”不是“英格兰内战”，而是“英国内战”。

可见，百年来英国文学框架下苏格兰文学汉译，未能建立学科意义上的“苏格兰文学”概念，而是整体上仍不清楚苏格兰知识体系的缩影。审美上，不清楚存在苏格兰文学，也不了解苏格兰的政治、经济、教育、社会运行方式等在联合王国框架下的很大独立性。其中，苏格兰王国当年特别重视教育，联合之后仍是英国最重视教育的地区。缺乏苏格兰文学概念，不仅失去了对苏格兰文学真相的系统把握，不清楚苏格兰人文学界关于苏格兰文学的研究，对主流英国文学史之内在矛盾、英国人文学界内部对苏格兰文学认知的变化，也少有自觉关注。进而，百余年来从未考虑英国文学中的苏格兰文学教学问题，虽然爱丁堡大学和格拉斯哥大学很早就设英语文学课程，解释所谓大不列颠经典文学的特点和现代英格兰文体学家的措辞，但无法阻拦苏格兰英语和苏格兰语的发展，并随着苏格兰的发展也开设了苏格兰语和苏格兰文学、历史课程。

第二章　彭斯译介问题：民族情感“阶级化”

没有哪位抒情诗人如罗伯特·彭斯那样被谈论得如此之多，又误解得如此之深。在传统的文学史研究领域，他被视为“前浪漫主义的”(pre-Romantic)，是导致英国诗歌在19世纪走向更大繁荣的“新精神”(new spirit)之代表；在一年一度的彭斯之夜(Burns Night)活动上，粉丝们热切讨论彭斯作为苏格兰诗人和文学大师的意义，在论辩意义却完全晦涩不明。事实上，彭斯既不是前浪漫主义的，也不是理想的扶轮社员(ideal Rotarian)：其作品展现的是曾经发展了几个世纪、在18世纪陷入最终结束阶段的苏格兰文学传统中的最后一位才华横溢者的惊艳火花。彭斯影响了这一最终阶段中正迅速兴起的城市文化阶层而成了伟大的楷模。

——英国文化史学家戴启斯(David Daiches)《罗伯特·彭斯》(1950)

把彭斯放在苏格兰诗史的整体里来看，不仅能看到他的前人、后人，了解他的来龙去脉，也能把他本人看得更真确些。

——王佐良《苏格兰诗选》(1986)

罗伯特·彭斯(Robert Burns，1759—1796)，世界各国翻译最多的诗人之一。关注苏格兰民族身份问题的格拉斯哥大学苏格兰文化历史研究教授皮托克(Murray Pittock)在《罗伯特·彭斯在欧洲的接受情况》中认为，彭斯在欧洲得到广泛接受，“彭斯位居被翻译的苏格兰作家第二”，据苏格兰国家图书馆提供的苏格兰文学文献目录，彭斯的作品被翻译成其他语言多达3000个译本(相较而言，拜伦431个译本、亚当·斯密263个译本)[①]。翻译彭斯的作品有着鲜明的年代顺序和地理分布特征，是独特的“全球化”现象，对此皮托克在《全球文化中的罗伯特·彭斯》(2011)中详细描述，“自1796年去世，彭斯已成为全球苏格兰认同的关键性人

① Murray Pittock ed. *The Reception of Robert Burns in Europe*. London: Bloomsbury, 2014, p.10.

物。在美国，其书迷包括爱默生(Ralph Waldo Emerson，1803—1882)、林肯总统(Abraham Lincoln，1809—1865)、著名作家和民权领袖玛雅·安杰卢(Maya Angelou，1928—2014)等。长期以来，彭斯是美国人生活方式的朋友、国王和暴政的对手，而那些表现出要建构美国价值的人，在欧洲则生生不息。在欧洲，彭斯被视为表现民众生活方式和进步的真正声音，是见多识广且激进的作家。在大英帝国及后来的英联邦，他是苏格兰国族性(Scottish nationality)和海外苏格兰人群集性(sociability)的象征。最近，他已被视为普世的兄弟会和姐妹会的诗人。他成了各民族任何情形下都需要的伟大诗人，他的作品也是这样被阐释的。彭斯的超常现象之一是他的作品在全球各地被广泛销售，是苏格兰作家中被翻译第二多的，苏联为纪念他而发行有其肖像的邮票，但战后学术界已不再把他视为重要诗人，也不再把他归结为浪漫主义诗人，也不如过去批评界那样视为劳动者或方言诗人，而是一个定位复杂的人物。全球文化中，彭斯是一部雄心勃勃的'书'。来自苏格兰、英格兰、北美、法国、德国和西班牙的权威专家，分析彭斯批评衰落的原因，查考彭斯波及全球的影响力，包括从意大利政治到美国认同，并在这样的框架下，对诗人及伴随流行文化而扩展的诗歌，进行严肃的知识探究，探讨推动彭斯作为诗人的影响力、声望、独特品质，非常有意义"①。欧洲人很早就关注彭斯在各国的译介情况，如麦金托什(W. MacIntosh)的《彭斯在德国：苏格兰—德国研究》(1928)就尝试建构彭斯在德国译介史中的形象；德国哥廷根大学英语系教授赖特迈尔(Frauke Reitemeier)的《大自然的诗人和社会主义模式：彭斯在德国的接受》(2011)最终发现彭斯在德国以大自然诗人和社会主义者形象出现；里昂大学教授德迈尔(Dominique Delmaire)的《从吟游诗人到乡村野夫：罗伯特·彭斯在法国的批评性接受》分析了在法语国家彭斯被误读的接受史；布拉格查理大学比较文学教授普罗查卡(Martin Prochazka)的《彭斯的捷克语翻译：构建民族身份?》梳理捷克人阅读彭斯的过程，从彭斯诗篇中找到诸多共鸣；阿哥德大学教授索恩(Jahn H. Thon)的《挪威语中的彭斯：截然不同的人》，细致分析了挪威人接受彭斯不同于英国的认知。不过，欧洲和北美对彭斯的热衷，在皮托克看来，具有各不相同的地理特征：美国人热衷于把彭斯视为民主主

① Murray Pittock ed. *Robert Burns in Global Culture*. Lewisburg, Penn.: Bucknell University Press, 2011, pp. 14-15.

义者，从彭斯诗歌中看出了欧洲在18世纪暴政专制蒙昧的证据；在大英帝国，彭斯是流散在英国各地的苏格兰人的偶像，也是流散苏格兰人之间，以及与苏格兰社会之间的黏着剂；在欧洲大陆，彭斯发出的声音，既代表农民文化，也标志着激进的浪漫主义[①]。可见，彭斯被接受的原因五花八门。

然而，不能说欧洲各国误读了彭斯。戴启斯在再版多次的《罗伯特·彭斯》(1981，第三版)中称，"18世纪苏格兰文化复杂而令人困惑，整个阶段却是苏格兰文学和知识分子的第二个黄金时代。这种荣耀，是在为国家精神分裂症而付出代价时所赢得的——苏格兰文化仍在为此付出代价。如果观察彭斯，不是经由文学运动之映像的目的论景观，而是置身于他那个时代的苏格兰生活和文化理论的语境中，那么我们就不会误读其成就和诗歌。"[②]苏格兰问题本身的复杂性，和彭斯对日趋复杂化的苏格兰问题之真切表达，给欧洲社会多元化认识彭斯，提供了可能性，若译介者能身临其境，可能感触更深。

有意思的是，中国译介英国文学的百年历史中，彭斯占据重要位置，是译介最早、最多者之一，与欧洲的接受情况相当。1908年，通晓英文、日文、梵文的诗人和翻译家苏曼殊，翻译诗篇《颎颎赤蔷靡》(即《一朵红红的玫瑰》)；语言学家陆志韦(1894—1970)，以及马君武(1881—1940)、梁实秋、袁水拍等著名文学家和翻译家，相继译介彭斯诗篇。至21世纪，中国至少出版彭斯诗集十种，有袁可嘉的《彭斯诗钞》(1959、1981、1985)、王佐良的《苏格兰诗选》(1959、1986)等，名篇《一朵红红的玫瑰》、《无论何时都要保持尊严》、《致小鼠》等更是不断被重译。而在彭斯诞辰二百周年(1959)、二百五十周年(2009)，中国举行过声势浩大的纪念活动。彭斯译介历程中，中国一开始就知道他的苏格兰身份。鲁迅《摩罗诗力说》(1909)说，"农人朋思生于苏格兰"[③]；但首先把他视为英国著名诗人，如《新文艺词典》(1931)"彭斯"条目云"他生于贫困，死于贫困，革命思想的先驱。曾用他的锐利的笔锋，针对当时的政教文明和社会组织下了猛烈的攻击。他并没有受过相当的教育，可是他却一手转变了英

① Murray Pittock ed. *Robert Burns in Global Culture*. Lewisburg, Penn.: Bucknell University Press, 2011, pp. 13-25.

② David Daiches. *Robert Burns*. Glasgow: Humming Earth, 1981, p. 11.

③ 《鲁迅全集》第一卷，北京：人民文学出版社，1981年，第93页。

国文学的趋势”[1]；其次，才认为他是反映英国苏格兰风情的农民诗人。王佐良《彭斯诗选》(2012)序言介绍，“彭斯的作品在韵律、形象、说法、看事看人的角度及至根本的思想感情上都是苏格兰本色的”[2]；《英国诗史》云，“写下了不朽作品，对后人、对英国以外的读者，全留下了至今还能感受到的影响”，“持续努力把英国诗歌再度推上世界文学的高峰”[3]。

也就是说，在彭斯译介历程中，从苏曼殊到王佐良都知其苏格兰身份，但他诗歌中苏格兰性呈现的具体情形，汉语读者却始终无法明确感受。是因彭斯本人的苏格兰性无法再现，还是译介者未能呈现其苏格兰性？抑或与英国文学史家对其认知关联？同样重要的是，彭斯究竟创作了多少诗篇，袁可嘉的《彭斯诗钞》、王佐良的《彭斯诗选》共辑录百余首诗歌是否是其全部，或是其最重要作品？在他的诗篇中，哪些诗篇是用苏格兰语创作的，哪些是英语创作的，这两种语言的诗歌有何差别？近二百年来，主流英国学界和苏格兰人各自如何认识彭斯？在百余年英国文学译介史中，彭斯占据什么位置？

如此就需要重新梳理彭斯在中国的译介情况，对比主流英国文学界和苏格兰人关于彭斯认识的历史，以明确厘清诸多疑惑。

第一节　彭斯作品译介史：模糊的苏格兰性

王佐良是汉译彭斯诗歌最多的翻译家之一，对其诗歌有独到深刻的认识，他在《世界文化名人罗伯特·彭斯诞生二百周年纪念》(1959)中说，“当时压在苏格兰人民头上的是三座大山：政府、教会、豪绅。彭斯同它们都进行过较量。他的武器主要是诗歌。今天全世界人民都热烈地怀着激动心情阅读彭斯的诗，这一事实表明这一武器是如何的锐利，彭斯又如何依靠诗歌获得了最后的胜利”，接着引用彭斯诗篇《苏格兰人》和彭斯通过《爱丁堡晚邮报》发表的公开信(内容称“斯图亚特王朝不过是在争取他们的祖先和同辈都享有的国王特权而已，但这些特权却有损于民族的幸福和臣民的权利”)，分析 1707 年后苏格兰人要从英国政府统治下争取

---

[1] 顾凤城、邱文渡、邬孟晖合编：《新文艺词典》，上海：光华书局，1931 年，第 293 页、第 294 页。

[2] [英]彭斯著，王佐良译：《彭斯诗选》，北京：人民文学出版社，1985 年，第 14 页。

[3] 王佐良：《英国诗史》，南京：译林出版社，1997 年，第 211 页。

“自由”，接着引用《给一个年轻朋友》等诗篇分析教会和豪绅怎么欺辱苏格兰人，尤其指出彭斯走民间文学创作之路，不去写时兴的英文诗歌，而选择用什么语言写诗，不仅仅是诗歌形式的事情，而是“使诗歌重新回到人民群众中去的头等大事。彭斯的诗歌就不是文人诗，许多情形下甚至不是‘作出来的’，而是民间口头传颂歌谣整理、改写而成，如有名的《往昔的时光》是根据流行很久的民歌的各种唱词之综合、润色而成”，这样的诗歌具有动人的戏剧性，情绪激昂，如《快活的乞丐》，高度的音乐性、口语体文字(白话文、粗糙)①。可是，20世纪初中国人接受彭斯的情况一样吗？若不是，苏曼殊等人译介其诗篇的情形如何？其后又有什么变化？

中国最早提及彭斯的是19世纪60年代洋务运动中的著名反对者刘锡鸿(？—1891)的《英轺私记》。光绪二年十月十七日(1876年12月2日)，郭嵩焘和副使刘锡鸿等一行，出使英国(第二年1月21日抵伦敦)。在英国九个多月，遵总署对出使大臣之要求，“将交涉事件、各国风土人情详细记载，随时咨报”，便留下使英日记《英轺私记》。《英轺私记》记录受命、启程、沿途、抵达英国以及在英国的游览、工作、英国对华态度、见闻等各种情形，凡136则。其中，包括参加伦敦苏格兰公会“苏格兰公会跳舞”、“阿尔兰(爱尔兰)之游”、“过苏葛兰(苏格兰)记”(赴爱丁堡)等。在“过苏格兰记”中如是记录到，“今将衔命德国，不遍游览，则其风土、人情、物力终非目睹，亦輶轩之撼事。爰令刘孚翊与博郎商之，咸谓宜先赴北明根(伯明翰)，过阿尔兰(爱尔兰)折入苏葛兰(苏格兰)，回东至利文浦，小住而还。”此后记录访游苏格兰途中所见山水人文，尤其是写下拜访彭斯墓情形，“今建屋坟上，石刻其扶犁像于中央，如庙貌焉。庙外为各家丛葬处”②等很有价值的文字。19世纪70年代一位保守的中国士大夫能想到去苏格兰，交通条件有限，还专程拜谒彭斯墓，至少有两点暗示：第一，该作所记不少是英国的重要社会现象，如基督教(“耶稣堂”)、工业革命的结果(“机器耕作”)、社交(“跳舞会”、“茶会”、“公爵茶会”、“赛马会”)、现代交通(“火车”)、现代科技(“观电学有感”、“化学演武”)等。1876年出生于爱丁堡，在爱丁堡完成基础教育的贝尔(Al-

① 王佐良，《世界文化名人罗伯特·彭斯诞生二百周年纪念》，(未标出版社)，1959年，第2—8、14—21页。

② 刘锡鸿：《英轺私记》，“走向世界丛书”第七卷，钟叔河主编，长沙：岳麓书社，1986年，第192、202页。

exander Graham Bell，1847—1922)，在大洋彼岸与其同事试验了世界第一部可用的电话机，此事在英国作为特大新闻，广为传播。涉及彭斯，因当时他在英国声名日隆，置身英国的中国使臣有所觉察。第二，中国士大夫特别拜谒彭斯墓，还因为他是苏格兰，而不是英格兰的作家。因为他在“苏葛兰公会看跳舞”(第89则)中记录苏格兰和英格兰差别，“苏葛兰服饰与伦敦殊，男女皆于左肩搭红色棋盘纹绒缎，而束其余于腰。男子不裤而靴，有以红带绕膝以下抵足”[①]。更重要的是，当时不断发生苏格兰和英格兰之间的冲突：1873年，有苏格兰和英格兰等分别参加的国际橄榄球赛，苏格兰对阵英格兰获胜，轰动一时，多年后仍为英国社会津津乐道；1877年苏格兰再次战胜英格兰，引起英格兰不满。1878年年初，传闻多时的消息证实，英国政府以市场经济为理由，看着格拉斯哥城市银行倒闭，不予救助。遗憾的是，关于彭斯是和英格兰冲突甚多的苏格兰诗人的文字，属于私人日记，近二十年后(1895—1897)才由江氏刻写录正本于长沙，影响力微弱，彭斯的珍贵记载悄无声息，达一世纪之久。百年之后，湖南人民出版社(1981)、中华书局(1985)、岳麓书社(1986)才使之重见天日。20世纪80年代，正值译介现代派浪潮，这部最早涉及彭斯的重要著述，未激起浪花。而1968年台北文海出版社印刷刊行《英轺私记、使德日记、过德笔记》，但未能惠及开来。

刘锡鸿的《英轺私记》时隔近二十年以刻本刊行，仅48册，发行量有限，19世纪末苏格兰推动的彭斯热，未能及时传到中国。直到1908年，鲁迅的《摩罗诗力说》才再度提到彭斯。不可否认，鲁迅论述气势恢宏，称“英当十八世纪时，社会习于伪，宗教安于陋，其为文章，亦摹故旧而事涂饰，不能闻真之心声，于是哲人洛克首出，力排政治宗教之积弊，唱思想言议之自由，转轮之兴，此其播种。而在文界，则有农人朋思生苏格兰，举全力以抗社会，宣众生平等之音，不惧权威，不跽金帛，洒其热血，注诸韵言，然精神界之伟人，非遂即人群之骄子，撼轲流落，终以灭亡。”[②]然而判断与18世纪英国事实相去甚远，18世纪的苏格兰启蒙思想运动方兴未艾、英格兰启蒙主义文学声势日隆，分别推动英国社会思想革命、审美变革，与工业化进程推动的生活方式巨变相呼应，远非鲁迅所说的“社会习于伪，宗教安于陋”；虽指出彭斯是苏格兰人，却

① 刘锡鸿：《英轺私记》，“走向世界丛书”第七卷，钟叔河主编，长沙：岳麓书社，1986年，第153页。

② 鲁迅：《鲁迅全集》第一卷，北京：人民文学出版社，1981年，第99页。

严重夸大了彭斯作品书写下层人心声的重要性，实际上，彭斯书写关于苏格兰认同的诗篇，更有意义。况且，1907—1908 年苏格兰独立倾向逐渐公开化：英国议会中成立苏格兰大委员会(Scottish Grand Committee)、爱丁堡举行第三届盖尔语笔会国际会议、苏格兰自由联盟支持苏格兰教会政教分离、苏格兰历史文物保护皇家委员会建立等。

苏曼殊 1908 年开始编纂《潮音》，其中有他翻译的彭斯诗歌《颎颎赤蔷靡》。1909 年 8 月，他自日本回国，到杭州会友，展示所译五言诗，由章太炎篆体书写：

颎颎赤蔷靡，首夏初发苞。
恻恻清商曲，眇音何远遥。
予美凉夭绍，幽情申自持。
仓海会流枯，相爱无绝期。
仓海会流枯，顽石烂炎熹。
微命属如缕，相爱无绝期。
掺袪别予美，离隔在须臾。
阿阳早日归，万里莫踟蹰。[①]

此诗译出后，并未及时刊行。据柳亚子和柳无忌《苏曼殊年谱及其他》(1928)所记，1911 年 5 月苏曼殊回到东京，偶遇正在学医的故旧费天健(费公直)，因敬重这位曾参与谋刺两江总督端方的义士，便书写自己熟悉的《颎颎赤蔷靡》英文和译文直幅相赠[②]。很快于《潮音》杂志刊行，汉语读者得以第一次接触到彭斯诗篇。这首诗没有按译者所说的"按文切理，语无增饰，陈义悱恻，事辞相称"，在古雅用语中增饰颇多(如增加"清商曲"、"发苞"等)，承袭《诗经·国风》和汉诗《古诗十九首》的淳朴诗风，与彭斯原作的文辞简明、诉诸青年情思，相得益彰。遗憾的是，译文显露不出苏格兰青年表达爱情的民族特征。

苏曼殊翻译的《颎颎赤蔷靡》影响甚大，三年(1914)后，即将赴美攻读心理学博士学位的陆志韦(1894—1970)，受其影响在《东吴》杂志(第一卷第 2 期)上，重译该诗《译彭斯诗·调寄虞美人》，用的是词体：

匿斯河上延空翠，
颇领心头事，

---

① 柳亚子编：《苏曼殊全集》第一卷，上海：北新书局，1927 年，第 87 页。

② 柳亚子、柳无忌编：《苏曼殊年谱》，上海：北新书局，1928 年，第 281 页。

思量到此强开眉，
忽忆桃花流水赏心时。
淡山窈宛连江绣，
忍感春怀旧。
几寻踪迹曲江滨，
争奈素心难遇素人心。

民国到来、白话文运动暗潮涌动之际，仍用词体译《一朵红红的玫瑰》，主要是契合当时士大夫审美趣味，如庾麓用古体诗把《我的好玛丽》译成《征夫别》(1918年1月《国民杂志》1卷1期)，但带来的问题不单是诸多增删字词、变动格律等，更是销蚀了原诗的苏格兰性，读者感受不到诗中蕴含的苏格兰高地情怀。诗人书写苏格兰的自然景观，苏格兰高地到处是奇山峻岭，东西海岸外就是大西洋，所以诗篇中常闪出"岩石"、"大海"等意象；苏格兰高地纬度很高，一年中最好的季节是六至九月，风笛演奏的苏格兰曲随风荡漾，诗篇中常出现"六月"、"舞曲"等意象；还有以苏格兰风情表达的淳朴情爱。用古体诗或词翻译彭斯诗歌于20世纪20年代后逐渐消失，但无论是朱湘(1904—1933)《番石榴集》中的《美人》，还是吴芳吉(1896—1932)、陈铨(1903—1969)译的彭斯(彭士)诗歌12首，或李健吾(1906—1982)、梁实秋(1903—1987)译介的彭斯诗篇，都只是如梁实秋在《苏格兰民间诗人彭斯诗歌》(《新月》)中所说，即概念上明确彭斯是苏格兰诗人，翻译实践上则没有再现其苏格兰性。

更遗憾的是，经20世纪20年代，至左翼思潮盛行的30年代，彭斯的苏格兰特质再度失去呈现机会。20世纪30年代多部《英国文学史》问世，知识上对彭斯的了解更为详细，认识上则更为矛盾。德尔默的《英国文学史》介绍，彭斯是苏格兰农夫诗人、农民之子，生活艰辛，《佃农的星期六之夜》中的佃农即其父亲，诗歌写得极为亲切，说明生活不易；英格兰哲学家约翰·洛克(John Locke，1632—1704)的《威廉·华莱士的人生》使得彭斯反对英文，刺激彭斯写下《与华莱士枕戈待旦的苏格兰人啊》，其诗歌纯粹在乡间，或农场耕作时被念出，有人把他的诗抄写下来传播，吟唱于乡间的集市、小酒店；彭斯和石匠女儿阿穆尔(Jane Armour)恋爱，招致长老会反对，写下《两个牧者》、《虔诚的威利的祷告》等讽刺诗[①]。可惜的是，未能触及其爱情诗及其所传达的苏格兰性，也未深入讨论《佃农的星期六之夜》等表达对民主的理解、《苏格兰人》等的苏格兰认同。更重要的是，沿袭主流英国文学史观，一方面对他进行讥讽；1786年的《主要用苏格兰方言创作的诗歌》大获成功后，他去爱丁堡，却事业不成功，重返乡间，当了年俸70镑的税吏，赠送法国革命四尊小炮，又纵饮无度把所有进阶的机会都失掉了，空度一生，仅39岁便夭折于邓弗里斯；另一方面给予他称赞：彭斯在世界抒情诗人中位居前列，超越各派抒情诗，写下歌咏家庭生活的《约翰·安德森》、讴歌自然的《可怜的米莉》、《致田鼠》、《致山上的一朵延命菊》[②]。矛盾性论述可能让中国读者无所适从，但至少表明彭斯或者是充满矛盾的诗人，或者关于彭斯的认识不统一。该作由林语堂审校，影响力不小，但事关彭斯的矛盾论述，却未促使人们进一步思考。稍后，金东雷耗时费力三年写就《英国文学史纲》(商务印书馆出版，1937年初版)，其中第十章"浪漫主义时代"第二节定义彭斯为"浪漫派文学者的先驱"，"乡村诗人里最伟大的，便是彭斯。虽然他没有莎士比亚这样的有大名，但他的伟大和莎士比亚不相上下，成为苏格兰历代诗人中最好的作家"，但沿袭英国文学史家观点，认为他反映英国北部地区苏格兰的农民生活。可是，当时激进思潮盛行，文学史的深入认识，并未深化对彭斯的理解，如辞书《新文艺词典》(1931)中的"彭斯"条目是，"他生于贫困，死于贫困，革命思想的先驱。曾用他的锐利的笔锋，针对当时的政教文明和社会组织下了猛烈的攻击。他没有受过相当的教育，可是他却一手转变了英国文学的趋势。"[③]凸显彭斯抵抗社会的译介情形，没有因战争局势日趋严峻、需要建构统一的国家认同而改变，仍局限于把他视为反映英国下层社会的农民诗人。

如此发展到20世纪40年代，著名诗人袁水拍(1915—1982)，译《彭斯诗十首》(刊于郭沫若在重庆主编的杂志《中原》1943年第3期)，虽提彭斯是苏格兰重要诗人，也翻译其体现苏格兰风情的诗篇，但整体上仍视其为反映英国下层社会的苏格兰农民诗人。汇集30首诗的《我的心呀在高原——彭斯和A. E. 霍斯曼诗歌选集》(1944)集中在彭斯向往自由的诗

① [英]德尔默著，林惠元译，林语堂校：《英国文学史》，上海：北新书局，1930年，第269—271页。

② [英]德尔默著，林惠元译，林语堂校：《英国文学史》，上海：北新书局，1930年，第272—273页。

③ 顾凤城、邱文渡、邬孟晖合编：《新文艺词典》，上海：光华书局，1931年，第293—294页。

篇（如《自由树》），虽然收录《布鲁斯在班诺克本向他的军队致辞》，但因缺乏对班诺克本战役的历史了解，读者难以领悟彭斯对苏格兰民族认同的表达。这是中国第一部彭斯诗歌译文集。随着之后中国局势的变化，这部反映真实的彭斯的译作，反而很流行，1959年得以再版。

1949年后，新中国成立初期，“一边倒”学习苏联，而苏联同样视彭斯为代表劳动阶级的诗人，把彭斯塑造成英国文学的进步代表之一。此时，重建中国语言，即从白话文到现代汉语的发展大势、凸显民众语言的新民歌运动，孕育出重译五四新文化运动以来欧美文学经典的潮流。而彭斯诗歌中既有许多涉及农民题材的篇幅，也有表达对英国资本主义制度不满的、向往自由的内容，其苏格兰语诗歌也被英国文学史家转化成通俗易懂的英语，由此彭斯成为20世纪50年代中国最热衷的英国诗人。如王佐良所说，“在50年代的大规模新民歌运动中，这位苏格兰民歌的作者、保存者更被视为同调，又恰逢他200周年纪念来临，于是条件具备，对他的翻译和研究达到一个新的高潮”。[①] “现代讽刺诗歌开拓者”袁水拍的《我的心呀，在高原》修订再版，译者突出了彭斯诗歌所蕴含的阶级斗争主题，认为他的诗歌反映了苏格兰农民受压迫的悲惨命运，主观化定位翻译对象的做法顺理成章，即他所说“分不清彭斯是苏格兰农民，还是中国的农民”，“我的译文寄托了我的爱和憎”；对其表达苏格兰民族认同的爱情诗歌，也视为一般意义上的爱情诗，或仅是彭斯个人爱情体验的诗作。概念上把彭斯当作苏格兰诗人，具体翻译过程中销蚀其苏格兰身份，将其泛化为西方进步的伟大诗人，变得无可挽回。

译介和接受彭斯的过程中，1959年显得特别重要，时值彭斯诞辰二百周年，中国出现了译介和讨论彭斯的高潮。除袁水拍译作《我的心呀，在高原》再版外，还推出翻译家袁可嘉的《彭斯诗钞》、王佐良的《彭斯诗选》这两部重要作品，随着中国推崇新民歌的意识形态，又出现了南星的《略谈彭斯的诗歌技巧》、杨学敬的《罗伯特·彭斯——伟大的人民诗人》、袁可嘉的《彭斯与民间歌谣：彭斯诞生二百年纪念》等。正因有袁可嘉和王佐良的译本，此后中国发展虽有波折，也未能终止中国读者对彭斯的好感，以至改革开放伊始，彭斯诗歌就成为译介的首选对象，出现薛诚之的《谈彭斯一首被删改歪曲了的诗》（《外国文学研究》1978年）、牛庸懋的《苏格兰农民诗人彭斯》（《开封师范学院学报》1978年）、黄月华的《劳动

① 王佐良：《王佐良文集》，北京：外语教学与研究出版社，1997年，第761页。

人民自己的诗人——纪念彭斯诞生220周年》(《山西大学学报》1979年)等文章。当然，和1959年关于彭斯的讨论相当，20世纪70年代末彭斯之译介、讨论，除了稍微淡化阶级论色彩之外，并没有深入讨论其创作的重要特征，更没能再现彭斯诗歌中的苏格兰特色，尤其是对彭斯用苏格兰语写的诗歌，和用英语书写诗歌之差别问题，仍未给予关注，而这些是苏格兰学术界讨论最为成熟的话题之一，也是理解彭斯必须面对的问题。

有意味的是，该时期台湾地区也重视彭斯译介。梁实秋的《英国文学史》第二卷(1955)有朋斯(Robert Burns，彭斯)专节，梁称彭斯是"苏格兰公认的国家诗人，实则也是这一时段英国最伟大的诗歌作家"，触及他的家世、对钦定本《圣经》烂熟于心、对苏格兰诗歌及民间故事更为偏好等，详细叙述他在爱丁堡取得的诗歌成就、他搜集整理和补充苏格兰民歌民谣集情形(有些诗歌是有腔而无适当的词，他就重新撰写；有些歌是旧歌，他就修改)，彭斯得以推出包括《两条狗》《佃农的星期六之夜》《快乐的乞丐》《虔诚的威力的祷告》等重要诗篇[①]。可惜其深刻论述，未能及时惠及大陆，直到20世纪80年代后，才得以分享。

20世纪80年代到21世纪，中国持续加大开放力度，延续对彭斯的汉译和讨论，虽然没出现1959年那样的热潮，但译介和讨论没有中断，如王佐良译介《新译彭斯诗八首》(《诗刊》1984年第1期)。重要的是，三十多年来出版了近十种彭斯诗歌译文集(含英汉对照本)，代表性的有袁可嘉的《彭斯诗钞》(1981)、《彭斯抒情诗选》(1996)、《彭斯诗选》(2006)、《我的爱人像红红的玫瑰：彭斯诗歌精选》(2008)，王佐良的《彭斯诗选》(1985、2012)等。其间，*A Red Red Rose* 被重译了近三十次：在全部外国诗作中，唯有莎士比亚、普希金、雨果、歌德等极少数诗人的代表作方可媲美。许多诗集，如邵鹏健编的《外国抒情诗歌选》(1980)，会收入彭斯诗歌；对彭斯的讨论也始终兴趣不减，广泛讨论《一朵红红的玫瑰》和《我的心呀，在高原》等诗篇所传达的淳朴爱情、审美体验，有些文章涉及彭斯诗歌创作的苏格兰民谣。但整体上汉语读者对彭斯是怎样的苏格兰诗人，仍不得其详。

仔细梳理汉译彭斯百年历程，可以看到，对彭斯的接受，是有翻译家和读者的个人喜好，但相当程度上，深受中国对英国文学的认知、时

---

① 梁实秋：《英国文学史》第14卷，厦门：鹭江出版社，2004年，第433—450页。

代的意识形态等因素所左右，这不仅体现在语言变化上，从古体诗、白话诗，到现代汉语诗，在选材、理解和表达的翻译实践等各重要环节上亦然。首先，一开始就把彭斯当作英国文学经典之一，而英国文学是现代先进文明的重要表达，英国文学中描写爱情的小说和讴歌爱情的诗篇，乃革除包办婚姻、追求个人解放之典范。这是晚清民初苏曼殊翻译《颎颎赤蔷靡》、陆志韦《译彭斯诗・调寄虞美人》的根本原因。而“爱情自由、婚姻自主”是五四新文化运动的主潮，造成彭斯《一朵红红的玫瑰》等诗篇不断重译的现象，反而掩盖了其中蕴含的苏格兰特质。

其次，理解彭斯的过程中，即便很早知道其苏格兰身份，也还是视他为表达农民阶级诉求的英国诗人。对彭斯诗歌有扎实翻译实践基础的袁可嘉，发表《彭斯与民间歌谣——彭斯诞生两百周年纪念》(《文学评论》，1959 年第 2 期)，论述作家文学(抒情诗)和民间文学(古歌谣)之间互相学习共同成长的道路，“彭斯诗歌主要是讽刺诗和抒情诗。讽刺诗矛头指向统治阶级和教会，出色地打击敌人；他的抒情诗大多描写人民的生活和爱情，目的在鼓舞人民”，彭斯诗歌的创作“都依靠苏格兰北部山地的曲子、各地的旧歌谣和苏格兰方言，出色地书写了人民的生活、思想和感情”。第一部《彭斯传》的作者罗伯特・赫伦对此说，“普通的雇农和农场职工拿出辛苦挣来的钱，不去买最必须的新衣服，而去买彭斯的作品”。彭斯与民间文学的结合，使苏格兰出现了有史以来最伟大的人民诗人，深刻影响了英国浪漫主义诗歌的发展，还用阶级斗争观追溯了歌谣历史，袁可嘉认为“1579 年有两个苏格兰人因为写讽刺诗而被处绞刑，这年十月苏格兰议会通过迫害民间歌手的法令，18 世纪苏格兰人民承受着阶级压迫和民族压迫的双重苦难，18 世纪 40 年代以后席卷英国的革命给地主、资本家带来莫大的好处，也给其贫如洗的农民带来了莫大的灾难，1707 年借《合并法案》吞并苏格兰后，苏格兰丧失了民族独立，爱丁堡的地主和资本家由于合并而取得了海外贸易的捷径，对于民族独立也就不大关心，1715—1745 年苏格兰北部高原两次农民起义，表面上是要求恢复被驱逐的斯图亚特王朝，实质上是民族独立运动的标志，彭斯和许多同时代人被称为‘詹姆士党人’(Jacobite)”。袁可嘉这篇论文是当时介绍彭斯最全面之作，由于时代原因，许多重要历史事件未触及，从阶级论角度对诸多历史事件的判断，与两个王国的民族认同对立的历史进程有出入。对此，三十多年后袁可嘉反思，“我对外国文学的研究和评论往往是与国内文艺界的实际需要相联系。不是为研究而研究。为我国的现实服务成为我研究工作和评论活动的一个特点”①。

实际上，该情形于1940年彭斯诗作翻译中已出现：当时凸显彭斯描写农村阶级冲突、矛盾的诗篇，如多人翻译了《给一个年轻的朋友》，强化其中的阶级论色彩，袁可嘉的译句——“对于地狱的恐惧就像刽子手的鞭子，/它是用来使穷人就范的”，以图强化彭斯“讽刺教会以在精神上恐吓和麻醉为手段来维持血腥统治”，否定了资产阶级所津津乐道的宗教。除了对政府教会豪绅进行鞭笞和讽刺，彭斯诗歌的主题还表现出对劳动人民疾苦的关心，比如在动物诗《两只狗》中，彭斯通过对两只家狗的叙述，刻画了豪绅的荒淫无耻和农民的困苦劳役。《致田鼠》重译超过30次，强化田鼠仓皇逃窜的情景。事实上，《致田鼠》本意不是强化苏格兰农民和地主之间的矛盾，而是包含了苏格兰弱势民族、草根阶级对英格兰主导的大不列颠不满的审美诉求，所以21世纪苏格兰民族党领袖亚历克斯·萨蒙德(Alexander Salmond，1954—　)在政治演说中常常引用彭斯的这首诗。

最后，百余年英国文学译介，名家辈出，如同莎士比亚作品译介涌现了梁实秋、朱生豪和方平等著名翻译家一样，彭斯诗歌翻译则出现了袁可嘉和王佐良。毕业于西南联大的袁可嘉，是重要的彭斯诗歌翻译家：1959年，上海文艺出版社出版袁可嘉译作《彭斯诗钞》，袁可嘉在《文学评论》上发表迄今为止鲜有人超越的力作《彭斯与苏格兰民歌》，他主编的《英国诗选》(湖南人民出版社，1983)收录了彭斯的《顿肯·格雷》《人总是人》等诗篇。1981年，上海译文出版社推出他的《彭斯诗钞》，1996年，湖南文艺出版社出版他的《彭斯抒情诗选》，2006年台湾爱诗社分两册再版他的《彭斯诗选》。

彭斯诗歌翻译上贡献卓著的另一位王佐良，同样毕业于西南联大。1959年人民文学出版社出版他的译作《彭斯诗选》，收录37首诗；1986年《苏格兰诗选》(湖南人民出版社)辑录28首；1985年人民文学出版社再版了由王佐良译的《彭斯诗选》，包括“抒情诗”、“讽刺诗”、“即兴诗”、“吟动物诗”、“叙事诗”、“诗礼”、“大合唱”等61首，较之于1959年版本，译文有所改动；1991年其《英国浪漫主义诗歌史》特别给予苏格兰文学很长篇幅；2012年外语教学与研究出版社再版王佐良译作《彭斯诗选》。

---

① 袁可嘉：《半个世纪的脚印——袁可嘉诗文选》，北京：人民文学出版社，1994年，第477、478、4页。

王佐良可谓彭斯译介和研究史上成果最为丰厚者。

袁可嘉和王佐良在彭斯译介上之所以不同于其他翻译家，因他们分别留学英国，有苏格兰生活体验，了解彭斯生活情状，熟悉彭斯传记。1986年5—6月间袁可嘉游历彭斯故乡，包括爱丁堡、格拉斯哥的彭斯文物遗迹、彭斯发表第一部诗集的克尔马诺克(Kilmarnock)、彭斯出生地阿洛维(Alloway)、逝世的地方邓弗里斯(Dumfries)等，此行袁可嘉撰写了《罗伯特·彭斯——苏格兰伟大农民诗人》《彭斯的诗歌》《彭斯与民间歌谣》《克尔马诺克的光辉》《苏格兰——彭斯故乡行》等研究文章。此后涌起中国翻译研究彭斯的新潮。同样，王佐良留学牛津大学两年，注意到彭斯在英国受到的重视程度，1985年他再度到苏格兰，《彭斯之乡沉思录》记录了到访情景，“等我凭桥看那顿河，我却吃了一惊。原来它不是那种愉快、明媚的绿色水流，而是一条汹涌的、颜色发棕、发黑、几乎是阴森森的急湍。水仍然是清澈的，正因为清，才把它那泥炭河底的深棕色也反映了上来。加上两岸树木丛生，一片幽暗，就更使得这河显得阴郁。看着这河水，我忽然体会到，为什么在彭斯的几百首爱情诗里，总有那么一种十八世纪英国诗里罕见的近乎执着的热情。……彭斯发现自己陷在一个狭小的、一切由地主和教士说了算的社会之中，要逃也逃不了，于是用讽刺和揭露来对付它，就连沉浸在爱情中也不忘要猛力反抗这令人气闷的周围世界。”①。因而他们均注意到尽管彭斯出生于佃农家庭，所受正式教育甚少，15岁开始田间劳作，但发现苏格兰普遍重视人文教育，彭斯实际受教育状况良好，如父亲教授彭斯在内的几个子女阅读、写作、算术、地理、历史，1765—1768年间和1772—1773年彭斯和兄弟接受拉丁文、法文、数学课课程教育，1774年彭斯曾任当地名人吉尔帕特里克(Nelly or Nellie Kilpatrick，1759—1820)的助理。正因为知晓和熟知彭斯的生平经历，袁可嘉和王佐良翻译彭斯诗歌时，就比较注意呈现其中的苏格兰因素。

相应的，苏格兰体验使王佐良对彭斯及苏格兰有着其他译介者所缺少的亲近感。王佐良记录苏格兰之行，“到苏格兰，第一件想做的事是去看彭斯的家乡”，“欧文城人少车少，很安静，但它的彭斯俱乐部和附设的彭斯博物馆却显得很热闹……各国的译本当中却没有中文的。于是我

① 王佐良：《带一门学问回中国：英国文学的信使王佐良卷》，天津：天津人民出版社，2009年，第185页。

送上了我的两本小书：一本《彭斯诗选》，一本以彭斯为主的《英国诗文选译》"[①]；特别注意到，1792 年彭斯花钱买了 4 尊小炮，托人运往法国，献给法兰西国民议会，因为法国大革命后，英法关系紧张，1793 年 2 月英国向法国宣战。也正因为注意到这一事件，他热衷于翻译彭斯那首题材上涉及法国大革命的诗篇《自由树》，在翻译中凸显诗人对英国反对法国大革命的行为的愤怒，写下了苏格兰人对大不列颠缺乏自由树的愤怒：

让不列颠去夸耀坚实的橡树，
还有她的白杨和青松！
老大的(老朽的 Auld)不列颠一度跨过海口，
在邻居中占了上风。
但现在你若在森林里团团搜寻，
你就会发现英国的真情：
从伦敦到屈维河(Tweed)，
这样的好树就不见一棵。

简言之，《自由树》生动表现出彭斯对自由的追求，以及苏格兰人对大不列颠缺乏甚至反对自由的不满。既体现了苏格兰人在英国的独特性，也是彭斯强烈认同苏格兰的标志所在。而在彭斯创作中，关于苏格兰认同的诗篇众多，王佐良和袁可嘉都对其情有独钟，分别翻译了《苏格兰人》，用铿锵有力的语句翻译：

跟随华莱士流过血的苏格兰人，
随布鲁斯作过战的苏格兰人，
起来！倒在血泊里也成——
要不就夺取胜利！　　　　(王佐良译)

这样的句子，适合演说体，民族英雄布鲁斯在班诺克本战役前夕向他的军队致辞。同样，他们还用斗志昂扬的诗句，翻译了体现彭斯对苏格兰民族强烈认同的另一首重要诗篇《这一撮民族败类》(1791)、《为了我们正统的国王》等。

不过，译介彭斯诗歌不仅是选材的重要性非同小可，同样重要的是，他诗歌的语言问题。彭斯的朋友亨利·麦肯齐，著文《真正天才的惊人作用——彭斯的诗歌创作案例》(1786)称，"彭斯的一些作品，尤其是庄重

① 王佐良：《带一门学问回中国：英国文学的信使王佐良卷》，天津：天津人民出版社，2009 年，第 181 页。

风格的，几乎都不是英语创作的。我会向读者展示这些作品中的精华部分，我想在这些作品中读者能发现感觉上的高分贝、表达的力量和能量、精神的强有力特征、诗人的声音。”[①]的确如此，包括《我的心呀，在高原》《一朵红红的玫瑰》《自由树》等在内的诗篇中都有大量的苏格兰语。而这些诗篇正是汉语译介者所热衷的，它们也就成为中国杰出翻译家争相竞技的场域，不同的译作各显翻译家风采。例如，《我的爱人像红红的玫瑰》这首诗歌原本是彭斯写给新结识的友人意大利歌手乌尔巴尼(Pietro Urbani，1749—1816)的，最早刊行于《苏格兰歌曲》(Scotts Songs)，是彭斯对从乡下获得的古老苏格兰歌曲加工而成的，旋律简单却很有感染力，用苏格兰语表达苏格兰人对爱情的信念。这位歌手对该诗歌的演唱，既亲切，又热烈。而上述二位译者，皆通过对苏格兰意象(海、舞曲、六月)的铺陈，译出了苏格兰人对爱情的理解。然而，在经常讨论彭斯诗歌的《爱丁堡杂志》看来，“对于非苏格兰语读者而言，阅读彭斯诗歌是相当难度的。他最好的诗歌都是用苏格兰语写出的，要对其优点进行评价，若不在那些继续使用苏格兰语的地区生活相当长时间，是不可能的。”[②]对此，王佐良深有体会，其1959年的和1980年的译本有差别，重译本不只是“在音韵和节奏方面继续做点探索”，更重要的是希冀译出苏格兰民歌特征：了解苏格兰风笛演奏乐曲的风情，重译本更突出了韵律感；明白苏格兰民歌中，淳朴的爱情诗歌占有很大比重，而该诗正是民歌，灵感源于理想化的女性，表面上写淳朴的爱情，但彭斯诗歌遵从苏格兰习俗，涉及爱情中的女性时，一定要使用嘉许的褒义词；彭斯本人在爱情诗歌中使用英语时，希冀表达苏格兰男性的责任。王佐良很清楚在英国主流文学史中，彭斯始终以苏格兰民族诗人身份出现，如《牛津英国文学指南》再版本(2007)称，每年1月25日彭斯生日，世界各地举行“彭斯之夜”的纪念活动，显示出他对其苏格兰同胞的巨大影响力[③]。彭斯之夜必会朗诵该诗，王佐良力求译出苏格兰男性对所爱恋女子的决心、意志。

可以说，近百余年来，彭斯诗歌深受汉语读者喜爱，在20世纪50年代以来冷战局势而导致英国文学不被积极译介的大背景中，因为把彭斯

① Donald Low ed. *Robert Burns: The Critical Heritage*. London: Routledge & Kegan Paul, 1974, p. 69.

② Donald Low ed. *Robert Burns: The Critical Heritage*. London: Routledge & Kegan Paul, 1974, p. 186.

③ Margaret Drabble ed. *Oxford Companion to English Literature*. (Six edition). Oxford: Oxford University Press, 2000, pp. 152-153.

定位于英国农民诗人，其魅力依然不减，到20世纪80年代以来，成为重译最多的诗人之一。这种情形，与彭斯诗歌自身美学趣味有关，更是中国发展变化的产物。在这个过程中，王佐良和袁可嘉在译介彭斯方面扮演了极为重要的角色，而他们之所以与众不同，得益于他们各有亲临苏格兰感受彭斯诗歌创作的机会，而且他们作为重要的英国文学研究者，在对彭斯诗歌的翻译和研究上又各有千秋。如王佐良更愿意把彭斯置于英国诗歌史中来认识，袁可嘉则更乐意从诗人角度体验彭斯。不过，百余年来汉译彭斯还是留下很多问题：(1)百余年来对彭斯及其作品的探讨，基本上处于泛泛而论状态。1959年袁可嘉的《彭斯与苏格兰民歌》就已指出，彭斯诗歌创作"依靠苏格兰北部山地的曲子、各地的旧歌谣和苏格兰方言，出色地书写了人民的生活、思想和感情"，深得苏格兰人欢迎，"普通的雇农和农场职工拿出辛苦挣来的钱，不去买最必须的新衣服，而去买彭斯的作品"，可见彭斯与民间文学之结合的成功，使他成为苏格兰有史以来最伟大的人民诗人，还深刻影响了英国浪漫主义诗歌的发展。而20世纪80年代初期出现若干译介和讨论，除了飞白先生《山花不是墨写戒——谈彭斯诗歌的风格》在细节理解上有所深化之外，其他的，如邓启龙《彭斯从民歌沃土中成长起来》、江家骏《浅谈对彭斯民歌的欣赏》等，基本上继续停留在一般性介绍状态，未解释清楚其诗歌创作中的苏格兰民歌具体特点，甚至根本没把彭斯置于苏格兰国族文化认同的历程中去理解。(2)未曾触及一生短促的彭斯，在苏格兰人心目中，何以能以诗人身份获得比战功赫赫的民族英雄布鲁斯更高的声誉？原因不只是他共搜集、整理和创作苏格兰诗歌近七百首，使此后的一代代苏格兰歌手乃至世界演唱者有机会演唱《友谊天长地久》(《往昔时光》)、《约翰·安德森，我的乔》、《轻轻地流呀，甜蜜的阿富顿河》等经典曲目[①]，更重要的是，这些诗歌真切传达了诗人的苏格兰认同。但在百余年来译介历程中，彭斯虽然是诗篇被翻译得最多者之一，可是实际上总量极少，未能充分了解其诗歌概貌，对其歌诗的苏格兰性真切再现的可能，在汉译及研究中，则始终是一个难题。(3)相应的，追求贵族高雅趣味的英国文学史家，何以把具有强烈苏格兰意识的农民诗人纳入英国文学史结构中？作为农民诗人，彭斯的诗歌怎么会成为促进19—20世纪苏格兰文学持续繁荣的重要资源，升华为苏格兰本土居民，以及流散到英格兰或英国其

① Thomas Keith. 'A Discography of Robert Burns 1948 to 2002', in *Studies in Scottish Literature*, No. 1, 2004.

他地方，甚至世界各地的苏格兰裔知识分子的文化认同的象征符号？由此，必须熟知苏格兰人文学界和英国主流人文学术界对于读彭斯的观点。

第二节　“两个”彭斯：英国文学史的彭斯和苏格兰文学史的彭斯

纵观中国译介彭斯百余年历程，历经风雨沧桑，两点始终不变：

第一，强调彭斯诗歌反映英国，尤其是苏格兰农民阶级的审美情感。袁可嘉的《彭斯和民间歌谣》(1959)是中国论述彭斯诗歌最早的重要文字，详细描述了彭斯作为农民诗人的民间文学特点，注意到苏格兰民族歌谣对其影响，认为他的工作是搜集、整理、编纂苏格兰民谣、歌曲，“苏格兰歌曲在情绪和风格方面有牧歌般的单纯性”，“比起英文诗歌，苏格兰方言歌词与我们国家乐曲的悲痛情绪或农民的欢乐心情是非常合拍的”，并因掌握了苏格兰歌谣特点，也就能从中吸取营养，其本人创作也深受奥斯特华选编的《袖珍苏格兰诗选》之影响，造成“在抒情诗中多番运用方言，成功地表现了民族风格”等，并且论文着重分析彭斯诗歌如何表达了苏格兰劳动人民的痛苦、感情，把苏格兰民歌视为英国下层劳动阶级的审美表达，以至于认为彭斯诗歌首要特点是“鲜明的战斗性”，“通过吸取苏格兰歌谣中健康的思想内容和传统诗歌艺术，改变旧歌和创作新歌，发扬了苏格兰诗歌中的民主爱国精神”①。而这样认识彭斯，是20世纪相当长时期中国的社会局势所致，如袁可嘉这样认识彭斯，也是这样译介彭斯诗歌的，由此他的《彭斯诗钞》在选材和具体翻译上有其时代特色。

第二，把彭斯视为英国文学中反映大不列颠地方(苏格兰)特色的重要诗人，且多停留在概念层面。而这正好吻合英国主流社会对彭斯的认知。彭斯去世九十年后(1885年3月7日)，其白色大理石半身像，由洛斯比伯爵(The Earl of Rosebe，1847—1929)揭幕，安放在西敏寺诗人角的墙上，位置靠近莎士比亚，紧邻苏格兰著名诗人和剧作家汤姆逊(James Thomson，1700—1748)。而这座塑像，是1878年格拉斯哥成立的彭斯塑像委员会，通过世界各地彭斯诗歌爱好者“小额捐赠”(shilling subscription)，由苏格兰著名艺术家斯蒂尔爵士(Sir John Steell，1804—1891)所塑造(爱丁堡王子大街上司各特纪念碑上的塑像，出自其手)。这

① 袁可嘉：《彭斯和民间歌谣——罗伯特·彭斯诞生两百周年纪念》，载《文学评论》1959年第2期，第39—54页。

种情形意味着，到19世纪后期，彭斯已是英国最著名诗人之一了，在英国人意识中，彭斯是认同大不列颠，而非彰显苏格兰和英格兰阶级冲突的作家。

至于彭斯和英国的关系，《剑桥英国文学史》第一版中有专章介绍："在英国文学编年史中，彭斯是一种异常现象(anomaly)。他蔑视等级差别。他形单影只、踽踽独行。若他是某方面奇才，那么他不起眼的离奇特点帮助了他传递了这种印象。在他之前的18世纪英国诗人，并未对他这种人有任何好的预测。他最具特色的诗篇，在人们视野之外，在色调、性情和倾向上，不同于人们已接受的诗歌。他只是表面上和外来方式上，受到英格兰诗歌的影响。但无论多么努力尝试，他终究发现自己要成为当时流行样式的英国诗人是不可能的。他未说明他的诗歌来源于过去那些出色的英国吟游诗人。"[①]以此为立论基础，大量篇幅论述彭斯的诗歌创作，与苏格兰文学传统(吟游诗人)关系是遥远的，因为苏格兰人革新传统的结果，邓巴时代的"苏格兰诗派"在高峰期就消亡了，使得此后一个半世纪处于近乎完全空白状态，到彭斯时代，古苏格兰诗歌语言差不多完全失传，变成了几近死亡的语言；重要的是，彭斯在学校所受教育是英格兰式的，读的是莎士比亚、弥尔顿、蒲柏等人用纯英语书写的经典，而不是混杂苏格兰语的文学，他的诗歌不同于罗伯特·弗格森用纯苏格兰语书写低地苏格兰人的《农夫的火炉》，他不是用母语，而是用纯正英语(pure English)诉诸现代苏格兰人对乡土的情怀，在生命最后几年还劝说友人"应放弃苏格兰诗节和方言，使用现代英语诗人的范式和用语，并且他开始考虑避免苏格兰方言束缚的可能性，以及用当代诗人的英语表达的复杂经验"[②]。按如此意见分析彭斯一些诗篇，有效地把彭斯和苏格兰民族诗人隔离开来，使之变成了一般意义上的英国农民诗人。

这样的观点，在《剑桥英国文学史》的修订再版中，几乎没有根本性变化，发展到桑德斯《牛津英国文学史》，更是巧妙地把彭斯诗歌创作复杂化，机智地贬低其普遍意义：一方面关心彭斯诗歌的民主诉求主题，但认为其思想来源基督教，目的是反对苏格兰教会，断言"布莱克和彭斯都以布莱克所谓的自由之书《圣经》为基础，从其中革命性和预言性的宣

① A. W. Ward, A. R. Waller. *The Cambridge History of English Literature*, Vol. XI. Cambridge: Cambridge University Press, 1914, p. 203.

② A. W. Ward, A. R. Waller. *The Cambridge History of English Literature*, Vol. XI. Cambridge: Cambridge University Press, 1914, p. 207.

言中汲取了某种内容，但彭斯的平等主义幻想实际上体现了长老会的幻想，彭斯绝不乐意受到愚弄，发现在共济会的无阶级兄弟关系中能实现他的人类大同理想”，故意标示出1787年苏格兰共济会已尊奉彭斯为“苏格兰吟游诗人”之说。另一方面则有意识强化联合之于苏格兰的意义，声称“苏格兰平定詹姆斯二世支持者叛乱之后，在18世纪末，便和英格兰携手向英国殖民地开辟贸易，从而变得普遍繁荣起来。爱丁堡由此稳稳地为自己赢得欧洲教育、文化、艺术中心的领导地位。伴随而来的是对‘苏格兰’自觉的重新界定、对苏格兰方言与传统那种浓厚兴趣的复兴”。彭斯《主要用苏格兰方言创作的诗歌》获得巨大成功，“用标准英语写的诗句，甚至对苏格兰历史和爱国精神的沉思，皆可以与他用地方语言媒介唤起的地方性特色进行直接比较”①。如此之论，巧妙掩饰了他作为独具一格的苏格兰民族诗人之公论，回避其诗歌伴随的苏格兰民歌旋律的问题。相应的，《牛津英国文学指南》(第六版，2000)视彭斯为“苏格兰国族诗人(national poet)”，认为其创作在“苏格兰语和英语之间犹疑，但罗伯特·弗格森的影响使之倾向于苏格兰语”，他创作的主题事关社会不公不义，由农民在节庆或减轻其生活劳作时表达出来。讽刺苏格兰教会的“宗教伪善”是其另一个主题，他创作的主体是苏格兰民歌，这在詹姆斯·约翰逊(James Johnson)主编的六卷本《彭斯文集》(1787—1803)和乔治·托马斯(George Thomson)主编的五卷本《彭斯文集》(1793—1818)中各有明确反映②。但整体上，该作虚化苏格兰背景之于彭斯创作的正面价值，或有意识转引其他苏格兰作家对其评价的观点中论及彭斯的伟大成就，引用司各特爵士的观点，认为在使用苏格兰方言创作方面，比起拉姆赛和罗伯特·弗格森等先辈，彭斯的写诗能力要强二十倍。这样的论述方式，自然就把彭斯缩小为地方性诗人，即便正面论及苏格兰文学及其主体性地位，如认为15—16世纪苏格兰英语文学生机盎然，苏格兰诗人知道自己的作品和英格兰文学有诸多相似之处，但认为这是乔叟为他们树立了诗歌创作的榜样。这样的论述，大大降低了彭斯诗篇的价值，严重降低了彭斯作为苏格兰民族诗人的地位。这样定位“作为独具一格的苏格兰民族诗人，彭斯的渴望，最充分体现在他的方言诗中”，就变得毫无意义。

---

① [英]安德鲁·桑德斯著，谷启楠等译：《牛津简明英国文学史》(下)，北京：人民文学出版社，2000年，第521页。

② Margaret Drabble ed. *The Oxford Companion to English Literature*. Oxford: Oxford University Press, 2000, p. 896.

百年译介彭斯的历程中，除王佐良和袁可嘉之外，普遍沿袭把彭斯诗歌意义英国化的做法，同时呼应主流英国学界忽视二百年来彭斯之于苏格兰重要性的历史，对苏格兰人完全不受西敏寺对彭斯的定位，或者主流英国文学史家关于彭斯之论未能影响苏格兰人对彭斯崇敬的情形，基本上是无人关注。

实际上，苏格兰七大城市和其他市镇，几乎都有彭斯塑像，尤其是苏格兰斯特林市(Sterling)——苏格兰王国迁都爱丁堡之前的首都和王室所在地，在苏格兰与英格兰合并120多年后，完全依靠民间力量，耗时七年建成苏格兰国族英雄华莱士纪念塔，塔内设置有“苏格兰国族英雄墙”，彭斯在其中是占据着最为重要位置的人物之一。此外，彭斯出生地阿洛维设立有内容极为丰富的“罗伯特·彭斯出生地博物馆”(Robert Burns Birthplace Museum)，去世地邓弗里斯郡(Dumfriesshire)建有彭斯博物馆，始建于1796年的斯特拉斯克莱德大学(University of Strathclyde)创设有收藏丰富的苏格兰“国家彭斯藏品馆”(National Burns Collection)，苏格兰国家图书馆、苏格兰国家数字图书馆等很重视收藏彭斯文献。2009年苏格兰国家电视频道举办的“最伟大苏格兰人”选举活动中，彭斯获得了最高票，高于苏格兰民族英雄华莱士。换言之，在苏格兰人心目中，无论是用苏格兰语、盖尔语写诗的人，还是用英语、凯尔特语进行文学创作的文学家，彭斯最为重要，重要性远不只是能进入英国文学经典序列，而是成为苏格兰民族集体记忆的象征，成为把流散在世界各地的苏格兰人和苏格兰凝集在一起的重要精神资源。例如，西敏寺彭斯雕像的作者斯蒂尔另外雕刻了一套四尊的彭斯青铜像，分别立于苏格兰第四大城市邓迪(1880)、美国纽约中央公园(1880)、英国伦敦(1884)以及新西兰达尼丁(Dunedin，1887，新西兰第一批欧洲移民是苏格兰人)。而彭斯生前在苏格兰已享有崇高声望，当时获得“民族诗人”(a national celebrity)称号，许多人争相模仿其诗歌，“他的诗歌当时已成为苏格兰生活的一部分，此后亦然。他的诗歌表现出诗学、政治、宗教的内容，一切都是为表达个人的自由。而自由的获得，却不牺牲苏格兰共同体的团结(without sacrificing the bond of community)。这是他赢得苏格兰人尊敬的关键”[①]。更显著的是，苏格兰诸多彭斯纪念碑，和古希腊文

① Robert Crawford. *The Bard: Robert Burns, A Biography*. London: Jonathan Cape, 2009. p. 4.

化关系密切，而非与英格兰关联，在《主要用苏格兰方言创作的诗歌》的序言中，彭斯就提及古希腊牧歌创始人特俄克里托斯(Theocritus)，推崇“多立克式的乡村田园诗”(Doric pastoral)风格，还将自己的作品视为乡土田园诗；出生地阿洛维，竖立起的彭斯纪念碑，以公元前 334 年雅典奖杯亭(the Choragic Monument)为模型，选择这样模型的纪念碑，以图延续古希腊雅典艺术的活力。爱丁堡也建有古希腊风格的彭斯纪念碑，爱丁堡在 19 世纪就已经是“彭斯所在国家”的中心地带和首都。

换句话说，汉译彭斯，与英国主流社会对彭斯的认知有冲突，与苏格兰对其定位也不尽吻合。问题是，苏格兰把彭斯置于崇高的地位、近乎崇拜彭斯的情形，与西敏寺把他添列为诗人角的诗人，理论上相互冲突，但近一个半世纪以来，这种矛盾情形却能延续下来。

彭斯在世时，已经出现对他的讨论。1786 年、1787 年，彭斯的《主要用苏格兰方言创作的诗歌》首版、修订版先后在基尔马诺克和爱丁堡问世，彭斯的诗歌才华得到关注和评论。作品的发行和知识界的讨论共同提高了彭斯的声望。彭斯的朋友亨利·麦肯齐也是著名出版商，创办并编辑定期出版物《镜子》(*Mirror*，1770)和《闲人》(*Lounger*，1785—1786)，司各特的小说《威弗利》也是他编辑出版的。同时他还是文学家，发表过彭斯称为“仅次于《圣经》的《性情中人》(*The Man of Feeling*)”，他在《闲人》杂志上发表《真正天才的惊人作用——彭斯在这方面的诗歌创作案例》(1786)，称“彭斯是艾尔郡的农夫(an Ayrshire ploughman)，几年前在苏格兰西部出版作品，相较于出生地流行的习俗，彭斯怀有雄心、拥有天才的声望。对这位‘天授农夫’的诗人，我希望我能够确切地把他置于很高的位置，做出关于他作品优点的评价，彰显他那名至实归的荣耀。”[①]然而，这位有个性的天才诗人，随着诗歌不断问世，对他的讨论也持续不断，尤其是诗人声望迅速如日中天，却又很快英年早逝。当时有贵族和文人负面议论他，如《伦敦编年史》(*The London Chronicle*)发布悼念文《讣告》(1796 年 7 月 30 日)说，“他的诗歌天赋也产生致命的缺点，成名后大多通宵痴迷于阅读和音乐，或者沉溺于乡村节庆”，此种说辞，因彭斯担任过税务官，得罪一些人，被有些贵族恶意传播。该《讣告》直率地说，“大概彭斯在上流社会是不合适宜的。众所周知，他的方式不为优雅

① Donald A. Low ed. *Robert Burns: The Critical Heritage*. London: Routledge & Kegan Paul, 1974, p. 46.

的贵族社会所接受”[①]。正因如此，1796 年彭斯去世，引发大不列颠尤其是苏格兰批评界的关注，刊发于伦敦的这份讣告及其后续效应很能说明问题。《讣告》出自苏格兰音乐人汤姆森（George Thomson，1757—1851）之手，他是和彭斯共同编选《苏格兰民歌》的友人，在苏格兰民歌整理方面也是功勋卓著，出版有五卷本《原创苏格兰歌诗选集》(1799—1818)，对彭斯尊敬有加。《讣告》坦诚相告，彭斯是“地地道道的农民，其诗歌具有独特的民族特征”[②]。

汤姆森写的《讣告》极力赞赏彭斯诗歌创作上表现出的苏格兰民族性格，认为彭斯既不是处于奴性的依赖状态，也不像苏格兰农民普遍的极端无知，虽没受益于贵族政体，但终究接受过比一般苏格兰农民更多的基础教育，甚至可以说是其所在阶层中所受教育最好的，彭斯的独立精神就孕育于这样的教育。基于此，汤姆森强化了彭斯和其他苏格兰农民的差别，称“彭斯是大自然的处子、灵性的诗人，身上有天才的超常能力和不足”[③]。汤姆森的评价，是对 18 世纪苏格兰、英格兰和欧洲关于天才意见的呼应，即启蒙运动时代普遍重视天才，但时代发展到 18 世纪末，发现天才身上普遍存在着理性不足的失败。因而，汤姆森关于彭斯的意见，在 19 世纪彭斯接受史中变成了持续流行的说法。而彭斯及其作品的突出个性、强有力的审美效果，正基于彭斯有着不可否认的天赋，这种诗歌天赋使其能源源不断推出优秀诗作。在他艰难的成长环境和生活情势中，这种天赋就更显示出他与众不同，引发周遭人的注意。在汤姆森看来，彭斯拥有诗歌创作的奇才，使他付出了巨大代价，或者说，彭斯的不幸，很大程度上是其自我造成的：他的才华常因其个性被周遭环境所遮蔽，最终被毫无节制地损害。然而这份原本措辞诚恳的讣告因有若干不准确之处，遭到后来格拉斯哥大学教授约翰·弗格森（John Delancey Ferguson，1888—1966）的批评：一个从未见过彭斯的人，也从未在彭斯家乡生活过的人，居然视彭斯为“一个浪荡的人”，当时就引发许多认识

① Donald A. Low ed. *Robert Burns*: *The Critical Heritage*. London: Routledge & Kegan Paul, 1974, p. 100.

② J. DeLancey Ferguson. 'The Earliest Obituary of Burns, Its Authorship and Influence', *Modern Philology* 32. 2, 1934, p. 184.

③ Donald A. Low ed. *Robert Burns*: *The Critical Heritage*. London: Routledge & Kegan Paul, 1974, p. 99.

彭斯的读者的强烈怨恨①。其实《讣告》很清楚，“我们相信，这位很有个性的人，在其艺术作品中已呈现出天生的幽默力量、热情、温暖和亲切、下笔如神。无论这样的天才之结局如何悲催，读者都应尊敬这位诗人的才华。”②这些评价，确定了苏格兰人对彭斯的基本认知，使得无论时代怎样变化，后来者无论对彭斯持何种态度，首先皆奉彭斯为天才诗人，然后再论及其优点或不足。“天才论”，直接启示了1796年以后大不列颠正视彭斯的基本模式，引导了批评家对彭斯及其作品的评价，成为贯穿18世纪末至今的普遍认知，如20世纪艺术家罗尼·扬（Ronnie Young，1947—　）认为，“天才神话本身，能帮助理解18世纪后期某些苏格兰批评的意见中，诗人天才说在促进彭斯声望远扬的过程中，扮演了关键性角色”③。

彭斯的接受史也显示出，“天才”作为美学范畴运用时，和批评家一致表达的道德失败相关。彭斯案例中，天才和彭斯传记的关系，在后来批评家试图理解诗人的生活和作品时，变得愈发重要，诸如大卫·洛（David Lowe）的《彭斯的热情之旅》（1904）、约翰·弗格森的《骄傲与激情：罗伯特·彭斯》（1939）、托马斯·克劳福德（Thomas Crawford）的《罗伯特·彭斯及其世界》（1971）、麦凯（James Mackay）的《罗伯特·彭斯传》（1992）、辛普森（Kenneth Simpson）苏格兰语注释本《罗伯特·彭斯》（1994）、斯普洛特（Gavin Sprott）的《罗伯特·彭斯：自豪与激情，传记、时代和遗产》（1996）等，澄清了彭斯人生和创作中一些重要事件。如1787年彭斯去高地和边区旅行，搜集民歌旋律和歌词，进一步确定他创作题材和苏格兰高地的密切关系；1792年他开始出版《苏格兰原创音乐精选集》（*Select Collection of Original Scottish Airs*，1793—1841），没挣到更多钱，而是视为爱国责任，继续创作和出版，预示着他对诗歌创作有强烈的社会责任感；1788年成婚，定居于不富裕的“埃利斯兰”（Ellisland）农场，一年后谋得税务官职位，1791年结束了需要救济才能生存下来的农场生活，迁到邓弗里斯郡，但农耕对他始终是张力和焦虑的来源，从未如华兹华斯般享受乡间生活，明确了他和英格兰浪漫主义之区别。他

① J. DeLancey Ferguson. ‘The Earliest Obituary of Burns: Its Authorship and Influence’, in *Modern Philology* 32. 2, 1934, p. 184.

② Donald A. Low ed. *Robert Burns: The Critical Heritage*. London: Routledge & Kegan Paul, 1974, p. 101.

③ Ronnie Young. ‘Genius, Men, and Manners: Burns and Eighteenth-Century Scottish Criticism’, *Scottish Studies Review* 9. 2 2008, p. 129.

用苏格兰语创作的诗歌应该归功于苏格兰民歌，以及兰姆塞和罗伯特·弗格森等早期苏格兰诗人等的积极影响，其民歌、讽刺诗、动物诗、韵文书信，和叙事长诗《奥桑特》，得到了同时代人广泛承认，意味着彭斯的声望，首先是建立在苏格兰人对他认同的基础上。随着时间推移，彭斯居高不下的声望，夹杂在毋庸置疑的诗人天赋和混乱的私生活、诗人壮志与复杂欲望的矛盾判断中。而对这些矛盾的判断，苏格兰人维护，英格兰人批评，各自夹杂着不同的主体性认知。

其实，《讣告》对当时彭斯的歪曲进行了有效辩护。彭斯去世后，立即出现了对诗人的文化和民族意义阐释的明显趋势。旅行作家和诗人玛利亚·里德尔(Maria Riddell，1772—1808)，是彭斯生命最后五年中来往密切的人。彭斯逝世不久(1796 年 8 月)，她在当地《敦弗里斯日报》(*Dumfries Weekly Journal*)以笔名坎迪多(Candidor)评述彭斯的生活、去世和作品等，反驳对彭斯的不公之说。在她看来，只讨论彭斯的诗歌创作天赋，是不公正的(injustice)，因为他不只擅长诗歌，长相出色的彭斯是性格出众的天才，“在迷人的神奇谈话中，在滔滔不绝的社会论辩中，或者在妙语连珠的讽刺中，没有比彭斯更为耀眼的人，我确信，哪怕这个人拥有的巨大才华”，“他的外貌和行为举止与众不同，但他少有高兴、争强好胜”，而彭斯的才华源于其丰富的知识，彭斯的性格和能力似乎主要是农村生活磨砺出来的，其次才是高雅的书面文化培养的①。里德尔似乎受启蒙主义天才理论的影响，在辨析彭斯外貌、面孔轮廓、声音等方面，进一步剖析彭斯性格，“具有强大的独立自主性、意志坚定、不傲慢、表情生动、眼神在快速闪动中透露出某些天赋，无论是对愤愤不平之事投去一瞥，还是对被感动事物投去热情的目光。他的声音就足以能强化其眼神的魔力，响亮、抑扬顿挫、节律悦耳，不为爱国主义激情所囿。彭斯突出的性格，宛如来自 18 世纪感伤主义小说中的人物形象，他有魅力但令人生畏，个性独特，有不可思议的吸引力”，但作者也暗示彭斯的才华伴随着他性格中天生的讽刺禀赋，如司各特认为，彭斯的讽刺混合着对某些他不满的社会现象或人物的攻击；作者指出，“彭斯的嘲笑飞镖，经常随心所愿任意飞出，人与人之间或党派争执时，一瞬间嘲笑就会勃发成兴致或转换成憎恶”，彭斯有强烈的感受力，对苏格兰

① Donald A. Low ed. *Robert Burns: The Critical Heritage*. London: Routledge & Kegan Paul, 1974, pp. 101-102.

文化认同情有独钟①。可以说，里德尔在睿智论述彭斯才华具体表现的过程中，提供天才被时代认可、接纳、赞誉和不解等各种情形，如汤普森《讣告》所及的彭斯当时不被充分接纳的论述，被她具体化。她指出后来视为浪漫主义文学趋势的现象，如关注时代潮流、不节制欲望、放纵情绪等，在彭斯那里会伤及自己和他人。尤其是，发现彭斯对自己的阶级地位有自知之明，希望彭斯作为民族诗人的声望会不朽，苏格兰应该承认彭斯的天才。其才华源于农村，和他在农村所经历的早年岁月，诸如在春天，环绕鸽舍的田间开遍野花，他编织漂亮花冠，都赋予了其诗歌天赋的基础。这篇如此维护彭斯声誉之作，被彭斯百年纪念版《苏格兰诗人彭斯作品全集》(1896)视为“彭斯时代批评家中，关于彭斯的最好文字”②，其中的许多论述对后世影响力巨大，如著名诗人穆尔(James Muir)的插图本《17 岁之前的罗伯特·彭斯》(1929)、卡斯韦尔(J. Catherine Carswell)的《罗伯特·彭斯传记》(1930、1980、1990)、赫克特(Hans Hecht)的《罗伯特·彭斯其人其作》(1936，1950)等著名传记，都广泛引用其中的某些说法。

值得关注的是，彭斯去世不久，苏格兰知识界和文学界就关心彭斯诗歌才华、英年早逝等问题。苏格兰作家赫伦(Robert Heron，1764—1807)作为彭斯同时代人，其《追忆罗伯特·彭斯后半生》(1797)中：(1)认为彭斯恃才自傲，既成就他超常的诗歌创作禀赋，也导致他道德失败，尽管他诚实，因没有美德束缚，各种才能很快迟钝，或做出疯狂恶作剧，不过这种天才的劣势，一开始就伴随着这位感情纯真的诗人之创作；(2)描述苏格兰教会的教区学校影响了青少年时代彭斯的才华，认为彭斯从田间到学堂，又从学堂回到田间劳动，重新打开了他知识和趣味的视野，丰富了他的生活，使他对生活和文学有了新的热情，“若没有这样的机会，要激发其才华的神圣情感，如培养其对崇高或温柔的感知，那是不可能的”，深刻说明了这位艾尔郡农夫丰富想象力的来源；(3)认真辨析彭斯成为天才诗人的过程、诗才的具体情形，包括他对诗学敏感性、具体事物的感觉力、精神的感受力等属于真正天才不可或缺的禀赋成就了他诗歌创作的独特性，如他有超常的感受力、诗歌语言表达能力，使他

① Donald A. Low ed. *Robert Burns: The Critical Heritage*. London: Routledge & Kegan Paul, 1974, pp. 103-104.

② W. E. Henley, T. F. Henderson. *The Poetry of Robert Burns* (Ⅱ). London: Caxton Publishing Company Ltd., 1896, p. 421.

成为用苏格兰语和苏格兰英语写作的语言大师，“因彭斯意识到自己的才华和优点，才使他难以为其所在阶级的圈子容纳，他便做出了诸多疯子般的恶作剧(maniac mischievousness)”，但“彭斯不是一个新奇的另类，而是一位天才诗人(‘genuine’ poet)”，“对我而言，彭斯作为诗人和人的真正优点，立足于其扩展了的、强有力的、敏锐的判断以及心灵理解”，“彭斯是超常诗人中的超常诗人(an exceptional poet among exceptional poets)，终生都在用大师的手演奏七弦琴。彭斯不是打扮怪异的小丑，在你面前他是一个光明正大的人。作为一个人、哲学家，你能见证他的风采、精神的伟大能量及其活力。”[①]此外，《回忆彭斯》(1797)也探讨彭斯的天才对其生活的影响，包括导致其英年早逝。正因为如此深入解释彭斯天才及其相关问题，尤其是试图解释彭斯诗歌才华和其作为苏格兰天才之间的张力，而不是说他作为英国诗人的文学成就，行文中哪怕在论述彭斯的文学声誉时，有若干否定性意见、一些知识性错误，备受后来的彭斯传记作者批评，但这样看待彭斯成为以后讨论彭斯文学和生活的基本趋向。后来学者对彭斯书信和传记的研究，如托马斯·克劳福德的《罗伯特·彭斯及其世界》(1971)、唐纳德·洛(Donald Low)的《罗伯特·彭斯》(1986)、麦凯的《罗伯特·彭斯传》(1992)、辛普森的《罗伯特·彭斯》(1994)等，普遍深受其影响，他们皆热衷于这位天才很快就陨落的问题，罗博塔姆(John Robotham)的《阅读罗伯特·彭斯》(1996)甚至有意识证实某些说法[②]。

至于彭斯传记，他去世不久，苏格兰文学界和知识界已开始撰述了。彭斯同时代的柯里(James Currie，1756—1805)是世界上第一部彭斯传记的编辑和作者，其《罗伯特·彭斯的作品》(1800)提供了详细的传记材料，认真分析诗人的天才特点，认为他在诗歌模式和写作技巧上有自觉意识，诗歌和书信一样，都是他强烈情感表达的产物，是他沉思自己卑微生活及其具体事件的又一个副本，由此造成彭斯虽然有着理解人类精神的禀赋，但给人的第一印象“或许是令人反感的”。传记还涉及彭斯诗歌主题形成的那些事件，认为那是掩饰农民生活卑微地位时常发生的事件，转化为诗人的一首首伟大诗歌的主题，如《致田鼠》和《致山菊》等著名诗篇

① Robert Heron, *A Memoir of the Life of the Late Robert Burns*, Edinburgh: T. Brown, 1997, pp. 3-5, p. 47.

② John Robotham. ‘The Reading of Robert Burns’, in Carol McGuirk (ed.), *Critical Essays on Robert Burns*. London: Prentice Hall, 1998, pp. 281-297.

就源于实际生活中所遇到的事件。可贵的是，他分析彭斯性格的复杂性，一方面说“他欠缺贵族的优雅，但在日常行为举止、精力充沛等方面引人注目，是适应其天才要求的，而其独特诗篇《佃农的星期六之夜》则显示出天才的特点，成为真正有意思的田园诗”；另一方面彭斯未把才华运用于苏格兰农民生活的更多方面，苏格兰高地的许多习俗也未能充分表达出来。一方面说成名后的彭斯，很快离开兰姆塞和罗伯特·弗格森等苏格兰诗人的圈子，投奔到英语诗歌大师门下；另一方面说即便如此，他作为诗歌奇才，丰富的想象力没有受到损害，诗歌表达未脱离其所在阶级，活动范围仍是苏格兰或苏格兰视野中的法国和英格兰，继续使用苏格兰语言，需要很大勇气，因为时代变化，苏格兰语已边缘化、英语书写则已日渐主流，苏格兰人的优雅和热望也随着苏格兰语文学写作衰微而不断消失，但彭斯早期大部分诗歌、后期的许多重要诗篇，都用苏格兰语书写，对英格兰人来说是难以领会的，因为他们认识其诗歌，有语言障碍。[①]深刻指出彭斯传记中的矛盾现象，给后人深入认识彭斯复杂性，提供了重要史料、视角。

矛盾性的论述，随着时间的延伸，反而变成认识彭斯的基本规则。罗伯特·克罗福德的《罗伯特·彭斯和文化权威》(1996)诠释彭斯诗歌才华关乎苏格兰或大不列颠立场，因为彭斯事实上始终没有偏离苏格兰农民的身份，此乃19世纪末以来肯定性讨论彭斯的共识[②]。罗伯特·克劳福德的判断，源于他长期从事彭斯诗歌研究、彭斯作品编订，先后出版《天授弗格森：罗伯特·彭斯最喜爱的苏格兰诗人》《吟游诗人：罗伯特·彭斯传记》(2009)等，认真考据彭斯生平中重大事件及其文学反映：1784年父亲去世，举家迁移他乡，经济状况并无好转；他痴迷于苏格兰民歌民谣，出版《主要用苏格兰方言创作的诗歌》(1786)；在爱丁堡很快被再版，获得成功，但在爱丁堡一段时间后，仍眷恋故乡，回到农场，从事田间劳动；1788年考取税务局职员，每周骑马200英里上班，执法过程中对富人严厉，对贫穷者关照，改观了他的家庭收入，但他没有放弃田间劳作。生活阅历以及选择，使得彭斯声望持续上涨，他却始终坚持苏格兰吟游诗人的传统，克服来自英格兰的诱惑，放眼欧洲，尤其是书写

① Donald Low ed. *Robert Burns: The Critical Heritage*. London: Routledge & Kegan Paul, 1974, p. 132-135.

② Andrew Nash. "The Cotter's Kailyard", in Robert Crawford ed., *Robert Burns and Cultural Authority*, Edinburgh: Edinburgh University Press, 1997, pp. 180-197.

不脱离苏格兰民族文化根基的苏格兰诗歌。这样的论述显示出，彭斯书写苏格兰农民生活和情感中表达苏格兰性，是因他的诗歌获益于苏格兰生活本色，足见出柯里等所写早期彭斯传记对后来苏格兰人的影响力。

事实上，彭斯的声望在19世纪初确定下来，与1802年创刊的《爱丁堡评论》杂志的积极推动分不开。生于爱丁堡、毕业于格拉斯哥大学和牛津大学的苏格兰法官、文学批评家杰弗里(Francis Jeffrey，1773—1850)，在《爱丁堡评论》编辑发布许多评论苏格兰文学的文章，汇集各种关于彭斯的观点，他自己也发表关于彭斯的研究心得，不是在道德范围内认识彭斯的才华，而是冷静指出彭斯道德不足并提出严厉批评，认为才华横溢的诗人常被激情所累，得到赞誉的同时也备受指责。不过，在英语普遍化、苏格兰语方言化的趋势下，杰弗里更关心苏格兰人用苏格兰语创作文学的问题，因其不是被大不列颠看好的文学，“苏格兰读者对这种不过是幼稚的趣味(‘infantile’ taste)，一点也不觉得难为情。他们不认为苏格兰语是一种外省方言、粗鲁的地方性语言，而是视之为英国语言之一，外加苏格兰有足够长独立的历史，在法律、教育和生活方式等方面，苏格兰仍是独立的王国。与此相适应，就不意味着苏格兰语是特别粗俗的语言，而是有历史基础的苏格兰民族广泛使用的公共语言。彭斯作为真正伟大的天才，但他主要(甚至是唯一)的诉求对象，并未超出钟情于早期苏格兰生活的那些苏格兰人”。后来英国文学批评家由此断言，“这只遵循彭斯的历史，而没有培养出对彭斯的理解力和审美趣味，实际上若不重视彭斯的农民身份及其诗歌创作中的娱乐成分，那么要理解彭斯的作品是不可能的①。以上认知，影响19世纪苏格兰认识彭斯的导向，许多批评家把彭斯的生活和文学创作分开，如在《爱丁堡评论》上发表多篇文章的苏格兰著名雕刻家、编辑克罗默克(R. H. Cromek，1770—1812)的《罗伯特·彭斯的遗迹》(1808)，论述了彭斯在劳动阶级文学中的地位，以及成为重要诗人的成就，认为彭斯理所当然是苏格兰诗歌的伟大天才，其作品令人印象深刻，和莎士比亚相比，无损于他的形象，“和莎士比亚一样，他创造了另一种悦耳的诗歌形式”②。《爱丁堡杂志》上的诸多讨论，大大改变了一些负面观感，如“怀疑彭斯是否能成为大不列颠诗人，彭斯

① D. Nichol Smith ed. *Jeffrey's Literary Criticism*. Oxford: Oxford University Press, 1910, p. 75.

② Donald Low ed. *Robert Burns: The Critical Heritage*. London: Routledge & Kegan Paul, 1974, pp. 184-185.

仅仅是用苏格兰语创作的苏格兰诗人(a Scottish poet writing in Scots)才得到尊敬的"，从而改变了彭斯因审美趣味完全只能被地地道道苏格兰人所尽情享受的趋势[①]。

自此，许多著名文学家参与到关于彭斯的讨论中。其中，小说家司各特在《评论季刊》(*Quarterly Review*)创刊号(1809年2月)发表未署名评论文章，对彭斯及其作品提出了富有影响力的解释，如开篇否定性列举社会上非议彭斯道德不足的意见，包括关于天才诗人浪费才华及其后果的说法，以及成名后的彭斯过着罪恶的生活，直接损害身体和原本敏锐的感受力，还有诗人因恃才自傲而饱受伤害。为更好理解诸如此类意见，司各特重新审视柯里编订的《彭斯作品集》，认为他不是普通农夫阶层的奇才，也不是有着不寻常文学造诣的普通农民，因为他身上保存了儿童的激情和感受力，使其在最底层生活境遇中保存了特别清晰的记忆；认为彭斯的尊严、精神，基于罗马或雅典自由民/公民尤其是高等公民的传统，而不是因封建时代已弥漫于欧洲社会的骑士精神制度；认为他出身底层以及耳濡目染的社会习俗，影响了他对生活的感受力。使司各特在赫伦赞赏彭斯的感觉细腻之处，看到了彭斯的过敏、局促、无拘无束的自由，并把诗人的政治倾向与其写作技巧分离，认为政治在很多人那里是一种严肃的原则，在彭斯那里几乎是由感觉所决定[②]。更有意思的是，司各特还认为，虽然彭斯是农民之子，但"彭斯所受教育比起许多苏格兰贵族而言，并不糟糕，如从小生活困难的霍格，早年大部分时间是既不能阅读，更不能书写，而彭斯作为苏格兰第一个有特殊诗才的人，没有花费很多时间在语法学习上"，而是直接触及苏格兰语[③]。的确如此，后来拜伦在致友人书信中说，"彭斯的天才有很高的价值"，"彭斯的诗歌无论感到多么深奥，但对韵律的平衡和调节而言，是强有力的"[④]。必须承认，司各特把自学成才者(autodidact)彭斯置于苏格兰文学史框架下观察，是极为敏锐深刻的，由此能认识到彭斯在语言选择上更倾向于苏格兰语

---

① Donald Low ed. *Robert Burns*: *The Critical Heritage*. London: Routledge & Kegan Paul, 1974, p. 186.

② Donald Low ed. *Robert Burns*: *The Critical Heritage*. London: Routledge & Kegan Paul, 1974, p. 203.

③ H. J. Grierson et al. ed. *The Letters of Sir Walter Scott* Ⅲ. London: Constable and Co. Limited, 1935, p. 375.

④ H. J. Grierson et al. ed. *The Letters of Sir Walter Scott* Ⅲ. London: Constable and Co. Limited, 1935, p. 334.

言，并且用苏格兰语写诗所表现出的灵活、机智，是其数量极少的英语诗歌所欠缺的。在彭斯尝试英文写作时，实际上，诗人因其英语相较于苏格兰语，既不灵活，也不适应，由此解释清楚了诗人诗歌创作不受英格兰等外来影响的具体情形，也就要求读者不能超越苏格兰欣赏和理解彭斯。

司各特的论述很有影响力。著名作家和编辑洛克哈特(John Gibson Lockhart，1794—1854)的《彭斯传记》(1828)，正是在此基础上，把彭斯想象成唯一的苏格兰诗人，认为他的诗歌已经强有力地振兴和强化了同胞的国民感情，彭斯最主要的作用就是通过诗歌促进苏格兰民族的认同；认为彭斯英年早逝，是为苏格兰而牺牲的，"无论如何，天才已经因献身于展示民族仪轨、支持培养苏格兰人的民族情感，无疑会作为苏格兰民族诗歌的奠基人被永远纪念，呜呼哀哉！这位革新的殉道者(*martyr*)！"① 对洛克哈特的说法，著名苏格兰诗人摩根(Peter F. Morgan)极为赞赏，其《洛克哈特的文学品格》(1975)积极分析洛克哈特把彭斯的文学成就与苏格兰民族关联起来②；理查森(Thomas C. Richardson)在《洛克哈特的彭斯：激动人心的民族热诚》(1998)中，也热烈回应，认为洛克哈特阐释了彭斯诗歌所传达的苏格兰民族情怀及其意义③。当然，也启示了当代学者普兰迪(Juliet Prandi)《自学成才者的诗歌：十八世纪的杰出人才》(2008)，进一步深入阐释自学对于彭斯之类杰出文学家的重要意义④。而阿伯丁长大的拜伦也称，"若彭斯是贵族，又会怎样？他就应该用极好的韵文创作，这样会更加完美，而不是强悍……他或许如爱尔兰诗人和剧作家谢里丹(Richard Brinsley Sheridan，1751—1816)一样不朽，或者比他活得更长久。"⑤苏格兰文学家不断参与对彭斯的解读实践，成为后来苏格兰阅读彭斯的传统，如出生于格拉斯哥并创作著名诗篇《格拉斯哥大街》的诗歌作者蒙哥马利(William Montgomerie，1904—1994)主编的《当代六位作家论罗伯特·彭斯》(1947)辑录了苏格兰不同时期作家对彭斯的

---

① Donald Low ed. *Robert Burns: The Critical Heritage*. London: Routledge & Kegan Paul, 1974, p. 345.

② "Lockhart's Literary Personality", *Scottish Literary Journal* 1975, pp. 27-35

③ John Lockhart's Burns: Stirring "National Enthusiasm"', in *Studies in Scottish Literature* 30, 1998, pp. 157-166.

④ Juliet Prandi. *The Poetry of the Self-Taught: An Eighteenth-Century Phenomenon*. New York: Peter Lang, 2008, pp. 13-38.

⑤ R. E. Prothero ed. Works of Lord Byron, *Letters and Journals*. Ⅱ. 1898, p. 320.

理解。

而苏格兰文学家讨论彭斯，必须要正视以《论英雄和历史上的英雄崇拜》(1841)而著称的苏格兰哲学家和文学批评家托马斯·卡莱尔。他在《爱丁堡评论》(1828)发表关于彭斯之作，1859 年在纽约出版著作《彭斯传》、1897 年在波士顿出版《彭斯论集》，讨论彭斯诗歌及其影响力，以及其传记、性格、文学成就之间复杂关联。他尊彭斯“不仅是一位真正大不列颠诗人(true British poet)，也是十八世纪最重要的大不列颠人之一”，解释彭斯作为诗歌奇才的概念，试图澄清他持续流行的原因，认为作为第一位影响世界的苏格兰诗歌奇才，其快乐、欢愉的性格，还伴随着爱热闹、暧昧、骚动的特点，虽然由此早逝，许多话没来得及说出来，但他已经延长生命到我们的时代。“卡莱尔特别关注彭斯的生命短促、性格复杂等问题，认为彭斯的天才，在蔚蓝色光谱下，在启蒙主义的世界里，有时难以显现，只有伴随着彩虹的云彩和东方色调的色彩，才转化为人们惊奇而又满含泪水地注视着的荣耀和壮丽”。其《彭斯传》涉及诗人的悲剧命运及其对文学创作的影响，“他经常被要求写悲剧，时间和手段没有给予他这样做，但在生命过程中他扮演了悲剧角色，并且是一出深奥的悲剧”，彭斯不再是唯一的奇才或平民，而是有瑕疵但给人印象深刻的天才，瞥一眼就能可接近的诗歌天才，“大家都记住了彭斯，他已留下所创作的作品，而不是可怜的残缺的人，他从来就未展示完整自我的天才，简单一撇是满目疮痍的诗人”①。卡莱尔把彭斯纳入大不列颠框架下审视，揭示其普遍意义，客观上成为西敏寺把彭斯添列诗人角的力量。

不过，随着时间的推移，苏格兰的冷峻天空下，无需人为培植，彭斯维持着赫赫声望，19 世纪初关于彭斯诗歌的生动描述，尤其是文学家对彭斯的认知，深刻影响了后来人对彭斯的理解，成为 20 世纪不断重建彭斯传记的资源。罗伯特·克劳福德的《罗伯特·彭斯及其世界》(1971)、唐纳德·洛的《罗伯特·彭斯》(1986)、麦凯的《罗伯特·彭斯传记》(1992)、辛普森的《罗伯特·彭斯传》(1994)等，以积极认同姿态津津乐道于彭斯，即便是彭斯匆匆走完短促人生的敏感问题，也是与苏格兰认同相关联，而不作道德评价；同样，卡斯维尔(Catherine Carswell)的《罗伯特·彭斯传》(1930 年初版，1980 年、1990 年再版)、赫克特(Hans

① Donald Low ed. *Robert Burns: The Critical Heritage*. London: Routledge & Kegan Paul, 1974, pp. 351-353.

Hecht)的《罗伯特·彭斯其人其作》(1936年初版，1950年再版)、格拉斯哥大学教授约翰·弗格森的《自豪与激情：罗伯特·彭斯传》(1939)、戴启斯的《罗伯特·彭斯》(1950，1966，1981)、麦克因泰(Ian McIntyre)的《污垢与神：罗伯特·彭斯传》(*Dirt and Deity*: *a life of Robert Burns*, 1995)、斯普洛特的《罗伯特·彭斯：骄傲与激情——生活、时代和遗产》(1996)等，塑造了彭斯精彩纷呈的形象，却又不偏离其苏格兰身份和诗歌天才。对此，《彭斯诗歌作品》(1974)的编者坦普尔大学英语系教授本特曼(Raymond Bentman)，在《罗伯特·彭斯》(1987)中提出很多深刻问题：彭斯从农夫角度感受苏格兰启蒙哲学，思考大不列颠的民族平等、苏格兰教会之于苏格兰自由的意义、苏格兰国家及其历史的知识之确定性等问题，以及通过诗歌语言书写这些问题，创造性地用英语书写苏格兰民歌民谣，把个人诗歌创作和苏格兰民歌民谣融为一体等一系列问题。作者介绍彭斯的才华、文学阅读、历史感受过程中，给读者理解彭斯与其时代关系提供必要背景，分析诗人早期创作生涯中的讽刺传统，把英格兰古英语诗歌风格、18世纪苏格兰民歌民谣传统相结合。从1785年开始，讽刺力度降低、冷静直面苏格兰问题的诗歌增加，随之，对所描写事物的道德化程度降低，和18世纪后期苏格兰文学变化相呼应。这样的彭斯，在英格兰未能得到很好的理解、欣赏。可以说，一位诗人获得如此多“传记”，多对其作为苏格兰诗人普遍充满着敬意，足以说明彭斯诗歌的“苏格兰特色”，以及苏格兰人阅读彭斯的民族情怀。

伴随着彭斯“传记”研究的是，不断整理、编订、校对和研究彭斯作品，出现了许多著名“诗选”，包括麦盖克(Carol McGuirk)主编的《彭斯诗选》(1993)、唐纳德·洛(Donald Low)主编的《罗伯特·彭斯歌集》(1993)、帕特森(Don Paterson)选编的《彭斯诗集》(2001)、安德鲁·诺贝尔(Andrew Noble)和霍格(Patrick Scott Hogg)主编的《罗伯特·彭斯的经典作品》(2001)、罗伯特·克劳福德和麦克拉兰(Christopher MacLachlan)主编的《罗伯特·彭斯诗歌和散文选》(2009)等。“作品选”都关注彭斯诗歌的爱情诗、讽刺诗、政治诗等不同类型，尤其是被视为经典的诗歌大多是用苏格兰语书写的等苏格兰学界最痴迷、自豪的话题。沃特(L. M. Angus-Butter Worth)的《罗伯特·彭斯与十八世纪苏格兰民族语言诗歌复兴》(1969)专门研究彭斯创作，显示出英苏合并后，苏格兰语和盖尔语生命力再度激活的事实，也再度解释彭斯坚持用苏格兰语创作的原因。更重要的是，彭斯诗集的不断被整理再版，复兴了苏格兰语言，促成了苏格兰文学在20世纪20至40年代的复兴。苏格兰著名诗人和教授沃森之作《苏格兰文学：从中世纪到19世纪》(2007)所说的，彭斯的影响力在后来诗人的创作中有清晰脉络可循，“苏格兰语诗歌”甚至变成了“像彭斯那样的诗歌”，如蒙哥马利出生于格拉斯哥的苏格兰作家和诗人、1989—1993年任苏格兰文学研究会主席的著名播音员琳赛(Maurice Lindsay，1918—2009)等，借助彭斯诗歌而复兴了苏格兰语文学。也就是说，苏格兰语文学无论怎样变化，彭斯的影响力始终存在，促进苏格兰语诗歌向当代转化总有其历史基础，苏格兰现代主义诗人麦克迪尔米德抱怨，彭斯的巨大影响力，其辉煌成就所固定的模式，后来有苏格兰诗人甚至“宁愿不遭遇彭斯及其阶级所忍受的物质上和经济上的困难，也不想体验彭斯对于社会和政治体制的不满”，更喜欢彭斯作为“农夫诗人”，想象其酗酒和浪荡的样子[①]。

在此基础上，苏格兰学界又对彭斯的“诗”和“歌”进行区分，出现了金斯利(James Kinsley)主编的三卷本《罗伯特·彭斯诗集和歌集》(1968)和《彭斯歌和诗集》(1969)、唐纳德·洛(Donald Low)主编的苏格兰语写作的《罗伯特·彭斯歌集》(1993)等。之所以区分，是因为彭斯的诗歌创作相当程度上依托苏格兰民歌及其旋律的基础，进行再加工、创作，所以一开始就赢得了苏格兰读者，并且诸多有影响力的诗篇都充满着苏格兰民俗和民歌旋律。而苏格兰民歌有其自身诗学特点，蒙哥马利和妻子诺拉(Norah)合作编纂的《苏格兰儿童歌谣》(1946、1985)、《桑迪·坎迪与其他苏格兰儿童民歌》(1948)等，以及受著名幻想小说家莫里斯(William Morris，1834—1896)之作《世界末日不可怕》(1896)启发，编纂的《世界末日不可怕：苏格兰民间故事》(1995)等作品，均呈现了苏格兰民间文学的魅力。托马斯·克劳福德的《彭斯的诗歌和歌曲研究》(1960)、里斯克(Nigel Leask)的《罗伯特·彭斯与田园诗：十八世纪后期苏格兰诗歌与改革》(2010)、卡拉瑟斯(Gerard Carruthers)的《爱丁堡罗伯特·彭斯指南》(2009)等，都不同程度探讨了彭斯创作中的歌和诗之区别问题。

为还原彭斯真相，苏格兰学术界还时常编订彭斯的书信，罗伊(G. Ross Roy)和约翰·弗格森主编的两卷本《罗伯特·彭斯书信集》(1985)、鲁尔克(Donny O'Rourke)的《爱之吻：罗伯特·彭斯和克拉琳达的情书》

---

① Roderick Watson. *The Literature of Scotland: The Middle Ages to the Nineteenth Century*. London: Palgrave MacMillan, 2007, p. 227.

(2000)等，连同丰富多彩的“诗选”，事实上累积着彭斯在苏格兰具有超越莎士比亚的崇高地位，成为苏格兰国族英雄，启示着苏格兰人对苏格兰文化和民族身份的认同。

同时，苏格兰学术界不断重建彭斯的历史原貌，包括斯特拉洪(John Strawhorn)主编、艾尔郡考古和自然历史学会编纂的《罗伯特·彭斯时代的艾尔郡》(1959)，布朗(Mary Ellen Brown)的《彭斯与传统》(1984)，麦克奎克(Carol McGuirk)的《罗伯特·彭斯与感伤主义时代》(1985)等，还原了彭斯的生活语境、文学资源、时代氛围等，对读者深入理解彭斯始终保留强烈的苏格兰性，提供了重要历史根据。伴随彭斯文学声望的是，每个时代总有关于彭斯的深入讨论，出现了许多极为有特色的论述，唐纳德·洛主编的《罗伯特·彭斯：批评遗产》(1974)和《罗伯特·彭斯批评论集》(1975)、麦克奎克(Carol McGuirk)主编的《罗伯特·彭斯批评文集》(1998)等，提供了不同时代的重要批评文献，遍及从早期到20世纪关于彭斯的传记、作品考订、理解；琳赛(Maurice Lindsay)编纂的《彭斯百科全书》(1980)，综合有关彭斯的各方面知识，内容极为丰富，令人叹为观止；杰克(R. D. S. Jack)和诺伯(Andrew Noble)主编的《罗伯特·彭斯的艺术》(1982)，汇集了彭斯诗歌的艺术及其延伸产品。

有意味的是，苏格兰对彭斯的崇敬，影响了苏格兰的诗歌史、文学史建构，金斯利(James Kinsley)的《苏格兰诗歌：批评纵览》(1955)、戴启斯的《十八世纪方言诗歌》(1996)、琳赛的《苏格兰文学史》和《苏格兰文选》、迈克考迪科(David McCordick)主编的两卷本《苏格兰文学：文选》(1996)、沃森的《1380—1980年间盖尔语、苏格兰语与英语的苏格兰诗歌》(1995)、卢克·厚文(Luuk Houwen)的《中世纪晚期和现代初期苏格兰的文学与宗教》(2012)等著述，均给予彭斯以文学史重要位置。其中，沃森的《苏格兰文学：从中世纪到19世纪》(2007)认为，过去的评论家大多低估了彭斯的受教育程度，实际上造成彭斯困苦生活的原因并非其出身的阶级属性，而是另有复杂原因。如彭斯最初出版《主要用苏格兰方言创作的诗歌》，当时他急需钱，因为他和女工产下私生女要抚养，情人简·阿穆尔(Jean Armour)怀孕，1784年父亲去世，要赡养母亲，负担三个弟弟和三个妹妹，而农场无法提供全部开支。尤其是，感情生活受挫，简·阿穆尔拒绝了彭斯的求婚，彭斯又和“高地玛丽”(Highland Mary)的玛丽·坎贝尔(Mary Campbell)纠葛不清(恋爱期间，彭斯沉默寡言、深陷痛苦)，后来在爱丁堡获得显赫文学声望时写有信函解释痛苦、种种压力，坦承“不便说的苦衷”①。不过，诗集出版大获成功后，他想法突变，打算移居牙买加，但文学批评界的时尚不可能抑制他崭露头角，第一部诗集及其再版使彭斯的诗人声望扶摇直上，由此一举成名，他的那些最著名诗篇，除了《圣威利长老的祈祷》和未完成之作《奥桑特》外，几乎都是在18世纪90年代中期之前创作的。这些考据，不仅还原了彭斯的经济状况，更重要的是澄清了彭斯并非天生贫穷的苏格兰人，更切实地提出，彭斯是苏格兰农村中受教育良好、经济状况上乘的诗人，却终生痴迷于苏格兰草根诉求和审美，正说明他有着真诚的苏格兰认同。而这是20世纪苏格兰文学史家的普遍认知，也是他们对苏格兰文学史的建构，不同于主流英国文学史的关键所在。

可是，苏格兰关于彭斯的贡献，对主流英国文学史研究界撼动甚微。不可否认，上文论及的第六版《牛津英国文学指南》(2007)比较详细地论述了彭斯传记中诸多重要事件，但更凸显英格兰对彭斯的积极作用，认为彭斯父亲重视子女教育，搬家让孩子们接受英格兰古典文学教育，而人文主义教育，使他更深刻地体验到贫困和不公不义问题，从而积极拥护法国大革命，写下《佃农的星期六之夜》《致田鼠》《致黛西山》《圣威利长老的祈祷》《致拉巴利亚可的信》《圣集》等描写苏格兰现实生活的诗篇；热衷于探讨《玛丽·莫里逊》《致天堂里的玛丽》等著名爱情诗篇创作背后的滥情经历，巧妙地降低诗歌的崇高意义；津津乐道于彭斯热衷社交、耗费才华和英年早逝等话题②。一方面和彭斯因搜集民歌、修订和创作大量苏格兰诗歌，包括《友谊天长地久》、《我的爱人像一朵红红的玫瑰》、《班克斯和布拉涅斯》、歌颂班诺克本战役的战斗歌曲《苏格兰人》等杰作，获得巨大声誉相矛盾；另一方面尽管史料丰富、论述过程细致，却仍加剧了彭斯的地方化色彩。桑德斯的《简明牛津英国文学史》(1994)的做法如出一辙，认为“彭斯的诗歌总是深深地植根于苏格兰口头文学传统之中。搜集、编辑、改编民歌和流行歌曲而成的作品，最终赢得了整个欧洲的赞誉，但他对苏格兰语的词汇、成语、韵律等的敏锐感受力，使之能将民歌转化为自己的诗作”。对乡村生活的了解是促成他成功的重要原因，英格兰文学家也是这样认识彭斯的，如华兹华斯1830年为寻找与彭斯有

① Roderick Watson. *The Literature of Scotland: the Middle Ages to the Nineteenth Century*. London: Palgrave MacMillan, 2007, pp. 225-227.

② Margaret Drabble ed. *The Oxford Companion to English Literature*. (*Sixth edition*). Oxford: Oxford University Press, 2000, pp. 152-153.

关的遗址，访问艾尔郡，创作了《祭扫彭斯之后献给彭斯的儿子们》，表达了彭斯的成功在于维护苏格兰的传统[①]。

总之，主流英国文学史家正视了大不列颠北部地区的大诗人彭斯，但在英国文学框架下，彭斯还是被巧妙地地方化了，其美学意义和诗学特点，都仅限于苏格兰。这与18世纪末以来苏格兰文学界对彭斯的积极讨论看似一致，实际上立足点和所阐述的意义，完全不可相提并论。彭斯去世不久，苏格兰开始盛行撰述各有侧重点的彭斯传记、整理和修订再版彭斯各种作品，说明彭斯英年早逝的悲剧原因，但把彭斯视为伟大的民族诗人则是大势所趋。而这种基础性的学术工作，成为此后苏格兰学术界的基本任务之一，并不断彰显彭斯的诗歌丰富性、人格魅力、赋予了道德内涵的苏格兰认同等。辛普森(Kenneth Simpson)的《爱与自由：彭斯二百年纪念》(1997)、卡拉瑟斯(Gerard Carruthers)的《爱丁堡罗伯特·彭斯指南》(2009)等显示，彭斯苏格兰民族诗人形象生动丰满，没有概念化。当然，二百多年来年苏格兰人敬仰彭斯，对其展开思想深刻的深入阐释，终究没有改变苏格兰文学在大不列颠框架下的边缘化位置，苏格兰伟大诗人没被提升为联合王国的伟大诗人，但彭斯毕竟在西敏寺诗人角中占据了重要位置。然而，我们又必须看到，在剑桥、牛津和哈佛等大学的英文系，有专门研究盖尔语、凯尔特语的专业，会涉及与之相关的苏格兰语，据麦克阿瑟(Tom McArthur)的《牛津英国文学指南》(1997)“苏格兰语有许多北部英语的音韵、语法和词汇等特征，是北部英语方言的共同特点。因英格兰王国和苏格兰王国的分治，苏格兰语许多特征只能在边区流行”[②]。意味着，百余年来汉译彭斯作品历程，客观上面临着两个彭斯：或是大不列颠北部的地方诗人彭斯，或是尊为苏格兰国族英雄的苏格兰诗人彭斯，王室添列其入“诗人角”，只是对矛盾的平衡，无法回避具体译介彭斯作品中所遇到的难题。

---

① Andrew Sanders, *The Short Oxford History of English Literature*. Oxford: Clarendon Press, 1994, pp. 363-366.

② Tom McArthur ed. *The Oxford Companion to English Literature*. Oxford& New York: Oxford University Press, 1992, p. 168.

第三节 汉译彭斯之困境：苏格兰知识和苏格兰性再现问题

中国译介彭斯第一个高峰，即20世纪30年代，译介者就清楚彭斯在英格兰和苏格兰的阅读接受情况不同。林语堂审校的汉译本《英国文学史》(1930) 述：“彭斯在本乡和国外的影响，比任何苏格兰作家都要大。但在英格兰，他的读者很有限，因为英格兰人不容易懂他最好的诗歌的语言，因为其中极少纯粹英文诗歌，大半是低地苏格兰方音(lowland Scotch)。彭斯之前，苏格兰文学有自己的文言苏格兰语 Scotch。以前的苏格兰作家诗名只传颂当地。直到彭斯，才给北部英语(northern English)在英国文学和世界文学上争到一个位置。在天才的高超、感觉的深刻、表现的生动方面，彭斯确实凌驾以前任何苏格兰作家之上。”①无论评述是否提示当时或后来译介者翻译彭斯作品的复杂性，但《苏格兰人》《这一撮民族败类》《我的心呀在高原》《不管那一套》《往昔的时光》《一朵红红的玫瑰》《走过麦田来》《风来自四面八方》《如果你站在冷风里》《我的好玛丽》《玛丽·莫里逊》《郎吹口哨妹就来》《邓肯·格雷》《圣威利长老的祈祷》《致拉布雷克书》《佃农的星期六之夜》《写给小鼠》《两只狗》《圣集》等等短小精悍的抒情诗，或用苏格兰语，或用苏格兰英语，或用英语，直接书写苏格兰的不同风情、最为汉语读者称道的爱情诗，表达苏格兰人对爱情婚姻的信念，不同于英格兰贵族对婚姻的判定；苏格兰社会历史或现实题材的诗歌，或嘲讽低地苏格兰人被英格兰化，或讽刺签署《联合法案》的苏格兰议员腐败，批判苏英联合之后工业化进程所导致的苏格兰阶级分化等。这些诗篇及其思想，经王佐良和袁可嘉译介，非常可贵。

然而，按托马斯·克劳福德的《彭斯诗歌和歌曲研究》(1960)、金斯利主编的三卷本《罗伯特·彭斯诗歌和歌集》(1968)和《彭斯的诗和歌选集》(1969)、唐纳德·洛的《彭斯的歌诗》(1993)等权威文献，彭斯诗歌不少源于苏格兰吟游诗人或普通民间艺人所吟唱的苏格兰民歌，认为是诗歌的作品，事实上不尽然是诗，而是苏格兰歌诗。其中，有些先有苏格兰歌曲的音乐，彭斯根据对其旋律的理解，再填写歌词；或者说，彭斯

① ［英］德尔默著，林惠元译，林语堂校：《英国文学史》，上海：北新书局，1930年，第274—275页。

大量短小诗篇来自苏格兰民歌民谣的歌词，是吻合特定曲调的歌诗，吟唱诗歌应该伴随着相应的曲子。因此，彭斯诗歌充满着苏格兰民歌的音乐性，具有苏格兰民间文学审美特点。

彭斯诗歌的音乐性及其与苏格兰民间文学的关系，是相当复杂的问题。在罗伯特·克劳福德看来，彭斯作为能嘲弄自身社会地位的名人，既有雄心壮志，有时候又有爱炫耀的习惯。一确定自己为吟游诗人，就开始取笑这个称呼。但是，苏格兰"吟游诗人"(bard)却预定诗人必须要承诺使命，以及与苏格兰共同体的重要诗学关系。英格兰也有吟游诗人及其传统，同样深得英格兰人尊敬，但莎士比亚从未称自己是吟游诗人，在其作品中也从未使用过这个字眼。伟大的民族诗人中，只有彭斯在对苏格兰充满着自豪感、对英格兰则充满着焦虑性的反应时，才说自己是"吟游诗人"，或者说，得到英国文学承认的彭斯，又是热爱苏格兰及其文学的人，很高兴成为苏格兰吟游诗人(Scotland's bard)①。而这样看待彭斯，近乎是苏格兰的学术传统，如沃森教授认为，彭斯能成名，无疑得益于他非常清楚"乡村吟游诗人(rustic bard)"及其危机，因为苏格兰读者本来喜爱苏格兰吟游诗人，但苏英统一之后，苏格兰进入新时代，即所谓古典人文主义的乔叟、莎士比亚等英格兰诗人，借助体制的力量(学校教育)、社会氛围(媒介推动)，在苏格兰社会流行开来，因而，彭斯自认为负有恢复苏格兰吟游诗人文学传统的使命，于是有意识沿着吟游诗人之路，搜集、整理、改编苏格兰民歌民谣，得到苏格兰人热情支持，一旦编订成功，便得到苏格兰读者的接纳，也就是《美景》等著名诗篇有马卡(Makar)诗人风范的特点②。可见，诗歌创作之于彭斯，就是以诗人的身份在民间歌诗基础上写诗，音乐性是必然的，不同于华兹华斯、柯勒律治和骚塞等文人诗的音乐性。

由此也就明白，1707年苏英联合之后，大部分受过教育的人改用英语写作，而彭斯没有充分卷入这一潮流，继续用苏格兰语创作诗歌，尽管苏格兰语已经成为英国方言。逆潮流而行，并非只是彭斯的心愿，而是实实在在的创作实践。对此麦克雷恩(Allan H. MacLaine)在《苏格兰教会的传统：民间节日诗歌集》(1996)中举例，彭斯部分诗歌受苏格兰民歌

① Robert Crawford. *The Bard: Robert Burns, A Biography*. London: Jonathan Cape, 2009, p. 3.

② Roderick Watson. *The Literature of Scotland: the Middle Ages to the Nineteenth Century*. (Second Edition). London: Palgrave MacMillan, 2007, p. 227.

《绿草地上的苏格兰教会》(*Christis Kirk on the Green*，1490—1510)影响，是吟游诗人热衷的苏格兰民歌，一种诗歌第八行之后有一个跳动(bob)的九行诗歌，描写粗俗玩笑、舞蹈、乡村节庆的欢爱，而拉姆赛在此基础上增加了两个曲调，音乐性上更加丰富，而彭斯用该诗体戏谑性书写王室合并和议会联合之后的苏格兰社会现象[①]。彭斯诗歌有诸多农村欢宴的诗篇，用淳朴韵律书写来自小农场和集镇的社会风情。彭斯创作高峰时期有15—20首这样的诗歌，如《一场城市婚礼》(1785)、《万圣节前夕》(1785)、《圣集》(1785)、《神职授任/梯度》(1786)和《爱与自由》(1785—1786)等，大量使用了这样的低地苏格兰语。对彭斯用这种低地苏格兰语和英语创作何以一定就会有苏格兰歌诗的音乐性，菲茨休(Robert T. Fitzhugh)在《罗伯特·彭斯其人和诗人：全面的、未经修饰的记录》(1971)中解释到，彭斯熟悉苏格兰马卡诗人的作品，习惯使用的不是来自书本的高雅英语，而是苏格兰低地方言"Lallans"，即低地苏格兰英语。苏格兰南部和中部人所操持的英语，在苏格兰中北部人看来属于苏格兰语之一，用这种语言写的歌曲，即和音乐结合的诗篇，"是彭斯最早、最终、最强烈，也是最经久不衰的诗学兴趣……孩童和青年时期的彭斯，脑子里记忆的都是歌曲，有些是母亲最爱的，有些是乡村最流行的，有些印在廉价的畅销故事册中，或在拉姆赛的《茶几杂录》(*Tea-Table Miscellany*)中，或者是另一本不知谁写的诗集中，'歌曲集是我的袖珍指南书(vade mecum)。我仔细阅读，驾着二轮运货马车，走路去劳作，一首首、一篇篇，确信我的评论技术要大大归功于歌集'"[②]，证实了苏格兰民歌民谣奠定彭斯诗歌审美的基础。他早期创作的主要是用苏格兰语写的歌诗，开始写《苏格兰音乐博物馆》(*Scots Musical Museum*)时向童年玩伴说，袖珍指南书非常合乎他的口味，对《札记书》(*the Commonplace Book*)里面仔细评论苏格兰歌曲的段落产生了浓厚兴趣。1785年9月，彭斯写到，"古老的苏格兰歌曲有着某种不规则特点，过多的音节与音调准确性、英语诗歌要求的方法相关，大多数有着固定的曲调，旋律优美……在同伴平日里唱的许多乐曲和音乐片段中，都有着某种程度的狂野的不规则特征，而我的同伴都是普普通通劳动者——古老的苏格兰音节组合

---

① Allan H MacLaine ed. *The Christian Kirk Tradition*: *Scots Poems of Folk Festivity*. Glasgow: Association for Scottish Literary Studies, 1996, pp. 54-56.

② Robert T. Fitzhugh. *Robert Burns The Man and The Poet*: *A Round*, *Unvarnished Account* (First British Edition). London: W. H. Allen & Co. Ltd., 1971, p. 288.

着快乐的节奏，非常频繁，没有韵律，或者是在每一行的末尾，节奏十分规则的韵律。使我有时想象，也许听觉敏锐的苏格兰诗人有可能作曲，很多我们最喜爱的风格，完全不受韵律束缚的。”[①]正因如此，阅读彭斯诗歌时会发现，愉悦(delight)在他持续珍视的价值观中占据了重要位置，愉悦影响了他的歌曲工作、诗歌创作，如他特别推行民歌旋律(曲)(melody)，认为民歌质野而不规则的旋律，会产生审美快乐效果，“苏格兰音节”(Scotch syllables)伴随着苏格兰曲调(Scotch tunes)。这样一来，他的诗歌就不再是民歌民谣那样简单描写节日的狂欢、求爱、醉酒、争吵、喧闹等，即便其人物性格的描写看似像民歌，但已经不是民歌，而成了复杂精致的艺术精品，是用包括传统而复杂的韵文形式书写，夹杂着大量苏格兰语，口若悬河，从而广为流传。即便彭斯成名之后，偶尔醉心于爱丁堡上流社会生活，但珍视吟游诗人的使命感，仍使他回到农村。

音乐性及其复杂性表现，大量存在于彭斯诗歌中。唐纳德·洛的《彭斯的歌诗》(1993)考证，彭斯最早歌诗《啊，我爱过一个可人的小姑娘》(*O, Once I Lov'd a Bonie Lass*, 1774)，是诗人在15岁(1774)时受到自家农场女工内莉·吉尔帕特里克(Nellie Kilpatrick)吟唱苏格兰民歌启发写成的。内莉是附近农场主的女儿，喜欢唱歌，在田间吟唱典型的苏格兰歌诗，是彭斯诗歌中的耐尔(Nell)。王佐良译为《我爱过》。具体内容和旋律如下：

O once I lov'd a bonnie lass,
An' aye I love her still
an' whilst that virtue warms my breast
I'll love my handsome Nell.

(*The Songs of Robert Burns*. pp. 46—47)

啊，我曾爱过一个好姑娘，
爱她直到现在，
只要我心向往善良，
我就永爱那大方的耐尔。

(王佐良译《苏格兰诗选》第3—4页)

这首歌诗的旋律如下，要通过文字翻译出这样的旋律，自然是不容

① Robert T. Fitzhugh. *Robert Burns The Man and The Poet: A Round, Unvarnished Account*, 1st ed. London: W. H. Allen & Co. Ltd., 1971, p. 291.

易的。

事后彭斯致友人书信中说，“您知道，在我们国家的习俗里，一对男女结合在一起，通常是收获季节一起劳作的搭档。15 岁那年的秋天，我的搭档是一位迷人的少女。我英语能力不足，使我没有勇气堂堂正正地用英文表达出来。但您知道苏格兰俗语，她是可人的、甜美的、健美的苏格兰女工。总之，她虽然完全不经意间让自己开启了我的美好激情，无论我怎样失魂落魄、变得迟钝，我都会坚守我的初恋，那是一生中最挚爱的幸福快乐。”①令人惊喜的是，王佐良曾捕捉到这一重要信息，“你知道我们有一句苏格兰成语，她真是一个 bonie，sweet，sonsie lass（漂亮的、甜蜜的、温存的姑娘）”②。要翻译出渗透了刻骨铭心的初恋美好体验的苏格兰歌诗，就需要凸显在纯情农村少年的心目中，农家少女的优雅、美德、质朴、纯洁，比单独的长相漂亮重要得多。可人的内莉，肇始了彭斯终生痴迷于书写异性魅力的爱情歌诗。

---

① Donald A. Low ed. *The Songs of Robert Burns*. London: Routledge, 1993, pp. 47-48.

② 王佐良：《带一门学问回中国：英国文学的信使王佐良卷》，（彭斯之乡沉思录），天津：天津人民出版社，2009 年，第 183 页。

歌诗伴随着旋律，是彭斯六百多首诗歌的普遍特点，如《西沉的太阳》(*The Sun He is Sunk in the West*，1803)。要用文字再现旋律，事关通过译出音乐性而呈现彭斯诗歌的苏格兰性，就不仅要着眼于诗篇的用词和句式，更要译介者具备苏格兰音乐素养，有明确苏格兰意识，以及相应的苏格兰知识。然而，对本就有相当难度的彭斯诗歌音乐性问题，英国主流文学史却予以屏蔽，如桑德斯认为《简明牛津英国文学史》，对《苏格兰人》、《我要来你这里，少年》、《阿波菲尔蒂的桦树林》等流传甚广的诗篇，不讨论其中苏格兰古老的旋律及其具体表达，而是批评彭斯用标准英语创作的诗歌，较之于他对苏格兰历史和爱国精神的陈述，要平淡乏味得多[①]。这给局限于英国文学框架下译介彭斯的作品，带来很大挑战。

可贵的是，通过译介彭斯，王佐良敏锐地感受到彭斯歌诗的音乐性及其与苏格兰民间文学的关系，尤其是了解"金斯利主编标准版《彭斯全集》(1968)都配有曲谱，可以唱。有些诗行数不多，叠句又不断重复，似乎没有多少内容，但唱起来十分感人，音乐给了它另一种深度。这是民歌的一般情况，仅从纸面上看，往往不能尽得其妙。更多的时候，则诗句本身就充满了音乐的魅力"，并且试图译出这种音乐性，如《亚顿河水》"轻轻地流，甜蜜的亚顿河，流过绿色的山坡，/轻轻地流，让我给你唱一支赞歌，/我的玛丽躺在你潺潺的水边睡着了/轻轻地流，甜蜜的亚顿河，请不要把她的梦打扰"[②]。意味着，杰出的汉译者非常清楚，要翻译出彭斯的苏格兰吟游诗人的特点，首先是要掌握苏格兰民歌民谣的基础知识，在技术上呈现出其诗歌的"音乐性"。也就是说，"音乐性"正是翻译家大显身手的机会，由此可以理解王佐良等翻译家痴迷于《往昔的时光》的原因，就是这首歌诗是彭斯依据民间口头传诵已久的歌谣加工而成，要成功翻译，考验着译介者的能力和素质，而袁可嘉和王佐良各自以其出色的英文能力，力求译出韵脚、节奏，以体现其优美的韵律。可见，恰当呈现出独特的音乐性，相当程度上决定了彭斯诗歌汉译是否遗失了其精髓，而王佐良等之所以成为彭斯诗歌的杰出译者，很大程度上就因为译出了音乐性。

然而，脱离苏格兰诗歌的音乐性，要准确传达出其诗歌的苏格兰优

① Andrew Sanders. *The Short Oxford History of English Literature*. Oxford: Clarendon Press, 1994, p. 70, p. 364.

② 王佐良：《译本序》，载《苏格兰诗选》，长沙：湖南人民出版社，1986年，第18页。

美特质，是很困难的；与苏格兰歌诗相关联的，还有苏格兰特有的知识，涉及地理、历史、语言、教会等。不了解彭斯诗篇中的意象，要传达出其音乐性，同样不可能。也就是说，汉译彭斯除了音乐性的难题，还有以下困难：

首先是彭斯的“农民诗人”身份问题。汉译史上，依据这个阶级定位，判定他的诗歌表达对劳动人民的同情、对地主和牧师的憎恨，造成“让蠢材穿罗着缎，坏蛋饮酒作乐”《不管那一套》之类诗歌在中国广为流传。然而，彭斯的“农民诗人”、“民主”、“爱情诗”之类话题，实际上是涉及苏格兰民族认同及其生成、表达的复杂问题。彭斯作为才情横溢的浪漫主义诗人，知行合一、言行一致，文学追求和生活一体化特征很明显，如《青青苇子草》等显示出苏格兰人对爱情的理解，源于彭斯的生活实践。彭斯不少诗篇是个人生活境遇的写照，如汉译者津津乐道的爱情诗，在主流英国文学史家眼中，正是彭斯滥情的依据。逐渐形成的18世纪后期以来英格兰人文主义批评潮流，如拜伦遭英格兰批评家诟病，也与拜伦的婚姻道德有关。可是，罗伯特·克劳福德的《吟游诗人：罗伯特·彭斯传记》(2009)在综合大量文献基础上判定，“没有哪位诗人比罗伯特·彭斯更有超凡魅力(charismatic)。热情昂扬、智慧、对文字极为擅长，是世界上最受喜爱的爱情诗人，努力探寻并最终成为苏格兰民族吟游诗人的典型。虽然对他所处时代和境遇而言很危险，但他仍通过声音和魅力，成为杰出的民族诗人，成为讨论现代性问题最伟大的作家之一，但也是最艰难写作者之一，许多方面未能得到永远记忆。他以其生活实践和作品抵抗着宏大的欺骗。”[①]这种论述非常深刻，因为《两只狗》《挽梅莉》《致小鼠》《老农向母马麦琪贺年》等诗篇，显示出彭斯对待穷人的同情和理解，而《苏格兰饮料》(*Scotch Drink*)中的《约翰·巴雷库恩》(*John Barleycorn*)则显示出彭斯对农业世界的痴迷。他所书写的苏格兰农夫困苦或苏格兰农村问题，不是苏格兰内部的阶级对立，而是因苏格兰被合并到大不列颠，进入英格兰所主导的大不列颠工业化和城市化进程，产生了更多的社会不公不义现象，由此彭斯大量触及苏格兰农村问题，包括被迫英格兰化了的苏格兰乡村社会变迁、苏格兰草根阶层在这种历史进程中的境遇、反对加入大不列颠之后的苏格兰税制等，进而造成彭斯的许多

① Robert Crawford. *The Bard: Robert Burns, A Biography*. London: Jonathan Cape, 2009, p. 3.

诗歌常被时代氛围演化成政治话语[①]。

更重要的是，彭斯是一辈子未离开过苏格兰的农民，但农民未必一贫如洗，因为工业化和城市化进程改变了苏格兰农村社会结构，原本佃农之家，到他父亲那辈，已经是小农场主。1785 年 5 月 22 日他与母亲的仆人贝蒂巴斯生下一私生女(取名伊丽莎白)，表明他家有钱雇人；成名后，他热衷结交的，多为苏格兰上流社会精英，对爱丁堡的都市生活也未必没有兴趣，甚至担任税务官。由此表明，主流英国文学史定位彭斯为苏格兰农民诗人，更多是指他的生活和行业身份，而不是"阶级成分"。实际上，他诸多写苏格兰农村自然景观、现实问题、生活习俗等的诗篇，仅仅是与他在农村生活的经验、所培养的感情、所形成的审美趣味等相关。但 20 世纪 20 年代以来的汉译历程中，所谓"农民诗人"彭斯，更多源自阶级论，有译介者激情翻译，如"滚开！靠法律保护的顺民！/ 自由才是光荣的盛宴，/ 法庭只为懦夫而设，/教堂只给牧师方便!"把他依据苏格兰民歌旋律所写的诗篇，视为诗人用无拘束的诗句表达追求自由的证据；有译者强化《圣威利长老的祈祷》中批评教会的措辞，"我赞美主的威利无边！/主将千万人丢在黑暗的深渊，/唯独我在主的面前，/受主的恩典"，使汉语读者无法看到彭斯和苏格兰教会之间的复杂关系。

其次，彭斯作为农民诗人，最直观的表现于诗歌语言运用。在格拉斯哥大学教授科比特(John Corbett)(《语言与苏格兰文学：苏格兰语言与文学》，1997)看来，"苏格兰语"构成复杂，包括城市苏格兰语(urban Scots)、东北部乡村苏格兰语(rural north-east Scots)、书面苏格兰语(literary Scots)、苏格兰法律用语(Scots law equivalent)。每种苏格兰语变体也具备不同的口音特点、语法特征、话语逻辑，从而区别于其他变体。其中，苏格兰口音的变化范围很大，如 greed，bath，pool 多数含有短元音，而 girl，heard，spurt 等词汇中辅音前的/r/ 发音强而有力。所有这些差异，词汇、语法、(语篇)话语组织和口音，构成了苏格兰语言的体系(或是多重体系)。这是因城乡差别(地理、社会)、场域(register)不同、书面或非书面(literary or non-literary)之别所致。也就是说，苏格兰语言系统，并非铁板一样的整体结构(monolithic)，文体效果由此可以通过选择不同的苏格兰语变体而实现——城市苏格兰语可产生一种效果，乡村

① Nigel Leask. *Robert Burns and Pastoral Poetry and Improvement in Late Eighteenth-Century Scotland*. Oxford: Oxford University Press, 2010, p. 118.

苏格兰语另一种效果，法律或技术苏格兰语则又不同。乡村苏格兰语最大限度地保留了古苏格兰语的特点，彭斯时代的苏格兰语（Burnsian Scots）主要是苏格兰乡村使用的变体，尤其是在苏格兰东北部，这种苏格兰语更有活力，如人们广泛使用各种乡村苏格兰语言说、书写和表演。彭斯的抒情诗在当时的苏格兰人看来很有表现力，就因为使用了这样的乡村苏格兰语[1]。而这样的苏格兰语所写的诗歌，使彭斯在当时的阿伯丁及周围农村的影响力，和其家乡艾尔郡、爱丁堡的相比，毫不逊色，因为这些地方使用的是当地人名之曰多立克语（Doric）的乡村苏格兰语，当地人用它创作文学时涉及苏格兰东北部地区居民的捕鱼、农耕生活，表达特有的幽默感和怀乡情感。也因为彭斯诗歌的影响力，使得它作为现今苏格兰语乡村变体中的一种，在艾尔郡和苏格兰西南部地区盖洛维（Galloway）居民语言中仍保留其鲜明特点。和英语纠缠不清的苏格兰语，几乎遍及彭斯所有重要诗篇，因而汉译者无法回避。王佐良和袁可嘉在翻译《汤姆·奥桑特》过程中，都碰到该难题。

而且，苏格兰历史漫长复杂，和英格兰关系纠缠不清，地处英伦三岛北部，自然景观和气候条件极为奇特，构成了彭斯生命展开的基础，也是他诗歌经常涉及的内容。英国史、英国地理框架下，没有详细考虑这些因素，影响了苏格兰之外的读者对彭斯诗歌的认识。例如，苏格兰（甚至整个英国）因为气候原因，无法种植水稻，苏格兰的平原或可耕地，或种麦子，或用于畜牧业（种草），但有些著名诗人所译的《麦垄里》，多次把麦田翻译成“稻田”，甚至出现在“麦垄的稻田里”。彭斯 1788 年仲夏所写诗篇《天风来自四面八方》，袁水拍翻译为“我却只爱它来自西方，/因为那儿住着一位姑娘，/她总是在我心上”[2]。译者不清楚苏格兰高地在夏秋吹的是东风，于是把原文“不是来自西方”，译成“只爱它来自西方”。苏格兰人对苏格兰少女的审美，一向褒义，但《色斯诺克河边的少女》涉及苏格兰少女眼神多么有魅力时，却被袁可嘉翻译成“狐媚眼光”。《致田鼠》是广泛重译的诗篇，译者普遍强化田鼠仓皇逃窜的情景，但《致田鼠》本意不是强化苏格兰的农民和地主之间的矛盾，而是包含了苏格兰的弱势民族、草根阶级对英格兰主导的大不列颠政府之不满的审美诉求，所

① John Corbett. *Language & Scottish Literature*: *Scottish Language and Literature*. Edinburgh: Edinburgh University Press, 1997, pp. 3-4, 11-12.

② ［英］彭斯、霍斯曼著、袁水拍译：《我的心呀，在高原》，上海：新群出版社，1950 年，第 1、43 页。

以21世纪苏格兰民族党领袖亚历克斯·萨蒙德在政治演说中常常引用彭斯这首诗。

以上诸多问题，在《汤姆·奥桑特》的译介中都有充分显示。这首以民间传说为基础的叙事诗，写一个酒徒夜行遇鬼的奇事，以喜剧形式讲魔法。特色在于，诗人把儿时听到的传说，与在故乡阿洛维幼时熟悉的界标、老教堂、古老石桥和石冢等联系起来，具有沧桑感和神秘感。叙述农民汤姆到艾尔赶集，晚上跑到麦酒吧，喝得醉醺醺后上马回家，经过阿洛维教堂，里面透着神秘光线，汤姆下马发现，撒旦老尼克吹着风笛，女巫、男巫和着乐声跳舞。一群巫婆中有位年轻貌美，突然间大群巫师冲出来追赶汤姆，汤姆吓得狂奔……叙述行云流水，既幽默又惊恐，是彭斯两首长诗之一，可见出诗人用夹杂苏格兰语的英语创作的复杂特点：关键概念、重要意象、独特历史寓意、一些场景等用苏格兰语表述，叙述的语调、用词、人物设置等方面都特别体现了彭斯对苏格兰的认同①。百年汉译史中，著名译者翻译这首诗歌的不多，而王佐良译本《汤姆·奥桑特》、袁可嘉的《汤姆遇鬼记》最能体现汉译特点，但他们还是遇到了上述所论的困难，如：

"As he frae Ayr ae night did canter,
That ev'ry naig was ca'd a shoe on…"

"汤姆刚从艾尔镇半夜骑驴上归途；要你牵驴去打掌……"(王佐良)

"从艾尔城骑着马缓行；就像一匹马，蹄铁要新换……"(袁可嘉)

"Naig"是苏格兰语"马"(horse)的意思。

"Thou drank wi' Kirkton Jean till Monday."

"你同卖酒妇痛饮到天明。"(王佐良)

"你和简扣克顿喝到第二天。"(袁可嘉)

卖酒妇，缺少亲切和平等。而且苏格兰中的扣可顿(Kirkton)是地名，不是姓氏；Jean，是名字，按照苏格兰的习惯为"扣克顿的简"。

"That hour, o' night's black arch the key-stane,"

"那正是黑暗到顶的二更天，"(王佐良)

---

① Gerard Carruthers, Sarah Dunnigan, "Two Tales of 'Tam o' Shanter'", in *Southfields* 6: 2, 2000.

“那正是黑夜中最黑的时分，”(袁可嘉)

“key'stane”译成“二更天”，指一天中的21：00—23：00，而“黑夜里最黑的时分”，是黎明前的黑暗。实际上，中国和苏格兰对于时间的概念不同，苏格兰语中没有“黑夜最黑的时分”，“key-stane”特指半夜十二点，而在苏格兰文化习俗中，半夜十二点鬼怪出没，因为这时候鬼怪的威力最为强大。彭斯时代，苏格兰教会稳定下来，因基督教，鬼怪概念消失，苏格兰人克服了对鬼怪的恐惧。

“Whiles holding fast his guid blue bonnet，”

“他紧扣头上天蓝新呢帽，”(王佐良)

“他紧紧抓住那顶蓝草帽，”(袁可嘉)

bonnet：苏格兰特征鲜明的圆顶帽，原来是男性和男孩戴的帽子，没有帽檐。质地多含有羊毛、棉等织物。

“Wi' tippenny，we fear nae evil；”

“两个铜板买啤酒，喝了什么也不怕；”(王佐良)

“喝了啤酒，我们就不怕鬼；”(袁可嘉)

铜板：copper coin 当时苏格兰的两便士硬币是银质，不是铜质；tippenny在此不是两便士的意思，是苏格兰语，指“一种淡艾尔酒”。

“The piper loud and louder blew，

The dancers quick and quicker flew，”

“笛子越吹越响，舞步越跳越欢，”(王佐良)

“吹笛手越吹越响亮，跳舞者也越跳越快，越欢畅，”(袁可嘉)

piper：风笛手，在这里是指苏格兰用风笛演奏的艺术家，简称苏格兰风笛手。“苏格兰风笛手越吹越响亮，舞者则越跳越快和越欢畅”。

“And shook baith meikle corn and bear，”

“地里的大麦玉米她常拔，”(王佐良)

“把不少麦子和玉米拔光，”(袁可嘉)

根据苏格兰农作物情形，corn在此不是玉米，而是燕麦的谷粒、谷物(指小麦、燕麦等)。

“Remember Tam O'Shanter's mare.”

“就忘记汤姆·奥桑特的好母驴！”(王佐良)

“回忆一下奥仙特地方汤姆那匹马。”(袁可嘉)

Tam o'Shanter：在此是桑特农场的汤姆，因为苏格兰文化中，习惯将人名的后面加上地名，以示区别，O' 的意思是“……的”，相当于英语的

"of"之意。

可见，汉译《汤姆·奥桑特》的确显示出译者的勇气、能力、特长，它涉及太多的苏格兰自然地理和人文知识，决定了翻译的困难度。

此外，彭斯诗歌译介，还遇到欧洲大陆文化对彭斯影响的难题。苏格兰和欧洲的关系，密切于它和英格兰的关系，爱丁堡被称为北方的雅典，欧美学界热衷于研究苏格兰文学和欧洲大陆的文化关系。彭斯诗篇《自由树》把追求自由与法国大革命关联起来。袁可嘉和王佐良都重视的彭斯长诗《爱情与自由》，王佐良将其译为《爱情与自由：大合唱》，题注标明"原题为《快活的乞丐》"①，而袁可嘉将其译为《快活的乞儿》(组歌)，也加注释"又名《爱情与自由》，描绘彭斯在乡镇上南茜酒家的所见所闻"②。该诗采用的音乐体裁取自源于意大利的康塔塔清唱套曲(cantata)，通常由一系列的宣叙调、咏叹调、咏叙调、二重唱和合唱组成。康塔塔则篇幅较小，故事内容较简单，往往偏重于抒情。作为丰富了古典意大利歌曲的重要体裁，康塔塔与中国的大合唱体裁特点十分相近，因而一度误译为大合唱，只是把它当作篇幅较长的诗歌翻译，并未视为是独特的歌曲。

可见，彭斯作为苏格兰的伟大诗人，在中国译介历程中基本得到确立。但要在英国文学框架下准确再现彭斯诗歌中的民族性，却因为彭斯诗篇丰富的音乐性(相较于英国主流审美而言，只能属于偏僻的民间小调)，诗歌内容涉及大量苏格兰人文或自然知识(英国主流文学史著述常常忽略)，更重要的是借此表达苏格兰人的民族诉求(英国主流文学有意遮蔽)，显得非常困难。所幸，对彭斯情有独钟的王佐良和袁可嘉等翻译家，做出了成功的尝试，启示我们下一步如何更完善地译介彭斯诗歌，甚至能延续他们开创的翻译传统，译介其他苏格兰文学。如斯蒂文森使用苏格兰低地英语写作；在20世纪初苏格兰文艺复兴中，麦克迪尔米德的综合性苏格兰语(synthetic Scots)，混合了苏格兰的不同方言，包括本地的和古代的苏格兰语，和彭斯诗篇中所使用的苏格兰语有诸多类似之处。不过，要精准译出彭斯诗歌中的苏格兰性，除了音乐性、苏格兰语等困难，还有苏格兰知识。

总之，英国文学百年汉译史中，彭斯是被译介最多的诗人之一，即

① [英]彭斯著，王佐良译：《彭斯诗选》，北京：人民文学出版社，1985年，第191—209页。

② [英]彭斯著，袁可嘉译：《我爱人像红红的玫瑰——彭斯诗歌精粹》，北京：人民文学出版社，2008年，第231—246页。

便冷战时代英国文学译介受到限制，彭斯的作品也能得到传播。而中国对彭斯的热衷，并非孤立现象，属于世界热爱彭斯的普遍现象之一，正如克劳福德(《吟游诗人：彭斯传记》，2009)所说，“在那个谎言的状态中，至少还有他的一部分尊严和国际诉求。今天热爱他的人遍布新西兰至纽约，从北京到柏林，彭斯取得的成功不是先验的启示，而是激情、敏捷、热情、幽默、有时是他本人弱点的痛苦感。没有一个诗人能够在世时如此极速耀眼，成为英语世界中第一个获得民族诗人声望(a national celebrity)的诗人。他生前，就有许多人热烈地模仿其诗歌。他的诗歌就是其生活的一部分，表现出诗学的、政治的、性的、宗教的内容，但这一切都是要表达个人的自由。而自由的获得，却不牺牲共同体的团结[①]。若参照弗赖堡(Freiburg)在《彭斯在德国：苏格兰德国研究》中的分析，可能看得更清楚，德国和苏格兰之间的文学关系深化了两个民族的关系，德国人不因彭斯采用苏格兰语言写作而不欣赏，相反语言的隔阂，没有构成德国人欣赏彭斯的任何障碍。彭斯用苏格兰语写作歌诗、司各特爵士津津乐道搜集的苏格兰民歌，极大缩小了德语和苏格兰语言之间的隔阂，或者说，彭斯多愁善感的一面，他的爱情诗、离奇有趣的幽默，强烈吸引着德国读者，彭斯诗歌对于德国受过高等教育的人来说耳熟能详。同样，彭斯在美国也产生了实际影响，美国作家塞林格(Jerome David Salinger，1919—2010)的《麦田里的守望者》(1951)受益于彭斯的诗《若你在麦田里遇到我》(*Comin' Thro The Rye*，1788)。彭斯在苏俄，被理解成民主进步诗人——“彭斯是一位有国际声望的诗人，也同时具有强烈苏格兰民族性”[②]。然而，中国对彭斯的热爱，更是基于中国自身的原因，不同于欧美，如彭斯在美国大受欢迎，是因彭斯有许多诗篇直接书写美国的，如《美国战争的歌谣》《华盛顿将军生日颂歌》，美国人从中找到了感情的慰藉。

由此，也就能理解汉译更多是从一般概念、时代潮流上感受彭斯诗歌魅力。进而，若仅限于主流《英国文学史》所论及且用现代英文校订的彭斯诗歌，其苏格兰性无法充分再现出来。换言之，虽然在概念上中国翻译家和文学家注意到彭斯是苏格兰诗人，但是普遍强化其农民身份，

① Robert Crawford. *The Bard: Robert Burns, a biography*. London: Jonathan Cape, 2009, p. 4.

② Raymond Lamont-Brown. *Robert Burns's Tours of the Highlands and Stirlingshire 1787*. Ipswich: The Boydell Press, 1973.

而不能真实明了彭斯作为苏格兰乡村诗人的境遇——不被当时的伦敦文学批评家所认可，或者视之为苏格兰地方“农民诗人”。实际上彭斯爱情诗是诗人苏格兰民族认同的表达(赞赏苏格兰人的爱情)，诗歌涉及的苏格兰阶级冲突问题，不是一般意义上书写英国下层民众的生活疾苦。而袁可嘉和王佐良等因有亲临彭斯故地的经验，以及或作为诗人，或作为英国文学史家，在相当程度上克服苏格兰诗歌转化为汉语诗歌的障碍，让汉语读者体会到彭斯诗歌如何表达苏格兰认同。但二百多年来苏格兰人对待彭斯的民族认同，以及彭斯在主流英国文学史中的境遇，事关理解和译介彭斯诗歌的深刻性，而在英国文学框架下译介彭斯，导致对这些庞大的学术事实、丰富的彭斯文学批评实践，缺乏切实的感知，因而在中国译介彭斯作品历程中，深化程度极为有限，即便彭斯是汉译最多的诗人之一，却未能引起苏格兰和英国社会的重视。

第三章　司各特译介问题：民族诉求“概念化”

瓦尔特·司各特爵士乃“全世界最伟大的历史小说家”，中国读者对其认识和估价“竟超过莎士比亚而上之”……司各特是我们认识西洋文学的第一步。“而他的介绍进来，对于近世文化的意义，是绝不下于《天演论》和《原富》的……司各特给予我们新的刺激，直接或间接地催促我们走向文学革命的路上去；司各特是直接或间接地奠定我国欧化文学的基础了”……在中国由于他首先被介绍的特殊关系，司各特便更有了另一重特殊意义。

——凌昌言《司各特逝世百年祭》(《现代》杂志，1932年第二卷第二期)

19、20世纪之交，英国王室教堂“诗人角”空余位置所剩有限，但1897年西敏寺还是高兴地接纳了苏格兰杰出小说家瓦尔特·司各特爵士(Sir Walter Scott，1771—1832)的白色大理石半身像，并将其安放在重要位置。这尊来自司各特故居阿博茨福德(Abbotsford)的雕像，原作由英国著名肖像雕刻家弗朗西斯·钱特里爵士(Sir Francis Chantrey，1781—1841)制作，是崇拜者献给司各特的珍贵礼物，仿制品出自爱丁堡苏格兰雕刻家哈奇森(John Hutchison，1832—1910)之手，爱丁堡王子大街上司各特纪念塔(Scott Monument)上还有三座石像。逼真复制的司各特塑像，作为礼物馈赠给西敏寺，后者未因复制品而拒绝，于1897年由苏格兰巴克卢公爵(Duke of Buccleuch)揭幕。也就是说，联合王国里司各特的声望，和苏格兰并非无关。然而，1813年王室决定授予司各特“桂冠诗人”称号，他却婉言谢绝，成为继格雷(Thomas Gray，1716—1771)之后第二位拒绝这一崇高荣誉的文学家。尽管如此，英国政府仍封其为从男爵。司各特的“拒绝”举动并非造作，而是有苏格兰文学家底气支撑：他此前发表长篇叙事诗《玛米恩》(*Marmion*，1808)，叙述的是苏格兰和英格兰两个王国对抗，殃及一对青年男女的爱情，过程令人动容；第二首叙事长诗《湖夫人》(*The Lady of the Lake*，1810)叙述苏格兰自然山水的魅力，以及此背景下苏格兰国王和骑士的冒险故事，司各特同时代文学家赫兹利特(William Hazlit，1778—1830)在《时代的精神》(1925)中，描述了该作受欢迎的景观，英格兰有人不满司各特叙事长诗受欢迎，质疑英格兰人为何一定要从司各特作品中寻找荒诞奇异、妖魔鬼怪的传奇故事[①]。

苏格兰人认为，文学家司各特给苏格兰王国带来了无限荣誉。爱丁堡苏格兰国家博物馆、斯特林市国族纪念塔的英雄墙上，司各特以其巨大的文学成就，成为苏格兰国族英雄。的确，他有着惊人的诗歌和小说创造力，有近10部长篇叙事诗、27部历史小说，及若干中短篇小说、剧作、历史著作和传记，在历史小说创作方面后人难以企及。著名小说家和传记作家德拉布尔(Margaret Drabble)主编的第六版《牛津英国文学指南》(2000)中，在"司各特"条目下介绍，1797年司各特化名出版译作《蔡斯、威廉和海伦》，1799年翻译歌德的《格茨·冯·伯利欣根》，1797年和夏洛蒂(Margaret Charlotte Charpentier)成婚。1802—1803年出版《苏格兰边陲地区民谣集》，1805年出版原创性长诗《最末一位吟游诗人之歌》，此后相继推出《玛米恩》(1808)、《湖夫人》、《洛克比》和《特列曼的新娘》(*The Bridal of Triermain*，1813)、《群岛之主》(1815)、《勇敢的哈洛尔德》(1817)等长诗。1809年，他创办保守党杂志《评论季刊》(*Quarterly Review*)，此前曾为《爱丁堡评论》效力。1813年拒绝桂冠诗人(laureateship)的崇高荣誉称号。相较于拜伦突然高涨的诗人声望，司各特转以"威弗利"为笔名创作小说，创作了包括《威弗利》、《盖伊·曼纳令》(1815)、《古董家》(1816)、《黑侏儒》和《清教徒》(1816)等。此后发表《我的房东故事》第一个系列，包括《罗伯·罗伊》(1817)、《米德洛西恩的监狱》(1818)等；《我的房东故事》第二个系列包括《拉默摩尔的新娘》(1819)和《蒙特罗斯传奇》(1819)；《我的房东故事》第三个系列包括《艾凡赫》(1819)、《修道院》(1820)、《修道院院长》(1820)、《肯纳尔沃思堡》(1821)、《海盗》(1821)、《奈杰尔的命运》(1822)、《昆丁·杜沃德》(1823)、《圣罗南泉》(1823)、《雷德冈托利特》(1824)、《未婚妻》(又名《已订婚者》或《待嫁的新娘》)和《护身符》(1825)，以及《十字军东征故事》、《皇家猎宫》(1826)、《坎农盖特编年史》(1827)、《高地的寡妇》(1827)、《两个赶车人》(1827)、《一个医生的女儿》(1827)、《珀思丽人》(1828)、《玛格丽特姑妈的镜子》(1828)、《有挂毯的卧室》(1828)、《地主

① 文美惠编选：《司各特研究》，北京：外语教学与研究出版社，1982年，第6页。

少爷乔克之死》(1828)、《盖厄斯坦的安妮》(1829)、《巴黎的罗伯特伯爵》(1832)和《危险城堡》(1832)等，还创作《哈里顿丘》(1822)、《麦克达夫的十字架》(1823)等剧作，选编《德莱顿作品集》(1808)、《斯威夫特作品集》(1814)，著述《苏格兰地方古代史》(1819—1826)、《拿破仑·波拿巴的一生》(1827)、《苏格兰史》(1829—1830)，给《大不列颠百科全书》撰写“骑士精神”(1818)、“戏剧”(1819)、“罗曼司”(1824)等条目①。其文学作品内容涵盖从中世纪到英苏联合前后各时代的苏格兰、英格兰、欧洲大陆之风貌和社会习俗、宗教、民族、阶级矛盾、历史恩怨，多数作品的题材和苏格兰有关，生动表达了苏格兰人对苏格兰王国和大不列颠的复杂感情。而司各特在苏格兰的声望，一开始基于其搜集整理关于苏格兰民族文化丰富性的民歌民谣，如《苏格兰边陲地区民谣集》(1802)，“它肇始了他的民族故事，开启了他的叙事长诗”，体现了彭斯的作品《汤姆·奥桑特》中浪漫收藏家所讽刺的现象，即便很少使用苏格兰语，但也使苏格兰过去的言说，通过英语得到了拯救②。年轻的司各特由此而声名鹊起，延及英格兰，大部分作品都不同程度引发苏格兰人的共鸣，如其第一部历史小说《威弗利》的书名命名了爱丁堡火车站。赫兹利特在司各特在世时发表的《时代的精神》(1825)说，“司各特无疑是当代最受欢迎的作家——时下吉星高照的勋爵。他恰好是人类智力所及的一半：假若把宇宙一分为二，那么他熟悉它过去到现在的一切，而对于它从今以后的全部则茫然无知”③。进而，司各特之于苏格兰的重要性，相当于莎士比亚之于英格兰，可是在民族身份和国家认同问题上，联合之前苏格兰和英格兰是对立的，这使司各特的文学遗产对苏格兰和英国皆很重要，但意义不尽相同。

司各特的重要性远不限于此。因为其所处时代，“正值德国的赫尔德、费希特时代，1798年爱尔兰兴起时代、拿破仑时代、西班牙统治拉美的总督推动解放运动的时代、神圣罗马帝国终结的时代、法国大革命发生和西班牙宗教裁判所末日的时代、希腊在争取自由解放的时代，也是民族国家如法兰西那样表达价值观，或如普鲁士那样具体实践普遍价

① Margaret Drabble ed. *The Oxford Companion to English Literature*. Oxford: Oxford University Press, 2000, pp. 909-910.

② Murray Pittock. *Scottish and Irish Romanticism*. Oxford: Oxford University Press, 2008, p. 188.

③ 文美惠编选：《司各特研究》，北京：外语教学与研究出版社，1982年，第1页。

值观的时代，也是在国家尚未建立之际，作为理性对象的民族实体，其历史和语言得到广泛传播的时代，还是某些地方尤其是反对城市化的地方被理想化和浪漫化的时代。而司各特感受到变化，《威弗利》预告了其后来的创作，他要书写快速变化的时代”[①]。如此之论，澄清了其作品后来何以能很快传播到法国、西班牙、德国等欧洲大陆国家，且影响力难以估量，按著名文学批评家丹纳(H. A. Taine，1828—1893)《英国文学史》(1863)中的说法，“全欧洲都在读司各特的书，他可以与莎士比亚比肩，比伏尔泰还有名，连女裁缝和公爵夫人也被其作品感动得流泪，他挣了20万英镑，作品在法国卖了140万卷，现在仍在继续出售其作品”[②]，司各特影响了雨果、巴尔扎克、大仲马等著名作家创作；紧接着俄国、匈牙利、捷克、波兰、斯洛文尼亚、丹麦等各有司各特作品的翻译、介绍、讨论，别林斯基赞誉司各特为“历史小说之父”；司各特甚至影响美国文学的发展，库柏被尊奉为“美国的司各特”。司各特的声望，在《艾凡赫》的翻译上更能得到显露：1832年《艾凡赫》被译成法、西、德等文，1838年葡萄牙语，1840年意大利语，1947年希腊文，1865年波兰语。其他作品，通常在问世后不久就被欧洲多国翻译并畅销。

而自1907年林纾(1852—1924)和魏易(1880—1930)合译《十字军英雄记》和《剑底鸳鸯》(上海商务印书馆)以降，司各特在中国一直是最重要的英国文学家之一，有20部作品先后译成汉语，《艾凡赫》多达十个译本。对司各特爵士的垂青，自然涉及中国人平衡司各特在苏格兰认同和英国认同的矛盾问题。或者说，要译介司各特，就必须清楚司各特小说是如何处理苏格兰和英格兰的关系的，以及英格兰和苏格兰各自是怎样理解司各特的。然而，在中国对苏格兰文学译介和研究最有造诣的王佐良先生，在西南联大就学期间却发生下列事件：因司各特被视为英国浪漫主义作家，当时西南联大校园时兴现代主义，对英国浪漫主义诗歌颇有反感，他和若干同学联合起来逃课——不去上燕卜逊讲授的司各特课程[③]。这意味着，20世纪50年代之前的中国，对理解司各特难题欠缺基本知识，即对苏格兰和英格兰的历史恩怨知之不详，更不会把相关的历

① Murray Pittock ed. *The Reception of Sir Walter Scott*. London & New York: Continuum, 2006, p. 4.

② 文美惠编选：《司各特研究》，北京：外语教学与研究出版社，1982年，第61页。

③ 王佐良：《英国浪漫主义诗歌史·序言》，北京：人民文学出版社，1991年，第1—7页。

史知识运用于对司各特历史小说的解读上来。直到半个世纪后，王佐良先生(《二十世纪英国文学》，1994)才说，二百年来和英格兰打交道以失败而告终的苏格兰人，有强烈的苏格兰历史意识，过去大文豪司各特就大量用过历史题材。二十世纪二次大战以来，两位女作家特别以写历史小说闻名。一位是米奇森(Naomi Mitchison，1897—　)，以《小公牛》(1947)著名；另一位是邓尼特(Dorothy Dunnett，1923—　)则写了一系列小说”[①]。

既然司各特是以叙述英苏恩怨历史而见长的小说家，那么译介司各特显然需要清楚苏格兰和英格兰联合之前和之后的复杂历史，而仅仅满足于其历史小说叙述情节生动，完全不足以深谙其中的内容。欧洲读者痴迷于司各特叙事长诗、历史小说，有其道理，因为它们涉及欧洲题材，如格廷根大学副教授赖特迈尔(Frauke Reitemeier)在《德国—英国文学关系：司各特历史小说及其德国先行者》(2001)中分析司各特作品之于德国人的亲切感。可是，百余年来，中国欠缺苏格兰历史知识，很少研究英格兰和苏格兰的关系，是如何译介、认识司各特的，以及这样的译介和苏格兰或英国对司各特的认知吻合到怎样的程度？之于中国认识苏格兰文学的意义何在？显然是需要重新讨论的严肃话题。

第一节　司各特译介史：苏格兰身份被模糊

众所周知，英国文学是最早被汉译和介绍的外国文学之一，其中包括林纾及魏易、王寿昌(1864—1926)合作翻译的司各特《撒克逊劫后英雄略》(1905)、《十字军英雄记》(1907)、《剑底鸳鸯》(1907)等，这些出自商务印书馆(上海)的译作不只是畅销一时，如《撒克逊劫后英雄略》在五四新文化运动高潮之后再版六次，到20世纪80年代仍有商务版(1981)、宝文堂书店版(1982)问世，21世纪有多位译者仿这个译名重译，虽然更接近原作的《艾凡赫》已由刘尊棋和章益翻译、人民文学出版社推出(1978)。而林纾的译作当时洛阳纸贵，不是因其译出司各特在英格兰和苏格兰关系上立足苏格兰、在大不列颠和欧洲关系上则倾向于大不列颠及其前身英格兰，而是因译笔凸显故事的惊心动魄、情节扣人心弦、人物形象性

① 王佐良、周珏良主编：《英国二十世纪文学史》，北京：外语教学与研究出版社，1994年，第492—493页。

格分明。回首历史，我们会疑惑，在完全缺乏苏格兰历史知识的情况下，晚清民初如何读懂司各特作品——其内容多与苏格兰和英格兰争执有关，细节更是与苏格兰的历史典故、地理风貌、风土人情等不无关系；在司各特作品风行近半个世纪过程中，仍少有人探究作品所叙述的苏英历史恩怨情仇；即便《苏格兰小史》(1926)行销，也未能惠及解读司各特处理大不列颠国家和苏格兰身份等问题，如此情势延续到20世纪末。随着对苏格兰文化和历史认识的深入，认识用文学手段诉说苏格兰问题的司各特作品百余年来的汉译历程，自然成为问题。

林纾系译介司各特作品第一人。光绪三十一年(1905)十一月，上海商务印书馆出版司各特力作《撒克逊劫后英雄略》(*Ivanhoe*，1820)林纾译本。这部后来音译为《艾凡赫》之作，是作家第一次离开苏格兰历史背景，基于"狮心王"理查德时代的英格兰历史和罗宾汉传说而展开叙述的：英格兰"狮心王"理查一世因黩武喜功，1191年发动十字军东征，因基督教国家内部分歧而出师不利，被迫班师回朝，途中遭遇风暴，理查一世带少数随从乔装成平民途经维也纳，被奥地利公爵所俘，囚禁在多瑙河的一处城堡一年余，付大量赎金后才于1194年获释归国。作品叙述查理一世归来途中发生的事情，撒克逊王子后人美丽的罗文娜小姐，被庄园主嫁给阿尔弗莱德家的亲戚阿特尔斯坦，但后者的儿子艾凡赫却爱上罗文娜，阿特尔斯坦便逐艾凡赫出家门。青年骑士艾凡赫便跟随理查一世远征巴勒斯坦，他和国王一行人在归途历险中遇到了罗文娜，重新赢得爱情。该作属于司各特英格兰小说系列，呈现苏格兰作家在英格兰和欧洲发生矛盾时，站在大不列颠立场上叙述英法历史恩怨，展示司各特的大不列颠情怀。但林纾在《撒克逊劫后英雄略·序》中却把这种历史演义与司马迁《史记》相提并论，认为它乃"大类吾古文家言"，作者司各特"可侪吾国之史迁"，着力分析该作"八大隽永所在"，涉及人物形象塑造、寓意、对话、词令等①。其实，司各特创作这部小说，较之于苏格兰畅销一时的小说《威弗利》，创作倾向发生了逆转：过去他习惯于从已经生活化和情感化的苏格兰知识，以及在苏格兰边陲地区的生活阅历中寻找丰富素材、灵感，如写小说之前出版大受欢迎的《苏格兰边陲地区民谣集》，十年间再版五次，苏格兰读者从中看到了彭斯等人所没有搜集到的苏格兰民歌以及司各特本人的诗歌。《艾凡赫》发生叙述立场转移，叙述过程

① [英]司各特著，林纾译：《撒克逊劫后英雄略》，北京：商务印书馆，1981年，第1—3页。

隐含着作者的矛盾，因英格兰批评家强烈批评司各特“威弗利”系列的苏格兰情怀，他才被迫转移题材。然而，司各特小说创作的复杂变化，以及司各特所表达的苏格兰情怀，之于林纾而言是不存在的，因而翻译过程洋洋洒洒、酣畅淋漓，不是关注叙述过程的矛盾，而是凸显叙述技术的高超，读者完全看不出是苏格兰作家对大不列颠史前史的独特演绎，更看不到嘲讽英格兰王室龌龊历史的背后逻辑。可是，林纾以其独特的叙述能力，大异其趣地译出该作，和原作大相径庭，却深得汉语读者喜爱，如茅盾评价，“在林琴南那些可称得上较完美的四十余种翻译中，西万提司（即塞万提斯）的魔侠传，狄更司（即狄更斯）的贼史，孝女耐尔传等，史各德（即司各特）之撒克逊劫后英雄略等，都可以算得很好的译本”[①]，后来曾锦漳在《林译的原本》（1983）中更是认为，“尤其是劫后英雄略，是司各特小说中最流行的一种，在中国也最受欢迎”[②]。诸如此类评价，言之有据。仅就该作而言，1914 年 4 月再版、6 月重印，开启司各特机智叙述历史轶事的通俗小说家之先河；林纾的翻译成为时尚，如谢煌翻译该作（上海启明书局，1937）直接挪用林纾译名，施蛰存译《劫后英雄》、陈原译《劫后英雄记》等采用类似名称。

有意味的是，不足两年后，即光绪三十三年（1907）三月，由上海商务印书馆出版林纾和魏易再度合作之译作《十字军英雄记》，即司各特系列小说《十字军东征故事集》（*Tales of the Crusaders*）第二部《护身符》（*The Talisman*，1825）。这部被后人推崇为“玄幻小说”之始的《护身符》，在构思奇特方面更胜于《艾凡赫》、《中洛辛郡之心》（即《密德洛西恩监狱》）、《惊婚记》（*The Bride of Lammermoor*，1819）。更重要的是，司各特站在大不列颠立场上叙述英格兰和奥斯曼帝国之争，不仅仅是基于基督徒谴责土耳其这个伊斯兰国家。林纾的译名《十字军英雄记》远离原题《护身符》（*The Talisman*）（后来有人译为《狮王李察》《符秝石传奇》），不顾司各特对大不列颠的认同性叙述，情节上妙笔生花，凸显基督教和异教之间的矛盾，产生了如寒光《林琴南》所说的情形，该作和《撒克逊劫后英雄略》等“数十种，人多爱读”[③]，1914 年 6 月、8 月两次重印，1915 年 10 月再版。

1907 年 11 月，林纾把司各特《未婚妻》（或《已订婚者》《待嫁的新娘》

① 钱锺书、郑振铎、阿英等：《林纾的翻译》，北京：商务印书馆，1981 年，第 14 页。

② 薛绥之、张俊才：《林纾研究资料》，福州：福建人民出版社，1981 年，第 327 页。

③ 薛绥之、张俊才：《林纾研究资料》，福州：福建人民出版社，1981 年，第 203 页。

(*The Betrothed*, 1827))译成《剑底鸳鸯》，不是补救《撒克逊劫后英雄传》所缺失的作家身份认同因素，而是继续历史演绎。实际上，这部作品是有历史依据的，叙述的是发生在1187年威尔士边陲地区(Welsh Marches)的史实。当时正值英格兰国王亨利二世统治时期，亨利二世不拒绝教皇的十字军第三次出征(Third Crusade, 1189—1192)的要求，并且坎特伯雷大主教鲍德温(Baldwin of Forde or Ford, 1125—1190)还受教皇旨意，出面调停英格兰诺曼贵族与威尔士王国之间的矛盾，他们在威尔士边境不断发生冲突，如诺曼封建主派镇边使去边境修城堡、蚕食威尔士等。作品中的人物雷蒙德·贝伦格爵士(Sir Raymond Berenger)是英格兰国王亨利二世派去的镇边使，要与护卫边境之地红堡城(Powys Wenwynwyn)的威尔士王子格万温(Gwenwyn)对阵。罗马教廷为了动员双方能参加十字军东征，坎特伯雷大主教鲍德温奉命促使他们和好。但和好不久，格万温因向雷蒙德之女伊芙琳(Eveline)求婚遭拒，再度兴兵围攻该城堡，雷蒙德战亡。幸亏另一镇边使雨果爵士(Sir Hugo)带兵前来救援，战胜了威尔士人。伊芙琳为感恩，不顾年龄悬殊，以身相许救命恩人雨果，而后者已立誓参加十字军，匆忙中与伊芙琳订婚，委托侄子达米安(Damian Lacy)保护伊芙琳，两位年轻人日久生情。雨果堂弟兰德尔(Ranald Lacy)嫉恨，所诬陷达米安犯有叛国罪，使之入狱，诡称雨果归途中丧命，骗取国王信任、受封为大统领。大统领庆典仪式举行的时刻，雨果乔装成行脚僧及时赶回，兰德尔被杀，国王知道事情的真相，并同意雨果的请求——达米安是忠君守信之人，赦免其罪，许可雨果解除和伊芙琳的婚约，成全这对年轻人。司各特本人对这部书不抱希望，但其高超的叙述技术，在著名传记作家皮尔森(Hesketh Pearson, 1887—1964)《瓦尔特·司各特其人与个性》(1954)看来，“读者若不是处于深睡状态，《未婚妻》则会是昏昏欲睡中的清醒剂，与那些天才作家所创作的沉闷且愚蠢之作对比，会获得很高的评价”①。林纾以其特有方式，额外演绎了其中的爱情婚恋纠葛，强化其中的冲突。究其因，按译者在《剑底鸳鸯·序》中所大谈的“中外异俗”，国人“咸以文胜”，“出于荏弱”，西人“蛮野”、“强勇”，颇有“尚武”之风，译此书并非如“美恶杂陈”的《资治通鉴》，“鉴者师其德，戒者祛其丑”，而是“冀天下尚武也”，哀叹“今日之

---

① Hesketh Pearson. *Walter Scott: His Life and Personality*. Kelly Bray: House of Stratus, 2001, p. 54.

中国，衰耗之中国也。恨余无学，不能著书以勉我国人，则但有多译西产英雄之外传，俾吾种亦去其倦弊之习，追蹑于猛敌之后，老怀其以此慰乎”[①]。而译者的翻译动机，即希望通过英雄传奇，提振中国人的尚武精神，翻译时自然会延展妙趣横生的情节，结果是偏离原作，有违于原作描写威尔士和英格兰内部紧张的历史，读者错失了了解司各特的机会。司各特是活动于苏格兰加入大不列颠百年之后的苏格兰作家，考虑的是大不列颠内部各王国之间紧张局势减缓甚至消除的问题。而背离原作旨意的译作，却很受晚清读者青睐：1914 年 2 月、6 月两次重印，1915 年 10 月再版。

1909 年，陈大镫和陈家麟所译《露惜传》(上、下卷)由上海商务印书馆推出，1914 年重印、1915 年再版；1917 年，他们在上海中华书局推出《惊魂记》，即《昆丁·达沃德》(*Quentin Durward*，1823)，不久重印(收入《小说汇刊》)；1917 年，上海中华书局出版收录短篇小说 50 篇的三卷本《欧美名家短篇小说丛刊》，在这部被时任教育部审查官员的鲁迅称之为“空谷足音”的短篇小说集中，包括周瘦鹃翻译的“华尔透施各德”(即瓦尔特·司各特)的《古室鬼影》(原著不详)。

因此，不关乎苏格兰身份的司各特形象就此出现。一方面是刚睁眼看世界的中国，对异域文学的认知普遍缺乏自觉的主体性意识，对司各特的判断只能遵从英国文学史家的观点，如林纾《撒克逊劫后英雄略·序》如是说，“纾不通西文”，但到京师，“相见道故，纵谈英伦作家，则盛推司各德(特)”，魏易只能通过当时英国的文学潮流而选择作品，对林纾不是翻译而是按自己心愿改写的情形，当时著名作家曾朴并非批评，而是盛赞林纾译事有四长，其一是“能窥见西方作者的文心”[②]，事实上，林纾基本上不掌握英国文学史，尤其是有关司各特的基础知识；另一方面，后人发现林纾的翻译在作品主旨、具体内容等方面出现差错，如郑振铎的《林琴南先生》将其归罪于“殊受口衣者之牵累。若他得了几个好的合作者，则他的翻译成绩，恐怕绝不止于现在只所得的，错误也必可减少许多”，而钱锺书在《林纾的翻译》中则认为林纾之“讹”不能完全怪罪助手，正是林纾本人“明知故犯”[③](魏易曾就学于上海圣约翰大学，通西语，

① 陈平原、夏晓红：《二十世纪中国小说理论资料(1897—1916)》第 1 卷，北京：北京大学出版社，1989 年，第 269 页。

② 薛绥之、张俊才：《林纾研究资料》，福州：福建人民出版社，1981 年，第 348 页。

③ 钱锺书、郑振铎、阿英等：《林纾的翻译》，北京：商务印书馆，1981 年，第 14、30 页。

任学部翻译官，林纾在《英国诗人吟边燕语·序》中曾盛赞魏易的译作)。实际上，主要是当时中国即便清楚英国乃英格兰、威尔士、苏格兰、爱尔兰四个王国联合之国的历史知识，仍不清楚司各特历史小说叙述多与苏格兰和英格兰之间历史纠葛相关的文学史知识。但林纾把司各特这三部作品当作“以为可侪吾国之史迁”，畅销一时，影响晚清和民初其他译者。《剑底鸳鸯》再版前一年(1913)，时任上海商务印书馆编译所负责人，后来(1919)主持影印《四部丛刊》并著有《中英文字比较论》的孙毓修(1871—1922)，发表《司各德、迭更斯二家之批评》(1913)，承继林纾的误读，把英国的小说比附为中国史书，泛化为西洋历史，进行所谓中西文化对比，推崇司各特的历史小说，“司各德之书，以事实言之，则包罗七百年之历史”，其作以史为主，认为真史，而不以为小说是杜撰，甚至将司各特写小说，与其跛足相关联，“上下七百年贯穿驰聚，发为文章”，从而与司马迁“遭腐刑，荟萃先秦之记载而成史记”进行比较，称司各特为“西方之太史公”，司各特“以亏其形体，归而著书，犹此志也”，和狄更斯等一样，“穷愁著书，中外一例，殆亦天地间一种之公例”[①]。实际上司各特开始从事文学活动，和贫穷无甚关联，他从小生活在富足之家，身体强壮，晚年因合伙经营印刷厂而出现巨额债务，但拒绝他人帮助，自行著书还债，他作为享誉苏格兰和英国乃至整个欧洲的名作家，与司马迁忧愤著书之境遇，风马牛不相及。稍有进步的是，他注意到司各特生平中的苏格兰成分，发现影响司各特历史小说的因素包括苏格兰古代神话、欧洲名家小说、苏格兰“上下七百年”的历史等，从而在继承中国史传文学传统的同时，凸显英国“传记式”文学批评方法，以图颠覆中国传统的小说观，即《汉书·艺文志》所说的“小说家者流，盖出于稗官，街谈巷语，道听途说者之所造也”，声称“吾国之人，一言小说，则意味言不必雅驯，文不必高深”[②]。也就是说，司各特被引进中国，一开始就是以损失其苏格兰身份为代价。但无论如何，司各特在中国的盛况，并非汉译者和读者主观所致，乃有本土根据，如比司各特稍晚的思想家和散文家托马斯·卡莱尔描述道，《威弗利》及以“《威弗利》作者”为笔名的系列作品，曾产生轰动效应，“它们比在世界上任何别的书都写得快，报酬也最高。它们的优点远远超出了这种情况下的书籍通常会有的优点；不

① 孙毓修：《司各德、迭更斯二家之批评》，《小说月报》，总第4(3)，1913年，第19页。
② 孙毓修：《司各德、迭更斯二家之批评》，《小说月报》，总第4(3)，1913年，第15页。

仅如此，若文学除了无害地取悦懒惰者的任务之外别无其他目的，它们就算得上最完美的文学”①。林纾等人在中国演绎了司各特当时在英国的情形，即使畅销背后的具体原因迥异。

五四新文化运动引发更大规模引进英国、法国、俄苏等文学的高潮，但没有深入司各特的译介和研究。其间韦丛芜《小说家的司各德》(《益世报》，1920 年 1 月 17 日)中概要介绍司各特小说的创作情况，未显示出对司各特认识的深化，按凌昌言的《司各特逝世百年祭》(1932)所言，“我们现在很少读他的作品了，自五四新文化运动以来，简直就没有出过一部译本”②。而当时流行的欧阳兰的《英国文学史》(1927)虽提及司各特，也只是说，1814 年之后因为拜伦诗名，不再作诗人，转而写小说了③，没说明司各特诗歌创作本身的情况，对其小说历史也是做概要性的介绍。稍后，《英国文学 ABC》(1928)论及司各特则充满着矛盾，一方面说“司各特充满着中古时代骑士的精神，所以他所描写的妇女，一个个都是幻想中的完人，不能找出一点真人的气息”，另一方面认为他一年接一年出版很多小说，塑造了能挤满一个大广场的人物，个个形象分明，“他天才的丰富确乎是不可企及的”，又认为读者“被他奔放的句子挟持着享受那一泻千里的愉快时，却感觉到他句法的组织时常露出失于检点的毛病”④。似是而非的论述，本源于对英国尤其是对司各特之认知的不了解，却与五四新文化运动之后，人们的阅读趣味发生巨变，无暇认真分析任何文学真相的潮流相呼应：1919 年后，“福尔摩斯热”突然冷却下来，20 世纪 20 年代只出版了五种作品，远不及托尔斯泰、莫泊桑、屠格涅夫表现“文学为人生”的作品受欢迎，茅盾在《评〈小说汇刊〉》中批评，“专图故事的突兀曲折，并无对人性的刻画，这样的小说只配作一般民众的消遣品，没有文学的价值”⑤。实际上柯南·道尔的作品对人性复杂的科学分析，至今令人叹为观止。正是在如此局势中，五四新文化运动高潮过后到 20 世纪 30 年代，译介英国文学风潮更盛，司各特作品译介却不振，只是重版或重译晚清民初汉译的司各特的作品：1924 年 3 月茅盾校注林纾的《撒克逊劫后英雄略》(上海商务印书馆)并撰写长文《司各特评传》(内含《司各德

① 文美惠编选：《司各特研究》，北京：外语教学与研究出版社，1982 年，第 15 页。
② 凌昌言：《司各特逝世百年祭》，《现代》，1932 年第 2 卷第 2 期，第 276 页。
③ 欧阳兰：《英国文学史》，北京：北京大学出版部，1927 年，第 135—136 页。
④ 曾虚白：《英国文学 ABC》(上)，上海：世界书局，1928 年，第 115—117 页。
⑤ 转引自陈平原：《中国小说叙事模式的转变》，北京：北京大学出版社，2003 年，第 119 页。

评传》《司各德著作编年录》《司各德重要著作体》)，于1926年11月、1931年4月、1932年、1938年3月、1939年12月五次再版；1935年5月，上海启明书局推出谢煌的译作《撒克逊劫后英雄略》，该书于抗战正酣的1939年7月再版，1949年5月又再版。1939年8月，昆明中华书局出版著名作家施蛰存的译作《劫后英雄》。可见，在译介司各特作品方面，中国充满着矛盾，一方面反复再版林纾等人的译作，另一方面对司各特更多有关英格兰和苏格兰之历史恩怨的小说，它们事关大不列颠认同之类重要问题，却不被译介。

译介司各特作品的矛盾，与期间对司各特的矛盾性认知相一致。从未亲临苏格兰的茅盾，其《司各特评传》难能可贵，区分"诗人司各德"与"小说家司各德"，认为司各特与拜伦、雪莱等一样是"英国浪漫派的中坚"，承认司各特小说叙述历史浪漫逸事的"传奇主义精神"，更赞赏其历史小说叙述的宏大历史背景、大开大合的结构、构思宏伟、描写历史事件的生动，"纵横恣肆，奇诡神秒，像一根万丈长的火柱，其光焰，耀人眼目"，茅盾为司各特25部作品写了提要(《司各德重要著作题解》)，论述范围从叙事诗《苏格兰乐府本事》到小说；后来《世界文学名著杂谈》(1932)中设有专章《司各特的〈撒克逊劫后英雄略〉》，注重介绍《艾凡赫》。但茅盾未进一步论述一些重大问题，如司各特的诗歌是以苏格兰民间诗学表达苏格兰诉求、历史小说是以市民读者能接纳的诗学诉诸苏格兰人对联合之前历史的理解，而是批评司各特小说结构欠缺严谨、写景不佳、心理分析不足、有诸多史实错谬等。看似有一定学理性深度的"评传式"批评方法，相较于林纾的"古文评点"、孙毓秀(1903—1936)《欧美小说丛谈》的"编译"或"介绍"要深刻，却未探讨司各特创作中最有价值的论题。并且，茅盾还影响了孙俍工(1894—1962)(《世界文学家列传》中华书局，1926年5月)对司各特的论述。

同样，司各特在五四新文化运动及其后在中国所遭遇的译介和认识之矛盾，在期间中国建构的《英国文学史》中也有所显露。王靖的《英国文学史》(1927)作为中国第一部英国文学史，明确说明司各特出生于爱丁堡，幼时读父亲所藏古苏格兰鬼神故事，因作者没有英国乃由英格兰、威尔士、苏格兰和爱尔兰等组成的概念，只是满足于林纾对司各特作品的翻译，导致对司各特创作的论述完全不得要领，例如不涉及其小说创作[1]。同年出版的欧阳兰的《英国文学史》，也没有英国文学内部结构紧张的概念，涉及司各特时不会在意他叙述大不列颠认同和苏格兰认同之关系问题，反而说他是因翻译德国民歌才创作文学的，实际上，司各特早期搜集出版三卷本的《苏格兰边陲地区吟游诗人》，是基于对苏格兰的认同所为；并声称《湖夫人》“是记事言情之作”；知道 1814 年之后因为拜伦诗名超过自己，司各特转而写小说，却不论述小说创作的具体情况[2]。如此矛盾，《英国文学 ABC》亦然，曾虚白既认为“司各特是历史小说的始创者，到后来也只照着他规定的模范进展”，又说“司各特小说里的历史并不完全是准确的”，他小说的历史背景准确，“细枝末节与事实有很多出入”[3]。诸如此类，预示着晚清和民国初年中国未对关于司各特译介所及的话题进行深化，未补充和完善此前没来得及触碰的论题。

因《撒克逊劫后英雄略》反复再版、茅盾的矛盾性推介，原本声望赫赫的司各特，尽管汉语译介者对其持矛盾态度，但在诸多方面仍得到延续。1930 年吴宓(1894—1978)游历欧洲时，专门赴爱丁堡访问司各特纪念塔，并写下三首诗，留下佳句“谁人不识公”。1932 年司各特去世百年，中国出现了译介司各特的高潮。热衷于现代主义诗歌的施蛰存，在其所主编的《现代》杂志开辟纪念“司各特百年祭特辑”(第 2 卷第 2 期)，刊发《玛米恩》原稿手迹、乔治王子在司各特百年忌日在司各特塑像前瞻礼的影像、司各特故居藏书室、故居外风景、司各特破产后的居室、司各特墓等，以及凌昌言的《司各特逝世百年祭》，给汉语读者提供了丰富的司各特知识。于是，中国读者对《威弗利》作者的认识和估价“竟超过莎士比亚而上之。我们可以看到艾凡赫和蕊贝卡的情史而眉飞色舞，对于更伟大的莎士比亚作品，却只能自安于《吟边燕语》的转述。因此我们可说，司各特是我们认识西洋文学的第一步”，但因为时代口味变化，尤其是因其作品“既不是号筒，又不是镜子，只一味地沉湎于过去，莫名其妙地沉湎于过去”，除了名字之外渐渐被忘却，被莫泊桑、托尔斯泰所替代了[4]。矛盾性认知中，黎君亮的长文《斯各德(百年忌纪念)》(《国闻周报》，1932 年 10 月 24 日)概要介绍司各特生平、诗歌创作、《威弗利》《艾凡赫》《十字军英雄记》《肯纳尔沃斯堡》《修墓老人》等历史小说，《中洛辛郡之心》《古

① 王靖：《英国文学史》，上海：泰东图书局，1927 年，第 66—67 页。

② 欧阳兰：《英国文学史》，北京：北京大学出版部，1927 年，第 135—136 页。

③ 曾虚白：《英国文学 ABC》(上)，上海：世界书局，1928 年，第 114—115 页。

④ 凌昌言：《司各特逝世百年祭》，《现代》，1932 年第 2 卷第 2 期，第 276 页。

董家》《盖伊·曼纳令》等非历史小说，认为诗歌《玛米恩》“不将自己对自然的情感移入诗歌中”，影响其创作的是柯尔律治的诗歌、哥特式小说家瓦普尔(Walpole)、爱尔兰作家埃尔奇沃斯(Elgeworth)、英国作家奥斯丁、德国作家歌德等[①]，完全背离了司各特创作得益于苏格兰民族文化资源的事实。纪念司各特百年祭，是当年文坛不太小的事件，如张露薇《司各特百年祭》(《申报月刊》，1924 年第 1 卷第 4 号)、陈易《关于几本纪念司各特百年祭的出版物》(《微音月刊》，1932 年第 2 卷第 7—8 期)、费鉴照《纪念司高脱》(《新月》，1932 年第 4 卷第 4 期)、张月超《纪念司各特的百年祭》(《新时代》，1933 年第 3 卷第 5—6 期)、高克毅《司各特百年纪念》(《晨报》，1932 年 9 月 23 日)等，加深了汉语读者对司各特的亲切感，却未能深化对司各特具体作品及其文学史地位问题的认识，多数文章限于概要介绍司各特生平，泛泛评述其为浪漫主义诗歌先驱者、历史小说开创者的一般情况，未在任何具体的重要论题上深入探讨。

因为中国学者对司各特的矛盾认知，20 世纪 30 年代中后期到 20 世纪 40 年代中期，司各特在中国的影响力明显降低，虽然期间译介质量可能有所提升。万以咸翻译的《惊婚记》(昆明中华书局，1939 年 8 月刊行)，即《昆丁·杜沃德》(1823)，是该时期重大收获，生动叙述 15 世纪法国国王路易十一(Louis XI，1461—1483 年在位)反对封建割据、建立中央集权的血腥历史。查理七世之子出生在英法百年战争末期，利用战争激发法兰西民族的情绪，机智地合并了勃艮第公国、安茹公国等，成为统一的法兰西国家奠基人、法兰西瓦卢瓦王朝国王。作品表面上肯定路易十一建立统一国家的进步意义，实际上因叙述过程掺入苏格兰因素，主题表达变得深邃、作品结构随之复杂化。原作深得雨果称赞，“我们高度推崇司各特这位小说家，特别是《昆丁·杜沃德》，这只是完成了一项良心的责任。它是一部美好作品，很难找到比它编织得更好、把道德效果和戏剧效果结合得更好的作品了。作者在此想要表现的是：忠诚老实的穷青年，默默无闻，也比背信弃义的有权有势且阅历丰富、家财万贯的人，更容易达到目的。作者让苏格兰人杜沃德担任了前者的角色：这个孤儿被扔进复杂困境和险恶的陷阱里，他没有人指教，只有炽烈的爱情，而爱情近乎发狂时才成为一种美德。路易十一则是扮演背信弃义者角色”，杜沃德忠心耿耿地追随路易十一，但国王要把杜沃德视为工具和牺牲品，

① 黎君亮：《斯各德(百年忌纪念)》，载《国闻周报》，1932 年第 9 卷第 42 期，第 3 页。

反过来成全了单纯的杜沃德之美德和智慧。正因有民族认同的考虑，雨果声称，“很少有作家如司各特这样圆满地完成小说家对自己的艺术和时代所负担的职责，因对于英国文学家来说，自以为超越共同利益和民族利益之上，避免使自己的精神对当地人有所影响，把个人的利己生活和全社会的伟大生活隔离开来，这是一种错误，简直是犯罪……司各特完全不把才能用在有甜甜蜜蜜的风流韵事、卑鄙恶劣的阴谋诡计和肮脏的奇遇”[①]。从道德角度观察《昆丁·杜沃德》，指出了该作吸引读者的部分原因，也是缺乏相关历史知识的汉语读者所热衷的根据。然而，该作更热心于细心书写人物之间的关系，对所及之处的风土人情、自然景观之描写，渗透有深刻的苏格兰人视野，尤其是对主人公的形象塑造，更涉及苏格兰和法国之关系[②]。也就是说，缺乏关于司各特如何认识苏格兰及其和法国关系之历史知识，即便把作品翻译出来，也不能深化对司各特创作的认识。在许星甫的《十九世纪英国历史小说家司各德》(《新东方杂志》，1941年第3卷第4期)中也能显示出来，在英国浪漫主义兴起的历史语境中，作者较详细地介绍司各特的生平、诗歌创作与历史小说，并借用沈端先(即夏衍，1900—1995)翻译的日本学人本间久雄《欧洲近代文艺思潮概论》(1928)中关于司各特的观点(“对于浪漫主义的贡献，与其说是诗歌，不如说是小说”)，推崇其历史小说的想象力和对历史题材的处理能力。简言之，《昆丁·杜沃德》即便汉译了，事实上也未推动中国深化对司各特创作的认识。

此情形在20世纪40年代后期仍未改观，变得更为复杂。中国按主流英国文学史观认识英国文学的格局在20世纪30年代形成，从知识结构上抵消了司各特之于苏格兰的意义，如金东雷的《英国文学史纲》虽未回避司各特，却认为他平生最大的事，一是1811年发现不能像彭斯那样写抒情诗，决定通俗化书写来自民间传说的长篇叙事诗，拜伦出现以后终止写诗；二是1820年购买庄园、接受男爵封号成为司各特爵士，故，其小说创作的重要性基本上未得到彰显[③]；同样重要的是，中国整体局势变化，有助于译介直接关注现实社会问题的拜伦或托尔斯泰等作家，不利于接受通过言说历史而间接关乎现实问题的司各特。罗家伦(《今日中国

① 文美惠编选：《司各特研究》，北京：外语教学与研究出版社，1982年，第208—212页。

② Alison Lumsden. *Walter Scott and the Limits of Language*. Edinburgh: Edinburgh University Press, 2010, p. 135.

③ 金东雷：《英国文学史纲》，上海：商务印书馆，1937年，第240—245页。

之小说界》，1919)说，“最要紧的就是选择材料。我方才讲小说是改良社会的，所以取异国，总要可以借鉴，合于这个宗旨为妙。所以 Canon Doyle(柯南道尔)一派的小说不可译……我们所要理解的是世界现在的人类，不是已死尽了的人类，所以 Scott 一派中古式小说可以不译，不必问他的文笔像不像太史公！……托尔斯泰，莫泊桑和英国 H. G. Wells（威尔斯)等人的小说尤以多译为是”[①]。如此一来，其间出现了少尹和石碚翻译叙事长诗《史谷脱杰作本事》(上海大东书局，1947 年，内含《湖上的美人》《阿伊文霍》《护符》《卜斯的美女》等)，以及著名的现代诗歌杂志《诗创造》(第一卷第 10 期，1948 年 4 月)推出翻译专号——以彭斯诗篇《美丽的敦河呵》为名，包括沙金翻译的司各特诗歌《内泊斯的少女》，汉语读者由此认识到司各特在创作小说之前是著名的诗人，但仍未通过司各特建构起苏格兰文学概念。

东西方对抗的“冷战”局势使中国无法深化对司各特的认识，导致司各特的作品在中国的译介持续偏离其苏格兰身份的趋势，变得不可逆。就期间译介和理解英国文学的大背景而言，在文学理论和文学批评方法上，服从“一边倒”的大势，苏联社会主义现实主义理论直接影响了中国对文学的接受态度，如把浪漫主义区分积极的和消极的、革命的和反动的，相较于浪漫主义，现实主义文学更得到推崇。意识形态格局直接影响了英国文学研究，尤其是引进苏联人关于英国文学的论述，如 1954 年上海新文艺出版社推出苏联马克思主义文学理论家弗里契(V. M. Friche，1870—1929)著、沈起予(1903—1970)译的《欧洲文学发展史》，涉及司各特时认为其成就与影响远不及拜伦和雪莱等，认为他属于“贵族的知识分子”[②]。也直接影响了著名翻译家高殿森对(*Woodstock or The Cavalier*，1826)的翻译，汉译成《皇家猎宫》(上海文艺出版社，1958)，包括翻译过程的修辞炼句、具体选词用句等，都显示出意识形态偏差，且作者在《皇家猎宫·译者后记》中理直气壮地说明原因。这种情形，延及章益对《中洛辛郡之心》(人民文学出版社，1958)的译介。不过，此期间苏联的影响，今天需要认真辨析：苏联学者阿尼克斯特《英国文学史纲》中文版(1959)视司各特为“典型的浪漫主义者”，“较之所有其他浪漫主义作家更接近现实主义”，但同样强调司各特是苏格兰人、苏格兰人视他为

① 志希(罗家伦)：《今日中国之小说界》，载《新潮》，1919 年第一卷第一期，第 113 页。

② [苏]弗里契：《欧洲文学发展史》，上海：新文艺出版社，1954 年，第 28 页。

民族的伟大儿子，认为他对苏格兰民间诗歌有兴趣，从多个方面赞赏司各特创立新兴文学体裁历史小说，肯定其“历史小说至今仍是资产阶级社会文学中这一体裁的古典范例之一”，译者翻译时很用心，如遵从林纾译名，仍把《艾凡赫》译成《撒克逊劫后英雄略》①。但此书比较深刻的意见和译介，没能产生影响。同样没能产生影响的还有，1960年《现代外国哲学学会科学文摘》刊发复旦大学外文系所译的匈牙利马克思主义批评家卢卡契(Georg Luacs，1885—1971)的《作家与世界观》(1937)，原文是其著作《现实主义问题》的部分章节，作者运用西方马克思主义观点并结合苏联马克思主义意识形态，言及19世纪“无处不在”、20世纪却几乎“无处可寻”的司各特历史小说，认为“他在各个极端方向中间采取调停立场，所以他选择站在两派中间的人物为主角”，而这正是他的政治和历史地位的反映、其世界观的表现形式②。以上重要信息，因历史情势，未对中国产生丝毫影响，更不会知道当时英国对司各特文学遗产的认识，如罗利(J. Raleigh)的《司各特对维多利亚时代人意味着什么》(1963)论述维多利亚时代人对司各特文学遗产的审美态度，大量涉及对司各特诗歌和小说之理解的问题③。这些在整体上严重影响了中国对司各特认知的深度，也错失了深化认识苏格兰之于大英帝国的复杂意义的机会。

令人唏嘘的是，20世纪70年代末以后的开放大势，英国作为中国被迫参与的冷战对手，其文学和经济一样，皆重新得到重视，可是却未提升对司各特的译介。在拨乱反正年代，曾受到批判的艾略特、乔伊斯、劳伦斯、伍尔夫等现代派文学家，在中国开始热烈讨论；过去视为消极浪漫主义的“湖畔派诗人”，其文学史位置也再度得到确认；莎士比亚、狄更斯、哈代等作家，因为在英国文学史上具有最为重要的经典地位，得以被重新大规模翻译和研究。相较于这些，司各特译介相当冷清。到20世纪80年代末，冷战近于结束，中国也改革开放了十多年，对司各特的苏格兰认同问题仍未涉猎，如吴伟仁主编的《英国文学史及选读》(1988)认为司各特具有“贵族倾向”，是“旧秩序的代表”等；刘炳善的《英国文学简史》(1981)把司各特置于“浪漫主义”范畴下，分析其历史小说及

① ［苏］阿尼克斯特著，戴镏龄译：《英国文学史纲》，北京：人民文学出版社，1959年，第347、363、354页。

② ［匈］卢卡契著，复旦大学外文系译：《作家与世界观》，《现代外国哲学学会科学文摘》，1960年第7期。

③ J. Raleigh. “What Scott meant to the Victorians”, in *Victorian Studies*, Vol. 7 (1), 1963, pp. 7-34.

其创作倾向的政治保守性；陈嘉的《英国文学史》(1986)对司各特的历史小说及其创作特色的分析，沿用20世纪50年代的社会学批评模式，认为《艾凡赫》“主要冲突”系“12世纪后期盎格鲁-萨克逊农民反抗诺曼封建压迫者的斗争”，突出阶级冲突问题；姚乃强的《司各特和他的历史小说〈待出嫁的新娘〉》(《解放军外国语学院学报》，1982年第4期)、何孔鲁的《试论司各特的历史小说〈红酋罗伯〉》(《扬州师范学院学报》，1985年第3期)等和上述英国文学史教材相当，继续意识形态批评模式，借助马克思恩格斯有关评价、转引别林斯基和阿尼克斯特等俄苏批评家关于司各特的意见，以阶级分析法，论述其小说的主题或人物形象或艺术特色等。

所幸，1982年北京外语教学和研究出版社刊行中国社会科学院外国文学研究所研究人员文美惠编选的《司各特研究》，开篇引用威廉·赫兹利特的《时代的精神》(1825)，说“苏格兰小说的政治意义是造成他们受欢迎的一个相当重要方面……当我们渴望复活斯图亚特王朝精神之时，让我们了解那个时代的人物和灾难是有趣的。瓦尔特爵士率真的史笔消除了我们在这点上怒气冲冲的偏见，他对于冈颇党和保皇党、新教徒和天主教徒皆采取了公正合理的态度。他是一个能调解人类本性中各种力量的作者。他不介入敌对党派之间的差异和冲突，却去写人思想中的力量或软弱，人心中的美德和丑恶，在他作品里这两样东西在整个人类的本质中混杂在一起。没有比这更壮观、更勇敢的了”①。如此深刻意见，本该让汉语读者觉得新奇，可惜，在重新把主流英国文学史观视为译介和研究英国文学的标准下，司各特在英国文学史中的地位依然有限。

当然，这期间中国翻译出版了许多司各特的历史小说和诗歌，具体包括：1978年人民文学出版社推出的《威弗利》汉译本，1981年吉林人民出版社出版的云南大学外国语学院教授陈兆林(1923—　)翻译的《爱丁堡监狱》(*The Heart of Mid-Lothian*)，1982年上海译文出版社再版的高殿森的《皇家猎宫》，1983年上海译文出版社出版李俍民(1919—1991)翻译的《红酋罗伯》、1986年许渊冲翻译的《昆汀·杜沃德》等。理论上，这些翻译对理解司各特的民族认同问题很有意义。《威弗利》(*Waverley*，1815)叙述1745年詹姆斯党人起义的历史事件，赞扬热爱自由的苏格兰高地人民反对联合之后被英格兰挟持的斗争，又反映了苏格兰落后民族不敌英格兰资本主义制度。该作因同时表达了苏格兰认同和大不列颠的命运，

① 文美惠编选：《司各特研究》，北京：外语教学与研究出版社，1982年，第9—10页。

引发英国文坛普遍关注，“我们不愿意认为该作是一部普通小说，其声望注定要与日俱增，永远不会被遗忘”，“我们愿意推荐这部作品，因为它如实地展现了那个消失了的族群的生活、风俗、思想，呈现了这个族群古代特征，或许除了作者之外，没有人搜集关于他们的材料、没人打算保存这些材料”[①]。实际上，这部作品，在能指层面书写出来的内容很有限，和后来同样洛阳纸贵的《盖伊·曼纳令》《古董收藏家》等一样，更复杂的语义，是没有直接叙述出来的[②]。正因为思想深邃、所提问题尖锐，引发苏格兰读者高度关注，问世五周即销售千册，当年再版五次，之后他便以“《威弗利》作者”为笔名发表了多部小说，直到 1827 年才公开承认自己是作者，1844 年司各特同时代人杰弗里(Francis Jeffrey，1773—1850)报告说，到 1843 年“这个系列已经售卖 6 万册”[③]。知名司各特传记作者洛克哈特在《司各特一生回忆录》(1839)中说，1822 年系列小说给他每年带来 1—1.5 万英镑收入[④]。苏格兰历史小说中，优秀程度仅次于《威弗利》的三部作品是：叙述 1679 年苏格兰清教徒反抗英格兰、歌颂起义者、呈现英格兰残暴的《清教徒》(1816)；在 1715 年詹姆斯党人第一次起义前夕，苏格兰高地人民反抗联合政府之背景下，叙述罗布·罗伊这位“苏格兰的罗宾汉”(正直的高地氏族领袖，被迫成了反抗统治阶级、杀富济贫的绿林好汉)的《罗布·罗伊》(1817)；叙述苏格兰农村姑娘珍妮长途跋涉前往伦敦求见王后、使无辜被判死刑的妹妹获救的《米德洛西恩的监狱》(又名《中洛辛郡之心》)。而该书展开的背景是：1736 年爱丁堡市民反对大不列颠统治而暴动，同情走私犯斯唐顿，警察局长下令向市民开枪，事后国王要惩罚局长，王后下令缓刑，市民冲击监狱，处死了这位刽子手，王后下令镇压。就在紧张的民族矛盾中，农民迪恩斯的女儿艾菲被诬陷残杀婴孩，被判死刑，姐姐珍妮为挽救妹妹的生命，徒步来到伦敦，请求王后开恩，妹妹终获特赦。作品不仅仅表现姐妹深情，更是表达王室在缓和英格兰与苏格兰关系中起的重要作用。如此立意，很得双方读

① John O. Hayden ed. *Walter Scott: The Critical Heritage*. London and New York: Routledge, 1970, p. 3.

② Alison Lumsden. *Walter Scott and The Limits of Language*. Edinburgh: Edinburgh University Press, 2010, pp. 75-100.

③ John O. Hayden ed. *Walter Scott: The Critical Heritage*. London and New York: Routledge, 1970, p. 69.

④ John Gibson Lockhart. *Memoirs of the Life of Sir Walter Scott*. Vol. Ⅶ. Edinburgh: Robert Cadell, 1839, pp. 18-19.

者喜爱，作品一再再版。

1982 年上海译文出版社再版高殿森的《皇家猎宫》。译者继续把司各特与“革命浪漫主义诗人”“反动浪漫派”进行比较，认为“司各特的浪漫主义在于他反对 18 世纪纯文学的优雅传统。他和一切浪漫派一样，憎恶新兴的资本主义，认为产业革命破坏了古老的社会关系，把人与人的关系变成了单纯的金钱交易”，“作为一个贵族、一个保守党人，他不及拜伦、雪莱等人那样激进”，“却不能把他和反动的‘湖畔诗人’同样看待”。译者不熟悉英格兰和苏格兰对司各特百余年来的认知，因而并未查考这是作家关于英格兰系列的力作，着力塑造忠于爱情的爱丽丝形象——不畏权贵诱惑、坚守对位卑的表哥的爱情，但动人爱情发生在克伦威尔时期，即以共和国领袖克伦威尔和失败后流亡的查理二世之间发生在牛津郡的伍德斯陶克猎宫的复杂斗争为背景。这意味着，司各特是按联合之后英国主流史学观看待英格兰否定克伦威尔革命的观点，显示出其对大不列颠和王室的深情。

难能可贵的是，其间多次翻译和出版司各特小说中的法国和欧洲系列中的《昆丁·杜沃德》(1939 年被译成《惊魂记》刊行)，不在意路易十一建立统一的法兰西国家之历史进步意义，而是立足于大不列颠立场，重新叙述英格兰和法兰西的关系。作者在“导言”中说，最早嘲笑和抛弃高尚骑士精神的人物中，路易十一是主要人物，是比歌德笔下的梅菲斯特、拜伦笔下的利己主义者、弥尔顿笔下的撒旦等更邪恶的人物。而司各特作为睿智的历史小说家，着力塑造的形象却不是路易十一，而是他身边的苏格兰骑士杜沃德，杜沃德以理想的骑士标准严格要求自我，正派、满怀崇高理想、光明磊落、睿智，即便主人路易十一恶盈满贯，他也不出卖主人。然而，要理解这些，需要理解司各特持赞同苏格兰和英格兰合并成统一且强大的大不列颠的态度，在法国和构成大不列颠主体的英格兰之间的百年战争历史事件上，其情感自然倾向于英格兰。这是司各特否定性塑造路易十一的形象、把杜沃德定位为伟大的苏格兰骑士的关键。但汉译者缺乏这样的文学史知识，项星耀在《昆丁·杜沃德》(1998)序言中说，“司各特对路易十一给予了冷静、客观、全面的描写，既没有夸大他的缺点，也没有隐瞒他的优点，这是作者在历史小说中创造的最成功形象之一。从这个形象中我们可以看到，现实主义精神，已经在司各特创作方法中占有了压倒的优势”，又批评说，“司各特是保守主义者，对资产阶级持否定态度，他所向往的是中世纪骑士风度和封建贵族的生活方式。然而历史发展与他的愿望背道而驰”①。译者夸大了“现实主义”内涵，不清楚司各特关于欧洲题材的历史小说表达的是大不列颠知识分子的审美倾向，不关乎历史写实性问题。同样，对此，许渊冲和严维明翻译的《昆廷·杜沃德》(1987、2013)未有根本性改观。

同样重要的是，司各特成为小说家之前，已是声望赫赫的诗人，整理出版《苏格兰边陲地区民谣集》(1802—1803)，并在此基础上创作了多首长篇叙事诗，如《末代吟游诗人之歌》(1805)以苏格兰高地为背景，由一位贫困潦倒的吟游诗人，用苏格兰竖琴诉说苏格兰与英格兰之间的历史恩怨，从形式到内容皆令人动容。深谙苏格兰诗歌重要性的王佐良，其《苏格兰诗选》(1986)辑录了选自《末代行吟者之歌》的片段《可怜虫》和《洛钦瓦》。1987 年，王佐良的《麦克尼斯，司各特，麦克迪米尔德》(《读书》1987 年第 7 期)介绍司各特的诗作，认为他“擅长叙事诗”，对英雄人物的描写“比拜伦更为拿手”，代表了“英国诗的一个声音”。同时，黄杲炘翻译出版了《末代行吟诗人之歌》(1987)，在长篇序言中解释了这首诗的苏格兰因素；第二年，曹明伦重译为《最后一个吟游诗人的歌》。而曹明伦在译介司各特长篇叙事诗上卓有贡献，先后翻译有长达 4959 行的《湖上夫人》(1986)、长达 3077 行的《最后一个吟游诗人的歌》(1988)、长达 4800 行的《玛米恩》(1998)等。此前其发表的《司各特的诗》(《外国文学研究》，1985 年第 1 期)，指出“不能因司各特在历史小说领域的巨大成功而忽略他在诗歌领域的卓越成就”，概述了司各特诗歌的创作历程，认为其诗歌特色在于“完美地将民族感情和对大自然的向往之情融为一体”，富有感性美，认为感情因素是其最大特点，提出把艺术的情感性作为艺术生命所在的观点。稍后，王佐良的《英国诗史》(1993)更详细地论述司各特的诗歌创作，认为司各特的诗歌创作从苏格兰民谣中汲取技巧、从苏格兰历史和传说中发掘题材，是英国浪漫主义诗歌宝库的一部分，“他最擅长写两个部落交兵之类的紧张场面，用民谣的技巧烘托苏格兰的历史气氛”，“司各特最杰出的诗作也许要推《玛密安》(即《玛米恩》)”，“在十九世纪早期英国浪漫主义文学中占有特殊地位。他以搜集民歌民谣并创作富有浪漫色彩和冒险情节的民间诗歌开始他的文学生涯，中年才转入历史小说的创作，并获得了独创性的成就，被誉为西欧历史小说之父。”他在苏格兰人民心目中更是深受尊敬并被引为苏格兰民族的骄傲，

① [英]司各特著，项星耀译：《昆丁·杜沃德》，上海：上海译文出版社，1998 年，第 4 页。

“在今日的苏格兰和过去的苏格兰之间建立起了一座永恒的金桥”[①]。而曹明伦、王佐良等的论述，符合苏格兰学界的认知，例如洛克哈特在《司各特人生回忆录》(1839)中提到，至1836年，《玛米恩》和《湖夫人》刊行量达及五万册，诗篇中许多词汇来自苏格兰语，有许多苏格兰民间隐喻[②]；拜伦发表《恰尔德·哈罗尔德游记》之前，其诗名并不胜于司各特，只是司各特阅读了拜伦的这首诗后，才转而写历史小说；而司各特长篇叙事诗诉说的是英苏联合之前独立的苏格兰，是一个已消亡了的世界，但这个独立的苏格兰王国历史的美学记忆却仍存活着(living in a world of death)[③]。这些诗篇是司各特获得声望的最初依据，汉译它们非常必要。

然而，中国学界直接采纳英国文学研究成果，故未能促使译介者从苏格兰民族认同角度认识司各特。近三十年来中国重要参考文献《简明剑桥英国文学史》(1987年汉译)认为，1792年身为律师的司各特，因业务关系来到苏格兰高地，距1745年詹姆斯党人反叛联合政府及被镇压失败仅半个世纪，历史真相已模糊不清，司各特于是有意识地关注历史遗迹、搜集相关民间文学，“之于他，传奇不是爱情传奇，而是人生传奇。和奥斯丁不同，他不习惯传统习俗，偏爱古怪稀奇”，对生活和事件的浓厚兴趣，远超过此前的任何作家，从而扩大其读者的同情心、感情和体验[④]。却未能引导读者思考司各特创作和苏格兰民族认同的关系问题，而期间苏格兰学术界已开始大规模研究这一话题，如布朗(D. Brown)的《瓦尔特·司各特与历史想象》(1979)、麦克马斯特(G. McMaster)的《司各特与社会》(1981)等，探究司各特之于英国历史发展、社会建构的复杂意义。

值得称道的是，20世纪80年代以来，实际上从未间断过对司各特作品的翻译和再版，包括对林纾翻译作品的再版，译作连同文美惠编选的《司各特研究》所提供的赫兹里特的《时代的精神》、卡莱尔的《瓦尔特·司各特爵士》、格里尔森的《其人其诗》等10篇英国关于司各特研究评论的重要论文(片段)，以及普希金的《谈司各特的小说》、别林斯基的《关于司各特的小说》、雨果的《论司各特》、卢卡契的《历史小说的古典形式》等6

① 王佐良：《英国诗史》：南京：译林出版社，1997年，第340页，第457页。

② John O. Hayden ed. *Walter Scott: The Critical Heritage*. London & New York: Routledge, 1970, p. 2.

③ Alison Lumsden. *Walter Scott and the Limits of Language*. Edinburgh: Edinburgh University Press, 2010, p. 42.

④ [英]乔治·桑普森著，刘玉麟译：《简明剑桥英国文学史》代译序，上海：上海外语教育出版社，1987年，第8页。

篇欧洲大陆名人的论述，还有司各特本人序或跋，外加王佐良、钱青、刘意青等专业学者编纂的《英国文学史》中不同程度涉及司各特的文字，为20世纪90年代末以来深化对司各特的认识，提供了更多文学作品根据、国外文献。由此认识到司各特作品不是大众文学意义上的通俗历史小说，而是和苏格兰民族认同、英国问题相关的重要作品，由此，《威弗利》等苏格兰系列作品翻译得到加强，博士或硕士学位论文使用文美惠的《司各特研究》提供的资料，进而出现高灵英的博士学位论文《苏格兰民族形象的塑造：沃尔特·司各特爵士的苏格兰历史小说主题研究》，该论文涵盖九部苏格兰历史小说，一定程度上突破了英国浪漫主义文学史框架，根据作品细节分析司各特把文学描写应用于历史叙述，注意到其作品所描写的苏格兰自然风景和人文景观、苏格兰现代骑士和苏格兰高地人等，以及对苏格兰地理空间的图绘，对苏格兰的历史、文化和意识形态等的描写，显示出司各特笔下的苏格兰不是野蛮、极端的，而是富于人性、质朴、尊贵的，如讲苏格兰语的高地人和低地贵族具有同样的美德。尤其是注意到司各特作品中的苏格兰风景和苏格兰民族形象的关系，把苏格兰民族形象具体化为代表苏格兰的令人肃然起敬的自然景色、城堡和历史废墟，用苏格兰区域性和田园式的风景展示苏格兰的人文性，使苏格兰人意识中祖国的抽象概念得到生动呈现；不是否定性论述“骑士”，而是把历史和英格兰或苏格兰民族历史关联起来。同样，南开大学石梅芳的博士学位论文及在此基础上出版的著作《婚姻与联盟：浪漫主义时期苏格兰小说研究》(2011)，分析浪漫主义时期苏格兰小说传达的英苏关系及其表现的民族认同，分析《威弗利》《红酋罗伯》《密得洛西恩监狱》《雷德冈力托》等，涉及英格兰与苏格兰之间的政治关系，探讨苏格兰文化身份问题，不再停留于现实主义或历史主义概念层面，而揭示司各特历史小说的浪漫主义品格及其表达的“民族认同”。

可以说，司各特汉译百年历程中，最早通过林纾《撒克逊劫后英雄略》而知晓《艾凡赫》，20世纪30年代知道司各特小说创作分为苏格兰、英格兰和欧洲三大类，到20世纪80年代清楚司各特对中国现代文学的影响，如姜铮在《郭沫若与〈艾凡赫〉》(《外国文学研究》，1980年第2期)中认为“《艾凡赫》最早哺育了郭沫若的浪漫主义气质，导引了他的浪漫主义文学倾向，从而推动他走上了浪漫主义的文学创作道路”，最终在21世纪让汉语读者知晓了司各特是会演绎苏格兰、英格兰和法兰西历史的著名小说家。不过，中国译介司各特的作品更多受国内局势和主流英国文学史观左右，有别于国际上对司各特的认知。按皮托克《瓦尔特·司各特爵士的接受》(2006)所说，司各特在法国、西班牙、俄国、德国、匈牙利、捷克、波兰、斯洛文尼亚、丹麦等国被广为接受，这些国家基本上都首先重视其以苏格兰为背景的小说，包括《威弗利》《中洛辛郡之心》《罗伯·罗伊》《盖伊·曼纳令》等[①]。而自林纾翻译《撒克逊劫后英雄略》，汉译最为充分的是英格兰系列，著名的是叙述12世纪英国"狮心王"理查在位时诺曼贵族和撒克逊王国的冲突、把"狮心王"理查塑造成英明君主之作的《艾凡赫》(1819)。可是，林纾的翻译，并非因作品表达了大不列颠认同，吻合20世纪初风雨飘摇的中国需要建立统一的中华民族认同的形势，而是该作表达的尚武精神。五四新文化运动以后，该作连同英格兰系列小说虽时常有重译和再版，却没有激发国人团结抗战的热情；20世纪50年代以后，中国整体上接受苏联人的阅读文学模式，没有考虑到苏联在司各特的理解和接受上，倾向于认为其创作表达了英格兰压迫下的苏格兰民族问题。而这种论述，原本对冷战时代的中国很有价值，何况中国熟知的卢卡契的《历史小说》转引恩格斯曾经说英国氏族制度的真正灭亡是从1745年詹姆斯党人起义被镇压开始的，《威弗利》就是描写这次起义的，可惜中国没能及时领悟这些深刻的文字。由此，史云的《罗宾汉英雄形象的再现——英国优秀历史小说〈艾凡赫〉读后》(《读书》，1979年第2期)等大量论文，仍说其历史小说"既有色彩瑰丽的现实主义描写，也有富于诗情画意的浪漫主义渲染"，"反映了当时尖锐复杂的阶级斗争"，而论述水平远不及苏联对阶级矛盾背后英苏的民族关系问题的认识；施咸荣为《艾凡赫》中译本(1978)所写序言仍称，司各特生活的时代"国内外阶级矛盾激化"，其作品"全面而深刻地反映了当时社会中复杂的矛盾"，其艺术特点是"浪漫主义与现实主义同时并存"。也就是说，从林纾译介司各特的作品以来，除了王佐良和文美惠等极少数译介者之外，中国并未关注苏格兰对司各特的认识和定位，也陌生英美主流学术界在司各特研究上的变化趋势，造成其苏格兰小说系列翻译得最少，也较晚，因此汉译其众多作品，却不能及时培养出中国读者的苏格兰意识。由此，我们需明确认识苏格兰和英国对司各特的不同定位。

---

① Murray Pittock ed. *The Reception of Sir Walter Scott*. London & New York: Continuum, 2006, p. 55.

第二节　不一样的司各特：苏格兰的司各特和英国的司各特

在汉译司各特百余年历程中，我们意外发现，中国译介司各特是分裂的：承认他出生于苏格兰，看到他作品中和苏格兰相关的诸多因素，但视他为思想保守落后的作家。而判断的直接根据，源于对其作品中温情脉脉地叙述有关苏格兰历史的分析。分析的理论依据，来自译介者关于“统一的英国”概念，以及所参考的主流英国文学史家的相关文献，如茅盾的长文《司各特评传》(1924)向汉语读者提供英国对司各特认知的重要信息。而黎君亮(黎锦明，1905—1999)的长文《斯各德(百年忌纪念)》(1932)概要归纳托马斯·卡莱尔、丹纳等人关于司各特的观点，他们对司各特赞誉良多[①]；尤其是文美惠主编的《司各特研究》(1982)，提供了更为丰富的文献，其中苏格兰人的评论以及和普希金的《谈司各特的小说》、别林斯基的《关于司各特的小说》、雨果的《论司各特》等6篇欧洲大陆名人论述，大多为积极、正面评价，而英格兰作家和批评家关于司各特的论述，则很多充满着否定性意见。也就是说，司各特之于中国的矛盾，既是基于中国人意识中理所当然的英国概念，也是因英国人对司各特的直接论述。这样一来，清理英国认识司各特的差异，对比苏格兰人的认知，就成为重新评论司各特汉译历程的重要工作。

实际上，司各特发表的每部作品，都引起《文学杂志》(*Literary Journal*)、《爱丁堡评论》(*Edinburgh Review*)、《大不列颠批评》(*British Critic*)、《评论季刊》(*Quarterly Review*)、《大不列颠女士杂志》(*British Lady's Magazine*)、《批评评论》(*Critical Reviews*)等重要杂志的热烈讨论。其中，《威弗利》问世后，《爱丁堡评论》当即(1814年11月)发表后来爱丁堡大学校长杰弗里勋爵(Francis Jeffrey，1773—1850)的书评，认为该作中有大量不为多数英国人熟知的苏格兰方言，“描写的时代距离我们不够久远，尚不能成为浪漫传奇，却又不算太近，也不使人感到熟悉亲切。但该作完全凭借其力量、真实性、生动色彩，使大批普通之作相形失色。超越琐碎的地方传奇，足以与备受欢迎的现代诗歌相提并论。我们认为其成功的秘诀仅仅在于作者是一位天才人物(person of genius)，

① 黎君亮：《斯各德(百年忌纪念)》，载《国闻周报》，1932年第9卷第42期。

具有始终如一地忠于自然的道德。即使是写到最神奇之处，也只满足于描摹地真实事物，而不去描绘个人的奇情臆想”，读者从中知晓作品真实而生动地描绘大不列颠北部地区的社会风俗和状况，以及1745年詹姆斯党人起义，与各阶级在各种不同甚至对立的原则、习俗下生活相关，“这场不幸之争，最后一次凸显了日渐消亡的高地封建骑士形象、苏格兰低地生活的粗鄙”[①]。立足于苏格兰的情怀，积极发掘司各特创作中关于统一的大不列颠国家认同的论述，对后来读者认识司各特创作提供了有价值的启示，如苏格兰东南部村庄特威兹穆尔教区(Tweedsmuir Parish Church)牧师克罗克特(W. S. Crockett，1866—1945)的《司各特的家园》(1911)，反复再版，其中有杰弗里所提供的史料；怀俄明大学英语教授卡麦克拉肯-弗莱舍(Caroline McCracken-Flesher)的《可能的苏格兰：司各特与明天的故事》(2005)和《司各特的詹姆斯党人的情节》(2012)，阿伯丁大学学者琼斯(Catherine Jones)的《文学记忆：司各特威弗利小说以及叙述心理》(2003)和《历史与历史地理学》(2012)，以及塞缪尔·贝克(Samuel Baker)的《司各特的战争世界》(2012)等司各特研究的重要著述，也得益于杰弗里之作所提供的材料。

随着司各特作品问世得越多，人们越发关心他所发表的一部部新作。赫兹利特《时代的精神》盛赞司各特爵士，“他的头脑接受并珍藏的传统和风俗给予他的一切——除此以外，它从不向未知的世界跨越一步，而是本能地后撤，有如站在悬崖上一样”，他“擅长写五百年前的苏格兰。坚信没有现存事物，只有曾经存在到今的事物——道德世界是静止的，正如古老世界认为是静止的”，公众心安理得地阅读其长诗《末代行吟者之歌》、《玛米恩》，“它们被认为是衣着时髦华丽的旧相识”，“他的全部联想都在风俗习惯和传统上”，“他的小说是一位漂亮、质朴的侍女，其小说成功在于彻底摆脱了作者的身份”，公众从司各特的作品中收获愉悦，“读者读得快，他写得快，质量丝毫没有降低。公众从不厌倦他。他最差的作品，也胜过任何人最好的作品。他故事中的背景，比其他作家笔下的重要人物和复杂情节更吸引人”，还列举了司各特小说在苏格兰和英格兰引起的纷争，如和司各特政治倾向一致的书商布莱克伍德书店，“设法使一些二流苏格兰小说畅销”，有英格兰人攻击司各特作品，“‘难道我们

---

① John O. Hayden ed. *Walter Scott: The Critical Heritage*. London & New York: Routledge, 1970, pp. 79-84.

英格兰就没有制作传奇的材料吗？难道我们必须仰仗苏格兰提供这类独特、动人的小说吗？'我们回答说'是的'。从司各特小说中可看出，英国愚昧和野蛮的最后部分是边境地区"。[①] 应该说，同时代人的观察，确切记录了司各特作品引起反响的真实情况，尽管1982年文美惠出版，但因其间和此后的中国是现代主义和后现代主义盛行的岁月，汉语读者无暇体验司各特作品，从苏格兰文化史角度认识这位作家的途径仍不畅通。

更可惜的是，同时代人对司各特的评价大多是积极的，而中国知晓普遍很晚。比司各特稍晚一些，有大不列颠意识的苏格兰思想家和散文家托马斯·卡莱尔，其重要篇目《瓦尔特·司各特爵士》(1838)，描述见证"《威弗利》作者"系列作品在当时产生的巨大影响力，普通读者会讲"让我躺在沙发上阅读无穷无尽的瓦尔特·司各特小说吧！""这些历史小说向大家指出了真理，这条真理似乎老生常谈，但历史学家和其他作家在领悟它以前，对它却几乎一无所知，那就是：过去时代的世界里实际上充满了活生生的人，而不是条约草案、公文卷宗、论争和关于人的抽象概念。他们不是抽象概念，也不是图解和定理；而是人，穿着浅黄牛皮上衣或其他样式的外衣和马裤，面颊泛着红晕，胸中藏着激情，具有人的语言、相貌和生命力。人是一个小小的词，却包含着多么伟大的意义！从此以后，历史将不得不把这点考虑在内。过去，历史依赖的是那种'根据经验得来的哲学定义'的模糊传说，现在则在任何地方都不得不进行直接观察和体现了：这一点，仅仅是这点，才能算是经验；而且直到经验确实已经登堂入室之前，哲学就必须老老实实地在门口等着。这是一个伟大贡献，已产生了一系列结果，这就是司各特的伟大贡献。"[②]能看到彭斯诗歌普遍意义的托马斯·卡莱尔，也能发现司各特小说的叙述魅力及其哲学价值，这对提升司各特在英国文学史上的地位，具有极大的推动作用。后来任爱丁堡大学教授的格里尔森爵士(Sir Herbert Grierson，1866—1960)在《爱丁堡大学学报》(1941年第1期)上著文赞赏托马斯·卡莱尔是第一个认识到《威弗利》小说对历史作家的重要性，他向读者指出司各特历史小说的真理性，在这些作品里，使过去时代的世界里得以充满了活生生的人。托马斯·卡莱尔的意见，无论是否直接影响世界对司各特的阅读，至少司各特的作品会因为他享有崇高的地位而得到传播。

---

① 文美惠编选：《司各特研究》，北京：外语教学与研究出版社，1982年，第1—6页。

② 文美惠编选：《司各特研究》，北京：外语教学与研究出版社，1982年，第15—19页。

两年后别林斯基的《关于司各特小说》(1840)表达了类似意见，司各特小说中有许多不相似的人物、不一样的事件或冲突，“却以普遍的印象打动你的心，使你观察到某种统一的东西，而不是以千变万化的性格和事件使你眼花缭乱、茫然失措。由于同样的原因，他长篇小说里的每个人物，对我们而言是独立存在着的，你看到他完整地在你面前，显示出他全部显著特点，你永远不会忘记他，若忘记了，即使过了二十年，只要再翻阅他的小说，这个人物仍是熟悉的，你曾在什么地方见过。对他长篇小说的整体，色调，独具个性，不可言喻的某物，记得比任何个别话题更为清楚……”[①]这样的意见，成为苏联著述《英国文学史》的重要根据，如阿尼克斯特的《英国文学史纲》(1959年汉译本、1980年重印本)对司各特的认识，就引用别林斯基的论述。同样，巴尔扎克发表影响巨大的《人间喜剧》(1842)前言，虽然对司各特的国家思想、宗教信仰、苏格兰认同等有所批评，但仍赞誉道，“司各特把小说提高到历史哲学的地位……他在小说里表现了古代精神，把戏剧、对话、画像、风景、描写结合在一起，把奇妙和真实——史诗的两种元素放进小说里，使穷室陋巷的亲切语言和诗情画意互相辉映”[②]。这种意见，因巴尔扎克本人的声望在中国极盛，成为20世纪50年代以来国人解释司各特的重要依据之一。

实际上，和苏格兰息息相关、被苏格兰人视为亲切同胞的司各特形象，在苏格兰首先是由洛克哈特塑造出来的。洛克哈特出生于苏格兰拉纳克郡、成长于格拉斯哥，先后就读于格拉斯哥大学和牛津大学，1820年和司各特的长女索菲亚成婚，后任《伦敦杂志》编辑、《布莱克伍德杂志》专栏作者。其主要著作《瓦尔特·司各特爵士传》(1837—1838年初版七卷本、1839年再版九卷本)，记录苏格兰的司各特成长历程：1779年进入爱丁堡一所学校，表现出对苏格兰知识和大不列颠历史的强烈兴趣、对叙述欧洲历史故事的非凡能力，尤其是迷恋中世纪骑士传奇和历史故事；1783年进入优质中学凯尔索文法学校；1789年进入爱丁堡大学攻读法律，注意到苏格兰从封建王国到大不列颠的历史，参加文学和哲学协会，讨论苏格兰社会、历史、文学、政治、哲学等一般性问题；1792年在爱丁堡任律师，1806年为爱丁堡高等民事法庭庭长。这些经历，客观

① [俄]别林斯基著，满涛译，《别林斯基选集》第2卷，上海，上海译文出版社，1979年，第255—256页。

② [法]巴尔扎克著，陈占元译：《人间喜剧·前言》，《文艺理论译丛》，1957年第2期，第7—10页。

上培养了他对苏格兰的民族认同，使他有兴致搜集整理苏格兰民歌民谣，以苏格兰意识考虑大不列颠问题。由此，其涉及詹姆斯党人反叛题材的小说中，明显存在着牺牲英格兰名誉而成就苏格兰地位的意识，至于其他历史小说的创作动机，以及诸多细节，都能从苏格兰历史中找到根据①。传记没有因为出自其女婿之手而失去公信力，如在英年早逝的维多利亚时代作家马克隆(John Macrone，1809—1837)的《瓦尔特·司各特传记》(1837)中也叙述了上述诸多史实。这位大不列颠作家与苏格兰关系密切，因而其文献价值巨大，成为苏格兰人理解司各特的基本依据。而强调司各特苏格兰身份的传记，对当时和后来英国社会认识司各特产生了重要影响。在以写英格兰史著称的著名史学家查尔斯·扬(Charles Duke Yonge，1812—1891)之作《瓦尔特·司各特传》(1888)、爱尔兰著名新闻工作者和英国议会议员葛温(Stephen Gwynn，1864—1950)的《瓦尔特·司各特爵士传记》(1930)、著名科学小说家莱特(S. Fowler Wright，1874—1965)两卷本《瓦尔特·司各特传》(1932)等传记中，都能看到苏格兰因素在司各特文学创作中的重要作用。进而，决定了20—21世纪中国认识司各特的基本依据，如波登(Donald V. Bodeen)在《瓦尔特·司各特爵士的人生和文学作品之批评研究》(2008)中就声言，“司各特大器晚成(genius flowered later)。第一首长诗《卡洛城堡》，毫无疑问在简明扼要的诗行中显露才华，1802年完成时已31岁。同年，写了第一首长篇叙事诗歌《末代行吟诗人之歌》，1805年问世时，已经34岁”②。散文家巴哲特(Walter Bagehot，1826—1877)的《威弗利小说》(1858)引证洛克哈特的意见，认为司各特涉及对詹姆斯党人描写的小说，明显牺牲英格兰而成就苏格兰，“他的苏格兰小说在描写社会的种种重大事件和活动时清楚表露出同样的洞察力(反对法国大革命式的民主)”，“司各特小说里，富有想象的浪漫色彩的敏感性，如同讲求实际的洞察力一样明显……对历史的描写，也显示出同样的浪漫色彩。《艾凡赫》中，中世纪的神学价值并不突出，叙述没有被教义所妨碍”③。作者之所以重视这些，是要凸显司各

---

① John Gibson Lockhart. *Life of Sir Walter Scott*. Vol. 1-2. London: A. & C. Black, 1893.

② Donald V. Bodeen. *A Critical Study on Life and Works of Sir Walter Scott: The Restless Dynamism in Life & Literature*. New Delhi: Domiant Publishers and Distributors, 2008, p. 45.

③ 文美惠编选：《司各特研究》，北京：外语教学与研究出版社，1982年，第34—35页，第44页。

特的苏格兰生活阅历及其对创作中苏格兰情怀的积极影响。

当然，更重要的，是关于司各特文学创作的讨论。上文论及的巴哲特的《威弗利小说》(1858)较早关注到司各特苏格兰题材小说的独特性，认为此类作品中，“描写伟大事件、有个性的人物、怪异故事、奇特的社会状况等，以特殊的兴致，呈现作者嗜好的历史细节。特殊风俗、社会惯例，甚至中世纪苏格兰或其他地方的政治制度，皆得到细致准确的阐述，多愁善感的成分也渐渐凸显出来。这样的作品，无论理论上还是实践上，都是对男女主人公情感和命运的叙述”①。在这种论述启示下，读者可发现“威弗利小说”普遍注重背景描写，建构了独特的“司各特世界”，如爱情故事总是和某个重大事件，或伟大历史人物的命运，或某种奇特的社会状态关联在一起，作者并不期望读者全神贯注于人生的多愁善感，而是注意围绕事件展开的现场，尤其是对重大历史事件及其对情节展开影响的描写，这样认识《威弗利》等小说，对理解司各特的苏格兰情怀和对大不列颠的国家认同，意义不可低估。格里尔森爵士出生于苏格兰舍得兰群岛(Shetland)，毕业于阿伯丁大学国王学院和牛津大学，是卓有成就的英国文学和苏格兰文学研究家，出版有《英语圣经》(1937)、《英国诗歌批评史》(1944)等，尤其在司各特研究上功勋卓著，先后推出《瓦尔特·司各特爵士、从男爵：新生活、对洛克哈特搜集材料的补充》、《瓦尔特·司各特书信集》十一卷本(1932—1937)、《瓦尔特·司各特爵士传》(1938)、《司各特爵士演讲集：1940—1948》(1950)等。在他看来，“作家可分为两类：对人类本性与人类生活，是拒绝、抗议，还是接受、欣赏，易卜生、哈代和俄国、法国的小说家及其追随者，属于前者，而乔叟、塞万提斯、司各特的温和善良的人道主义者则属于后者”，因为司各特融合古代和现代两种小说，“古代小说中的一切出于想象，纯属不可能的事情；现代小说总是力求表现自然，有时确实描摹得很成功”“大众不在乎太现实主义的文学，对他们而言，文学本质上是对现实的逃避”，司各特作为历史小说的创始人，不混淆历史和历史小说，“他既写历史又著传记，大都是约翰逊博士的风格：叙述庄重，略带些说教。他的小说不去冒充历史，事实上他对史实和日期都极随便，它们是小说家或诗人所描绘的在某某时期事情可能如何发生的图像，因此它们和历史大不相同之处在于它们令人信服地造成我们对过去某时生活画面的错觉”，司各特不

① 文美惠编选：《司各特研究》，北京：外语教学与研究出版社，1982年，第30—31页。

为描绘而描绘、为风俗而风俗，认为“一个社会风俗故事要有趣，必须求助于古代”，“司各特的诗人气质在小说的精彩段落里显得比在他的任何叙事诗中更为明显”①。可以说，这样认识司各特，能看到他写历史小说的成功在于，故事发生在对他而言并不完全遥远的过去，过去时代的精神对后来者或多或少起作用，这也就是《修道院》《修道院长》《柏斯的美女》等描写中世纪故事不完全成功的原因，因为它们无法与作者对苏格兰历史的深情关联起来。

尤其是，以《苏格兰人及他们的家园》(1946)等作品而著称的苏格兰小说家爱德温·缪尔，在《作家瓦尔特·司各特》(1944)中也坚持，“一位伟大作家的不足之处犹如白璧之瑕，应该视为特色，而不是缺点。关于司各特，我们必须把这块白璧的某种属性考虑在内，这属性与它的特色或稀有价值不同，那就是它的规模。仅仅是他的卷帙浩繁，就使司各特显得奇特和惊人。同时代人感觉到这一点，我们亦然。在一切都是巨大的地方，缺点也是巨大的。它们是这样的明显，以至于有些评论家的视线始终未能超越它们”，由此反驳了著名小说家和批评家福斯特批评司各特算不上“头等的会讲故事的人”，认为“紧凑而必须的情节并不是他典型的情节。他的小说一般都有一个方向，从一点出发到达另一个点，但行程散漫，在到达终点之前兼容并包、无所不至。在《拉默摩尔的新娘》中，所有的事件都把思路引向结局。但在威弗利系列小说中，我们的思绪时常被旅行中的一系列变化着的景致所吸引，结局却不过是个俗套，令人失望。但这些小说主要由中间部分组成，它们的丰富多彩全挤在首尾两个俗套之间，没有这两头，小说就无法存在，因为它总得有某种开端、某种结束。一旦开始把小说从某处引向另一处后，司各特要求从这样的情节中得到自由，实际上是探索整个人生舞台的自由，情节的繁复只是为了引起人生本来就复杂的感受。他孜孜不倦地使情节复杂化，完全是出于对人物性格和环境的无限兴趣。他十分出色地达到了这一点，他的技巧使他置身于最伟大的小说之列”，从而认为其对人物复杂性的描写不同于陀思妥耶夫斯基，即司各特的人物形象更为完整、和谐，是因为作家对人物复杂性的把握来自其人性的完整观念，而陀思妥耶夫斯基的人物内心则是分裂的，是因为他对人物内心分裂的认识，但他俩都有本事让人物不时说出一些话，远远超出个人的意义，似乎是代表人类所有阶

---

① 文美惠编选：《司各特研究》，北京：外语教学与研究出版社，1982年，第134—146页。

级说给全人类听的[1]。基于对司各特作为苏格兰作家的深切尊敬，爱德温·缪尔虽然没有直接从对司各特作品中分析司各特因为独特表达苏格兰情怀而显露出超强的叙述能力，但把司各特创作的诗学普遍化了，从小说叙述的一般性规律赋予司各特普遍意义。

实际上，司各特在长篇叙事诗和历史小说上卓有成就，一定程度上基于其有深刻的文学批评观念。巴勒博士的《作为文学批评家的瓦尔特·司各特爵士》(哥伦比亚大学出版社，1907)推介司各特文学批评遗产，仔细辨析其对中世纪苏格兰边陲地区民歌民谣、罗曼司等的文学批评意见，其关于17世纪德莱顿的文学批评，对斯威夫特等18世纪文学家的批评、对同时代文学活动的文学批评、对自己创作的理解等，展示出以苏格兰意识思考苏格兰文学和大英帝国文学问题的文学批评家风采。正因为如此，爱丁堡大学教授森茨白瑞(George Saintsbury，1845—1933)在《英国小说》(1913)第五章中推崇司各特道，“谁若不把司各特、大仲马、萨克雷划入两千年来优秀文学家行列，那么他就只能原谅别人对他的意见不屑一顾了。历史小说与纯粹的风俗小说相比有很多优点，并吸取风俗小说的主要长处”，但认为司各特远不是单纯的历史小说家，其每部小说导言都有精彩无比的短小谈话场景和人物素描，《威弗利》将历史和民族的种种成分以完全新奇的方式结合为一体，展示在更为新奇的苏格兰高原背景之上；《清教徒》《罗伯·罗伊》充满同样生动有力的叙述和更加有趣的人物，“司各特明白自己正在做什么以及自己必须做什么；他令人惊奇地完成了任务，这更是确凿无疑的事实”[2]。

司各特作为苏格兰民族英雄，苏格兰学术界一直很重视对其文学遗产的整理和开发，如洛克哈特的《司各特传记》(1837—1838)和《司各特生活回忆录》(1839)经常再版，泰特(J. G. Tait)主编的三卷本《司各特日记》(1939—1946)及安德森(W. E. K. Anderson)主持的修订版《司各特日记》(1972)是苏格兰人普遍热衷的读物，以及格里尔森主编的12卷本《司各特书信集》(1932—1937)，成为所有苏格兰人研究司各特传记的最重要资源，以上基础文献，产生了布什纳尔(Nelson S. Bushnell)的《独特风格小说家瓦尔特·司各特的诞生》(1963)、德芙琳(D. D. Devlin)主编的《瓦尔特·司各特：现代判断》(1968)、埃德加·约翰逊(Edgar Johnson)的两

① 文美惠编选：《司各特研究》，北京：外语教学与研究出版社，1982年，第147—151页。

② 文美惠编选：《司各特研究》，北京：外语教学与研究出版社，1982年，第125—130页。

卷本《瓦尔特·司各特爵士：伟大而鲜为人知》(1970)、克劳福德(T. Crawford)的《瓦尔特·司各特》(1982)等当代司各特传记研究力作，也成就了布朗(David Brown)的《瓦尔特·司各特与历史想象》(1979)、菲奥娜·罗伯森(Fiona Robertson)主编的《爱丁堡瓦尔特·司各特爵士指南》(2012)、麦克马斯特(G. McMaster)的《司各特与社会》(1981)、米切尔(Jerome Mitchell)的《司各特、乔叟和中世纪罗曼司：瓦尔特·司各特得益于中世纪文学之研究》(1987)等重要著述不断激活司各特历史小说的生命力，唤起读者回到关于司各特的基础文献。

然而，苏格兰批评家，或苏格兰裔，或任职于苏格兰各大学的学者对司各特的热诚评价，对于百年来中国接受司各特的影响力非常微弱，原因是20世纪初林纾等人依据当时英国文学批评潮流选材之外，1910年代末以来则依据英国著名文学家和文学史家关于司各特的论述。而他们对司各特的认识，却远远不同于苏格兰批评家、文学家、学者的著述。

第一次世界大战之前问世的《剑桥英国文学史》第一版用英格兰中心论主导的大英帝国文学史观勾勒英国文学发展历程，尽管收录司各特，第十二卷(1915)却评述司各特，“18世纪，苏格兰文学复活的最大特征之一，就是激活了对其世俗化历史的兴趣。后因空想而徒劳无益的詹姆斯党人起事，进一步加剧。司各特强有力地延续了詹姆斯党人的癖好”，他只是对过时的历史感兴趣，“或许从未考虑过尝试写一部苏格兰生活的小说”[①]。而彼时司各特已列入诗人角，主流英国文学史家对司各特积极叙述联合之前的苏格兰和大不列颠前史不屑一顾，令人吃惊。更震惊的是，正统的英国文学史观对后世关于司各特的认知产生深刻影响。

现代主义思潮后期，著名小说家福斯特(E. M. Forster，1879—1970)，以正统英格兰人文主义批评家身份，发表影响英国和欧洲的文学批评杰作《小说面面观》(1927)。他高度赞赏叙述人类复杂性的作品，对以苏格兰民族身份书写大不列颠及其前史的司各特，多持否定态度，明确声言“司各特是位小说家。我们将要对他进行无情的分解。本人认为他没什么了不起，也很难理解他为什么一直赢得这么高的声望。他生前获得好名声是容易理解的。如果我们按年代分段法来探讨这个问题，即可看到其中有许多历史方面的重要原因。但如果我们将他从时间之河里弄

① A. W. Ward, A. R. Waller. *The Cambridge History of English Literature*. Vol. XII. Cambridge: Cambridge University Press, 1915, pp. 1-2.

出来，再放到那间圆形房子里跟其他小说家一起写作时，此人就不那么出色了。他给人的印象是：心胸狭窄，文笔迟钝，缺乏创造性，毫无艺术上的超脱和热情。一个缺乏这两者的作家怎能创作出感人的角色来呢？谈到艺术上的超脱，对于他也许是要求过高了。但以热情来说，缺乏热情就足以说明文化素养不高。大家不妨想一想，司各特在小说中写的高山峡谷以及破旧寺院是多么需要热情来描绘啊。可是我们在哪儿看到一点热情呢！如果他有热情，满可以成为一位伟大的小说家。有了热情，即使文笔拖沓、矫揉造作也关系不大。但此公仅有一般的热情，也有文人的情感，从理智上对乡村也爱慕，而仅有这些对创作伟大的小说是不够的。至于他在忠诚方面，那就糟透了。他完全按道德标准和商业标准行事，这样虽满足了他最大的需要，可是他忽视了另一种需要忠诚的目标。他的声誉来自两个方面：首先是许多老一辈的人在年轻时都朗诵过他的作品，所以他们在回忆起当年愉快欢乐的日子时，或在苏格兰度假闲居时便会想起他来。老实说，他们喜爱他同我一直喜爱《海角一乐园》的道理是一样的。我至今还可以跟诸位大谈特谈这本书。我从孩提时代就很喜欢它。待到我智力完全衰退时，就不必再对文学巨著去花脑筋了。到那时，我可以回到那充满传奇色彩的海滩——船儿受到可怕浪涛冲击的海滩——那儿有四个在蹦跳的鬼精灵……还有他们的父母……那儿有我永远喜爱的夏天，也就是《海角一乐园》对我的意义。司各特爵士对你们某些人的意义是否如此呢？他除了能激起人们回忆以往的岁月外，还能起什么作用呢？我们在智力衰退之前，难道不应该先把他放置一旁，而设法多读点其他书么？”①。苏格兰人尊为国族英雄的伟大作家司各特，在福斯特看来如此不堪，而《印度之行》等小说已经显露出，福斯特清楚大英帝国的严重问题在于殖民主义，大英帝国对世界的灾难性影响则因后殖民治理，但剑桥大学培养了他的普遍文学观念，把展示人文主义丰富性的人物形象称为“圆形人物”，反之为“扁形人物”，于是英格兰现代主义诗歌和小说得到他的推崇，而推崇地方性认同的司各特则被他放在和普遍文学观念对立的位置，将司各特塑造的人物形象批评为缺乏深度的“扁形人物”。在英国小说批评和文学创作中占有重要位置的福斯特，借助英国在世界的影响力，获得了世界性声望，他的小说理论也因此影响广泛，司各特在世界主流文学批评中的价值，因而大大降低和折损。

① [英]福斯特著，苏炳文译：《小说面面观》，广州：花城出版社，1984年，第26—28页。

由此说明了，20 世纪 80 年代以来，虽然司各特汉译力度不减，却无助于中国确立苏格兰文学概念，原因之一是，自 1981 年《小说面面观》(花城出版社)汉译以来至少有五个译本，给汉语读者建构了莎士比亚和英格兰现代主义文学即伟大文学的观念。

实际上，现代主义在中国重新兴盛的 20 世纪 80 年代，与英国女性意识流作家弗吉尼亚·伍尔夫(Virginia Woolf，1882—1941)在中国再度大量译介和讨论相一致。而文美惠的《司各特研究》特别收录了伍尔夫 1924 年著述、1947 年刊世的遗作，即关于《古董家》的评论。伍尔夫从多个方面否定司各特的文学价值，认为“有些以宁静和明朗而出名的作家，对旁人已完全失去了影响，他们只是被人享受或被人遗忘，而不是被人评论和研读。司各特就是其中之一。那些敏感、笔头犹豫不决的新手，若容易接受司汤达、福楼拜、亨利·詹姆斯或契诃夫的影响，那么他们能连一个形容词也不换，一本接一本地阅读威弗利小说。目前没有别的作品能使成千上万的读者不加批评、称心满意、全神贯注，从而能开阔眼界，享受愉快的。若说这就是人们阅读威弗利小说的情绪，这一结论涉及的愉快情绪，那可能是出了毛病，没法为其辩护。司各特首先被指控的是风格恶劣。小说的每一页，确实被冗长、掩沓的拉丁文所冲淡”，此其一；其二，在司各特的小说中是找不到斯蒂文森那种紧凑的描写，笔法不健全、假斯文，这样去塑造人物形象，“无论如何不能证明这种人物生活得像如福斯塔夫或哈姆莱特那么深刻、丰满。司各特的人物有严重的缺陷，即从不思考，作者从未试图深入窥探他们的内心世界”；其三，完全否定司各特经典作家地位，“把威弗利小说与托尔斯泰、司汤达、普鲁司特的小说对比，当然会产生一些涉及小说的根本性问题，不过用不着讨论，它们明确无误地显示司各特所不及的地方。他不属于伟大的错综复杂的内心观察家”，他的创作粗枝大叶，“他的传奇故事，是晚上被追捕的人躲在森林里的传奇故事，帆船出海的传奇故事，在月光下拍打浪花的故事，暴力和悬念的传奇故事”①。伍尔夫从读者、语言和结构等方面否定司各特的文学史价值的论述，无论对中国产生多少影响，至少显示出英格兰文学家对司各特的审美优越感，而只要正面对待伍尔夫，就必然要接受其贬低司各特的主张。

而贬低司各特的文学史意义，是英国作家的普遍现象。作家普列契

① 文美惠编选：《司各特研究》，北京：外语教学和研究出版社，1982 年，第 216—220 页。

特(Victor Pritchett，1900—1997)的《充满生命力的小说》(1946)，矛盾地讨论司各特，一方面说司各特创作了威弗利系列小说，他们那代人自儿童时代不曾触碰过苏格兰方言之作，另一方面又说，“我们都在儿童时代阅读司各特作品，但他的作品并不适合儿童阅读。为何一个饱经沧桑的、被这个世界打上邪恶烙印、血液里注入了这个世界悲哀和经验的人，他成年时期创作的作品，竟然被指定给对自己和世界一无所知的少年阅读呢？铸成错误的部分原因在于司各特：这个在英国小说界享有莎士比亚才能的伟人，过于经常描写使受过上好教育的年轻读者为之倾倒的男女主人公——呆头呆脑的理想化人物，他们是我们那些更有教养的十六岁少年心目中理想的缩影。我们十六岁时爱慕的是那些模仿严肃的女教师语言的缺乏性感的女主人公，爱那些顽固守旧的男主人公，他们正直无私，忠于荣誉，害得我们少年们都迷上讨厌的虚妄的理想主义。在司各特臆想出来的白日梦幻中成长起来的读者，后来发现那是一场诓骗，这位读者就绝不会原谅他……视司各特为历史小说家，是我们童年时代阅读他的作品时容易产生的一种误解，其实我们更有理由把他看作喜剧作家”[①]。他按此思路仔细分析《黑侏儒》的糟糕之处，如充满着大量使人费解的虚构内容、中心情节离奇；指责《米德洛西恩的监狱》叙述过程违反了心理学、伦理学，断言主人公珍妮是读者难以容忍的形象。实际上，《米德洛西恩的监狱》之所以不被他看好，乃因该作是以1736年爱丁堡发生反大不列颠政府的迪厄斯骚乱为背景，严肃指出苏格兰问题是大不列颠政府必须面对的重大议题，苏格兰命运和英国自由主义、英格兰命运相关联。这样的背景和主题，是英格兰作家不愿接受的。

更严重的是，中国接纳福斯特把司各特视为创造“扁形”人物形象、伍尔夫的现代主义文学批评观之前，中国早就接受了英国的文学史观，如上文所论及的林语堂审校的《英国文学史》(1930)，对司各特的论述充满着矛盾，一方面说“司各特复兴了埋藏于苏格兰乡间的故事、传说、歌谣和民歌所没有注意到的苏格兰古代民族的民间诗歌精华，并使之第一次流行于较为高尚的文学中。他在诗和小说中唤起了古代苏格兰壮丽的浪漫幻想”，另一方面说司各特前期写诗歌、后期写小说，“他的浪漫主义有六种源流——英格兰人珀西(Percy)编辑的古代逸诗、苏格兰通俗歌谣、柯尔律治的诗歌、英格兰人沃波尔的哥特式小说、莎士比亚剧作，

① 文美惠编选：《司各特研究》，北京：外语教学与研究出版社，1982年，第154—155页。

以及德国歌谣”，这些促使他搜集出版《苏格兰边陲地区民谣集》，并且对苏格兰歌谣之外的各种因素影响司各特创作，更津津乐道，如认为《玛米恩》《艾凡赫》中的勇士受莎士比亚《理查三世》影响；一方面说司各特小说影响了英格兰浪漫主义历史小说、法国雨果的创作，另一方面说 1832 年(司各特去世之年)的政治和文学显出新纪元，封建思想和贵族小说让路给了狄更斯小说和新民主主义，即便《威弗利》的声望赫赫，在他看来也是“不出名”的[①]。正因在这样的英国文学史观下阅读司各特，导致 1932 年司各特译介在中国掀起不小的高潮，但未能把司各特与苏格兰文学史关联起来，更没有人由此尝试建立苏格兰文学史。

问题是，主流英国学界普遍这样看待司各特。享有崇高声誉的桑普森的《简明剑桥英国文学史》(1987 年汉译本)中司各特的篇幅不小，但司各特的文学史意义基本上被限定于苏格兰文学范围内，其在英国文学史上的作用难以彰显。在现代主义风行中国之际，无疑加剧了司各特在中国边缘化的处境，与当时其作品翻译量加大的情况形成矛盾。七年后，桑德斯的《简明牛津英国文学史》(1994)出版，并未改观这种情形，对司各特的论述同样充满着矛盾：一方面承认“相较于玛利亚·艾奇沃斯在鼓励爱尔兰人认同大不列颠方面所起的巨大作用，司各特小说对促成苏格兰人认同大不列颠的作用则更甚”，“他希望能为自己的祖国做点事，就像艾奇沃斯小姐有幸把自己的同胞介绍给兄弟国家那样，使人们对苏格兰历史和文化及其活力、矛盾有更广泛通俗的理解。如果说他有时因按苏格兰反对英格兰政治和文明模式的传统，做了一些净化工作而受到谴责，那么他确实成功地探索并解释了被英格兰文化帝国主义和苏格兰社会进步论者所忽略的北方历史的局限性”；另一方面又违背史实地认为，“司各特作为小说家和诗人，其创作有意识地避免使用苏格兰方言，以使自己的作品能被更多读者接纳”，“通过丰富、探究和想象民族历史的某些重要方面，司各特成功地分析了历史进程的一些情形。借鉴莎士比亚的《亨利四世》并对按叙述文体改造戏剧的方法，把政治和喜剧，与历史和小说相混合，塑造苏格兰民族性的不同方面”，断言“悲催的是，疾病和债务”，使司各特晚期作品“带有疲惫衰退的痕迹，实际上已经变成散漫芜杂却包含着激情的试验作品”。按这样的观念和态度，他具体分析

---

① [英]德尔默著，林惠元译，林语堂校：《英国文学史》，上海：北新书局，1930 年，第 294—302 页。

《威弗利》，针对该作涉及1745年詹姆斯二世支持者的叛乱事件，认为事件启动了英国变革，“自此逐步累积财富和扩展商业贸易，使现在的苏格兰人不再同于他们的祖辈，就如同现在的英格兰异于伊丽莎白女王时代的先辈们那样”，因而人物不再是哥特式小说中那种打扮怪异、故事情节也不再是那样奇异，虚构的英雄不能偏离历史上的英雄人物，他们的行为是由历史环境所决定的，有着苏格兰的历史和地理因素。有意识地不论及司各特和苏格兰的关系，却说1820年《艾凡赫》出版后司各特突然转移了方向，“远离苏格兰，远离最亲近的人们所记忆犹新的历史”[①]，认为《艾凡赫》和《十字军英雄记》《未婚妻》三部以十字军东征为背景的小说，充满着夸张且冗长叙述的历史细节，与司各特此前的苏格兰题材小说之生动而朴实的地方语言形成鲜明对照，并且对涉及苏格兰历史和大不列颠问题的《肯尼沃斯城堡》等作品，也未积极讨论。这些矛盾性论述，综合反映了英国主流学界的基本认知，即把司各特的意义限定于苏格兰文学，把他放在英国文学框架下考查，认为其作品在题材、叙述技术等方面悖谬颇多。

然而，即使英格兰学术界弱化司各特在文学史上的地位，英国学者论及英国小说时还是重视司各特的位置的。罗利(J. Raleigh)的《司各特对维多利亚时代人意味着什么》(1963)从司各特作品在维多利亚时代被阅读和接受的情况，介绍司各特的文学接受意义。戴启斯主编的《企鹅大不列颠和英联邦文学指南》(1971)和《十九世纪小说》皆触及司各特的文学成就，即把司各特列为彰显大英帝国情怀的学者。与桑德斯整体上试图强调司各特对大不列颠认同，面对诸多事实时却语焉不详相比，在著名小说家和传记作家德拉布尔(Margaret Drabble)主编的《牛津英国文学指南》(第六版，2000)中，司各特得到了重视，司各特被视为苏格兰“有特色的作家”，在苏格兰成长和接受教育、工作生活，对边区的民间故事和歌谣充满好奇，致力于发掘边区的苏格兰传统审美，他作为小说家的影响无可估量(incalculable)，如创立了历史小说和短篇故事形式，成为伟大的历史小说家，在长篇叙事诗、戏剧、文学批评等方面各有成就[②]。凯特尔(Arnold Kettle)的《英国小说导论》(1960)、沃波尔教授(Horace Walpole)

---

① [英]安德鲁·桑德斯著，谷启楠等译，《牛津简明英国文学史》(上)，北京：人民文学出版社，2000年，第384—387页。

② Margaret Drabble ed. *The Oxford Companion to English Literature*. Oxford: Oxford University Press, 2000, pp. 909-910.

的《正统的历史：司各特、歌德以及小说的权威》(1994)等，分别讨论司各特在英国小说发展、于欧洲小说变迁历程中的巨大意义，对深化对司各特的认识、切实把握司各特阅读史，提供了很多理论支撑。

相应地，英美主流的英国文学研究也开始正视司各特在文学史上的地位。澳大利亚弗林德斯大学教授塔洛赫(Graham Tulloch)的《瓦尔特·司各特的语言》(1980)深入讨论司各特作为浪漫主义文学家，在诗歌和小说创作中的语言独特性；比克斯比(Florence Green Bixby)之作《司各特的影子：浪漫爱丁堡的小说》(2007)凸显司各特对于苏格兰小说发展的意义，《现代罗曼史和小说的转型：哥特小说、司各特和狄更斯》(1992)则把司各特纳入英国文学史框架下考察，指出其超越哥特式小说、启发狄更斯小说创作的巨大价值；费里斯(Ina Ferris)的《司各特的作者身份与图书文化》(1988)、《文学权威的成就：性别、历史以及威弗利小说》(1991)把司各特纳入文化研究框架，论述他的文学写作、出版、读者阅读等具体情景，说明他的文学声望之形成的根据，而与基恩(Paul Keen)合著的《书籍史：图书、文学以及商业现代性，1700—1900》(2009)论述文学作为文字文本的生产、流通、消费、效益等历史，涉及包括司各特在内的作家作品；戈特利布(Evan Gottlieb)的《瓦尔特·司各特和当代理论》(2013)，讨论司各特第一部长篇小说《威弗利》，关注何以在英格兰和苏格兰联合之后六十年之后，司各特仍关注大不列颠发展的前景问题，认为《艾凡赫》(1819)表明英苏联合的失败，这两部作品展示苏格兰和英格兰各有主体性(subjectivity)，导致彼此成为“他者”，《古董家》和《雷德冈托利特》各自表达了联合不可能遮蔽的“史实性”(historicity)，《罗伯·罗伊》深刻体现了英国不同民族“混杂”(hybridity)的情形，《护身符》展示的不是十字军东征的基督教严肃意义，而是教会上层和基督徒的表演性特征，《拉默摩尔的新娘》和《坎农盖特编年史》表达了苏格兰人的好客(hospitality)品格和苏格兰共同体(community)愿望[①]。

可以说，二百多年来，苏格兰留下了关于司各特文学批评的丰富成果，包括传记、文学作品分析、作家民族身份等，文字负载了关于司各特文学遗产的知识，如赫斯本德(M. F. A. Husband)主编的《瓦尔特·司各特爵士的威弗利系列小说的人物性格词典》(1910)、1996年哈里·萧(Harry Shaw)编选的《司各特〈威弗利〉批评论文集》，1991年阿伯丁大学

---

① Evan Gottlieb. *Walter Scott and Contemporary Theory*. London: Bloomsbury, 2013.

成立"司各特研究中心"、爱丁堡大学图书馆设立"司各特电子数据库"。然而，与司各特以伟大文学家的身份进入苏格兰国族英雄序列相反，司各特虽然在19世纪末进入西敏寺，但苏格兰关于司各特的热烈讨论，只是很有限地触动了主流英国文学史框架下司各特的论述。如此一来，苏格兰与英格兰主导的英国学术界，近乎形成了两个关于司各特的认知。而20世纪中国对司各特的认知远离苏格兰学界，汉语读者尽管从茅盾的有关论述、文美惠的《司各特研究》(1982)中获知这些矛盾，但因为整体上是在主流英国文学史框架下译介司各特，而不是在苏格兰文学史进程中给司各特定位，对司各特作品中的历史事件、人物形象及其背后所传达的苏格兰情怀，少有明确了解，直到21世纪才极其有限地与苏格兰认同关联起来。也就是说，百余年来的司各特译介，未能启示中国人去认识苏格兰文学和苏格兰问题。

第三节　译介司各特之疑惑：文学史定位和翻译的双重困难

司各特汉译历程，每个时段均受中国局势左右，但长时段则显示出更受"统一英国"的概念及其衍生的英国文学史框架认知所影响，基本上不清楚苏格兰人对司各特的理解。茅盾关于林纾《撒克逊劫后英雄略》1924年版序言的《司各德评传》指出，"法国大革命的潮流，震撼当时人心，至极强烈，全欧文坛为之变色，华兹华斯、柯尔律治、骚塞等人皆被大革命的潮流所冲激，高呼打倒专制魔王，人人平权；但司各德对那时抉破旧思想藩篱的平民主义，非但一点不热心，并回过头来赞慕那过去的帝王的黄金时代"，引用英国史学家弗里曼的《脑门豆人征服英国史》(脑门豆人即诺曼人)考据撒克逊人和诺曼人矛盾的历史，断言"司各德所言两族水火的情形，没有历史的确实性。司各德之所以要如此，大概想藉此增加艺术上的趣味"①。姑且不论其中的知识性错误(如这三位诗人是因为恐惧法国大革命和英国工业革命，躲避在距离苏格兰低地不远的湖区，从而成为湖畔派诗人)，这些论述至少显示出，中国译介司各特，除了在文学观念和有关司各特的知识方面，完全没有关注苏格兰知识分子的论述，更多是在转述英国主流学术界的意见。正因为在汉译英国文学

① [英]司各德著，林纾译：《撒克逊劫后英雄略》，上海：商务印书馆，1924年，第4、27页。

历程中不知晓苏格兰关于司各特的认知，缺乏“苏格兰文学”概念，司各特虽是作品译介较早、翻译量较大的苏格兰作家，也无益于译介者关注到司各特成为伟大文学家的关键在于其充分表达苏格兰民族认同，也没有使汉语读者借助大量的司各特汉译作品，去理解苏格兰问题、建构苏格兰文学概念，司各特不过是一位英国通俗历史小说家而已。

具体说来，百余年来在英国文学框架下译介司各特，至少存在四大问题：

第一，综合苏格兰关于司各特的批评史可以发现，司各特的苏格兰身份、苏格兰情怀在其作品中扮演了重要角色，是认识庞大的司各特文学遗产的核心问题，事关理解司各特创作所可能隐含的诉求、司各特本人的自我认知等敏感问题。根据约翰逊(Edgar Johnson)两卷本《瓦尔特·司各特：鲜为人知的伟大人物》(1970)，司各特是很有道德情操的苏格兰知识分子。1802—1803年搜集整理出版三卷本《苏格兰边陲地区民谣集》，其中多数彰显苏格兰人美德和智慧，如《克莱尔夫人》展示苏格兰人的淳朴、真诚，不为财产和爵位所动，《百合花女郎》描写苏格兰少女对爱情的憧憬，《说话的橡树》显示苏格兰人的丰富想象力，《克拉拉菲拉夫人》和《五月王后》机智地劝人向善，《夏洛特夫人》《亚瑟王的故事》《杰伦特和恩尼德》等关于亚瑟王的故事系列，呈现出古代威尔士人神奇的想象力。由此，获得苏格兰读者的喜爱。成名作《苏格兰边陲地区民谣集》因很少为英国文学的译介者讨论，至今也未被汉译。可是，不研究司各特搜集整理的苏格兰民歌民谣，就无法识别苏格兰民间文学真相、现代苏格兰文学的文化资源，也失去了探索司各特苏格兰民族认同形成的机会。

司各特创作的叙事长诗，秉持苏格兰民歌民谣道统，把苏格兰传统美德以现代美学形式展现出来。第一部长篇叙事诗《最末一位吟游诗人之歌》(1805)，讲述被遗弃的吟游诗人用苏格兰乐器弹唱苏英历史恩怨，令苏格兰人动容，给诗人进一步带来声誉；脍炙人口的长诗《湖夫人》(1810)叙述中世纪苏格兰国王和骑士冒险的事迹，描绘了苏格兰的自然风光，令司各特获得更高声誉。《特里亚明的婚礼》《群岛之主》等系列诗歌，直到最后一部长诗《无畏的哈罗尔德》，也就如上文提及的巴哲特所说的，司各特的“苏格兰小说独具特色，显然与作者收集故乡古老民谣开始其文学生涯有关。民谣跟许多其他种类诗歌相比，至少是更加合乎情理的。不仅描绘浪漫事件，还描写历史事件，有形有体，前后连贯，是有结果的历史事件……司各特本人的诗歌，实质上是他早期收集的传统诗歌的现代版”[①]。而其小说受益于苏格兰民歌民谣之滋养、苏格兰认同之责任，近乎为学界共识：柯克沙特(A. O. J. Cockshut)的(1969)认为，支撑司各特巨大文学业绩的是苏格兰民族认同，“直至1814年，司各特43岁，正积极准备接下来的丰收年。1814—1819年，他的创作，无论其价值还是原创性，少有作家能匹敌。在取得这份非凡成就的过程中，又因承担更多的职责而困难重重，他的健康彻底毁了”[②]。所说的职责是指他作为著名作家，担当了苏格兰文化名人的过多责任。

司各特在文学写作上追求苏格兰认同，正是他生活实践的表现，由此不难理解他缘何拒绝王室授予“桂冠诗人”(名义上是文学和国家的正式纽带，实际上是王室的文学家)称号。对此，丹纳在《英国文学史》中论述，“多年来，他一直敞开大门，对任何一个陌生人‘尽苏格兰地主之谊’，试图恢复古老的封建生活及其一切风俗习惯、服饰用品，对一切来人，尤其是亲戚、朋友、邻居慷慨大方、殷勤款待，在玻璃杯的叮当碰撞声中，唱着民谣，吹着风笛；他组织愉快的狩猎队，乡民和绅士并肩而行”，他慷慨大方，导致55岁倾家荡产，欠债11.7万英镑，“以令人钦佩的勇气和正直拒绝一切恩赐，除了时间之外什么也不要求，每天孜孜不倦地写作，在四年时间里偿还了7万英镑”，“他是脾气随和，轻松愉快，与苏格兰民族性格相称，而与英格兰民族性格大相径庭”，其创作显示出这方面的民族特征，“作品不惩罚恶行，而是揭露恶行，且不是粗鲁地揭露，临终对女婿洛克哈特说，‘亲爱的，做个好人——要善良、虔诚——要做个好人’”[③]。这位能领悟苏格兰性的巨人，永不休止地勤奋工作，以巨大文学业绩显示出苏格兰文学家的才能和境界。

1820年国王乔治四世授予司各特“爵士”(Sir)头衔，司各特欣然接受。作为声望赫赫的作家，司各特已经深入思考大不列颠的历史和命运，即大不列颠框架下的英格兰和苏格兰融合程度的问题。1814年，司各特匿名发表历史小说《威弗利》，描写1745年詹姆斯党人起义的历史事件，赞扬热爱自由的苏格兰山地人民的斗争，也指明苏格兰落后的氏族社会制度在资本主义冲击下必然衰亡的命运。小说深受读者欢迎，1827年司各特才公开承认自己是作者。成为有高贵身份的贵族，司各特能更好地效力苏格兰和大不列颠，尽苏格兰知识分子之职。

---

① 文美惠编选：《司各特研究》，北京：外语教学与研究出版社，1982年，第32页。

② A. O. J. Cockshut. *The Achievement of Walter Scott*. London: Collins, 1969, p. 11.

③ 文美惠编选：《司各特研究》，北京：外语教学与研究出版社，1982年，第63，65—68页。

可以说，司各特的双重身份认同，尤其是其苏格兰知识分子的道德境界，是他深得苏格兰人尊敬和获得西敏寺接纳的基本根据，也决定了对其历史小说的阅读，是不能仅从叙述技巧或叙述学方面讨论的。然而，百余年来对司各特小说的阅读虽然没有中断，却没有推动中国人深切感受苏格兰问题，因为基本上如茅盾的《司各德评传》所表达的那样，按英国主流文学批评方法认识司各特，说“司各特描写的人物却没有心理变化，他的编辑不曾触着人物的灵魂深处”，“司各特既无才，亦无余暇，以深入于书中人物的心理”[①]。换句话说，没有对司各特的身份问题予以探究，百余年来司各特在中国仅仅是作为著名作家存在而已，没有为苏格兰文学之建构、苏格兰问题之理解，做出实质性贡献。

第二，因为百余年来英国文学译介历程中，中国学者始终没有确立“苏格兰文学”概念，也就不清楚司各特在苏格兰文学史上的地位。不探究其文学创作的实质何在之关键问题，不关心其作品中所涉及的一些基本常识如何翻译，在司各特的译介史上留下了三方面问题：

(1)德尔默《英国文学史》涉及苏格兰作家时虽然矛盾频出，但至少知道了司各特创作的27篇小说中分为苏格兰生活(18世纪和更早的)、18世纪初之前的英国、英国以外的生活[②]。《英国文学史》译作问世两年后，迎来中国讨论司各特的小高潮，德尔默的分类，为一些读者所关注和接受。这也就意味着，中国知道司各特小说创作包括：苏格兰历史系列，代表性的有《中洛辛郡的心脏》《威弗利》《罗布·罗伊》《盖·曼纳林》等，是作家最为成功，也最为重要的作品；英格兰历史系列，包括《艾凡赫》《肯纳尔沃尔思堡》《皇家猎宫》等，代表作是《艾凡赫》；法国和欧洲其他国家历史系列，以《昆丁·达沃德》最为著名。实际上，汉译百余年司各特小说历程中，苏格兰系列翻译得较晚，也不全面，直到1987年，石永礼翻译《威弗莱》(即《威弗利》)，汉语读者才接触到苏格兰系列中最重要的作品，但即便被译出，也未促进中国更好地理解司各特。这些都意味着中国没有充分意识到苏格兰历史之于大不列颠的主体性地位问题。

对英格兰系列、欧洲系列小说的译介，虽然最早、最多，却并非因为汉译者知晓相关知识，而只是遵从主流英国文学史的判断而已。自林

---

① 沈雁冰：《司各德评传》，载司各德：《撒克逊劫后英雄略》，上海：商务印书馆，1924年，第22页。

② [英]德尔默著，林惠元译，林语堂校：《英国文学史》，上海：北新书局，1930年，第301页。

纾译《撒克逊劫后英雄略》以降，《艾凡赫》被重译10次以上(《撒克逊劫后英雄传》《撒克逊劫后英雄略》《劫后英雄传》《英雄艾文荷》等)。正如第一节所说，该作涉及历史：1174年苏格兰狮王威廉被迫臣服英格兰亨利二世，1189年理查一世同意苏格兰用钱赎回自由，但协议表述含混，后来的英格兰国王伺机收回成命，造成爱德华一世时期，英格兰和法国交战时，苏格兰是站在法兰西国王菲利普立场上；被尊奉为苏格兰国族英雄的华莱士和布鲁斯，坚强抵抗英格兰入侵，最终于1328年英格兰国王爱德华三世承认苏格兰独立，但苏格兰斯图亚特王朝大卫二世因继承人问题引发纷争，英格兰人再度干预苏格兰，直到詹姆斯五世娶了法国公主、加强苏格兰和法国关系为止(如法国公主带来成建制的法国军队)。正因为没有厘清司各特小说系列的历史内容，造成《艾凡赫》被翻译得最多，但也是被误解最为严重的，如施咸荣知道该作写诺曼贵族和撒克逊贵族之间的矛盾，但在给刘尊棋和章益的译作《艾凡赫》所写序言(1978)中，对司各特站在大不列颠立场上叙述大不列颠之前身英格兰和法国之间的矛盾，作品积极描写英格兰国王理查，将其塑造为英勇过人、慷慨大方、爱民亲民的"黑甲骑士"，撒克逊公主罗文娜、骑士艾凡赫等也被当作正面形象塑造，认为该作美化了封建帝王、宣言了骑士精神。正因为不清楚原作的主旨，因而该重译本在具体语句上的质量比此前任何译本更准确，却没妨碍林纾的《撒克逊劫后英雄略》继续流行。

(2)百年英国文学译介历程中，对作品名的翻译，整体上朝着贴近原题名方向发展。但是司各特作品在中国的译介、讨论，始终是译介者的个人兴趣所在，没有被纳入苏格兰文学进程中来考虑，因而对其作品译名的选择，至今仍然很随意。《艾凡赫》不同时期译名不同；《昆汀·德沃德》(*Quentin Durward*, 1823)，最初有《惊魂记》(陈大镫和陈家麟译，上海商务印书馆，1917)，后有《城堡风云》(高长荣译，山东人民出版社，1983)、《昆廷·杜沃德》(许渊冲和严维明译，人民文学出版社，1987)、《古堡情仇》(高长荣译，珠海出版社，1996)、《昆丁·达沃德》(项星耀译，上海译文出版社，1998)、《惊婚记》(谢百魁译，译林出版社，1999)等不同版本的译名。

类似的情况还有：李俍民的《红酋罗伯》(*Rob Roy*, 1817)(上海译文出版社，1983年)、陈振时的《罗布·罗伊》(商务印书馆，1958；西安交大出版社，2008)；章益的《中洛辛郡的心脏》(*The Heart of Midlothian*, 1818；人民文学出版社，1981)；王楫、任大雄的《密得洛西恩监狱》(江苏人民出版社，1980）、陈兆林的《爱丁堡监狱》（吉林人民出版社，1980）。混乱的情形是因英国文学史框架下，司各特未成为经典作家，译介者无须如严肃对待莎士比亚之类经典作家那样认真探究对其作品的翻译。

（3）司各特作品涉及大量的苏格兰、英格兰、法国等国家的基督教及其历史知识，具体译介过程中，译介者应该认真对待其作品所传达的基督教信仰、对苏格兰教会和天主教之不同态度等问题，“在苏格兰阴郁的气氛中，长老会的教义深深地扎下根。这就是司各特爵士眼里所见的被骑士制度那遥远的落日所照亮的真实的现实世界”①。涉及对司各特作品的翻译、介绍，译者需要相应的基督教知识，以应对司各特作品所涵盖的庞大知识量。更重要的是，基督教在司各特作品中，和司各特对苏格兰历史、英苏关系进程的认知相关联，而不只是文学作品中一般性的基督教知识，如马歇尔（George Marshall）在《司各特和宗教改革》（*Scott and the Reformation of Religion*，2012）中所分析，司各特长篇叙事诗和历史小说中涉及苏格兰教会、英格兰教会，对改革后的英格兰教会，因为和王室关系变得复杂起来，而苏格兰王室和英格兰王室合并，王室代表着国家的统一，对置身于浓厚苏格兰教会氛围的司各特而言，显然变成了严肃问题。因而，题材上事关苏格兰历史、英格兰及其和苏格兰之关系的司各特的历史小说，各自表达着苏格兰民族认同或大不列颠认同，涉及不同教会的情节、人物、概念等，译介者需要追溯相关历史。公元597年创立的英格兰教会（Church of England），属于罗马教会的一部分，其教会制度沿袭罗马教会的要求，神职人员被称之为神父；1543年脱离罗马公教，成为独立的安立甘宗（Anglicanism），建立安立甘教会（Anglican Church），是主教制教会（Episcopal Church），因而遵从新教的神职人员称为牧师。《艾凡赫》叙述理查一世末期，即12世纪的历史，因而应当把教会、修道院、神学院的职业基督徒翻译成“神父”。《艾凡赫》大量情节涉及神父，但汉译本却将其译成“艾梅方丈”或“高僧”。在翻译《清教徒》（1816）时却需要改成“牧师”。

无论哪类题材的历史小说都会涉及英格兰（England）或苏格兰（Scotland），叙述者出场言说的这两个词的情况比比皆是：叙述者观点，代表着司各特本人的说法。翻译过程要特别注意，即译者需清楚叙述者的立场才能准确翻译。其中，《艾凡赫》（1819）叙述12世纪英国“狮心王”理查

① 文美惠编选：《司各特研究》，北京：外语教学与研究出版社，1982年，第67页。

在位时复杂的阶级矛盾和民族矛盾，呈现诺曼贵族的骄横残暴和撒克逊居民的苦难，叙述立场是站在撒克逊这边，开篇叙述道，“在幸福的英格兰，邓河流域两岸风景秀丽。在古代，这里一大片森林覆盖着舍费尔德和令人愉悦的邓卡司特城之间的一大片山谷……我们这个故事主要发生在此地。故事年代是理查一世的晚期，当时这个国王长期被囚禁在国外，其臣民饱受各种欺压……”在此，不仅要把 England 译成英格兰，而且翻译叙述者语言时需参考司各特本人的说话风格和思想，知道他是倾向于苏格兰的，才不至于使理解和翻译出现错位，误解为美化封建主。

三方面看似翻译选材缺乏系统性、译名不统一、用词欠缺严谨等技术层面问题，实际上事关司各特作品译介的苏格兰民族性呈现的问题。换句话说，百余年来尚未能对司各特作品的整体有基本把握。

第三，百余年来没有注意到，理解司各特叙事长诗和历史小说，不仅是文学史问题，更不仅是小说叙述技术问题，而是苏格兰、英格兰和欧洲的历史问题，以及司各特叙述这些历史的问题。我们知道，司各特创作伊始就在苏格兰获得声望，同时在伦敦得到赞誉。福斯特的《小说面面观》(1927)，虽然对司各特的批评颇多，但从叙述技术角度肯定司各特“会讲故事，他有使读者处于悬念之中并挑起读者的好奇心的质朴能力是司各特声望得以建立另一个原因”[①]；爱德温·缪尔的《作家瓦尔特·司各特》(1944)，从民族认同角度盛赞司各特是伟大作家，根据他个人文学经验评价道，“司各特是非常伟大的讲故事人，也是一位很糟糕的讲故事人。《古董家》的情节确实是他写得最差的情节之一”，但我们从上文又知道，缪尔极力为司各特作品中的叙述方式进行深刻辩护。然而，司各特之成功远不止是会讲故事，因为在《威弗利》《艾凡赫》《罗伯·罗伊》等大部分作品的开端或结尾，叙述者都会直接论述作品所涉及的历史事件、人物、观念等。按贝克(Samuel Baker)的《司各特的战争世界》所论，司各特大部分作品涉及苏格兰历史进程、苏格兰和英格兰之关系、英格兰和法兰西之关系进程，尤其是进程中的诸多战争，通过大大小小的战役、战斗场面的描写，表达对苏格兰境遇和英国社会问题的理解。也就是说，他叙述的内容本身是至关重要的。托马斯·卡莱尔的《瓦尔特·司各特爵士》(1838)认为，司各特的叙述目的更为重要，“在热烈的吹捧赞扬声中，有一条亘古不变的真理是应当永远记住的，即文学除了无害地取悦于懒

① ［英］福斯特著，苏炳文译：《小说面面观》，广州：花城出版社，1984 年，第 52 页。

惰的人这个目的之外，确实需要有其他目的；换句话说，若文学没有其他目的，那么文学就是一件非常可悲的事情了；那时就会有另一种事业来完成这些目的，不管完成这些目的会不会得到人们的感谢”，在他的小说中这些目的落实在较琐碎事物的描写上，“这些小说的吸引力大部分来自所谓的服装对比上。属于某个时代的措辞用语、武器、服装和生活方式，突然异常生动地展现在另外一个时代的人面前。这是一个了不起的效果，但由于它的根本性质所限，也只能起到暂时的效果……由于司各特有清晰的实际观察力，快乐的性情、其他健全的感觉，我们是不能小视他的”[①]。司各特作品除了充满着和思想相关的各种细微之外，还有作家投身其中的历史，如丹麦文学史家和文艺评论家勃兰兑斯(George Brandes，1842—1927)在《历史的自然主义》(1890)中认为，少年司各特是虔诚的詹姆斯党人，特别喜欢关于苏格兰高地和低地战争的歌谣，他后来的创作大多是和历史相关的；格里尔森爵士认为，“《威弗利》《古董家》《盖伊曼纳令》《米德洛西恩的监狱》《罗伯·罗伊》《拉默摩尔的新娘》《雷德冈脱利特》所涉及的时代的精神和情感，在司各特时代才刚刚消失，长老派和主教派之争、誓约派和保皇派之争，从18世纪进入到19世纪时，弥漫于苏格兰生活中的新关系——社会的、理性的、政治的，都是司各特所呼吸的空气”。然而，司各特在中国百余年历程中，这方面真相却未能得到显露，典型者如郭沫若《沫若自传(第一卷)——少年时代》所说，“林译小说对我后来的文学倾向有决定性影响的是司各特《艾凡赫》，他译成《撒克逊劫后英雄略》。这书我后来读过英文，他的误译和省略处虽很不少，但那种浪漫主义的精神，他是具象地提示给我了。我受司各特的影响很深，这差不多是我的一个秘密。我的朋友似乎还没有注意到这一点。我阅读司各特的著作不多，实际上恐怕只有《艾凡赫》。我对于他没有什么深刻的研究，但在幼时印入脑中敏感，就像车辙的古道一般，很不容易磨灭”[②]。意味着，郭沫若所受影响的是司各特叙述历史的气势和结构，而不关乎历史知识及其所显示出的民族认同。也就是说，司各特历史小说的叙述结构与司各特的苏格兰认同之关系，是一个敏感而确实存在的问题，是翻译准确、确切理解司各特文学遗产的最重要话题，或者说，要翻译出这些微妙及其意涵，需要相应的苏格兰历史知识，而仅仅从叙

① 文美惠编选：《司各特研究》，北京：外语教学与研究出版社，1982年，第17—18页。
② 郭沫若：《郭沫若全集》第11卷，北京：人民文学出版社，1992年，第123页。

述结构上分析司各特小说的妙处远远不够。

第四，同样严重的是，百余年来中国也未考虑司各特历史小说涉及叙述者如何叙述苏格兰、英格兰和欧洲历史问题，而这是重要的小说理论问题。1982年汉语读者知道了普希金关于司各特的意见(1837)，“司各特小说主要魅力在于，使我们知道了过去的时代，不是通过法国悲剧的夸张笔调，不是通过感伤小说的扭捏作态，也不是通过历史的庄严堂皇，而是以现实感、家常的方式，使我们熟悉过去的时代”①。而在中国最早翻译司各特作品的林纾，虽然注意到司各特是历史小说家，却把司各特比附太史公，认为司各特用文学准确传达了历史，而实际上林纾本人痴迷于翻译司各特的作品却是因为其小说的情节曲折、人物性格特征塑造明确。沈从文后来赞赏司各特也并非因其对历史的独特叙述，而是叙述本身，说司各特是“能叙述故事编排故事第一流高手”②。林纾的看法似乎符合司各特本人对小说的认知，司各特在其《小说家的生活》(1827)中说，“有的人生来轻松活泼，难以欣赏理查逊美妙而累赘的热情；有的人天生迟钝，无法理解勒萨日的诙谐；或过于忧郁，不能欣赏亨利·菲尔丁的自然精神。但这些人都会痴迷于《森林传说》《尤道夫的秘密》。因好奇心和偏爱神秘，以及迷信，乃人类心灵之组成部分，在大众中颇为流行。这种特性，使人超过对喜剧的真正欣赏，对悲剧的切实体会”③。实际上，司各特是以苏格兰文学家的身份，有意识地提升大不列颠文学在表达层面的价值，吁请苏格兰读者正视大不列颠文学，其作品渗透有强烈的苏格兰意识。从晚清到20世纪30年代，上海、北京、广州等地流行大众文学，司各特以其会讲故事而列入其中，但凌昌言的《司各特逝世百年祭》(1932)批评五四新文化运动以来司各特被淡忘，是因为“仅仅为着说故事而说一个故事的那种作品，已经被这个所厌恶了”④。实际上，汉译司各特百余年来，翻译家几乎从未在理论上认真考虑其历史小说问题，大多泛泛而论，称“司各特、狄更斯为著，非独著一国，抑亦闻于世界。司各特之书主于历史，狄更斯主于社会，各造其极，未易轩轾也”⑤。实际上，

---

① 文美惠编选：《司各特研究》，北京：外语教学与研究出版社，1982年，第20页。

② 钱理群：《二十世纪中国小说理论资料(1937—1949)》第4卷，北京：北京大学出版社，1997年，第462页。

③ Walter Scott. *Lives of the Novelists*. Collins, Hannay, New York; Philadelphia, Carey & Lea, 1825, pp. 2-3.

④ 凌昌言：《司各特逝世百年祭》，载《现代》第2卷第2期，1932年，第277页。

⑤ 孙毓修：《司各德、迭更斯二家之批评》，《小说月报》总第4(3)期，1913年，第19页。

卢卡契的《历史小说》(1937)大量依据司各特小说，提出"历史小说"概念，认为历史小说作为一种文体，"被上帝所抛弃的世界的史诗"，"司各特描写人民生活的危机的伟大艺术目的，在于表现人性的伟大"，"用描绘人性——历史的肖像画的手法，把历史写活了。把历史表现为一系列巨大危机。他笔下的历史发展，尤其是英格兰和法国的历史发展，就是这样一系列不间断的革命危机"，"他是一个爱国者，他为他的民族发展感到骄傲。对于创作一部真正的历史小说而言，即一部把过去带到我们眼前，使我们体验到其真实本质的历史小说，是极为重要的。若不明确地联系现在，就不可能描绘历史。在真正伟大的历史艺术中，这种联系不在于影射当代事件，而在于活生生地表现过去，使过去成为现在的前期历史，使经历了漫长的进化过程而造成我们所知道的今天生活的那些历史、社会和人性的力量得到诗意的体现。黑格尔说，'只有当我们能把现在当作那些事件的结果时，历史事物才属于我们'……司各特的爱国主义成了与过去生动联系的前提。只有庸俗社会学者才会认为这种爱国主义是对殖民商人的美化"，"司各特看见并且描绘了这条导向英国的民族威望，并且形成了民族性格的错综复杂的道路"，"司各特复活了那些诗歌客观原则，它们实际上是人民生活和历史的诗歌的基础。因此司各特就成了过去时代的伟大诗人，真正人民的历史描绘者"[①]。然而，这样深刻的认识，近乎没有运用于对司各特历史小说的分析中。同样，20世纪80年代兴起的新历史主义(the New Historicism)批评，以知识考古学还原历史建构的过程，呈现历史不是对史实的单纯记录，言说过程和言说方式本身具有重要价值，透过语言结构是再理解历史的重要途径。这种理论，也未能及时运用于司各特历史小说，侯维瑞主编的《英国小说史》(2005)仍将司各特的小说定位为"历史传奇与浪漫故事"，高继海在《历史小说的三种表现形态》(2006)中认为司各特小说即传统历史小说，尊重历史认知，力避时间错谬，注重逼真描写、现实主义精神。诸如此类，不一而足。

此情形下，钱青主编的《英国19世纪文学史》(2005)的相关论述，则尤为珍贵：认为司各特继承18世纪英国现实主义小说传统，不同于渲染浪漫情调和神秘气氛的"哥特式"传奇小说，"如果他经常停下来作人物心理分析，或者追求新奇的意象，那么他的故事速度和戏剧性就会受到损害。他所追求的是气势，因此要写得有力；是历史的魅力，因此要有英

① 文美惠编选：《司各特研究》，北京：外语教学与研究出版社，1982年，第110—120页。

雄美人，要有大背景、大格局”[1]。这就要求我们，在重新理解、翻译司各特作品时，需要严肃考虑司各特历史小说所触及的苏格兰历史、英苏关系进程、英格兰和法兰西之关系。

因此在苏格兰文学批评史上还原司各特的文学地位后，再来梳理司各特作品译介史，那么就应该注意到，苏格兰历史知识，尤其是被审美化了的苏格兰风土人情、自然景观、人文境遇等，是构成苏格兰文学，尤其是司各特苏格兰系列作品的主体性内容，也是司各特小说和诗歌魅力之发生的基础。在勃兰兑斯看来，“司各特 15 岁时，他开始接触到风景优美的苏格兰高地，这一带地方不久就对他具有极大价值，以一种欧洲人前所未有的独特自然风光，为小说中的人物提供了活动背景。从他产生当诗人的愿望的那一刻起，他便以画家写生方式研究大自然。每当他要描写某一个地区，他总是先要去那个地区旅行一番，对那里的山丘面貌、丛林方位、树木形状、某个时刻云彩变化的轮廓和特征，都一一记录下来。他甚至会记下路边或洞口的某一束花或一片灌木丛是什么模样。他同德国和丹麦的浪漫主义派一样，能以诗人眼光欣赏大自然，但这不妨碍他描绘环境背景时那种有力而精确的写实主义”[2]。这种“风景”不仅成为他历史小说的重要内容，而且也是其早期诗歌的重要意象，对此格里尔森在《司各特其人其诗》(1941)中就认为，“司各特把对大自然的爱，对具体地方之爱，对热爱苏格兰历史的人的联想，都编织在这些地名之中，主导的情绪可能是热情，而不是深层意义上的激动”，(这种特点就在一般意义上和推崇对自然风光的自然哲学之思考的华兹华斯区分开来，也不同于在激动描写不同地方的风景时，是为了表达政治激情的拜伦[3]。)对此状况，阿伯丁大学司各特研究中心主任拉姆斯登(Alison Lumsden)的《司各特和语言的有限性》(2010)在逐一论述司各特的诗歌、最主要小说的语言特点，尤其是《艾凡赫》《奈杰尔的命运》等小说时强调，理解司各特小说的困难，既有他使用苏格兰语方面的，包括词汇、俗语、谚语等，也有为塑造主人公形象所构建的独特历史背景、具体语境所涉及的复杂知识，要理解并准确传达出来，很多重要信息会丢失。的确，在《威弗利》《古董家》《中洛特郡的心》《雷德冈托里特》等作品中，苏格兰和英格兰的风景无处不在。而这不是中国的文学知识所能理解的。但孙

① 钱青主编：《英国 19 世纪文学史》，北京：外语教学与研究出版社，2006 年，第 93 页。

② 文美惠编选：《司各特研究》，北京：外语教学与研究出版社，1982 年，第 71—72 页。

③ 文美惠编选：《司各特研究》，北京：外语教学与研究出版社，1982 年，第 194 页。

毓修的《司各德、迭更斯二家之评论》(1913)却把司各特历史小说与《三国演义》《水浒传》《西游记》《红楼梦》等相比，认为“作小说者，以无为有，随笔点染，妙造自然，其足以颠倒读者，惹起迷信，亦有此境”，“司各特小说虽原本于史，而大半皆逞其臆见，向壁虚造”[①]，远离了司各特风景描写背后的民族认同所指。对司各特小说中的风景描写问题，拉弗(Mary Lou Laffery)的《〈威弗利〉系列小说中瓦尔特·司各特爵士的风景艺术》(1971)、里德(James Reed)的《瓦尔特·司各特爵士：风景与位置》(1980)等，结合司各特具体作品，论述苏格兰或英格兰风景描写所传达的复杂寓意。尤其是，独立作家达比(Wendy Joy Darby)的《风景与认同：英格兰的民族与阶级之地理》(2000)，根据英国文学作品所描述的英格兰风景，以及英国浪漫主义诗人对自然景物的个人化描写所成就的英国浪漫主义特殊品格，把英国建构了英国是风景如画的国度，且主要是分布在英格兰，即英格兰有着更多浸润着历史文化名人足迹的风景，显示风景在浪漫主义时代所包含的深刻价值。张箭飞阅读和翻译了该作，在此基础上完成了论文《风景与民族性的建构——以华特·司各特为例》(《外国文学研究》，2004 年第 4 期)和《作为浪漫主义想象的风景——司各特的风景意象解读》(《云南大学学报》，2009 年第 1 期)，分别讨论司各特历史小说对苏格兰风景的描写与苏格兰民族性之间的关系，指出司各特把浪漫主义的自然之爱转变为对文化民族主义主题的表达，以及司各特历史小说通过想象将风景“浪漫化”为荒野的、如画的和崇高的美学概念，以图探讨其历史小说的浪漫主义内涵。因此，我们需要重新理解，甚至重新翻译司各特含有大量苏格兰风景描写的作品。

可以说，百余年司各特作品汉译历程中，因不清楚英格兰和苏格兰对司各特作品阅读的不同情形，而苏格兰关于司各特作品的阅读成果可谓汗牛充栋，其中很多富有启发性，对准确翻译司各特作品极有意义，但它们之于中国似乎并不存在，尽管 1982 年文美惠的《司各特研究》已经提供了若干信息，也仅仅是停留在知识状态，整体上中国关于司各特的认知只是满足于主流的英国文学史的论述，因而从未关注过长诗《玛米恩》作为司各特最优秀的长诗，以 1513 年英格兰和苏格兰进行弗洛登战役为背景，缘何招致英格兰批评家责难，导致司各特很长一段时间完全转向苏格兰题材的诗歌创作；也不关心华兹华斯 1844 年对司各特的论

① 孙毓修：《司各德、迭更斯二家之批评》，《小说月报》总第 4(3)期，1913 年，第 16 页。

述；更不理解剑桥或牛津《英国文学史》或者回避这个话题，或者轻描淡写地论及其叙事长诗，甚至否定性地评论这些诗篇。也不会分析主流英国文学批评家对司各特一厢情愿的理解，如罗伯森(Fiona Robertson)教授的《相貌的缺陷和残疾：瓦尔特·司各特的身体》(2013)，依据休伊特(David Hewitt)选编的《司各特论自己：瓦尔特·司各特爵士自传书写文选》(1981)，分析司各特的文学声望与其文学成就之关联，认为从早期叙事长诗到十多部历史小说，司各特创作带来的声望，和司各特的身体缺陷、社会活动所带来的声望相当。苏格兰人极为尊重司各特的长篇叙事诗和历史小说，与英格兰的认知形成了强烈反差，这是我们未来重译司各特作品、全面且深入理解司各特所必须面对的事实。

总之，百余年来，司各特大部分作品被汉译了，成为英国文学作品大量译介的资源之一，与司各特在世界各国得到广泛接纳相呼应，对未来我们重新思考司各特创作中所蕴含的苏格兰民族认同问题，提供了不可或缺的基本的根据。然而，由于中国尚未建立"苏格兰文学"概念，也就不清楚司各特在苏格兰文学史上的位置，不去查考英格兰和苏格兰关于司各特的认知之差别、对立，从而使得司各特哪怕是作品被汉译最多的外国作家之一，但也仅仅是一位多产的通俗作家，以至于出现偏离原作宗旨的林纾翻译，如《撒克逊劫后英雄略》反复再版，显示出林纾翻译的不可替代性、独特魅力，但和中国未能在苏格兰文学史上定位司各特有关。进入21世纪，中国在认识司各特方面有些许进步，但对二百年来苏格兰和英格兰的司各特批评史之不同，依然缺乏基本了解，使得司各特作品即使被汉译再多，也无法和苏格兰认同、大不列颠问题等关联起来，没有探讨司各特所深入思考的苏格兰高地和英格兰化加剧的苏格兰低地之间的矛盾问题，而这种矛盾至今亦然，2014年公投计票结果显示，爱丁堡及其以南的区域反对独立的比重明显增加。

第四章　拜伦译介问题：民族身份“陌生化”

因为我遍观你那傲岸的城市，除司各特以外，我觉得唯有你值得我碰一碰杯，——也许这只是学童的痴心，但我愿不拘泥地畅叙旧情——我是一个苏格兰人，我的头控制不住那冲动的心。

“旧日好时光”给我心中带来了苏格兰的一切：那蓝色的山峰，谷中清澈的流水，底河和顿河，格子呢，结发带，我幼年的感情，巴尔戈尼桥下的黑流，和我那最初温柔的梦，像班柯的幽灵都掠过我的眼前：呵，这回忆确是“好时光”的一瞥，别管多么幼稚。

你也许记得，在我少年卷发时，我凭一阵激愤之感，曾以诗句骂了苏格兰人一通以示机智，虽然脾气够大，倒也颇近情理。但骂尽管骂，它却抹煞不了我早年新鲜的感情；我只压抑而未割舍苏格兰的乡土之亲，呵，我爱的仍是那激流和峻岭。

——拜伦《唐璜》第十章第17—19节①

拜伦“无不刚健不挠，抱诚守真；不取媚于群，以随顺旧俗，发为雄声，以起其国人之新生，而大其国于天下”，“立意在反抗，旨归在动作”，“他力如巨涛，直薄旧社会之柱石。余波流衍，入俄则起国民诗人普式庚(普希金)，至波兰则做报复诗人密克威支(密茨凯维奇)，入匈牙利则觉爱国诗人裴多菲；其他宗徒，不胜具道。”

——鲁迅《摩罗诗力说》(1907)

文学史上，地位高于拜伦(George Gordon Byron，1788—1824)的西方诗人不乏其人，前有荷马、但丁，同时代有歌德；同为浪漫主义诗人，拜伦在艺术成就上也不如华兹华斯、雪莱、丁尼生等诗人，但中国对拜伦情有独钟，英国文学汉译史上，拜伦乃仅次于莎士比亚的重要文学家，译介和讨论得最多的英国浪漫主义诗人，实际上成了世界上最为重要的浪漫主义诗人。此译介历程，留下诸多困惑。

① [英]拜伦著，查良铮译：《唐璜》(共两册)，北京：人民文学出版社，1980年，第663页。

第一，鲁迅《摩罗诗力说》(1907)，其中关于拜伦的评价，对中国影响深远。因而，从未有人疑惑拜伦一定要"立意在反抗，旨归在动作"的动机，反而以"他力如巨涛，直薄旧社会之柱石。余波流衍，入俄则起国民诗人普式庚(普希金)，至波兰则做报复诗人密克威支(密茨凯维奇)，入匈牙利则觉爱国诗人裴多菲；其他宗徒，不胜具道"之说，论述他的确契合所谓苏联积极浪漫主义概念，简言之，这类诗人是反抗社会的。拜伦成名作《闲散时刻》(*Hours of Idleness*，1807)是他在优质中学阿伯丁文法学校和剑桥大学就读时的诗歌习作汇集，书写诗人少年时代的焦虑、恋爱，透露出他挑战英国贵族社会的主流话语、价值观。这部诗集，自然引发英国知识界诟病。实际上，1798年5月下旬，因子嗣战死沙场的远房伯父去世，十岁的拜伦意外继承了贵族爵位，成为第六代洛奇戴尔拜伦男爵(6th Baron Byron of Rochdale)，获得了诺丁汉纽斯特德庄园(Newstead Abbey，通常汉译成纽斯特德修道院)。对"男爵"的贵族爵位，拜伦非常重视，社会也特别认可，例如自获得爵位后，学校老师和校长都改变了对他的态度，严肃地尊称他为"拜伦爵士"，拜伦的命运也随之得到改观。对此，罗素(Bertrand Arthur William Russell，1872—1970)在《西方哲学史及其与从古代到现代的政治、社会情况的联系》(简称《西方哲学史》，1955)中从拜伦生活阅历上解释拜伦反抗社会的原因，认为后来写了大量讴歌自由之崇高的拜伦：

他的贵族亲戚们不管他的家世和他的爵号，对他敬而远之，使他感觉自己在社交上和他们不是同群。他的母亲是人所厌恶已极的，大家也拿猜疑的眼光来看他。他知道她是庸俗的，暗中害怕他自己有同样的缺陷。由此就产生了他所特有的那种势利与叛逆的奇妙混合。假如他作不了近代派的绅士，他就要作一个像他的参加过十字军的祖先那种风格的大胆的采臣，或者也许要作像皇帝党首领那种较为凶猛的、但更加浪漫风格的大胆的采臣——他们在踏步走向光辉的灭亡的途程中一面诅咒着神和人。中世纪的骑士小说和历史成了他的礼仪课本。他像霍恩施陶芬皇族一样作孽犯罪，又像十字军战士一样，在和回教徒战斗时死去。

他的羞怯和孤独感促使他从恋爱中寻找安慰，但是由于他不自觉地是在寻求一个母亲而不是在寻求一个情妇，所以除奥古斯塔外，所有人都使他失望了。1816年他对雪莱自称是"美以美会教徒、加尔文派教徒、奥古斯丁派教徒"，他一直没摆脱开的加尔文派信仰使他感觉自己的生活方式是邪恶的；但是他对自己说，邪恶是他的血统中的遗传祸害，是全能的神给他注定的恶运。假若事实当真如此，既然他必须出色，他会成为一个出色的罪人，敢于做超过那些他想轻视的时髦登徒子们的勇气以外的越轨的事。他真挚地爱着奥古斯塔，因为她是属于他那个血统的——属于拜伦家族的伊实玛利族系的——而且更单纯地也因为她对他的日常幸福有一种作姐姐的亲切照顾。但是这还不是她要献给他的全部东西。由于她的纯朴和她的亲切的温和性情，她成了供给他极愉快的孤芳自赏的悔恨的手段。……这位加尔文派教徒、这位贵族、这位叛逆者同样都得到了满足；这位由于失掉人世间唯一还能在心中引起怜爱柔情的人而伤痛的浪漫情人也满足了。

不过尼采对拜伦始终是非常同情的。他讲：

“悲剧就在于，如果我们在情感和理智中有严格的求真方法，我们便无法相信宗教和形而上学里的教条，但是另一方面，通过人性的发展，我们已变得十分娇弱敏感地痛苦，需要一种最高的拯救和安慰的手段。由此便产生人会因为他所认识的真理而流血至死的危险。拜伦用不朽的诗句表达出这一点：

知识是悲苦：知道得最多的人

必定最深地悲叹一条不祥的真理——

知识的树不是生命的树。”[①]

罗素的认识，似乎符合历史唯物主义方法论，周遭环境的险恶，使拜伦无法被英国社会接纳，促使他反抗英国正统社会。然而，如是之论，变成了世界著名诗人、伟大的拜伦，身体力行投身于希腊民族独立解放运动，是因那些难以启齿的个人生活所致。众所周知，英国社会遵循传统规矩行事。十岁那年，按相关法律，拜伦继承了伯父英格兰拜伦勋爵的贵族爵位，他欣然接受了庞大的财产和很高的社会地位。实际上，和英国社会的矛盾，是在英格兰生活以后，他无所顾忌的交际方式、恋爱、婚姻给相关人士带来困扰、伤害，社会才开始议论他的。这样我们就陷入矛盾之中：拜伦在少不更事的年龄，激烈反对英国社会正统价值观，究竟包含有多少文学家的伟大使命，用积极浪漫主义概念解释之，是否可信；若仅局限于他私人的隐情，则同样不能解释清楚和主流社会对抗

① [英]罗素著，马元德译：《西方哲学史》(下)，北京：商务印书馆，1982年，第297—299页。

成为拜伦一辈子生活方式的真正原因。也就是说，对其屡屡挑战英国政府、正统话语，苏联学者的分析方法难以奏效，罗素从性格或私生活上找原因，也难以令人信服。

第二，王佐良在《苏格兰诗歌的发现》(1984)中提到，“人们听到拜伦是苏格兰诗人，也许感到诧异，其实如他自己说的，在血统上他是半个苏格兰人，在教养上他整个儿是苏格兰人，而且始终不忘故土，就在他的以全欧为背景的杰作《唐璜》里，也有宣泄他的乡愁的动人段落。”[①]把拜伦和苏格兰关联起来，并非出于王佐良的主观意愿。弗莱明的《在英格兰和苏格兰追寻拜伦踪迹：旅行指南》(*In Search of Byron in England and Scotland*：*Guidebook*，1988)记载了拜伦在苏格兰和英格兰留下的足迹，以及相关作品中留下的与苏格兰相关的文字。的确，拜伦在苏格兰阿伯丁优质中学阿伯丁文法学校 (Aberdeen Grammar School)读过书。现在学校入口处竖立着唯一的雕像，就是拜伦全身立像，由苏格兰著名雕像家和诗人麦克吉利夫雷(James Pittendrigh MacGillivray，1856—1938)用阿伯丁盛产的花岗岩于 1902 年雕刻而成，表达了苏格兰人对拜伦的尊敬。而且，王佐良出版的《苏格兰诗选》辑录了拜伦的两首诗歌《故土之恋》、《哀希腊》，“我选了这些，并用了亡友诗人查良铮的出色译文”。可是，鲁迅的意见，和上文提及的罗素观点，彼此间本无交集，剥离拜伦身份与苏格兰关系及相关问题上，居然一致。这样一来，遇到了另外的矛盾：是相信王佐良和拜伦本人在《唐璜》中所说的自我认知，还是遵从鲁迅和罗素的意见？选择无法回避，而不同的选择决定着对拜伦作品完全不同的理解。

第三，决定拜伦的英国文学史地位的因素，或者说，拜伦在英国的文学史地位，并非是清楚了然的。按桑德斯的《简明牛津英国文学史》(1994)，在 16—20 世纪，英格兰—英国王室下的圣公会——西敏寺，对英格兰—英国文学艺术经典地位的确定，拥有绝对权力。拜伦去世当年(1824)，社会诸多人士诚恳提出，拜伦生前声名赫赫，西敏寺“诗人角”应有其位置，但英格兰圣公会断然拒绝；七年后，西敏寺又拒收拜伦友人制作的一尊诗人沉思的大理石雕像；迟至 1969 年，西敏寺才安置了不显眼的拜伦纪念碑。可是，苏格兰阿伯丁的重点中学及其毕业生以拜伦

① 王佐良：《带一门学问回中国：英国文学的信使王佐良卷》，天津：天津人民出版社，2009 年，第 83 页。

为傲。那么，西敏寺不情愿的接纳，与拜伦不坚持英格兰身份写作，有苏格兰认同是否有关呢？罗素(《西方哲学史》，1955)看来，“在比已往看来重要的人当中，拜伦应有一个崇高的位置。在欧洲大陆上，这种看法不会显得出人意料，但是在英语世界，大家可能认为这种看法很奇怪。拜伦发生影响的地方是在欧洲大陆上，寻找他的精神苗裔也不要在英国去寻找。在我们大多数人认为，他的诗往往是低劣的，他的情调往往是华而不雅的，但是在国外，他的情感方式和他的人生观经过了传播、发扬和变质，广泛流行，以至于成为重大事件的因素。”①也就是说，把拜伦纳入西方哲学史中考察的罗素，对拜伦在欧洲的声望和在英国的评价，也是很矛盾的。而矛盾本身与英国王室和圣公会对拜伦的态度，居然惊人相似：碍于其巨大声望，不得不接纳诗人，但心不甘情不愿！拜伦究竟是怎样的诗人，会让王室、教会最终不得不承认他，又如此矛盾地对待他？意味深长的是，刘半农的《灵霞馆笔记·拜伦遗事》(《新青年》第2卷第4号，1916)对这个问题有所感知，质疑当时英国人对拜伦的品行持怀疑态度，“彼英人则至今犹以‘拜伦人品如何未易论定，一语将此可敬可爱之人物轻轻抹杀”，可是没能引领后来者深化这一敏锐感知。

第四，王佐良认为拜伦和苏格兰文学有关，在中国的百年译介史上，这种观点竟是空谷足音。前未有任何译介者提及，后也没人注意而推进。汉译英国文学历程，始终没考虑拜伦本人的论述、苏格兰对他的态度，把他视为英国最伟大的浪漫主义诗人。梁启超的《新中国未来记》(1902)转引拜伦的《哀希腊》以来，和苏曼殊汉译的《拜伦诗作》(1908)、鲁迅的《摩罗诗力说》(1907)相呼应，(拜伦)“无不刚健不挠，抱诚守真；不取媚于群，以随顺旧俗，发为雄声，以起其国人之新生，而大其国于天下”。至1924年拜伦逝世百年出现译介拜伦作品的高潮，如《小说月报》第15卷第4号(是年4月)推出“拜伦专辑”，自此拜伦成为汉译最多的英国诗人之一，“反对英国政府的积极浪漫主义诗人”形象，也由此固定下来。不顾及他是苏格兰人的译介和定位，百余年已然成为习惯，任何一部汉语英国文学史著作中关于拜伦的论述皆然。唯在苏格兰文学译介和研究方面功勋卓越的王佐良在《英国诗史》(译林出版社，1993)和《英国文学史》(商务印书馆，1996)中对其身世中的苏格兰因素有所涉及，但响应者寥寥。在中国，拜伦的英国积极浪漫主义诗人形象的形成，为何百余年来基本

① [英]罗素著，马元德译：《西方哲学史》(下)，北京：商务印书馆，1982年，第295页。

上都和苏格兰因素无关？是什么导致他身上的苏格兰经历无法得到呈现？是中国译介者一厢情愿，还是沿袭英国文学史家的观点？或者说，英国文学史家的拜伦研究为何要屏蔽拜伦的苏格兰身份？如何能在以后的重译拜伦工作中，精准呈现拜伦诗篇中的苏格兰性或苏格兰诉求？都是值得思考的问题。

第一节 拜伦译介史：苏格兰性从未显现

1924年，著名翻译家张定璜(1895—1986)表达了对苏曼殊翻译拜伦诗篇的敬仰之情：

> 我只记得第一次我所受的感动，当时读《汉英文学因缘》我所受的感动……苏曼殊……介绍了那位《留别雅典女郎》的诗人Byron给我们，……唯有曼殊才真正教了我们不但知道并且会悟，非此地原来的，异乡的风味……《去国行》和《哀希腊》的香美永远在那里……拜伦诗毕竟只有曼殊可以译……唯曼殊可以创造拜伦诗。他们前后所处的旧制度虽失了精神但还存躯体，新生活刚有了萌芽但还没作蕊花的时代，他们的多难的境遇，他们为自由而战、为改革而战的热情，他们那浪漫的飘荡的诗思，最后他们那悲惨的结局：这些都令人想到，唯曼殊可以创造拜伦诗。①

除去知识性错误②，他生动叙述了对苏曼殊用乐府诗体所译拜伦诗篇的感怀，却不是译文的朗朗上口、译者的汉语造诣，而是说译者“创造拜伦诗”，以及传达“为自由而战、为改革而战的热情”，此并非书生意气，而的确道出“南社”代表苏曼殊在译介拜伦诗歌方面极为尽心尽力。苏曼殊翻译《哀希腊》时愤世嫉俗，认为“歌拜仑《哀希腊》之篇。歌已哭，哭复歌，抗音与湖水相应。舟子惶然疑以为精神病作也”，自称“丹顿(但丁)拜伦是我师”(苏曼殊《本事诗》十章之三)。正因如此，《哀希腊》经由其译笔，变得极富战斗性、召唤力，以下为《哀希腊》部分译文：

> 巍巍西腊都，生长萨福好。情文何斐亹，荼辐思灵保。征伐和

---

① 张定璜：《SHELLEY》，载《创造》季刊第1卷第4期，1924年。

② 1908年苏曼殊刊行《文学因缘》，收录《留别雅典女郎》(*Maid of Athens, Ere We Part*, 1810)(《雅典少女，我们要分别》)，但明确署译者为“盛唐山民”。《〈文学因缘〉自序》也有言，“《留别雅典女郎》四章，则故友译自《Byron集》中”。只因《留别雅典女郎》被编入《拜伦诗选》(1914)，未说明译者，后人便以此断言乃苏曼殊所译。今人黄轶《苏曼殊〈拜伦诗选〉几个问题考述》(《文艺报》2006年4月)又进一步澄清。

亲策，陵夷不自葆。

……

独有海中潮，伴我声悲嘶。愿为摩天鹄，至死鸣且飞。碎彼娑明杯，俘邑安足怀！[①]

暂且不论此文被柳无忌(《苏曼殊与拜伦“哀希腊”诗》，1927)批评说为表达其所坚持的政治主张而“窜改原作”，苏曼殊对拜伦诗歌确实情有独钟。1909年春，他把上述诗歌，以及盛唐山民(即黄侃，字季刚，1886—1935)译《留别雅典女郎》，合编成中国翻译史上第一本外国诗歌翻译集《拜伦诗选》[②]，对传播拜伦的诗有着非常大的作用。苏曼殊本人受拜伦诗歌影响，如创作了三首情调颓废的七言绝句《寄调筝人》(《南社》第三集，1910)，抒发对社会现实的愤懑；1913年7月21日，发表谴责袁世凯宣言，就引用《哀希腊》：“昔者希腊独立战争时，英吉利诗人拜伦投身戎行以助之，为诗以励之，复从而吊之曰：……呜呼！衲等临瞻故国，可胜怆恻！”[③]然而，《哀希腊》这些诗句，和叙事主人公具有诗人传记成分的《唐璜》构成的关系，以及拜伦变得如此激烈的传记原因，苏曼殊却未曾留意。

而截断和《唐璜》的关系，有意凸显《哀希腊》壮丽情怀的翻译，并非始于苏曼殊。胡适(《哀希腊歌》序，1914)看来，“此诗之入汉文，始于梁启超《新中国未来记》小说”。的确，1902年，梁启超刊行其政治小说《新中国未来记》第四回《旅顺鸣琴名士合并　榆关题壁美人远游》，叙述“二十来岁少年中国之美少年”(黄克强和李君)：

【沉醉东风】咳！希腊啊！希腊啊！你本是和平时代的爱娇，你本是战争时代的天骄。撒芷波歌声高，女诗人热情好，更有那德罗士、菲波士(两神名)荣光常照。此地是艺文旧垒，技术中潮。即今在否？算除却太阳光线，万般没了！

黄君道：“这唱的还像是摆伦(即拜伦)的诗呀！”李君道：“不错，是那《端志安》(*Don Juan*)第三出第八十六章第一节呀。也是他借着别人口气来惊醒希腊人的。”只听得琴声再奏，又唱道：【如梦忆桃源】玛拉顿后啊，山容缥渺，玛拉顿前啊，海门环绕。如此好河山，

① 柳亚子编：《苏曼殊全集》第一卷，上海：北新书局，1927年，第79—84页。

② 今存最早《拜伦诗选》，为1914年日本东京三秀舍印刷、梁绮庄发行。书底页注：戊申即1908年9月初版发行，壬子即1912年5月再版发行，甲寅即1914年8月又版发行。

③ 王学庄、杨天石编著：《南社史长编》，北京：中国人民大学出版社，1995年，第337页。

也应有自由回照。我向那波斯军墓门凭眺，难道我为奴为隶，今生便了？不信我为奴为隶，今生便了！

用词体翻译长诗《哀希腊》两节(以《端志安》即 *Don Juan*《唐璜》的最初音译译名)，凸显诗人的抗争激情，《新中国未来记》第四回明确说明，是为了抒发“怀千古之光荣，哀后人之零落”。而梁启超此举由其深厚的中国意识所决定，认为“未来中国”唯有依靠“少年中国”，故在主编的《新小说》第22刊载头裹花巾的拜伦肖像，附有文字介绍“每读其著作如亲接其热情感化之力最矣。摆伦又不特文家也，实为一大豪侠者，当希腊独立军起，慨然投身以助之，卒于军，年仅三十七”①，以激励中国青年心神往之。梁启超声望赫赫，他翻译拜伦诗篇，开启了中国汉译拜伦高潮，使得在百年译介史上《哀希腊》持续受到关注，于是苏曼殊译作，也肇始了拜伦精神直接影响中国之先河。鲁迅《摩罗诗力说》(1907)很快呼应，“拜伦乃精神界之战士”，“拜伦的诗多为青年所爱读”。但是，拜伦热衷于希腊独立运动的个人原因，叙事长诗《唐璜》第三章第86节中穿插的十六个小段和整首诗的关系，以及《唐璜》究竟是怎样的诗篇等重大问题，梁启超未及讨论，苏曼殊也随之略去，而相继将《哀希腊》完整译出的马君武、胡适之，是否因关注这类重大问题才翻译《哀希腊》的，也仍存疑。

必须承认梁启超的慧眼，《希腊群岛》为《唐璜》第三章内容，被视为英语“诗中诗”(a poem within a poem)的极好案例。马君武《欧学之片影》(《新民丛报》第28期，1903)，包括雨果和拜伦“十九世纪二大文豪”，认为他们在欧洲有崇高声望不仅因是大文豪，更因“实爱自由”(雨果)、“大侠士也”(拜伦)，紧随梁启超之后译出拜伦诗《哀希腊》全文(1905)，译文更加壮怀激烈：

希腊岛，希腊岛，诗人沙孚安在哉？爱国之诗传最早。战争平和万千术，其术皆自希腊出。德娄飞布两英雄，渊源皆是希腊族。吁嗟乎！漫说年年夏日长，万般消歇剩斜阳。

……

置身苏灵之高山，四围但见绿波环。波声哭声两不止，一曲歌终从此死。吁嗟乎！奴隶之国非所庸，一掷碎汝沙明盅②

汉译第一个全译本《哀希腊》，汉语读者更能体验到拜伦作品的真实

① 《新小说》第2号(光绪二十八年十一月十五日，1902年12月14日。同时刊有雨果肖像和介绍。

② 阿英编：《晚清文学丛钞·域外文学译文卷》，上海：中华书局，1961年，第13—15页。

表达，胡适之《尝试集》"再版自序"虽批评马君武翻译"失之讹"[①]，但评苏曼殊时则称马君武所译"亦婉转不离原意"[②]。无论怎样讨论，无碍马君武对该诗传达的民族独立精神之向往，1906年他发表《华族祖国歌》在气势上模仿了《哀希腊》，"华族祖国今何在？西极昆仑尽卫藏……华族祖国今何在？长城万里山为墙"，但讨论停留于诗人支持希腊民族独立解放层面，没深入到"一位英国诗人投身于希腊民族解放运动的原因"层面。拉斯《苏格兰文学史》"拜伦"章节中说，拜伦不仅通过文学作品极为有效地鼓励西班牙和希腊起义，使其摆脱奥斯曼帝国统治，赢得民族独立，而且身体力行参与希腊摆脱土耳其的民族独立战争，把文学和政治行为有机融合为一体，其生活和文学作品影响了欧洲文化，1824年去世于希腊梅索隆吉(Missolonghi)，被视为欧洲浪漫主义的偶像，在德国、俄国、波兰、西班牙等国其声望居高不下，被视为最重要的浪漫主义诗人，"拜伦式疯魔(Byronmania)"遍及欧洲[③]。换句话说，拜伦在欧洲的影响有根有据。15世纪奥斯曼帝国取代拜占庭帝国之后，开始征服欧洲国家，包括希腊在内的大片欧洲疆域纳入欧洲人视为野蛮民族的奥斯曼帝国版图，到1821年，希腊等被奥斯曼帝国统治达四百年之久。欧洲人普遍憎恶这个野蛮帝国。拜伦的行为，得到欧洲社会的积极响应。也就是说，拜伦投身希腊民族解放运动，虽是壮举，却和中国不相干。但是，20世纪拜伦在中国引发了和欧洲相似的效应，甚至近乎十年后胡适用离骚体翻译《哀希腊歌》全文(1914年2月3日《藏晖室札记》)却同样未探讨诗人的欧洲情怀：

置我乎须宁之岩兮，
狎波涛而与为伍；
且行吟以悲啸兮，
惟潮声与对语；
如鸿鹄之逍遥兮，
吾将于是老死：
奴隶之国非吾土兮，

---

① 胡适：《尝试集》，北京：人民文学版社，1984年，第315页。

② 柳亚子编：《苏曼殊全集》第一卷，北京：中国当代出版社，2007年，第85页。

③ Susan Manning ed. *The Edinburgh History of Scottish Literature. Vol.* Ⅱ：*Enlightenment, Britain and Empire* (1707—1918). Edinburgh: Edinburgh University Press, 2007, p. 180.

——碎此杯以自矢![1]　　　(第十六节)

从以上节录的一节诗行中，读者更容易被胡适强化了的激昂情绪所感染。20世纪20年代，胡怀琛(1886—1938)、柳无忌(1907—2002)等也涉足翻译《哀希腊》，影响了王靖著的中国第一部《英国文学史》(1920)。对整个英国文学发展历程，王靖之作常笼而统之论述，对拜伦却介绍详备，尤其是对《哀希腊》全文照录，措辞热烈，足见当时中国对拜伦之热诚。

令人意味深长的是，1935年中国已有勃兰兑斯《十九世纪文学主流》第四册《英国的自然主义》汉译本，明确说，"拜伦所以喜爱纽斯泰德修道院，其根源在于他的贵族癖性，而司各特所以喜爱厄博斯福庄园，则是出于他怀古的本能"[2]，提示了拜伦是贵族，且崇尚贵族身份。1924年拜伦诞辰百年之际，《小说月报》(第十五卷第四号)刊发张闻天译的《勃兰兑斯的拜伦论》，观点大致相同。而《小说月报》纪念拜伦专号，在中国知识界享有崇高的声誉。勃兰兑斯作为国际著名的文学批评家，其关于拜伦的观点，中国人比较熟悉。闻一多翻译的《希腊之群岛》(上海《时事新报·文艺周刊》第11期，1927年11月19日)，改变了过去激情的基调，译文成了温情脉脉的抒情诗，而不是激愤地呼唤。而温情化的翻译，影响了后来译者对拜伦诗篇的译介，如卞之琳译本《希腊群岛啊，希腊群岛!》(1983)同样不再壮怀激烈。趋向于柔情的翻译，在原是军人、后为湖南人民出版社编辑的杨德豫(1928—2013)的译本《哀希腊》(1981)中，有增无减："希腊群岛呵，希腊群岛！/ 你有过萨福歌唱爱情，/ 你有过隆盛的武功文教，/ 太阳神从你的提洛岛诞生！/ 长夏的阳光灿烂如金——/除了太阳，一切都沉沦！/开俄斯歌手，忒俄斯诗人，/英雄的竖琴，恋人的琵琶，/ 在你的境内没没无闻，/ 诗人的故土悄然喑哑—— /他们在西方却名声远扬，/远过你祖先的乐岛仙乡……"这些翻译，意外凸显出一个敏感问题，即20世纪初中国那些译介者热衷用激情语言重译《哀希腊》，而1924年之后就不再如此。鲁迅当时就明确感受到"激情翻译"拜伦诗篇的问题，在《杂忆》(1925年6月19日《莽原》周刊第九期)中解释：

> 有人说G. Byron的诗多为青年所爱读，我觉得这话很有几分真。就自己而论，也还记得怎样读了他的诗而心神俱旺；尤其是看

① 欧阳哲生编：《胡适文集》第9卷，北京：北京大学出版社，1998年版，第196页。

② [丹麦]勃兰兑斯著，徐式谷等译：《十九世纪文学主流》第四册《英国的自然主义》，北京：人民文学出版社，1984年，第9页。

见他那花布裹头，去助希腊独立时候的肖像。这像，去年才从《小说月报》传入中国了（1924年4月《小说月报》第十五卷第四期《拜伦逝世百年纪念专号》）……那时 Byron 之所以比较的为中国人所知，还有别一原因，就是他的助希腊独立。时当清的末年，在一部分中国青年的心中，革命思潮正盛，凡有叫喊复仇和反抗的，便容易惹起感应。那时我所记得的人，还有波兰的复仇诗人 Adam Mickiewicz（密茨凯维奇）；匈牙利的爱国诗人 Petöfi Sándor（裴多菲）……别有一部分人，则改名“扑满”“打清”之类，算是英雄。[①]

以上论断并非鲁迅的一孔之见，而是现代文学史上许多著名文学家的共识，如纪念拜伦逝世百年之际，徐志摩的《拜伦》（1924）和郑振铎（西谛）在《小说月报》（第十五卷第四号，1924年）“拜伦百年祭”专刊之卷首语中，均有类似表述。

中国现代文学史上，拜伦得到热烈推崇，直观上因赋予文学以解决社会问题的重要使命。20世纪20年代，郭沫若等人受18世纪末19世纪初欧洲浪漫主义启示，组成创造社，进一步把文学纳入改造社会时段的轨道，而拜伦是文学革命的重要人物；另一激进文学组织“太阳社”，同样痴迷于浪漫主义和拜伦。但1927年4月发生“清党事件”，文学家意识到，在改造中国社会的残酷环境下，浪漫主义文学所能发挥作用的空间有限。“左联”五烈士之一的太阳社作家殷夫（1910—1931）的《Romantic 的时代》（1929）认为：

Romantic 的时代逝了/和着他的拜伦，/他的贵妇人和夜莺……/现在，我们要唱一只新歌，或许是“正月里来是新春”，只要，管他的，/只要合得上我们的喉音……[②]

这种情形，导致后人总结拜伦在中国的译介问题时，多着眼于中国作为接受主体方面论述，如复旦大学吴冯淑的硕士学位论文《拜伦在近现代中国三十年（约1900—1930）》（2002）、四川大学方仪力的硕士学位论文《论拜伦诗歌在中国的翻译与接受》（2005）、湖南人文科技学院教授倪正芳的《拜伦与中国》（青海人民出版社，2008）等，从翻译社会学和政治学角度，描述了拜伦在中国译介和讨论过程中所出现的诸多译作、力作，强化了拜伦译介的政治学意义和社会学价值。

① 鲁迅：《鲁迅全集》第一卷，北京：人民文学出版社，1981年，第220页。

② 丁景唐、陈长歌编：《殷夫集》，杭州：浙江文艺出版社，1984年，第171页。

实际上，鲁迅、郑振铎、徐志摩等人的论述，尚不足以充分解释《哀希腊》在中国的命运问题。1993年，人民文学出版社推出著名诗人和翻译家查良铮翻译的《唐璜》全文，王佐良为其写有长篇序言。序言中论及《哀希腊》乃《唐璜》片段，但《唐璜》在英国广受诟病，同时代诗人华兹华斯称之为“无耻之作”，“对英国人品格之伤害远胜于任何东西”，济慈认为是拜伦“最后浮华诗篇”，20世纪英国许多著名学者仍否定该作，如T. S.艾略特认为该作的英文相当于中学生水平；与英国相反，歌德、普希金、马志尼等欧洲著名文学家和批评家普遍赞赏该作[①]。要理解以上的反差，显然就《唐璜》本身难以澄清，因作品有两位主人公，故事主人公唐璜、叙事主人公拜伦。引起争议最多的是叙事主人公脱离故事主人公情节的各种插话。由此，需要回到拜伦本身，方可解释清楚。巧合的是，1924年正值拜伦“百年祭”，引发中国知识界重新讨论拜伦的高潮。《小说月报》(第十五卷第四号)刊登十六篇拜伦之论，《晨报·文学旬刊》(第32、33、35)也刊发多篇拜伦评论，包括汤澄波的《拜伦的时代及拜伦的作品》、张闻天译的《勃兰兑斯的拜伦论》、赵景深译的《拜伦评传》、诵虞编的《拜伦年谱》、子贻的《日记中的拜伦》、希和的《拜伦及其作品》，以及徐志摩的《拜伦》(32号)、刘润生的《摆仑传略的片断》(32号)(与刘半农的《灵霞馆笔记·拜伦遗事》有雷同，《文学旬刊》第35号有读者来信，姜公伟的《摆仑的母亲》提及此事)等拜伦传记；王统照的《拜伦的思想及其诗歌的评论》、甘乃光的《拜伦的浪漫性》、顾彭年译的《拜伦的个性》、王统照的《摆仑在诗中的色觉》(33号)等介绍拜伦的思想和作品；顾彭年的《拜伦在诗坛上的位置》、耿济之的《拜伦对于俄国文学的影响》、叶维的《摆仑在文学上之位置与其特点》(35号)，阐述拜伦的地位和影响。同样，这年《创造月刊》(第一卷第三、四期)连续发表了梁实秋的《拜伦与浪漫主义》(上、下)，讨论拜伦及其代表的浪漫主义精神；《创造季刊》(第一卷第四期)发表徐祖正的《英国浪漫派三诗人拜伦、雪莱、箕茨》，以及张定璜 *Shelley* (《雪莱》)。

以上篇什很重要，尤其是拜伦传记部分，比梁启超《新中国未来记》中黄克强简单介绍拜伦、王国维《英国大诗人白衣龙小传》(1907)、鲁迅的《摩罗诗力说》(1907)、仲遥《摆伦》(《学报》1908年)、刘半农《灵霞馆笔

① 王佐良：《〈唐璜〉译本序》，载查良铮译《唐璜》，北京：人民文学出版社，1993年，第21—24页。

记·拜伦遗事》(1916年《新青年》第2卷第4号)等要具体得多。如刘半农《灵霞馆笔记·拜伦遗事》堪称中国第一篇《拜伦传》称：“他笃于天伦”，“其爱母之情，又可于旅行时所作家报见之……其字里行间在有至情流露也”，是一个孝子，“拜轮者富于爱情而了解情的真谛之人也”，“特其用情纯系精神上之相爱”，“拜轮者，景仰英雄，崇拜自由，而以急进实行二主义为其一生归宿之人也”，“嗟乎，如拜轮之文行双绝，高山仰止，景行行止，虽不能至心向往之，凡知拜轮者殆无不作如是想”。作者个人的敬佩之情，远胜于对诗人实际生平实况的介绍。而1924年的这些篇什，不同程度地提及其母凯瑟琳·戈登(Catherine Gordon)乃苏格兰富商之女，拜伦一岁半随母亲来到阿伯丁，与寡母过了近乎十年的节衣缩食的清贫生活，期间访问苏格兰高地。虽然这些文字，没有对译介拜伦产生根本性影响，至少知道他的苏格兰经历，因而提示我们可以不遵从以浪漫主义概念演绎拜伦的做法；并且，这种发现，与此后翻译《哀希腊》的措辞不再炽烈的潮流相呼应，由此出现始于闻一多《希腊之群岛》(1927)的翻译风格变得舒缓的情形。

令人惊奇又疑惑的是，作为弥尔顿《失乐园》后英国最重要的叙事长诗——拜伦的未竟之作《唐璜》，不仅包含了《哀希腊》，更重要的是公开声言“我血统为半个苏格兰人，教养为地道的苏格兰人，我的理性听从情感的呼唤。”[①]自述出自《唐璜》第十二章，而《唐璜》则是汉译最多的拜伦作品之一，如张竞生翻译的《多若情歌》(上海世界书局，1930)，即《唐璜》的节译本，是20世纪30年代唯一的拜伦作品单行本；朱维基译的《唐璜》(上海新文艺出版社，1956年12月初版；上海文艺出版社，1959年9月新1版)，是国内第一部汉译全本，在译者看来，中国新诗如不接受外国影响，就探索不出有意思的结果，而拜伦诗可发挥相当影响，不只形式上，尤在内容上，即诗思的深度上起作用；辛未艾(包文棣)《拜伦和他的〈唐璜〉》于1958年2月初稿，1978年4月修改，附于朱译《唐璜》正文前，是较早对《唐璜》做出全面而积极肯定的长篇论文；1953年由美国归来的查良铮，应和当时国内意识形态与文学观念，翻译了一些苏联文学作品，但坚持着翻译普希金、拜伦、雪莱、济慈、布莱克等经典作家的作品，1955年以“梁真”笔名翻译出版《拜伦抒情诗选》(平明出版社，1955年11

① Jerome J. McGann ed. *Lord Byron: The Complete Poetical Works*. Vol. 7. Oxford: Clarendon, 1986.

月初版；新文艺出版社，1957年11月新1版），收录拜伦诗作60首之多，是继苏曼殊出版《拜伦诗选》半个世纪以来，中国第一次集中翻译出版的拜伦抒情诗集。后因政治风暴裹挟，他利用在南开大学图书馆监督劳动的时间，悄悄翻译《唐璜》，在他去世4年后《唐璜》终于出版（人民文学出版社，1980），1993年再版。实际上，《唐璜》作为浪漫主义长诗，学界普遍认为，作品中的叙事者是诗人本人，如哈罗德·布鲁姆（Harold Bloom，1930—　）《拜伦的〈唐璜〉》（*Lord Byron's Don Juan*，1987）持此观点。而《唐璜》多次表达苏格兰民族认同，除了上述三节外，第十二章说，"我的好友司各特/因为他的道德风度/早已有口皆碑"。而汉译未使译介者将拜伦作品和苏格兰联系起来，即使有人以"无名"著文《拜伦和华尔特斯考脱》（《解放日报》，1959年11月4日），把拜伦和司各特并置讨论，但查良铮《拜伦诗选》（1980）序言《拜伦小传》（1980）如是介绍，《唐璜》被署名"约翰牛"的人士评价为"我所见到的你的最好的作品。它是远远超过一切的最生气勃勃、最率直、最有趣和最有诗意的；每个人都和我有同感，不过他们不敢说出来罢了"，但司各特赞誉《唐璜》"如莎士比亚一样地包罗万象，他囊括了人生的每个题目，拨动了神圣的琴上的每一根弦，弹出最细小以至最强烈最震动心灵的调子。"歌德也赞赏说"《唐璜》是彻底的天才的作品——愤世到了不顾一切的辛辣程度，温柔到了优美感情的最纤细动人的地步……我们感到英国诗歌拥有了德国人从未取得的东西：一个古典地文雅而喜剧的风格。"雪莱认为《唐璜》每个字都有不朽的印记……它在某种程度上实现了我久已倡言要写的——一种完全新颖的、有关当代的东西，而且又是极其美的。"[①]不过，这些论述，更多是诗人在诗情上赞赏《唐璜》，不能让读者具体把握问题的实质。

然而，无论是阅读拜伦作品，还是希望了解拜伦在生活中践行浪漫主义诗学主张，皆无法回避拜伦热衷于否定英国社会制度、主流价值体系之类显而易见的问题，这是无法规避的核心论题。罗素《西方哲学史》视之为重要哲学问题：

> 拜伦在当时是贵族叛逆者的典型代表，贵族叛逆者和农民叛乱或无产阶级叛乱的领袖是十分不同类型的人。饿着肚子的人不需要精心雕琢的哲学来刺激不满或者给不满找解释，任何这类的东西在他们看来只是有闲富人的娱乐。他们想要别人现有的东西，并不想

① ［英］拜伦著，查良铮译：《拜伦诗选》，上海：上海译文出版社，1982年，第8—9页。

> 要什么捉摸不着的形而上学的好处。虽然像中古时讲共产主义的叛逆者那样，他们也可能宣扬基督徒的爱，但是他们这样做的真实理由非常简单：有钱有势的人缺乏这种爱造成了穷人的苦难，而在叛乱的同志们之间有这种爱，他们认为对于成功是必不可少的。
>
> 贵族叛逆者既然有足够吃的，必定有其他的不满原因。我所说的叛逆者并不包括暂时不当权的派系的首领，只包括那些自己的哲学要求超乎个人成功以上的变革的人。也可能权力欲是他们的不满的潜在根源，但是在他们的有意识的思想中却存在着对现世政治的非难，这种非难如果充分深入，便采取提坦式无边无际的自我主张的形式，或者，在保留一些迷信的人身上，采取撒但主义的形式。这两种成分在拜伦身上都找得到。这两种成分主要通过他所影响的人，在不大可以看作贵族阶层的广大社会阶层中流行开。贵族式的叛逆哲学，随着成长、发展、而且在接近成熟时发生转变。
>
> 很明显，一个贵族如果他的气质和环境不有点什么特别，便不会成为叛逆者。拜伦的环境是非常特别的……拜伦后来写出了大量歌颂自由的崇高诗篇，但我们必须知道，他所歌颂的自由是德意志邦主或柴罗基人酋长的自由，并不是普通凡人想来也可以享有的那种劣等自由①。

罗素从哲学高度深刻论述拜伦反抗英国体制的原因，理论上为认识拜伦的文学及其实践提供了启示。也就是说，拜伦不完全是基于其个人独特的生活经历，孕育出反抗英格兰正统价值观的基因，而是有更高价值追求的反抗。一定程度上能解释清楚拜伦写出《〈反对破坏机器法案〉制定者颂》(1812 年 3 月匿名发表于《晨报》)的缘由：该诗中国反复翻译超过 20 次，许多著名翻译家涉猎其中，拜伦在中国逐渐成为替劳工阶层言说的代言人。实际上，英国的阶级斗争，是英格兰主导的工业化，冲击苏格兰、爱尔兰、威尔士传统农牧业，以及非英格兰地区发生英格兰企业主或英格兰化的企业主，与当地农民工之间的冲突的结果②。大部分议员存在大英帝国意识，不是务实面对工业革命带来的社会分化、劳资矛盾、工人反抗，更不会同情、理解工人破坏机器背后的原因——不满工时长、环境恶劣、薪酬低等，不是提案去规范企业主、促进资方改善劳工境遇，

① [英]罗素著，马元德译：《西方哲学史》(下)，北京：商务印书馆，1982 年，第 295—297 页。

② B. Lenman. *Integration, Enlightenment and Industrialization: Scotland 1746－1832*. Edinburgh: Edinburgh University Press, 1996.

反而要严惩工人。对此，拜伦写下《〈反对破坏机器法案〉制定者颂》，讽刺"有了你们这种议会，不列颠一定会兴盛"。因为明显攻击大不列颠政府，这首诗长期不被英国学界所容，直到1880年版《拜伦文集》才收录其中。而这首诗虽在中国汉译和讨论，却从未有人关心破坏机器的现象在苏格兰特别严重。因罗素在中国声望赫赫，他的提示不会让汉语读者反感：1920—1921年他受邀在北京、上海、山东、湖南等地巡回演讲，并曾把《西方哲学史》送给毛泽东，后者力主翻译该作。这一重要任务开始由中国科学院历史研究所何兆武先生担纲，并且汉译本上册很快(1963)由商务印书馆推出，包含论述拜伦的汉译本下册，则于1976年刊行，后该社反复再版此书(1988、2001、2009、2011、2012、2015)。可是，它的出版、再版，可能因为学科壁垒之故，未改变中国继续把"拜伦何以反抗正统英国"当作结果、结论，而不是视为问题，并以此作为出发点来理解其文学活动，把他反英国和欧洲主流政治制度的文学行为，作为改造中国的思想资源。如此后果，自然会限制我们深化对拜伦的译介，就出现以下情形：

中国热衷于翻译法国著名小说家和历史学家莫洛亚(Andre Maurois，1885—1967)的各种传记，对这位以其文学成绩，尤其是撰写各种人物传记而入选法兰西学院院士的作家，怀有特别敬意。1936年，上海良友图书印刷公司刊行唐锡如翻译的莫洛亚《拜伦的童年》，作者实地考察了拜伦行踪，从其出生地到苏格兰、瑞士、意大利、希腊等，与拜伦有关的重要人物、重大敏感事件，如与雪莱的交往及他们在思想、创作上相互影响，以及拜伦的生活细节，运动游戏、娱乐休闲、为爱犬写墓志铭，包括拜伦放纵情欲，都详细描述，尤其是第二、三、四章仔细论述了拜伦孤儿寡母在阿伯丁生活的情景，"拜伦觉得自己是真正的苏格兰人了"，对当地村姑(表姐玛丽)产生了真挚之爱，直到1798年秋天，十岁的拜伦，成了乔治·戈登·拜伦爵士，全家才离开阿伯丁。然而，有关苏格兰的叙述，却没有帮助汉语读者认识到拜伦的浪漫主义诗歌、反对英国政府的苏格兰因素。正是在这个中译本基础上，1985年浙江文艺出版社了莫洛亚《拜伦传》重译本(裘小龙、王人力译)。这是篇幅最长的《拜伦传》，叙述了拜伦在苏格兰所经历的儿童时代，并认为这是促成他难以融入伦敦主导的英国社会的初始原因。离开苏格兰之后，拜伦勋爵被送入哈罗公学，该校被外界视为英国的超级贵族学校，而校内却推行民主观念，"美国驻英大使把儿子送到哈罗公学，'因为这是唯一不存在等级偏见的学校’。德鲁里博士在哈罗公学担任校长达15年之久，心地善良，办事公正而严格，使学校声誉大震”，“他让拜伦谈谈自己的学习和爱好之后发现，‘交给我的是一匹在山里野惯了的小马。不过，从他眼中看得出，拜伦有思想，在其性格中，骄傲占着统治地位’”。在以后对拜伦的教育中，拜伦的确感觉到德鲁里博士既严厉又公正，“第一个对拜伦具有权威的人”。同学们发现拜伦虽然腿有残疾，但品德“没有半点杂质”，他充满激情，“就像那些苏格兰祖先一样，‘总想做点坏事’”，敏感、多情的拜伦，还为恋爱缺课三个月，但最后一学年他还担任了班长、学校教堂守卫。他和漂亮的苏格兰表姐玛丽之间无果的爱恋，增加了他对苏格兰的神往，16岁那年，得知这位表姐结婚的消息，他震惊异常，这远不只是初恋失败的苦涩。处女作《闲散时刻》序言记录，出版后拜伦亲自带着诗集去伦敦推销，对诗集抱有巨大希望，因为许多诗篇是关于他在苏格兰生活的感受，尤其是“在他内心深处，潜伏着一个加尔文派的小苏格兰人，始终对美德抱有敬意”。因诗集销售量可观，激发了他成为文学家的愿望，“拜伦已经为将来的前途制订工作计划了。他想把苏格兰高地上那些盖尔人的古老传统搜集起来，改写那些古诗，用‘苏格兰高地竖琴’或其他同样优雅的词当书名”，他离开剑桥一年的时间中有位同学叫马修斯，住进他修缮一新的宿舍，此人没有信仰，既嘲笑上帝，也取笑魔鬼，却指出拜伦身上的阿伯丁地方主义。[①]

传记对改变从文学政治学和社会学角度认识拜伦，考虑拜伦的苏格兰经历之于其文学创作之意义，很有价值。不仅如此，1935年陈秋帆(1909—1984)女士翻译了日本作家和评论家鹤见祐辅(1885—1973)的《拜伦传》(桂林远方书局)，此书整体上不及英国和莫洛亚的拜伦传记，如第五章“《唐璜》之诞生”，通篇没有涉及这部作品的写作过程，没有特别揭示拜伦的苏格兰经历和认同，更不会理解这一经历对拜伦成为浪漫主义诗人的影响。但就是这样的传记，1946年上海新知书局再版，1981年、1992年、2012年湖南人民出版社、湖南文艺出版社、三联书店居然分别修订再版。叶利斯特拉托娃的《拜伦》(上海译文出版社，1985年)也分析拜伦性格反对英国的苏格兰因素。这些传记之作，理论上能帮助汉语读者改变拜伦作为积极抗争英国政治制度的浪漫主义诗人形象之认知，实

① [法]安德烈·莫洛亚著、裘小龙、王人力译：《拜伦传》，杭州：浙江文艺出版社，1985年，第27—68页。

际上却没有，如李岳南译拜伦、雪莱合集《小夜曲》(正风出版社 1945 年初版、1950 年再版)、著名的现代诗歌杂志《诗创造》(第一卷第 10 期 1948 年 4 月)推出翻译专号——以彭斯诗篇《美丽的敦河呵》为名而包括杜秉正译拜伦作《黑暗》(杜秉正是著名的拜伦诗歌翻译家，译《海盗》《柯林斯的围攻》《该隐》等)、刘让言译《曼弗雷德》(平民出版社，1955)、查良铮译《拜伦抒情诗选》(平民出版社，1955；新文艺出版社，1957)、杨熙龄译《恰尔德·哈洛尔德游记》(新文艺出版社，1956)、杨德豫和查良铮编译《拜伦诗歌精选》(北岳文艺出版社，1994 年)、梁真译《拜伦抒情诗选》(上海平明出版社，1955)、杨德豫译《拜伦抒情诗七十首》(湖南人民出版社，1981)、张建理和施晓伟编译《地狱的布道者：拜伦书信选》(上海三联书店，1991)等等，仍然在积极抗争者形象前提下翻译拜伦各种作品，翻译过《彭斯诗钞》的袁可嘉，在《拜伦和拜伦式英雄》(1964)中提及一些敏感问题，引起激烈纷争。

所以，中国译介拜伦历程进入民国之后，掀起拜伦诗歌翻译热潮，推动知识界去关注诗人传记，而且拜伦传记已显露出拜伦反对英国政府的原因，可是最终未能提升中国译介拜伦的水平，甚至勃兰兑斯《十九世界文学主流》(1872—1875)第四册《英国的自然主义》(1901—1905 年该书有了英文版，30 年后有了汉译本)由韩侍桁翻译(商务印书馆，1935、1939)后，也未能发挥应有的作用。该作赞赏拜伦的成就、影响和人格，用七章(第 17—23 章)篇幅专门介绍拜伦，如第 22 章“自然主义的登峰造极”专论《唐璜》，认为“在‘不道德’的借口下，死后被排斥于威斯敏斯特大教堂的诗人角之外，不得在那里竖像立碑”，认为《唐璜》“是 19 世纪唯一能与歌德《浮士德》相媲美的诗篇”，在此写出了宇宙间的普遍人性①。而这七部分内容，译者韩侍桁又以《拜伦评传》单独刊行(上海国际文化服务公司，1948)。这套书对中国影响巨大(人民文学出版社 1997 年出版，由徐式谷等译)，但在拜伦认知上，连同韩侍桁根据《拜伦评传》一道，却作用甚微。也就是说，概念化地把拜伦视为伟大的英国浪漫主义诗人，近乎作为常识被固定下来，使得百余年英国文学汉译史中，无论翻译了多少拜伦作品，也未能触及拜伦勋爵为何一定要反对社会主流社会价值体系的问题。

---

① [丹麦]勃兰兑斯著，徐式谷等译：《十九世纪文学主流》第四册《英国的自然主义》，北京：人民文学出版社，1984 年，第 423—424、427 页。

可以说，百余年来拜伦在中国的译介史，表面上很受中国局势左右，但整体上却是在英国文学史框架下进行的。在20世纪初不断重译《哀希腊》，是中国早期现代知识分子，遵从英国批评家把拜伦的文学意义泛化，梁启超和苏曼殊等人因时代原因，无法把拜伦和苏格兰身份关联起来，抽象地看待拜伦反对英国主流社会价值观，并运用到理解中国社会问题上来。历经1924年拜伦逝世百年的讨论高潮，对拜伦的认识似乎多元化了，但受中国局势和英国主流文学史观所囿的局势未变。金东雷的《英国文学史纲》详细论述了拜伦的反抗精神，分别概述《恰尔德·哈洛尔德游记》《该隐》《曼弗雷德》等长篇叙事诗的内容，很重视《哀希腊》——把胡适之用离骚体翻译的十六节全部附上（虽然他本人没承认是胡适之译作），但不是作为《唐璜》一部分来论述①。但结论是英国主流学术界的，“他写文字时，缺乏蒲柏的正确性和屈莱顿的坚实性，结果造成了他粗糙的作风。因之，英国人批评拜伦的诗，仅是第二流作家的作品而已。他所以在全世界站得住而博得很多人的崇敬的缘故，是在他诗的哀艳，我说。这些哀艳明明是‘世纪的痫疾’的烦闷，厨川白村说‘少年人欢喜拜伦的诗’，多半是因他的狂热正是少年人的普遍性，而反抗、哀感、性欲的烦闷的外在发现，在少年人身上是惯见常备的事。拜伦的特性，恰似一个革命家，他要破坏现实而实现理想，所以有批评家说弥尔顿的诗歌宣扬上帝对人类的公正，而拜伦的目的却贡献给人类的。”②此后，任何一部汉语版《英国文学史》论及拜伦，都未深化这个论题，多遵从英国的观点。当然，20世纪50年代通行的拜伦观点，很明显受中国在意识形态上仿制苏联的左右，没有深入讨论苏格兰经历对其意义；20世纪80年代以来译介拜伦变得丰富多彩起来，但并未改变汉译英国文学历程是在主流英国文学史框架下进行之大势，剑桥或牛津《英国文学史》原本就排斥苏格兰的文学主体性地位，自然拒绝深入辨析拜伦挑战英国主流话语的苏格兰因素，哪怕许多拜伦研究者痴迷于拜伦传记研究，对其中的阿伯丁经历及其影响，也有不同程度触及，但在英格兰主导的英国文学研究界是不会深入论述苏格兰之于拜伦的意义的。这也就是百余年来无论中国怎样翻译、讨论拜伦，却始终未能触及拜伦何以反对英国秩序和价值观的民族身份问题的基本原因。而这样的汉译拜伦历程，为中国新文学发展提

① 金东雷：《英国文学史纲》，上海：商务印书馆，1937年，第252—261页。

② 金东雷：《英国文学史纲》，上海：商务印书馆，1937年，第265页。

供了思想资源，在从晚清到民国转化年代，可能有助于“革命”，但不能惊醒五四新青年文学及随后的现代文学，朝着建构中华民族认同的方向发展，20世纪40年代以后，甚至成为促使中国文学不断追求革命的力量，到20世纪80年代以后，汉译拜伦作品也未能成为译介者从中认识英国问题和苏格兰问题的文学资源。

第二节　苏格兰性微弱闪现的拜伦：英国拜伦史研究的另一条路径

不可否认，中国译介拜伦常受时代局势所左右，但对拜伦作为经典浪漫主义诗人的定位，以及经典诗篇的确定，则依据英国主流文学史家的定位。而英国主流学界对拜伦的认识，却因为拜伦自身的言行，以及作为第一位把个人情感和行为直接诉诸公众而有巨大国际声望的诗人，充满着矛盾。

英国社会经历吞并、联合、合并和殖民的国家化过程，以及工业化、城市化等社会化过程，仍始终坚守传统价值体系，包括维护基督教多元化及其在市场经济发展中的作用，保留王室在民主进步中的地位，保守既有的社会治理方式等。但是，拜伦攻击英国的议会制度、君主政体、核心价值观等，如1809年3月拜伦作为世袭贵族进入议会，曾有两次重要发言，1812年2月发表反对“惩戒劳工破坏机器法案”、1812年4月支持参与爱尔兰独立运动的天主教徒解放法案。尤其是，拜伦作为第一个直接影响民众的诗人，他把这些思想和行为，转化为诗句和诗学思想，并且不加限制地传达各种情绪，这对坚守秩序和传统的英国社会具有破坏力。拜伦的成名作《闲散时刻》就大胆地呈现了他从少年到青年时代的恋爱情景及情感表达，当即就引发了激烈纷争。此后拜伦创作并未改变这种趋势，却因下面的趋势，反而持续受到读者的肯定：由于《联合法案》之后，大不列颠在确保贵族既有利益基础上，推动发展资本主义经济的工业化、城市化，迅速成为世界上最大的制造业大国，这个过程产生的许多环境成本和人力资源损耗的代价，不少是由殖民地及其居民所承担的，但英国本土同样出现了社会经济不平等和阶级矛盾加剧的现象，尤其是苏格兰地区更甚；对此，拜伦那些挑战英国贵族主导的社会秩序和价值观之作，虽然英格兰正统批评家极为反对，但意外地契合了更多读者的愤懑情绪。拉斯在《苏格兰文学史》中考释：1816年拜伦离婚后永久出走英国，关于他同性恋(sodomy)和乱伦(incest)的流言蜚语不胫而走，其声望遭到重创；随着《唐璜》第一、二章刊行，拜伦似乎失去了英国人的好感，许多评论家认为拜伦不道德和不严肃地重新叙述传说中的浪荡子任性自由的故事，是有教养的读者难以容忍的，但实际上爱读拜伦作品的英国读者并未减少，只是构成变化了——正版销售不佳，但售价便宜的盗版盛行，于是拜伦 1822 年改变策略，出版低价位的袖珍版《唐璜》，销售量迅速上升，可统计的读者近五十万，他去世之后，读者群数量更是有增无减①。这也就出现了本章开篇所说的现象，无论拜伦在英国和欧洲、世界获得了怎样的声望，西敏寺一直拒绝接纳他。拜伦去世的 1824 年，西敏寺就断然拒绝在"诗人角"提供位置；1831 年又拒收沉思的拜伦大理石雕像；碍于拜伦的巨大声望，不接纳反而不利于西敏寺，才迫不得已于 1969 年在"诗人角"为拜伦安置了一块不显眼的纪念碑。相应的，由于民主大潮席卷文学界，大英帝国的殖民主义遭世界诟病，和英国政府对抗的拜伦之声望日隆，英国人对拜伦诗歌的热情持续不衰，他作为最著名的英国诗人之一的地位无可撼动，对英国文学发展产生了难以否认的影响，主流的英国文学史家不得不正视之。当然，西敏寺对拜伦态度的矛盾，正是英国主流社会的反映，使得近两个世纪来英国学术界在拜伦的认识上同样充满着犹疑、自相矛盾。

首先，从第一版《剑桥英国文学史》第十二卷(1914)，经《简明剑桥英国文学史》(1972)、桑德斯《简明牛津英国文学史》，到凯默(Thomas Keymer)和约翰·米(John Mee)《剑桥英国文学指南(1740—1830 年)》(2004)、沙托克(Joane Shattock)《剑桥英国文学指南(1830—1914 年)》(2010)等，拜伦都在其中占据了重要位置。虽不同程度囊括拜伦阿伯丁生活十年的经历，但普遍从一般文学范式上论述拜伦，不凸显苏格兰记忆及其半个苏格兰身份对创作和神学的深刻影响。初版《剑桥英国文学史》多是对拜伦作品本身的分析，总结拜伦长篇叙事诗中存在着大量离题的插话、故事、插曲，"正是大量离题叙述(digressions)，读者反而能切近他。虽然斯威夫特和斯特恩在小说叙述中很有成效地运用了这种'离题'叙述特点，但拜伦是在诗歌中自如运用离题话的(插话)的第一个英国人(the first Englishman)。智慧、幽默和对他尖锐批评，在其离题性叙述

① Susan Manning ed. *The Edinburgh History of Scottish Literature. Vol. II: Enlightenment, Britain and Empire* (1707—1918). Edinburgh: Edinburgh University Press, 2007, pp. 178-182.

中占有重要位置。嘲讽是他最大特色，他使我们相信‘若我取笑任何道德，就意味着我不会流泪’。离题话是作者在嘲笑世界和进攻伪善政治(cant political)、伪善宗教(cant religious)、伪善道德(cant moral)时所找到的证明。欧洲早已把拜伦视为政治自由的先知。在他的叙事诗讽刺中，对生活的批评近乎完全是毁灭性的(destructive)。我们喜欢他冷酷揭露没有生机的制度和虚假的理念，乐于承认击中伪善的重锤，其影响既有用，观察也令人愉快；但必须承认，他缺乏其同时代朋友雪莱那样的建设性才能。”[①]不可否认，类似表述把拜伦诗歌的意义普遍化了，却见不出苏格兰经历对其的影响，而以上认识拜伦的方式，甚至结论性观点，直接影响了后来英国学术界，从而决定着汉译者的认知：

1930年，北新书局出版德尔默的《英国文学史》，沿袭正统的英国文学史观，说拜伦是“歌颂自由的诗人。由旅行漫游想要达到自由和理想。热诚地热爱自然山水”，“他是一个伟大而有魔力的人，但不是伟大导师和深刻的思想家，并且他时常写出粗率的英文”[②]。读者看不出拜伦是第一位直接作用于民众的英国诗人之具体文学特征，以及与苏格兰的关系。而这是20世纪50年代之前中国评价拜伦的基本情形，视拜伦为浪漫主义时代主要诗人，也是和苏格兰无关的诗人。

半个世纪后，《简明剑桥英国文学史》较之前的《剑桥英国文学史》，论述有变化，却仍然坚持拜伦意义的非英国性，“国外对他的理解和赏识要大大超过他本国同胞。认为拜伦不过是单调的拜伦式人物的看法是极其肤浅的。像其他伟大诗人一样，拜伦永远不失其本色。他突出之点是既生机勃勃又变化多样。只是在纯粹抒情方面，拜伦稍见逊色；所以读者不应从选本中去了解拜伦。《恰尔德·哈罗尔德游记》、《审判的幻景》和《唐璜》这三部诗集就足以使任何有鉴赏力的读者深信拜伦不但是一位伟大的诗人，而且世界永远需要这样一位诗人去嘲笑那卑鄙的事务，并且激励那高尚的事物。”[③]

桑德斯《简明牛津英国文学史》承认拜伦在英国和欧洲的巨大声望，但断言，“拜伦诗歌体现了一种与众不同的贵族式的个人主义，也许只有

---

① A. W. Ward, A. R. Waller. *The Cambridge History of English Literature*. Vol. XII. Cambridge: Cambridge University Press, 1915, p. 56.

② [英]德尔默著，林惠元译，林语堂校.《英国文学史》，上海：北新书局，1930年，第311页。

③ [英]乔治·桑普森著，刘玉麟译：《简明剑桥英国文学史》，上海：上海外语教育出版社，1987年，第16—17页。

在这个意义上，拜伦才是激进的。假如拜伦在1820年把英国诗歌的可悲状况归罪于对蒲柏的荒谬而系统的贬低，那么他也就从未使自己成为现存文化代言人的角色。相反，他是以流放者和局外人的身份，清楚地表达其蔑视，而非仅仅是表示异议。"[①]桑德斯的意见，同样对拜伦诗歌及其意义，进行了去语境化的处理，变成拜伦有意识进行文学革新，回避他要革新文学的根本原因。实际上，他的文学业绩及其影响力，与其对英国社会现实的理解密切相关。

沙托克的《剑桥英国文学指南(1830—1914年)》(2010)有意识不按编年史，也不依地域叙述，而根据"作者与著述事业""读者与读者身份""批评文化""书写生活""大众文化""帝国和民族主义""跨大西洋之关系""和欧洲大陆交流"等重要的文学理论范畴和文学史事实，论述期间的英国文学，把拜伦归于"生活写作"和"激进写作"范畴之下，认为拜伦对激情写作的词源学理解是完全正确的，他以抽象的方式告诉读者19世纪激进主义政治力量的伟大理想[②]。

然而，拜伦一生充满传奇性，英国的纷争、欧洲的声誉，让当时的人和后来的学者痴迷不已，出现了拜伦传记研究潮流。

拜伦在《唐璜》(1819—1824)第十章第17节对自己身份认同有着明确的表述，"我血统上是半个苏格兰人，教养上则为地道的苏格兰人，我的理智听从心的呼唤"。浪漫主义叙事长诗中，叙事主人公等同于叙述者，进而等同于作者，早已是常识。那么任何关于拜伦的传记作品，都必须追寻拜伦在苏格兰阿伯丁的足迹，其儿童岁月应引起足够的"珍视"。桑普森在《简明剑桥英国文学史》(1982)中，关于拜伦的充分论述，提到其苏格兰因素：父亲为躲避债务跑到法国，"母亲很快把他带到阿伯丁。拜伦在这里度过了童年，他对迪赛德、洛赫纳加、格兰皮安这些地方的印象使他终生难忘，并且在他的诗中留下了印记"，却回避了拜伦这十年时光中发生的重要事件，如去苏格兰高地游览、和当地苏格兰姑娘早恋等。尤其是，谈到"难以理解拜伦愤世嫉俗"的原因，归结为"人们忘记这位高傲敏感的孩子在他可塑性最强的岁月里，因为贫困潦倒和半疯癫母亲的盛怒所受的折磨，很少有哪位年轻的诗人受过这么悲惨的童年"，"他突

① ［英］安德鲁·桑德斯著，谷启楠等译：《牛津简明英国文学史》(下)，北京：人民文学出版社，1984年，第554页。

② Joanne Shattock ed. *The Cambridge Companion to English Literature*, 1830—1914. Cambridge: Cambridge University Press, 2010, p. 127.

然成熟，令人惊叹不已"，"流落异国，不渴望返回祖国"，遗体送回英国，却被西敏寺拒绝，最后安葬在托尔卡德的乡村教堂墓地，他老家纽斯台德庄园的外面，这就是这位伟大而著名的英国人的结局①。换句话说，《简明剑桥英国文学史》虽提到拜伦的苏格兰经历，但基本上不能帮助读者理解这段经历对于拜伦成为挑战主流价值观的浪漫主义诗人的意义。

很显然，拜伦所引发的争论或获得的巨大反响，远非文学作品本身的缘故，还与其生活实践息息相关。他成名之后，文学界和上流社会对其儿童时代的经历津津乐道，尤其是成为勋爵后的私生活。由此，对拜伦身世的探索，在拜伦去世不久就开始了，如拜伦同时代人高尔特(John Galt，1779—1839)的《拜伦勋爵传》(1830)，第二章明确说"有必要考虑他儿童时代定居在苏格兰及其可能性的影响"，并详细描写他在阿伯丁生活的经历，认为那里大自然的美，毫无疑问触动了他，后来许多诗篇都描写了苏格兰高地特有的风景②。其中，对拜伦儿童时代的传记，英国人一直情有独钟，如1989年2月26日，《泰晤士报》刊文《儿童时代的拜伦：母亲影响、学校日子和玛丽·查沃斯》，衍生出拜伦学术史的重要分支——拜伦传记研究。英美出现许多拜伦传记作品，重要的有马钱德(Leslie A. Marchand)的《拜伦肖像》(1971)、布鲁姆(Harold Bloom，1930—)的《乔治·戈登·拜伦勋爵》(1986)、乔安娜·理查逊(Joanna Richardson，1925—2008)的《拜伦勋爵及同时代人：第六代拜伦男爵乔治·戈登·拜伦(1788—1824)传，由拜伦本人及认识他的人所讲述》(1988)、格罗斯克斯(Phyllis Grosskurth，1924—)的《有缺陷的天使》(1997)、麦卡锡(Fiona MacCarthy)的《拜伦：人生与传奇》(2002)等。而任何一部关于拜伦传记的讨论，都会不同程度提到拜伦和母亲在阿伯丁生活到十岁的经历，及对其文学活动的影响，大致包括：母亲有苏格兰王室血统，外公是苏格兰王詹姆斯一世(James I of Scotland，1394—1437)的直系后裔，家族以节俭、重视教育、倾向于辉格党人的政治观点等在当地著称，继承有大笔财产(2.3万镑收入、盖特的房产、一个渔场、阿伯丁银行股金等)，但父亲拜伦上尉曾征战美国，以粗野和青春活力征服过一位公爵夫人，挥霍掉其财产，令其早亡，后来到母亲戈登小姐所

① [英]乔治·桑普森著，刘玉麟译：《简明剑桥英国文学史》，上海：上海外语教育出版社，1987年，第10、16—17页。

② *The Life of Lord Byron*. London: Henry Colburn and Richard Bentley, 1830, pp. 32-50.

在地巴斯(Bath)，母亲戈登对他一往情深，嫁给这位浪荡军人。但遵从新教生活的苏格兰家族，对生活无度的拜伦上尉始终没有好感，母亲家产很快被耗光，抵押借了大笔债务。为躲债，夫妻逃到法国，但父亲恶习不变，继续挥霍无度，负债生活。拜伦出生后不久，母亲被迫带着儿子回到英国，在苏格兰阿伯丁过着简朴生活，独自抚育拜伦。母亲指导他阅读用苏格兰语翻译的《旧约·诗篇》，拜伦虽没能在当地贵族学校读书，成绩一般，还好斗，不过阅读量很大，受到加尔文教影响，七岁的拜伦，开始关心原罪、得救、圣灵、上帝要该隐杀死兄弟亚伯等沉重问题。1796 年他去苏格兰高地旅行，感佩于那里高山、白云、自然之美等自然景观，“觉得自己是真正的苏格兰人了”，并对当地村姑(表姐玛丽)产生真挚之爱。1798 年他成了爵士，去诺丁汉继承遗产，离开阿伯丁时恋恋不舍，久久凝视着苏格兰的树林和郁郁葱葱的草地①。

这些传记及其内容，一定程度上影响了英国对拜伦的认识。著名的《牛津国民传记词典》(2004)收录有麦克甘(Jerome McGann)《第六代拜伦男爵乔治·戈登·拜伦》；同样著名的《帕尔雷格夫拜伦文学词典》收录“阿伯丁”条目，“拜伦度过儿童大部分岁月的城市。1789 年，被母亲带到这里，1798 年离开是因要作拜伦勋爵继承人。《拉文郡杂志》保留了他的一些回忆录”②。曾任利物浦大学副校长的拜伦研究者波恩(Sir James Drummond Bone)主编的《剑桥拜伦指南》(2004)中，专门论述了“拜伦生平及其传记作者们”(由圣何塞州立大学英语系教授 Paul Douglass 撰写)，认为第六代拜伦男爵乔治·戈登·拜伦出生于英格兰伦敦，却有着苏格兰血统，母亲乃苏格兰富商之女，拜伦出生不久父亲弃家不知所踪，1791 年父亲去世，孤儿寡母在苏格兰阿伯丁市皇后街公寓里，过了十年近乎节衣缩食的清贫生活，1794 年拜伦入阿伯丁文法学校，连续几年夏天访问苏格兰高地。1798 年继承爵位，移居到诺丁汉，1799 年才去伦敦旅行。③

拜伦传记研究中，衍生出对拜伦和当时文学界、政界关系的研究，出现了布鲁尔(William Brewer)《雪莱与拜伦的对话》(1994)、厄尔芬贝

① Clement Tyson Goode. Jr. *George Gordon, Lord Byron*. Lanham: Scarecrow Press, 1997.

② Martin Garrett. *Palgrave Literary Dictionary of Byron*. New York: Palgrave Macmillan, 2010, p. 1.

③ Drummond Bone ed. *The Cambridge Companion to Byron*. Cambridge: Cambridge University Press, 2004, pp. 9-10.

(Andrew Elfenbein)《拜伦与维多利亚女王时代的名人》(1995)、威尔克斯(Joanne Wilkes)《拜伦与斯塔尔夫人：天生的对立面》(1999)等，如《拜伦与维多利亚女王时代的名人》论述了托马斯·卡莱尔、勃朗特、丁尼森、利顿(Bulwer-Lytton，1803—1873)、迪斯累利(Disraeli，1804—1881)和王尔德等后来名流对拜伦的各种反应，可以反观出拜伦因其伴随有苏格兰、英国和欧洲不同的身份认同，这些名人也无法完全遵从他。知道这些信息，对多方面认识拜伦文学活动，有重要参考价值。

正因为拜伦传记中有不可忽视的苏格兰因素，因而20世纪60年代开始专门讨论拜伦和苏格兰关系问题。赫尔斯(Nannie Katherine Hells)《乔治·戈登爵士——苏格兰天才》(1966)概要论述拜伦作为苏格兰文学家的一般情况。维蒂希(Kurt Wittig)对苏格兰传统有更全面的理解，在《文学中的苏格兰传统》(1978)中大胆而又建设性地提议："我们对于拜伦的作品将无法达到最全面的了解……除非考虑苏格兰传统的方方面面"[①]。针对英格兰学者主张，"追溯苏格兰对于拜伦影响的努力，似乎从没有找到清晰明确的证据"，将拜伦和苏格兰文学传统关联，最关键在于不能把关联局限于自传范围内，以及众所周知的事实——拜伦十岁之前在阿伯丁度过。1979年斯皮尔(Roderick S. Speer)的《拜伦和苏格兰文学传统》(《苏格兰文学研究》)就声言，"艾略特建议视拜伦为苏格兰诗人已经四十余年。从那时起，苏格兰诗歌选集和苏格兰文学史也不再刻意回避拜伦在其中的恰当地位，尽管一直言辞谨慎。这些选集简要介绍拜伦，以及解释拜伦作品的广泛适用性，……一位苏格兰传统的历史学家提出理由赞成拜伦的苏格兰性，虽然这位作家并不用苏格兰语创作"，以及考证拜伦早期部分诗歌受苏格兰文学主题的影响，拜伦终身珍视并受益和司各特的友谊，尤其是拜伦承认自己是"天生的半个苏格兰人……"拜伦自己有着深刻的民族身份认同意识，即苏格兰乃他唯一声明过的民族归属。而拜伦开始创作《唐璜》时，似乎已关注到著名苏格兰诗人和评论家洛克哈特的忠告，司各特爵士全然熟知苏格兰，建议拜伦应该写些他最了解的社会[②]。

由此，20世纪80年代形成讨论拜伦与苏格兰关系的高峰，出现了汤姆·司各特(Tom Scott)把拜伦视为苏格兰诗人的《作为苏格兰诗人的拜

---

① Kurt Wittig. *The Scottish Tradition in Literature*. Edinburgh: Mercat Press, 1978, p. 51.

② Roderick S. Speer. "Byron and the Scottish Literary Tradition," In *Studies in Scottish Literature*: Vol. 14: Issne. 1 1979.

伦》(1983)，弗莱明(Anne Fleming)《在英格兰和苏格兰追寻拜伦的足迹：旅游指南》(1988)考证出拜伦在苏格兰和英格兰留下的足迹，以及与相关作者的关系。1989年苏格兰开放大学和格拉斯哥大学联合举办"拜伦和苏格兰"专题研讨会(Symposium on Byron and Scotland)。苏格兰开放大学教授考尔德(Angus Calder，1942—2008)主编《拜伦与苏格兰：激进分子还是花花公子?》(1989)，考察了苏格兰对拜伦作品及政治倾向的滋养作用，通过对拜伦表面激进的自由主义及其在上流社会的地位进行评价，认为拜伦童年对苏格兰语言和宗教的体验确实对其后来的诗歌和政治倾向产生了影响。由此，我们明白了，从1816年拜伦离开英国而旅居欧洲，主要寓居在西班牙、希腊、土耳其，不是因对苏格兰失望，而是对英格兰的愤怒，愤怒上流社会津津乐道于他的私生活，加剧了他拒绝依据当时的社会标准而写诗并抨击社会的伪善，反过来又使英国贵族大为震惊。他在纷扰中创作的《唐璜》融入了苏格兰之根，公开表达了自己的苏格兰身份。

自此，研究拜伦和苏格兰的关系，在英国学术界绵延不断。斯特布勒(Jane Stabler)主编的《朗曼拜伦批评指南》(1998)和《拜伦、诗学和历史》(2002)不回避苏格兰经历对拜伦创作的意义；尼什(William J. P. Neish)的《表情丰富的眼睛：拜伦的阿伯丁——若干地点、居民和诗歌》(2001)，考证了拜伦在阿伯丁的足迹及在诗歌创作中的反映；契克(Stephen Cheeke)的《拜伦与空间：历史、翻译和思乡》(2003)，论述离开苏格兰后，拜伦在文学活动中对故乡的怀旧；奥利弗(Susan Oliver，1955—　)的《司各特、拜伦和文化交流的诗学》(2005)认为，《恰尔德·哈洛尔德游记》和《异教徒》等作品深受司各特所整理的苏格兰民歌民谣之影响[①]。斯皮尔的《拜伦与司各特：威弗利小说和历史相遇》(2009)详细论述了拜伦在生活中尊重司各特，在创作上受司各特历史小说和苏格兰民歌的影响，如1812年司各特致信拜伦说，"苏格兰母亲般地在召唤你"，后来拜伦在《唐璜》说"我天生是半个苏格兰人，但成长为十足的苏格兰人"予以积极回应，以及拜伦诗歌创作中的苏格兰因素。达夫(David Duff，1962—　)和琼斯(Catherine Jones，1970—　)的《苏格兰、爱尔兰和浪漫主义美学》(2007)、拉德克里夫(David Hill Radcliffe)的《拜伦与苏

① Susan Oliver. *Scott, Byron and the Poetics of Cultural Encounter*. New York: Palgrave Macmillan, 2005.

格兰的斯宾塞体诗》(2008)认为，在英格兰看来，讨论拜伦诗歌之所以新奇，是因为在诗体上有苏格兰的转化。还有帕尔马大学学者安格莱迪(Gioia Angeletti)的《拜伦勋爵和他者的话语：苏格兰、意大利和女性化》(2012)。拉斯的《苏格兰文学史》中“拜伦”章节，详细论述拜伦文学和苏格兰的关系，从《唐璜》所说的“我天生就是半个苏格兰人”入手，详细论述其苏格兰经历，包括母亲凯瑟琳乃苏格兰国王詹姆斯一世第十二代，1789年她带着拜伦移居到阿伯丁，在近十年的生活期间，拜伦知道了一些苏格兰文学经典，掌握了不少苏格兰语，感受到了苏格兰教会的加尔文教色彩，体验到了苏格兰高地大自然的壮观等，并常在当地洛赫纳加山(Lochnagar)和莫文山(Morven)之间的山谷戏玩。许多评论家注意到苏格兰的成长经历对拜伦文学活动的影响问题，如马修·阿诺德(Matthew Arnold，1822—1888)的《同时代人关于拜伦的意见》(《〈拜伦诗选〉序言》，1881)论及拜伦反对正统观念的“凯尔特人之泰坦精神(反叛社会和文艺等习俗)”(the Titanism of the Celt)，这种精神反映在生活中就是拜伦经常激烈反对主流话语，反映在诗歌中就是题材越位、不遵守格律等；艾略特(T. S. Eliot)《拜伦》(1937)则认为，拜伦的诗歌展示了苏格兰加尔文派特性，其苏格兰经历和他感受到的苏格兰遗产，为其创作提供了材料、灵感，《唐璜》的某些韵文在感觉上和意图上更贴近苏格兰诗人邓巴(William Dunbar，1460—1520)风格，而不是英格兰诗歌；司各特的诗给了拜伦心灵以多愁善感、真正的生命活力和能量，而头脑冷静又外向、幽默和讽刺、某种通俗感、偶尔的虔诚，是最根本的苏格兰特质(Scottish traits)。对一些苏格兰读者而言，拜伦就是苏格兰诗人，他在身份认同上充满着矛盾：他写《英格兰吟游诗人和爱丁堡评论家》(1809)之前，在哈罗公学和剑桥大学就读，密切接触了英格兰文学传统，因而在公众场合自视为英格兰吟游诗人(English bard)。乔治·拜伦成了公众人物拜伦勋爵，在长诗《贝珀：威尼斯故事》(*Beppo: A Venetian Story*，1818)中以英国诗人自居，以英国诗人身份享誉欧洲，欧洲人也把他当作英国诗人来崇拜；他去伦敦不是把自己当作苏格兰人而是英格兰贵族，在外国时，他更认同自己是欧洲人而不是英国人；在《曼弗雷德》(1817)中赞赏歌德的《浮士德》，在《恰尔德·哈洛尔德游记》(1818)中有意识推崇斯达尔夫人对欧洲民族的影响。拜伦从苏格兰人变成英格兰人，再成为欧洲人，但每次变化都不压倒前一个身份，晚期拜伦同时是英格兰诗人和苏格兰诗人，《唐璜》最后章节就被称之为“英格兰诗章”(English cantos)，在第十章拜伦又说“我‘受伤，但没被杀’，我生来就是苏格兰人/我爱山水相间的那片土地。”在拜伦诗歌中反复出现“苏格兰人及其对苏格兰的爱”，《闲散时刻》中冬天里的‘洛赫纳加山脉下的洼地’(Lochnagar)，描写儿童时代在迪谷(the Dee Valley)度假的情景；《唐璜》中引用‘友谊天长地久’(*Auld Lang Syne*)诗句，每位都穿着‘苏格兰格子呢裙、带着苏格兰发网，绿水青山，清澈溪流(Scotch plaids, Scotch snoods, the blue hills, and clear streams)’。《恰尔德·哈洛尔德游记》(1816)也涉及苏格兰民歌《卡梅伦聚会》(*Cameron's gathering*)，《群岛》(1823)书写苏格兰想象和拜伦本人的感受。所以《爱丁堡苏格兰文学史》(2007)认为，“若拜伦是欧洲诗人，同时也是英国诗人；若他是英国诗人，则也是苏格兰诗人(He is an English poet, he is also a Scottish one)。其同时代人霍格(James Hogg, 1770—1835)似乎早已知道这点。1814年7月，霍格致函拜伦说“很高兴发现你是半个苏格兰人(you are half a Scotsman)”，8月，霍格又鼓励拜伦访问家乡的山川河流[①]。正因为身份的混杂，拜伦的文学视野极为广阔，因而能深受不同国度的读者喜爱，如《恰尔德·哈洛尔德游记》第三、四章发表于司各特主编的《评论季刊》，该作同时在苏格兰、英格兰和欧洲获广泛声誉，紧接着，《海盗》(1814)再获成功，一个月销售2.5万册，广泛影响了欧洲知识界和政治生活。

关于拜伦与苏格兰的关系问题研究，对重建关于拜伦的知识体系很有价值。诺丁汉大学教授哈蒙德(Bream Hammond)撰写《爱丁堡苏格兰浪漫主义指南》(2011)“拜伦”章节时，受益于这些研究成果，断言“乔治·拜伦勋爵，是英国诗歌巅峰的一颗璀璨明星，但关于拜伦民族(nationality)的真相问题，则非常复杂。拜伦是苏格兰作家与否是争论不休的命题，却有据可循”，而拜伦作为苏格兰作家却成了需要讨论的话题[②]。在此，拜伦的苏格兰身份问题，再度谈及。

可以说，20世纪以来英国关于拜伦的讨论非常丰富，涉及文学史、传记和身份等不同方面，各有其不可替代的学术价值，对全面理解拜伦均有不同意义，但存在着英国文学史家和苏格兰批评家之间的矛盾。一方面传记研究提供了拜伦儿童时代在苏格兰经历的丰富史料，并说明它

① Susan Manning ed. *The Edinburgh History of Scottish Literature. Vol.* Ⅱ: *Enlightenment, Britain and Empire* (1707-1918). Edinburgh: Edinburgh University Press, 2007, p. 182.

② Murray Pittock. *The Edinburgh Companion to Scottish Romanticism*. Edinburgh: Edinburgh University Press, 2011, pp. 150-165.

变成了拜伦身上的“苏格兰基因”，融入其思想和文学表达，尤其是自20世纪70年代以来兴盛的拜伦与苏格兰的关系问题研究，解释清楚了他在国会上公开支持爱尔兰独立的原因；另一方面主流英国文学史家承认拜伦在英国文学史上的重要地位，但对拜伦文学创作和行为对英国社会正统价值观的破坏，则尽可能不和他的半个苏格兰身份关联起来，而归之于浪漫主义的一种类型，对拜伦进行去苏格兰化的解释，回避《唐璜》等作品中明确提及的苏格兰身份，屏蔽苏格兰学术界的创造性努力，造成博恩(Drummond Bone)《剑桥拜伦指南》(2004)广泛讨论拜伦的各方面问题，如传记、出版、抒情诗和长篇叙事诗，和戏剧尤其是和莎士比亚的关系，在欧洲接受的情况，对后现代主义的影响等问题，但没有讨论拜伦和苏格兰的关系。这意味着，拜伦形象在主流英国文学史的论述中已被固化。由此，反思百余年拜伦汉译史，不能仅仅满足于剑桥、牛津《英国文学史》关于拜伦的论述，必须放眼英美批评界，尤其是苏格兰学界对拜伦的多番认识，以免把英国文学史上僵化的拜伦形象继续移植到中国。

第三节　汉译拜伦之难题：再现英国浪漫主义诗人的苏格兰性

早在1959年，卞之琳和袁可嘉等在《十年来的外国文学翻译和研究工作》(《文学评论》1959年第5期)中指出，新中国的外国文学翻译最初十年历程，存在着语言一般化、语言庸俗化等缺陷，并且这类缺陷在拜伦作品汉译中特别明显，如《唐璜》原作使用的是“平易然而洗练的日常语言”，是为了更好地批判和讽刺当时欧洲的社会生活，朱维基虽然认真而严肃翻译该作，却未选用与此相当的语言，致使“原作中的日常语言在译本中变成了平庸的语言；原作中干净利落、锋利如剑的诗句，在译本中成了拖泥带水、黯淡无光的文字”；杨熙龄所翻译的《恰尔德·哈洛尔德游记》是“大体上还不错”的中译本，但第三章中的几段描写显示，译者没顾及原作的风格、意境、情调，语言上套用我国旧词曲中的唱本滥调，往往破坏了原诗的气氛和格调，不是创造性的做法，反而显示出“语言庸俗化”趋向。

新月派著名诗人卞之琳(1910—2000)毕业于北京大学英文系，任教于西南联大，1947—1949年曾应英国文化委员会邀请在牛津大学从事英国文学研究，而袁可嘉(1921—2008)于1946年毕业于西南联大英文系，无论是否知道英国关于拜伦的论争，至少他们是按剑桥或牛津《英国文学史》去理解拜伦的，因而不会探究主流英国文学史关于拜伦的论述是否有问题，只是就汉语表达方面讨论拜伦诗作的翻译问题。实际上，在重译最多的《唐璜》第三章(Canto Ⅲ)《哀希腊》(*The Isles of Greece*)中，若就语言层面，则梁启超、苏曼殊、马君武、胡适之、闻一多、卞之琳等人的译作均与原作差别很大，除了能显示出译者以不同诗体翻译的魅力之外，对他们翻译的准确性、语言特色等方面进行更多讨论，意义有限。因为原文乃叙事诗，没有使用表述复杂的英语句子；不是语义复杂的抒情诗，更不是语义含混的现代主义诗歌，对这些英语功底极好的翻译家而言，在字、词、句理解方面，不会产生很大歧义，差别是阅读这首诗的心境，尤其是把它视为英国诗歌，并用来作为中国现代思想的资源。以《哀希腊》第一节为例：

The Isles of Greece, the Isles of Greece!
希腊群岛呀，希腊群岛！
Where burning Sappho loved and sung,
热情的萨福在这里恋爱和歌唱，
Where grew the arts of war and peace,
战争与和平的艺术在这里生机盎然，
Where Delos rose, and Phoebus sprung!
提洛岛就凸显在这里，福波斯到也跃然眼前！
Eternal summer gilds them yet,
永不退去的夏季把它们装扮得金光闪闪，
But all, except their sun, is set.
可是除了这些岛屿上的阳光，一切都消沉。

可以看出，就语言层面而言，上述诸多翻译名家，大多未严格遵从英语语法规则、修辞要求，而是分别根据自己的文学修养、译诗目的，选用不同的汉语句式、诗体。对此，王佐良《谈穆旦的诗》评价查良铮的翻译，“他的最主要的成绩是拜伦长诗《唐璜》的全译本，全诗十七章十四节都以略加变通的意大利八行体(ottawa rima)为格律译出，保持了拜伦的口语体以及讽刺艺术的几乎一切特点，读起来像原著一样流畅生动。”[①]由于上述译者，大多是独立于《唐璜》而单独翻译这十六段诗句，就给译

① 王佐良：《中楼集》，沈阳：辽宁教育出版社，1995年，第185页。

者翻译过程提供了非语境化的自由度，但查良铮则把它作为《唐璜》的一部分来翻译，必须兼顾这首叙事长诗的实际情形。而这首长诗的叙事者，经常是在故事主人公和叙事主人公之间转换，第三章多是叙事主人公的语句，客观上自由度要高一些。而第八章写了唐璜和约翰大胆而勇敢地加入攻击伊斯梅尔的队伍，他们攀入城墙参与战斗，最终在伊斯梅尔的胜利招致四万土耳其人被杀戮，包括妇孺儿童。这章的关键是唐璜高贵地从哥萨克士兵手下救出了十岁的土耳其女童，并义无反顾地收养她。唐璜作为英雄被派往彼得堡，有这位名叫莱拉的土耳其女孩陪伴，他发誓要保护她。这种带有诸多事实性的情节内容，翻译过程中的自由度显然小很多。这样，重新考虑百余年来拜伦译介史时，完全不能局限于字、词、句层面，而是要回到汉译英国文学史框架下，思考和苏格兰关系非常密切的拜伦，其独特性是否得到了再现，从而让中国人理解切近事实的拜伦。

相较于雪莱、济慈，抑或华兹华斯、柯尔律治、骚塞等英国其他浪漫主义诗人，拜伦在中国不仅是被关注度最高的，而且也是切实产生社会效应的诗人。这种情形，与拜伦在英国和欧洲被接受的程度，竟然有某种程度的“呼应”：拜伦在英国是被争论最多的，是因为他对英格兰正统价值观挑战甚多，反而赢得民主意识高涨的欧洲读者之赞许，也就是说，皆因为他是对英国和欧洲社会切实产生直接影响的浪漫主义诗人，批评家积极讨论拜伦，主流英国文学史界却非常警惕。

与之呼应的，不仅是这些，更有拜伦在中国被译介的历程，无论在中国有多高的声望，终究是没能解释清楚其文学活动的复杂性。而这种情形，和罗素《西方哲学史》所说的拜伦在欧洲被神话的情况，有惊人的相似，“必须承认，拜伦的浪漫主义只有一半真诚。有时候，他会说波普的诗比他自己的诗好，但是这个意见多半也只是他在某种心情下的想法。世人向来一味要把拜伦简单化，删掉他的广大无边的绝望及对人类的明言轻蔑中的故作姿态的因素。拜伦和许多其他著名人物一样，当作神话人物来看的他比真实的他重要。看作一个神话人物，特别在欧洲大陆上他的重要性大极了。”①也就是说，拜伦在英国之外所产生的效应比英国要单纯，而拜伦在中国的盛名，无论是在1924年之前高潮迭起的翻译，还是在经历拜伦去世百年之际的译介和讨论高峰之后，皆与欧洲类似。类

① [英]罗素著，马元德译：《西方哲学史》，北京：商务印书馆，1982年，第303页。

似还在于，在中国的盛名更多是译介者推动的，并不探究拜伦早年的苏格兰经历及其对他文学创作和思想之影响，或者说，他作为贵族何以挑战正统价值观的问题，始终没有得到正视。汉译拜伦就留下了诸多问题，从而影响了认识拜伦的深度。

首先，按主流英国学者的英国文学史观认识所谓英国经典作家作品，是百余年来译介英国文学之基本规律。而无论哪个时代的文学史家在论及拜伦时，无不是把他作为英国浪漫主义诗人来认识的。20世纪初中国热衷于译介《哀希腊》，或者在20世纪50年代至70年代末按苏联观点认识英国文学，虽然直观上是中国局势促成的，但选择对所谓拜伦的经典作品之译介、讨论，却和英美学界对拜伦的关注度一致。20世纪初已经被英国主流文学史家视为浪漫主义经典的《唐璜》，同样也是被汉译和讨论得最多的诗篇，尤其是其中的第三章片段。此外，和主流的英美文学史家观点高度一致，中国对这部叙事长诗的译介和讨论，竟然也与苏格兰无甚关联，虽然叙事主人公明确声言“我生来一半苏格兰人血统”。

然而，就在拜伦被主流英国文学史去苏格兰化的过程中，却产生了许多拜伦研究成果，它们不断颠覆剑桥或牛津《英国文学史》关于拜伦的认知。不可否认，勃兰兑斯的《英国的自然主义》终究未直接论述拜伦文学活动的苏格兰因素，但指出拜伦是明确否决英格兰价值观的，说他对当时流行的口号“天佑吾王”十分憎恶，认为“大英帝国的海上霸权”、“光荣的英国宪法”、“高贵的国王们”等十分可憎①。这种情形甚至影响到主流英国文学史写作，如桑德斯《牛津简明英国文学史》在具体论述拜伦的文学活动时，拒绝把他和苏格兰关联起来，然而客观上却把拜伦和苏格兰作家并置起来，如说拜伦对司各特表达了无限的倾慕(如是转述拜伦日记内容：“司各特是苏格兰的菲尔丁，也是杰出的英国诗人”，“英国了不起的人!”)尤其是断言：“拜伦，就如司各特那样，用一种革命时代之最清楚的表达，打动了那群最初、最具鉴赏力的读者。他流畅地表达了那个时代的精神、不满和经常表现出的狂热。但司各特是从局内人角度解释从过去到现在的演变，以调和历史矛盾，而拜伦宁愿当一名局外人，他自己的时代和文化之异常性，使他既烦恼又兴奋。”②如此论述，指出拜

① [丹麦]勃兰兑斯著，徐式谷等译：《十九世纪文学主流》第四册《英国的自然主义》，北京：人民文学出版社，1984年，第441页。

② [英]安德鲁·桑德斯著，谷启楠等译：《牛津简明英国文学史》(下)，北京：人民文学出版社，2000年，第552—553页。

伦精神的时代性，客观上表明它未必和苏格兰经历无关。

不否认，大多数中国人著述的《英国文学史》或多或少会提到拜伦随母亲在苏格兰阿伯丁生活多年，但不会解释阿伯丁之于苏格兰的地位，更不会论述孤儿寡母在苏格兰的这段经历，对拜伦此后创作和思想的影响。其中，金东雷《英国文学史纲》(1937)论及他母亲有苏格兰血统，认为他成为英国文学的革命家，从他父系血统里继承了放荡不羁和反抗英国旧有的习惯、思想、道德和礼教，乃至一切尝试冒险的精神；从他母系血统里承袭了多愁善感的、无常的、狂热的性格，和一切妇人的才能，所以他长大了，在文艺上和在人格上是一半罪恶一半道德的融合[①]。这种似是而非的论断，在具体论述其文学创作时，则无法用来说明实际问题，即没有一处指出苏格兰经历、二分之一苏格兰血统，对拜伦哪首诗或哪种思想有切实的意义。实际上，拜伦对于幼年居住近十年的苏格兰，充满了感情。《闲散时刻》中，有深情赞美苏格兰的诗句，其中短诗《勒钦伊盖》(*Lachin y Gair*，或英文 *Lochnagar*，1807)[②]是拜伦诗歌中表达苏格兰主题和情感最为突出的作品之一，在该诗中他赞美喀里多尼亚，赞美苏格兰，赞美童年去过的高地洛赫纳伽(即勒钦伊盖，其盖尔语发音)：

Lochnagar

Away, ye gay landscapes, ye gardens of roses!
In you let the minions of luxury rove;
Restore me the rocks, where the snow-flake reposes,
Though still they are sacred to freedom and love:
Yet, Caledonia, belov'd are thy mountains,
Round their white summits though elements war;
Though cataracts foam'stead of smooth-flowing fountains,
I sigh for the valley of dark Lochnagar.

---

① 金东雷：《英国文学史纲》，上海：商务印书馆，1937 年，第 246 页。

② 勒钦伊盖，勒钦伊盖是苏格兰东北部格兰皮恩山脉的高峰，海拔近四千英尺，峰顶终年白雪皑皑，当地人称之为“洛奇纳伽”。拜伦八岁时曾在这座山峰附近居住。这首诗保存了作者童年时期的苏格兰印象。远离尘嚣的苏格兰高地是美丽迷人的，但更迷人的却是那“山民的传说”：苏格兰人民为保卫自己的部族制度及民族尊严而英勇抗击侵略者英格兰军队的悲壮事迹。据说诗人母亲的先祖辈——戈登家族中有不少人曾经参加过那场失败的保卫战。诗人对抗击侵略者的“勇士们”表示了敬佩之意：“英雄的精魂定然是满心欢悦，驾御雄风驰骋于故乡的山谷”；“你们长眠地下，高亢的风笛传扬着你们的事迹”。——晏小萍、谢伟民：《英国诗坛的两位巨人：拜伦与雪莱》，海口：海南出版社，1993 年。

Ah! there my young footsteps in infancy, wander'd:
My cap was the bonnet, my cloak was the plaid;
On chieftains, long perish'd, my memory ponder'd,
As daily I strode through the pine-cover'd glade;
I sought not my home, till the day's dying glory
Gave place to the rays of the bright polar star;
For fancy was cheer'd, by traditional story,
Disclos'd by the natives of dark Lochnagar.
"Shades of the dead! have I not heard your voices
Rise on the night-rolling breath of the gale?"
Surely, the soul of the hero rejoices,
And rides on the wind, o'er his own Highland vale!
Round Lochnagar, while the stormy mist gathers,
Winter presides in his cold icy car:
Clouds, there, encircle the forms of my Fathers;
They dwell in the tempests of dark Lochnagar.

"I'll starr'd, though brave, did no visions foreboding
Tell you that fate had forsaken your cause?"
Ah! were you destined to die at Culloden,
Victory crown'd not your fall with applause:
Still were you happy, in death's earthy slumber,
You rest with your clan, in the caves of Braemar;
The Pibroch resounds, to the piper's loud number,
Your deeds, on the echoes of dark Lochnagar.

Years have roll'd on, Lochnagar, since I left you,
Years must elapse, ere I tread you again:
Nature of verdure and flowers has bereft you,
Yet still are you dearer than Albion's plain:
England! thy beauties are tame and domestic,
To one who has rov'd on the mountains afar:
Oh! for the crags that are wild and majestic,

The steep, frowning glories of dark Lochnagar.

—George Gordon Byron

勒钦伊盖

去吧，你秾艳的景色，你玫瑰的园圃！
让富贵的宠儿在你们那里遨游；
还给我巉岩峻岭——白雪的住处，
它们早已献给了爱情和自由；
喀利多尼亚！我爱慕你的山岳，
尽管皑皑的峰顶风雨交加，
不见泉水徐流，见瀑布飞泻——
我多么眷念那幽暗的洛奇纳伽！

啊！我儿时常常在那儿来往，
头戴软帽，身披格子呢外衣；
缅怀着那些物故多年的酋长，
我天天踱过松柯掩映的林地。
直到白昼收尽它暗淡的余光，
北极星当空闪耀，我才回家；
是什么故事勾起迷人的遐想？
是山民的传说——在幽暗的洛奇纳伽。

“逝者的亡灵！难道我没有听见
席卷暗夜的怒风里，你们在喧呼？”
英雄的精魂定然是满心欢忭，
驾御雄风驰骋于故乡的山谷。
当风雪迷雾在洛奇纳伽聚拢，
严冬便驱着冰车君临天下，
云霾围裹着我们祖先的身影，
在那风暴里——在幽暗的洛奇纳伽。

“不幸的勇士们！竟没有什么异象
预示命运遗弃了你们的事业？”

你们注定要在克洛登阵亡，
胜利岂能用欢呼将你们酬谢！
总算有幸，和你们的部族一起，
在勃瑞玛岩穴，你们长眠地下；
高亢的风笛传扬着你们的事迹，
峰峦回应着——在幽暗的洛奇纳伽。

洛奇纳伽呵，别后已有多少光阴！
再与你相逢，还要过多少岁月！
造物主没有给你繁华和绿荫，
你却比艾尔宾的原野更为亲切。
从远方山岳归来的游子眼中，
英格兰！你的美过于驯服，温雅；
我多么眷恋那粗犷、雄峻的岩峰！
那含怒的景色，那幽暗的洛奇纳伽！

——杨德豫译《拜伦抒情诗七十首》[①]

洛钦伊珈

去吧，你艳丽的风景，你玫瑰的花园！
让富贵的宠儿在你的圈子里徜徉；
还给我巉岩吧，那儿有积雪的安眠，
尽管它仍铭记着自由与爱的创伤。
然而，加里敦尼呵，你的峰峦多壮美：
在那雪白的山顶，尽管天高风急，
尽管瀑布湍激，没有舒缓的泉水，
我却怀念幽暗的洛屈纳珈而叹息。

呵，我幼小的脚步天天在那里游荡，
我戴着苏格兰帽子，穿着花格外套，
脑中冥想着一些久已逝去的族长，
而信步漫游在那松林荫蔽的小道；

① [英]拜伦著，杨德豫译：《拜伦抒情诗七十首》，长沙：湖南人民出版社，1981年，第5页。

我流连忘返，直到夕阳落山的霞光
为灿烂的北极星的闪烁所替换，
因为古老的故事煽动了我的幻想，
呵，是那幽暗的洛屈纳珈山民的流传。

"噫，死者的鬼魂！你们的声音我难道
没有听见，在滚滚的夜风里升腾？"
那一定是英雄的幽灵欢乐喧嚣，
驾着长风，奔驰于他的高原的谷中！
在洛屈纳珈附近，每当风云凝聚，
冬寒就驾着他的冰车前来驻扎：
那里的阴云旋卷着我祖先的形迹，
他们住在幽暗的洛屈纳珈的风暴下。

"不幸而勇敢的壮士！难道没有恶兆
预示你们的大业已为命运所摒弃？"
呵，尽管你们注定在克劳顿战死了，
你们的覆亡并没有赢得欢呼的胜利。
但你们在泥土的永眠中仍旧快乐，
你们和族人在布瑞玛山穴一起安息；
那苏格兰风笛正在幽暗的山中高歌，
洛屈纳珈山中回荡着你们的事迹。

洛屈纳珈呵，我已离开你年复一年，
还得再过多少岁月我才能再踏上你！
虽然造化没把绿野和鲜花给你装点，
你比阿尔比安的平原更令人珍惜。
英格兰呵，以远方山峦的游子来看，
你的美景太嫌温驯而小巧玲珑，
噢，我多么向往那雄伟粗犷的悬崖，
那幽暗的洛屈纳珈的险恶的峥嵘。

（查良铮译）[1]

---

① ［英］拜伦、济慈著，查良铮译：《穆旦（查良铮）译文集3　拜伦诗选　济慈诗选》，北京：人民文学出版社，2005年，第11—12页。

拜伦赞美苏格兰的自然风光，也赞美它伟大的然而是不幸的历史。

更重要的是，拜伦作为第一个直接影响民众的诗人，其诗歌充满着个人不加限制的情绪，但英美主流《英国文学史》不以为然，认为他是“歌颂自由的诗人。由旅行漫游想要达到自由和理想。热诚地热爱自然山水”“他是一个伟大而有魔力的人，但不是伟大导师和深刻的思想家，并且他时常写出粗率的英文”①。这样论拜伦，显然和他能进入《剑桥英国文学史》相矛盾；不过，表面上这样做似乎有根据——《爱丁堡评论》是倾向于英格兰的苏格兰辉格党人所主办，1808 年 2 月号发表未署名的作者书评，攻击拜伦的诗集《闲散时刻》，“在英国受过教育的人中，十有八九写过诗，那剩下的第十个人写出的诗比拜伦勋爵的诗歌要好很多”。然而这样的批评不足以采信，一方面此后拜伦作品源源不断刊行，有不少是在极为注重英文水平的伦敦出版社问世的，这意味着他的创作不存在英文水平问题；另一方面英国曾试图向大英帝国所辖地区推广英文教育，现在仍希望向世界推广英式英语，《剑桥英国文学史》是确定使用什么样的英语语料之标准，不可能把英文水平低的作家列入其中，能把拜伦列入其中，至少说明他能用相当的英文水平创作。拜伦问题是因没用英文表达出大英帝国的认同感，造成这种对母国身份认同缺失的原因，和苏格兰在联合王国被边缘化不无关系。

拜伦早年的苏格兰经历及其意义的问题，在主流英国文学史中始终是被挤压的，无法得到呈现。若是继续遵从主流英国文学史观下的拜伦之论，那么就会对专门的拜伦研究成果，包括传记所提供的诸多重要信息，不会特别在意。实际上，20 世纪初以来，中国一直推崇拜伦的伟大形象，通过阅读《唐璜》，把他在爱情和婚姻上的不足，归因于追求个人自由。并且，许多传记都考察了拜伦婚变之后永远离开英国的原因，拜伦不是一开始就怀有要参与希腊等欧洲国家脱离奥斯曼帝国战争的伟大理想，而是肇始于他最终娶了安娜·贝拉：他本人对这场婚姻一开始就充满着经济学的计算，“拉尔夫·米尔班克爵士正打算给女儿一份年收入为一千英镑的嫁妆，三百英镑给拜伦夫人作零用钱，七百英镑给拜伦勋爵作为终身年金。将来有一天，安娜·贝拉会从温特沃斯勋爵那儿继承一笔年收入为七千或八千英镑的财产，由她和拜伦勋爵平分。在拜伦一

① ［英］德尔默著，林惠元译，林语堂校：《英国文学史》，上海：北新书局，1930 年，第 66—68 页。

方，以纽斯特德庄园的财产作为担保，正式给妻子总数达六万英镑的一笔收入，估计年收入为两千英镑。”①这种婚姻算计，和他婚前滥情，以及婚后很快就不严肃对待婚姻、残忍对待新婚妻子，由此引发妻子及其家族的反对、社会的指责，似乎是无需讨论的话题。实际上，它们如何影响了其世界观，并通过诗歌创作表达出来，却是无法回避的敏感话题：背后是因他有对苏格兰初恋的美好体验，相形之下，英格兰人在男女关系、婚姻上的选择，无法和坚守传统的苏格兰相提并论。

基于大量的拜伦传记研究成果，以及主流英国文学史对这些研究成果的排斥，对主流英国文学史观下的拜伦之论，就得谨慎待之。

其次，20 世纪 70 年代以来苏格兰文学研究界关于拜伦文学活动中的苏格兰因素之研究，对我们反思百余年来近乎从未认真讨论过的重要现象，提供了极大的启示。本来，通过诸多《英国文学史》和《拜伦传记》，汉语读者已知晓拜伦和苏格兰的关系，那里的自然景观和人文氛围，给他留下了深刻印象，并影响他终生和其后的诗歌创作。因为遵从主流英国文学史观，尽管传记研究指出了这些事实，但我们在分析拜伦创作时，仍然无法考虑到苏格兰经历对他的具体影响。换句话说，我们若重视拜伦早年苏格兰经历及其对他此后创作之影响问题，那么《闲散时刻》就不是一部简单的成名作，而是开启拜伦以反对大不列颠正统价值观的视角，在写英格兰借助联合王国的框架下，他本人痛感郁闷。这部诗作有不少篇章表达了青少年的炽烈感情，更有直接书写苏格兰情怀的篇幅，自由书写正统价值观所不容的现象、思想、感情等，流露出对社会秩序的挑战、心灵的空虚、性情的孤独和公开表达的恋情等，打破了当时英国诗坛的沉闷，却遭到《爱丁堡评论》恶评，并暗示拜伦有“苏格兰口音/特点(Scotch accent)，拜伦说“上帝呀！我希望的不是这样。我宁愿这个国家沉没于大海！(I would rather the country was sunk in the sea!)”。对此，拜伦发表诗篇《英格兰吟游诗人和苏格兰评论者》(*English Bards and Scotch Reviewers: a Satire*)反驳他们，并对匿名作者以及英国文坛几乎所有名人，都给予毫不留情的痛斥和鞭挞。这使拜伦在英国文学界产生了轰动效应，也为他带来了巨大声誉。

拜伦创作过程注意传统经典意象时，他记住的是其苏格兰之根，就

---

① [法]安德烈·莫洛亚，裘小龙、王人力译：《拜伦传》，杭州：浙江文艺出版社，1985年，第189页。

是《闲散时刻》所说的："英格兰！你的诸多美丽是驯养的和驯服的/对于在远处有自己山川河流的人来说/啊，那里的各种峭壁是荒凉而宏伟的。""那里"显然指阿伯丁、苏格兰高地等苏格兰自然景观。

诗篇《岛屿》(*The Island*，1823)中，更是抒发了对苏格兰高地风光的眷恋："故土的大自然风景给我的滋养，无论横梗在我们与童年的情感之间为何物，我爱故土风景至终，这种情感带我返回风景初入眼帘之时。无论谁，最初见识高地非同寻常的蓝色，一定会爱上那里的山峰，每座山峰蓝得那么相似，又蓝得那么迥异……"①

《曼弗雷德》第一幕第二场也有苏格兰风景："悬崖峭壁呀！我就站在你边沿线上/俯视着下面激流两岸的高大树林/从遥远炫目之地，小得像那/灌木丛……我感到了冲动，但我没有跃下/我感到了威胁，但我没有畏缩/我感到了眩晕，但我没有挪脚/我身上有一种力量控制着我/……眼前的世界多么美丽!"写的不是英格兰平原，而是苏格兰高地风光，以及对苏格兰风光的迷恋。

同样重要的是，拜伦在阿伯丁时期，受母亲影响，经常出入有加尔文教色彩的苏格兰教会，"拜伦是在《圣经》熏陶下长大的苏格兰青年"，因此在生活中对已婚女人找情人，包括他所遇到的这种情人，他是不敬的，甚至谴责犯有通奸罪的女人，认为自己这样的看法不是仓促产生的，而是从致命的经历中产生的。新婚妻子也认为他精神深处潜伏的加尔文主义，正是苏格兰教会的特征，他也确实向妻子承认"最糟糕的是我确实信教"②。这种人生观影响了他的爱情诗写作，如《记着你！记着你!》就是讽刺背着丈夫和他恋爱的卡洛琳夫人的。对此，斯皮尔《拜伦和苏格兰文学传统》(1979)特别指出，拜伦童年时期在苏格兰亲身感受到"阴郁的加尔文教派(苏格兰长老教)"，为他"塑造拜伦式英雄"提供了背景依据，造成他的许多人物形象吻合的不是英格兰传统，而是苏格兰传统，所以他的作品在色调和主题上，在英格兰传统看来是反常的。《唐璜》的讽刺美学，是苏格兰的，而不是英格兰传统。邓巴的《争吵》和英格兰的讽刺交集处甚少，但对拜伦影响甚巨③。

---

① George Byron. *The Island*，Ⅱ. xii. p. 276.

② [法]安德烈·莫洛亚著，裘小龙、王人力译：《拜伦传》，杭州：浙江文艺出版社，1985年，第136、201页。

③ Roderick S. Speer. "Byron and the Scottish Literary Tradition," *Studies in Scottish Literature*：Vol. 14：Iss. 1 1979.

因此也就不难理解，拜伦诗歌表达相信人的命运（宿命论），认为人是矛盾的统一体等观点的原因。因为这些正是古苏格兰文学的主题，如邓巴的诗歌就充满着这样的意识，受其影响的彭斯的《奥桑特》也有同样的悲观。拜伦式英雄身上有着苏格兰教会中的加尔文教色彩，在《曼弗雷德》、《异教徒》之类塑造拜伦式英雄之作中，都隐隐约约有苏格兰背景。英雄，在此是和黑暗斗争失败，仍坚守自己理想的人，这是苏格兰文学传统。如邓巴的《争吵》(*Flyting*)热衷于书写在有限的人生中，人仍然要保持生命力旺盛、精神饱满。或者说，不考虑苏格兰之根，是无法理解拜伦式英雄的。如此之论，揭示出拜伦与基督教关系的重要性。第十二届拜伦国际研讨会讨论的就是《拜伦、圣经与宗教》(1985)，而贝蒂(Bernard Beatty)的《伊斯兰教中的加尔文教：〈异教徒〉之阅读》(载《浪漫主义》杂志 Vol. 5 Issue 1，1999)则专门讨论他作品中的加尔文教问题。在三卷本《苏格兰文学史》(2007)看来，包括《唐璜》在内的拜伦诸多作品，彼此之间带有对话性，从不同角度反复表达要回到这一核心问题，即普罗米修斯式的反抗与使他冲动起来的理念之间展开对话；《该隐》强调的是反抗之意义何在，中心论题包括拜伦诗人职业和加尔文教在“拜伦式的英雄”塑造中的作用，而这些和他的苏格兰经历不无关系①。

如此一来，要特别注意和苏格兰的关系密切的长篇叙事诗《唐璜》。该作得到英美学界广泛重视，陆续有布鲁姆《拜伦的〈唐璜〉》(1987)、安妮·巴顿(Anne Barton)的《拜伦：唐璜》(1992)、莫伊拉·哈兹利特的(Moyra Haslett)《拜伦的〈唐璜〉与唐璜传奇》(1997)、查尔斯·唐兰的(Charles Donelan)《拜伦〈唐璜〉中的浪漫主义与男性幻象》(1999)、多尼兰(Charles Donelan)的《拜伦〈唐璜〉中的浪漫主义和男性幻想：普遍流行的恶习》(2000)等重要著述，分别揭示《唐璜》中的作者传记性、拜伦本人在诗篇中的角色、传说中的故事运用于拜伦所理解的社会现实之理解等。

可以说，只要厘清拜伦文学活动和苏格兰的关系，那么对渗透有苏格兰认同的诗篇，如《唐璜》之译介，无论它是采用口语风格的意大利八行体，还是其他文体，都能使读者明确意识到作品里包含有故事主人公唐璜和叙事主人公诗人自己，唐璜在演绎着传奇故事，诗人本人则对这个传奇故事进行漫无边际的讲解，相互补充，彼此对比，读者从中可以

---

① Susan Manning ed. *The Edinburgh History of Scottish Literature. Vol.* Ⅱ：*Enlightenment, Britain and Empire* (1707—1918). Edinburgh: Edinburgh University Press, 2007, pp. 178-182.

了解到19世纪欧洲的概况，以及诗人对局势的认识。也就是说，重要问题是要直面作为文学家的拜伦，能深远影响世界各国问题的原因，而拜伦早期的苏格兰经历，成为他难以容忍英格兰贵族价值观的初始原因。一旦直面到这方面，就还要注意他的英格兰、苏格兰不同身份表达的问题，如《闲散时刻》遭到《爱丁堡评论》恶评，"我们确信，在英国受过教育的青年中，十个有九个写过这类玩意儿，而那剩下的第十个人写出的诗比拜伦勋爵的诗歌要好很多"，"为神人所共弃"。拜伦发表双韵体讽刺长诗《英格兰吟游诗人和苏格兰评论者》予以反驳，由于不存在"英国吟游诗人"，只有苏格兰、英格兰、爱尔兰、威尔士等不同王国的吟游诗人，以及得到亲英格兰的苏格兰评论家讽刺，拜伦讽刺自以为是、故意标榜为"英格兰"吟游诗人，而不能翻译成《英国诗人和苏格兰评论》。

再次，中国对于英国文学史的研究受中国局势左右及其所带来的问题。20世纪初，《哀希腊》不断被中国士大夫所青睐，以图振奋中国人起来抗争。也就是说，拜伦一开始进入中国，是和当时中国危局关联在一起的，恰巧和拜伦20世纪20年代开始在欧洲享有巨大声望相一致。然而，认真推究可发现，拜伦亲身投入希腊的民族解放运动，直接原因是他作为基督徒对欧洲文明发源地希腊被穆斯林侵占几百年的愤怒，间接原因是他在英国亲身感受到英格兰的强大、自由主义在英国被严格限制，作为认同苏格兰的青年，在英格兰主导的英国无法实现抱负，去希腊，并通过文学实践实现抱负，成为他的激情选择。实际上，英国主流学界津津乐道的拜伦浪漫主义长诗《恰尔德·哈罗尔德游记》和《唐璜》，正是他所支持的伟大事业只能在国际范围内进行，而不能在伦敦议会完成的意外成果。汉译拜伦过程中，该作仅仅被当作伟大的浪漫主义长诗来理解，翻译技术和措辞上未充分考虑原作的特质——用叙事长诗诉诸支持希腊民族解放事业，是他作为英国青年身体力行其苏格兰情怀的知行合一的成果[①]。

2014年9月18日苏格兰独立公投之前，中国在文学译介方面并未清楚认识到苏格兰之于英国的特殊性和意义，也就不会特别考虑苏格兰认同之于苏格兰文学或与苏格兰有关联的英国作家的独特意义。在冷战最为紧张、中国和西方彼此封锁最为严重的一段时期，中国几乎从未出版

① Roderick Speer. "Byron and the Scottish Literary Tradition," *Studies in Scottish Literature*: Vol. 14: Issue. 1, 1979.

西方思想史著作，罗素的《西方哲学史》汉译本显得尤其珍贵，并经常再版，备受中国读者关注。该作分析拿破仑战争在德国引起激烈纷争后总结说道："就这样，拜伦的遗产——民族主义、撒旦主义和英雄崇拜，成了德意志精神复合体的一部分。"[①]民族认同、民族国家观念之建构，是浪漫主义运动的重要内涵之一，拜伦的文学创作和以文学家身份参与欧洲社会进程，何以沉淀为"民族主义"遗产，并成为启示德国精神的一部分，这样有价值的阐释，没能启示中国的英国文学译介者。同样可惜的是，1983—1986年人民文学出版社推出缪灵珠翻译的苏联科学院高尔基世界文学研究所编纂的《英国文学史》，这部文学史整体上虽然是按苏联的文学史模式著述的，但苏联反对西方殖民主义、支持民族解放运动的政治观念，又使该作特别重视拜伦及其苏格兰身份问题[②]。但如此有价值的论述，也未能在中国留下深刻印迹。

一部部《英国文学史》无法回避拜伦的早年苏格兰经历，以及诸多关于拜伦文学中苏格兰因素之意义的研究成果，反复提醒我们，慎思拜伦在中国译介的百余年历史，考察苏曼殊、梁启超、胡适、卞之琳等翻译《哀希腊》等汉译本在字句上和原作的对应程度，虽然仍然是值得讨论的重要问题[③]，但相较于从民族认同高度探讨拜伦何以反对英国主流价值观，以及这样的思想如何在文学创作中显示出来，又是怎样被中国忽略的，该如何补救，显然变得更为紧要。

此外，由于百余年来中国译介拜伦完全遵从主流英国文学史观，或者依据中国自身局势，导致身份认同较复杂的拜伦，在文学创作上留下许多重要问题，如瓦萨娄(Peter Vassallo)主编的第十届国际拜伦研讨会文集《拜伦与地中海》(1986)、拉奇兹(M. Byron Raizis)主编的第14届国际拜伦研讨会文集《拜伦勋爵：拜伦主义、自由主义与希腊独立主义》(1988)、卢瑟福(Andrew Rutherford)的《拜伦：奥古斯都与浪漫主义》(1990)、卡罗琳·富兰克林的《拜伦笔下的女英雄们》(1992)、威尔逊(Frances Wilson)的《拜伦热：19—20世纪文化中的艺术家肖像》(1999)、纽维(Vincent Newey)和比提(Bernard Beatty)主编的《拜伦与小说的限

---

① [英]罗素著，马元德译：《西方哲学史》(下)，北京：商务印书馆，1982年，第302页。

② 苏联科学院高尔基世界文学研究所著、赵文显等译：《英国文学史》，北京：人民文学出版社，1983年，第341—375页。

③ 关于这些翻译家译介拜伦的译介学考察文章很多，如廖七一《梁启超和拜伦〈哀希腊〉的本土化》(《外语研究》2006年第3期)、陈孟清《从改写理论看苏曼殊译作〈拜伦诗选〉》(苏州大学硕士学位论文，2012)。

制》(1990)(澄清拜伦为何不创作小说的疑惑)、基根(Abigail Keegan)的《拜伦的另一个自我和声音：同形异义词符号的语境化》(2003)等提出的，都是遵从主流英国文学史或依据中国现实所难以发现的重大问题。

可以说，中国百余年来译介拜伦的历程，需要认真面对英美主流英国文学史观在拜伦论述上存在的矛盾，要正视过往只是把他早年的阿伯丁经历当作一个信息，未深入发掘对其文学创作之影响的后果，要看到这一经历及其所形成的苏格兰身份认同之于拜伦创作的巨大价值。

总之，在英国争议不断的拜伦，在中国百余年来却意外产生了和欧洲一样的效应，基本上是由中国译介者人为促成的，使得《哀希腊》在中国可以脱离《唐璜》而存在；但是在具体译介拜伦的经典作品过程中，百余年来基本上又依据主流英国文学史观，看不到拜伦创作中的苏格兰因素。实际上，苏格兰人文学界对拜伦创作道路和文学实践的苏格兰民族认同之问题，进行了深入发掘，对中国重新认识拜伦、重译拜伦，理解苏格兰文学概念，都提供了重要学术资源。

第五章　未来苏格兰文学汉译之路：再现民族性

在司各特的作品里，自然主义所关心的是整个民族的性格和历史，并以生动的色彩描绘了人作为一个种族和一个时代的产儿的面貌；在济慈的作品里，它占有了全部感官世界，栖身于一个中立的地带小事休息，既不去沉静地思想自然，也不去大声疾呼地宣布自然的福音书和自然的权利。在穆尔那里，自然主义变成了色情的讴歌，并在政治上支持自由主义；目睹自己的故乡本土在受苦受难，这位诗人愤而加入了思想自由和政治自由的爱好者行列。在坎贝尔的作品里，它变成了对英国作为海上霸主的歌颂和英国自由主义思想的传声筒。①

——勃兰兑斯《19世纪文学主流：英国的自然主义》

司各特的声誉远播欧洲大陆，对传奇小说的创作产生了巨大的影响。在现代英国作家当中，司各特和拜伦在欧洲大陆拥有最广大的读者；而特别在法国，他们影响和激励了十九世纪初的伟大浪漫主义运动。

——乔治·桑普森《简明剑桥英国文学史》(1987)②

事实上，百年中国译介的苏格兰文学作品很多，如彭斯、司各特、卡莱尔、斯蒂文森、柯南·道尔、麦克迪尔米德等著名作家及其作品，和苏格兰关系密切的拜伦，译介得更为充分。期间，林纾、梁启超、马君武、胡适、徐志摩、梁实秋、王佐良、袁可嘉、卞之琳、查良铮等著名文学家、翻译家涉足其中。然而，巨大的译介业绩，却未在中国建构有主体性的苏格兰文学概念，译作也未能帮助中国深入理解苏格兰问题，更未使中国有机会从文学中看出大不列颠内部的紧张。造成“产出”和“效果”不成比例的反差，乃中国译介外国文学之大势，尤其是由译介英国文

① ［丹麦］勃兰兑斯著，徐式谷等译：《十九世纪文学主流》第四册《英国的自然主义》，北京：人民文学出版社，1984年，第455页。

② ［英］乔治·桑普森著，刘玉麟译：《简明剑桥英国文学史：十九世纪部分》，上海：上海外语教育出版社，1987年，第8—9页。

学格局所致。具体说来包括：

一、晚清时代，开启大规模译介外国文学之风，但目的不是介绍外国文学本身，不是为了给中国人增加欧美文学知识，以提高中国人的文学修养，而是要通过译介外国文学，改造中国文化。鲁迅在《摩罗诗力说》(1907)中言，“今且置古事不道，别求新声于异邦，而其因即动于怀古。新声之别，不可究详；至力足以振人，且语之较有深趣者，实莫如摩罗诗派”[①]。正因如此，18 世纪末—19 世纪初兴盛的浪漫主义文学思潮，得到了清末民初中国士大夫-知识分子的推崇，他们津津乐道于欧美文学家正视工业革命和民主潮流的冲击，挑战传统秩序和正统话语的文学行为，但没有考虑浪漫主义文学更是通过民族语言书写的文学，强化正在形成的民族国家观念。郑振铎《文艺丛谈》更明确，“想在中国创造新文学，从那些纷乱如丝的，古典式的，陈陈相因的，大部分为非人的中国文学书中，是决不能成功的，所以不能不取材于世界各国。取愈多而所得愈深。新文学始可有发达的希望。我们从事文学者实不可放弃了这个介绍的责任”。[②] 以此译介外国文学，不会顾及所译介文学的真相，即便大量译介了苏格兰文学家及其作品，却少有关心其是不同于英格兰文学的苏格兰文学。

二、随着时代进步，通晓欧美现代文学艺术的译介者，放弃了清末民初译介欧美文学首先是为了推动中国文学进步的直接目的，如茅盾《新文学研究者的责任与努力》(1921)言，“介绍西洋文学的目的，一半固是欲介绍他们的文学艺术来，一半也为的是欲介绍世界的现代思想——而且这应是更注意些的目的”；“文学作品虽然不同纯艺术品，然而艺术的要素一定是很具备的。介绍时一定不能只顾着这作品内所含的思想而把艺术的要素不顾”[③]。也因这种看似进步的翻译观念，却因夹杂着把文学分离为内容和形式，晚清兴盛的福尔摩斯热，催生了中国的侦探小说，揭示人性复杂，并予以科学描写，衍生出艺术产品侦探类电影，但五四新文化运动之后，知识界不认为这是有价值的现代思想，导致福尔摩斯热迅速衰落。实际上，福尔摩斯智商超常、品德纯良形象塑造的成功，得益于作家苏格兰启蒙哲学提供的思想资源。自此，中国错失通过福尔摩斯热认识苏格兰思想史的契机。

---

① 鲁迅：《鲁迅全集》第一卷，北京：人民文学出版社，1981 年，第 68 页。

② 郑振铎：《文艺丛谈》，载《小说月报》第 12 卷 1 号，1921 年。

③ 茅盾：《茅盾全集》第十八卷，北京：人民文学出版社，1989 年，第 67、68、69 页。

三、随着现代学术制度的建立，继北京大学开设英文系以后，越来越多的大学创办英文系或外文系，以国别为单位介绍外国文学的格局在五四新文化运动后迅速确立。英国文学成为其中被译介最多的大国文学之一，但中国遵从英国人所建构的大不列颠及（北）爱尔兰的概念，很自然地把拜伦视为英国浪漫主义诗人，对其挑战英国主流价值观和社会秩序的行为笼统归于浪漫主义思潮所为，殊不知，浪漫主义的本质是促进国民的民族认同、建构民族国家概念；也正因为在英国文学框架下，林纾所译司各特的历史小说虽然始终为中国读者所喜爱，译介司各特的作品也很少中断，但司各特一直不能成为英国文学汉译经典，尽管他是用小说形式探索大不列颠历史和命运的杰出作家。

正因百余年来外国文学进程中没有明确独立的苏格兰文学概念，造成翻译众多苏格兰作家作品，也无助于中国人系统把握苏格兰文学发展历程。其中，王佐良选编和翻译的中国第一部《苏格兰诗选》(1986)问世三十多年，辑录邓巴的《冬日沉思》和《一位贵妇》，拉姆赛的《两本书》，罗伯特·弗格森的《绒面呢》，彭斯的诗歌《苏格兰人》《这一撮民族败类》《我的心呀在高原》《往昔的时光》《一朵红红的玫瑰》《高原的玛丽》《威利长老的祈祷》和《写给小鼠》等 28 首，司各特的《可怜虫》和《洛钦瓦》，拜伦的《哀希腊》《故土之恋》(《唐璜》第一部分 10：16—19 节、第二部分3：86 节)，穆尔的《堡垒》和《证实》，麦克迪尔米德的《被忽视的漂亮孩子》《呵，哪个新娘》《我为什么选择红色》等 13 首，以及麦克林的《出卖灵魂》《形象》《爱尔兰国立博物馆》《春潮》等 10 首，让汉语读者接触到苏格兰诗歌某些面相，连同张剑《现代苏格兰诗歌》(2002)收录从爱德温·缪尔和麦克迪尔米德到克劳福德和帕特森在内的 26 位诗人 150 首诗，中国也未建立起相对完整的“苏格兰诗歌”概念。正如特别重视译介彭斯和拜伦，却并非藉此了解苏格兰文学，或者认为他们是伟大的文学家，具有英国文学框架所不能负载的重要性，而仅仅因为是英国文学的组成部分，却没有明确作家的民族身份及其作品中蕴含的民族情感和民族诉求。

然而，一战结束后，民族身份认同问题变得日趋重要且表现形式复杂，苏格兰人对苏格兰作为独立身份的追求，已是事实存在。大部分苏格兰作家用诗歌、小说和剧作表达苏格兰认同，以语言艺术诉诸苏格兰人的审美欲求。迫使我们必须严肃面对汉译英国文学历程，其中不单是苏格兰文学家没有主体性意识，还背离了苏格兰人文学界百余年来关于苏格兰文学的认知，因此我们难以就作为事实存在的苏格兰文学话题与国际学界展开对话，尤其是影响了对苏格兰问题的深刻理解和对苏格兰和大不列颠相容问题的判断。这样一来，从翻译史高度检讨英国文学框架下汉译苏格兰文学问题，就会发现：

(1)按现代民族国家理论，苏格兰属于"大不列颠及北爱尔兰联合王国"一部分，苏格兰文学是构成英国文学的有机部分；但就英国现实而言，2014 年 9 月 18 日苏格兰公投事件及其结果，以及 2015 年 5 月英国大选，苏格兰民族党成为英国议会第三大党，声言继续推动公投。作为苏格兰独立意识重要资源的苏格兰文学，不同于英格兰文学，甚至难以和英格兰文学组成有机的大不列颠文学。而民族国家理论在英国深入人心，苏格兰独立问题也由来已久。反思汉译英国文学，无法回避"大不列颠及北爱尔兰"作为主权国家的统一文学，和苏格兰文学没有充分融入统一的英国文学之间的矛盾。

(2)随着大英帝国退化为没有实质意义的英联邦，英国文学史家不断调整英国文学史观。调整，即不断凸显英国本土英语书写文学的普遍意义，以有效应对英国文学影响力事实上不断缩小、内部紧张却在逐步加剧的局势。大部分"英国文学史"把康拉德和艾略特纳入其中，是因他们在创作高峰期入英国籍，他们的创作实际上成了狭义的"英国文学"即英格兰文学；20 世纪 40 年代入美国籍的奥登，也被纳入英国文学框架，因其力作和英国相关，这都改变了 20 世纪英国文学的构成，使有些文学"既是英国的，又不是英国的(It is both English and its not)。既是大不列颠的，又不是大不列颠的(It is both British and it is not)。真正重要的是，英国文学现在已不受'诗人角'限制(insular Poet's Corner)，属于一个更加宽广的世界"[①]。在这样的结构中，有很强主体性意识的苏格兰文学，被表述得模糊不清，始终无法在英国文学框架下建构主体性地位。

(3)近年中国在检讨外国文学汉译主体性意识方面逐渐增强。汉译英国文学方面，或探寻译介作品在历史上发挥的作用，或发掘英国作为世界大国的文学风范，或寻找英国作为发达国家的美学特征。进而，应该直面英国主流文学界和苏格兰学界在苏格兰文学认知上的矛盾，以有效厘清汉译英国文学史中的"苏格兰文学"，建构汉译苏格兰文学。

因此，面临三重任务：第一，作为事实存在的苏格兰文学，不仅包

---

① Andrew Sanders. *The Short Oxford History of English Literature*. Oxford: Clarendon Press, 1994, p. 15.

括已经成为英国文学经典一部分的伟大作家，还必须正视曾促进苏格兰意识成长的苏格兰文学重要作家，即伊恩·布朗和托马斯·欧文·克兰西《爱丁堡苏格兰文学指南》系列中的苏格兰文学，同时也要积极发掘成为英国文学经典的文学家，尽管他们的作品不被主流“英国文学史”重视，却能展现苏格兰性，这是我们感性体验苏格兰未能充分融于联合王国的基础文献；第二，既然作为事实的苏格兰文学是存在的，那么就要正视汉译英国文学经典中各类苏格兰裔作家文学中苏格兰性的呈现问题，是比美国文学中必须承认犹太裔或亚裔文学存在更棘手的难题；第三，由于苏格兰属于联合王国一部分，但苏格兰文学有不同于英格兰文学的特质，如何认识英国文学框架下汉译中呈现不同于英格兰的苏格兰特质，是需要更多文学、语言学和翻译学的理论解释的难题。

第一节　补缺苏格兰经典作家：翻译英国文学经典之外的力作

在英国文学史框架下译介彭斯、司各特、拜伦、斯蒂文森、柯南·道尔等，未能建立起他们伟大的苏格兰文学家形象。就技术层面而言，是因为仅按主流英国文学史标准译介其作品。然而，约翰·麦奎因(John MacQueen)和汤姆·司各特(Tom Scott)主编《牛津苏格兰韵文汇编》(1966)、汤姆·司各特《企鹅苏格兰诗歌荟萃》(1970)、罗伯特·克劳福德《新企鹅苏格兰诗歌荟萃》(2000)、斯皮尔斯《苏格兰文学传统》，以及伊恩·布朗和托马斯·欧文·克兰西主编的三卷本《爱丁堡苏格兰文学指南》(2007)系列等重要文献显示，已添入英国文学经典序列的作家，他们作品的定位，以及被阐释的方式，与他们作为苏格兰经典文学家的身份，有相当大的距离。沿袭主流英国文学史及其对这些经典作品的阐释路径，即便提及他们是和苏格兰相关的作家，但其苏格兰性也是无法彰显的。由此，需要在苏格兰文学史上审视这些经典作家，查考其译介情况，找到还原其苏格兰性的译介途径。

第一，重视彭斯诗歌的重译问题。

罗伯特·彭斯成为汉译最多的英国诗人之一，有着充分的译介根据，被西敏寺列入“诗人角”，牛津或剑桥《英国文学史》、《诺顿英国文学选》都确立其伟大英国诗人的地位，因为他是诉述大不列颠北部地区农民审美诉求的诗人。汉译彭斯百余年历程，除了王佐良和袁可嘉之外，整体上都沿袭这样的定位。而清楚苏格兰人奉彭斯为民族英雄的王佐良，对彭斯诗歌译介，“我过去喜欢彭斯的抒情短诗，但对他的诗才之广并不清楚；直到1958年动手来译他，才惊讶地发现：他的一些篇幅较长的抒情诗竟是分外精彩！而此外，他还写了非常出色的讽刺诗和诗札。甚至他的应景之作也不同凡响。原来彭斯的天才是多方面的，而其最可贵的品质来自民间：人人熟悉的民间题材，古老而又新鲜的民间说法，经久耐唱的民间曲调，有活力的民间方言，这些经过彭斯的吸收和提高，形成了一种非任何文人所作能比的真诗歌！……苏格兰民间文学是同苏格兰的威士忌酒一样醉人的”①。可惜除了志趣相投的袁可嘉，应者寥寥。彭斯汉译史显示，虽然袁可嘉和王佐良汉译最多，较之于英国其他诗人，彭斯作品被汉译的数量，算是最多者之一，但选材多限于英国文学经典的标准，集中于《我的心呀在高原》《一朵红红的玫瑰》《威利长老的故事》《苏格兰人》《两只狗》等十多首。对比詹姆斯·金斯利(James Kinsley)主编的三卷本《罗伯特诗歌和歌集》(1968)，即标准版彭斯诗集共有诗歌632首，汉译彭斯仅仅占诗人创作的六分之一。

彭斯诗歌特殊之处在于，在搜集整理苏格兰民间的诗歌、歌曲、歌谣等基础上，再按相应的民间歌诗旋律加工、创作，《往昔时光》(《友谊天长地久》)和上述诗篇，都是这样创作出来的。而成就诗名的，正是第一部诗集《主要用苏格兰方言创作的诗歌》(1786)。序言中，彭斯解释，“这些无足轻重的文字，不是那些博学且过着优雅懒散的上流社会诗人所创作的。这种诗人是以古希腊诗人忒俄克里托斯(Theocrites)或维吉尔(Virgil)的眼光，俯视乡村题材而作。这样的作者，对他们的同胞而言，是各种各样赫赫有名的人，他们用母语创作。讴歌自己的情感和礼俗，那是在自己和周遭的同辈人身上所感受到和发现的，并且用他和他们的母语吟唱。尽管诗人来自中古时代，至少源于最初柔和激情的动力”②。然而，汉译彭斯诗篇中，选自这部由37首诗组成的诗集的，仅《两只狗》《圣集》《挽可怜的梅莉》《佃农的星期六之夜》等有限几首，《苏格兰饮料》《梦》《万圣节前夕》《挽冬天》《告别》《吟游诗人的墓志铭》等更多诗篇没有翻译。因而，未来关于彭斯诗歌的翻译，首先需要完整翻译这部诗集。

---

① 王佐良：《带一门学问回中国：英国文学的信使王佐良卷》，天津：天津人民出版社，2009年，第189页。

② Robert Burns. *Poems, Chiefly in the Scottish Dialect*. Kilmarnock: John Wilson, 1870, pp. iii-iv.

不仅如此，要参考克劳福德和麦克拉兰选编的《最好计划：彭斯诗文选》(2009)，翻译《我的父亲是农夫》《致废墟》《可怜梅莉之死和遗言》《给作者之父》等重要诗篇。

通过补充翻译彭斯诗篇，可看到苏格兰民歌的丰富性，为认识彭斯之前、所在时代和去世之后苏格兰作家和学者整理的苏格兰民歌民谣奠定基础。《联合法案》签署之后，苏格兰的大不列颠化进程促使苏格兰知识分子注意搜集整理苏格兰歌诗，拉姆赛的《茶几杂录》(1723—1737)辑录了百余首苏格兰民歌，汤普森(William Thompson)的《俄耳甫斯的加勒多尼亚》(1733)汇集苏格兰文人创作诗歌，詹姆斯·奥斯瓦德(James Oswald)的《苏格兰民歌袖珍指南》(1743年初版、1759年再版)、大卫·赫德(David Herd)的《古代和现代苏格兰歌曲》(1767年初版、1770年再版)、詹姆斯·约翰逊(James Johnson)的《苏格兰音乐博览》(1787—1803)、乔治·汤普森(George Thompson)的《地道的苏格兰曲调汇编》(1793—1818)等，累积了丰富多彩的苏格兰歌诗，从中能看到苏格兰高地和低地、苏格兰东西海岸民歌民谣的具体情形，客观上也能显示彭斯在苏格兰民歌基础上创作的独特成就。

因为时代原因，以前翻译实践上再现彭斯诗歌的苏格兰性，仍然留下了许多需要重新思考的地方。最典型的是《联合法案》(1707)签署84年之后，苏格兰流传有些苏格兰议员接受英格兰人的贿赂(bribed)，法案才最终得以签署。得知详情之后，彭斯气愤地写下《这一撮民族败类》(*Such a Parcel of Rogues in a Nation*，1791)，把议员称为"苏格兰败类"，将其与华莱士和布鲁斯等苏格兰历史的伟大民族英雄对照起来描写：

Fareweel to a' our Scottish fame,
永别了，我们苏格兰的名声，
Fareweel our ancient glory;
永别了，我们由来已久的名誉；
Fareweel ev'n to the Scottish name,
永别了，甚至苏格兰的国名，
……
What force or guile could not subdue,
武力或欺诈没征服我们，
Thro' many warlike ages,
历尽多少的战争岁月，

Is wrought now by a coward few,
一群懦夫铸成大错，
For hireling traitor's wages.
为区区之钱背叛国家。
……
We're bought and sold for English gold—
英格兰的金钱买进卖出我们。

（作者试译）

需要重新理解彭斯诗歌中的民主诉求。民主之于彭斯，不是阶级概念，而是和苏格兰民族认同紧密关联。1787 年 2 月，低地诗人彭斯，游览苏格兰北部克莱德河(Clyde)流域西部山区。同行的朋友是詹姆士党人，访问了 1314 年苏格兰民族英雄布鲁斯成功抵抗英格兰进犯的班诺克本。到了战场，访问了当地居民，搜集到许多苏格兰民歌民谣，根据民歌民谣改写和创作 150 首，其中有《我的爱人如同一朵红红的玫瑰》《我的心呀在高地》等①。

彭斯还依苏格兰民歌旋律和歌词，写了若干苏格兰艳歌(Bawdy songs)，也需要认真面对，因为关系到他不被英格兰主流学界充分接纳，却为苏格兰读者认同。

补充或重新译介彭斯诗歌遗产，非常有意义。他以受到伤害的苏格兰草根阶层的眼光，审视成为大不列颠北部地区的苏格兰，在英格兰主导的英国工业化进程中，被人为改变了社会结构，陷入阶级对立(富裕起来的苏格兰人即英格兰化的苏格兰人，继续贫穷的苏格兰人即大多是苏格兰高地农民)，苏格兰和英格兰之间的民族隔阂加大。彭斯之后的苏格兰诗人，大多沿着彭斯铺下的路，关注苏格兰社会现实，写作爱情抒情诗、诙谐叙事手法和传统道德言论等，通常以苏格兰风光为背景，流露出苏格兰民族独立愿望、对苏格兰民族境遇的感伤、浓烈的乡愁，虽然彭斯之后苏格兰作家面对语言问题，即传统苏格兰语并非唯一选择②。

第二，关注司各特作品的重译问题。

司各特的作品汉译量很大，只有莎士比亚和狄更斯才能媲美。然而，

---

① Robert Crawford, Christopher MacLachlan ed. *The Best Laid Schemes: Selected Poetry and Prose of Robert Burns*. Princeton & Oxford: Princeton University Press, 2009, pp. xxix-xxx.

② John Corbett. *Language & Scottish Literature: Scottish Language and Literature*. Edinburgh: Edinburgh University Press, 1997, p. 10.

汉语读者没有因丰富的司各特汉译作品，建构起司各特伟大文学家的形象。原因是他在中国的地位，完全沿袭主流英国文学史的定位。剑桥或牛津《英国文学史》中，司各特的苏格兰性是遮蔽的，而司各特本人站在苏格兰立场上叙述联合之前的苏格兰历史和苏英之间的历史恩怨，站在大不列颠立场上叙述英格兰和法国的关系，因而其历史小说和长篇叙事诗作品在三卷本和四卷本《苏格兰文学史》中占有举足轻重的位置。同样，爱德温·缪尔《司各特和苏格兰：苏格兰作家的困境》(1936)、菲欧娜·罗伯特森(Fiona Robertson)《爱丁堡瓦尔特·司各特指南》(2012)、萨拉·达尼根(Sarah Dunigan)和苏珊娜·吉尔伯特(Suzanne Gilbert)《爱丁堡苏格兰传统文学》(2013)等重要著述中，司各特创作的意义得到积极彰显：他不是通俗历史小说家，而是深切表达苏格兰认同的重要诗人和小说家。

的确，司各特最初以诗人身份享誉苏格兰，赢得英格兰、威尔士和爱尔兰读者好感。1950年爱丁堡出版的《人和诗人》中称，司各特"是介于彭斯和雪莱之间，继布莱克之后，英国最优秀的抒情诗人"①。但百年汉语译介史中，司各特诗歌基本缺席，只是20世纪80年代中期，才翻译《最后一个吟游诗人的歌》《玛米恩》《湖夫人》等长诗。司各特以叙事长诗展露文坛，除了上述主流英国文学史承认的三首诗，《唐罗德里克的梦幻》(1811)、《洛克比》(1812)、《死神舞会》、《滑铁卢旷野》、《特里亚明的婚礼》(1813)、《群岛之主》(1815)等，具有重要的苏格兰文学史价值，有的描述了苏格兰民族英雄布鲁斯于1307—1314年为苏格兰民族独立而进行的斗争，和《湖夫人》一样真切表达苏格兰认同。爱丁堡大学赫伯特·格里尔森的《司各特其人其诗》(1941)认为，这些诗歌可视为思想、情感和形式上最复杂的诗歌，与爱伦坡、惠特曼、艾略特等创作复杂诗歌的诗人相比，"司各特诗歌有山涧清溪的美：好像盛夏时节林木蓊蔚，翠碧影深，清流急湍漫石而过"，继承了古苏格兰诗歌传统，诗中大量抒写苏格兰高地或低地的风光、风土民俗，涉及大量地名，连同诗篇内容，无一不是对苏格兰认同的情感表达②。只有翻译司各特的诗篇，才能还原彭斯之后苏格兰民歌的发展，了解司各特苏格兰诗人的特征。

司各特成为声望赫赫的诗人，受益于其整理出版的《苏格兰边陲地区

① 曹明伦：《司各特的诗》，载《最后一个吟游诗人的歌》汉译本，长沙：湖南人民出版社，1988年，第2页。

② 文美惠编选：《司各特研究》，北京：外语教学与研究出版社，1982年，第183页。

民谣集》(1802—1803)。他在此基础上创作多首长篇叙事诗，如《最后一个吟游诗人的歌》(1805)以苏格兰高地为背景，司各特由一位贫困潦倒且被时代抛弃的吟游诗人，用苏格兰竖琴诉说苏格兰与英格兰沉重的历史恩怨，从形式到内容皆有苏格兰民歌的基础，令人动容。埃德加·约翰逊(Edgard Johnson，1816—1973)《瓦尔特·司各特爵士》(1970)认为，三卷本《苏格兰边陲地区民谣集》的出版，逐渐赢得苏格兰读者喜爱，如1802年第1—2卷出版时得稿费不足79镑，1803年第三卷出版时，出版商亲自去爱丁堡，登门奉送润笔500镑，购买全部版权[①]。沃森的《苏格兰文学》(1984)，盛赞"司各特选编的《苏格兰边陲地区民谣集》，乃苏格兰文学界呈现苏格兰历史的里程碑"[②]；斯坦福大学莱斯·戴维斯教授(Leith Davis)《联合法案：苏格兰与大不列颠民族的文学谈判1707—1830》(1998)认为，司各特《苏格兰边陲地区民谣集》也有英苏合并之后的篇目，但它确立苏格兰民歌民谣的意义，不在于它是大不列颠外围诗歌，而是大不列颠的重要遗产之一[③]。但汉语读者至今仍没有意识到这部成名作的意义，因而当务之急，是需要翻译该部诗集。

司各特第一部长篇小说《威弗利》大获成功，他便以"《威弗利》作者为笔名"发表系列作品，"它们比世界上任何别的书都写得快，报酬也最高。此外还必须承认，它们的优点远远超出了在这种情况下的书籍通常会有的优点；不仅如此，如果文学除了无害地取悦怠惰的人们的任务之外别无其他目的的话，它们就算得上最完美的文学了"[④]。司各特一生创作27部畅销历史小说和一些短篇小说，按题材分为三类，即苏格兰历史系列，叙述最为自如的部分，被汉译最不充分的；英格兰历史或英苏关系系列，《艾凡赫》得到超常重视；以法国和欧洲其他国家历史为题材的，也是汉译很多的。他在小说上取得的巨大成功，有许多问题需要讨论，勃兰兑斯《历史的自然主义》来看，苏格兰民族感情首要特点即团结，作为附属国比英格兰这个大宗主国更像一个整体，其内部利害冲突较少，司各特常描写苏格兰人彼此之间强烈的同胞情谊，《米德洛西恩的监狱》有动人的描写。如此就疑惑，因为若只是表达了苏格兰认同，王室不会授予他

---

① Edgard Johnson. *Sir Walter Scott*. New York: The Macmillan Company, 1970, p. 194.

② Roderick Watson. *The Literature of Scotland*. Macmillan, 1984, p. 249.

③ Leith Davis. *Acts of Union: Scotland and Literary Negotiation of the British Nation, 1707-1830*. California: Stanford University Press, 1998, p. 136.

④ 文美惠编选：《司各特研究》，北京：外语教学与研究出版社，1982年，第15页。

“桂冠诗人”称号；他的作品在英格兰和苏格兰都持续产生轰动效应，若只是表达大不列颠认同，为何苏格兰把他列入苏格兰国族先人祠？这种矛盾，在百年汉译历程中如何认知的？由此，需要加大苏格兰系列翻译力度，分辨英格兰系列小说，探讨司各特如何赞同苏格兰和英格兰合并成统一且强大起来的大不列颠，又如何坚持苏格兰认同；在欧洲题材上，他认为法国是英格兰-苏格兰的他者，如《惊婚记》就赞赏苏格兰骑士，认为骑士精神包含的优点，即不论骑士的教义在今天看来不切实际，却建立在宽宏大量和自我牺牲的基础上。但大量司各特汉译本，基本上脱离司各特所特有的双重身份认同之历史语境，仅从一般意义上否定骑士精神。

此外，司各特作为重要的文学批评家，成就集中体现于《不同小说家的各自生活》(1925)，论及亨利·菲尔丁、萨杰(Le Sage)、斯摩莱特、约翰斯顿(Charles Johnston，1867—1931)、斯特恩、拉德克里夫(Mrs. Radcliffe)等重要文学家，论述过程显示出司各特的批评家智慧，是理解司各特不可缺失的一环。

可以说，补充翻译、重新认识司各特作品，避免泛泛运用英格兰浪漫主义概念，而用苏格兰文学史观谨慎审视司各特，能够公正呈现司各特创作的巨大价值。

第三，补译卡莱尔和史蒂文森作品，明晰他们的苏格兰身份。

苏格兰思想家托马斯·卡莱尔，维多利亚时代杰出的英国知识分子，进入20世纪末以来，日益得到中国知识界重视，其《过去与现在》(1843)、《文学史演讲》(1892)、《论英雄和英雄崇拜及历史上的英雄业绩》(1841)等重要文献，都有汉译本。但其更为重要的《法国革命史》(1837)、《人民宪章》(1840)等力作，以及一些文学批评文章，却未被翻译。而狄更斯称阅读过五百遍《法国革命史》，用传记方式书写从路易十五之死，到拿破仑革命导致法国无政府状态而试图专权的历史，大量运用信件、报纸文章、小册子、广告等原始文献，论述很有说服力，旨在警示大不列颠政府注意各主体民族未充分融合的联合王国内部治理问题。实际上，卡莱尔未汉译的文字，有助于理解他视己为英国人(English)，不是作为苏格兰人(Scotsman)写作，他却以苏格兰出身(Scottish origins)自豪；他认为苏格兰不是民族而是地方，是艺术阶层的苏格兰；他想象移居伦敦之后返回苏格兰的情形，这是苏格兰家园，却不是他长期热望国际性的爱丁堡(cosmopolitan Edinburgh)。他承认曾关注苏格兰先驱彭斯和司各特的苏格兰身份，但仍把他们描写成英国人(English)；离开苏格兰之前所写的《彭斯》(1828)，心悦诚服地认为彭斯作品显著提升苏格兰民族性，说彭斯是“真正的大不列颠诗人”(a true British poet)，十年后在发表的《瓦尔特·司各特爵士》(1838)中断言，“他那个时代没有哪个苏格兰人比司各特是更纯粹的苏格兰人(entirely Scotch)，但又视他为‘最健全的大不列颠男人’。尽管偶尔也会眷恋苏格兰(nostalgia for Scotland)，把诺克斯和瓦特视为苏格兰英雄，但没有像彭斯和司各特那样，去积极建构苏格兰语言及苏格兰历史主体性”，他用家乡方言说自己是英国人(Englishman)，又认为比苏格兰传统更甚的是，将苏格兰性(Scotticisms)和新词意(neologisms)统一，既在苏格兰之中，又置身于苏格兰之外[①]。如此哲理性对待苏格兰认同和大不列颠国家问题，得益于《法国革命史》等提供的参照系，显示出苏格兰启蒙哲学思考普遍问题的力量。

关于罗伯特·路易斯·斯蒂文森，20世纪末中国对斯蒂文森这样认识，

> 斯蒂文森是一位苏格兰作家，他的作品中有不少出色地反映了苏格兰生活和苏格兰人物。他从小就听长辈们讲述苏格兰动荡不宁的历史里种种血腥暴力和仇恨的故事，它们被父辈用清教主义悲观思想加以渲染，深深地印进了他的心里，使他在热爱苏格兰风光、同情苏格兰纯朴刚直的老百姓时，不能不记起苏格兰暴力的历史，记起过去的仇恨、残杀和激情，于是他把这一切都糅进了他的作品，他的许多人物身上都带有这类印记，如《诱拐》(1888)里的埃比尼泽叔叔、艾伦·布雷克，《巴伦特莱的少爷》里的两兄弟，《赫米斯顿村的魏尔》里的老法官等，斯蒂文森对苏格兰历史的理解大大加深了他的苏格兰作品的深度和力度，因此有的评论家认为，斯蒂文森可以说是苏格兰精神最出色的阐释者之一[②]

20世纪初商务印书馆推出《金银岛》(1904)、《化身博士》的译述本《易行奇术》(1907)、《新天方夜谭》(1908)，1917年中华书局出版周瘦鹃译本《意外鸳鸯》，1904—1940年《金银岛》多达5个译本，《化身博士》1940年出现的许席珍、李霁野不同译本，1949年上海正风出版社推出罗塞翻译的《诱拐》，以及之后的更多译本，汉译斯蒂文森一直是以英国作家身份

① Ian Brown ed. *The Edinburgh History of Scottish Literature* (Vol. Ⅱ). Edinburgh: Edinburgh University Press, 2006, p. 247.

② 文美惠：《斯蒂文森精选集》，济南：山东文艺出版社，1998年，第10页。

出现，其苏格兰身份并未明晰，例如，《化身博士》(1886)在中国是经典的英国哲理小说。实际上，《化身博士》有着严肃的现实意义。“斯蒂文森青年时代在爱丁堡恪守卡尔文教规的老派上流社会长大，他最反感体面社会的自私虚伪、虚俗无聊，他经常涉足城里穷人聚集的茶楼酒馆，呼吸着无拘无束的自由空气，他也清醒地看到上流社会的绅士们私下道德败坏的行为，因此，《化身博士》这部小说里，斯蒂文森首先攻击的是那个迫使人们过着缺乏生趣的禁欲伪善生活的上流社会，他认为，虚伪的缺乏人性的道德准则扼杀了人们的生趣，强制人们压抑自己的欲望，以致最后，冲破了压制的欲望恶性发作，使得‘恶’在‘灵’与‘肉’的斗争中占了上风”①。

其实，斯蒂文森还有以苏格兰历史为背景的小说《诱拐》及其续篇《卡特琳娜》(1893)，反映苏格兰生活的小说《巴伦特莱的少爷》(1888)等。“斯蒂文森在他的苏格兰小说里写了不少富于苏格兰民族性格特征的人物，而且他们各有其不同的特点，……虽然在小说里都只占了极其有限的篇幅，却仍然给读者留下了生动的印象。尤其使人难忘的，当然是小说里那个坚定的高地起义者艾伦·布雷克了。艾伦身上有许多普通苏格兰人民的美德和优点：他热爱苏格兰故乡，为苏格兰的独立自由而战，……他忠贞不屈，时刻不忘故乡，……他既勇敢又机智，带着大卫渡过了一道又一道难关。不过，作者也用幽默调侃的口吻写出了艾伦身上许多人性的弱点”②；“斯蒂文森在《诱拐》里以饱满的激情歌颂了自己的苏格兰故乡，让读者看见了一个既充满美好田园风光，同时又在英国的统治下陷入落后和贫困的苏格兰的真实景象。著名作家亨利·詹姆斯十分喜爱这部小说，在1888年4月号的《世纪杂志》上撰文推荐道：‘《诱拐》的每一行都散发出高原沼地和滨海湖泊的芬芳，是斯蒂文森最优秀的中篇故事’”；“斯蒂文森在苏格兰小说中，尤其是他后期的苏格兰小说中，对苏格兰民族的精神和人性的悲剧作了更加深入的探索。《巴伦特莱的少爷》写了苏格兰地主庄园上两兄弟之间的斗争。”以及“斯蒂文森最后一部尚未完成的小说《赫米斯顿村的魏尔》(1896)，主要描写苏格兰新老两代人之间的隔阂。”③

1886年，亨利·詹姆斯谈到挚友斯蒂文森的事业，总结“斯蒂文森的

① 文美惠：《斯蒂文森精选集》，济南：山东文艺出版社，1998年，第9页。
② 文美惠：《斯蒂文森精选集》，济南：山东文艺出版社，1998年，第11页。
③ 文美惠：《斯蒂文森精选集》，济南：山东文艺出版社，1998年，第11、12页。

每一部作品都是独自闯新路，每一部作品都是开启不同视角的窗户。”[①]即便将斯蒂文森归为儿童文学作家，“即使明显简单的《儿童花园诗歌》(*Child's Garden of Verses*，1885)，也难以看出到底是儿童扮演成人角色，还是成人想象力丰富地重新创造童年。”[②]斯蒂文森的父亲是虔诚的长老会教徒，母亲是牧师的女儿。乳娘在他2岁时进入家里，是虔诚的教徒，常向斯蒂文森讲述苏格兰历史故事和民间传说，斯蒂文森诗集《儿童花园诗歌》就是题献给她的，共65首诗歌，1982年人民文学出版社的译本《一个孩子的花园》，译者为屠岸、方谷绣，其中《同历史的交流》《给明妮》《进行曲》等儿童诗歌里面同样饱含苏格兰情感，有着苏格兰的历史英雄布鲁斯和明确的苏格兰家乡情感。另外，还有1878年发表介绍爱丁堡风光的作品《爱丁堡：富于画趣的札记》。

“确定斯蒂文森为‘苏格兰作家’不容易，因为他居所经常变换，情况也很复杂。……斯蒂文森早期作品多描述其旅行离开苏格兰，前往法国，《内河航程》(*An Inland Voyage*，1878)与《骑驴漫游记》(*Travels with a Donkey*，1879)，前往美国《业余移民》(*The Amateur Emigrant*，1895)和《银矿小径破落户》(*The Silverado Squatters*，1884)。……斯蒂文森描写爱丁堡老城的贫民区拆迁，将自己视为全世界的苏格兰人，彼此相联的不是共同的文化身份，而是地理家园的缺席。想象许许多多的人大声喊出事实真相：‘我出生时的家园昨晚倒塌了。’斯蒂文森想象离散的苏格兰，联合的纽带只是彼此都失去了家园。”[③]斯蒂文森写出了苏格兰并入大不列颠之后，事实上成为大英帝国有机组成部分，客观上不断销蚀苏格兰人身份的状态。销蚀包括每个时代大量苏格兰人主动和被动离开苏格兰高地和低地，在苏格兰以外生存和发展，到19世纪末苏格兰之外苏格兰人与苏格兰母体的关系，在斯蒂文森看来更多是想象中的。也因为斯蒂文森的作品书写了在英国的苏格兰人身份模糊的现象，导致英国批评家和文学史家有意识掩盖其苏格兰身份。“苏格兰十九世纪最重要的作家，英国、欧洲和美洲读者最多的作家之一无疑是司各特，除了偶尔觉得司各特懒散粗心，斯蒂文森极为推崇司各特，认为十九世纪历史小说

---

① Gerard Carruthers, Liam McIlvanney. *The Cambridge Companion to Scottish Literature*. Cambridge: Cambridge University Press, 2012. p. 159.

② Gerard Carruthers, Liam McIlvanney. *The Cambridge Companion to Scottish Literature*. Cambridge: Cambridge University Press, 2012. p. 161.

③ Gerard Carruthers, Liam McIlvanney. *The Cambridge Companion to Scottish Literature*. Cambridge: Cambridge University Press, 2012. p. 163.

作家都是在司各特的影响下撰写。……《诱拐》也许是斯蒂文森最像司各特风格的小说，主人公追随着司各特作品《威弗利》和《罗伯·罗依》中角色的文学足迹，穿越苏格兰高地，目睹高地人口的锐减”[①]，“亨利·詹姆斯，喜欢《诱拐》，称斯蒂文森为‘观察者，不仅热爱生活，而且不回避推荐生活的责任’”[②]。“在《诱拐》中，斯蒂文森模仿司各特《威弗利》，安排了两个截然不同的角色，体现低地苏格兰与高地苏格兰的区分。”[③]因此，关注和挖掘斯蒂文森这些作品中的苏格兰因素，在汉译中再现其苏格兰性，有助于更深层地理解其作品背后的苏格兰情感和身份认同。

第四，补充翻译拜伦作品。

对拜伦形象的理解和阐释非常复杂。斯特布勒(Jane Stabler)《拜伦：朗文批评指南》(1998)汇集了当代英美学者关于拜伦研究的重要论述，涉及《唐璜》、《恰尔德·哈洛尔德游记》和《曼弗雷德》等经典作品的讨论。尤其是，耶鲁大学教授布鲁姆主编的《乔治·戈登·拜伦勋爵》(2009)汇集了19世纪，尤其是拜伦同时代人，如司各特、卡莱尔、福楼拜、歌德、乔治·艾略特、王尔德、赫兹里特等关于拜伦的传记、文学作品评论，涉及他早期苏格兰经历和《唐璜》《曼弗雷德》等一些重要作品。有极高的学术价值和史料价值。需要从这些批评文献中，选择凸显其苏格兰身份及其影响的批评文集，帮助汉语读者认识拜伦的复杂性。

需要补充翻译拜伦的诗歌。不可否认，拜伦诗歌汉译许多。但是，浪漫主义及拜伦研究的重要批评家麦克甘(Jerome McGann，1937—)主编的《拜伦勋爵：诗歌作品全集》(1980—1993)，汇集拜伦所有的诗歌作品，享誉学界。霍普斯(Gavin Hopps)称《全集》乃“巨人的肩膀”，1989年获美国拜伦协会颁发的杰出学者奖。相较于此，拜伦诗歌汉译并不充分。三卷本和四卷本《苏格兰文学史》中，拜伦的《闲散时刻》和《英格兰吟游诗人与苏格兰批评家》，文学史地位很重要，不仅显示他成为重要诗人的起始，而且特别表露出其苏格兰认同。这些诗集，和那些塑造“拜伦式英雄”的长篇叙事诗，共同构成集中呈现其苏格兰民族身份的力作。因而，需要首先被补充翻译出来。

---

① Gerard Carruthers, Liam McIlvanney. *The Cambridge Companion to Scottish Literature*. Cambridge: Cambridge University Press, 2012. p. 164.

② Gerard Carruthers, Liam McIlvanney. *The Cambridge Companion to Scottish Literature*. Cambridge: Cambridge University Press, 2012. p. 160.

③ Gerard Carruthers, Liam McIlvanney. *The Cambridge Companion to Scottish Literature*. Cambridge: Cambridge University Press, 2012. p. 190.

简言之，超越英国文学史框架的补充翻译，会改变以往英国文学框架下译介这些经典作家之于苏格兰文学的意义，由此缓解汉语读者认识英国文学框架下苏格兰文学的矛盾，因为按主流英国文学史观译介苏格兰文学，不能建构关于苏格兰文学的认知，反倒强化了对统一英国文学的判断。可是这样的认知，与英国文学内在结构上缺乏统一性——共同认同的大英帝国，多存在于英格兰作家的叙述中，语汇、语法结构、修辞方式等方面，苏格兰文学明显不同于英格兰文学。正因为渊源本身的问题，王佐良《苏格兰诗选》和《英国文学史》等试图认识苏格兰文学的论述，凸显了苏格兰文学的知识，但最终也未改变这一格局，原因自然是更多的译介者和读者多受主流英国文学史观左右。诸如此类，造成译介者只能在英国文学史框架下理解英国文学经典，即便是苏格兰作家，也无法与苏格兰文学传统关联起来，提及这些经典作家与苏格兰关联，也理解为仅仅是英国的一个地方而已，不会对分析其文学活动、作品意义，产生实质影响力。

第二节　超越英国文学框架：翻译淹没的苏格兰文学经典

《苏格兰诗选》(1986)序言中，王佐良明确否定“苏格兰的乔叟派诗人”的概念，认为中古时期苏格兰诗人无心，也无需模仿这位伦敦诗人，因为他们有凯尔特文学的深远传统、法国文化的灿烂榜样，使得苏格兰文学大异于英格兰文学。王佐良对苏格兰文学译介的贡献，在英国文学百余年汉译历程中，无人匹敌，就在于他突破剑桥、牛津的英国文学史观。

王佐良《苏格兰诗歌的发现》(1985)能大胆追寻苏格兰文学发展线索，没有遵从主流英国文学史观认识苏格兰诗歌，认为18世纪苏格兰有三位重要诗人，即拉姆赛、弗格生(即弗格森)、彭斯，作为苏格兰诗歌中兴人物，他们的作品合起来构成一个连续的传统，他们不是从天而降，而是有前人的启发和示范。如正是在前人的传统基础上，费格生才创作出六行诗段的诗歌，这种有苏格兰文学传统的诗歌，继而成为彭斯作品的主要形式，但彭斯又有创新，其诗歌增加了民歌内容、锐进的民主思想和苏格兰方言的巧妙运用①。没有见到三卷本《苏格兰文学史》，能梳理出苏格兰诗歌史线索，按苏格兰诗歌发展历程，辑录和翻译《苏格兰诗选》，非常难得。

近三十年苏格兰学界在苏格兰文学研究方面，进展迅猛，推出了大量成果，如麦克奎尔和尼克尔森《爱丁堡当代苏格兰诗歌指南》、布朗和里亚特《爱丁堡二十世纪苏格兰文学指南》、加德纳《爱丁堡苏格兰戏剧指南》、罗扬等《爱丁堡苏格兰女性写作》等，以及两套《苏格兰文学史》，共同还原了苏格兰文学真相：苏格兰文学发展历程中，远非只有彭斯、司各特、拜伦、斯蒂文森等已被列入"大不列颠文学"(Britain Literature)或"英国文学"(English Literature)的作家，还有更多苏格兰文学史上的重要作家。需要翻译无缘进入英国文学经典，却是苏格兰文学史上重要作家的作品。具体包括：

第一，译介浪漫主义时代及之前的苏格兰文学力作。

按《苏格兰文学史》第一卷(2007)、沃森《苏格兰文学：从中世纪到十九世纪》(2007)所论，苏格兰王国和英格兰王国合并之前，苏格兰文学独立存在，有不同于英格兰的文学，有苏格兰语、拉丁语、盖尔语等书写的文学，很早就产生了代表诗人巴伯尔，通常称其为"苏格兰文学之父"。他出生于阿伯丁，用苏格兰语创作的著名诗歌《布鲁斯》是现存最早的苏格兰诗歌，给后来苏格兰文学家提供了庄严书写颂诗的传统，也给苏格兰人保留了民族英雄布鲁斯英勇抵抗英格兰人的历史记忆。

15世纪苏格兰文学，保持着和英格兰并列发展的态势，国王詹姆斯一世是杰出的苏格兰剧作家，其《国王书》有很高的文学造诣；诗人霍兰爵士(Sir Richard Holland，卒于1483年前后)长篇叙事诗《华莱士》感动一代代读者；著名诗人罗伯特·亨利森留有若干重要作品；重要诗人罗斯(Aleander Ross，1590—1654)写有《艾莉诺，或幸运的牧羊女》，更有长达一万四千行的诗篇《特洛伊被毁灭的历史传说》，以及叙事长诗《克莉塞德的遗言》(1460—1500)；盲诗人哈里(Blind Harry，1440—1492)写有长诗《华莱士》等；邓巴创作有《金色圆盾》(1502)和《菊花和玫瑰》(1503)等挽歌。这些都是苏格兰文学史上独有的经典，是构成后来苏格兰不断强调自我认同最初始的文学资源，汉语读者不能忽视。

① 王佐良：《带一门学问回中国：英国文学的信使王佐良卷》，原载《读书》1985年第2期，天津：天津人民出版社，2009年，第81—84页。

16世纪苏格兰文学和苏格兰教会改革息息相关，有许多基督教作家，如宗教改革家梅尔维尔(Andrew Melville，1545—1622)留下关于用诗性语言解释圣经和基督教的若干优美篇章；中世纪和文艺复兴之间的过渡性人物道格拉斯(Gavin Douglas，1475—1522)，翻译了维吉尔的《艾涅伊德》；琳赛爵士(Sir David Lindsay，1490—1555)的《苏格兰历史和历代记》，梅尔(John Mair，1467—1550)的《包括苏格兰和英格兰的大不列颠史》；布坎南(George Buchanan，1506—1682)的《回到苏格兰历史》；苏格兰教会改革领袖诺克斯(John Knox，1505—1572)的《教会管理宝典》和《苏格兰宗教改革史》；詹姆斯六世(James VI，1566—1625)有许多关于《圣经》和教会的论述；宗教改革诗歌亚历山大·司各特(1525—1584)则留下许多关于教会改革的文字。这些是我们理解苏格兰教会的重要文献，而苏格兰教会对后来苏格兰文学发展产生了难以估量的影响。不过，按阿尔伯特《英国文学史》(1923)判断，乔叟时代英语已经成为英伦各大学的标准语言，英语标准化(standardizing of English)使得包括苏格兰语言在内的各方言，都在加速从文学中离开，道格拉斯创作的《荣誉的位置》等就是用英语写的，"在把乔叟诗歌的高雅和粗俗的相混合过程中，加上了自己冷峻犀利的修辞"，甚至道格拉斯把维吉尔《埃涅阿斯纪》翻译成苏格兰语文本也有这个特点，所以通常视他们为乔叟的继承人、苏格兰的"乔叟派"代表(the chief of the Scottish Chaucerian poets)①。可见，用主流英国文学史看苏格兰文学，和苏格兰本土的认知会发生冲突。

17世纪流行宫廷文体，威廉·亚历山大爵士(1577—1640)有《君主政体的悲剧》，艾顿(Sir Robert Ayton，1569—1638)则有优美散文《简洁生活》。与此同时，苏格兰民歌民谣发达起来，有《悲剧罗曼司》《彼岸世界故事》等。

18世纪是苏格兰文学发展的第一个高峰。诞生了著名小说家斯摩莱特，他写有流浪汉小说《蓝登传》和《皮克尔历险记》、书信体小说《亨佛利·克林克》等，被视为和亨利·菲尔丁和理查森同等重要的小说家。他用苏格兰语写作，直接影响彭斯的著名诗人罗伯特·弗格森，只有王佐良《苏格兰诗选》中翻译了一首《绒面呢》，实际上他虽英年早逝，但创造力旺盛，在麦克迪尔米德主编两卷本《罗伯特·弗格森的诗歌》(1954—

① Edward Albert. *The History of English Literature*. Oxford: Oxford University Press, 1979, p. 32, pp. 50-58.

1956)、罗伯逊(James Robertson)选编《罗伯特·弗格森诗选》(2000)中，他的诗歌超过百首，且不乏优秀诗篇。按戴启斯《罗伯特·弗格森》(1982)、克劳福德《天授弗格森：罗伯特·彭斯赞赏的苏格兰诗人及其诗歌和散文》(2003)等看法，他的《农夫的炉火》(1773)直接启发了彭斯的《佃农的星期六之夜》，他的《狗、羊和狼的故事》在当时家喻户晓。而著名出版家拉姆赛创办过流动图书馆、整理出版古苏格兰诗作，其田园喜剧《温柔的牧羊人》(1725)是难得的苏格兰文学珍品。而被华兹华斯誉为“神奇的孩子”(the marvelous boy)的查特顿(Thomas Chatterton，1752—1770)创作了假托之名的作品《布里斯托的悲剧》，轰动一时，自杀身亡后其《罗雷诗歌》结集出版，包括著名的诗篇《艾拉之歌》(*Song to Ella*)，不断引发争论，但赢得越来越高的声誉，1871 年著名的古英语文学编辑吉特(Walter William Skeat，1835—1912)编辑出版了其作品，济慈《恩底弥翁》(*Endymion*)就是献给他的。

“北方的爱迪生”亨利·麦肯齐，先后出版感伤主义小说《性情中人》(1771)、《阅历丰富的人》(1773)、仿理查森《克拉丽莎》创作书信体小说《茱莉亚·德·鲁宾涅》(*Julia de Roubigné*，1779)，以及剧作《突尼斯王子》(1773)。毕业于格拉斯哥大学、伦敦大学创建者之一坎贝尔(Thomas Campbell，1777—1844)，书写希望和爱之于人生意义的《希望的愉悦》(1799)、描写北美印第安人被殖民者杀戮的历史的《怀俄明的葛楚德》(1809)、《霍恩登战役》(1800)等。

需要提到的是，歌德《少年维特之烦恼》中维特和绿蒂最后约会时，他们在凄婉冬夜朗读的《莪相诗集》究竟是怎样的爱情挽歌？原来就是 1765 年问世于苏格兰的著名爱情诗。该诗的作者系农家子弟麦克弗森(James Macpherson，1736—1796)，他在阿伯丁大学和爱丁堡大学毕业后任中小学教师，发表苏格兰史诗《高地人》(1758)，成为苏格兰著名诗人和古苏格兰文献收藏家。他搜集盖尔语口述材料，发现其中的苏格兰高地史诗，整理成功并翻译成英文《莪相诗集》(*The Poems of Ossian*)。出版伊始，轰动苏格兰和欧洲，歌德译成德文、拿破仑带到法国军队，随征战俄国而传到彼得堡，布莱克、拜伦、梭罗、司各特等无不赞赏，门德尔松、舒伯特、勃拉姆斯等改编成音乐。

此外，亚当·斯密、大卫·休谟、哈奇森等哲学家也写有杰出的散文，或者他们的哲学著作本身就是用美文写出的。这些文学性文字，也是他们伟大思想得以广布的重要因素。

可见，19世纪20年代之前，苏格兰文学有自己的发展历程，历程中取得的巨大成就，是英格兰文学所不能替代的。然而，中国只是译介了其中若干进入英国文学经典序列的作家部分作品，并且是将其作为英格兰主导的英国文学来译介的。

第二，19世纪及以后苏格兰文学的译介。

19世纪20年代之后，苏格兰文学没有因为并入大不列颠百年而失去自我，仍以苏格兰意识书写变动中的英国社会，表达苏格兰人的审美诉求，从主题到具体描写呈现出多元化特色，因而除了进入主流英国文学史经典序列的作品之外，还有其他各具特色的文学家：

第一位书写英国工业革命的苏格兰小说家高尔特(John Galt，1779—1839)，以《教区纪事》和《限定继承权》展露文坛，以写从苏格兰到伦敦旅行的《安德鲁威力爵士》(1822)和《艾尔郡遗产的继承人》(1820)而著名。

出生于苏格兰西南部边区埃特里克的霍格(James Hogg，1770—1835)，以其《一位正直罪人的心底记忆和忏悔》(1812)、《女王醒来》(1813)、《詹姆斯二世党人歌集》(1819)、《一位男士的三个故事》(1822)、《一位女士的三个故事》(1823)等小说，别开生面地表达苏格兰人情感，把苏格兰历史感性化，赢得苏格兰读者敬意，其崇高的文学声望，使得其塑像有幸进入“苏格兰国家肖像画廊”(Scottish National Portrait Gallery)。也就是说，19世纪苏格兰有独立的民族文学，和英格兰文学不同，不是仅仅局限于工业化进程所带来的社会问题。

但是，柯南·道尔的出现，改变了英国文学进程，虽然当时没人把他的作品和苏格兰启蒙哲学关联，但实际上属于受益于苏格兰文化的苏格兰文学，同样也惠及侦探小说作家巴肯(John Buchan，1875—1940)，涉及大量苏格兰背景的《三十九级台阶》(1915)就出自其手。尼尔·冈恩(Neil Gunn，1891—1973)，复杂叙述青年成长的《银色的爱物》，结构宏大，有史诗的气魄。而格雷(Alasdair Gray，1934—　)耗时30年之久的小说《拉纳克》(*Lanark*，1981)，被伯吉斯(Anthony Burgess)列入1939年以来99部最重要的小说之一，堪与《尤利西斯》媲美。

尤其是诗人和翻译家爱德温·缪尔值得称道。他出生于苏格兰奥克尼群岛，用朴素语言书写新风格诗歌，成为奥克尼语诗人、小说家和翻译家。1919年和薇拉(Willa Muir，1890—1970)成婚、迁往伦敦，共同翻译了卡夫卡、霍普特曼、亨利希曼等德语文学家作品，1925—1956年出版七部诗集，1927—1932年出版三部小说，创作了《司各特和苏格兰》

(1936)，认为只能通过英语写作创造苏格兰文学，和麦克迪尔米德推动低地苏格兰语运动相冲突。他的作品中，善恶、生死和爱恨合为一体。1965年，T. S. 艾略特编辑出版他的诗歌选集。1958年埃德温和薇拉(Willa Muir)被授予约翰-海里因希-沃斯翻译奖，以笔名摩尔(Edward Moore)翻译《我们是现代人：解谜与猜谜》(1918)、《纬度》(1924)、《第一首诗》(1925)、《刚故去者的合唱》(1926)、《过渡：论当代文学》(1926)、《牵线木偶》(1927)、《小说的结构》(1928)、《约翰·洛克斯：一位加尔文教徒的肖像》(1929)、《三兄弟》(1931)、《贫穷的汤姆》(1932)、《时间主题变奏曲》(1934)、《苏格兰之旅》(1935)、《旅行与位置》(1937)等。薇拉和埃德温·穆尔翻译了德国作家福伊希特万格(Lion Feuchtwanger，1884—1958)《权力》(1926)、《两部盎格鲁-撒克逊戏剧：石油群岛和沃伦黑斯廷斯》(1929)等哲学作品，给苏格兰文学发展注入了新的活力。此外还有威尔森(John Wilson，1785—1854)和洛克哈特等一系列杰出文学家。

关于20世纪苏格兰文学的译介。进入20世纪以后，苏格兰作家创作明显多元化。其中一大批人坚持苏格兰民族认同，"不能忘怀过去，一想到过去总是充满了罪愆之感。同英格兰打交道以实际上的降服而告终，这是令他们心痛的，二百年来未曾真正宽解过。十九世纪萨泽兰公爵为了养羊而把大批农民赶出村落的清地运动造成的灾难是另一种难以医治的心灵创伤。这些重大事件为苏格兰小说提供了几乎无穷尽的历史题材"[①]。出现了麦克迪尔米德等推动的"苏格兰文艺复兴运动"，苏格兰语和盖尔语文学再度繁荣。麦克考拉(Fionn MacColla，1906—1975)强调凯尔特传统。而英国首位获封"桂冠诗人"称号的苏格兰女诗人卡罗尔·安·达菲(Carol Ann Duffy，1955—)，出生于苏格兰格拉斯哥，父亲苏格兰人、母亲爱尔兰人，6岁随父母迁移到英格兰，体验到了"局外人"的边缘感，诗歌《原籍》(Originally，1990)就源于此。《另外的国度》即《原籍》的延续，回忆从格拉斯哥到斯坦福的经历、"局外人"感受。她的作品大多叙述各类边缘人群，探讨性别、种族、殖民、虐童、移民等英国社会问题。

关于当代苏格兰文学译介，21世纪张剑翻译出版包括26位诗人、150多首诗的《现代苏格兰诗选》(2001)，让汉语读者知晓：爱德温·缪尔

---

① 王佐良、周珏良主编：《英国二十世纪文学史》，北京：外语教学与研究出版社，1994年，第492页。

及其《迷宫》《一只脚在伊甸园》《苏格兰的冬天》《马匹》；麦克迪尔米德及其《被遗忘的可爱的孩子》《彩虹》《摇摆的石碑》《科迪诺伊》《安静，安静》《影子》《醉汉看蓟草》；威廉·苏塔(William Soutarm，1898—1943)及其《约会》《无名氏》《燕子归来》《致未来》《苏格兰》；卡麦伦(Norman Cameron，1905—1953)及其《幸福有限公司》；盖瑞俄克(Robert Garioch，1909—1981)及其《悼祭诗》《月亮狂热》；麦凯戈(Norman MacCaig，1910—1996)及其《夏季农场》《山羊》《七月的爱丁堡院落》；麦克林的《出卖灵魂》《黎明》《耶稣殉难处》和《高地妇人》；弗雷泽(G. S. Fraser，1915—1980)及其《爱国者之沉思》《致麦克迪尔米德》等。这些译作，虽然较之于现代苏格兰诗歌还很有限，该评选仍有许多重要诗人没有触及，如当代英国最具实力的诗人之一道格拉斯·邓恩(Douglas Dunn，1942—　)，和拉金、希尼等众多的英语诗人一样，从底层生活中成长为诗人。这些翻译，和王佐良翻译的盖尔语诗人麦克林十首诗(显示出能结合民间文学和现代敏感之长，又接近大自然的诗人)，为进一步认识苏格兰诗歌提供了很好的契机。

当代苏格兰文学有知识化的趋势。相当一部分文学家是大学里的文学研究者，克罗福德在《认同诗人：二十世纪诗歌中的自我与地域》中，论述了摩根、邓恩、洛海德等著名诗人创作情况，从“后启蒙苏格兰文学”(Post-Enlightenment Scottish literature)角度，还原苏格兰诗人的文化认同问题，研究特征在其《现代诗人：1750年代以来的诗歌、学院制度和知识》丛书有明显的反映，以及《罗伯特·彭斯和文化权力》(1996)、《天授弗格森：罗伯特·彭斯所特别喜爱的苏格兰诗人》等，有着明确苏格兰意识。

当代苏格兰文学发展，得到了当代苏格兰人文学术的支持。著名女性史学家和作家麦肯齐(Agnes Mure Mackenzie)，出版《苏格兰文学历史概览》之后，发表歌颂班诺克本战役中的苏格兰民族英雄布鲁斯《我曾经在班诺克本》(1939)和《降低王权》(1950)，出版六卷本《苏格兰历史》，包括对1934年出版的《苏格兰国王罗伯特·布鲁斯传记》修订再版、《苏格兰的基础》(1938)、《斯图亚特之崛起》(1935)、《玛丽女王的苏格兰和1513—1638年宗教战争》(1936)、《仿冒斯图尔特》(1937)、《现代苏格兰：1720—1939》(1941)，以及《苏格兰王国简史》(1940)、《面向苏格兰中学的大不列颠和欧洲历史》(1949)、四卷本《苏格兰盛会》等。以上书籍，以及安德森《想象的共同体》所说，“民族是一个想象的社区，并且是被想象为本质上是有限的，同时又享有主权的社区"，会方便我们探寻汉译英国文学中的苏格兰作家表达本土身份诉求的特点。林奇(Michael Lynch)，出生于阿伯丁的拜伦校友，1979 年之后是爱丁堡大学历史学教授，1993—2005 年担任苏格兰历史和古文字讲座教授，期间兼任"苏格兰历史古迹董事会"和"苏格兰古文物学会"(The Society of Antiquaries of Scotland)主席。而苏格兰裔学者关于苏格兰历史尤其是苏格兰文学史的论述，影响英国学术界，逐渐改变英国文学史结构，即苏格兰性在英国文学史构成中的比重在大幅增加。英国文学研究界对英国文学构成问题认知发生的变化，将会促使我们重新认识汉译英国文学及其中的苏格兰因素/性。

可见，我们如改变以英国文学框架审视苏格兰文学的格局，就会发现许多重要的苏格兰文学现象，因为主流英国文学史所容纳的苏格兰文学极为有限，许多在苏格兰读者看来重要的作品，在主流英国文学史家视野中可能无足轻重。这样的变化，会让汉语读者读到更多的苏格兰文学重要作品，也可以借助作品，认识更为隐秘、复杂的苏格兰问题，如赫曼《苏格兰发明现代世界》(2003)所说，苏格兰文学并非孤立存在，而是和苏格兰创造力关联在一起，苏格兰启蒙运动深刻影响了现代世界，以"显灵(Epiphany，神的显现)"昭示苏格兰启蒙运动的神奇性，认为其起源于珍视民主制度(democracy)和读写能力(literacy)，而这来源于约翰·诺克斯引入加尔文教长老会如苏格兰教会，对苏格兰进行宗教改革，每个教区都建有学校，识字率大幅提升，随之建立起一个面向苏格兰的图书和作者的市场①。以此标准译介苏格兰文学，也会改造主流英国文学史观垄断对英国文学及苏格兰文学、爱尔兰文学解释力的局面，还原苏格兰文学主体性地位，正视 1707 年之前，及苏格兰成为联合王国之后，苏格兰文学总是不同于英格兰文学而独立存在的。当然，译介这些苏格兰文学重要作家的作品，不同于重译已经经典化了的苏格兰文学，而是要在文学史观上重新理解苏格兰文学，我们发现拜伦和司各特之后，浪漫主义在欧洲失去活力，但写实主义文学活跃起来，夹杂着苏格兰民族主义，"苏格兰文艺复兴"运动由此出现，麦克迪尔米德用苏格兰方言写出了重要抒情诗、政治讽刺诗，标志着苏格兰文学能产生影响英国文学进程的经典。

---

① Arthur Herman. *How the Scots Invented the Modern World: The True Story of How Western Europe's Poorest Nation Created Our World & Everything in It*. New York: Three Rivers Press, 2002, p. 253.

第三节 苏格兰文学汉译：确立“苏格兰文学”概念

百余年来英国文学译介成果，因未确立完整而又独立的“苏格兰文学”概念，翻译再多的苏格兰文学作品，其意义也终究有限。

时代在进步，自 20 世纪末以来，汉语“苏格兰文学”概念，开始微显。王佐良主编五卷本《苏格兰诗歌》和《英国文学史》、张剑《现代苏格兰诗歌》等，在英国文学框架内提供了“苏格兰文学”知识、现代苏格兰诗歌概貌。与之相适应，英国框架下的苏格兰史也进入中国人视野。斯佩克(Speck)《大不列颠简史》(1993)，2006 年由上海外语教育出版社影印英文版刊行。该作从 1707 年英格兰和苏格兰签署《联合法案》开始，“涵盖从大不列颠联合王国在 1707 年之形成，到 20 世纪 70 年代英国加入欧共体(European Community)”的历史，特别强调 1707 年“联合”的意义，直接终结英格兰和苏格兰主权分裂的历史，形成了统一的大不列颠主权，自此苏格兰成为大不列颠北部地区[①]；2011 年，云南人民出版社推出多萝西和兄长威廉·华兹华斯、诗人柯勒律治于 1803 年 8 月 14 日—9 月 25 日，从英格兰昆布兰出发，游览苏格兰而著述的《苏格兰旅游回忆》，显露出联合近百年之后英格兰诗人仍然视苏格兰为异域的场景。

时代进步的启示下，我们能清楚地看到，英国文学史框架下，相当一部分苏格兰文学史家所敬重的苏格兰文学经典被汉译了；本章第一、二节分别清理出应该需要补充翻译的那些苏格兰文学经典，以及需要译出因为各种原因尚未翻译的苏格兰文学重要作品。对照苏格兰学界所累积的苏格兰文学史研究成果，以及苏格兰文学家对英国文学和世界文化的贡献，尤其是苏格兰民族认同日益得到英国和国际社会的正视，那么建构相对完整的苏格兰文学史观，就成为一项重要工作。

然而，一旦涉及“苏格兰文学”概念，就会受制于英国文学史框架，即苏格兰文学和英国文学史关系的敏感问题，同时难以回避 1707 年之前和之后的盖尔语、苏格兰语、英语分别书写的苏格兰文学，及其苏格兰文学史建构中的角色问题，以及不同语言书写的苏格兰文学在表达苏格兰认同上的差别。

---

① W. A. Speck. *A Concise History of Britain*, 1707-1975. 上海：上海外语教育出版社，2006 年，第 1 页。

第一，在主流英国文学框架下译介苏格兰文学。

英格兰和苏格兰联合三个多世纪以来，苏格兰人之于英国仍维持着“国族”（nation）地位，而没有成为大不列颠国中的一个族群（ethnic group），正如2014年9月15日，即公投前三天，首相卡梅伦演讲称，“公投的决定会分解我们多国族的家庭（our family of nations），以及把苏格兰从联合王国撕裂出去”，“今天我要直接告诉这个国家（苏格兰）的国民（the people of this country）危及到什么程度”，“苏格兰、英格兰、威尔士、北爱尔兰是不同国族（different nations），各有个人身份认同，偶尔甚至还伴随着暴怒，但我们仍然如此强有力地在一起，我们是多国族的家庭（a family of nations）”，“我们国族组成的家庭之乐观前景（our family of nations）是继续在一起”（当日BBC滚动新闻）。但在中国人所建构的任何一部《英国文学史》或《英国诗歌史》《英国小说史》中，基本上不存在连贯的苏格兰文学发展史。从第一部，即王靖的《英国文学史》（1927），中国人就不论及英国形成过程中，英格兰合并威尔士、联合苏格兰、吞并爱尔兰等重大历史事件之于英国发展的意义，因而论及彭斯（译为乌拉勃保司）不仅极为简单，而且不得要领，如不说他出生于苏格兰，而直接说他出生于亚菲儿（Ayrshire，艾耶郡），当时读者不知道是苏格兰的某个地方，就是今天的读者也没有关注彭斯的出生地；此外，认知错误百出，如说他“未尝受教育于学校，日抱名人诗集”①。

实际上，在中国作品翻译总量巨大的司各特，其《威弗莱》（即《威弗利》）最后部分（第七十二章）明明白白地写着：“欧洲没有哪一个国家，在半个多世纪内经历过象苏格兰王国那样全面的变化。1745年的叛乱，造成了如下的后果：摧毁了高地首领的族长权力；废除了低地贵族和男爵们世袭的裁判权；彻底消灭了詹姆士党，他们虽然反对跟英国人交往，反对采用他们的习惯，长久以来一直以保存了苏格兰古代风习而自豪，也开始发生变化。随着财富渐渐流入，商业渐渐发展，加上上述影响，苏格兰人也发生了变化。现在的苏格兰人不同于他们祖父时代的人，正如现在的英国人不同于伊丽莎白女王时代的人一样……这类人现在几乎已经绝迹，毫无疑问，许多荒唐的政治偏见也随之消失；不过，许多奇特而无私地坚持忠诚（得自他们的父辈）的原则，坚持古代苏格兰的信仰、

① 王靖：《英国文学史》，上海：泰东图书局，1927年，第50—51页。

好客、价值和荣誉的原则的活样板，也消失了。”①

但是，莎士比亚、乔叟、弥尔顿、斯宾塞、蒲柏、培根、华兹华斯、哈代等西敏寺确定的文学经典，得到广泛研究；以其文学业绩为基础建构的英国文学史，成为牛津、剑桥、伦敦等各大学最津津乐道的工作，至今亦然。这样的英国文学史观，难以面对英国文学内部紧张关系，也不会彰显增加苏格兰因素或爱尔兰因素，使以英格兰为主体的英国文学发生结构性变化。第一版《剑桥英国文学史》确定了这样的文学史框架，至今亦然，如班诺克本战役是确定英格兰承认苏格兰作为独立王国的重要事件，自此到1707年基本上无大战事。这次事件肇始于自行加冕为苏格兰国王的布鲁斯(Roibert a Briuis，1274—1329)率领不足七千苏格兰官兵，攻占最后一个被英格兰军队占领的苏格兰城堡——斯特林，在城堡外勇敢机智地发动了以少胜多的班诺克本大捷(victory of Bannockburn)——抵挡英格兰国王爱德华二世率领两万余官兵，由此再度统一了苏格兰王国并奠定了此后四百年间苏格兰王国不再受英格兰王国侵扰的基础(1328年英格兰王国和苏格兰王国签署“爱丁堡—北安普顿协议”，结束1296年英格兰入侵苏格兰以来的战争状态，英格兰在法律上承认苏格兰是一个独立国家)。其后，苏格兰人就不断以颂诗、戏剧、叙事文等书写这次战役，出现许多文学力作。

第一次世界大战之后，大英帝国面临解体之威胁，西敏寺所确定的英国文学经典、英国议会民主制度、市场经济等，和英语一道，产生了巨大的全球性影响力。按劳恩(Henry Royston Loyn，1922—2000)《英国的建构：从盎格鲁-撒克逊到爱德华一世》(1991)所论，英国政治精英和知识精英还意识到，已被承认的英国及其文化同样是英国和世界的共同财富，推广用英语书写的英国文学，既有助于强化联合王国内部的认同，又能为通过对英国文学的阅读实践中维系殖民地知识分子，甚至有助于全世界都服从英国经典，而英国文学则植根于大英帝国的共同语言、普遍生活实践、历史经验、情感表达等中②。其实，此前格拉芙(Robert Graves)《英格兰和苏格兰歌谣集》(1957)试图把英格兰文学和苏格兰文学一体化。而英国文学研究迅速在英国方兴未艾，始于一战之后。

① [英]司各特著，石永礼译：《威弗莱或六十年的事》，北京：人民文学出版社，1987年，第510—511页。

② H. R. Loyn. *The Making of the English Nation: from the Anglo-Saxons to Edward I*. London: Thames & Hudson, 1991.

由于引入苏格兰文学概念，我们就不会受囿于英国文学史框架，能够看到苏格兰族裔作家及其文学成就，发现彭斯不是作为苏格兰民族诗人而被汉译的；司各特作品被译介，却不是作为苏格兰小说家，而是英国通俗小说家进入中国，因而百余年来矛盾丛生；拜伦作品被译介很多，但中国学者对其理解充满着疑惑，如他本人和苏格兰之关系、他作品所表达的苏格兰诉求，从未被彰显；斯蒂文森和柯南·道尔的作品被汉译的比重不低，但和拜伦一样都变成了和苏格兰无关的作家，他们创作中的苏格兰因素皆未得到呈现；还有若干多的1707年之前苏格兰文学经典从未被触及，1707年之后更有大量作家、诗人和剧作家的作品未被充分汉译。换句话说，只要触及苏格兰文学概念，就必须面对如何可能确切地翻译彭斯诗篇，完整理解司各特作品，还原拜伦诗篇中的苏格兰因素，显示出斯蒂文森和柯南·道尔作品的苏格兰哲学智慧，补足那些尚未被汉译的现代苏格兰文学力作。这些远不是苏格兰文学史写作的技术问题，而是涉及和英国文学史框架相融合的难题。

进而，我们能看出主流英国文学观之矛盾：从第一部《剑桥英国文学史》开始，在描述英国文学发展历程中，就不存在苏格兰文学主体性地位；到德马利亚(Robert Demaria)等人主编四卷本《大不列颠文学指南》(2014)，这种状况稍有改观，如论述700—1450年间文学时，承认在斯图亚特王朝统治下的古苏格兰文学，论及1450—1660年早期现代文学，承认“苏格兰王国诗人(Makar)时代的苏格兰文学及其后文学”；论及1837—2000年英国文学，承认“现代苏格兰小说”现象。

牛津剑桥建构的“英国文学史”概念，遵从统一的英国概念，不把苏格兰当作王国(kingdom)或国族(nation)，也就不存在苏格兰文学，哪怕是经典的苏格兰作家，也没有苏格兰民族身份，不会把苏格兰作家视为超越大不列颠的另一个国家的作家。因大英帝国意识，第一部《剑桥英国文学史》(1907—1915)居然把英国所及的殖民地，如印度、加拿大、澳大利亚和新西兰等地英文写作，也纳入英国文学框架①。即便是大英帝国地位衰落，英国文学史观未从全球的变成了区域的，统一的英国文学史观持续存在，对作家的具体论述很少凸显其族裔身份。

这样的英国文学史写作，正是中国的英国文学史家指导性思想。中

---

① A. W. Ward, A. R. Waller. *The Cambridge History of English Literature*. Vol. XIV. Cambridge: Cambridge University Press, 1915, p. 267.

国第一部英国文学史——王靖《英国文学史》(1927)几乎不涉及任何一位作家的身份，即便偶尔论及，如论及司各特在爱丁堡生活，但完全不会触及爱丁堡之于苏格兰及司各特的意义，造成在整个论述过程中，司各特是和苏格兰无关的英国小说家。而桑普森《剑桥英国文学史》(1941—1959年再版十次之多，1970年修订版，1981年第三次修订版)汉译本序言中赞赏道，“这部巨著是十九世纪末至二十世纪初一些著名的英、美和欧洲其他国家学者的集体劳动成果。其内容极为丰富，不仅包括语言、文学的历史，而且论述了哲学、宗教、出版、教育等方面的历史发展。这部巨著的学术价值是举世公认的”，而该作开篇提出“瓦尔特·司各特(Walter Scott，1771—1832)生于爱丁堡，这座城市当时几乎被英格兰人视为异邦”[1]，但整个论述并未把司各特当作表达苏格兰认同的作家对待。20世纪50年代之前中国所著的任何一部英国文学史，在结构上完全重复这些著述，具体章节甚至大多数表述，只是对这类文学史著作的缩减，这就造成王靖《英国文学史》(1927)是没有英格兰、苏格兰和爱尔兰之区分的，英格兰替代成英国，卷一论述“英国”而不是英格兰的古代文学及文学家，触及的仅仅是盎格鲁-撒克逊的基督教文学，以及英格兰人对法兰西文学的翻译；14世纪文学限于乔叟、劳兰(William Lauglan，1332—1400)、高尔(John Gower，1335—1408)、巴伯(John Barbour，1316—1396)、卡克斯顿(William Caxton，1412—1492)等作家，而不管他们是来自英格兰王国还是其他王国，并声称“英国到14世纪政治宗教开始稍稍昌明，民气亦开”(第4页)；卷三把英格兰伊丽莎白时代说成是“英国伊丽莎白时代”之文学及文学家斯宾塞，把培根、马洛、莎士比亚、本·琼森等英格兰作家，以及革命及复辟时代的弥尔顿、班扬、屈莱顿(John Dryden)等英格兰文学家，完全等同于英国文学；至于卷五18世纪文学论及斯威夫特、笛福、浦伯、柯林斯等作家，卷六论述骚塞、柯尔律治、华兹华斯、司各特、拜伦、狄更斯等19世纪英国文学家，很少论及他们的出生地、民族身份、文化认同，关于司各特即便论及他出生于爱丁堡，但实际分析与此无任何关联[2]。这绝非个案，而是很普遍的情形，20世纪中国所著和翻译的诸多英国文学史，大抵如此。而这样的英国文学史，完全不可能在文学史结构、基本内容介绍上帮助汉语读者建构出“苏格兰

① [英]乔治·桑普森著，刘玉麟译：《简明剑桥英国文学史》，上海：上海外语教育出版社，1987年，代译序、第1页。

② 王靖：《英国文学史》，上海：泰东图书局，1927年，第1—7页。

文学"概念，只能是强化统一的英国文学概念。这种情形，直到王佐良先生主编的《英国文学史》才有所改观。

问题不限于此，销蚀苏格兰或爱尔兰或威尔士民族身份的英国文学史，确定了英美学者认识英国作家、诗人、剧作家的基本方向，如在布鲁姆主编的《罗伯特·路易斯·斯蒂文森》(2004)中，斯蒂文森是和苏格兰无甚关联的作家。

若没有苏格兰文学的主体性意识，而只按英国主流文学者的观点，在统一的英国文学框架译介那些苏格兰族裔文学家，那么苏格兰文学只能是英国文学丰富性的一个方面而已。或者说，在这样的英国文学史观下进行苏格兰文学汉译，对任何一位苏格兰作家或与苏格兰相关的作家之汉译史的反思性研究，缺乏学科意义上的苏格兰文学的自觉意识。倪正芳《拜伦与中国》(2008)、宋庆宝《拜伦在中国：从清末民初到五四》(2012)等，皆不论苏格兰经历在拜伦创作中的作用。可见，所有重要的苏格兰作家，在英国文学汉译史的框架下，如彭斯创作所表达的，是以英格兰为主体的英国文学框架难以容纳的，司各特和拜伦的创作也是危及既有英国文学史框架的，许多重要论题则无法澄清。导致我们在理解司各特或柯南·道尔等苏格兰作家，困难重重。

统一的英国文学史观，实际上也是把大英帝国的殖民主义合法化了。早在1875年，勃兰兑斯《十九世纪文学主流》第四分册《英国的自然主义》就尖锐地指出，"最可悲的民族特点，即压迫别人的倾向，被积极地归纳成一套制度，……英格兰、苏格兰、爱尔兰联合起来压迫远方的殖民地；英格兰和苏格兰把压迫爱尔兰作为共同的事业——压制爱尔兰教会，阻扰爱尔兰工商业的发展；英格兰尽它所能做的一切去压制苏格兰；而在英格兰本身，富人压迫穷人，统治阶级又压迫其他一切阶级。在这个国家的三千万居民中，只有一百万人有选举权。任何人只要有意阅读一下拜伦的《青铜骑士》中对英一下地主的攻击，就会看到地主们在战争时期曾经如何无耻地靠牺牲其他阶级利益来使自己致富，而他们的一切政治目标又是如何地只求确保他们继续享有这样做的权力"[①]。这种认识极为深刻，说明了苏格兰人联合之后的挫折感，导致2014年公投及其结果，具有难以估量的意义。这样一来，我们就必须回到苏格兰历史进程、苏

① [丹麦]勃兰兑斯著，徐式谷等译：《十九世纪文学主流》第四分册《英国的自然主义》，北京：人民文学出版社，1984年，第20页。

格兰和英格兰关系史中，清醒地看到苏格兰之于英国并非类似于中国的省、自治区、直辖市之于中央政府，苏格兰有自己的政府和社会运行体系的，行政管理也自此体系，甚至1707年被合并到联合王国的议会，也于1998年恢复。更重要的是，这种独立运行的社会体系，有悠久的苏格兰文化为依托，苏格兰文学在相当程度上表达了苏格兰居民的这种身份诉求。这也就使得每个时代苏格兰文学史发展，不少苏格兰文学经典，在相当程度上保留着主体性诉求，即保留着难以为英国文学框架所容纳的民族身份认同概念。

第二，在更大知识范围内处理苏格兰问题和英国文学史之间关系。

在英国史学研究领域，大多正视苏格兰问题。20世纪初《苏格兰独立史》《苏格兰小史》就把苏格兰历史主体性化了，1933年商务印书馆出版钱端升用近乎白话文语言翻译的英国著名史学家屈勒味林（George Macaulay Trevelyan，1876—1962）《英国史》（1926），哪怕充满着大英帝国意识形态，但作者作为训练有素的杰出史学家——原本是剑桥大学圣三一学院研究员（1898—1903），退职专注于《英格兰史》（*History of England*）等24年，直到1927年重返剑桥大学，退休后任杜伦大学校长，英国史领域笔耕不辍，该著涉及苏格兰历史具体史料方面，仍有巨大价值："苏格兰历史虽也充满了萨克森人和凯尔特人的接触和冲突，但接触冲突的性质则又和威尔士或爱尔兰不同。威尔士及爱尔兰归根终究受了英吉利的宰制，而且宰制的程度要比苏格兰深，时间要比苏格兰长；然而它们的凯尔特性质到了现在仍比苏格兰要保存得多。这似乎是不可索解，而实是不难索解。苏格兰的要求独立始于爱德华一世时，到了此时始有英苏民族之争，然远在爱德华之前，凯尔特人在苏格兰所居之地之最肥沃最重要地方，早已采用盎格鲁-诺曼的语言制度；所以他们对于英吉利的抗争并不像中古威尔士及爱尔兰之根据凯尔特语言及部落主义。苏格兰的王室本为凯尔特部落的，发祥于西北……我们应首先注意到即苏格兰在接受盎格鲁-诺曼的势力以前，先曾经过一个英吉利化的时期。马尔科姆三世在废立麦克白以前曾流亡于英吉利；马尔科姆少年时代及教育本已大受英吉利文化的影响，苏格兰之能采用英语及仿用罗马的宗教组织，玛格丽特实有大功"①。这样的论述，至少在史料上澄清了英国构成中，苏

① ［英］屈勒味林著，钱端升译：《英国史》，北京：中国社会科学出版社，2008年，第242—244页。

格兰和威尔士或爱尔兰之于英格兰关系的复杂差别，对理解苏格兰何以维持文学发展的自身根据，甚至对认识莎士比亚《麦克白》、《亨利五世》等，都有直接帮助。可是，这样的英国史研究成果，没能进入英国文学译介者视野，因而对建构苏格兰文学概念，也就失去了资源。

失去英国史滋养的还有，英格兰学者以英格兰中心论认识英苏联合的价值判断，原本是能帮助我们理解苏格兰文学家一定要坚守苏格兰民族认同的理由，但我们也同样失去了这样的机会。屈勒味林在《英格兰史》中对1707年联合及其英格兰和苏格兰历史发展，明确表达了自己的认识：“苏格兰之接受合并的提议，它实为大得便宜者；它所失者为形式上的独立，而所得者则为未来繁荣的捷径。英吉利之所得者不仅为目前所急切需要的政治保障，且在帝国将来政治及商业的发展中，亦得了苏格兰人的智力及性格的大助。经此合并的大立法而后，此素来贫穷孤立但为全欧最受教育，脑力又最大的小民族竟出现于商业的，殖民的及文化的世界地图上起来。英吉利和苏格兰竟相得益彰，而且其互相加惠之处亦不限于财富的积聚。在不列颠的文学，科学，战绩，政治，行政及殖民中，苏格兰人的贡献及活动盖远出于人口应有的比例之上……然当时只要任何一方稍一疏忽或稍一任性，则会有恶果酿成。”①而这样的认识，正好显示出英格兰中心下的大英帝国意识形态，有助于我们从反面理解更多的苏格兰文学家何以不满联合。而这些不仅是苏格兰文学所展开的重要背景，甚至成为司各特作品所涉及的内容。可惜的是，由于学科壁垒，英国文学史的译介，很少直接受益于这方面成果，使得百余年来英国文学史译介过程，无助于认识苏格兰问题和英国史的建构性问题。

英国文学译介过程何止是失去了对“英国史”成果的汲取，甚至对一般意义的文学批评成果，也未能充分采纳。勃兰克斯《英国的自然主义》就声称：“农民诗人彭斯，苏格兰最伟大的天才诗人，很早就把苏格兰的诗歌献给了乡村；再以司各特而论，爱默生曾经刻薄地说过，司各特的叙事诗仅仅是一种韵文体的苏格兰名胜指南，……穆尔就曾以讽刺的口吻谈到过司各特一个庄园又一个庄园地在景物描写上‘大做文章’。而且，在象拜伦和司各特这样两个截然相反的文学人物的生活中，乡间别墅又

① ［英］屈勒味林著，钱端升译：《英国史》，北京：中国社会科学出版社，2008年，第538—539页。

是起了多么重要的作用啊！”[①]1935年该作就有汉译本：侍桁翻译，商务印书馆出版。但如此睿智论述，却未能进入英国文学译介领域，从而影响了我们对英国文学判断的质量。

第三，关于苏格兰语书写的苏格兰文学及其语言问题。

1707年之后，随着并入大不列颠的进程之延伸，按照《联合法案》有关条款，英语作为大不列颠国语，成为教育、媒体和正式场合使用的官方语言，因而用英语书写在苏格兰越来越普及，相应的，用苏格兰语创作的文学则日趋衰落。这就是杰弗里勋爵阅读《威弗利》，在不清楚其作者是司各特的情形下，发表书评如是说到，该作写得匆忙，“一半内容是用我国五分之四读者不懂的方言写成，描写的时代距离我们不够久远，尚不能成为浪漫传奇，却又不算太近，也不使人感到熟悉亲切”[②]。而用英语书写的文学则日趋繁荣，戴启斯在《方言与抒情诗》中(1936)声称，“在浪漫主义运动到来之前，英语诗歌就已成熟了，处于和谐而满意的状态。但彭斯是从外围切近它的，从未轻松自如地运用其创作。他的英语诗歌完全是人为的模式。这种模式的人为性，在某种意义上，蒲柏也是存在的，虽然相较于彭斯的意义不同。就英语而言，它是写作的自然而合法的诗学方式，当然也是很容易的，但对彭斯而言，则是混合着苏格兰方言的诗歌，在某种程度上是人为的”[③]。这种情形，二战后更为普遍，影响到人们阅读，普列契特(Victor Sawdon Pritchett，1900—1997)的《活着的小说》(1946)认为，“‘现在谁也不读司各特的作品了’，人们是多么经常地听到这些话啊！我毫不怀疑这些话是千真万确的，不管怎么说，英国读者的情况就是这样。过去的三十年中，对于方言，特别是苏格兰方言的反感，终于激化到了厌恶的程度。那是一种难读的语言，是一种唠唠叨叨、咿哩哇喇的语言；人们还不如研究语音学呢。而且，方言就暗示着地方道德的极端优越感，如果说是在过去的三十年中有什么东西消亡了的话，那就是地方主义……我们完全可以怀疑在当今世界里，无论化妆成什么东西，这种方言是否能复活。当我们凝眸注视着那些我们自童年以来就不曾开卷，已经束之高阁的古色古香的威弗利小说时，我

① [丹麦]勃兰兑斯著，徐式谷等译：《十九世纪文学主流》第四分册《英国的自然主义》，北京：人民文学出版社，1984年，第7—8页。

② John O. Hayden ed. *Walter Scott*: *The Critical Heritage*. London & New York: Routledge, 1970, pp. 79—84.

③ David Daiches. “Dialect and Lyric Poet”, *Outlook* 1: 2, May 1936, pp. 76—83.

们遇到了第一个困难。”如此鲜明地贬斥苏格兰语，启示我们苏格兰语文学在英国的境遇。

这样首先就遇到难题：联合法案之前的苏格兰语书写的苏格兰文学，如何进入英国文学史框架下的苏格兰文学？

苏格兰王国并没有形成统一的国语。即便是英苏联合三百多年了，苏格兰西北部的诸多地方，仍然使用盖尔语，如令中国游客神往的天空岛(Skye，实际上是盖尔语“云雾岛”)，公共机构标识用的是盖尔语。盖尔语文学成为苏格兰人审美的重要方式，按王佐良所说，即便是20世纪，“盖尔语的作品还在不断出现，在二十世纪反而出现一个中兴局面。特别是出现了盖尔语诗人索利·麦克莱恩(即麦克林)”，赞赏苏格兰文学家史密斯的意见，认为“即使在苏格兰这样一个人人都纯熟使用英语的地方，作家也应该用苏格兰方言，因为在文学创作的最高境界，只有用本族语才能达到对语言的创造性的、探索性的发掘和运用”①。对于这种语言及其文学，牛津大学、剑桥大学、哈佛大学等各设有盖尔语专业，进行专门研究，但作为英语的方言待之，而非独立的语言，也就是说，盖尔语在主流英美学界是没有独立价值的。

实际上，苏格兰文学史上，即便是当代的，也仍然有苏格兰语创作的文学作品。给英国读者带来的困难不仅仅是识读的不方便，更重要的是，南部的英国人难以领悟苏格兰人对苏格兰的情怀。阿伯丁大学司各特研究中心主任拉姆斯登(Alison Lumsden)《司各特和语言的有限性》(2010)论述司各特的诗歌、主要小说的语言特点，尤其是强调《艾凡赫》等小说中因使用苏格兰语，以及作家叙述历史，翻译中很难完全传达出来，会失去一些重要信息。

苏格兰语创作在20世纪有过复兴，发起者是诗人麦克迪尔米德。在他的诸多诗篇中，最古老的苏格兰诗歌传统，碰上最新的苏格兰政治意识，而融合二者的是欧洲现代主义的艺术敏感。20世纪30年代青年作家吉本深感苏格兰作家写英文总有隔膜，在《日落之歌》(1932)、《云谷》(1933)和《灰岩》(1934)等组成三部曲《苏格兰人之书》中进行语言革新。

第四，认识联合之后苏格兰作家用英语创作的苏格兰文学。

这是三百年来苏格兰文学主流，包括大批流寓北美、澳洲和欧洲大陆

① 王佐良、周珏良主编：《英国二十世纪文学史》，北京：外语教学与研究出版社，1994年，第482、484、530页。

的苏格兰作家用英语创作的文学，如何辨别这样的苏格兰文学，和英国非苏格兰作家书写的英国文学之差别，本是一个严重问题，如何在汉译苏格兰作家用英语创作的苏格兰文学中重现苏格兰性，则又是一个严重问题。对于多数苏格兰诗人来说，英语是他们的选择。在英语诗人中，穆尔英语写作，戴维森（1857—1909）、摩根、史密斯（Iain Crichton Smith，1928— ）、博尔德（Alan Bold，1943— ）等文学家都持这种主张，而吉本《苏格兰人之书》展示了苏格兰语和英语在主人公意识中的冲突。

语言上显示出的苏格兰认同，根源于绝大部分苏格兰人都是苏格兰民族主义者，他们意识到自己的国族存在，喜欢把自己当作苏格兰人来考虑，从而与英格兰民族区分开来。1979 年抽样调查，52%居民认同苏格兰人，35%人认同大不列颠人、2%人认同英国人，此后认同苏格兰人的比重越来越高，这种变化就是因为国族认同的政治化后果所致，格拉斯哥中小学生就有明显的苏格兰意识。这种情形，是因为英格兰有比苏格兰、威尔士和爱尔兰更公开化的深层国族意识[①]。由此，麦克隆（D. McCrone）《理解苏格兰：一个无国家的民族社会学》（1992）称，"我们单纯陷于弗洛伊德所说的儿童差异的自恋，我们能提升因此而伴随至今的这些微小差别的文化意义吗？""苏格兰的诸多意象持续与过去产生共鸣。在许多方面，这个过去就是农村田园，是我们要寻找的前工业化的历史，它们制造了苏格兰的独特性。我们想象的苏格兰依然保持的不仅是乡村田园，还有广袤的高地，那里到处皆是格子呢和不同的宗族。通常的苏格兰，不是旅游形象中的人物"[②]。也就是说，随着大不列颠进程，苏格兰人更多选择英语，但无妨苏格兰身份的认同。

第五，苏格兰知识与苏格兰认同的情感性表达。

苏格兰文学在文本层面的存在，直观上涉及苏格兰知识，彭斯、司各特、柯南·道尔、爱德温·缪尔等人皆如此，有些尊为 Makar，"苏格兰国家诗人"的作者，更大量涉及苏格兰古代的历史和地理知识。也就是，18 世纪末、19 世纪初苏格兰作家所书写的浪漫主义诗歌、小说，不同于英格兰的基本原因所在，邓肯（Ian Duncan）《苏格兰的影子：浪漫主义爱丁堡的小说》（2007）道出了浪漫主义在苏格兰的真相。而这样的苏格

① James G. Kellas. *The Scottish Political System*. Cambridge: Cambridge University Press，1973，1975，1984，1989，pp. 124-125.

② D. McCrone. *Understanding Scotland: The Sociology of a Stateless Nation*. London: Routledge. 1992，pp. 5-6.

兰知识，不只是丰富了作品内容，更重要的是，表达了苏格兰认同，成为苏格兰作家以文学方式表达家园认同、促进苏格兰始终不被大不列颠同化的基本根据。正因强烈的民族认同，彭斯在苏格兰和国外的影响，要大于任何苏格兰作家，在英格兰他的读者则很有限，因为英格兰人不容易懂他的自认为是最好的诗歌语言。彭斯之前，苏格兰文学有自己的文言(苏格兰语 Scotch)，直到彭斯才给这北部英语(苏格兰英语)在英国文学中争到位置。这种情形至今亦然，如澳大利亚的苏格兰诗人默里(Les Murray)说，“苏格兰仍然是唯一的海外国家，在这个国家我从未感觉到它是外国”[①]。

不可否认，英国文学经典之作，普遍具有地方色彩，如哈代对英格兰南部威塞克斯地方的描写，地方色彩是英国文学丰富性的表现。这种地方性在苏格兰作家创作中更为突出，因为它和作家的民族认同关联在一起。《威弗利》是司各特从诗歌转而小说创作的第一部，用的是笔名，该作品发表后苏格兰人如痴如醉，大家纷纷猜测作者何许人也，杰弗里勋爵在《爱丁堡评论》(1814 年 11 月)撰文说，“这部作品写得最糟糕之处，乃第一卷中主人公寓居英格兰的那一部分”，“按我们自认为能到手的唯一根据——作品本身所包含的证据来判断，我们应毫不犹豫地将此书归之于其中一位最优秀作家。至少我们会斗胆地说，若这确实出自一位默默无闻的作家之作，那么司各特先生很有必要关心自己的荣誉，挺身参加较之于他所经历过的更为艰辛的竞争”[②]。苏格兰学者也热衷于建构这样的风景，著名学者克雷格(David Craig，1932—　)就致力于探讨苏格兰文学和文化的地方性特征，著述了《苏格兰文学和苏格兰人，1680—1830》(1961)、《早期苏格兰的现代城镇》(1986)、《苏格兰中世纪城镇》(1987)、《1850—1979 年间的苏格兰：社会、政治和联盟》(1993)、《苏格兰的文艺复兴：纪念约翰涂尔干的文学、宗教、历史和文化研究》(1994)、《想象与认同：经由岁月建构和重建苏格兰》(1998)、《挑战威斯敏斯特：主权、权力下放和独立》(2000)、《1800 年之前的阿伯丁：历史新论》(2002)、《插图本爱丁堡大学历史》(2003)等，分别论述苏格兰在英国的不可替代性，就因为苏格兰人普遍热爱司各特土地上的自然景观、历史遗迹。同样，苏格兰文学研究家和诗人克罗福德教授也致力于发掘

① Les A. Murray. *Persistence in Folly*. Sydney: Angus & Robertson, 1984, p. 84.

② John O. Hayden ed. *Walter Scott: The Critical Heritage*. London & New York: Routledge, 1970, p. 84.

苏格兰文学通过对苏格兰风景的描写，实现文学家对苏格兰家园的热爱，在其《认同诗人：二十世纪诗歌中的自我与地域》中，他也关注苏格兰的学院制度促成苏格兰诗歌的发展，如《现代诗人：1750 年代以来的诗歌、学院制度和知识》，探讨两个多世纪来苏格兰诗歌发展是受到苏格兰学院派支持的结果。

如此一来，汉语再现英国文学框架下苏格兰作家的苏格兰性，以及建构能说明苏格兰问题的苏格兰文学概念，成为敏感而复杂的工作。苏格兰性在不同时代的苏格兰作家身上是不同的，如彭斯试图通过苏格兰语书写表达出来，而卡莱尔则试图在融入大不列颠中表现苏格兰人的不可替代性，在爱丁堡大学教授格里尔森(Herbert Grierson，1945—　)《其人其事》(1941)看来，司各特笔下的"'穷人从不蛮横，从无粗俗，他们外貌带有粗鲁的特征，这是生活的磨难必然给生活其中的人的思想和举止留下印记。有限的经历使他们思想狭隘，学习条件不足又造成他们知识欠缺。小说家中几乎只有司各特一人透彻、细致、形象地描写了穷人，同时写得温和，使人喜爱'。这个人写的所有作品闪耀着良知，每个遇到过他的人，都明显地看到他这种美德"①。如何要翻译出这些人的苏格兰性，并且能和英国文学框架相容，这显然是一个难题，这也就造成在补充翻译和重新认识苏格兰文学经典基础上，建构苏格兰文学史，关乎我们如何处理英国文学框架和苏格兰主体性地位、苏格兰文学内部的语言分化、苏格兰作家身份认同表达的多样性等重要话题。

可见，在苏格兰文学史中重新审视英国文学经典和苏格兰重要作家作品，目的不仅给汉语读者提供更多的苏格兰文学作品，而且让中国重新反思百年英国文学框架下译介苏格兰文学的诸多局限性，为建构汉语苏格兰文学观念提供依据。

总之，重新翻译或补足彭斯、司各特、拜伦、卡莱尔、斯蒂文森等经典作家之作，补充未汉译的苏格兰文学重要作品，尤其是翻译当代苏格兰文学力作，是认识苏格兰人不断重建自己民族身份的重要事业。在此基础上，谨慎处理英国文学史框架和苏格兰人所不断推动发展的苏格兰文学之间的张力，重新检讨汉译英国文学百余年历程，建构中国的苏格兰文学史，这是我们可见的未来必须要完成的工作，对我们重新认识英国文学构成、苏格兰问题，都非常有意义。

① 文美惠编选：《司各特研究》，北京：外语教学与研究出版社，1982 年，第 180 页。

结　语

苏格兰有自己的知识体系、语言系统、历史变迁过程，不是任何其他知识体系所能替代的。世界上许多名著，都有苏格兰语译本。

——I. Macleod，(ed.)《苏格兰宝典》(1990)

彭斯是苏格兰文学苍穹中迸发出欢笑和热情的一颗炽热之星。卡莱尔是一颗伟大的彗星。斯蒂文森是一颗温柔可爱的长庚星(启明星)。而司各特则是最大且最仁慈的发光体。他在今日的苏格兰和过去的苏格兰之间搭建了一座永恒的金桥。

——H. 格里尔森《爱丁堡瓦尔特·司各特纪念册》(1971)

百年来英国文学译介历程，深刻影响了中国社会进程，包括彭斯、司各特、拜伦、柯南·道尔、卡莱尔等人的译作，强化了英国文学的伟大地位。而我们反思这些作家汉译历程，需要比对他们在英国的境遇，要查考他们在英国被认知的情形。可是，当我们真的在英国语境下查考他们时，却发现主流英国学术界和苏格兰批评界面对这些苏格兰作家或与苏格兰相关的作家时，彼此矛盾、冲突。

通过梳理英国主流学界对苏格兰文学的认知路径，研究苏格兰学界和批评界对苏格兰文学的再发现，以及阅读那些成为英国文学经典的苏格兰文学家之作，或那些仅仅是苏格兰文学重要作家的力作，我们可以看出苏格兰文学家三百年来有不融于大不列颠的趋势。在彭斯、斯摩莱特、司各特等叙述中，苏格兰有自己足够长的历史，在这个历史过程中，有自己的语言和表述系统、价值观及其表达方式、形成了对历史的自我认知，以致对英苏联合之前或之后的诸多历史事件之叙述，和此前的莎士比亚、笛福，或同时代作家狄更斯，此后作家康纳德等英格兰文学家之间相同之处甚少。直观原因如戈特利布(Evan Gottlieb)《触摸大不列颠：苏格兰和英语书写，1707—1832》(2007)所说，1707年之后英格兰人对此前苏格兰人的好战、强悍、亲近欧洲大陆(尤其是亲近英格兰的宿敌法国)仍然记忆犹新。对这样一个独立的民族，要和英格兰民族平等地进入大不列颠，英格兰人患有苏格兰恐惧症(Scottophobia)。实际上，这种苏格兰恐惧症更是英格兰中心论的另类表述：英格兰人把傲慢地对待世界的做法，移植到了英国本土。早在文艺复兴时代，自视文明的英格兰人就已经有英格兰优越论的意识，如托马斯(William Thomas)《意大利的历史意义》(1549)、阿斯科姆(Roger Ascham)《中学校长》(1570)、纳什(Thomas Nashe)《痛苦之旅》(1594)等各写英格兰贵族的意大利之旅，却普遍藐视欧洲大陆，把所到之处视为要野蛮之地；1555—1625年，更多英格兰人去英格兰之外旅行，产生了许多旅行记，如威利斯(Richard Willies)《东西印度旅行史》(1577)、哈克路特(Richard Hakluyt，1553—1616)《对两次航行和对被称之为新法兰西的东西边部分之简要叙述》(1580)等，更是以文明人和基督徒的视角看待所到之地(印度、北美法属殖民地)。这种英格兰中心论，在浪漫主义时代就波及已成为大不列颠一部分的苏格兰，华兹华斯、柯尔律治和骚塞等人都不同程度表达过对苏格兰的轻视。这种优越感，并未随着时代变化而消失，相反，被提升到“现代文明”“高雅”“教养”等普遍范畴高度。并且，这些成为英格兰人文学科教育的基本内涵，剑桥或牛津《英国文学史》，在相当程度上就充满着这种英格兰中心论之嫌，苏格兰文学或者消失于英格兰主导的英国文学史进程中，或者被英格兰化。由此，随着联合进程，苏格兰人在大不列颠制度设计方面不断产生屈辱感，苏格兰文化精英则更强烈感受到英格兰在规则、概念、范式、表述等普遍范畴的压力。

对于这种趋势，苏格兰文学家和思想家以两种姿态应对：

第一，面对苏格兰已成为大不列颠北部地区之事实，原本和法国关系要密切于英格兰的苏格兰，在联合之后继续维持这一传统。苏格兰文化精英通过和欧洲知识界的密切交往，视野更为开阔地考虑大不列颠框架下的苏格兰问题，试图积极面对大不列颠。苏格兰启蒙哲学家大卫·休谟有意识著述《人性论》《人类理解研究》《道德原则研究》《宗教和自然史》等力作，曾任格拉斯哥大学校长的现代经济学之父亚当·斯密，则自负使命地著述《道德情操论》《国富论》等，和其他苏格兰启蒙哲学家一道，共同展示出苏格兰人在认识普遍问题上的崇高境界、伟大胸襟，用智慧和视野征服了英格兰[1]。与这些思想家一致，有着强烈苏格兰认同感的司各特，却通过多部历史小说探讨大不列颠的命运问题，以至于在赫兹里特时代，司各特的声望和莎士比亚是比肩的，这种声望传播到俄罗斯帝国，得到了普希金的承认，认为司各特不是通过法国悲剧的夸张、不是通过感伤小说的矫揉造作、不是通过叙述历史的威严，而是以现时感、日常方式，把读者带入大不列颠前史和联合之后的历史进程中，展示历史小说的艺术感染力。同样是正面对待大不列颠的托马斯・卡莱尔，其《瓦尔特・司各特爵士》(1838)称，在他那个时代没有哪个苏格兰人比司各特更是地道的苏格兰人，但又把他视为大不列颠最有男子气概的人。对此，牛津大学塞西尔(David Cecil，1902—1986)在给《瓦尔特・司各特爵士短篇小说集》所写序言(1933)中解释，"这种现实主义的雄辩力量足以使司各特享有最高荣誉。这是最高意义上的戏剧文学；是罕见的戏剧性文学。在我们的小说中，没有任何事物可与之相比……司各特可能是英国小说家中最不完美的；但是在最伟大的时刻可以与莎士比亚相比的，唯有他一人"。[2] 桑德斯在《牛津简明英国文学史》(1994)中称赞，司各特乃苏格兰的菲尔丁，也是杰出的英国人。也就是说，司各特在维护苏格兰人的尊严过程中，推动苏格兰融入大不列颠，从而在形式上使大不列颠政府不得不正视他。

而曾任爱丁堡大学校长的托马斯・卡莱尔，面对英格兰主导的工业化之大势所趋，以及苏格兰随着大英帝国之扩大而崛起，著述《过去与现在》(1843)，倡导苏格兰人在制度改革、价值观塑造、美学观念等方面，正视客观现实，虽然对市场经济主导下英国出现物欲膨胀的现实，在感情上是他所不愿的。其《文学史演讲》(1892)论及古罗马文学、中世纪文学、德国和西班牙及法国文学，尤其是英国文学发展主要历程及主要代表性作家，以及论述神明、先知、诗人、教士、文人、帝王等不同英雄的《论英雄和英雄崇拜及历史上的英雄业绩》(1841)，偶尔也会眷恋苏格兰(nostalgia for Scotland)，把诺克斯和瓦特视为苏格兰英雄，但没有像彭斯和司各特那样建构苏格兰语言及其历史主体性，而用家乡的方言说自己是一个英国人(Englishman)，比自觉意识到苏格兰传统更甚的是，他先知般话语和独特风格，是和苏格兰概念(Scotticisms)和怀旧(neolo-

---

① Evan Gottlieb. *Feeling British: Sympathy and National Identty in Scottish and English Writing* 1707—1832. Lewisburg, PA: Bucknell University Press, 2007.

② 文美惠编选：《司各特研究》，北京：外语教学与研究出版社，1982年，第283—284页。

gisms)混杂在一起的，把自己置于苏格兰之中，又置身于苏格兰之外[①]。这些深刻思想，影响了狄更斯，后者曾言其《荒凉山庄》《艰难时世》《钟声》等关注“英国现状问题”的作品受卡莱尔影响，他尤其喜爱阅读卡莱尔力作《法国革命》(1837)。对和伦敦保持密切关系的卡莱尔，桑德斯《牛津简明英国文学史》(1994)高度赞赏，认为“卡莱尔是维多利亚时代初期英国一位声音最强劲、效果最显著的批评家。他写的小册子、论文、演讲和论著，审视了当时英国的令人困惑和反常现象，并进行深刻批评。托马斯·卡莱尔是‘苏格兰启蒙运动’后期的产物，也是使《爱丁堡评论》(创刊于1802年)成为一种被认为超越了苏格兰境界的知识学术力量的那一文化的产物。”[②]他在文学创作上来自苏格兰的创造性启示，1833年在《弗雷泽》杂志上连载长篇小说《衣裳哲学》，又名《旧衣新裁》(*Sartor Resartus*，1831)，影响了后来乔伊斯的实验性之作。

第二，抗拒苏格兰、抵抗大不列颠。我们从译介实践中发现，从彭斯到麦克迪尔米德、克劳福德通过苏格兰语，或保留大量苏格兰语的英语诗歌，彰显苏格兰作为主体性民族的文化魅力。而仅就他们所代表的苏格兰人对语言之选择而言，可以看出苏格兰语的生命力不以大不列颠政府的意志为转移，显示出苏格兰人对苏格兰认同的执着。而这样的执着，正是苏格兰文学家对成为大不列颠一部分存有芥蒂。王佐良在《彭斯诗选》中就提及，彭斯有感于美国独立革命，写下诗篇《颂歌(庆祝华盛顿将军诞辰)》，赞扬华盛顿领导美国人从英国人统治下独立出来，感慨苏格兰人安于被英格兰人奴役的可耻，“你那自由的灵魂逃到了何处？/同你伟大的先烈进了坟墓！”；法国大革命发生后，大不列颠政府紧张，和法国关系密切的苏格兰则兴奋起来，出现了上文提及的彭斯向法国人民捐赠四门小炮事件，苏格兰志士缪亚等公开支持法国革命、反对英格兰主导的大不列颠政府，在爱丁堡被控叛国罪，被流放海外，彭斯写下诗篇《不管那一套》，“管他们这一套那一套，/什么贵人的威仪那一套，/实实在在的真理，/顶天立地的品格，/才比什么爵位都高！”[③]。已经继承英格兰贵族爵位的拜伦勋爵，更是身体力行反对英格兰主流价值观。文学

---

① Ian Brown ed. *The Edinburgh History of Scottish Literature* (Vol. Ⅱ). Edinburgh: Edinburgh University Press, 2006, p. 247.

② [英]安德鲁·桑德斯著、谷启楠等译：《牛津简明英国文学史》(下)，北京：人民文学出版社，2000年，第589页。

③ 王佐良译：《苏格兰诗选》，长沙：湖南人民出版社，1986年，第24页。

家这样的行为，不是意气用事，而有客观历史根据。

“联合”近300年到来之际，著名文化人士麦克卢尔(J. D. McClure)发表《翻译是归化吗？来自苏格兰语的某些测试案例》(1991)，严肃批评说，英语不属于某个特殊的共同体，或者无论如何，属于如此巨大且多样化到没有共同特征程度，除了共同的人性和英语语音之外，苏格兰语则是一种具有强烈地方特征的语言，独一无二到仅限于地理界限明确的一小块区域，而且苏格兰语是这种人的语言，即自失去了独立政治地位近三百年的苏格兰人，一直在坚持强烈而坚定的民族特殊性，以至于在外人看来，他们的民族性之自然诉求，到了违反常理或不可思议的程度，“这种情形即便不是全部讲苏格兰语的人的真实状况，至少也是苏格兰语作家的通常情况，在20世纪尤其如此，苏格兰语被用作民族认同的公然标志：任何用苏格兰语撰写的文字，都是意识形态的表达，宣称这种作家会拒绝政治的和主流的英语共同体”[①]。“联合”而非“合并”，但三百年来苏格兰并未获得，苏格兰人感受到英格兰中心论的压力，尤其是低地苏格兰人的英格兰化。可是，低地苏格兰人却伴随着英格兰化趋势，引发彭斯等人的激烈反抗。

这样一来，我们越发意识到，还原苏格兰文学原貌、重建英国文学框架下的苏格兰文学、反思苏格兰文学汉译历程并充分估计这个历程中的复杂性，是极为有价值的学术工作和文学教育事业。

(1)英国文学发展中所出现的结构性矛盾。1707年苏格兰和英格兰两个王国合并成统一的大不列颠王国，使不列颠不仅疆域面积扩大了三分之一，而且文化构成也发生了根本变化。因为“联合”并非多民族融合，苏格兰因素始终是独立存在的，只是在官方正式表述上被销蚀于帝国扩张大业之中，这就造成了司各特何以矢志不渝地用苏格兰习惯的审美方式表达苏格兰的诉求，而成长于苏格兰的拜伦何以一定要反对英格兰主导的英国议会、支持和苏格兰关系密切的希腊之基本原因所在。然而，中国人是按大英帝国时代的英国文学史观理解浪漫主义文学的，汉译了很多彭斯、司各特、拜伦等人作品，汉译过程很自然地屏蔽了彭斯和司各特在审美上更多是表达没有切实融入大不列颠的苏格兰认同、拜伦的

---

① J. D. McClure, “Is translation naturalisation? Some Test Cases from Scots”. In J. J. Simon, and A. Sinner eds. *English Studies* 3: *Proceedings of the Third Conference on the Literature of Region and Nation*, *Part* 1. Luxembourg: Publications du Centre Universitaire de Luxembourg, 1991, p. 193.

浪漫主义灵感更多是来自苏格兰经验和南欧被欧洲大国欺负的现实，这造成渗透在他们的浪漫主义小说或诗歌的字里行间的诸多重要情感，包括不满英格兰主导的工业化和政治制度、两个王国合并后苏格兰备受压抑的忧虑等，在汉译作品中都未能得到确切呈现、恰当解释。而失去了这类苏格兰性的浪漫主义文学，不仅仅被理解为英国文学的一种地方文学，甚至被误解成是英格兰的一部分。这种情形，在写实主义、现代主义和后现代主义等文学的论述中，同样存在，造成丰富复杂的英国文学史被简化为貌似只是英格兰文学及其延伸。

(2)若是按英国文学史家所建构的既成英国文学史，我们难以发现联合王国因为增加苏格兰因素，在叙述内容、美学呈现和语言修辞选择等方面得到极大丰富的实际状态。《剑桥英国文学史》和《牛津英国文学史》，始终是在以英格兰为主体的文学框架下：这种情形，正如英国历史学难以顾及苏格兰促进了以英格兰为主体的大英帝国之辉煌一样，也如同英国文化史学家难以看到不同于英格兰的苏格兰王国民族的独特性那样，如1897—1901年任英格兰国教主教的《英国史评论》首任主编克莱顿(Mandell Creighton，1843—1901)，致力于建构“英国国民”(English people)概念，但其著作《英国人的国民性》(*The English National Character*，1896)几乎未提及英国民族性格中的苏格兰元素或爱尔兰元素[①]。正因为如此，主流的英国文学史也就不能充分考虑苏格兰文学家特有的审美表达，包括苏格兰文学、爱尔兰文学和威尔士文学等皆是英格兰化的英国文学。对此，桑德斯《牛津简明英国文学史》(1994)辩解道，“英语文学的非中心化不可避免地伴随着英语成为一种世界性语言而出现，这种语言为数以万计与英格兰毫无联系的人用来讲话和写作。二十世纪的评论家，没有哪一位会有约瑟夫·安格斯那种帝国傲慢设想：‘没有哪个民族会接受和欢迎(英国文学)的，除非该民族在生活中重新创造我们自己的形象。’即使在安格斯的时代，苏格兰的写作作为英格兰的(在某种情况下是不列颠的)传统的替代而继续繁荣，美利坚合众国则开始发展它自己的具有特色的美国式表达。如果美语文学现在普遍被认为相当独立于英语文学的话，那么苏格兰文学的独立性也在日趋变得明显起来。苏格兰长期以来被部分地纳入不列颠的观念之中，常常被那些应该对此有更清楚了

① 克莱顿不是疏忽，深知宗教在其中的原因。他在《教会与民族》(*The Church and the Nation: Charges & Addresses*. London, New York and Bombay: Longman Green and Co. 1903)中论英格兰教会对英格兰王国的作用。

解的外来人混同于英格兰。它只是极不情愿地跟在'大不列颠'爱尔兰的后面。现在不少人认为，盎格鲁-苏格兰文学(苏格兰书店里的书架上那些火药味不浓的书籍就是例证)。关于盎格鲁-威尔士文学的那些篇幅更小的书籍，就像苏格兰和爱尔兰的创作，是一种文化变异的表达，并作为大多数威尔士大学的副科课程被认可。加拿大、澳大利亚、新西兰、非洲、印度和加勒比海国家地区的各具特色的英语语言文学也不可避免地繁荣起来，这种繁荣是通过探索一种与它们一度乐于提及的'母亲国家'相分离的个性特征的成熟感获得实现的。"①

可以说，百余年来汉译苏格兰文学，就是在英国人客观上所制造的困境中进行的。21世纪的中国人，要突破这种困境仍然很不容易，因为英国人所制造的困境，已经变成英国文学史的常识，是无须怀疑的基础知识。本来，中国人很希望比较全面地了解欧洲文学，按茅盾《现在文学家的责任是什么?》(1920)所说，"我以为现在文学家的责任是在将西洋的东西一毫不变动的介绍过来；而在介绍之前，自己先得研究他们的思想史，他们的文艺史，也要研究到社会学人生哲学，更欲晓得各大名家的身世和主义"，《新文学研究者的责任与努力》(1921)也提到，"翻译某文学家的著作时，至少读过这位文学家所属之国的文学史，这位文学家的传，和关于这位文学家的批评文学"②。包括茅盾在内，都不可能在英国人所建构的英国文学史中找到独立的苏格兰文学史，也不会看到彭斯和司各特等人苏格兰身份及其所可能隐藏的意义，更不可能在英国有意识屏蔽拜伦民族身份复杂性的叙述中找到他和苏格兰之关系的材料、意义，这就是《司各德评传》虽然被视为茅盾"关于司各特最具系统的论述"③"是一个有拓荒意义的项目，是茅盾求本溯源的结果"④，也不可能触及司各特创作本质上乃苏格兰知识分子表达对苏格兰认同、大不列颠认知这样的核心论题。更有甚者，从晚清到20世纪40年代后期，中国普遍把英美当作现代文明国家追赶，没能质疑英国人所建构的屏蔽苏格兰文学的英国文学史观的；冷战时代，英国虽然被当作老牌资本主义国家而被无情批判，但赶英超美，仍然是中国政府的暗中追求的；20世纪70年代末到

---

① [英]安德鲁·桑德斯著，谷启楠等译：《牛津简明英国文学史》(上)，北京：人民文学出版社，2000年，第18—19页。

② 《茅盾全集》第十八卷，北京：人民文学出版社，1989年，第10、11、68、69页。

③ 葛桂录：《中英文学关系编年史》，上海：上海三联书店，2004年，第173页。

④ 朱德发等：《茅盾前期文学思想散论》，济南：山东人民出版社，1983年，第223页。

20 世纪 90 年代末，仍把英国视为现代教育、现代科技、现代经济体系等最为发达国度，在这样的历史进程中质疑英国人所建构的英国文学史，无异于天方夜谭。然而，2014 年苏格兰独立公投事件及其后续效应，迫使我们必须辨析英国建构的英国文学框架所存在的问题，正视苏格兰地区学者关于苏格兰文学的认知，呈现被大不列颠或联合王国所压抑的苏格兰身份，重建中国译介史苏格兰文学的观念和接受历史及其伴随问题。

梳理百年英国文学汉译历程，厘清英国文学框架下苏格兰文学译介的情形，建构相对清晰的苏格兰文学概念，对认识王佐良等人在英国文学译介史上的巨大贡献，以及对理解苏格兰人三百年来顽强坚持苏格兰民族认同的复杂问题，有重要的现实意义，其学术价值不可低估，正如赫曼认为司各特爵士发明了历史小说的门类，为现代性提供了一剂“自觉的解药”，使文学成为“现代生活一部分的场所”；在科学和工业领域，瓦特发明蒸汽发动机“赋予资本主义现代的面孔，并一直坚持至今”(320—321)；商业可以选择地理位置，例如城市接近廉价劳动力，也是苏格兰人力挽了工业的负面影响；苏格兰人还推动了城市公共卫生运动，诸如此类，不一而足[①]。

首先，无论如何，联合之后，大不列颠才迅速壮大成世界性的大英帝国，苏格兰社会才有长足发展。这就造成 1862 年公推为爱丁堡大学校长的托马斯·卡莱尔更愿意认同大不列颠的基本原因，“若在他的创作中，苏格兰不是一个民族，而只是族群和知识分子之集合，与一个想象的空间之合集，那么日耳曼英格兰要扩张的就不仅包括苏格兰、威尔士和爱尔兰，而且包括整个的英国殖民地，哪怕已经获得独立的美国。当卡莱尔的社会批评主要是面向大不列颠，关乎的不仅是讲英语的英格兰状况，那么其听众就是国际的，就像他《宪章运动》(*Chartism*，1840)，他诉诸的‘英国’人(‘The English’ people)就组成了一个想象的操英语的共同体，一个包括纽约、加尔各答、悉尼湾的超级民族实体。他的先驱已经把撒克逊人视为英国自由传统奠基者，卡莱尔建构了民族迁徙(national migration)的神话，迁移(和殖民的)撒克逊种族相继征服和取得了土著人。英格兰本身就是 14 世纪从日耳曼来到大不列颠的殖民地所建立的，北美、西印度群岛、印度、中国诸多港口城市、非洲和澳洲的大不列颠

① Arthur Herman. *How the Scots Invented the Modern World: The True Story of How Western Europe's Poorest Nation Created Our World & Everything in It*. New York: Three Rivers Press, 2002, p. 254.

殖民者就属于迁徙之地的一部分"[①]。也就是说，卡莱尔不是以直接提出"苏格兰问题"而获得苏格兰人尊敬的，"当时卡莱尔没有被认为对苏格兰文化的明显发展做出贡献，而在苏格兰民族主义运动尚不明显的19世纪中期，这是一点也不惊讶的"[②]，但卡莱尔以《法国革命史》(1837)和《论英雄、英雄崇拜和历史上英雄事迹》(1841)这类以深刻讨论普遍问题，为苏格兰人赢得广泛的世界声誉，苏格兰人自觉把他被列入苏格兰国家先贤祠。

更重要的是，因为和整个英国一样，苏格兰的文学生产和苏格兰经济导向的关联日趋密切，对苏格兰经典作家的文学研究和教学完全是学院制度性行为，并且如文学创作需要直面文化杂交那样，文学批评实践也必须顾及大不列颠进程。这样的情形，导致读者要知晓苏格兰最被公认及被赞誉的诗人究竟有多少、有哪些人，必须通过苏格兰各大学的相关机构和研究者来确定，如伯恩德赛(John Burnside)、杰米(Kathleen Jamie)、帕特森(Don Patterson)、克劳福德(Robert Crawford)、金洛克(David Kinloch)等人进入其中，在很大程度上是苏格兰学术精英确定的。也就是说，若不是格拉斯哥大学英语文学系耗时33年研究和教授埃德温·摩根(Edwin Morgan)的诗歌，这位诗人是很难得到承认的，正如道格拉斯·邓恩(Douglas Dunn)的名声得益于圣安德鲁斯大学有人长期不懈地研究一样。若不严肃对待苏格兰的大学和学院用切实的经费和物质条件支付驻校诗人或剧作家或小说家的文学写作，而认为这种经费支出仅是浪费纳税人的钱财，还嘲笑对文学存在的合法性进行学术探寻的制度性保障，那么要承认大学、学生和苏格兰文学课程本身就会困难，在学院里的文学写作也就很难延续。20世纪90年代兴起在科学基础上的文化研究，使苏格兰和英国、世界其他地方的人文学科研究受到冲击，对文学艺术进行经济学的估价，产生了更多问题，如殃及对诗、剧作和小说作品之价值的评估，就类似于怀疑论对文学作品的确定和评估那样的困难。这是严重背离苏格兰启蒙运动及其结果——把哲学思考置于优先位置的苏格兰教育模式的。创作文学和关于文学的讨论，应该是促进不同意见的对话。学院的文学创作和文学批评一体化，若有助于鼓励这类

① Ian Brown ed. *Edingburgh Hisroty of Scottish Literature* (Vol. Ⅱ). Edingburgh: Edingburgh University Press, 2007, p. 248.

② Ian Brown ed. *Edingburgh Hisroty of Scottish Literature* (Vol. Ⅱ). Edingburgh: Edingburgh University Press, 2007, p. 247.

创造性活动，那么苏格兰文学可能是唯一继续受益的①。

同样重要的是，我们不能回避苏格兰学者过于强烈认同苏格兰文学所带来的可能后果问题。爱丁堡大学教授卡拉瑟斯(Gerard Carruthers)《苏格兰文学》(2009)导言就声称，他要“讨论的是‘苏格兰文学’学科的质疑、建构和生气。近几十年的各学科，和各门科学、艺术一样，已被严格审查，不再是自然发生，苏格兰文学经由某些视野，被视为是民族准则和政治的附加项目(loaded project)。对某些人而言，某些方面的扩展是确实的，但是根据英国文学所经历的新自我反思，在某种意义上苏格兰文学突然在前所未有的领域发现了自我。即便苏格兰文学作为一个概念不比英国文学更为令人困惑，它也必须经历自我反思，就如同英国文学近来所进行的自我审查一样。1980年代以来，大量批评家正确判断苏格兰文学作为一种研究领域，这个领域已经非常缓慢地去查考自身结构，过去很少直接面向根本的文学研究基础的理论路径”②。然而，此后苏格兰要举行独立公投的大势从未减缓，这就意味着这种情形未必得到好转，如格拉斯哥大学越发特别强调苏格兰文学过去的光荣，按该校梅里教授(Willy Maley)(《论废除苏格兰文学系》，2012)所批评的，把罗伯特·彭斯当作文化怀旧的代表，并痴迷于过去，这种保守的阅读和研究趣味，已经限制了苏格兰文学意义及其扩展，格拉斯哥大学作为苏格兰文学中心，应该在不会僵化而永远都能进行学科反思内省中的提供“多种新声的源泉”(seedbed for new voices)③。而且，苏格兰知识精英把苏格兰文学变成苏格兰人自我认同的根据，是得到政治精英的积极推动，而这些又是利用英国法律条件所展开的合法学术行为。这种情形加剧英苏关系紧张，完全是可能的。进而，也就能理解大不列颠或联合王国框架下的苏格兰问题，这就是那位美国重要学者赫尔曼在爱丁堡大学访学交流一学期后，就能感受到苏格兰对英国乃至对人类的现代文明贡献之大，耗时十年著述《苏格兰发明现代世界》，描述大多来自爱丁堡、格拉斯哥、阿伯丁、邓迪、圣安德鲁斯等相邻的苏格兰城市，以及在18—20世纪时间段，各领域一个个杰出的苏格兰人对现代性建构的具体作用。该论述极有召唤

---

① Matt McGuire, “Tartan Noir and the Scottish Literary Canon”, *Studies in Scottish Literature* Vol. 40, 2014, p. 30.

② Gerard Carruthers. *Scottish Literature*. Edinburgh: Edinburgh University Press, 2009, p. 1

③ Willy Maley. “On the Abolition of the Scottish Literature Department,” *SSL*, 38 (2012), p. 38.

力：最初两版是由美国兰登书屋的皇冠出版集团(The Crown Publishing Group，2001)及其在加拿大魁北克的三河城分社(Three Rivers Press，2002)推出，问世不久，分别是《华盛顿邮报》排行榜14周、加拿大《全球和邮件》80周的畅销书。在此情形下，英国被迫接纳之，但被易名为《苏格兰启蒙运动：苏格兰对现代世界的发现》，很显然英国并不希望凸显超越英格兰的苏格兰魅力。

实际上，对于威尔士、苏格兰、(北)爱尔兰各王国组成的联合王国之内部结构性问题，英国主流学术界在一定程度上是清醒的。对此，鲍威尔(David Powell)在《国家与认同：1800年以来的大不列颠国家》(2002)中并非盲目乐观，而是认为经济腾飞未能有效促成完整的大英帝国认同，认真指出伴随着爱尔兰、苏格兰和威尔士的经济增长，各地的民族主义也在成长，如爱尔兰的天主教徒在城市化过程中日趋强烈反对英格兰安立甘宗，“在苏格兰把宗教和民族主义联系在一起则是更为诡异，虽然必要性并不充足”，国家和帝国关系在英国变得日趋复杂[①]。这种分析是极为深刻的，具体到苏格兰问题，米切尔(James Mitchell)《苏格兰问题》(2014)就批评道，“任何国家和国族皆非本然的。苏格兰作为一个国家的观念同样是偶然的”，但苏格兰民族主义者痴迷于成功抵抗英格兰人进攻的班诺克本战役、1320年签署有关苏格兰作为独立国家的《阿布罗斯宣言》(Declaration of Arbroath)，正如英格兰帝国主义者念念不忘1215年英格兰国王在温莎附近签署《大宪章》(*Magna Carta*)，被誉之为《自由宪章》(*Magna Carta Libertatum*)，从而不可一世那样[②]。但英国政府积极面对这种已经现实化了的苏格兰问题。因为今天，苏格兰高地英语仍然可以看到早期语言的痕迹，在苏格兰西北部地区以及离岛的口语和书面语中盖尔语占有相当的比重，为此BBC苏格兰电台Radio Scotland定期播出盖尔语媒体节目，电影和电视节目也不回避使用盖尔语，其中部分得到英国政府盖尔语电影基金(Gaelic Film Fund)的资助。

在英国文学框架下汉译苏格兰文学，还需注意苏格兰教会及其分裂对苏格兰文学发展的影响问题。苏格兰教会里演奏的圣诗，成为苏格兰人信仰的一部分，也是他们日常生活中的审美根据之一，彭斯和司各特、斯蒂文森和柯南·道尔，到爱德温·缪尔和罗琳等人皆不同程度受影响，

---

① David Powell. *Nationhood and Identity*: *The British State Since* 1800. London & New York: I. B. Tauris Publishers, 2002, pp. 61-62.

② James Mitchell. *The Scottish Question*. Oxford: Oxford University Press, 2014, p. 4.

诸多作品表露出苏格兰基督教痕迹。可是触及该话题，却困难重重，除了苏格兰教会分裂、苏格兰生活方式随着日益脱离苏格兰传统、天主教在苏格兰盛行等，已经使苏格兰教会影响力减弱、影响方式变化，更有某些作家个人原因，如彭斯就因教会干预过其恋爱和婚姻，对苏格兰教会都持批评态度，导致苏格兰基督教对苏格兰文学的影响，变得敏感、复杂。卢克厚文(Luuk Houwen)《中世纪晚期和现代初期苏格兰的文学与宗教》(*Literature and Religion in Late Medieval and Early Modern Scotland*, Leuven, Belgium: Peeters, 2012)就深刻指出传统苏格兰文学与基督教之关系。2016年7月1—3日苏格兰文学协会(ASLS)年度会议论题是"苏格兰的文学与宗教"(Literature and Religion in Scotland)，届时全球诸多苏格兰文学专家会聚首爱丁堡大学讨论这一复杂话题。

由此愈发意识到，还原苏格兰文学原貌、重建英国文学框架下的苏格兰文学、反思苏格兰文学汉译历程并充分估计这个历程中的复杂性，是极为有价值的学术工作和文学教育事业。在爱丁堡大学和格拉斯哥大学等林汝耀《苏格兰游学》(光绪三十四年，1908)序言云，"英以实业立国。苏格兰各校，实业科学，颉颃英伦。而艺学发明家，如对数学之讷皮亚(Napier)，汽机学之占士瓦德(James Watt)，物理学之克尔芬(Kelvin)等，并为各国崇仰。近年其学部复加意振兴艺学，于理化、工程、医术各门，皆极力扩充"，在广泛介绍苏格兰各大学的农科情况后便联想到，"回视中华，占四百馀万英方里之沃土，寒暑宜，灌溉备，人民众，工价廉，久为全球所羡慕。苟能用人力以尽地利，富强何难立待？而乃民生日蹙，国用不裕，一有水旱偏灾，人民流离冻馁死于沟壑者辄以万计。呜呼！吾国民徒知拘守古法而不知讲求新理……"①

总之，通过这些工作，至少从汉译百年英国文学的历史迷雾中厘清出中国关于苏格兰文学的知识，还原出汉译英国文学中的苏格兰文学之微不足道的位置；通过重建英国尤其是苏格兰关于英国文学以及苏格兰文学和历史之研究历程，发现苏格兰文学不同于联合王国其他文学，是因为苏格兰在英国形成过程中的角色之独特性所确定的：英格兰和苏格兰都以主体身份，在和谈中完成合并法律程序、非暴力解决联合的事务性问题，从而不同于英格兰对威尔士的吞并(英格兰以主体性姿态，对处

① (清)容闳、(清)祁兆熙、(清)张德彝、(清)林汝耀等著，钟叔河主编：《西学东渐记·游美洲日记·随使法国记·苏格兰游学指南》，长沙：岳麓书社，1985年，第606、628页。

于劣势的威尔士公国进行非暴力的合法占有），也异于英格兰以主体姿态和暴力方式，对处于客体地位的爱尔兰之兼并。这种不同情形，导致苏格兰文学在国家认同和民族认同上，不同于爱尔兰文学、威尔士文学，苏格兰学者持续地把英格兰塑造成苏格兰的他者形象。进而，为我们从翻译对象和翻译理论上，看清来自英国本土的英国文学史结构之严重问题，提供了可能性；还会促使中国读者面对英国文学时，要有中国主体意识，以此重建英国文学结构，为未来重新自觉翻译已经成为英国文学经典一部分的苏格兰文学，以及有意识翻译苏格兰文学经典，甚至建构中国的苏格兰文学史，以及更理性地认识英国这个世界上奇特的联合王国提供借鉴。

参考文献

[1]阿英．晚晴文学丛钞：小说戏曲研究卷．上海：中华书局，1960.

[2](英)安东尼·D. 史密斯．全球化时代的民族与民族主义．龚维斌，良警宇，译．北京：中央编译出版社，2002.

[3](英)埃里·凯杜里．民族主义．张明明，译．北京：中央编译出版社，2002.

[4](法)埃利·哈列维．哲学激进主义的兴起——从苏格兰启蒙运动到功利主义．曹海军，等译．长春：吉林人民出版社，2011.

[5](英)安德鲁·桑德斯．牛津简明英国文学史．谷启楠，等译．北京：人民文学出版社，2000.

[6](美)安德森·本尼迪克特．想象的共同体：民族主义的起源与散布．吴叡人，译．上海：上海人民出版社，2003.

[7](英)拜伦．恰尔德·恰哈尔德游记．杨熙龄，译．上海：新文艺出版社，1956.

[8](英)拜伦．拜伦抒情诗七十首．杨德豫，译．长沙：湖南人民出版社，1981.

[9](英)拜伦．拜伦诗选．查良铮，译，上海：上海译文出版社，1982.

[10](英)拜伦，济慈．穆旦(查良铮)译文集——拜伦诗选　济慈诗选．查良铮，译．北京：人民文学出版社，2005.

[11]陈国华．《英语史：从古代英语到标准英语》导读．外语教学与研究，2000(5).

[12]陈平原．20世纪中国小说史．北京：北京大学出版社，1989.

[13]程巍．隐匿的整体：程巍自选集．郑州：河南大学出版社，2009.

[14]程巍．泰坦尼克号上的中国佬：种族主义的想象力．桂林：漓江出版社，2013.

[15]程巍．文学的政治底稿：英美文学史论集．上海：复旦大学出版社，2014.

[16](美)达比．风景与认同：英国民族与阶级地理．张箭飞，赵红英，译．南京：译林出版社，2011.

[17](英)多萝西·华兹华斯．苏格兰旅游回忆．倪庆饩，译．昆明：云南人民出版社，2011.

[18](英)厄内斯特·盖尔纳．民族与民族主义．韩红，译．北京：中央编译出版社，2002.

[19]方志强．平民的先知——卡莱尔与英国维多利亚社会．台北：台湾大学出版中心，2011.

[20](意)卡洛·金兹伯格．孤岛不孤：世界视野中的英国文学四论．文涛，译．上海：华东师范大学出版社，2014.

[21](英)克拉克.1660—1832年的英国社会.姜德福,译.北京:商务印书馆,2014.
[22](美)克莱顿·罗伯茨,戴维·罗伯茨,道格拉斯·比松.英国史.潘兴明,等译.北京:商务印书馆,2013.
[23]葛桂录.中英文学关系编年史.上海:上海三联书店,2004.
[24]郭军.乔伊斯:叙述他的民族——从都柏林人到尤利西斯.北京:外语教学与研究出版社,2010.
[25]郭嵩焘.伦敦与巴黎日记.长沙:岳麓书社,1984.
[26]郭延礼.中国近代翻译文学概论.武汉:湖北教育出版社,2001.
[27]郎琴芳.英国浪漫主义诗歌赏析.合肥:安徽大学出版社,2012.
[28]黎子鹏.经典的转生:晚清《天路历程》汉译研究.香港:基督教中国宗教文化研究社,2012.
[29]李有成.帝国主义与文学生产.台北:"中央研究院"欧美研究所,1997.
[30]廖七一.梁启超与拜伦《哀希腊》的本土化.外语研究,2006(3).
[31]刘军平.西方翻译理论通史.武汉:武汉大学出版社,2009.
[32]刘树森.西方传教士与中国近代之英国文学翻译.英美文学研究论丛,2001(1).
[33](英)罗素.西方哲学史.马元德,译.北京:商务印书馆,1982.
[34]吕洪灵.苏格兰文艺复兴与苏格兰小说的多样化发展.当代外国文学,2014(4).
[35]何宁.论唐·帕特森与当代苏格兰诗歌传统.外国文学,2014(5).
[36]侯维瑞.英国文学通史.上海:上海外语教育出版社,1999.
[37]黄杲炘.译诗的演进.上海:上海译文出版社,2012.
[38]胡家浩,向宗平.司各特作品导读.武汉:武汉大学出版社,2007.
[39](美)玛丽亚·提莫志克.后殖民语境中的翻译——爱尔兰早期文学英译.上海:上海外语教育出版社,2004.
[40]欧阳兰.英国文学史.北京:北京大学出版部,1927.
[41](英)彭斯.我爱人像红红的玫瑰——彭斯诗歌精粹.袁可嘉,译.北京:人民文学出版社,2008.
[42](英)Roger,Ellis & Oakley—Brown,Liz.翻译与民族:英格兰的文化政治.北京:外语教学与研究出版社,2006.
[43]容闳,祁兆熙,张德彝,林汝耀,等.西风东渐记·游美洲日记·随史法国记·苏格兰游学指南.钟叔河,主编.长沙:岳麓书社,1985.
[44]钱乘旦,许洁明.英国通史.上海:上海社会科学院出版社,2007.
[45](英)屈勒味林.英国史.钱端升,译.北京:中国社会科学出版社,2008.
[46]石梅芳.婚姻与联盟——浪漫主义时期的苏格兰小说研究.天津:南开大学出版社,2014.
[47](美)斯奈德.不列颠人:传说和历史.北京:北京大学出版社,2009.

[48]屠岸．英国历代诗歌选．南京：译林出版社，2007.
[49]肖明翰．英国文学传统之形成：中世纪英语文学研究．北京：社会科学文献出版社，2009.
[50]颜学军．20世纪英国地域性诗歌的文化特性．当代外国文学，2007(1).
[51]杨蕾．《威弗利》的文学地理学解读．世界文学评论，2008(2).
[52]袁可嘉．彭斯诗钞．上海：上海译文出版社，1981.
[53]袁可嘉．我爱人像红红的玫瑰——彭斯诗歌精粹．北京：人民文学出版社，2008.
[54]王建开．五四以来我国英美文学作品译介史：1919—1949. 上海：上海外语教育出版社，2003.
[55]王佐良．彭斯诗选．北京：人民文学出版社，1958，1985.
[56]王佐良．苏格兰诗选．长沙：湖南人民出版社，1986.
[57]王佐良．英国浪漫主义诗歌史．北京：人民文学出版社，1991.
[58]王佐良，周珏良．英国二十世纪文学史．北京：外语教学与研究出版社，1994.
[59]王佐良．英国诗史．南京：译林出版社，1997.
[60]王佐良．带一门学问回中国：英国文学的信使王佐良卷．天津：天津人民出版社，2009.
[61]王佐良．英国诗选．上海：上海译文出版社，2011.
[62]王佐良．英诗的境界．北京：生活·读书·新知三联书店，2012.
[63]文美惠．司各特研究．北京：外语教学与研究出版社，1982.
[64]文美惠．斯蒂文森精选集．济南：山东文艺出版社，1998.
[65]吴赟．翻译·构建·影响：英国浪漫主义诗歌在中国．北京：北京大学出版社，2012.
[66]张德明．从岛国到帝国：近现代英国旅行文学研究．北京：北京大学出版社，2014.
[67]张剑．现代苏格兰诗歌．北京：外语教学与研究出版社，2002.
[68]周洁．达菲诗歌中的族群意识．浙江外国语学院学报，2013(2).
[69]朱湘．中国现代散文经典文库朱湘．北京：大众文艺出版社，2005.
[70]Albert, Edward. *The History of English Literature*. Oxford: Oxford University Press, 1979.
[71]Alker, Leith. Davis & Holly Faith Nelson, *Robert Burns and Transatlantic Culture*. Farnham: Ashgate Publishing Ltd, 2012.
[72]Anderson & Christianson. *Scottish Women's Fiction*, 1920*s to* 1960*s*: *Journey's into Being*. East Linton: Tuckwell Press, 2000.
[73]Bateman, Meg, Crawford, Robert & McGonigal, James. *Scottish Religious Poetry*: *An Anthology*. Edinburgh: Saint Andrew Press, 2000.

[74]Beattie, Bryan & Hassan, Gerry. *Imagination: Stories of Scotland's Future*. Drumderfit, North Kessock: Big Sky Press, 2011.

[75]Bell, Robin. *The Best of Scottish Poetry: An Anthology of Contemporary Scottish Verse*. Edinburgh: W & R Chambers Ltd, 1989.

[76]Blake, G. R. *Scotland of the Scots*. London: Sir Isaac Pitman & Sons Ltd., 1919.

[77]Bold, Alan. *Modern Scottish Literature*. London & New York: Longman. 1983.

[78]Bone, Drummond. *The Cambridge Companion to Byron*. Cambridge: Cambridge University Press, 2004.

[79]Breitenbach, Esther. *Empire and Scottish Society: The Impact of Foreign Missions at Home, 1800—1914*. Edinburgh: Edinburgh University Press, 2009.

[80]Broadie, Alexander. *The Scottish Enlightenment: The Historical Age of the Historical Nation*. Edinburgh: Brilinn, 2001.

[81]Broadie, Alexander. *The Cambridge Companion to The Scottish Enlightenment*. Cambridge: Cambridge University Press, 2003.

[82]Brown, Ian. *The Edinburgh History of Scottish Literature*, Volume1—3. Edinburgh: Edinburgh University Press, 2007.

[83]Brown, Ian. *The Edinburgh Companion to Scottish Drama*. Edinburgh: Edinburgh University Press, 2011.

[84]Bueltmann, Tanja, Hinson, Andrew & Morton, Graeme (eds.). *The Scottish Diaspora*. Edinburgh: Edinburgh University Press, 2013.

[85]Byron, George. *Selected Poems of Lord Byron*. Ware: Wordsworth Editions Ltd., 1995, 2006.

[86]Cage, R. A. *The Scots Abroad: Labour, Capital, Enterprise, 1750—1914*. London, Sydney& Dover, New Hampshire: Croom Helm Ltd, 1985.

[87]Calder, Angus. *Byron and Scotland: Radical or Dandy?* Edinburgh: Edinburgh University Press, 1989.

[88]Calin, William. *The Lily and the Thistle: The French Tradition and the Older Literature of Scotland*. Toronto: University of Toronto Press, 2013.

[89]Cardwell, Richard. *The Reception of Byron in Europe, Volume I: Southern Europe, France and Romania*. London, New York: Bloomsbury Academic, 2014.

[90]Carruthers, Gerard. *Scottish Literature*. Edinburgh: Edinburgh University Press, 2009.

[91]Carruthers, Gerard. *The Edinburgh Companion to Robert Burns*. Edinburgh: Edinburgh University Press, 2009.

[92]Carruthers, Gerard, Goldie, David & Renfrew, Alastair. *Scotland and the 19th*—

Century World. Amsterdam—New York: Rodopi, 2012.

[93]Carruthers, Gerard & McIlvanney, Liam. *The Cambridge Companion to Scottish Literature*. Cambridge: Cambridge University Press, 2012.

[94]Coren, Michael. *Conan Doyle*. Toronto: Stoddart Publishing Co. Limited, 1995.

[95]Craig, David. *Scottish Literature and the Scottish People*: 1680—1830. London: Chatto& Windus, 1961.

[96] Crawford, Robert. *Devolving English Literature*. London: Clarendon Press, 1992.

[97]Crawford, Robert. *The Scottish Invention of English Literature*. Cambridge: Cambridge University Press, 1998.

[98]Crawford, Robert. *A History of Scottish Literature: Scotland's Books*. Oxford: Oxford University Press, 2009.

[99]Crawford, Robert. *Bannockburns: Scottish Independence and Literary Imagination*, 1314—2014. Edinburgh: Edinburgh University Press, 2014.

[100]Corbett, John. *Written in the Language of the Scottish Nation: A History of Literary Translation Into Scots*. Clevedon etc: Multilingual Matters Ltd., 1998.

[101]Daiches, David. *A Critical History of English Literature*. Vol. 1. New York: The Ronald Press Company, 1969.

[102]Daiches, David. *Robert Burns*. Glasgow: Humming Earth, 1981.

[103] Davidson, Neil. *The Origins of Scottish Nationhood*. London: Pluto Press, 2000.

[104]Davis, Leith, Duncan, Ian & Sorensen, Janet. *Scotland and the Borders of Romanticism*. Cambridge: Cambridge University Press, 2004.

[105]Demaria, Robert, Jr., Chang, Heesok & Zacher, Samantha. *A Companion to British Literature. Volume III: Long* 18th *—Century Literature* 1660—1837. Oxford: John Wiley & Sons, Ltd, 2014.

[106]Dirda, Michael. *On Conan Doyle*. Princeton and Oxford: Princeton University Press, 2012.

[107]Dosa, Attila. *Beyond Identity: New Horizons in Modern Scottish Poetry*. Amsterdam: Rodopi B. V., 1994.

[108]Duncan & Douglas S. Mack. *The Edinburgh Companion to James Hogg*. Edinburgh: Edinburgh University Press, 2012.

[109]Dunnigan, Harker & Newlyn. *Women and the Feminine In Medieval and Early Modern Scottish Writing*. London: Palgrave Macmillan, 2004.

[110]Dunnigan & Suzanne G. *The Edinburgh Companion to Scottish Traditional Literatures*. Edinburgh: Edinburgh University Press, 2013.

[111]Fielding, Penny. *Writing and Orality: Nationality, Culture, and 19th—Century Scottish Fiction*. Oxford: Clarendon Press, 1996.

[112]Fielding, Penny. *The Edinburgh Companion to Robert Louis Stevenson*. Edinburgh: Edinburgh University Press, 2010.

[113]Fielding, Penny. *Scotland and the Fictions of Geography: North Britain*, 1760—1830. Cambridge: Cambridge University Press, 2009.

[114]Fulford, Tim & Kitson, Peter J. *Romanticism and Colonialism: Writing and Empire*, 1780—1830. Cambridge: Cambridge University Press, 1998.

[115]Franklin, Caroline. *Byron*. London: Routledge, 2007.

[116]Freeborn, Denis. *From Old English to Standard English*. London: Macmillan Press, 1998.

[117]Friend, Julius. *Stateless Nations: Western European Regional Nationalism and the Old Nations*. London: Palgrave Macmillan, 2012.

[118]Fulton, Robin. *Contemporary Scottish Poetry: Individuals and Contexts*. Loanhead, Midlothian: MacDonald Publishers, 1974.

[119]Gairn, Louisa. *Ecology and Modern Scottish Literature*. Edinburgh: Edinburgh University Press, 2008.

[120]Gardiner, Macdonald. *From Trocchi to Trainspotting: Scottish Critical Theory Since* 1960. Edinburgh: Edinburgh University Press, 2006.

[121]Gardiner, Macdonald, MacDonald, Graeme & O'Gallagher, Niall. *Scottish Literature and Postcolonial Literature: Comparative Texts and Critical Perspectives*. Edinburgh: Edinburgh University Press, 2011.

[122]Germana, Monica. *Scottish Women's Gothic and Fantastic Writings: Fiction since* 1978. Edinburgh: Edinburgh University Press, 2010.

[123]Gribben, Crawford & Mullan, David George. *Literature and the Scottish Reformation*. Idershot, UK; Burlington, VT: Ashgate Pub. Ltd. 2009.

[124]Giford, Douglas, Dunnigan, Sarah & MacGillivray, Alan. *How to Use This Book Scottish Literature*. Edinburgh: Edinburgh University Press, 2002.

[125]Gish, Nancy K. *Hugh MacDiarmid: The Man and His Work*. London: The Macmillan Press LTD, 1984.

[126]Glen, Duncan. *Hugh MacDiarmid and the Scottish Renaissance*. Edinburgh & London: W. & R. Chambers LTD, 1964.

[127]Graham, Gordon. *Scottish Philosophy in the Nineteenth and Twentieth Centuries*. Oxford: Oxford University Press, 2015.

[128]Graciela De Pierris. *Ideas, Evidence, and Method: Hume's Skepticism and Naturalism Concerning Knowledge and Causation*. Oxford: Oxford University

Press, 2015.

[129] Harris, Stephen J. *Race and Ethnicity in Anglo-Saxon Literature*. London: Routledge Taylor & Francis Books Inc. 2003.

[130] Hart, Francis Russell. *The Scottish Novel: From Smollett to Spark*. Cambridge, Mass.: Harvard University Press. 1978.

[131] Head, Dominic. *The Cambridge Introduction to Modern British Fiction*. 1950—2000. Cambridge: Cambridge University press, 2002.

[132] Hecher, Michael. *Internal Colonialism: the Celtic Fringe in British National Development*, 1536—1966. Berkely & Los Angles: University of California Press, 1975.

[133] Herman, Arthur. *How the Scots Invented the Modern World: The True Story of How Western Europe's Poorest Nation Created Our World and Everything in It*. New York: Three Rivers Press, 2001.

[134] Hubbard, Tom & Jack, R. D. S. *Scotland in Europe*. Amsterdam—New York: Rodopi, 2006.

[135] Ivic, Christopher & Williams, Grant. *Forgetting in Early Modern English Literature and Culture: Lethe's Legacy*. London & New York: Routledge Taylor & Francis Group, 2004.

[136] Johnson, Samuel. *A Journey to the Western Islands of Scotland*. London: printed for J. Pope, 1775.

[137] Kerr, Douglas. *Conan Doyle: Writing, Profession and Practice*. Oxford: Oxford University Press, 2013.

[138] Leask, Nigel. *Robert Burns and Pastoral: Poetry and Improvement in Late 18th—Century Scotland*. Oxford: Oxford University Press, 2010.

[139] Lindsay, Maurice. *History of Scottish Literature*. London: Robert Hale Limited, 1977.

[140] Lindsay, Maurice. *Scotland: An Anthology*. London: Robert Hale & Company, 1974.

[141] Longford, Elizabeth. *Byron*. London: Hutchinson & Co (Publishers) Ltd, Weidenfeld and Nicolson, 1976.

[142] Lyall, Scott & McCulloch, Margery Palmer. *The Edinburgh Companion to Hugh MacDiarmid*. Edinburgh: Edinburgh University Press, 2011.

[143] Lynch, Michael. *Oxford Companion to Scottish History*. Oxford: Oxford University Press, 2001, 2007, 2011.

[144] Keegan, Abigail F. *Byron's Othered Self and Voice: Contextualizing the Homographic Signature*. New York: Peter Lang Publishing, 2003.

[145]Kellas, James G. *The Scottish Political System*. Cambridge etc. : Cambridge University Press 1973, 1975, 1984, 1989.

[146]MacDougall, Carl. *Scots: The Language of the People*. Edinburgh: Black & White Publishing Ltd, 2006.

[147]Mack, Douglas. *Scottish Fiction and the British Empire*. Edinburgh: Edinburgh University Press, 2006.

[148]MacGillivray, Alan(ed.). *Teaching Scottish Literature: Curriculum and Classroom Applications*. Edinburgh: Edinburgh University Press, 1997.

[149]MacLachlan, Christopher. *Before Burns: Eighteenth-Century Scottish Poetry*. Edinburgh: Canongate Books Ltd, 2002.

[150]MacNeil, Kevin. *These Islands, We Sing: An Anthology of Scottish Islands Poetry*. Edinburgh: Polygon, 2011.

[151]MacQueen, John. *The Enlightenment and Scottish Literature, Volume 1: Progress and Poetry*. Edinburgh: Scottish Academic Press, 1982.

[152]MacQueen, John. *The Enlightenment and Scottish Literature, Volume 2: The Rise of the Historical Novel*. Edinburgh: Scottish Academic Press, 1982.

[153]MacQueen, John. *Complete and Full with Numbers: The Narrative Poetry of Robert Henryson*. Amsterdam: Rodopi, 2006.

[154]Maixner, Paul. *Robert Louis Stevenson: The Critical Heritage*, London, Boston and Henley: Routledge & Kegan Paul, 1981.

[155]Manning, Susan. *The Puritan-Provincial Vision: Scottish and American Literature in the Nineteenth Century*. Cambridge: Cambridge University Press, 1990.

[156]Manning, Susan. *Fragments of Union: Making Connections in Scottish and American Writing*. New York: Palgrave Macmillan, 2002.

[157]Manson, John, Grieve, Dorian & Riach, Alan. *The Revolutionary Art of the Future: Rediscovered Poems by Hugh MacDiarmid*. Manchester: Carcanet Press Ltd., 2003.

[158]McCarthy, Angela. *A Global Clan: Scottish Migrant Networks and Identities Since the Eighteenth Century*. London & New York: Tauris Academic Studies, 2006.

[159]McCulloch, Margery Palmer. *Scottish Modernism and its Contexts* 1918—1959: *Literature, National Identity and Cultural Exchange*. Edinburgh: Edinburgh University Press, 2009.

[160]McCulloch, Margery Palmer. *Modernism and Nationalism: Literature and Society in Scotland* 1918—1939. Glasgow: Association for Scottish Literary Studies, 2004.

[161]McGuirk, Carol. *Critical Essays on Robert Burns*. New York: G. K. Hall& Co., 1998.

[162]McGuire, Matt & Nicholson, Colin. *The Edinburgh Companion to Contemporary Scottish Poetry*. Edinburgh: Edinburgh University Press, 2009.

[163]McHale, Brian & Stevenson, Randall. *The Edinburgh Companion to Twentieth-Century Literatures in English*. Edinburgh: Edinburgh University Press, 2006.

[164]McNeil, Kenneth. *Scotland, Britain, Empire: Writing the Highlands*, 1760—1860. Columbus: The Ohio State University Press, 2007.

[165]Mitchell, James. *The Scottish Question*. Oxford: Oxford University Press, 2014.

[166]Mitchell, Sebastian. *Visions of Britain*, 1730—1830: *Anglo-Scottish Writing and Representation*. New York: Palgrave Macmillan, 2013.

[167] Moffat, Alistair. *Scotland: A History from Earliest Times*. Edinburgh: Birlinn, 2015.

[168]Morgan, Edwin. *Crossing the Border: Essays on Scottish Literature*. Manchester: Carcanet Press Ltd, 1990.

[169]Murray, Isobel. *Scottish Novels of the Second World War*. Edinburgh: Word Power Books, 2011.

[170]Nash, Andrew. *Kailyard and Scottish Literature*. Amsterdam: Rodopi, 1994.

[171] Newby, Andrew. *Ireland, Radicalism and the Scottish Highlands*, 1870—1912. Edinburgh: Edinburgh University Press, 2007.

[172]Oliver, Susan. *Scott, Byron and Poetics of Cultural Encounter*. London: Palgrave Macmillan, 2005.

[173]Perry, Seamus. "Coleridge's Scotland", in *Coleridge Bulletin New Series* 17, Summer 2001.

[174]Pittock, Murray. *Scottish and Irish Romanticism*. Oxford: Oxford University Press, 2008.

[175]Pittock, Murray (ed.). *Robert Burns in Global Culture*. Lewisburg, Penn.: Bucknell University Press, 2011.

[176]Pittock, Murray. *The Edinburgh Companion to Scottish Romanticism*. Edinburgh: Edinburgh University Press, 2011.

[177]Pittock, Murray (ed.). *The Reception of Robert Burns in Europe*. Bloomsbury: London, 2014.

[178]Poole, Adrian. *The Cambridge Companion to English Novelists*. Cambridge: Cambridge University Press, 2010.

[179]Powell, David. *Nationhood and Identity: The British State since* 1800. London & New York: I. B. Tauris Publishers. 2002.

[180]Rae, Thomas (ed.). *William Wordsworth in Scotland: A Selection from the Poems Inspired by His Visit to Scotland in* 1803. Greenock: The Signet Press, 1957.

[181]Ray, R. Celeste. *Highland Heritage: Scottish Americans in the American South*. Chapel Hill: UNC Press Books, 2001.

[182]Robinson, Douglas. *Translation and Empire: Postcolonial Theories Explained*. Manchester: St. Jerome Publishing Ltd. 1997.

[183]Rollins, Hyder E. (ed.). *The Letters of John Keats* 1814 - 1821. Cambridge, Mass.: Harvard University Press, 1958. 2 vols.

[184]Ross, David. *Scotland: History of a Nation*. Glasgow: Lomond, 2014.

[185]Royle, Trevor. *The Macmillan Companion to Scottish Literature*. London: The Macmillan Press Limited, 1983.

[186]Runmhar, Tomas. *Killing the Celt*. Lincoln: Lincoln University Press, 2005

[187]Said, Edward W. *Orientalism*. New York: Vintage Books. 1978.

[188]Sanders, Andrew. *The Short Oxford History of English Literature*. Oxford: Clarendon Press, 1994.

[189]Shields, Juliet. *Sentimental Literature and Anglo-Scottish Identity*, 1745 — 1820. Cambridge: Cambridge University Press, 2010.

[190]Sergeant & Stafford. *Burns and Other Poets*. Edinburgh: Edinburgh University, Press, 2012, 2013.

[191]Schoene, Berthold. *The Edinburgh Companion to Contemporary Scottish Literature*. Edinburgh: Edinburgh University Press, 2007.

[192]Scott, Paul Henderson. *Spirits of the Age: Scottish Self Portraits*. Edinburgh: The Saltire Society, 2005.

[193]Smith, George Gregory. *Scottish Literature: Character & Influence*. London: Macmillan & Co. Ltd., 1919.

[194]Speirs, John. *The Scotts Literary Tradition: An Essay in Criticism*. (second edition). London: Faber and Faber Limited, 1962.

[195]Sher, Richard B. *Scottish Authors & Their Publishers in Eighteenth — century Britain, Ireland and America*. Chicago & London: The University of Chicago Press, 2006.

[196]Stafford, Fiona. *Starting Lines in Scottish, Irish, and English Poetry: From Burns to Heaney*. Oxford: Oxford University Press, 2000.

[197]Stringer, Jenny & Sutherland, John. *The Oxford Companion to Twentieth — Century Literature in English*. Oxford and New York: Oxford University Press Inc., 1996.

[198]Tasioulas, J. A. *The Makars: The Poems of Henryson, Dunbar and Douglas*. Edinburgh: Canongate Books Ltd, 1999.

[199]Towsey, Mark. *Reading The Scottish Enlightenment: Books and Their Readers, in Provincial Scotland*, 1750—1820. Leiden & Boston: Brill, 2010.

[200]Tulloch, Graham. *The Language of Walter Scott: A Study of His Scottish and Period Language*. London: Andre Deutsch Limited, 1980.

[201]Varty, Anne. *The Edinburgh Companion to Liz Lochhead*. Edinburgh: Edinburgh University Press, 2013.

[202]Ward, A. W. & Waller, A. R. *The Cambridge History of English Literature, Volume II: The End of the Middle Ages*. Cambridge: Cambridge University Press, 1967.

[203]Watson, Moray & MaacLeod, Michelle. *The Edinburgh Companion to the Gaelic Language*. Edinburgh: Edinburgh University Press, 2010.

[204]Watson, Roderick. *The Poetry of Scotland: Gaelic, Scots and English*. Edinburgh: Edinburgh University Press, 1995.

[205]Watson, Roderick. *The Literature of Scotland: The Middle Ages to the 19th Century*. Second Edition. New York: Palgrave Macmillan, 1984, 2007.

[206]Westall, Claire & Gardiner, Miachael. *Literature of An Independent England*. New York: Palgrave Macmillan, 2013.

[207]Wilson, Cheryl A. *Byron: Heritage and Legacy*. Basingstoke: Palgrave Macmillan, 2008.

[208]Woodring, Carl & Shapiro, James. *The Columbia History of British Poetry*. New York: Columbia University Press, 1994.

[209]Young, Robert J. C. *The Idea of English Ethnicity*. Massachusetts: Blackwell Publishing, 2008.

[210]Zumkhawala-Cook, Richard. *Scotland As We Know It: Representations of National Identity in Literature, Film and Popular Culture*. Jefferson, North Carolina & London: McFarland & Company, Inc., Publishers, 2008.

后 记

本书写作历时三年，然而，酝酿、搜集材料、构思、定题等，耗时费力绝非仅仅三年。早在2011年开始主持项目“英国文学汉译中的族裔问题研究”时，学校支持我研究英国文学内部构成的紧张问题：即英国文学是多民族文学联合，并非多族裔文学融合而成的。本书严格说是在这个项目基础上，专门深化苏格兰文学及其汉译的成果；稍后，开设全校通识课“翻译与文化经典”，关注到苏格兰文学作品和哲学作品在中国汉译的丰富性，引导同学梳理亚当·斯密和柯南·道尔等苏格兰作家作品的汉译历程，启发同学思考丰富的汉译却未能促成中国形成“苏格兰问题”概念。而学校之所以支持我开设通识课、主持项目，又因为2007年我赴英访学，有机会接触到威尔士语不同于英格兰英语和文学，引发我对盖尔语及其在苏格兰、威尔士和爱尔兰的分布及其历史、表现，以及百余年来汉译英国文学缺失盖尔语及其分支的好奇心。正是有中央民族大学重视少数民族语言文学教学和研究的政策支持，使我有可能研究苏格兰文学。所幸，后来又得到访学英国的机会，实地感受到苏格兰地区关于英国的理解和英格兰迥异，而差别潜藏于日常生活细节中，如苏格兰地区银行发行的货币，伦敦巴士司机拒绝接收；相较于威尔士海滨之城斯旺西访问狄兰·托马斯故居和当地大学狄兰·托马斯研究中心，那儿用威尔士语标示地名、商标，以示威尔士认同，对非威尔士人士而言，生活诸多不便；相较于爱尔兰诸多暴力抗争英格兰，在苏格兰倒没有不安全感，阅读英国多所大学图书馆的苏格兰文学书籍，结识了许多苏格兰学者、小说家和诗人。尤其是，亲身浸润在苏格兰独立公投前10天爱丁堡所营造出的苏格兰不是本然英国一部分的氛围，隐隐约约显露出苏格兰脱离英国之大势。诸如此类情景，既注意到英国文学内部的“翻译”、“后殖民”现象，又不同程度地挑战我对英国英语文学的认知，迫使我必须从翻译史和翻译理论的角度重新认识苏格兰文学的汉译。

由此，对苏格兰用温和且合法的方式表达自我，我充满着敬意。但生活经验形成的模糊苏格兰性，在汉译英国文学，及其历史和文化研究中，却找不到根据，自然促使我深入到苏格兰语言文学中寻找理性的答案：苏格兰作家和学者强烈表达苏格兰性，首先是通过文学写作、历史研究表达出来的，而这又是得到英国法律许可的。也就是说，英国的民主制度使得苏格兰人强烈的表达自我能得到实现，受到尊重。既然如此，苏格兰为何不努力融入英国呢？访学英国期间的阅历和焦虑，不是使我对汉译英国文学框架下的苏格兰文学难题感到畏惧，而是促使我放开眼界，从更多方面理解焦虑的对象。

本书写作过程，印证了中国古训“读万卷书，行万里路”。作为中国学者，若只满足于苏格兰各大学图书馆汗牛充栋的苏格兰文学及其研究著作，把它们奉为我的论题之展开的根据，就无法理解苏格兰文学是在英国文学框架下存在的事实；若无视苏格兰文学是不同于英格兰文学的事实，则无法面对苏格兰人2014年公投和继续寻求独立公投的努力。文字和事实、文学叙述和生活实践、学术研究和生活趋势的矛盾，使我不得不转向书本之外，多次去格拉斯哥和爱丁堡，体味罗伯特·彭斯和司各特、亚当·斯密和弗格森他们的文学活动、哲学探索和苏格兰历史之间的关系；去阿伯丁追寻拜伦生活足迹；去斯特林重温当年班诺迪克之战的惨烈，苏格兰人对国族英雄的敬仰；甚至不辞劳苦去东西海岸，再度体验1773年塞缪尔·约翰逊博士和鲍斯韦尔游历苏格兰高地的情景，想象他们乘马车或徒步跋涉我们乘汽车在高速公路上行驶七个小时才能抵达的云雾岛(Skye)的情形；寻访当年华兹华斯兄妹把苏格兰视为外国的踪迹，几次去爱丁堡和格拉斯哥寻找苏格兰作家的痕迹，尤其是到彭斯出生地、处女作出版地，还有意融入苏格兰地区的日常生活。正是受益于生活实践，本书才得以形成并完成。

即便有参与苏格兰生活实践的机会，但还是留下诸多遗憾。苏格兰文学之于英国文学，是和威尔士文学、爱尔兰文学之于英国文学相关的话题，后者在本书中未能展开。苏格兰民族认同长盛不衰，是和联合王国内的爱尔兰、威尔士此起彼伏的民族独立或自治运动相关联的。因而，研究英国文学框架下的苏格兰文学，应该适时回到相关的语境，要参照威尔士文学、爱尔兰文学和英国文学关系。只有这样，才能清楚百年汉译英国文学历程所存在的严重问题：英国是四个王国联合起来的主权国家，但文学却基本上不存在民族认同一体化的情形，苏格兰文学家和爱尔兰文学家一样，都试图超越联合王国。好在本研究的目的不在于调查和勾勒英国民族文学的发展历程，而旨在质疑民族文学固定不变的观念。

感谢北京第二外国语学院、国家留学基金委和中央民族大学、北京外国语大学和北京市教委，分别给予留学英语威尔士班戈大学、英国曼彻斯特大学和英国圣安德鲁斯大学的机会，使我从最初粗浅触碰英国内部构成之复杂，转向逐步系统地研究苏格兰文学；感谢哈佛大学比较文学系给予我在美国更客观对待苏格兰文学及其汉译问题的机会；感谢香港中文大学，使我有机会在亚洲最大的英国文学及其研究文献收藏地，方便地阅读苏格兰文学及其汉译文献，尤其是黎子鹏教授通过崇基神学院院长邢福增教授转赠其佳作《经典的转生——晚清〈天路历程〉汉译研究》。感谢圣安德鲁斯大学 Robert Crawford 教授夫妇、哈佛大学 William Mills Todd III 教授对我的真诚照顾和切实帮助；感谢汪剑钊教授以及苏晖教授、吴子林研究员、宋炳辉教授、马海良教授和王丽亚教授等在本书完成过程中给予的诸多指正和意见。感谢首都师范大学出版社，尤其是编辑室主任马岩。

最后，特别感谢父亲宋辉教授和母亲阎宝利女士，一直无条件支持我、鼓励我，尤其是母亲陪伴我在曼彻斯特度过了湿冷半年。

宋　达

2016 年 12 月 15 日于北京寓所